# ALGER, VILLE BLANCHE

*La Bicyclette bleue, 8*

Régine Deforges (1935-2014) est née dans le Poitou. Très tôt, les livres constituent son univers d'élection : elle devient tour à tour libraire, relieur, éditeur, écrivain, scénariste et réalisateur. Elle ouvre plusieurs librairies, tant à Paris qu'en province, et crée, en 1968, sa propre maison d'édition, L'Or du temps, et devient de ce fait la première femme éditeur française. Le premier livre qu'elle publie, *Irène*, attribué à Louis Aragon, est saisi quarante-huit heures après sa mise en vente. Dès cet instant, Régine Deforges se bat et ne cessera plus de se battre pour défendre la liberté d'expression sous toutes ses formes. En 1981, elle connaît son plus grand succès de librairie avec la parution de *La Bicyclette bleue* qui obtient le prix des Maisons de la presse. Régine Deforges a écrit près de quatre-vingts livres de genres extrêmement variés : des romans, des nouvelles, des essais, des entretiens, des chroniques, ainsi que quelques scénarios, chansons ou dessins.

RÉGINE DEFORGES

# *Alger, ville blanche*

La Bicyclette bleue, 8

FAYARD

© Librairie Arthème Fayard, 2001
ISBN : 978-2-253-15457-0 – 1<sup>re</sup> publication LGF

*À Clément et Bernadette Deforges,*
*mes parents bien-aimés.*

*Alger, terrible et douce...*
*Le couvre-feu. Écoute! Une lumière pousse.*
*Solitude et peur dans le sang.*

Jean Sénac.

*Murailles*
*écrites*

*De sang*

*Alger*

*Chaque soir*

*Brûle*
*l'Andalûs \**

*De haine.*

Salima Aït Mohamed.

---

\* Andalousie.

*Les mains des pauvres*
*À la Casbah*
*Sont longues et maigres et tendues comme des racines*
*De pommes de terre.*
*La voix des pauvres*
*Est grêle*
*Et ils ont des yeux ronds*
*Et ils ont une sale gueule.*
*La gueule de Pépé le Moko quand il se la casse*
*[rue du*
*Regard un jour de*
*Pluie*
*Au Musée Grévin.*

Ismaël Aït Djafer.

« *Il est bon qu'une nation soit assez forte de tradition et d'honneur pour trouver le courage de dénoncer ses propres erreurs. Mais elle ne doit pas oublier les raisons de s'estimer elle-même.* »

« *Quelle que soit la cause que l'on défend, elle restera toujours déshonorée par le massacre aveugle d'une foule innocente où le tueur sait d'avance qu'il atteindra la femme et l'enfant.* »

Albert Camus.

# I

Léa était allongée sur une chaise longue à l'ombre du tilleul de la cour. La fumée de la cigarette qu'elle tenait au bout de ses doigts montait lentement vers le ciel. De la terrasse surplombant les vignes venaient des rires et des cris d'enfants. Elle soupira de bien-être et pensa : « Je suis à la maison. »

Comme à chacun de ses retours à Montillac, elle éprouvait le sentiment très fort d'appartenir à cette terre qui l'avait vue naître. Le charme de ce coin du Bordelais apaisait ses angoisses. Elle revoyait les moments heureux de son enfance : le temps des vendanges, des poursuites dans les vignes, des parties de cache-cache avec Mathias, le complice, le confident de ses premières années... Mathias qui l'avait aimée et qui, par dépit, s'était engagé dans la Waffen SS [1]. Pendant toutes ces années, elle l'avait banni de sa mémoire. Aujourd'hui, pour la première fois, elle pouvait penser à lui sans colère et sans haine ; ses souffrances lui faisaient comprendre ce qu'il avait enduré. Elle chassa ces tristes souvenirs et s'efforça de retrouver le bien-être de cette journée. Elle était là, vivante, dans sa maison, entourée de ceux qu'elle

---

1. Voir *Le Diable en rit encore*, Le Livre de Poche, n° 6517.

aimait. Évoquer le passé ne servait à rien, si ce n'est à raviver la douleur. Elle avait voulu vivre vite et fort ; maintenant elle était lasse. Elle éprouvait le besoin de se poser quelque part, de faire les choses banales de tous les jours, comme les avait faites sa mère, comme le faisait sa sœur Françoise qui, du matin au soir, se dépensait sans compter pour le domaine et pour ceux qui l'habitaient.

Un agacement montait en elle : pourquoi se mentir ? Cette vie calme n'était pas pour elle. Très vite, au bout de quelques jours dans ces lieux pourtant tant aimés, un ennui sournois l'avait envahie qui l'avait laissée désemparée ; elle ne faisait plus partie de cette nature, de ce pays, elle était comme rejetée, de l'autre côté du miroir. Un grand froid l'avait pénétrée alors et l'avait lancée, comme au temps de son adolescence, dans les vignes et les bois entourant Montillac, au pied du calvaire de Verdelais, le long des routes et des chemins parcourus autrefois sur sa bicyclette bleue, le cadeau de ses dix-huit ans, à la recherche d'elle ne savait quoi...

Il y avait maintenant six mois qu'elle avait regagné la France, rejoint son mari et ses enfants. Les premiers temps, tout à la joie des retrouvailles, elle avait peu pensé à Cuba et à ses compagnons de la sierra Maestra [1]. Mais, les jours passant, le souvenir de Camilo lui serrait le cœur. Pleine de mauvaise foi, elle en voulait à François de ne pouvoir évoquer son amant en sa compagnie. Le bonheur de le revoir avait été terni par le regret de quitter le séduisant commandant. François était-il au courant de cette liaison passionnée ? Ramón Valdés n'avait-il rien dit à son mari ? Sans doute elle-même aurait-elle pu évoquer avec Charles les moments intenses ou douloureux vécus auprès des

1. Voir *Cuba libre !*, Le Livre de Poche, n° 15001.

guérilleros, mais la crainte de raviver, chez lui, le chagrin que lui avait causé la mort de Carmen, la jeune fille qu'il aimait, tuée pendant la bataille de Santa Clara, avait arrêté les mots sur ses lèvres. Plus jamais il n'avait prononcé son nom. Pourtant, Léa savait qu'il conservait dans son portefeuille trois photos tachées de larmes prises par Ernesto Guevara.

— Maman! Maman! Pourquoi on ne vit pas toujours ici?

Camille, essoufflée, suivie de Claire et de sa cousine Isabelle, venait de se jeter contre sa mère. Léa déposa un baiser sur la joue rouge de sa fille.

— Parce que nous habitons Paris.

— J'aime mieux Montillac. On s'amuse, on va pas à l'école...

— Ah! c'est pour ça, vilaine paresseuse!

— Elle est pas vilaine, Camille, déclara une fillette ravissante aux yeux bridés.

Léa la regarda avec tendresse. Cette petite, qui aurait pu faire naître entre elle et François des dissensions, avait au contraire renforcé leur amour. À aucun moment il ne lui avait reproché sa naissance, ni évoqué sa liaison avec Kien, le père de l'enfant [1]. Souvent, elle avait eu l'impression qu'il éprouvait pour Clarinette, comme il aimait à l'appeler, une affection plus grande qu'envers Adrien et Camille. Il avait pour elle toutes les indulgences, cédait à tous ses caprices sous le regard approbateur de Philomène, l'*assam* [2] qui s'occupait d'elle depuis Hanoi. Camille souffrait quelquefois de cette préférence manifeste mais, comme tous les membres de la famille, elle était sous le charme de la benjamine. Françoise elle-même, qui avait eu des mots durs envers Léa quand celle-ci était revenue d'Indochine avec ce bébé si différent de

1. Voir *La Dernière Colline*, Le Livre de Poche, n° 14624.
2. Nourrice vietnamienne.

son frère et de sa sœur, ne résistait plus à un sourire ou à un baiser de « la petite Chinoise », comme disaient les gens de la région.

— Les enfants ! c'est l'heure du goûter !

— On arrive, Maman !

— On arrive, tante Françoise !

Les trois fillettes s'élancèrent vers la cuisine en piaillant.

La cour recouvra son calme.

Dans la cuisine, assises devant la longue table recouverte d'une toile cirée à carreaux rouges et blancs, les cousines mordaient à belles dents dans des tartines beurrées sur lesquelles Françoise avait râpé du chocolat noir.

— J'en veux encore, bafouilla Claire, la bouche pleine.

— Mange d'abord ce que tu as ! ordonna Isabelle, forte de ses douze ans.

— Tiens, ma princesse, dit Philomène en vietnamien, tout en tendant une nouvelle tranche de pain à l'enfant.

Claire s'en saisit avec un regard de triomphe.

— Tu lui cèdes toujours, s'écria Camille, agacée. Tu sais bien qu'elle ne va pas la manger. C'est juste pour nous embêter.

— Mais non, elle a faim, c'est tout.

— Moi aussi, j'ai faim ! J'ai tellement faim que je serais capable de dévorer toutes crues les morveuses qui s'empiffrent de tartines ! Miam... miam... Je vais te croquer !

Claire fut soulevée de sa chaise par un garçon d'une quinzaine d'années, aussi blond qu'elle était brune.

— Arrête, Pierre ! Arrête ! criait la petite qui se débattait en riant.

— Monsieur Pierre ! Laissez-la, elle va s'étrangler, glapissait Philomène en tentant d'arracher l'enfant des bras de son cousin.

Isabelle et Camille se mirent à rire de la mêlée et le charivari devint tel qu'Alain Lebrun, qui travaillait dans les chais voisins, vint voir ce qui le motivait.

— Que se passe-t-il? Pourquoi tout ce bruit?... On doit vous entendre jusqu'à Verdelais!

— Et pourquoi pas jusqu'à Saint-Macaire ou Langon, tant que tu y es? insinua Françoise sans se départir de son calme.

— Les filles, vous n'avez pas vu mon *Pilote?* demanda un jeune garçon qui venait d'entrer.

— Ça nous intéresse pas, ton *Pilote;* nous, on préfère *Fillette.*

— Excuse-moi, Adrien, c'est moi qui te l'ai emprunté.

— Oncle Alain! Vous lisez *Pilote?!*

— Et pas seulement *Pilote,* mais aussi *Mickey, Spirou* et *Tintin...,* dévoila Françoise avec un sourire taquin.

Cette importante révélation ramena le silence. Incrédules, Adrien et Camille regardaient leur oncle avec curiosité tandis qu'Isabelle et Pierre éclataient de rire devant l'air penaud de leur père.

— Tu cachais bien ton jeu, mon cher Papa. Moi qui croyais que tu ne lisais que des ouvrages traitant de la vigne, de l'élevage des chevaux, des poules, de gestion agricole ou, à la rigueur, *le Chasseur français...* Pas du tout! Tu lisais en cachette nos journaux, ces bandes dessinées dont tu dis pis que pendre... C'est du joli! Et Maman qui était au courant!... On croit avoir des parents sérieux et l'on s'aperçoit que ce sont des gamins. Je comprends pourquoi nos illustrés disparaissaient mystérieusement... Quand je pense qu'on accusait les filles!... s'insurgea Pierre d'une voix faussement sévère.

— Mais, Papa, pourquoi tu ne l'as pas dit, que tu aimais nos histoires? Nous, on aurait compris ça... C'est vraiment trop bête de lire en cachette, ajouta Isabelle.

— Ça ne t'arrive jamais de lire des livres en cachette? souffla Léa, qui venait d'entrer, à l'oreille de sa nièce.

La couleur écarlate qui gagna les joues de la jeune fille lui répondit.

Tous parlaient en même temps et se bousculaient en riant. Françoise, les mains plaquées sur les oreilles, ne parvenait plus à se faire entendre. La sonnerie du téléphone fit taire quelques voix. Alain alla répondre et revint presque aussitôt.

— C'est pour toi, dit-il à Léa.

— Qui est-ce?

— Je n'ai pas compris le nom, il y a de la friture sur la ligne.

Léa sortit et alla prendre le combiné sur la petite table, dans l'entrée qui menait à la salle à manger.

— Allô, ici Léa Tavernier. Qui est à l'appareil?

— Le général Salan... J'aurais voulu parler à votre mari.

— François n'est pas là, il est à Paris.

— J'ai appelé rue de l'Université, mais personne ne répond.

— Essayez à l'hôtel Lutetia... Quand nous ne sommes pas ensemble, c'est là qu'il descend.

— Très bien, merci... Et comment allez-vous, madame Tavernier? Vous habituez-vous à votre nouvelle vie?

— Bien, général... Notre vie en France est certes beaucoup plus paisible...

— Quand vous rentrerez à Paris, ma femme et moi, nous serons heureux de vous revoir... À bientôt, madame Tavernier.

— Au revoir, général.

Songeuse, Léa reposa le récepteur. Elle n'aimait pas cet appel du général Salan : elle ne voyait pas d'un bon œil que François renouât avec l'ancien commandant en chef en Algérie, nommé gouverneur militaire de Paris par le général de Gaulle au début de l'année. Elle connaissait ses positions en faveur de l'Algérie française, et ni elle ni François ne les partageaient. Depuis son retour, Léa avait refusé de s'intéresser à ce qui se passait en Algérie.

Jusqu'à un certain jour du mois de juin...

Il faisait beau, ce jour-là, et les terrasses du Flore et des Deux Magots regorgeaient de consommateurs venus profiter du soleil. Elle était entrée au Divan, la librairie de la place Saint-Germain-des-Prés où elle passait une ou deux fois par semaine.

— Bonjour, madame Tavernier, lui avait dit le vendeur qui avait l'habitude de s'occuper d'elle. Avez-vous déjà lu le Nabokov et le Mauriac ?

— Oui, et j'ai beaucoup aimé *Lolita*.

— Et le *Bloc-notes* ?

— Aussi, mais pour de tout autres raisons... De Mauriac je ne connaissais que les romans ; que j'aimais d'ailleurs beaucoup. Je le lisais, surtout parce qu'il est notre voisin dans le Bordelais. Mais j'ai appris beaucoup de choses en lisant son *Bloc-notes*. Ce qui me frappe le plus, c'est son attachement à sa terre, à Malagar ; sans doute parce que j'éprouve le même pour celle de mon enfance, Montillac. Sur ce thème, il use de mots que j'aurais aimé employer si j'avais son talent... Tenez, lisez...

Elle avait sorti son exemplaire de son sac, l'avait rapidement ouvert à une page cornée par elle pour montrer au jeune homme le passage souligné qu'elle connaissait par cœur :

*Aimer physiquement sa terre, c'est tout de même aimer cette face à l'image de l'homme qu'au long des siècles lui ont imposée ceux qui torturaient et massacraient, mais aussi qui peinaient obscurément, rendaient témoignage à la vérité, donnaient leur vie — de*

23

*sorte que, croyant ne plus chérir qu'une certaine lumière sur des coteaux et sur des cimes, qu'une certaine odeur de feuilles mouillées et de brume, que les tuiles anciennes devenues violettes sous la pluie, c'est tout de même l'homme de mon pays que je chéris. Oui, le même, car la brute qui torture est de tous les temps. En revanche, les meilleurs parmi ceux qui nous ont précédés n'étaient pas plus saints que ne le sont encore des vivantes et des vivants, et je connais les noms de quelques-uns...*

Elle n'avait pas remarqué le regard attentif et scrutateur du libraire tandis qu'elle rangeait l'ouvrage.

— Excusez-moi..., avait-il dit simplement.

Puis il s'était éloigné vers le fond du magasin d'où il était revenu avec un livre soigneusement emballé. Il le lui avait tendu en chuchotant :

— Tenez, lisez ça... Vous me direz ce que vous en pensez.

Amusée, elle avait répliqué à voix basse :

— C'est comme *Histoire d'O ?*

— Vous verrez.

— Bien... Je vous dois combien ?

— Rien, c'est un cadeau...

Léa l'avait regardé, surprise. Puis, brusquement, elle s'était revue dans une autre librairie, au début de la guerre, rencontrant Raphaël Malh pour la première fois, Raphaël qui lui avait conseillé cet horrible livre de Céline, *l'École des cadavres*. À ce souvenir, d'autres s'étaient immédiatement ajoutés, tout aussi horribles. Elle avait chancelé imperceptiblement.

— Vous ne vous sentez pas bien ? s'était inquiété le vendeur.

— Non, ce n'est rien... la chaleur, sans doute... Au revoir et... merci !

— Je compte sur vous pour que vous me disiez ce que vous en pensez.

Léa avait acquiescé de la tête. Dehors, elle avait eu une impression de pleine canicule. Pas la moindre place aux terrasses des cafés ; elle était alors entrée dans la salle du Flore, presque vide, où la pénombre donnait un semblant de fraîcheur. Elle s'était installée sur la banquette de moleskine rouge, avait commandé un thé glacé et allumé un cigarillo. Pendant quelques instants, elle avait fermé les yeux, le dos appuyé contre le dossier. Au bruit du verre qu'on déposait sur la table, elle les avait rouverts, légèrement confuse. C'est alors que son regard avait croisé celui d'un homme qu'elle n'avait pas remarqué en entrant. L'inconnu, au profil d'oiseau de proie, lui avait souri, ce qui l'avait aussitôt agacée ; elle ne se sentait pas d'humeur à supporter la moindre manifestation d'intérêt. Avec nervosité, elle avait déchiré le papier qui enveloppait le cadeau du libraire : c'était à peine plus qu'une plaquette, intitulée *la Gangrène* et publiée aux éditions de Minuit. « Pas engageant comme titre », avait-elle pensé.

Plus tard, lorsqu'elle l'eut refermée, au bord de la nausée, une larme s'était écrasée sur la table. Elle avait porté les mains à son visage pour dissimuler son trouble et essuyer ses yeux.

— Apportez un cognac à madame ! avait ordonné, près d'elle, une voix qui l'avait fait sursauter.

Elle avait écarté les doigts et reconnu l'homme qui lui avait souri un peu plus tôt, puis s'était dressée dans un réflexe de colère quand il s'était assis près d'elle.

— Ne dites rien... Je vous ai regardée lire et j'ai vu à quel point vous étiez bouleversée.

— En quoi cela vous regarde-t-il ?

— Je partage les mêmes sentiments que vous.

Elle l'avait considéré avec un peu moins de hargne, et avait pris sans un mot le verre que le garçon venait de poser devant elle. Elle l'avait bu d'un trait.

— Avez-vous du feu?

Pendant quelques instants, elle avait inhalé profondément la fumée. L'alcool et le tabac avaient peu à peu apaisé son angoisse et sa colère.

— Vous croyez que tout cela est vrai? avait-elle demandé d'une petite voix.

L'homme avait souri à nouveau en allumant une cigarette.

— Hélas oui... et vous le savez. Seulement, vous aimeriez bien qu'on vous persuade du contraire! Il faut vous y faire, on torture allégrement, en France comme en Algérie, et avec la bénédiction du gouvernement!

— Je n'imaginais pas cela à ce point... Ces jeunes Algériens arrêtés, torturés par la police... Ceux qui ont témoigné dans ce livre, que sont-ils devenus? N'y a-t-il pas des Français qui tentent de les aider?

— Il y en a.

— J'aimerais les rencontrer.

— Oubliez cela. Une jolie femme telle que vous doit pouvoir passer son temps plus agréablement qu'à s'amuser à jouer à la guerre...

Une brusque rougeur avait envahi les joues de Léa.

— Vous n'êtes qu'un pauvre type! Vous avez des idées toutes faites sur les femmes. Pour vous, nous sommes tout juste bonnes à faire l'amour et des enfants?! Laissez-moi tranquille!

— Ne vous emportez pas... Je n'ai pas voulu vous blesser, seulement vous mettre en garde. Rangez ce livre, il vient d'être saisi par la police. Le lire en public peut être pris, au mieux, pour une provocation, au pire pour de la propagande en faveur des militants algériens.

— Et alors? Ce peut être une façon de les aider.

— Dans ce cas, il y a des moyens plus efficaces...

— Lesquels, par exemple?

— Venez demain au bar du Pont-Royal, à dix-huit

heures ; je vous expliquerai. Mon nom est Roger Vailland.

— L'écrivain ?

— Lui-même, pour vous servir... Et ne me dites pas que vous m'avez lu.

— Je n'ai pas lu *la Loi* mais j'ai lu *Beau Masque* et *Drôle de jeu* ; j'ai bien aimé...

— Je ne pensais pas avoir affaire à une de mes lectrices... Si, demain, la politique vous ennuie, nous pourrons toujours parler littérature. Avez-vous lu les *Mémoires* du cardinal de Bernis ?

— Non, qui est-ce ?

— Un ami de madame de Pompadour et de Voltaire. Reçu à l'Académie française à vingt-neuf ans, ministre, ambassadeur, il se fit ordonner prêtre afin de recevoir le chapeau de cardinal... Vous aussi, quand vous souriez, vous avez de ces jolis petits « trous » qui lui valurent l'amitié de la maîtresse de Louis XV. Écoutez, avait ajouté Vailland en se rapprochant :

> *Ainsi qu'Hébé, la jeune Pompadour*
> *A deux jolis trous sur la joue ;*
> *Deux trous charmants où le plaisir se joue,*
> *Qui furent faits par la main de l'Amour...*

« J'ai oublié la suite... ah non : *"Qu'elle était belle !... Il veut mourir sur sa bouche charmante : Heureux encor de mourir son vainqueur..."* »

Achevant sur ces mots, il avait déposé un baiser dans son cou.

— Doucement, monsieur le libertin, avait-elle répliqué en l'écartant. La poésie ne donne pas tous les droits, et, en plus, celle-ci n'est pas si terrible...

— Pas terrible ! Pas terrible !... C'est un peu mièvre, j'en conviens ; d'ailleurs, Frédéric II parlait de sa « stérile abondance ». Trop d'ornements, de fleurs. Voltaire le surnommait « Babet la bouquetière »... Mais ses *Mémoires* sont un chef-d'œuvre.

— Vous semblez bien le connaître.

— Assez bien... J'ai écrit un *Éloge du cardinal de Bernis*; je me permettrai de vous l'offrir.

Léa s'était levée.

— Vous partez? Déjà?... Viendrez-vous, demain?

Sans répondre, elle avait tendu une main qu'il avait baisée.


Le soir, rentrée chez elle, elle avait demandé à François s'il avait lu les *Mémoires* du cardinal de Bernis.

— Oui, mon père en avait une belle édition; je ne sais pas ce qu'elle est devenue... Pourquoi me demandes-tu cela? Tu t'intéresses à la littérature du xviiie siècle, maintenant?

— Non, mais j'ai rencontré Roger Vailland qui m'en a parlé.

— Eh bien! Madame se lance à l'assaut du milieu littéraire parisien! Après les *Barbudos,* tu vas faire la connaissance des révolutionnaires de salon... Fais attention, ils sont plus féroces que tes amis guérilleros... Mais je suis sûr qu'ils n'auront pas le dernier mot avec toi, avait-il ajouté en l'enlaçant.

— Laisse-moi...

Elle s'était dégagée avec une brutalité qui les avait surpris tous deux.

— Oh, pardonne-moi..., avait-elle aussitôt balbutié.

François l'avait regardée avec une tendresse inquiète; il redoutait ces pensées noires qui, soudain, la submergeaient pour la ramener aux cruels événements qu'elle avait vécus pendant la guerre et, ensuite, en Argentine et en Indochine. De certains il se sentait responsable. Assurément, il n'avait pas su la tenir à l'écart de la violence, des haines et de la mort, et elle avait subi ses engagements politiques à lui, s'y trouvant souvent mêlée malgré elle. Sauf à Cuba.

Cette fois-là, il n'avait été pour rien dans ses aventures révolutionnaires. En pensant cela, il se savait de mauvaise foi ; s'il ne s'était pas empressé de répondre à l'appel du général de Gaulle le priant de se rendre en Algérie, il aurait pu l'aider à retrouver Charles et lui éviter, sans doute, de crapahuter dans la Sierra en compagnie d'hommes des bois couverts de crasse ; ce qui n'avait d'ailleurs pas empêché Léa de les trouver séduisants... Comme lui, elle avait le don d'aller au-devant de situations invraisemblables d'où elle se tirait tant bien que mal grâce à une énergie et à un courage qui, depuis toujours, forçaient son admiration. À chacun de ses retours à la vie « normale », elle s'était pourtant efforcée de mettre de côté les épisodes douloureux dont ils avaient dû faire l'expérience, se donnant l'apparence d'une femme occupée de ses enfants, de l'homme qu'elle aimait, de sa maison, curieuse de la mode, raffolant de cinéma, de théâtre, aimant danser... Elle en rajoutait même, parfois, dans la futilité, provoquant son agacement, mais aussi son indulgence. À son retour, ils s'étaient retrouvés avec la même frénésie qu'autrefois. Leurs corps s'étaient repris avec la même volupté, le même émerveillement. Le temps qui, d'ordinaire, tue le désir des amants semblait les avoir épargnés. Léa ne se posait pas de questions, elle trouvait cela normal, sûre de sa beauté et de leur amour. François, lui, s'étonnait d'éprouver toujours autant de bonheur et de plaisir à la posséder malgré tant d'années. Depuis quelques jours, néanmoins, il avait remarqué chez elle une nervosité accrue, une curiosité nouvelle à propos des événements d'Algérie. Elle lui posait des questions sur la politique du général de Gaulle, sur son engagement auprès de lui ; ses réponses, il le voyait bien, ne l'avaient guère convaincue.

— As-tu lu ce livre ? lui avait-elle demandé en lui montrant son exemplaire de *la Gangrène*.

— Oui... C'est ton ami Roger Vailland qui t'en a conseillé la lecture?

— Non, mais cela est sans importance. Qu'en penses-tu?

— La même chose que toi.

Elle avait haussé les épaules.

— Et de Gaulle, qu'en pense-t-il?

— Je n'en sais rien... Je le lui demanderai de ta part, la prochaine fois que je le verrai.

— Arrête de te moquer, s'il te plaît! C'est grave, ce qu'il y a dans ce bouquin... Écoute un peu, histoire de te rafraîchir la mémoire...

Où voulait-elle en venir? Son brusque intérêt pour les tortures policières l'inquiétait. Fébrile, elle avait feuilleté le livre. Elle s'était mise à lire avec, dans les yeux, une lueur de défi:

*Le chauve me fixa d'un regard haineux et me dit:*
*— Alors, tire ton slip.*
*— Non.*
*Il me frappa de toutes ses forces, pendant dix minutes environ. Je tombai, évanoui. Quand je me réveillai, j'étais « à poil », étendu sur le sol. Dix paires d'yeux étaient braquées sur moi. Il devait être trois ou quatre heures du matin. Ils me lièrent les mains aux pieds à l'aide de chiffons et m'introduisirent une barre de deux mètres de long environ entre les articulations des bras et des genoux, ils placèrent la barre sur deux morceaux de bois placés aux extrémités de deux tables. J'étais « à la broche », tête pendante et jambes en l'air. Je restai avec le chauve et un aide. Le chauve apporta du bureau voisin une magnéto qu'il posa sur une des tables.*
*L'aide se mit à tourner la manivelle et le chauve m'appliqua des électrodes sur le sexe. Je perdis connaissance au bout de quelques minutes...*

— Arrête! avait lâché François de cette voix dure

et tendue qu'il prenait dans les moments difficiles, tout en essayant de lui enlever le livre.

Léa avait esquivé son geste et poursuivi sa lecture :

*... Un inspecteur urina dans la bassine. Les électrodes me furent placées sur les gencives. Je crus que ma tête éclatait. À une nouvelle séance de bassine, je voulus me noyer, mais ne réussis qu'à boire l'eau répugnante...*

Cette fois, François, très pâle, lui avait arraché l'exemplaire des mains.

— Ça t'embête, n'est-ce pas, que tes petits copains de la DST se livrent à des exercices dignes de la Gestapo et des salauds qui ont torturé Sarah [1] ?

— Tais-toi !

— Pourquoi me tairais-je ? Je hais la torture plus que tout au monde. J'ai vu ce qu'ils ont fait à Camille, au fort du Ha [2], et je n'arrive pas à oublier que ce sont les horreurs subies par Sarah qui l'ont fait devenir semblable à ses bourreaux. C'est pour cela qu'elle s'est tuée : pour ne pas devenir comme eux [3] ! Celui qui a raconté ça, il s'appelle Benaïssa Souami, il est étudiant. Ce ne sont pas les nazis qui l'ont torturé, lui et ses camarades, mais des policiers français, ici, en France, à Paris, rue des Saussaies !

Elle s'était arrêtée, blême, soudain vieillie. François s'était avancé pour la prendre dans ses bras; elle s'était rejetée en arrière.

— Cela te semble normal que des inspecteurs de la DST torturent des gens en plein Paris ? En ne disant rien, tu te rends complice de leurs actes. Et tu le sais !

« Nous y voilà », avait-il pensé. Surtout, la détourner du projet qu'il sentait se former dans sa tête.

---

1. Voir *101, avenue Henri-Martin*, Le Livre de Poche, n° 6391.
2. Voir *Le Diable en rit encore*.
3. Voir *Noir Tango*, Le Livre de Poche, n° 9697.

— Tu as raison, nombreux sont ceux qui les dénoncent, à commencer par François Mauriac...

— Cela ne suffit pas. Il faut aider ces pauvres types !

Pour éviter de répondre, il avait allumé une cigarette.

— Ce n'est pas ton avis ?

La sonnerie du téléphone avait différé sa réponse ; c'était Adrien qui demandait quand ses parents viendraient les rejoindre à Montillac.

— Nous y serons la semaine prochaine, lui avait assuré son père.

Ils avaient dîné à la Closerie des lilas avec des amis et terminé la soirée en allant danser à la Discothèque, rue Saint-Benoît. Ravissante dans un étroit fourreau noir, Léa riait à tout propos et semblait avoir oublié leur discussion de l'après-midi. La soirée s'était prolongée. Ils avaient beaucoup bu. Ils avaient fait l'amour avec rage, sans un mot, cherchant à marquer le corps de l'autre.

Le lendemain, Léa s'était rendue au bar du Pont-Royal. Assis à une table près de l'escalier, Roger Vailland, qui discutait avec animation en compagnie de deux hommes et d'une femme brune aux cheveux soigneusement tirés et réunis en chignon, ne l'avait pas remarquée tout de suite. Elle s'était installée au bar, où le serveur s'était empressé. Elle avait commandé un gin-tonic. C'était la première fois qu'elle venait dans cet établissement fréquenté par des éditeurs et des écrivains, des comédiens et des journalistes. Toutes les tables étaient occupées. À l'une d'elles, elle avait reconnu Françoise Sagan bavardant avec Juliette Gréco.

— Excusez-moi... Il y a longtemps que vous êtes là ? s'était tout à coup inquiété Roger Vailland.

— Non, je viens d'arriver... Vous étiez en pleine discussion et je n'ai pas voulu vous déranger.

— Il le fallait! Venez, je vais vous présenter mes amis. Au fait, quel est votre nom?

— Léa Tavernier.

— Madame?...

— Oui.

— Léa, permettez-moi de vous présenter ma femme, Élisabeth, et mes amis Vincent et Guillaume [1].

Les deux hommes se levèrent et la saluèrent. Élisabeth Vailland tendit une main molle tout en la dévisageant de la tête aux pieds.

— Ravissante..., murmura-t-elle entre ses dents.

Léa s'assit tandis que le barman apportait sa consommation. Roger Vailland lui offrit une cigarette.

— Merci, j'ai ce qu'il me faut, fit-elle en allumant un cigarillo.

Pendant quelques instants, ils la regardèrent fumer en silence.

— J'ai fait part à mes amis de notre conversation d'hier. Avant d'aller plus loin, ils aimeraient en savoir un peu plus sur vous, dit alors l'écrivain.

— Je comprends... Que voulez-vous savoir? Mes opinions politiques, mon attitude pendant la guerre, mes activités après, ma vie privée?

— Cela nous aiderait, fit sèchement Élisabeth.

Léa la regarda froidement, rejetant la fumée dans sa direction.

— Pendant la guerre, j'ai participé à des actions de la Résistance dans la région bordelaise — région que j'ai dû quitter pour ne pas être arrêtée... Je me suis engagée comme conductrice à la Croix-Rouge, et je me suis retrouvée à Berlin peu de temps après l'arrivée des troupes soviétiques. En Allemagne, j'ai assisté

1. Pseudonymes de Francis Jeanson et d'Henri Curiel.

à l'ouverture du camp de Bergen-Belsen, où j'ai retrouvé une amie juive, déportée, que j'ai pu faire évacuer sur Londres...

— Qu'est-elle devenue? demanda Guillaume.

— Après le procès de Nuremberg, elle est partie pour l'Argentine à la poursuite de criminels de guerre.

— Et vous?

— J'étais avec elle.

— Vous êtes toute pâle, ma chère, s'inquiéta Élisabeth Vailland. Buvez quelque chose...

Léa vida son verre et le reposa d'un geste maladroit, renversant un peu du liquide. Pourquoi parlait-elle de Sarah à ces inconnus? Pourquoi, tant d'années après, cette souffrance à l'évocation de son amie? Elle fit mine de se lever.

La main longue et fine de Guillaume se posa sur la sienne.

— Continuez, ordonna-t-il doucement.

Léa baissa la tête et dit d'une voix étranglée :

— Oui... Elle est morte là-bas après avoir retrouvé l'une de ses tortionnaires.

— Faisait-elle partie d'un réseau de Vengeurs [1]?

— Oui.

— Vous vous souvenez de leurs noms?

— Samuel et Daniel Zederman, Amos Dayan et Uri ben Zohar.

— J'ai connu Uri ben Zohar, releva Guillaume, comme se parlant à lui-même. Il m'a raconté les circonstances de la mort de son ami Amos Dayan. Votre amie s'appelait Sarah Mulstein, n'est-ce pas? Et elle était la fille du célèbre chef d'orchestre Israël Lazare?

— C'est cela, souffla Léa, le cœur battant.

Dans les regards fixés sur elle, elle pouvait lire un incrédule étonnement : tout à coup, ils ne la voyaient plus comme une jolie femme, élégante et oisive, cher-

1. Voir *Noir Tango*.

34

chant peut-être, dans l'engagement, un dérivatif à quelque ennui mondain, mais comme une combattante ayant déjà fait ses preuves.

— Qu'avez-vous fait après? s'enquit Vincent, qui n'avait pas encore parlé.

Il avait une belle voix. Léa le dévisagea : pas vraiment beau mais séduisant, le regard vif et intelligent, l'air d'un gentil lézard. Cette image la fit sourire...

— Je me suis mariée et j'ai rejoint mon mari en Indochine, lui répondit-elle.

— Il était dans l'armée?

— Non, il était chargé d'entrer en contact avec Hô Chi Minh.

— Officiellement?

— Non, bien sûr.

— Te souviens-tu, Hen... euh... Guillaume, que tu m'as fait lire les poèmes d'Hô Chi Minh et quantité d'auteurs révolutionnaires quand nous venions te voir à Rome? s'exclama Élisabeth en se tournant vers celui auquel elle avait failli donner un autre prénom.

Les yeux mi-clos, elle murmura :

*J'ai passé bien des monts, j'ai franchi bien des crêtes;*
*Les chemins plats sont donc les plus durs à passer!*
*J'ai rencontré sans mal les tigres des sommets;*
*Je rencontre un homme et voici qu'il m'arrête...*

« J'ai bonne mémoire, n'est-ce pas?

Guillaume sourit en rajustant ses lunettes à monture d'écaille.

*Je suis un homme honnête et mon âme est tranquille :*
*On me soupçonne d'être un Chinois ténébreux !*
*Le chemin de la vie est toujours dangereux,*
*Mais vivre sa vie est moins que jamais facile*

poursuivit Léa, qui éclata de rire devant leurs mines stupéfaites.

Communicatif, ce rire joyeux les gagna tous au point que les conversations s'interrompirent et que tous les regards convergèrent dans leur direction. Le premier, Roger Vailland, des larmes encore plein les yeux, recouvra son souffle.

— Vous êtes étonnante! Vous passez des larmes à la gaieté, de l'Argentine à l'Indochine, avec une incroyable facilité... Je ne serais pas surpris si vous nous disiez que c'est Hô Chi Minh en personne qui vous a donné ses poèmes à lire!

— Ce qui est l'exacte vérité.

— Alors là, vous y allez un peu fort! s'esclaffa Vailland en se tenant les côtes.

Bientôt, le fou rire s'empara de l'assistance entière. De mémoire d'habitués du Pont-Royal, on n'avait jamais vu une telle rigolade agiter clients et serveurs. L'hilarité atteignait son comble quand surgit, du haut de l'escalier, la courte silhouette de Jean-Paul Sartre, dont les yeux, derrière les verres épais de ses lunettes, exprimaient un immense ahurissement.

— Je vais faire pipi dans ma culotte! s'écria Élisabeth, se levant précipitamment.

Vincent se leva à son tour et se dirigea vers Sartre, toujours secoué de spasmes.

— Qu'est-ce qui vous amuse tant?... Vous êtes fou de vous montrer ici! On dirait que vous cherchez à vous faire arrêter...

Incapable de répondre, Vincent lui fit remonter les marches. Peu à peu, le calme se rétablit dans le bar. Chacun s'essuyait les yeux, reprenait haleine, redemandait à boire... On entendait encore ici ou là quelques hoquets, quelques soupirs. Élisabeth revint, le visage humide.

— Quelle chaleur! s'exclama-t-elle en se laissant tomber sur un fauteuil. Roger, je meurs de soif, commande quelque chose.

Léa reprit un gin-tonic tandis que les autres se faisaient resservir du whisky.

— Votre ami est parti ? s'inquiéta Léa.

— Je vais voir où il est, indiqua Guillaume en se levant. Madame, j'ai été enchanté de faire votre connaissance... J'espère que j'aurai le plaisir de vous revoir.

Guillaume prononça quelques mots à l'oreille de Vailland et se dirigea vers le fond de l'établissement.

— C'est une sortie commode pour les couples illégitimes... et pour échapper aux curieux, lui confia l'écrivain à voix basse.

— Et où cela mène-t-il ?

— Dans l'hôtel d'à côté...

— En effet, c'est pratique... Je vais aussi devoir partir. Mais nous n'avons pas parlé de ce pour quoi je suis ici...

— Ne croyez pas cela.

— Vous... vous voulez dire que Vincent et Guillaume — c'est bien comme ça que vous les appelez ? — s'intéressent à ce que nous évoquions hier ?

— Hé oui... Mais, parlons d'autre chose, parlons d'amour : « En matière d'amour, le Français est un joueur, un amateur avec tout ce que cela comporte de science, de dilection et de détachement. Le Français est galant, c'est-à-dire qu'à la différence des autres amoureux, il n'est pas ennuyeux... »

— Vous trouvez ? ! l'interrompit Léa. Je le trouve plutôt bavard, sans cesse à essayer de justifier son désir par de grandes phrases, de grandes théories sur l'amour, le libertinage...

— Et pan ! lança Élisabeth avec un petit rire.

— ... alors qu'il lui serait si simple de dire à une femme qu'il a envie d'elle !

— Parce que, si l'on vous dit tout de go : « Chère madame, j'aimerais vous faire l'amour », vous répondez aussitôt : « Mais je vous en prie, monsieur. Quand voulez-vous ? »

Ce badinage agaçait Léa qui avait toujours vécu loin des salons parisiens et du discours des intellectuels. Spontanée, elle disait volontiers ce qu'elle pensait, se souciant peu de l'interprétation qu'on pouvait en donner, quitte à passer, au mieux pour une écervelée, au pire pour une allumeuse. L'attitude de Roger Vailland la troublait cependant. Il avait une façon de la regarder qui suscitait en elle l'envie de le provoquer. Ce qu'elle fit :

— Tout dépend de l'homme et des circonstances...

— Voilà qui est assez banal comme raison, ricana Élisabeth.

— Je vous l'accorde, rétorqua Léa. Mais cette banalité se vérifie chaque fois qu'un homme et une femme sont en présence, et que l'un d'eux éprouve du désir envers l'autre.

L'écrivain se pencha vers elle et lui souffla :

— Les circonstances actuelles vous semblent-elles propices ?

— Non, répondit Léa plus sèchement qu'elle ne l'aurait voulu. Excusez-moi, je dois vraiment partir, ajouta-t-elle en se levant.

Roger Vailland fut instantanément debout.

— Où puis-je vous joindre ? questionna-t-il.

— Babylone 20.38.

# II

Assis à la terrasse d'un café, à l'angle de la rue Soufflot et du boulevard Saint-Michel, un jeune homme barbu lisait *le Monde,* indifférent au manège de trois étudiantes qui tentaient en vain d'attirer son attention. Un serveur, le corps ceint d'un long tablier blanc, déposa une tasse de café devant lui. Le jeune homme leva la tête et remercia d'un sourire. Au carrefour Rostand, un rayon de soleil fit naître un arc-en-ciel dans les jeux d'eau de la fontaine et révéla la rousseur des arbres du Luxembourg. D'un coup, la foule qui se pressait sur le boulevard lui parut plus jeune, plus gaie. Heureux, il buvait son café à petites gorgées. Il reposa sa tasse et étira ses longues jambes. C'était la première fois, depuis son retour en France, qu'il éprouvait quelque chose comme un sentiment de bonheur, la sensation tangible d'être en vie. Il crut entendre le rire de Camilo Cienfuegos l'aidant à se relever alors qu'il avait été légèrement blessé à Santa Clara [1]...

— *Vives, es el más importante* [2].

Au souvenir du guérillero cubain, il se passa la

1. Voir *Cuba libre !*
2. « Tu es vivant, c'est le principal. »

main dans la barbe : il n'avait pas encore eu le courage de la couper...

Le jeune homme régla sa consommation, prit ses livres et son journal et se dirigea vers la Sorbonne.

Charles d'Argilat avait rendez-vous avec l'un de ses condisciples de la faculté de droit. Ils avaient échangé quelques impressions à propos des événements d'Algérie. Les deux étudiants s'étaient trouvés d'accord sur bien des points et s'étaient même bagarrés contre des partisans de l'Algérie française. Les coups donnés et reçus pour la défense de l'Algérie algérienne les avaient rapprochés. De deux ans son aîné, Patrick Bernard devait prochainement partir combattre en Algérie.

Debout sur les marches de la chapelle de la Sorbonne, un homme aux cheveux blancs, vêtu d'un élégant pardessus de laine beige ouvert sur les médailles qui ornaient sa poitrine, haranguait les étudiants qui discutaient par petits groupes devant l'établissement. Des bribes de phrases parvinrent jusqu'à Charles qui, machinalement, ralentit le pas : « ... la vocation civilisatrice de la France... sauvons cette terre française... l'honneur de l'armée... la grandeur de notre mission... les lâches attentats arabes... »

— Ne te salis donc pas les oreilles à écouter ces conneries, Charles !

— Salut, Patrick... Je ne suis pas d'accord : il faut connaître les intentions de ses adversaires pour mieux les combattre.

— Peut-être, mais celles-ci, on les connaît; mon grand-père maternel tient les mêmes propos que le médaillé. Quand on va déjeuner chez lui, le dimanche, pour faire plaisir à ma mère, je ne te dis pas les discussions entre mon père et lui ! Une fois, ils ont failli en venir aux mains à propos du livre d'Alleg [1]. Mon

---

1. Henri Alleg, *la Question,* Paris, éditions de Minuit, 1958.

grand-père a dit que ce n'était qu'un tissu de mensonges propagés par les communistes pour salir la France. Mon père lui a alors rétorqué qu'il avait eu à soigner des hommes qui avaient été « interrogés » par la police; ils étaient si mal en point que ça lui avait rappelé les méthodes qu'utilisait la Gestapo. Au mot « Gestapo », mon grand-père a bondi sur mon père. Maman, ma grand-mère, ma sœur et moi, nous avons eu un mal fou à les séparer!... Et chez toi, ça se passe comment ?

— Mes parents se trouvaient en Indochine, où ils ont maintes fois dénoncé l'attitude adoptée par la France envers les Vietnamiens. Mon beau-père était à Diên Biên Phu au moment de sa chute. Il a été emprisonné dans les camps viêt-minh et a vu mourir nombre de ses compagnons. À sa libération, il a néanmoins soutenu la cause de Hô Chi Minh. Quant à l'Algérie, il pense que son indépendance est inéluctable...

— Mais tu m'as bien dit que le général de Gaulle l'avait envoyé en Algérie pour s'assurer de ses possibilités de retour au pouvoir? l'interrompit Patrick.

— Oui, mais il était réticent sur les méthodes employées. Et malgré son admiration pour le Général, il n'a pas admis que celui-ci ait été prêt à fomenter ou à laisser fomenter un coup d'État pour le ramener au pouvoir.

— Et maintenant ?

— Je ne sais pas... Je crois qu'il souhaite participer aux négociations de paix qui auront lieu entre les deux pays.

— Et ta mère ?

Charles eut un geste d'agacement qui n'échappa pas à son camarade.

— Je préfère qu'on la laisse à l'écart de tout ça... As-tu pris contact avec un représentant du FLN [1] ?

1. Front de libération nationale.

— Oui, c'est fait. D'ailleurs, nous avons rendez-vous dans un café arabe de la rue Xavier-Privas, dans le quartier Saint-Séverin.

Tout en discutant, les deux jeunes gens traversèrent le boulevard Saint-Germain. À l'entrée de la rue de la Harpe se tenaient trois militaires portant mitraillette à hauteur de poitrine. Rue Saint-Séverin, un autre groupe de soldats arpentait la chaussée. De l'extérieur, les cafés et restaurants arabes de la rue Xavier-Privas semblaient déserts. De temps à autre, une silhouette revêtue du manteau de laine blanche que portaient encore de vieux Algériens quittait une porte cochère pour disparaître dans quelque bistrot. Une odeur de merguez mêlée à celle de l'agneau grillé s'échappait des gargotes où, derrière des vitres sales, on devinait de nombreux consommateurs.

— C'est là, indiqua Patrick en poussant la porte peinte en bleu d'un misérable troquet.

À leur entrée, le brouhaha des conversations stoppa net. Des dizaines d'yeux noirs les dévisagèrent. Dans le fond de l'établissement, il y eut comme un frémissement de colère. Immédiatement, Charles fut sur ses gardes, prêt à répondre au premier geste d'hostilité, quand un homme d'une trentaine d'années se leva et vint vers eux les bras tendus. Aussitôt les regards se détournèrent et les conversations reprirent.

— Venez, on vous attend là-haut.

Ils empruntèrent un étroit escalier en colimaçon, aux marches glissantes et à la rampe noire de crasse. Ils durent enfin baisser la tête pour entrer dans une pièce enfumée où se tenaient un Français et un Algérien. L'Algérien au beau visage d'intellectuel leur fit signe de s'asseoir. Charles et Patrick s'installèrent sur un divan recouvert de couvertures bariolées. Celui qui les avait conduits sortit après avoir prononcé quelques mots en arabe. L'Algérien retira ses lunettes et les essuya soigneusement à l'aide d'un mouchoir à carreaux. Un long silence s'installa, seulement interrompu par le retour de celui qui les avait accueillis et qui rapportait, sur un plateau de cuivre, une théière et des verres. Le parfum poivré de la menthe emplit la pièce quand le thé bouillant fut versé dans les petits récipients. L'atmosphère se détendit.

— Cheikh Hassan, voici mes amis Patrick Bernard et Charles d'Argilat, qui souhaitent rejoindre notre combat.

— Leur as-tu expliqué ce qu'ils risquent, s'ils se font arrêter ?

— Oui, Leclaire a été très clair à ce sujet...

— Pourquoi voulez-vous nous aider ?

La réponse de Patrick fusa, sèche et rapide :

— Par souci de justice !

Le cheikh baissa la tête pour dissimuler un sourire. Le mouvement n'échappa pas à Charles. Il but une gorgée de thé brûlant afin de cacher, à son tour, le rictus moqueur qui, malgré lui, faisait trembler ses lèvres.

— Et vous, jeune homme, pour quelle raison êtes-vous ici ?

Il y avait de la sévérité dans le ton de l'Algérien. Charles sentit que de sa réponse dépendrait son acceptation parmi ceux qui défendaient la cause de l'indépendance de l'Algérie.

— Parce que je crois juste la guerre du peuple algérien, et que je ne veux pas me rendre complice, par mon silence, des crimes que commettent là-bas des Français.

— Vous êtes bien jeune, cependant.

— Ce qu'il ne vous dit pas, s'écria Patrick, c'est qu'il a combattu dans la guérilla, à Cuba, aux côtés de Fidel Castro !

— Tais-toi ! ordonna Charles.

— Mais pourquoi cacher que tu as l'expérience des armes, que tu t'es battu vaillamment, que tu as été blessé et que tu as reçu les félicitations de Castro et du Che ?

Devant l'air dubitatif qu'affichait leur interlocuteur, Patrick précisa :

— Ce n'est pas de lui que je tiens tout cela, mais de sa mère et de son frère.

Un silence tendu tomba sur la petite assemblée.

— C'est vrai, ce que raconte votre ami ? demanda l'Algérien.

— Oui.

Sous le regard de cheikh Hassan, Charles se sentit jaugé ainsi qu'il l'avait été naguère par ceux qui étaient devenus ses compagnons de la sierra Maestra. Très calme, il attendit le résultat de cette confrontation.

— Comment avez-vous rejoint Fidel Castro ?

— J'étudiais le droit à l'université de La Havane. À cause des manifestations d'étudiants qui avaient lieu tous les jours, le gouvernement l'a fermée. Or, comme j'étais étranger, me déplacer sans attirer l'attention de la police m'était plus facile qu'à mes amis cubains. Après quelques actions dirigées contre le gouvernement de Batista, j'ai à mon tour été repéré. Ma famille a pu me faire partir pour Miami, d'où je suis revenu clandestinement pour rejoindre Fidel Castro.

L'Algérien hocha la tête, favorablement impressionné par la sobriété de la réponse du jeune Français.

— Jacques Leclaire sera votre lien avec l'organisation. C'est lui qui vous transmettra les consignes et vous donnera les missions à exécuter. Dans un premier temps, vous serez chargés d'infiltrer la faculté de droit et de nous rendre compte de l'état d'esprit de vos camarades. Par la suite, vous aurez à effectuer des déplacements, en France et à l'étranger, afin de convoyer les fonds qu'on réunit pour aider le FLN. Ne venez plus ici, l'immeuble est surveillé. Si j'ai besoin de voir l'un d'entre vous, Leclaire vous indiquera un lieu de rendez-vous. Que voulez-vous savoir d'autre ?

— Je vais bientôt recevoir l'ordre de partir pour l'Algérie. Il n'est pas question que je prenne les armes contre nos frères algériens. Alors, comment faire ? s'inquiéta Patrick.

— Un prêtre du nom de Martin prendra contact avec vous. Il vous mettra en rapport avec des garçons qui sont dans la même situation et qui se trouvent en Suisse ou en Allemagne. D'ici là, ne faites rien qui puisse vous faire remarquer des autorités.

Quand ils redescendirent puis traversèrent la salle, certains des consommateurs leur adressèrent un sourire. Un vieil homme qui portait un turban et une gandoura blanche se leva et, les prenant chacun par l'épaule, les serra contre lui en murmurant :

— Merci.

Émus, sans un mot, les deux jeunes gens sortirent dans la ruelle déserte. Au bout de quelques instants, toujours silencieux, ils se retrouvèrent sur le boulevard Saint-Germain où ils se quittèrent en se donnant rendez-vous pour le lendemain.


Rue de l'Université, Claire se jeta dans les bras de Charles en poussant des cris de joie qui firent accourir l'*assam,* inquiète.

— Va-t-en ! lui cria l'enfant en entourant les jambes du jeune homme.

Charles la souleva, l'élevant au-dessus de sa tête pour le plus grand plaisir de la petite qui s'égosilla de plus belle.

— Monsieur Charles ! Monsieur Charles ! Laissez-la, vous allez la faire tomber ! suppliait la Vietnamienne.

— À table ! Les enfants, allez vous laver les mains, claironna Léa.

François, qui sortait de son bureau, l'attrapa par la taille et l'attira contre lui.

— Tu sens bon... Qu'as-tu fait, aujourd'hui ?

— Ça ne te regarde pas, le taquina-t-elle. Est-ce que je te demande avec qui tu as passé la nuit dernière ?

— Tu le sais bien : j'étais avec le général Salan.

— Toute la nuit ?

Tout en parlant, ils se dirigèrent vers la salle à manger où Charles et les enfants étaient déjà installés.

— Eh oui ; il a tenu à ce que nous descendions chez le maréchal Juin, qui a ses bureaux juste au-dessous de l'appartement qu'il occupe aux Invalides. Nous sommes restés près de deux heures à parler de la situation en Algérie. Le maréchal, qui est né à Bône, a tenu des propos désabusés sur l'avenir de ce pays. Pour lui, l'ennemi est installé en France, aux aguets...

— Arrête, tu vas me faire pleurer sur le sort de ces malheureux militaires en proie au mal du pays !

— Ne te moque pas. Il y a, chez eux, une profonde amertume et une grande tristesse. Juin semblait se parler à lui-même quand il a dit, je le cite de mémoire : « Moi, un vétéran de l'armée d'Afrique, qui ai grandi dans son sein et qu'elle n'a cessé d'abreuver de fierté, un vieux soldat comptant actuellement, dans sa famille, quatre générations de Français de souche qui se croyaient, jusqu'ici, indéfectiblement attachés à l'Algérie, leur vraie patrie. Il serait désespérant de voir un jour la France ramenée dans ses frontières de 1815, à la chute de Napoléon, avec toutes les conséquences malheureusement prévisibles d'un pareil abandon ! »

— Ma parole, on dirait que tu es d'accord avec lui...

— D'accord, non, mais je le comprends.

— Je vous ai compris ! s'exclama Adrien, imitant la voix du général de Gaulle en se dressant les bras levés.

— Les Français d'Algérie, pour la plupart —

continua François, ignorant son fils en dépit du rire des convives —, n'ont jamais mis les pieds en France. Beaucoup n'ont aucune famille en métropole. Pour eux, la fin de l'Algérie française, c'est tout un monde, *leur* monde, qui disparaît.

— Maman, on a faim! se plaignit Camille.

— Pardonnez-moi, mes chéris... Philomène, servez les enfants, s'il vous plaît.

— J'aime pas la soupe, grogna Claire. Je veux des nouilles.

— Mange d'abord ta soupe. Après, il y a du gratin de macaronis, lui chuchota sa nourrice.

— Chic! conclut la petite fille en plongeant sa cuillère dans le potage.

Pendant un bref instant, la tablée resta silencieuse.

— Ton inscription à la fac s'est bien passée? demanda François à Charles.

— Oui, tout est en ordre... Ça va me changer de la fac de La Havane! L'ambiance m'a l'air d'un sérieux...

— Cela te changera, en effet, plaisanta Léa. Tu vas enfin pouvoir travailler sérieusement... Adrien! cesse d'ennuyer ta sœur.

— Mais, Maman, c'est Camille qui a commencé...

— Ce n'est pas vrai! C'est toujours lui qui m'embête.

— Suffit! Finissez de dîner, et au lit!

— Oh non, Maman! Je voudrais écouter le général de Gaulle à la télévision...

— Nom de Dieu! J'avais complètement oublié, s'écria François en se levant précipitamment.

Il se rendit dans le salon où trônait le poste flambant neuf qu'il alluma. Léa, Charles et les enfants le rejoignirent. Tout à coup, le Général apparut sur les écrans de la RTF; vêtu d'un costume sombre, il était assis à son bureau, sous les lambris dorés du palais de l'Élysée : « ... Car résoudre la question algérienne, ce n'est pas seulement rétablir l'ordre ou donner aux gens le droit de disposer d'eux-mêmes. C'est aussi, c'est surtout traiter un problème humain. Là, végètent des populations qui, doublant tous les trente-cinq ans, sur une terre en grande partie inculte et dépourvue de mines, d'usines, de sources puissantes d'énergie, sont, pour les trois quarts, plongées dans une misère qui est comme leur nature... »

— Et le pétrole d'Hassi-Messaoud, qu'est-ce qu'il en fait ?! s'indigna Charles.

— Ça fait longtemps qu'il parle ? s'intéressa Camille.

— Il a dû commencer à huit heures ; comme il est maintenant huit heures et quart, ça fait dans les quinze minutes, lâcha Adrien en s'installant sur le canapé à côté de sa sœur, qui cria :

— Pousse-toi ! Tu prends toute la place...

— Vous allez vous taire ! hurla leur père.

« ... Le pétrole d'Hassi-Messaoud arrivera sur la côte, à Bougie. Dans un an, celui d'Edjelé atteindra le golfe de Gabès. En 1960, le gaz d'Hassi-R'Mel commencera d'être distribué à Alger et à Oran, en attendant de l'être à Bône... »

— La voilà, ta réponse ! riposta François en direction de Charles, sans cesser de regarder l'écran.

— Parce que tu crois qu'il va leur laisser leur pétrole, aux Algériens ?

— Tais-toi donc ! Laisse-moi écouter...

« ... On peut maintenant envisager le jour où les hommes et les femmes qui habitent l'Algérie seront en mesure de décider de leur destin une fois pour toutes, librement, en connaissance de cause. Compte tenu de toutes les données, algériennes, nationales et internationales, je considère comme nécessaire que ce recours à l'autodétermination soit, dès aujourd'hui, proclamé. Au nom de la France et de la République, en vertu du pouvoir que m'attribue la Constitution de consulter les citoyens, pourvu que Dieu me prête vie et que le peuple m'écoute, je m'engage à demander, d'une part, aux Algériens, dans leurs douze départements, ce qu'ils veulent être en définitive, et, d'autre part, à tous les Français d'entériner ce choix. Naturellement, la question sera posée aux Algériens en tant qu'individu. Car, depuis que le monde est monde, il n'y a jamais eu d'unité, ni, à plus forte raison, de souveraineté algérienne. Carthaginois, Romains, Vandales, Byzantins, Arabes syriens, Arabes de Cordoue, Turcs, Français ont tour à tour pénétré le pays, sans qu'il y ait eu, à aucun moment, sous aucune forme, un État algérien. Quant à la date du vote, je la fixerai le moment venu, au plus tard quatre années après le retour effectif de la paix... »

— Quatre ans ! s'écria Charles. Il s'imagine qu'on va encore attendre quatre ans !

— Enfin ! soupira François. Une vraie politique gaullienne !

— Tu crois que les Algériens vont avoir enfin leur indépendance ? interrogea Léa.

— En tout cas, l'autodétermination en ouvre la voie : aux Algériens de choisir... Mais je redoute la réaction des pieds-noirs, des ultras et de l'armée...

— Dans sa majorité, l'armée est pour l'Algérie française, comme les Européens de là-bas, tandis que le FLN réclame l'indépendance...

— Comme la réclamaient les Vietnamiens... Faudra-t-il un nouveau Diên Biên Phu pour que le gouvernement français comprenne que la France n'a rien à faire en Algérie ? s'insurgea Léa en coupant Charles.

— Ma chérie, répliqua François, la situation militaire n'est pas la même qu'au Viêt Nam. En Algérie, l'armée l'emporte sur le terrain. Les hommes du général Challe comptent de nombreuses victoires...

— ... et continuent de brûler des villages, de tirer

sur tout ce qui bouge et de torturer leurs prisonniers !
s'emporta Léa.

— « Je ne veux plus de ces histoires de torture », a
dit de Gaulle au délégué général lors d'un de ses
voyages en Algérie. C'est Paul Delouvrier lui-même
qui m'a rapporté ces propos après avoir eu un entretien avec Georges Pompidou. Le remplaçant de Salan
a toujours estimé impossible que de Gaulle fasse une
politique « Algérie française ». Il a même déclaré au
Général que l'Algérie serait indépendante. « Dans
vingt-cinq ans, Delouvrier, dans vingt-cinq ans », lui
aurait-il répondu.

— Le peuple algérien n'attendra pas vingt-cinq
ans, grogna Charles.

— C'est aussi mon avis, renchérit François. Mais
taisez-vous, on n'entend rien...

« Trois solutions convenables feront l'objet de la
consultation. Ou bien : la sécession, où certains
croient trouver l'indépendance. La France quitterait
alors les Algériens qui exprimeraient la volonté de se
séparer d'elle... »

— Mais, c'est exactement ce qu'ils demandent ! se
récria Charles.

« ... L'Algérie étant actuellement ce qu'elle est, et
le monde ce que nous savons, la sécession entraînerait
une misère épouvantable, un affreux chaos politique,
l'égorgement généralisé et, bientôt, la dictature belli-
queuse des communistes... »

— Et pan sur les communistes ! ironisa Charles.

« ... Mais il faut que ce démon soit exorcisé et qu'il
le soit par les Algériens. Car, s'il devait apparaître,
par extraordinaire malheur, que telle est bien leur
volonté, la France cesserait, à coup sûr, de consacrer
tant de valeurs et de milliards à servir une cause sans
espérance. Il va de soi que ceux des Algériens de
toutes origines qui voudraient rester français, le reste-
raient de toute façon et que la France réaliserait, si

cela était nécessaire, leur regroupement et leur établissement. D'autre part, toutes dispositions seraient prises pour que l'exploitation, l'acheminement, l'embarquement du pétrole saharien, qui sont l'œuvre de la France et intéressent tout l'Occident, soient assurés, quoi qu'il arrive... Ou bien : la francisation complète... »

— Tu vois bien qu'il n'y a que le pétrole qui l'intéresse ! Autodétermination, d'accord, mais attention ! Si vous choisissez la sécession, comme il dit, on vous laissera vous entr'égorger et, pendant ce temps-là, nous embarquerons votre pétrole...

— Charles, tu raisonnes comme une casserole... De Gaulle est le chef de l'État ; ce qu'il propose va difficilement être accepté, tant en Algérie qu'en métropole. Il ne peut pas dire : « Prenez votre indépendance et gardez tout ce que nous avons investi en Algérie ! » Les Français et l'opinion internationale ne comprendraient pas, expliqua François.

« ... devenant partie intégrante du peuple français qui s'étendrait, dès lors, effectivement de Dunkerque à Tamanrasset. Ou bien : le gouvernement des Algériens par les Algériens, appuyé sur l'aide de la France et en union étroite avec elle pour l'économie, l'enseignement, la défense, les relations extérieures... »

— Léa, tu n'aurais pas quelque chose à boire ? demanda François.

— Moi aussi, j'ai soif, susurra Camille en se blottissant contre son père.

— Alors tu viens m'aider, fit Léa à sa fille, qui la suivit à contrecœur.

Elles revinrent peu après, portant verres et bouteilles.

— Coca pour les enfants, whisky pour les grands ! annonça Camille en tendant des verres où tintaient des glaçons.

— Merci, ma douce.

— Qu'a encore dit le grand homme ? se renseigna Léa, se laissant tomber sur le canapé auprès de François.

— Écoute ! lui intima-t-il.

« ... Le sort des Algériens appartient aux Algériens, non point comme le leur imposeraient le couteau et la mitraillette, mais suivant la volonté qu'ils exprimeront légitimement par le suffrage universel. Avec eux et pour eux, la France assurera la liberté de leur choix... »

— Tes copains des Invalides doivent être verts devant leur poste, ricana Léa.

François, le front soucieux, ne releva pas.

— Tu crois que ça peut marcher ? questionna Charles.

— Si tout le monde y met du sien, c'est possible... commenta-t-il, les yeux rivés à l'écran.

« ... la route est tracée. La décision est prise. La partie est digne de la France ! »

Pendant l'hymne national, chacun resta perdu dans ses pensées. Adrien se leva le premier et s'approcha de son père.

— Papa, tu vas retourner en Algérie ?

— Je n'en sais rien... Si on me le demande, j'irai.

Il fit semblant d'ignorer le regard noir que lui lançait Léa.

## III

— Allô! Madame Tavernier?

— Oui, bonjour.

— Je ne sais pas si vous vous souvenez de moi, je suis Vincent, nous avons pris un verre ensemble il y a trois mois, au Pont-Royal...

— Oui, je m'en souviens.

— Pouvons-nous nous rencontrer rapidement?

— Mais...

— Je ne peux rien vous dire par téléphone. Venez dans une heure au bar-tabac de la rue de Seine, ce n'est pas très loin de chez vous. Je vous y attends. À tout de suite!

Inquiète, Léa raccrocha : que lui voulait le gentil lézard?

Elle avait revu Roger Vailland, au Drugstore des Champs-Élysées, dans les jours qui avaient suivi cette première rencontre au bar du Pont-Royal. Il lui avait offert son *Éloge du cardinal de Bernis* et elle avait ri à ses propos de libertin revenu de tout que démentaient aussi bien son regard brillant que ses mains baladeuses... Malheureusement, l'écrivain avait eu, sur l'Algérie, des phrases désabusées qui l'avaient déçue. Ils s'étaient quittés plutôt froidement. Comme elle avait passé l'été à Montillac, Léa n'avait plus eu de nouvelles de lui. Au lendemain du discours du général de Gaulle, il refaisait surface par le biais de Vincent. Si l'autodétermination, qui, au dire de François, ouvrait la voie à l'indépendance de l'Algérie, survenait, elle n'avait plus aucune raison de vouloir aider les Algériens. Pourtant, elle n'écouta pas cette petite voix qui lui disait de rester en dehors de tout ça, qu'elle savait mieux que quiconque où cela pouvait l'entraîner, qu'elle se devait à ses enfants si souvent négligés, à François qui l'aimait, qu'elle avait bien gagné le droit de vivre en paix, que vouloir prêter main-forte aux Algériens en guerre contre la France était peut-être une sorte de trahison...

La curiosité l'emporta.

La pluie de la nuit avait lavé le ciel et les pavés de Paris. C'était une de ces matinées d'automne où la lumière accroche aux façades des taches de gaieté, où l'air charrie des arômes de champignons. Tout semblait léger, facile, aimable. Une envie de courir s'empara de Léa. Au coin de la rue des Saints-Pères, elle s'arrêta, essoufflée. « Ce n'est plus de mon âge ! » se dit-elle. Les regards aussi complices qu'éloquents de trois ouvriers accoudés au comptoir d'un bistrot lui firent oublier le temps qui passe... Rue Jacob, elle ralentit le pas pour contempler les vitrines des antiquaires et des galeries de tableaux dans la vitre desquelles se reflétait sa mince silhouette. Elle sursauta ; l'espace d'un instant, un visage avait surgi aux côtés du sien. Elle se retourna : personne. Elle se passa la main sur le front, soudain assombrie, et s'appuya contre une devanture. Où étaient passées la jolie lumière, la gaieté du jour, l'odeur de sous-bois ? Le fantôme d'une morte les avait balayées...

— Laure..., murmura-t-elle.

Léa frissonna au souvenir de sa sœur assassinée dans ce quartier que, pourtant, elle aimait encore.

« L'herbe est devenue noire », pensa-t-elle [1]. Un sanglot lui monta à la gorge. Elle se remit en route, pressant le pas.

Vincent l'attendait dans la salle du fond de l'étroit bar-tabac, devant une tasse vide.

— Merci d'être venue. Vous voulez un café?

Léa acquiesça.

— Georges, deux espressos! Mais... vous avez pleuré? se préoccupa-t-il tout à coup, suivant du doigt la trace d'une larme.

Elle rejeta le visage en arrière et se passa la main sur la joue d'un geste brusque.

— Qu'avez-vous de si urgent à me dire?

— Êtes-vous toujours dans les mêmes dispositions que lors de notre première rencontre?

— Le discours du général de Gaulle ne change-t-il pas la donne?

— Il est trop tôt pour le dire... En attendant, j'ai besoin de votre aide.

— De quoi s'agit-il?

— Je prends peut-être un risque en vous faisant confiance. Mais, aujourd'hui, je n'ai plus le choix. Un de nos porteurs de valises [2] a été arrêté avant d'avoir pu récupérer le colis dont il devait s'occuper. Si la police l'interroge avec ses méthodes habituelles, il donnera l'adresse... Je ne peux y aller moi-même car je suis connu de la concierge aussi bien que des policiers qui surveillent l'immeuble. Pour vous, au contraire, ce sera facile.

— Où se trouve ce paquet?

— Chez le docteur Colin, 13, avenue de la République. C'est un médecin généraliste qui reçoit beaucoup de monde; vous passerez inaperçue.

1. Voir *Noir Tango*.
2. Nom donné aux convoyeurs de fonds du FLN.

— Quand faut-il y aller ?

— Maintenant... Tenez, prenez ce sac ; vous mettrez l'argent dedans.

— L'argent ?...

— Celui qui est collecté pour le FLN.

— Mais que devrai-je en faire ?

— Le convoyer jusqu'en Suisse.

— En Suisse !

— Oui, c'est bien cela ; un correspondant allemand vous attendra en gare de Lausanne.

— Mais... mais je ne peux pas partir comme ça ! Comment vais-je pouvoir expliquer ce voyage ?

— Et voilà les cafés ! claironna le patron. Un croissant pour la p'tite dame ?

— Non, non, merci.

Léa cassa un morceau de sucre entre ses dents. Il y avait une sorte de tendresse dans le regard que Vincent posait sur elle.

— Vous avez un train à treize heures au départ de la gare de Lyon ; voici votre billet. N'oubliez pas votre passeport. Vous avez le temps de repasser chez vous pour le prendre, avec quelques affaires.

— Vous semblez bien sûr de me voir accepter...

— Non, mais je l'espère ardemment. Je vous l'ai dit : je n'ai pas le choix. Si on ne récupère pas cet argent, c'est plusieurs millions qui tomberont entre les mains de la police...

— Mais, et la douane ?

— Le contrôleur de ce train est des nôtres. Il s'occupera du bagage pendant la durée du voyage et vous le rendra à l'arrivée. Notre correspondant sur place se tiendra près du grand kiosque à journaux et lira *France-Soir*. Vous vous approcherez et vous lui direz : « Je viens de la part de Vincent. » Il vous répondra : « De la rue des Acacias ? » Alors vous lui remettrez le sac.

— Et s'il n'était pas là ?

— Vous vous rendrez à l'hôtel Métropole et vous demanderez, à la réception, monsieur Jean; c'est le comptable de l'hôtel. Il vous fera donner une chambre et vous avisera de la marche à suivre. Mais cela ne sera pas nécessaire...

— Quelle organisation! ironisa-t-elle.

— Oui et non. Nous ne sommes que des amateurs de l'action clandestine... Mais nous nous amusons bien...

— Vous... vous vous « amusez »!

— C'est moins monotone que le travail de bureau... Mais non, je plaisante. D'ailleurs, mes camarades me le reprochent assez souvent.

— Au fond, pourquoi faites-vous tout cela?

— Parce que cela me fait plaisir!

Léa éclata de rire avant de conclure :

— Votre réponse me plaît... Vous n'avez pas essayé d'emballer votre marchandise dans le papier usé de l'idéologie. Vous agissez parce que cela vous « amuse », comme vous dites, et parce que cela vous semble juste. Un point c'est tout.

— Le rire vous va bien.

— Ne détournez pas la conversation... Est-ce que je me trompe?

— Non, c'est assez proche de la réalité... Ainsi, vous acceptez?

— Oui.

Peu avant treize heures, Léa grimpait dans le train à destination de Lausanne. Tout de suite, elle remit le sac et son contenu au contrôleur qui faisait les cent pas en tête du convoi. Puis elle gagna rapidement le wagon-restaurant où elle s'attabla et mangea de bon appétit.

Le même jour, Charles avait reçu de Leclaire l'ordre de se rendre à Lyon pour y prendre livraison du journal clandestin de Francis Jeanson, *Vérité pour*. Parvenu à destination, il arpentait encore le quai quand le convoi redémarra. Il sursauta : l'espace d'un instant, il crut reconnaître Léa derrière la vitre d'un wagon de première classe. Mais non, à cette heure-là, elle se trouvait chez elle, rue de l'Université ; d'ailleurs, le matin même, ils avaient pris leur petit déjeuner ensemble. Il eut tôt fait de se persuader qu'il avait rêvé, ou qu'il avait été victime d'une ressemblance.

Dans le quartier Saint-Jean, il trouva vite l'adresse qu'on lui avait indiquée et où on lui remit les journaux. Il flâna un moment au hasard des vieilles rues puis reprit tranquillement le chemin de la gare pour attraper l'express de dix-sept heures trente.

Quant à Léa, à minuit elle était de retour chez elle. Dans l'entrée, elle trouva un message que François avait laissé, lui recommandant de ne pas l'attendre pour dîner ; il rentrerait tard. Les enfants étaient couchés. Sous la porte de la chambre de Charles filtrait un rai de lumière ; elle frappa puis tourna la poignée. Le jeune homme, allongé sur son lit, était si absorbé par sa lecture qu'il ne bougea pas.

— Cela a l'air bien intéressant...

Il sursauta, replia les feuillets.

— Je ne t'avais pas entendue... Avec les enfants, nous nous demandions où tu étais passée. Claire ne voulait pas aller se coucher sans t'avoir embrassée.

Il se leva, s'approcha d'elle et déposa un baiser sur sa joue.

— Je suis allée au cinéma...

— Qu'as-tu vu ?

— *Les Liaisons dangereuses*.

— Le film de Vadim ?... Et c'était bien ?

— Pas mal.

— Mais encore ?

— Ça n'a rien à voir avec le livre.

— Comme toujours... Tu aurais mieux fait d'aller voir le film de Billy Wilder, *Certains l'aiment chaud*; Marilyn Monroe est épatante!... Tu as dîné?

— Non, mais je n'ai pas faim... C'est bien, ce que tu lisais?

— Pas passionnant : c'est le programme de la fac.

— Ah... Bonne nuit, mon chéri. Je vais embrasser les enfants avant d'aller me coucher... À demain, dors bien.

— Toi aussi, dors bien.

La porte refermée, il resta debout un instant, songeur. Sa vision de la gare, à Lyon, lui revint en mémoire...

Quand François rentra, vers une heure du matin, Léa fit semblant de dormir.

Le lendemain, elle appela Vincent pour lui dire que tout s'était bien passé.

— Je sais, mais ne m'appelez plus à ce numéro... Je déménage.

Là-dessus, il raccrocha. Quelques heures plus tard, il rappelait :

— Venez demain chez le marchand de charbon de la rue Mouffetard; c'est un troquet en bas de la rue, vous ne pouvez pas vous tromper.

Avant qu'elle ait eu le temps de placer un mot, il avait de nouveau coupé la communication.

Dans l'après-midi, Charles remettait les exemplaires de *Vérité pour* à Leclaire, dans un bar des Champs-Élysées fréquenté par la jeunesse dorée des beaux quartiers, le Pam-Pam. Les jeunes filles, pour la plupart ravissantes, fumaient en riant trop fort, tandis que les jeunes gens comparaient leurs nouvelles chaussures, organisaient leur prochaine surprise-partie ou discutaient du dernier Chabrol, *les Cousins,* qui avait reçu le prix du Meilleur Film au récent festival de Berlin. Cette frivolité affichée, qui amusait Charles, agaçait Jacques. Il grommelait contre ces fils à papa, ces gosses de riches. Ostensiblement, il déplia *l'Humanité,* qui, après avoir durement critiqué l'auto-détermination proposée par de Gaulle, faisait maintenant marche arrière.

— Je ne comprends pas l'attitude des communistes, et toi ? interrogea Charles.

— Moi non plus, répliqua Jacques Leclaire. Mais Thorez et le Parti doivent savoir ce qu'ils font... Tu n'as rencontré aucune difficulté, à Lyon ?

— Aucune.

— Pourrais-tu héberger un ami algérien pendant quelques jours ?

— Ce n'est pas commode : j'habite chez mes parents... Il y a bien une chambre de bonne inoccupée, elle sert de débarras...

— C'est exactement ce qu'il nous faut ; dans une rue aussi bourgeoise, on n'ira pas chercher notre ami ! Les planques de Saint-Denis ont été repérées par la DST [1]. Tout le quartier arabe, près de la basilique, est à présent quadrillé par l'armée. Il faudra juste se méfier de la concierge...

— C'est une brave femme.

— Je n'en doute pas, mais les concierges sont les premières à être interrogées par la police... Auras-tu besoin d'un coup de main pour rendre la chambre habitable ?

— Non... Mais il est bien entendu que ton ami ne restera que peu de temps ? Je ne voudrais pas que ma famille ait des ennuis à cause de ça.

— « Ça », comme tu dis, est un responsable du FLN qui risque sa peau en France.

— Voilà qui me rassure tout à fait ! grinça Charles.

1. Défense de la sécurité du territoire.

— On t'indiquera le jour et l'heure de son arrivée ; ce sera dans le courant de la semaine... Bon, je te quitte, j'ai un autre rendez-vous.

— Laisse, décréta Charles en repoussant la main de Leclaire qui tenait déjà un billet. C'est pour moi.

— Alors merci... À bientôt !

À la table voisine, une jeune fille mâchonnait sa paille, le regard vague, tournant machinalement son verre vide entre ses doigts. Son épaisse chevelure brune cachait une partie de son visage. Près d'elle, le dernier roman de Raymond Queneau dont tout le monde parlait, *Zazie dans le métro*. Elle tourna la tête vers lui et planta ses yeux dans les siens. Sous le choc de ce regard bleu, Charles se sentit rougir sous sa barbe. Depuis qu'il était rentré de Cuba, il n'avait pratiquement pas adressé la parole à une fille de son âge. Il mit quelques secondes à réaliser qu'elle lui parlait.

— Vous venez souvent ici ? Je ne vous ai jamais vu...

— C'est la première fois, bredouilla-t-il.

— Moi, j'y viens tous les jours à la même heure... C'est d'un ennui !

— Alors, pourquoi y venez-vous ?

— Je ne sais pas... Qu'est-ce que vous faites ?

— Je suis étudiant...

— Laissez-moi deviner... Lettres ?... Maths ?... Médecine ?... Non ? Vous avez une tête de médecin, pourtant... Ah, j'y suis : philo !

— Non, droit.

— Pour être avocat, comme mon père ? C'est sinistre...

Son emportement le fit sourire.

— Ne riez pas, je sais de quoi je parle !

— Je n'en doute pas... Voulez-vous boire quelque chose ?

— Pourquoi pas... Un gin-fizz, alors... Comment vous appelez-vous ? Moi, c'est Marie-France.

— Charles d'Argilat... Garçon ! S'il vous plaît, deux gin-fizz.

Le bar était bondé, les lumières de la ville s'étaient allumées sans que les deux jeunes gens en aient pris conscience.

— Marie-France, tu as vu l'heure ? On va encore se faire engueuler !

Elle considéra avec une moue désarmante l'élégant et beau jeune homme d'une vingtaine d'années qui venait de s'adresser à elle.

— Arrête de faire ta gentille, ordonna-t-il sur un ton un peu radouci. On a promis à Maman d'être à l'heure pour son dîner. Avec la circulation qu'il y a, on y sera pour le dessert ! ... Mais tu ne me présentes pas ?

— Charles d'Argilat, futur avocat... Mon frère, Jean-Marie Duhamel.

Les deux garçons échangèrent une énergique poignée de main.

— Désolé, mais on devra faire plus ample connaissance une autre fois. Marie-France, dépêche-toi, je suis mal garé...

— J'arrive. Au revoir... À bientôt !

Charles la regarda partir avec un pincement au cœur. Il résista au désir de courir derrière elle pour lui demander son adresse.

— Revenez demain, elle est là tous les jours, lui suggéra le serveur, un homme aux cheveux grisonnants qui débarrassait la table.

Charles eut un sourire : demain, il la reverrait demain...

— Je me demande ce qu'une fille aussi mignonne peut bien trouver à cet endroit, ajouta le garçon à mi-voix, comme se parlant à lui-même.

Jamais les Champs-Élysées n'avaient brillé d'autant de lumières. Sur les trottoirs, les passants, heureux de vivre, arboraient tous de larges sourires. Les véhicules, immobilisés par un embouteillage, scandaient de leurs avertisseurs un air allègre. Au rond-point, les massifs embaumaient. Les marronniers des jardins en bordure de « la plus belle avenue du monde » laissaient généreusement tomber leurs fruits. Charles ramassa un marron. Au contact de son enveloppe lisse, il se revit, petit enfant, en offrant à sa mère. Place de la Concorde, le ciel envahissait tout l'espace. Sur la Seine, les bateaux-mouches promenaient des touristes éblouis. Paris, ce soir-là, avait des coquetteries de jolie femme avide de plaire. D'une péniche monta un air d'accordéon. Charles se pencha par-dessus le parapet du pont; c'était un jeune garçon qui jouait une rengaine. Devant l'Assemblée nationale, des cars de CRS stationnaient et des soldats, arme à la hanche, surveillaient les alentours. D'un coup, toute douceur s'évanouit. Une voiture qui passait scanda à coups de klaxon « Al-gé-rie fran-çaise », « Al-gé-rie fran-çaise »; d'autres se joignirent aussitôt à elle sous les yeux bienveillants des militaires et des policiers. Boulevard Saint-Germain, une patrouille l'arrêta et vérifia son identité.

— Rentrez chez vous, lui conseilla un officier. Le climat n'est pas sain, en ce moment, dans Paris.

Quand il arriva rue de l'Université, Léa et les enfants avaient fini de dîner.

— Pourquoi n'as-tu pas téléphoné pour me dire que tu serais en retard? lui reprocha Léa. J'étais inquiète...

— Pardonne-moi, je n'ai pas vu le temps passer. Je suis revenu à pied depuis les Champs-Élysées; le ciel était magnifique!

Léa l'observa attentivement; une lueur toute nouvelle semblait flotter dans son regard. Elle s'en réjouit et, d'un ton plus badin, lui demanda s'il avait dîné.

— Non, mais je n'ai pas faim... Où est François?

— Le général de Gaulle l'a fait appeler il y a une demi-heure.

Le directeur de cabinet du président de la République, René Brouillet, introduisit François Tavernier dans le salon Doré, dont le général de Gaulle avait fait son bureau au premier étage du palais de l'Élysée.

— Bonsoir, Tavernier. Je suis heureux de vous voir... Mais asseyez-vous, je n'en ai que pour un instant...

Comme chaque fois qu'il s'était trouvé en présence de l'homme de la France libre, François était ému. Et ce soir, comme en 1943 à Londres, comme en 1944 rue Saint-Dominique, comme en 1958 rue de Solferino, ou à Colombey-les-Deux-Églises, il se demandait avec une pointe d'angoisse et une fierté qui l'agaçait : « Qu'attend-il de moi ? » Le chef de l'État referma son parapheur, leva les yeux, rajusta ses lunettes et considéra son vis-à-vis en silence, ses mains fines reposant à plat devant lui.

— Tavernier, je fais de nouveau appel à vous. Vous allez retourner en Algérie. J'ai besoin de savoir ce qui se trame là-bas. Autour de moi, on ne parle que de complots, on critique ma politique sans réfléchir aux conséquences que son rejet pourrait avoir, pour la France et sa position dans le monde. « En Algérie, excitant et exploitant l'émotion des Français de souche, les activistes parlent déjà de s'insurger. Un « Front national français » s'y organise dans une semi-clandestinité sous la direction d'Ortiz. « Il nous faut une Charlotte Corday ! » crie-t-on. Le grand journal des pieds-noirs, *l'Écho d'Alger,* qui avait jusqu'alors montré à mon endroit des dispositions modérées, adopte maintenant le ton le plus hostile. Dans le bouillon de culture algérois, des fonctionnaires et des officiers entretiennent des contacts fâcheux pour leur loyalisme. « On pourrait trouver », chuchote-t-on dans leurs bureaux ou leurs mess, « le moyen d'obliger le Général à venir à résipiscence ». En France même, Georges Bidault, avec quelques parlementaires, fonde le « Rassemblement pour l'Algérie française », où se montrent les agitateurs habituels des groupements dits « d'extrême droite ». De toute façon, l'Algérie française, c'est une fichaise, et ceux qui préconisent l'intégration sont des jean-foutre ! Et on me reproche d'avoir lancé il y a un an le plan de Constantine !... »

L'air accablé, dubitatif aussi, de Gaulle leva les bras.

— Cela a donné l'impression que vous alliez réaliser l'Algérie française, insinua François.

Le Général lui lança un regard dépourvu d'aménité.

— « Je l'ai fait parce qu'on ne peut sortir de cette boîte à scorpions qu'en faisant évoluer l'Algérie du tout au tout. L'Algérie de papa est morte et, si on ne le comprend pas, on mourra avec elle. Il faut essayer de lutter contre la clochardisation de l'Algérie. Bien sûr, il faut aussi que la pacification fasse des progrès sur le terrain. Mais elle ne sera jamais définitive si l'Algérie ne se transforme pas. J'essaie de la transformer. Le collège unique, l'égalité des droits, les élections qui donnent aux musulmans l'habitude de voter pour désigner leurs représentants, l'ouverture de la fonction publique aux musulmans, le respect de chaque communauté, qu'est-ce que c'est, sinon l'intégration, mais une intégration réaliste ? Mais il ne faut pas se payer de mots. On peut intégrer des individus ; et encore, dans une certaine mesure seulement. On n'intègre pas des peuples, avec leur passé, leurs traditions, leurs souvenirs communs de batailles gagnées ou perdues, leurs héros. Vous croyez qu'entre les pieds-noirs et les Arabes ce sera jamais le cas ? Vous croyez qu'ils ont le sentiment d'une patrie commune, capable de surmonter toutes les divisions de races, de classes, de religions? Vous croyez qu'ils ont vraiment la volonté de vivre ensemble? L'intégration, c'est une entourloupe pour permettre que les musulmans, qui sont majoritaires en Algérie à dix contre un, se retrouvent minoritaires dans la République française à un contre cinq. C'est un tour de passe-passe puéril! On s'imagine qu'on pourra prendre les Algériens avec cet attrape-couillons? Avez-vous songé que les Arabes se multiplieront par cinq puis par dix, pendant que la population française restera presque stationnaire? Il y aura deux cents, puis quatre cents députés arabes à Paris? Vous voyez un président arabe à l'Élysée? »

Le général de Gaulle se leva, fit quelques pas, puis s'immobilisa devant une tapisserie des Gobelins représentant don Quichotte.

— « Mon village ne s'appellerait plus Colombey-les-Deux-Églises, mais Colombey-les-Deux-Mosquées! » marmonna-t-il.

François, l'imitant, s'était levé; le président de la République lui fit signe de se rasseoir et prit place dans un fauteuil près du sien.

— « Il vaut mieux, pour la France, une Algérie algérienne au sein de la Communauté qu'une Algérie française au sein de la France, qui nous mettrait à plat pour toujours. Si l'Algérie restait française, on devrait assurer aux Algériens le même standard de vie qu'aux Français, ce qui est hors de portée. S'ils se détachent de la France, ils devront se contenter d'un niveau de vie très inférieur... »

— Ce qui a toujours été le cas depuis la conquête...

Le Général ignora l'interruption.

— « ... Au moins, ils ne pourront plus en faire grief à la France et ils auront une satisfaction de dignité, celle de recevoir le droit de se gouverner eux-mêmes. La colonisation a toujours entraîné des dépenses de souveraineté. Mais, aujourd'hui, en plus, elle entraîne de gigantesques dépenses de mise à niveau économique et social. C'est devenu, pour la métropole, non plus une source de richesse, mais une cause d'appauvrissement et de ralentissement. Les exigences indigènes pour leur progrès social se sont élevées; et c'est parfaitement naturel. Le profit a cessé de compenser les coûts. Mais, puisqu'elle coûte si cher, pourquoi la maintenir si la majorité de la population n'en veut plus? »

— Selon vous, le pétrole ne compte pour rien?

— Ne vous leurrez pas. Le pétrole et le gaz ne suffiront pas à payer l'effort qu'exige de nous l'Algérie.

Il se leva de nouveau, s'éloigna de quelques pas, puis revint s'asseoir.

— Le drame algérien, il ne se confine pas à l'Algérie elle-même, ni aux rapports entre la France et l'Algérie. Il affecte les Français eux-mêmes. Il pourrit toute la France. Il mine la situation de la France dans le monde. C'est un terrible boulet. Il faut s'en détacher. C'est ma mission. Elle n'est pas drôle. Mettez-vous à ma place! Je ne fais pas ça de gaieté de cœur! Vous allez vous rendre à Alger. Delouvrier et Challe sont inquiets, votre présence les rassurera...

— Mon général, vous surestimez mon importance...

Le président de la République lui lança un regard noir et répliqua sèchement :

— Ce n'est pas de vous qu'il s'agit, mais de De Gaulle. Je veux savoir jusqu'à quel point l'armée s'est compromise avec les ultras. Je sais pouvoir compter sur Challe et Massu; ce sont des soldats disciplinés. Mais il y a les colonels... Je ne crois pas à une rébellion des officiers... J'ai annoncé à Delouvrier la venue d'un observateur. Le délégué général facilitera votre mission de façon discrète. Officiellement, le gouvernement vous envoie inspecter les travaux de construction du pipeline de Bougie et visiter les puits de pétrole d'Edjelé et d'Hassi-Messaoud...

— Mais, mon général, vous y étiez en décembre dernier!

— Et alors? Les travaux ont dû avancer, depuis!

François ne put s'empêcher de sourire à cette remarque.

— Je vois, à votre air, que cela ne vous déplaît pas.

— Mon général, puis-je vous poser une question?

— Allez-y.

— Pourquoi me choisissez-vous encore une fois? N'avez-vous pas autour de vous des hommes dévoués, prêts à tout pour vous et plus compétents en politique?

De Gaulle se dressa, appuyant ses deux poings sur sa table de travail. Il s'approcha de François qui se leva à son tour.

— Justement, lui confia-t-il en lui prenant le bras, ils sont trop proches de moi, trop soucieux de me complaire. Ce sont des politiques. Vous, non. Vous n'avez jamais milité pour moi, mais vous avez répondu « présent » quand j'ai fait appel à vous. Certains militants du RPF [1] croient avoir des droits sur moi, alors qu'ils me doivent tout. Dans le passé, vos observations m'ont été précieuses.

Devant la porte, le Général lui tendit la main, une main presque molle, à la pression légère, qui surprenait toujours.

— Tavernier, c'est comme à la chasse, je ne vous dis pas « bonne chance ».

François se retrouva dans le salon des Aides de camp, où l'attendait Brouillet.

— Voici vos billets d'avion; vous partez après-demain, à dix-sept heures trente. Des fonds vous seront remis à Alger par le directeur des cabinets civil et militaire, Michel-Jean Maffart. Bien entendu, la plus grande discrétion...

1. Rassemblement du peuple français.

— Cela va sans dire, acquiesça François, ironique.

En sortant dans l'avenue de Marigny, Tavernier se dirigea d'un pas vif vers les Champs-Élysées. À la hauteur du théâtre, il s'immobilisa puis éclata de rire : « Le vieux renard, il m'a encore eu ! »

Les beaux jours n'en finissaient pas.

IV

Les beaux jours n'en finissaient pas.

Cet été 1959 était exceptionnel. Les journaux commentaient le chiffre record de neuf cents heures de soleil sur Paris durant les mois de juin, juillet et août, et ceux des récoltes sans pareilles enregistrés en matière de blé et de pommes de terre. Les femmes portaient des robes légères, les terrasses des cafés ne désemplissaient pas et les marchands de glaces faisaient fortune. On se bousculait à la piscine Deligny, où les corps se couvraient d'un hâle digne de la Côte d'Azur. La Seine était basse, et de ses eaux noires, agitées au passage des péniches ou des bateaux-mouches, montaient des relents de vase, de poisson mort et de mazout. Seuls les arbres présentaient de tristes mines. Leurs feuilles prématurément jaunies tombaient, tissant, au long des allées du Luxembourg, un tapis bruissant que les enfants éparpillaient, dans un nuage de poussière, à grands coups de pied. Traversant le jardin, Léa se retint d'en faire autant. Au sommet de la rue Soufflot, le Panthéon se détachait, sombre, sur un ciel d'un bleu insolent. Place de la Contrescarpe, une chanteuse des rues massacrait une chanson d'Édith Piaf, tandis qu'une vieille femme jetait des miettes aux pigeons attroupés autour d'elle. Au bas de la rue Mouffetard, Léa acheta un panier à une Gitane qui s'était installée près du jardinet de l'église Saint-Médard. Tandis qu'elle cherchait de la monnaie pour régler son emplette, la femme lui saisit vivement la main gauche et la maintint fermement. Léa tenta de se dégager sans y parvenir.

— Ce n'est pas de moi que tu dois avoir peur, ma belle, lui dit la Gitane en lui ouvrant les doigts, mais de toi... Ton mari et toi, vous serez tous les deux aux prises avec des forces mauvaises... Tu risques, oui, tu risques de le perdre... et tu vas te trouver mêlée à des événements dont tu ne comprendras pas la portée... Quelqu'un près de toi, un jeune homme, court un grave danger... Tes enfants aussi, d'ailleurs... et ta main tremble... Il y aurait donc de terribles souvenirs en toi?... Des morts, oui, beaucoup de morts... de l'amour, beaucoup d'amour aussi... L'amour qui peut être plus fort que la mort, tu sais... Tu as en toi une grande force... Mais, malgré cet amour, une grande solitude t'habite également... Je vois un homme très grand... très seul... De lui dépendent beaucoup de choses bonnes ou mauvaises... Il y a énormément de haine autour de lui, énormément... de trahisons, aussi... La force que tu as en toi, préserve-la, c'est ton plus puissant atout... Tu vas apprendre une bien triste nouvelle... Très loin, un avion... oui, un avion qui tombe!... Non, il atterrit, un bel homme en descend... il sourit... des coups de feu!... Oh!...

La femme, forte et de haute taille, vêtue d'une longue jupe fleurie de couleurs vives, lâcha brusquement la main de Léa. À l'aide d'un pan du foulard qui lui couvrait les cheveux, elle essuya son visage brun où de la sueur avait perlé. Son regard fixe semblait perdu dans une vision dont elle ne parvenait pas à se défaire. Au bout d'un moment, elle secoua la tête et dévisagea Léa, qui, gênée, détourna les yeux. Enfin, la Bohémienne eut un rire sans joie.

— Oublie ce que je t'ai dit, je ne sais pas ce qui

m'a pris... Ce doit être cette foutue église qui me donne de ces visions! C'est un endroit maudit, je le sais. Mais c'est plus fort que moi, j'y reviens tout le temps... Et ce n'est même pas que mes paniers s'y vendent bien... Pourtant, je ne manque jamais d'aller faire une prière à la chapelle de la Vierge et de lui offrir un cierge... comme aussi à la petite Thérèse de l'Enfant-Jésus.

Tout en parlant, elle rassemblait sa vannerie. Léa ne bougeait pas. La femme lui prit le bras.

— Va-t-en... Tu as mieux à faire qu'à écouter une vieille folle!

— Qu'avez-vous voulu dire en parlant de mes enfants?

— Oh, rien... C'était pour me rendre intéressante et te soutirer des sous.

Léa fouilla dans son sac et en sortit quelques billets.

— Tenez... Racontez-moi la suite.

La Gitane repoussa l'argent.

— Je n'en veux pas!

— Prends-le... Tu as fait ton sale boulot de sorcière... Alors, prends!

— Que se passe-t-il? La diseuse de bonne aventure vous importune, madame? s'informa un gros officier de police que suivait un jeune agent plutôt maigrichon.

— Non. Elle refuse que je la paie...

— Eh bien, vous avez de la chance! Ces gens-là, c'est voleurs et compagnie! Gardez votre argent. De toute façon, elle est en infraction : on n'a pas le droit de s'installer devant l'église... Allez, ouste, file!

Maugréant, la femme se chargea de ses paniers puis, avec un dernier regard, en jeta un à Léa :

— Celui-là, il est à toi : tu l'as payé... Pour le reste, oublie, tu ne me dois rien.

Une grande fatigue avait envahi Léa. Machinalement, elle se dirigea vers le porche de l'église Saint-Médard. Sitôt qu'elle l'eut franchi, un froid humide l'enveloppa. Dès le début de la nef planait une odeur de poussière mêlée d'encens. Devant un confessionnal de bois sombre se tenait un petit groupe de femmes agenouillées. La scène lui rappela l'église de Verdelais où, enfant, elle venait tenir compagnie à sainte Exupérance, cette petite martyre qui devait tant s'ennuyer, allongée seule dans sa châsse dorée, et si émouvante dans sa robe de satin blanc ; plus tard, c'est encore à Exupérance qu'elle revenait confier ses chagrins... Au pied de l'autel sur lequel brillait la lumière rouge, symbole de la présence divine, Léa leva les yeux. Elle s'assit dans le chœur, cherchant les mots d'une prière, habitée par un grand vide.

Quand elle ressortit dans la joyeuse lumière de cette fin de matinée d'automne, l'éclat des fleurs qu'exposait une jolie marchande lui apporta une tardive bouffée de printemps. Les cris des commerçants qui vantaient leur marchandise, le fumet des poulets qu'on rôtissait, celui du pain chaud, le fort relent qui entourait la poissonnerie, l'arôme du café fraîchement torréfié, le rire des ménagères qui s'esclaffaient aux plaisanteries des camelots, toute cette agitation bruyante, odorante et colorée rasséréna Léa. Cette débauche de victuailles avait quelque chose d'obscène, mais leur trivialité lui disait qu'elle continuait d'appartenir au monde des vivants, et cela la rassurait un peu.

Au comptoir du bougnat, des bouchers aux tabliers maculés de sang côtoyaient des ouvriers en bleus de travail ; c'était l'heure de l'apéritif. Assises aux deux tables de l'établissement, de jeunes vendeuses buvaient un café, se chuchotant des confidences qui les faisaient pouffer de rire. Léa se glissa entre les consommateurs et gagna le fond du bistrot, à la recherche de Vincent.

— Enfin, vous voilà !... J'allais repartir.

La voix qui s'adressait à elle venait d'un renfoncement mal éclairé qu'elle n'avait pas remarqué tout de suite, masqué qu'il était par un petit escalier en colimaçon. Elle s'assit sur l'étroite banquette défoncée qui le meublait, adossée à un lourd rideau teint du même rouge sale que le siège, et regarda autour d'elle avec une curiosité non feinte. Après cet examen, elle demanda :

— Vous venez souvent ici ?

— Cela n'est pas important.

— Vous êtes fâché ?

— Là n'est pas non plus la question : vous devez comprendre que l'inexactitude peut avoir de graves conséquences. Il est imprudent de rester trop longtemps sur le lieu d'un rendez-vous.

— Pardonnez-moi... J'ai rencontré une Bohémienne qui m'a fait de terribles prédictions...

Vincent la dévisagea d'un œil incrédule. Elle reprit :

— Euh... je sais bien que ce sont des bêtises, mais ce qu'elle disait, j'avais l'impression qu'elle le voyait vraiment... Oh ! ne me regardez pas avec cet air apitoyé ! Elle m'a annoncé que mes enfants étaient en danger... J'ai si souvent eu peur pour eux, vous savez...

La larme qui roula le long de sa joue calma l'énervement que Vincent sentait monter en lui. D'un bras, il lui entoura affectueusement les épaules.

— Vous vous comportez comme une midinette ! Moi qui pensais que vous étiez la femme forte dont parlent les Écritures, vous croyez aux bobards de la première pythonisse venue, qui n'en voulait qu'à votre argent !

— Elle n'en a pas voulu...

— Et, comme dans un mauvais roman, vous en avez alors conclu qu'elle disait vrai !

— Vous avez raison... C'est sans doute l'ambiance qui règne à Paris, nos rendez-vous secrets, mes mensonges, cette guerre qui n'en finit pas... Malgré mon retard, puis-je avoir quelque chose à boire ?

— Je vous recommande le chablis du patron.

— Va pour le chablis.

Vincent fit un signe au moustachu d'une cinquantaine d'années, béret sur la tête, qui officiait en bras de chemise derrière le comptoir. Peu après, il apportait trois verres et une bouteille.

— C'est ma tournée ! déclara-t-il en s'asseyant face à eux. Vous m'en direz des nouvelles... Armande ! apporte-nous la saucisse, s'il te plaît.

Une grande femme maigre, tout habillée de noir, ses cheveux grisonnants tirés en un chignon sévère, vint déposer sur la table une terrine, des rillons, des petits fromages très secs, de larges tartines de pain et de la saucisse sèche.

— J'ai une petite faim, pas vous ? questionna-t-il en sortant de sa poche un couteau qu'il ouvrit en le tapant sur son genou.

— Et moi donc ! s'écria Léa.

— À la bonne heure ! J'aime les femmes qui se tiennent bien à table... Goûtez-moi ce pâté de lièvre, c'est la patronne elle-même qui le prépare.

— Vous croyez que ça ira avec le chablis ? s'enquit Léa en entamant la terrine.

— Mais c'est qu'elle s'y connaît, votre amie ! Finissez votre verre... Armande ! donne-moi le tire-bouchon et une bouteille du vin de la famille. C'est mon frère qui le fait, et, chaque fois que j'en bois, je me retrouve, petiot, gardant les brebis de ma grand-mère avec le vieux Marcel... Dans sa musette, le vieux Marcel avait toujours une chopine de vin, du vin de mon grand-père. C'est avec lui que j'ai pris ma première cuite... je devais avoir six ou sept ans ! Ah ! ce vin, il sent la terre et la sueur de ceux qui l'ont élevé !

Il déboucha la bouteille dépourvue d'étiquette que lui avait remise sa femme, renifla le bouchon, se versa un fond de verre, le porta à ses narines, le fit tourner dans la lumière. Enfin il but. Armande, Vincent et Léa demeuraient comme suspendus à son verdict.

— Dieu est grand !

Tous laissèrent échapper un soupir de soulagement.

— Armande, prends donc un verre, on va trinquer au souvenir du grand-père !

— Oh, Hilaire, ce n'est pas raisonnable... ou alors juste une goutte, concéda la grande femme.

Elle eut une moue qui la rajeunit de vingt ans.

— Il y a du monde, ajouta-t-elle rapidement.

Tous levèrent leur verre à la mémoire de l'aïeul.

— Hum, il me rappelle le vin de Montillac, apprécia Léa. On dirait un cru du Bordelais.

— Avec des cailloux en plus ! Il vient de la côte de Duras... Vous connaissez ?

Si elle connaissait ? Ses randonnées... les parachutages... les maquis... les courses à travers les champs de tabac et les vignes... Duras, La Réole, Saint-Macaire, Verdelais... Toute sa jeunesse !

Pendant encore un moment, ils savourèrent en silence le vin du frère et la terrine d'Armande.

— Vous avez des nouvelles de votre fils ? demanda Vincent.

Hilaire referma son couteau après l'avoir soigneusement essuyé sur son tablier bleu.

— Armande, montre la lettre du petit.

D'une main hésitante, la femme du bougnat sortit de la poche de sa blouse noire deux pages pliées en quatre ; comme à regret, elle les tendit à son mari. Son regard contrit croisa celui de Léa, qui, embarrassée, détourna le sien ; il y avait dans ces yeux-là toute la peur et la détresse d'une mère. Hilaire chaussa ses lunettes, déplia précautionneusement les feuillets quadrillés, recouverts d'une grande écriture maladroite.

*Mes chers Parents,*

*Je vous écris à la lueur de ma torche, en attendant mon tour de garde. La nuit est froide et magnifique. Du ciel tombent des étoiles filantes : c'est comme un feu d'artifice. Là, j'exagère un peu, mais c'est beau quand même. Par des nuits comme celle-là, la guerre paraît absurde. Je pense au Grand-Père qui aimait tant coucher à la belle étoile, les nuits d'été, bien enveloppé dans sa peau de bique et fumant sa pipe. Elle lui aurait plu, celle-là.*

*Merci pour le colis ; ce n'est pas tant son contenu qui me fait plaisir, que la tendresse que vous avez mise à le confectionner et qui me donne envie de pleurer. Je pense à vous chaque jour et je vous aime chaque jour davantage. Cette guerre, l'éloignement, m'auront appris quels parents merveilleux vous êtes. Maman, la tristesse de ta dernière lettre m'a fait de la peine. Tout est calme dans le secteur, et le moral est plutôt bon. Alors, je t'en supplie, ne te fais pas tant de soucis. J'ai partagé la charcutaille avec les copains, mais c'est ton pâté qui a fait l'unanimité ; le chef lui-même a dit qu'il n'en avait jamais mangé de pareil. Bravo, petite Mère, tu n'as pas perdu la main ! Merci, Papa, pour les articles du* Monde *et de l'*Humanité *que tu m'as découpés. Géniale, ton idée de les glisser dans* Sciences et Vie *! J'ai eu un sentiment bizarre en les lisant ; j'avais l'impression qu'ils parlaient d'une autre guerre que la nôtre. J'avais comme un sale goût dans la bouche. Il est vrai que les journalistes, ils écrivent tranquillement installés derrière leur bureau et décrivent une guerre — une « opération de maintien de l'ordre », comme ils disent — dont ils ne connaissent rien. Qu'ils viennent voir un peu ici à quoi ça ressemble ! En vingt mois, les gus et moi, on n'en a jamais vu un seul. Mais ils ne sont pas assez fous pour venir jusqu'à notre piton, trop exposé, où* *nous passons nos journées à attendre. À attendre quoi ? Qu'il se passe enfin quelque chose qui nous sorte de l'ennui. Pour le tuer, cet ennui, il y a la bière. On en boit tous des litres. Il s'en faudrait de pas grand-chose pour que partir en opération, ce soit un peu comme partir en excursion, tant on s'emmerde ! Quand on sort de notre trou, on est comme des bêtes, prêts à tirer sur tout ce qui bouge, tellement on a la trouille. Malgré tout, on préfère ça à cet ennui gluant qui nous pourrit l'esprit, à cette peur d'une attaque des* fells [1] *qui nous fait faire dans nos frocs.*

*Mais de quoi je vous parle, par cette nuit si douce, si belle ? Pardonnez-moi, mes parents que j'aime, mais c'est mon tour d'aller prendre la garde.*

*Je vous embrasse tendrement. Votre fils qui pense chaque jour à vous,*

*Raymond.*

Avec les mêmes gestes précautionneux, le père replia la lettre du fils, replia les branches de ses lunettes et essuya ses moustaches du revers de sa main. Il se leva lourdement avec un haussement d'épaules et retourna derrière son comptoir, où il rendit les feuillets à la mère.

— Ils n'ont plus que ce fils ; l'aîné a été fusillé par les Allemands et le deuxième est mort en déportation, commenta sobrement Vincent.

Ils restèrent tous deux silencieux, perdus dans leurs pensées, puis :

— J'ai besoin que vous alliez à Lille chercher de l'argent qui y a été réuni. Avec votre voiture, c'est l'affaire d'une journée.

— Comment savez-vous que j'ai une voiture ?

1. En argot militaire, abréviation de l'arabe *fellagha*, qui désignait les rebelles algériens.

Il ignora la question.

— D'autre part, pouvez-vous héberger un ami algérien ? Vous devez bien avoir une ou deux chambres de bonne, dans un immeuble comme le vôtre ?... Vous ne répondez pas ?

— Je réfléchis... Ce n'est pas une mince affaire, ce que vous me demandez là. Depuis la guerre, je ne fais que me retrouver dans des situations plus invraisemblables les unes que les autres. On dirait que j'attire les problèmes comme un aimant ! Je déteste les conflits : pourtant, où que j'aille, j'y suis constamment mêlée...

— Les hommes ne sont impuissants que lorsqu'ils admettent qu'ils le sont...

— Pourquoi dites-vous cela ?

— Ce n'est pas moi qui le dis, c'est Jean-Paul Sartre.

— Que vient faire Sartre là-dedans ?

— Plus que vous ne pensez.

— Il a dit aussi : « Le destin que je porte est trop lourd pour ma jeunesse, il l'a brisée. »

Vincent la regarda, l'air si stupéfait qu'elle eut un pauvre rire.

— J'espérais tant échapper à ce destin et connaître enfin le bonheur de vivre ! Mais comment vivre heureux quand, dans son propre pays, se passent des choses qu'on ne peut accepter ? Votre ami restera-t-il longtemps chez moi ?

— Si la planque est sûre, une dizaine de jours au plus.

— Quand aurez-vous besoin de la chambre ?

— D'ici quarante-huit heures.

— Bien, elle sera prête.

— Vous êtes merveilleuse ! Lucide et courageuse...

— Inconsciente, dirait mon mari...

— À propos, que pense-t-il de la politique du général de Gaulle ?

— On évite d'en parler. Malgré mon admiration pour l'homme du 18-Juin, je ne peux me défendre d'un certain agacement envers le de Gaulle président de la République ; ce qui attriste François. Non qu'il soit un gaulliste inconditionnel, mais il lui est reconnaissant d'avoir refusé la défaite. Sans lui, aime-t-il à rappeler, nous aurions été traités en vaincus, en 1945, et occupés par les Américains... Enfin, pour répondre à votre question, il est évidemment favorable à l'indépendance de l'Algérie, comme il l'était à celle de l'Indochine. Mais, de là à héberger chez lui des militants algériens...

— Je vois... Bon, dès que la chambre sera prête, demandez Catherine à ce numéro ; quand vous l'aurez, vous lui direz que sa robe est terminée.

— C'est tout ?

— Vous ferez ce qu'elle vous indiquera. Si vous avez quelque chose d'urgent à me dire, laissez un message ici... Bon, partez maintenant. Hé ! n'oubliez pas votre panier...

En sortant, Léa fit un signe amical de la main en direction d'Armande et d'Hilaire.

La foule des ménagères avait disparu et seules quelques retardataires pressaient à présent le pas. Les commerçants recouvraient leurs étals de bâches aux couleurs délavées et tiraient les grilles de leurs boutiques ; pour eux aussi, c'était l'heure d'aller déjeuner.

Rentrée chez elle, Léa trouva, sur une console du vestibule, un mot de François ; il la priait de se faire belle puisqu'ils dîneraient le soir-même, en amoureux, chez Maxim's. Joyeuse, elle se rendit dans sa chambre. « Comment vais-je me coiffer ? » pensat-elle en relevant ses cheveux devant une glace. Mentalement, elle passait ses robes préférées en revue ; « Laquelle vais-je mettre ?... » D'un coup, sa joie retomba : « Que veut-il m'annoncer ? » Elle s'affala sur le lit, subitement désemparée. Durant quelques minutes, de sombres pensées l'accablèrent.

— Et puis merde ! s'écria-t-elle à haute voix en se relevant brusquement.

Elle ôta sa robe et jeta ses chaussures à hauts talons, enfila un blue-jean et des sandales, choisit un chemisier qu'elle se noua à la taille. Dans le cagibi, elle prit balai et chiffons, puis ouvrit un tiroir de la cuisine, à la recherche des clefs donnant accès aux chambres de bonne. Où diable avait-elle pu les ranger ?... Agacée, elle fouilla tous les autres tiroirs, sans plus de succès. Mais peut-être Philomène en avait-elle eu besoin ?... Elle emprunta l'escalier de service et grimpa les étages. Les tomettes brisées du sixième n'avaient pas été remplacées depuis longtemps et les murs du couloir réclamaient un bon coup de peinture. Un crissement de meuble qu'on traîne vint de la pièce qui servait de débarras ; encore une de ces manies de Philomène : ranger ! Des bruits de voix se firent entendre ; elle avait dû se faire aider de la concierge... Léa tourna la poignée.

Un bref instant, tous trois restèrent à se regarder, figés dans le même étonnement. Doucement, Léa referma la porte.

— Je... je vais t'expliquer, bredouilla Charles.

— Ce n'est pas la peine, je crois que j'ai compris.

Sous leurs regards stupéfaits, elle éclata de rire.

— Qu'y a-t-il de drôle ? demanda Charles, interloqué.

— Ne fais pas cette tête, ou je ne vais pas pouvoir m'arrêter ! articula Léa en redoublant de rire. Moi aussi, je vais t'expliquer... Mais, auparavant, présente-moi ton ami... Excusez-moi, monsieur, mais je crois que nous sommes dans une situation assez cocasse...

— « Cocasse » ? releva un jeune homme brun au beau visage émacié.

— Oh oui, et vous allez voir combien... Bon, mais

asseyons-nous... Allons, ne restez pas plantés comme ça... Vous préférez être debout? Comme vous voudrez... Figure-toi, Charles, que j'étais venue ranger cette pièce parce que je voulais y accueillir un ami... Plus précisément, un compatriote de monsieur... Allons, remets-toi, mon chéri!

— Quoi?... Mais alors... C'était toi qui étais dans un train, à Lyon, l'autre jour?

— Hein? Tu y étais aussi?... J'aurais de beaucoup préféré que tu ne te mêles pas de tout ça.

— Et moi donc!... Enfin, je te présente Ali, qui va passer quelques jours...

— Ali, comme c'est original... Bon, monsieur Ali, je me trouve maintenant dans une situation embarrassante : j'ai promis d'héberger quelqu'un et vous êtes ici. Comment faire?

— Léa, je t'en prie, cesse de parler de cette façon. Tu vois bien que nous sommes embarqués dans la même aventure...

— Pourquoi ne m'as-tu rien dit?

— Mais parce que tu aurais essayé de m'en dissuader.

— Évidemment... Je ne t'ai pas sorti de la sierra Maestra pour te perdre aujourd'hui à Paris. Tu sais, c'est très grave, ce que nous faisons. Et je ne suis même pas sûre que nous ayons raison de nous mettre du côté de ceux qui nous combattent.

— Madame, « ce n'est pas le peuple français que nous combattons, mais un système pervers, mis en place par la colonisation, et qui exploite sans scrupules un autre peuple en le maintenant dans l'ignorance et la misère. La guerre d'Algérie n'est pas la guerre des Arabes contre les Européens, ni celle des musulmans contre les chrétiens. Elle n'est pas non plus la guerre du peuple algérien contre le peuple français. C'est la guerre d'une nation qui se bat pour son indépendance, pour vivre librement sur la terre de ses ancêtres, en êtres humains et non en esclaves. Vous autres, Français, vous avez connu cela il n'y a pas si longtemps... Une grande partie de l'humanité a récemment tremblé devant le déferlement du nazisme. Les pays les plus immédiatement visés par ces manifestations se sont ligués et ont pris l'engagement, non pas seulement de libérer leur territoire occupé, mais de briser littéralement les reins au nazisme, de liquider les régimes qui l'avaient suscité. Eh bien! les peuples africains doivent pareillement se souvenir qu'ils ont été confrontés à une forme de nazisme, à une forme d'exploitation de l'homme, de liquidation physique et spirituelle, lucidement menée. Des hommes algériens et des femmes algériennes tombent chaque jour, fauchés par la fureur homicide d'une soldatesque déchaînée. Les bandes françaises se ruent sur les villages algériens, multiplient les Oradour. La guerre n'est pas condamnable parce que l'armée française s'y déshonore et que les appelés y apprennent le fascisme. La guerre d'Algérie n'est pas la honte de la France. La guerre d'Algérie, c'est d'abord le malheur du peuple algérien! »

Pâle, les yeux brûlant de passion, le jeune Algérien se tut, essoufflé. Léa et Charles n'osaient le regarder. De pareils propos, Léa en avait déjà entendu dans la bouche de Vietnamiens, et elle ne pouvait qu'être d'accord avec eux; en dépit de l'amertume qu'elle éprouvait en voyant la France comparée à l'Allemagne nazie. Elle ne trouvait pas les mots pour justifier son propre pays, qui nommait « pacification » ou « maintien de l'ordre » une guerre sans merci, faite à un peuple dont le seul tort était de ne vouloir dépendre que de lui-même.

Ali ramassa un sac et une mallette usagés.

— Je m'en vais.

— Restez! s'écria Léa.

Indécis, la main sur la poignée de la porte, le jeune

homme interrogeait du regard Charles, qui, à son tour, considéra Léa.

— Merci, murmura-t-il enfin en l'attirant à lui.

— Au lieu de s'attendrir, si on allait voir ce que l'on peut faire dans l'autre chambre?

Le rose des abat-jour rendait toutes les femmes jolies. Léa, en particulier, resplendissait dans un long fourreau noir qui révélait toute l'élégance de sa silhouette. Elle avait relevé ses cheveux. Contre son cou mince bougeaient de longues boucles d'oreilles en diamant. Le dîner était exquis et le château-lafite 1947, une merveille.

— J'aime être ici avec toi. Cela me rappelle tant de choses... T'en souviens-tu?

François prit la main de cette femme si belle, si émouvante, qui était la sienne et pour laquelle il aurait accepté de mourir. Il ne se lassait pas de la regarder vivre, avec toujours, au creux de lui, cette inquiétude de la perdre ou qu'elle n'en aimât un autre. Il avait su sa liaison avec Camilo Cienfuegos, et lui-même n'avait pas été vraiment fidèle. Mais, à son retour, il avait compris qu'elle avait aimé, qu'elle aimait peut-être encore le séduisant *comandante*. Il n'avait pas cherché à en avoir la certitude. Par crainte? Par amour-propre? Toujours est-il que, dès qu'il eut remarqué qu'elle semblait s'éloigner de lui quand il évoquait la guérilla, il ne l'avait plus jamais questionnée.

— Fais-moi danser, demanda-t-elle avec un merveilleux sourire.

Ils se levèrent et se dirigèrent vers la piste. Les hommes suivaient Léa des yeux tandis que ceux de leurs compagnes s'attardaient sur les larges épaules de François.

Étroitement serrés l'un contre l'autre, ils dansèrent un slow. Puis le rythme se fit plus lascif, la cadence s'accéléra. Les hanches de Léa ondulèrent. Elle ne put ignorer l'effet que cela produisait sur son cavalier. Avec un rire de gorge, elle accentua son déhanchement.

— Arrête, chuchota-t-il en l'embrassant dans le cou. Tu vas me faire jouir !

Elle rejeta la tête en arrière, les yeux mi-clos.

— Que tu es belle !

La musique s'arrêta peu après. Ils regagnèrent leur table. Un moment encore, ils demeurèrent silencieux, se dévisageant comme s'ils voulaient à jamais conserver cette image l'un de l'autre. Le sommelier s'approcha, portant une bouteille de champagne.

— Voici le dom-pérignon que vous m'avez demandé, monsieur Tavernier.

Quand le bouchon eut sauté et que leurs verres furent remplis, ils les levèrent. Durant toute l'opération, ils ne s'étaient pas quittés des yeux. Ce qu'ils y lurent les emplit d'un bonheur si intense qu'ils en tirèrent un sentiment de force. Des applaudissements, saluant l'entrée d'un couple de comédiens célèbres, les forcèrent à revenir à la réalité.

— Qu'as-tu à me dire ? prononça tendrement Léa.

— Tu as deviné ?

— Oui. Je te connais bien, tu sais... Quand pars-tu ?

En dépit de son assurance apparente, sa voix avait légèrement tremblé sur les derniers mots. Une nouvelle fois, François s'en voulut, se traita de con et de salaud, quand il s'entendit répondre :

— Demain.

Elle appuya ses deux poings de chaque côté d'elle, sur le velours de son siège, subitement envahie par un accès d'angoisse qui lui faisait battre les tempes. Elle resta ainsi un interminable moment, immobile, le corps tendu, les yeux brillants. Afin de dissimuler l'émotion que lui causait la souffrance contenue de sa femme, François alluma un cigare. Machinalement, la main droite de Léa se posa au coin de son front et ses doigts tapotèrent à un rythme connu d'eux seuls. Tous deux savaient qu'il n'y avait rien à ajouter et que rien de bon n'adviendrait de cette nouvelle séparation. C'était plus fort qu'eux, au-delà de leur amour même. Ils étaient poussés à des choix qu'ils savaient dangereux. Mais ils avaient besoin du danger comme d'autres ont besoin de paix et de sécurité.

Cette nuit-là, le plaisir eut un goût de larmes.

# V

Il faisait nuit quand la Caravelle venant de Paris atterrit à l'aéroport de Maison-Blanche d'Alger. François prit un taxi et se fit conduire à l'hôtel Saint-George. En ville, les bourrasques d'un vent descendu du désert agitaient les palmiers et soulevaient la poussière des rues. De rares passants avançaient courbés, rasant les murs. Dans le hall de l'hôtel régnait une effervescence bon enfant ; tout le monde semblait s'y connaître et s'interpellait joyeusement. L'Algérien qui portait ses bagages s'arrêta devant le concierge ; l'homme contemplait d'un air bienveillant la foule d'Européens endimanchés qui se pressaient dans son établissement.

— Ah, monsieur Tavernier, nous vous attendions. Soyez le bienvenu... Ahmed, porte la valise de monsieur à la chambre 113... Euh, vous n'êtes pas superstitieux, monsieur Tavernier ?

François ne répondit pas. Dans un salon voisin, un orchestre jouait un paso-doble. Malgré l'action des ventilateurs, il faisait très chaud, et nombreux étaient les hommes vêtus de blanc qui s'épongeaient le visage ou la nuque. Une femme au profond décolleté, entourée de la senteur entêtante et sucrée de son parfum, bouscula François ; elle riait aux plaisanteries d'un homme lourd, à la mise voyante, le profil empâté d'un empereur romain mâtiné d'Espagnol. Ses yeux s'ombraient de cernes bistre dont l'effet devait être irrésistible sur certaines dames... François reconnut Joseph Ortiz, patron du café le Forum, qu'il avait croisé, l'année précédente, dans les couloirs du Gouvernement général en compagnie de Pierre Lagaillarde et du général Massu. Ortiz l'avait lui aussi aperçu ; il lâcha le coude de sa compagne et se dirigea vers lui, bras tendus.

— Tavernier !... C'est une surprise de vous revoir ici ! Vous venez prendre la température d'Alger pour en faire rapport au Général ? Eh bien, je vous autorise à lui dire, de la part des adhérents au Front national français, que nous sommes contre l'autodétermination, mais pour l'union des composantes des populations d'Algérie et du Sahara, pour l'intégration territoriale définitive des départements algériens et sahariens, pour la réforme des institutions et le maintien des idéaux du 13 mai...

— De grâce, Ortiz, remballez votre propagande, je ne suis pas preneur !

— Moquez-vous, Tavernier, gronda le cafetier. Si vous restez à Alger, vous irez d'étonnement en étonnement. Et le Général aussi ! Le seul mot d'« autodétermination » me fait bondir ; et, croyez-le bien, civils ou militaires, nous sommes nombreux dans ce cas. « Nous sommes revenus au fameux droit des peuples à disposer d'eux-mêmes. Mais en fonction de quel critère ? Les minorités ayant rendu salubres des territoires, ayant fondé au prix de sang et de larmes un pays riche et prospère, qui ont permis aux autochtones de croître et de multiplier — savez-vous que la population musulmane a quintuplé depuis 1830 ? —, vont voir leur nationalité de Français dépendre du résultat d'un vote ! » C'est inacceptable !

— C'est ce qu'on appelle la démocratie...

— J'm'en fous, de la démocratie ! Vous trouvez

que l'arrivée de votre de Gaulle au pouvoir était démocratique?

— Les formes ont été respectées...

— Foutaises! De Gaulle a baisé la France, il ne baisera pas l'Algérie française!

— C'est pourtant grâce à l'Algérie qu'il est aujourd'hui président de la République.

Ortiz poussa un profond soupir.

— Je ne le sais que trop, fit-il en épongeant son visage trempé de sueur à l'aide de sa pochette de soie blanche.

Devant la mine dépitée du président du Front national français, François éprouvait les pires difficultés à conserver son sérieux. Pourtant, ce n'était pas le moment de se mettre à dos ce personnage qui avait ses entrées dans tous les milieux algérois, dont le bagout faisait merveille auprès des activistes de tout poil et qui bénéficiait de protections dans la police aussi bien que d'indicateurs dans la Casbah [1].

— Allez, ne vous mettez pas martel en tête... Venez plutôt au bar, je vous offre un verre.

— Pourquoi ne boirions-nous pas à l'Algérie française?

— Si vous y tenez! répliqua François tout en s'effaçant devant la femme trop parfumée.

Au bar se pressait la fine fleur de la bonne société algéroise. Quelques officiers étaient en conversation animée avec le député Pierre Lagaillarde et le lieutenant Bernard Mamy, deux figures du 13 mai. C'est Jean Pouget qui avait présenté Mamy à François Tavernier; le commandant lui avait fait un topo sur ce sous-officier qu'il appréciait, en dépit de ses sympathies pour les députés poujadistes Le Pen et Demarquet, et des relations qu'il entretenait avec les anciens

1. En arabe, citadelle d'un seigneur. À Alger, le vieux quartier arabe qui s'étendait autour de l'ancienne forteresse.

combattants de la LVF et de la division Charlemagne. Mamy ne s'était jamais remis de la mort de son père, connu sous le nom de Paul Riche, qui avait été, de 1941 à 1944, le rédacteur en chef du *Pilori* puis le directeur de *l'Appel,* publications dans lesquelles il dénonçait ceux qu'il tenait pour les « deux responsables de la guerre » : les juifs et les francs-maçons. À la Libération, Paul Riche s'était livré et avait été emprisonné cinq ans à Fresnes, puis avait été fusillé en 1949. Fou de haine, n'aspirant qu'à la vengeance, son fils s'était alors mis à fréquenter les milieux d'extrême droite, dont il avait même vendu l'un des journaux, *Parole française,* dans les rues de Paris. Dénoncé à son tour dans les colonnes de *l'Humanité,* « le fils de l'assassin » avait rapidement rangé pêle-mêle les communistes, les juifs, les francs-maçons et les gaullistes parmi ses ennemis. Malgré cela, le jeune Mamy avait bien observé les ordres donnés par Pouget, le 13 mai, et s'était retrouvé, sous la tenue camouflée, en compagnie de Lucien Neuwirth et de François Tavernier alors qu'ils occupaient les locaux de Radio-Alger. Que n'aurait-il pas fait au nom de l'Algérie française ? Accepter même le retour au pouvoir de celui qui avait, selon lui, fait fusiller son père ! Lui objectait-on que de Gaulle n'était plus à la tête du gouvernement à ce moment-là, il tournait les épaules de l'air de celui qui savait.

Peu de femmes figuraient parmi les hôtes du bar du Saint-George. François s'installa sur l'un des tabourets faisant face au comptoir d'acajou.

— Que buvez-vous ? demanda-t-il à Ortiz.

— Un cognac... sans glace.

— Et vous, madame ?

— La même chose, minauda la femme. Jo, tu ne m'as pas présenté monsieur...

— Excuse-moi... Monsieur Tavernier, voici madame Jeanne Pérez.

François s'inclina avant de se tourner vers le barman.

— Trois cognacs sans glace, s'il vous plaît... Vous êtes parente du docteur Jean-Claude Pérez?

— Non, un homonyme seulement... Mais je connais bien Jean-Claude; c'est une des figures populaires de notre communauté. Tout le monde l'apprécie, ici, c'est un enfant de Bab el-Oued...

En attendant les consommations, François observait l'assistance. Outre Pierre Lagaillarde et Bernard Mamy, il reconnut le colonel Gardes, qu'il avait rencontré au bureau de presse du général de Lattre en Indochine. Après le départ de De Lattre, il l'avait revu dans l'entourage du général Salan. Le colonel se trouvait à Hanoi au moment de la libération du camp n° 1. Ils y avaient échangé quelques mots sur les conditions de détention dans les camps du Viêt-minh. Gardes s'était montré très intéressé par les méthodes qu'employaient les commissaires politiques vietnamiens pour briser le moral de leurs prisonniers et les amener à admettre qu'ils n'étaient que « des porcs au service de l'impérialisme ». François se rappelait lui avoir raconté le supplice auquel il avait été soumis après avoir tenté de s'évader : coudes et poignets liés dans le dos à l'aide d'une corde faisant boucle autour du cou et dont le nœud se serrait à chaque mouvement des bras; attaqué de nuit par des nuées de maringouins, il ne pouvait s'en défendre sous peine de s'étrangler... Cette torture avait duré huit jours. Ensuite, cela avait été les fourmis, puis l'enclos des cochons noirs, à moitié sauvages, qui n'attendaient qu'un moment de faiblesse du prisonnier pour se jeter sur lui et le dévorer. Il n'avait dû sa survie qu'à un vieil homme qui lui portait chaque soir, en cachette, un bol de riz, puis tenait quelque temps les cochons à distance afin qu'il pût dormir une heure ou deux. Un jour, pourtant, on le retira de la porcherie. En dépit de ses recherches à travers le camp, jamais il ne revit le bonhomme.

— Voici les cognacs, monsieur, dit le barman en déposant les verres sur le comptoir.

— Tchin-tchin! fit Jeanne Pérez en levant le sien.

— À la bonne vôtre! claironna Ortiz.

François se contenta d'un sobre « merci » et but son alcool d'un trait.

— Voilà ce que j'appelle boire, admira le patron du Forum en avalant le sien. Barman, remettez-nous la même chose... Mon colonel, vous prendrez bien un verre avec nous?

Gardes s'arrêta devant eux, salua Jeanne Pérez et tendit la main à Joseph Ortiz.

— Ce n'est pas de refus. Mais... Tavernier!... Quelle surprise!... Quand donc êtes-vous arrivé?

— Il y a une demi-heure... Heureux de vous revoir, mon colonel.

— Est-il indiscret de vous demander ce que vous venez faire à Alger?

— Non, je viens voir Delouvrier.

Gardes et Ortiz échangèrent un regard qui n'échappa pas à François.

— C'est sûrement le Général qui l'envoie, grommela Ortiz.

— Est-ce vrai? s'inquiéta Gardes d'un ton où la méfiance perçait.

— Vous savez bien que je ne fais pas de politique.

— Ce n'est pas une réponse, ça!

— Excusez-moi, mon cher ami, mais je ne puis vous en faire d'autre... Comment marchent les affaires, en ce moment? s'enquit-il en se tournant vers Ortiz.

— Comment voulez-vous qu'elles marchent, avec le FLN qui fout des bombes partout, et le couvre-feu?

— Pas pour tout le monde, à ce que je vois...

— Moquez-vous... Des soirées comme celle-ci

sont devenues rares, par les temps qui courent. Mais ça va changer, je vous en donne ma parole !

— Comment ?

— Vous le verrez bien... Mais je dois vous quitter : j'ai une réunion.

— Si tard ?

— Il n'y a pas d'heure pour les braves... Bonne nuit, Tavernier. Et merci pour le verre !

Suivi de Jeanne Pérez, il s'éclipsa rapidement.

— Il n'a pas changé, toujours aussi fort en gueule, remarqua François en se tournant vers Jean Gardes... Vous avez l'air soucieux, ou je me trompe ?

— On le serait à moins ! Avec sa politique, le général de Gaulle nous conduit tout droit à la catastrophe.

Ses yeux brillaient comme ceux d'un homme dévoré par la fièvre ; ses joues creuses commençaient à se couvrir d'une barbe dure. Il semblait nerveux, quoique maître de lui.

— Les musulmans ne sont pas capables de décider par eux-mêmes ; l'autodétermination serait une erreur. Puisque de Gaulle a déclaré qu'il y avait trois solutions — la sécession, la francisation complète ou le gouvernement des Algériens par les Algériens —, nous choisissons la francisation. En accord avec l'armée. Il faut obliger les Français d'Algérie à accepter l'intégration complète. Il est nécessaire de changer leur mentalité, les musulmans doivent devenir leurs égaux. D'ailleurs, c'est également l'avis du général Challe...

Tout en écoutant son interlocuteur, François réfléchissait très vite. Gardes venait de lui fournir un renseignement d'importance : Challe, le commandant en chef de l'armée en Algérie, n'obéissait pas entièrement, selon lui, aux directives de Paris.

— Ce n'est pas sérieux, Gardes ! Vous savez bien que des gens comme Ortiz, pour ne parler que de lui, ne seront jamais d'accord pour que les musulmans jouissent des mêmes droits qu'eux.

— Ce qui était vrai en 58 ne l'est plus aujourd'hui. Les choses ont évolué, vous vous en rendrez vite compte par vous-même... Mais que deviennent Delbecque, Neuwirth et vos autres compagnons gaullistes? J'ai entendu dire que certains ruaient dans les brancards...

— Il ne faut pas croire tout ce qui se raconte chez Lipp ou au restaurant de madame votre mère...

— Vous savez comme moi, Tavernier, que devant une bonne table, après deux ou trois verres d'un bon vin, un alcool et un cigare, les langues se délient comme par miracle. Le restaurant de la rue du Bac n'est fréquenté que par des fonctionnaires, des journalistes ou des hommes politiques. On y est entre soi...

— Je n'en doute pas. En plus d'être une excellente table, les Ministères constitue, je vous l'accorde, une excellente source d'informations, et l'endroit rêvé pour lancer de fausses rumeurs...

Le colonel Gardes accusa le coup. Chef du 5e Bureau, responsable de l'action psychologique à Alger, il savait fort bien tout cela.

— Si vous avez un moment, coupa-t-il en tendant la main à François, venez me voir. Je vous montrerai comment nous travaillons. À présent, excusez-moi : le travail m'attend.

Les deux hommes se serrèrent la main et Gardes rejoignit Bernard Mamy; ensemble, ils quittèrent le Saint-George. En regagnant sa chambre, François se demanda s'ils allaient rejoindre Ortiz...

Le lendemain matin, la sonnerie du téléphone réveilla François; c'était Léa.

— Bonjour, ma chérie... Sais-tu que tu fais le plus joli coq que je connaisse! se réjouit-il en bâillant.

— Oh! pardonne-moi! Je pensais que tu étais debout depuis longtemps...

— Pourquoi? Quelle heure est-il?

— Bientôt neuf heures.

— Nom de Dieu! J'ai rendez-vous avec Delouvrier à dix heures. Excuse-moi, mais je vais devoir te quitter... Tout va bien? Les enfants?... Je te rappelle ce soir, d'accord? Je t'embrasse... Je t'aime!

Il raccrocha et se précipita dans la salle de bains. Une demi-heure plus tard, il sautait dans un taxi.

— Au Gouvernement général, et en vitesse!

Au premier étage du GG [1], un huissier l'attendait. L'homme frappa à une porte, le précéda et l'annonça. François pénétra à son tour dans le grand bureau rouge qui avait été celui de Salan et de Soustelle.

L'ancien et brillant directeur général des impôts qu'il avait rencontré dans le bureau de Georges Pompidou alors que ce dernier dirigeait le cabinet du général de Gaulle avait perdu de sa superbe. Il y avait à peine un an que Paul Delouvrier avait été nommé délégué général en Algérie en remplacement du général Salan. Sa haute taille s'était affaissée et il paraissait flotter dans son costume de bonne coupe. Son visage, habituellement franc et ouvert, orné d'une fine moustache, au large front dégarni, était aujourd'hui pâle et tendu. Il se leva à l'entrée de François et vint à lui en s'appuyant sur une canne.

— Bonjour, Tavernier. Heureux de vous voir... C'est ma canne que vous regardez comme ça?... Le legs d'une mauvaise fracture du fémur qui me fait bien souffrir; d'ailleurs, je devrai bientôt retourner à Paris pour me faire opérer. Et ça tombe mal, croyez-le bien... Bon, asseyez-vous et allons droit au but. Le général de Gaulle vous a chargé d'une mission — sans doute de même nature que celle dont il m'avait

1. Abréviation habituelle à Alger pour le Gouvernement général.

moi-même chargé quand il était président du Conseil :
tout voir en Algérie et lui en faire le rapport personnel.

— C'est à peu près ça, répondit-il en lui remettant
son ordre de mission signé de la main du chef de
l'État.

Paul Delouvrier le lut rapidement.

— Eh bien, je vous souhaite bien du bonheur ! fit-il
en lui rendant le document. C'est à la suite de cette
première mission que j'ai été nommé ici... Alors, j'ai
peut-être en face de moi mon successeur ! Si cela était,
j'en serais ravi...

— Pas moi... De toute façon, je ne risque rien : je
n'ai aucune compétence ni aucun goût pour les fonctions de délégué général.

— Pas plus que je n'en avais ! Cependant, vous
êtes ici... Déjà, en 57, 58, c'est à la demande du Général que vous aviez séjourné à Alger, n'est-ce pas ? Et
je crois savoir que vous n'êtes pas tout à fait pour
rien dans son retour à la tête de l'État...

— C'est une vieille habitude, chez moi : j'ai beaucoup de mal à lui résister...

Delouvrier eut un rire nerveux.

— Vous avez encore de l'humour, Tavernier. En
un an d'Algérie, j'ai perdu le mien. Si vous étiez à ma
place, je pense que vous perdriez aussi le vôtre...
Tavernier, je suis inquiet, très inquiet. J'ai bien sûr
fait part de ces inquiétudes au président de la République, notamment en ce qui concerne l'armée, mais
c'est tout juste s'il ne m'a pas ri au nez : « Mais si,
Delouvrier, les militaires obéiront. Quand un militaire
se mêle de faire de la politique, il ne fait que des
conneries. Voyez Dreyfus ! Leur métier, c'est la lutte
sur le terrain. » De toutes parts me parviennent néanmoins des informations alarmantes. Il se prépare quelque chose à Alger même. L'annonce du projet d'autodétermination a plongé la population européenne de la

ville dans l'abattement, puis dans la colère, et partout les activistes se démènent. Des officiers, sous couvert de la recherche du renseignement, se compromettent avec eux, quand ils ne les informent pas eux-mêmes... Ceux du 5e Bureau sont ouvertement hostiles à la politique du Général, et je m'effraie de leur attitude. J'ai demandé la mutation de certains d'entre eux, et pourtant je l'attends toujours. Les activistes s'arment aussi, et Massu, le brave Massu, est tombé à leur merci sans même s'en rendre compte... Quand je lui recommande de se montrer prudent, il me répond « qu'en cas de grabuge ils m'informeront ». L'imbécile ! Les colonels se jouent de lui ! Ortiz, le cafetier du Forum, le manipule et se vante d'un « pacte passé avec Massu ». L'homme de la bataille d'Alger croit sincèrement que sa popularité sera suffisante pour maintenir l'ordre et qu'Ortiz et ceux de sa bande ne sont que de « braves gens profondément patriotes ». Comment lui faire comprendre qu'il joue un jeu dangereux avec des gens beaucoup plus malins que lui ?

Le délégué général se tut et considéra longuement son interlocuteur comme s'il attendait une réponse ; elle ne vint pas. Il se leva et s'approcha de la fenêtre en claudiquant ; de là, on découvrait la Ville blanche. François le rejoignit. De la mer, couleur de plomb sous le ciel gris, semblait monter comme une menace. Les palmiers ployaient toujours sous les rafales. Les yeux fixes, Delouvrier récitait comme pour lui-même :

— « Nous devons tirer l'Algérie de sa mouise, m'a-t-il dit, pour lui donner la possibilité de choisir. » Choisir quoi, et comment ? Entre les Arabes et les pieds-noirs de l'Algérie française... Quelle Algérie veut-il ?... Et le Sahara, le gaz du Sahara ?... « Vous êtes la France en Algérie... » Cette situation est intenable !

Il fallait que le délégué général fût à bout pour tenir

des propos aussi défaitistes. Cet homme intelligent, habituellement si sûr de lui, au jugement rapide et qui avait accepté ce poste en toute connaissance de cause, se montrait, sans doute pour la première fois de sa vie, désemparé. Faisant un effort sur lui-même, il se redressa et se retourna vers son visiteur, se forçant même à sourire.

— Excusez-moi, ce n'est guère dans mes habitudes de me laisser aller... Je dois être bien fatigué pour en arriver là! Oubliez cela, voulez-vous? Toute aide vous sera donnée dans l'accomplissement de la mission que vous a confiée le général de Gaulle, et mon directeur de cabinet, Michel-Jean Maffart, vous facilitera la tâche dans toute la mesure du possible; il a mon entière confiance... Quand voyez-vous le général Challe?

— Cet après-midi même.

— Bien... C'est un ancien résistant, comme nous. Il a fait du bon travail depuis qu'il est ici, et notre collaboration est étroite. « Jamais on ne fera passer une feuille de cigarette entre Challe et moi... » Avez-vous des questions?

— Oui... Que pensez-vous réellement de la situation? Je veux votre opinion personnelle, et non celle que dicte votre fonction. Je vous donne ma parole d'honneur que rien de ce que vous pourrez me dire ne sortira de cette pièce.

Les yeux brillants, Delouvrier soutint son regard, cherchant à y lire la vraie nature de celui qui lui faisait face. Son examen dut lui paraître satisfaisant; il eut un sourire amical, le premier depuis le début de leur entretien.

— J'ai de l'estime pour vous, Tavernier, mais que vous dire que vous ne sachiez déjà?... L'Algérie est perdue pour la France... Personne ici ne veut l'admettre... Je suis seul... et... je n'ai plus confiance en qui que ce soit... Cependant, vous pourrez rassurer le Général : je ferai mon devoir.

François n'en doutait pas et regretta de ne pouvoir lui apporter le moindre réconfort.

— Quand pourrai-je voir Maffart?

— Il est dans son bureau, il vous attend... Ce soir, ma femme et moi, nous recevons quelques amis au palais d'Été; voulez-vous être des nôtres?

— Avec plaisir... Comment va madame Delouvrier?

— Très bien, malgré sa grossesse avancée...

— Je ne savais pas... Mes félicitations!

— À ce soir, donc; pas de tenue particulière, c'est un dîner amical... Vingt heures trente, cela vous convient?

— Parfaitement. Je vous remercie... À ce soir, monsieur le délégué.

— Ma secrétaire va vous conduire.

Au sortir de son entrevue avec Maffart, François demeura songeur. Le directeur des cabinets civil et militaire s'était pourtant montré calme et courtois. L'air endormi derrière ses lunettes à fine monture, il avait répondu posément aux questions de l'envoyé du général de Gaulle, ne s'autorisant qu'une ou deux observations personnelles particulièrement perspicaces. François sentit que, sous cette apparente mollesse, ces cheveux filasse, cette mine de papier mâché, se cachait un bourreau de travail à l'intelligence aiguë. Maffart n'avait accepté de quitter la Cour des comptes et le Conseil d'État que par amitié pour Delouvrier, mais à la « condition de pouvoir partir à tout moment s'il n'était plus d'accord, et aussi à condition de ne pas faire le contraire de ce qui vous a été dit ». En le quittant, François sentit qu'il allait pouvoir s'entendre avec cet homme replet.

Tavernier traversa la place Clemenceau, surnommée « le Forum » par les Algérois. C'était l'heure de l'anisette et il y avait beaucoup de monde sur le boulevard du Maréchal-Foch. Alors qu'il passait devant la brasserie du Forum, quelqu'un l'interpella de l'intérieur. François s'arrêta et aperçut Ortiz, vêtu d'un complet sombre, qui venait à lui.

— Bonjour, Tavernier. Votre rendez-vous avec le délégué général s'est-il bien passé?... Vous ne l'avez pas trouvé trop déprimé, le pauvre homme?

Apparemment, Joseph Ortiz était bien informé.

— Déprimé?... Non, je n'ai pas trouvé. Un peu souffrant, peut-être, à cause de sa jambe... Mais, pour le reste, il m'a paru des plus déterminés.

— Ah bon! fit Ortiz, dissimulant mal sa contrariété.

Puis, se reprenant, il ajouta :

— Si vous n'êtes pas retenu pour le déjeuner, je vous invite. D'ailleurs, vous ne pouvez pas me refuser ça : cela fait aussi partie de votre mission, n'est-ce pas?

Décidément, tout le monde s'était fait une idée bien précise de sa mission! Difficile d'aller et venir incognito dans Alger...

— Non, je n'ai pas de déjeuner prévu... J'accepte volontiers.

Ortiz le précéda dans son établissement et le conduisit à une table d'angle.

— C'est ma place habituelle : d'ici, je vois tout ce qui se passe dehors comme à l'intérieur...

Un garçon apporta deux verres d'anisette et une assiette de cacahuètes. Une grande animation régnait dans la salle; des clients entraient ou sortaient, s'interpellaient bruyamment d'une table à l'autre. Tous semblaient se connaître, et il y en avait plus d'un pour se demander qui pouvait bien être ce *Frangaou* [1] assis à

---

1. « Français de France » dans l'argot de Bab el-Oued, employé le plus souvent avec mépris (au pluriel : *Frangaoui*).

la table du patron. En tout cas, pour y être convié, ce devait être quelqu'un d'important; le grand Jo ne recevait pas n'importe qui.

— Je peux? demanda un frêle jeune homme au visage blafard.

Sans attendre la réponse, il s'assit à côté d'Ortiz, face à François Tavernier qu'il considéra d'un air insolent.

— Bien sûr, fils, tu es le bienvenu... Mustapha! une anisette pour mon ami... Tavernier, je vous présente Jean-Jacques Susini, notre tête pensante. Il est étudiant en médecine, il a fondé son propre mouvement, le Mouvement nationaliste étudiant, mais il n'a pas hésité à rejoindre les rangs du FNF [1], où il abat un travail remarquable. Regardez-le bien, Tavernier, vous entendrez parler de lui!

— Je n'en doute pas, répondit François avec ce sourire narquois qui lui avait déjà valu de solides inimitiés.

Lui aussi dévisagea l'étudiant au front prématurément dégarni dont les yeux brillants fixaient toujours les siens.

— Ce qu'il faudrait, voyez-vous, Tavernier, c'est que l'armée prenne le pouvoir pour maintenir notre présence ici, en Algérie, reprit Ortiz en lançant un clin d'œil à son jeune compagnon.

— Vous pensez que l'armée est mûre pour un coup d'État? s'étonna François.

— L'armée, tout comme les pieds-noirs, se sait trahie par de Gaulle. « Elle n'a pas combattu depuis tant d'années sur le sol algérien, qui est une terre française et dont elle a assuré le développement, instruisant et soignant ses populations, pour l'abandonner entre les mains des communistes ou d'une poignée de terroristes qui la feront retomber dans l'ignorance et la bar-

1. Front national français.

barie ! Jamais nous n'accepterons cela ! » Il faut que vous et la clique gaulliste au pouvoir en soyez bien conscients ! s'écria Susini.

— Nous refusons toute solution qui ne déboucherait pas sur l'intégration ! s'exclama à son tour Ortiz. Toute autre formule déclencherait un processus irréversible, aboutissant à l'indépendance. Et cela, nous ne le voulons pas. Nous résisterons de toutes nos forces. Cette terre est la nôtre, nous ne l'abandonnerons jamais ! Entre la valise et le cercueil, nous choisirons le cercueil !

— Voilà qui est clair, lâcha nonchalamment Tavernier en tirant sur sa cigarette.

— Le peuple d'Algérie est derrière nous, ajouta Ortiz.

— Vous voulez dire les Européens. Que faites-vous des huit millions de musulmans ? objecta François.

— La grande majorité des musulmans est aussi avec nous. Ils savent qu'ils n'ont rien à gagner à se séparer de la France, riposta aussitôt Ortiz.

— Si vous le dites, constata simplement François.

Un Algérien portant un plateau lourdement chargé s'approcha de la table et disposa les assiettes.

— Cela m'a l'air rudement bon, estima Tavernier en plongeant le nez dans celle qui avait été déposée devant lui.

— C'est une spécialité maison... Vous m'en direz des nouvelles ! précisa Ortiz sur un ton satisfait.

Pendant quelques instants, les trois hommes mangèrent en silence, buvant un vin rouge fort et capiteux.

— Vous comptez rester longtemps parmi nous ? reprit tout à coup Jean-Jacques Susini.

— Cela dépend...

— Vous devriez assister à une de nos réunions, émit le cafetier du Forum. Vous comprendriez mieux la situation.

— Cela m'intéresserait beaucoup, en effet, admit François.

— Nous organiserons bientôt un meeting au Majestic. J'ai demandé à Massu qu'il mette la salle à notre disposition. Il a accepté, à condition que nous n'attaquions pas le chef de l'État; ce que je lui ai promis. « Souvenez-vous, a-t-il ajouté, ce que je vous ai dit un jour : je sais que vous pouvez vous emparer d'Alger, mais je vous la reprendrais en vingt-quatre heures. » Je lui ai alors répondu : « Je sais, mon général, que si je décidais de lancer le FNF, vous le sauriez quarante-huit heures avant, car ce serait vous qui me l'auriez demandé, ou parce que vous auriez été muté. C'est vous-même qui m'avez dit que l'on avait tenté de vous limoger, et qu'à Paris, on était contre les méthodes que vous employez pour venir à bout des rebelles : vous gênez le pouvoir, car vous avez une trop grande audience, un trop grand prestige auprès de toutes les populations de ce pays. Je crains que de Gaulle ne vous considère plus comme « sûr ». Mais le jour de votre éloignement, l'Algérie tout entière devrait se lever, car ce sera le signe avant-coureur de l'application de nouvelles mesures favorables aux rebelles. — Oui, m'a-t-il dit, vous voyez juste. »

Dans les propos de monsieur Joseph, François voyait se dessiner les prémices d'un complot politique contre le général de Gaulle. Il s'étonnait cependant de l'importance que Massu semblait accorder au mouvement d'Ortiz. Il se promit de rencontrer le vainqueur de la bataille d'Alger et d'entendre de sa bouche ce qu'il en était exactement.

Après le café, le pousse-café et les cigares, Tavernier prit poliment congé de son hôte et de Susini.

# VI

*Paris, le 18 octobre 1959.*

*Mon amour,*

*Il me semble qu'il y a des mois que tu es parti, tant le temps s'écoule lentement. J'aurais dû insister pour t'accompagner : je ne connais pas l'Algérie, c'était l'occasion... Mais je t'entends déjà bougonner : « Ah, elle choisit bien son moment ! Toujours à vouloir aller là où il ne faut pas... L'aventure cubaine ne lui a pas suffi... Madame recherche les sensations fortes... Elle aime l'odeur de la poudre, celle de la sueur des combattants... Gourgandine, va ! »*

*Non, ce n'est pas celle des combattants qui me manque, mais la tienne, mon chéri. « Aïe ! je me méfie : quand elle m'appelle mon chéri, la catastrophe n'est pas loin !... »*

*Que je te rassure tout de suite : tout va bien ici. Charles a repris ses cours, Adrien, Camille et Claire ne sont pas plus turbulents que d'habitude, Philomène est décidément une perle, et à Montillac, où les vendanges ont été courtes, le vin s'annonce exquis ; pourtant, il n'y en aura guère. Pour échapper à l'ennui, je mène une vie très mondaine. Théâtre : j'ai assisté, au théâtre Montparnasse, à une représentation de Bec-*

kett ou l'Honneur de Dieu, *de Jean Anouilh; tout le temps de la pièce, j'ai pensé à mon oncle Adrien* [1]. *Comme il me manque, parfois!... Prochainement, je suis invitée à la première des* Nègres, *de Jean Genet. Mais peut-être seras-tu de retour? Alors, nous irons ensemble. Cinéma : Vu* la Mort aux trousses, *un bon Hitchcock, et le dernier Bergman, trop intellectuel pour moi. Trois fois je suis allée revoir* Certains l'aiment chaud; *j'adore ce film! Vernissages : rien noté d'exceptionnel... Grands couturiers : tu t'en doutes, j'ai fait des folies! Mais, peut-être pour me dédouaner de ces achats un peu frivoles, je vais de temps en temps parler littérature ou politique au bar du Pont-Royal. Avec Charles, nous sommes allés entendre de jeunes chanteurs dont je pourrais être la mère... Il raffole d'un certain Claude Moine et de son groupe, les Five Rocks, qui se produisent au Golf-Drouot, le nouveau temple de la jeunesse parisienne. Tout de même, ça ne vaut pas* the King! *Mais qui pourrait égaler Elvis Presley?*

*Tout à fait autre chose : es-tu au courant de la démission de l'UNR de tes « complices » du 13 mai, Delbecque, Thomazo, Biaggi et Cathala? En fait, neuf en tout ont pris congé du mouvement, mais j'ai oublié le nom des autres. Leur départ s'est fait en évoquant « l'impossibilité où ils ont été placés de se prononcer sur la francisation, seule solution capable, selon eux, de maintenir l'Algérie française ». Je ne comprends pas : ce Léon Delbecque m'avait semblé un homme intelligent; comment peut-il à ce point se fourvoyer? Il faudra que tu m'expliques. On parle aussi beaucoup, au Pont-Royal, des déclarations faites à l'Assemblée par un autre de tes anciens acolytes, Lucien Neuwirth, annonçant que « des commandos de tueurs ont passé la frontière espagnole pour abattre*

---

1. *Le Diable en rit encore.*

*des personnalités soupçonnées de n'être pas favo-*
*rables à l'Algérie française, espérant par là suffisam-*
*ment impressionner la population pour qu'elle*
*n'intervienne pas ». Et, afin de bien enfoncer le clou,*
*il ajoute (je cite) : « Dix-huit mois après une révolu-*
*tion pacifique, déroulée sans une goutte de sang, on*
*pourrait voir éclater un conflit intérieur fratricide. »*
*Le plus drôle — façon de parler ! —, c'est que les faits*
*viennent de lui donner raison : François Mitterrand,*
*sénateur de la Nièvre, a échappé hier, en plein Paris,*
*à un attentat. Poursuivi par ses agresseurs, il a dû*
*abandonner sa voiture et se réfugier dans les jardins*
*de l'Observatoire ; plusieurs balles ont tout de même*
*atteint sa voiture vide. Y a-t-il une relation entre cet*
*attentat et les déclarations de Lucien Neuwirth ? En*
*tout cas, c'est ce que tout le monde ici, entre le Pont-*
*Royal, le Flore et la brasserie Lipp, se demande.*
*Roger Vailland, lui, dit que c'est bidon, qu'il s'agit*
*d'un coup monté. On verra bien... Toi qui connais*
*François Mitterrand, qu'en penses-tu ? Serait-il*
*capable de manigancer une telle affaire ?*

*De ton côté, vas-tu encore rester longtemps à*
*Alger ? Tu manques beaucoup aux enfants, tu sais.*
*Sans parler de moi...*

*Ici, le temps est toujours beau pour la saison et*
*Paris a des airs de fête.*

*Donne-moi vite de tes nouvelles, prends bien soin*
*de toi et ne va pas, selon ton habitude, te jeter dans la*
*gueule du loup.*

*Reviens vite, j'ai besoin de toi ! Je t'aime,*

*Léa.*

Omar, le militant algérien envoyé par Vincent, avait
été installé dans l'autre chambre de bonne de la rue de
l'Université, au lendemain de l'arrivée d'Ali. Il ne
devait pas être beaucoup plus âgé que Charles et se

disait étudiant aux Beaux-Arts. Deux jours plus tard, il était reparti pour la Belgique en lui laissant quelques livres et un carton à dessins. Léa se prit à souhaiter qu'il ne revienne pas.

La sonnerie de l'entrée de service la fit sursauter; à cette heure-là, qui cela pouvait être? Elle entendit la voix de Philomène :

— Attendez, je vais voir si Madame est là.

— Qui est-ce? demanda Léa en entrant dans la cuisine.

— Un monsieur que je ne connais pas. Un Arabe, je crois...

La jeune femme s'avança vers la porte entrebâillée; Ali se tenait dans l'embrasure, emprunté dans son costume trop étroit.

— Que voulez-vous? C'est imprudent de venir ici!... Euh, Philomène, c'est l'heure d'aller chercher les enfants, n'est-ce pas?

— Oh, j'ai bien le temps, Madame...

— Mais fais donc ce que je te dis!

En bougonnant, la Vietnamienne sortit de la cuisine.

— Entrez vite, souffla Léa.

Ali fit quelques pas dans la pièce.

— Que se passe-t-il, de quoi avez-vous besoin?

— J'ai là des documents que je dois faire passer à des amis. Mais je ne connais pas Paris, alors...

— Alors quoi? Vous avez pensé que je pourrais y aller à votre place?

— Non, je...

— À quelle adresse sont vos « amis »?

— Euh... je ne sais pas si je peux vous le confier...

— Parfait! Alors ne dites rien, lui lança Léa avec humeur.

— Pardonnez-moi... Je sais que vous prenez déjà de grands risques en m'hébergeant et je vous en suis très reconnaissant, mais je vais attendre le retour de Charles...

— Laissez Charles en dehors de tout ça, s'il vous plaît. Dites-moi plutôt où je dois aller, répliqua-t-elle d'un ton sans appel.

Ali la considéra longuement.

— Puis-je vous poser une question ?

Léa acquiesça de la tête.

— Pourquoi nous aidez-vous ?

Elle poussa un profond soupir et regarda l'Algérien dans les yeux.

— Pour être en paix avec moi-même, peut-être... Ma famille et moi, nous avons beaucoup souffert pendant l'occupation allemande, vous savez... Je sais bien qu'on ne peut pas comparer mais...

— Croyez-vous ? fit-il avec une ironie qui n'échappa pas à la jeune femme.

— Non, on ne peut pas, reprit-elle durement. Depuis plus de cent ans que les Français se sont installés en Algérie, ils ont aidé à son développement, ils ont créé des routes, des écoles, des hôpitaux, des...

— Vous répétez bêtement ce qu'on vous a appris en classe. Depuis plus de cent ans que la France occupe l'Algérie, elle l'exploite. Parlons-en, du développement ! Seuls les Européens en profitent : Français, mais aussi juifs, Maltais, Italiens, Corses, Espagnols ! Quant à l'école, elle ne nous fait sentir que plus durement encore à quel point nous ne comptons pas. On nous éduque juste assez pour devenir de bons esclaves sachant lire et calculer pour les besoins du maître !

Il se tut brusquement, suffoquant de rancœur et de haine.

— Je ne vous crois pas ! Et cela m'est désagréable que vous disiez que mon pays se comporte envers vous comme l'occupant nazi s'est comporté en France !... Les Français ne sont pas des nazis, quand même !

— C'est vous qui le dites ! laissa-t-il échapper.

Ils s'affrontèrent du regard pendant quelques secondes. Léa détourna la tête.

— Donnez-moi l'adresse.

— C'est rue de la Goutte-d'Or, au 23, un café maure. Là, vous demanderez Ibrahim. On vous répondra : « Lequel ? » Alors vous direz : « Ibrahim d'Oran, le marchand de poisson. »

— C'est tout ?

— On vous fera attendre quelques instants, puis une femme viendra vous proposer du thé à la menthe ; vous accepterez. Plus tard, elle vous conduira à une autre adresse. Une fois là, vous rencontrerez un homme borgne ; vous lui direz que vous venez de ma part et vous lui remettrez les papiers. Prenez le métro pour y aller. Au retour, assurez-vous que vous n'êtes pas suivie ; si vous n'en êtes pas sûre, allez vers le marché Saint-Pierre, entrez dans une boutique et achetez un coupon de tissu quelconque. À ce moment-là seulement, reprenez le métro. Vous avez tout compris ?

— Je ne suis pas idiote.

Le visage sévère d'Ali s'illumina d'un sourire.

— Ça m'avait déjà paru évident.

Léa haussa les épaules en prenant l'épaisse enveloppe des mains de son interlocuteur.

— Je serai de retour vers sept heures.

La rue de la Goutte-d'Or était sale, encombrée par des marchands ambulants, des femmes voilées suivies de ribambelles d'enfants turbulents et braillards, d'hommes désœuvrés et de voitures cabossées. À l'entrée de la rue, des agents de police avaient suivi du regard cette élégante Européenne dont la présence détonnait dans un pareil quartier : encore une qui devait croquer du bougnoule... Léa trouva sans peine le bistrot. Après en avoir poussé la porte, elle s'immobilisa un instant, gênée par l'abondante fumée qui flottait à l'intérieur de l'établissement. Elle se dirigea vers le comptoir sous des dizaines de regards noirs, vite concupiscents, et s'adressa à l'homme qui, machinalement, essuyait un verre. À ce moment-là, on aurait entendu une mouche voler.

— S'il vous plaît, je voudrais parler à Ibrahim.

— Lequel?

— Ibrahim d'Oran... le marchand de poisson.

L'homme la dévisagea, soupçonneux, puis reposa lentement le verre sur le zinc.

— Attendez, je vais voir.

Après avoir lancé quelques mots en arabe en direction des consommateurs, il sortit. Les conversations reprirent. Mal à l'aise dans cette atmosphère pesante, Léa commençait à trouver le temps long quand elle s'aperçut qu'une femme se tenait auprès d'elle. D'où était-elle sortie?

— Voulez-vous du thé à la menthe? demanda d'une voix douce la nouvelle venue.

— Oui, avec plaisir.

Léa but avec précaution quelques gorgées du breuvage brûlant que la femme avait déposé devant elle.

— Il est très bon, merci.

À cette remarque, les yeux cernés de khôl qui lui faisaient face brillèrent de plaisir. Peu après, la femme lui fit discrètement signe de la suivre. Elles sortirent, mais ne firent qu'une vingtaine de pas dans la rue.

— C'est ici, murmura l'Algérienne. Au deuxième étage. On vous attend.

Léa hésita au pied du sombre escalier que la femme lui avait désigné avant de s'éclipser. L'entrée était à peine éclairée par une ampoule qui pendait, solitaire, au bout d'un fil. Elle finit par s'y engager et gravit les marches. Sur le palier du deuxième, elle se trouva devant plusieurs portes : laquelle était la bonne? L'une d'elles s'ouvrit et l'homme qui, tout à l'heure, essuyait les verres au café l'invita à entrer. Elle se retrouva au milieu de caisses, de tonnelets, de paniers d'osier et d'ustensiles de cuisine en fer-blanc.

— Avancez, ordonna une voix venant d'une seconde pièce.

Léa se fraya un chemin entre les ballots de marchandises. Face à elle, un très gros homme se tenait assis derrière un bureau encombré de dossiers. Il était borgne.

— C'est Ali qui m'envoie.

— Pourquoi n'est-il pas venu lui-même ?

— Il ne connaît pas Paris, et...

— Ce n'est pas une raison ! Je n'aime pas ça, vous le lui direz. Bon, vous avez quelque chose pour moi ?

Elle sortit l'enveloppe de son sac et la lui tendit. Il la déchira sans un mot puis en inventoria rapidement le contenu ; il sembla satisfait. D'une voix un peu moins rogue, il concéda :

— Vous direz à celui qui vous envoie qu'il a fait du bon travail. Vous pouvez repartir.

« Quel grossier personnage ! » pensa-t-elle en retournant sur ses pas.

— Dites-lui aussi qu'il reprenne rapidement contact avec moi, entendit-elle derrière son dos. Quant à vous, oubliez que vous êtes venue ici !

— Avec plaisir ! jeta-t-elle en quittant la première pièce.

La nuit commençait à tomber et les cafés avaient allumé leurs enseignes, éclairant le trottoir et une partie de la chaussée. Dans la rue, on n'apercevait plus une seule femme : des hommes seulement, certains marchant main dans la main. Pas un Européen non plus... Léa pressa le pas. Boulevard Magenta, il y avait foule : ouvriers et employés rentraient, pressés, de leur travail. Elle se souvint alors de la recommandation d'Ali et regarda autour d'elle : si quelqu'un la suivait, comment le repérer? Elle traversa le boulevard et se dirigea vers le marché Saint-Pierre. Là, elle pénétra dans le premier magasin venu, s'attarda devant chaque rayon, palpa les étoffes, vérifia les prix. Dans un autre, après ce qui aurait pu passer pour une profonde réflexion, elle acheta trois mètres d'un satin écarlate. Son paquet sous le bras, elle rejoignit enfin la station de métro.

Arrivée rue de l'Université, elle monta, sans passer par l'appartement, directement jusqu'au sixième étage, rendre compte de sa mission à Ali. Elle frappa à la porte de la chambre de service et entra, interrompant la conversation animée qu'avaient ensemble Ali et Charles.

— Enfin, te voilà! s'exclama ce dernier.

— Tout s'est bien passé, annonça-t-elle d'emblée, ignorant l'apostrophe de Charles. Mais le borgne n'a pas eu l'air heureux de me voir, moi, à votre place. D'ailleurs, il demande que vous entriez rapidement en contact avec lui...

— C'est tout?

— Il m'a semblé satisfait de ce qu'il y avait dans l'enveloppe.

— Il ne manquerait plus qu'il ne soit pas content! gronda Charles, soudain hors de lui.

— Eh bien, qu'est-ce qui ne va pas? On dirait que tu es en colère...

— Et comment! Ali a trahi ma confiance!

— Mais..., tenta le jeune Algérien.

— Ah! tais-toi, s'il te plaît! Tu n'es qu'un salaud!... Je t'avais bien dit de ne pas la mêler à tout ça et que c'était déjà suffisamment grave, pour elle, de t'héberger!

— Je n'avais pas le choix...

— Il fallait m'en parler! J'y serais allé, moi!

— Tu sais bien que tu n'aurais pas pu: tu es repéré...

— Quoi?! s'écria Léa.

Charles le foudroya du regard.

— Laisse, ce sont des bêtises...

— Peut-être, mais moi, je ne pouvais prendre le risque de voir ces papiers tomber entre les mains de la police.

— Voulez-vous me dire ce qui se passe, à la fin? hurla Léa. Pourquoi dit-il que tu es repéré?

— Mais non, ce n'est rien...

— C'est quoi, « rien »?

— Oh, j'ai été arrêté, l'autre jour, pendant que je distribuais des tracts contre la torture... Mais on m'a relâché au bout de deux heures.

— Oui mais maintenant tu es fiché. On connaît ton adresse et la police risque d'opérer une descente ici à tout moment, objecta Ali. Pour votre sécurité comme pour la mienne, je dois partir.

— Où irez-vous? s'inquiéta Léa.

— En cas d'urgence, je sais où aller... En attendant, je dois vous quitter dès ce soir, reprit-il avec détermination. Merci pour tout. Maintenant, si vous pouviez me laisser: je dois préparer mes affaires. Dès que ce sera possible, je vous donnerai des nouvelles... Ah, Charles: reste, s'il te plaît, j'ai encore quelque chose à te dire...

Ali rougit quand Léa l'embrassa sur les deux joues.

Soudain lasse, elle redescendit lourdement les étages menant à l'appartement. Quand elle entra, ses trois enfants se précipitèrent vers elle.

— T'étais où, Maman? J'ai besoin de toi pour ma rédaction...

— Maman, tu as reçu des nouvelles de Papa?

— Papa! Je veux voir mon Papa! hurla Claire en venant se blottir contre sa mère.

— Vous m'étouffez, les enfants! Laissez-moi au moins ôter mon manteau...

En un tournemain ils le lui retirèrent, le jetèrent sur un siège de l'entrée et l'entraînèrent au salon. Là, elle fut obligée de s'asseoir dans un fauteuil.

— Tu veux boire quelque chose, Maman? demanda Camille. Un porto? un Martini?

— Un porto, s'il te plaît.

Charles arriva à son tour. Aussitôt, Adrien l'accapara. Claire grimpa sur les genoux de sa mère et fourra son petit nez dans son cou.

— Tu sens bon, Maman.

Une boule d'émotion lui monta à la gorge. Elle serra le petit corps contre le sien. Comme elle aimait cette enfant! Souvent, quand elle la regardait, le visage de Nhu-Maï [1], la jeune virtuose vietnamienne, resurgissait. Elle la revoyait, frêle sur la scène du théâtre de Hanoi, tirant de son violon des accords si puissants et si beaux que le temps semblait s'arrêter. Léa s'efforçait de retenir cette image de son amie disparue. En vain. S'interposait bientôt celle, terrible, de la violoniste, les mains arrachées, rampant en appui sur ses coudes, la suppliant avec ces cris qu'elle entendrait toujours : « Léa, j'ai mal... j'ai peur... c'est atroce... mon fusil, prends-le... tue-moi, Léa... ne me laisse pas comme ça, tue-moi... si tu m'aimes, je t'en supplie... mon amie, tue-moi! » Des garrots improvisés à l'aide d'herbes tressées avaient vite empêché le sang de gicler. Mais, à genoux, la jeune virtuose tendait ses membres privés de mains : « Plus jamais! plus jamais je ne jouerai... Par pitié, Léa... mon fusil, prends mon fusil! »

Frémissante, Léa repoussa Claire un peu trop vite et plaqua ses mains contre ses oreilles, puis les appuya sur ses yeux : ne plus entendre cette détonation!... Ne plus voir le sourire, l'atroce sourire de gratitude de Nhu-Maï!

1. Voir *La Dernière Colline*.

— Maman... Qu'est-ce que tu as? Je t'ai fait mal?... Pourquoi tu pleures? s'inquiétait la petite Claire... Lomène! Lomène! appela-t-elle en désespoir de cause.

— Mon trésor, qu'est-ce qui se passe?... Tu es tombée? demanda l'*assam* en se précipitant vers l'enfant.

— Non, c'est Maman qui a mal...

La Vietnamienne se pencha sur Léa. Ce n'était pas la première fois qu'elle voyait sa patronne dans un pareil état. Depuis longtemps, elle avait compris que ces brusques accès de détresse étaient liés à ce qu'elle avait dû vivre en Indochine, que sa propre présence ou celle de Claire ravivaient parfois.

— Viens, dit-elle à la petite, on va préparer le dîner toutes les deux. Maman a besoin de se reposer...

Une fois de plus, Léa fut reconnaissante à Philomène de son tact et de sa discrétion. Elle profita de ce répit pour se rafraîchir et se remaquiller dans sa chambre. Quand elle revint au salon, Camille l'attendait un verre à la main.

— Je me demandais où tu étais passée. Tu as l'air fatiguée...

— Juste un peu de migraine; ça va passer.

— Tu ferais mieux de prendre de l'aspirine plutôt que du porto.

— Comme tu es raisonnable, ma chérie! Je bois à la santé de la plus sensée et de la plus merveilleuse des filles. À Camille que j'aime!

— À ma santé aussi, Maman! À ma santé! glapissait Claire qui avait échappé à Philomène.

— Ma toute belle, ne t'égosille pas comme ça. Bien sûr que je bois à ta santé, ainsi qu'à celle d'Adrien, de Charles, de Philomène et de tous ceux que nous aimons...

— Et à Papa aussi, ajouta Claire, câline.

— À Papa! s'écria Camille.

Léa leva son verre en souriant. Un chaud bonheur l'enveloppait à considérer ses filles, si différentes l'une de l'autre, qui nourrissaient à l'égard de leur père un même amour exclusif.

Charles finissait de mettre de l'ordre dans ses papiers, brûlant dans la cheminée du salon ceux qui lui semblaient compromettants. Il espérait se tromper, mais il avait bel et bien eu l'impression d'être filé. Il en avait tout de suite fait part à ses camarades, qui lui avaient conseillé de se tenir à l'écart du groupe pendant quelque temps. Le domicile de certains d'entre eux avait déjà été perquisitionné par la police. Par chance, on n'y avait trouvé que des documents sans importance. Néanmoins, dans le dernier numéro de *Vérité pour,* l'éditorial d'ouverture commençait par cette phrase pour le moins désinvolte : « Il paraît que la police s'intéresse à nous de plus en plus... » C'était vrai. De surcroît, tout Saint-Germain-des-Prés bruissait d'informations fantaisistes qui, pour n'être pas assurées, n'en attisaient pas moins la psychose de la surveillance policière ou de l'arrestation imminente de ceux qui militaient contre la guerre d'Algérie. Dans les cafés que fréquentaient intellectuels et militants, on retrouvait, à travers les regards furtifs et les mots de passe, l'ambiance de crainte et de suspicion qui prévalait pendant l'Occupation. Charles redoutait de voir les agents de la DST débarquer rue de l'Université. Il s'en était ouvert à Léa qui s'était contentée de hausser les épaules :

— Il n'y a rien ici qui puisse intéresser la police...

— Et si Omar avait besoin de revenir ?

— C'est un étudiant et ses papiers sont en règle. On a bien le droit de louer une chambre à un étudiant, non ?

— Ne joue pas sur les mots, s'il te plaît. Pense aux enfants et à François... S'il apprenait que tu traficotes avec des gars du FLN...

— C'est bien à toi de me faire la leçon! François, lui, comprendrait.

— J'en suis moins sûr que toi : même s'il est favorable à l'indépendance, il n'en penserait pas moins que c'est une trahison que de transporter des fonds pour eux. Cet argent sert à acheter des armes pour ceux qui nous combattent en Algérie, sais-tu? Tu sembles oublier qu'en ce moment il se trouve là-bas à la demande de De Gaulle, et que c'est peut-être une de ces armes-là qui le tuera...

— Tais-toi!

Les traits de Léa s'étaient figés dans une expression d'horreur tandis qu'une grande pâleur envahissait son visage. Aussitôt, Charles se reprocha ses paroles. Maladroitement, il tenta d'en atténuer l'effet. Il prit entre les siennes les mains de celle qui avait remplacé sa mère; elles étaient glacées.

— Moi qui voulais te faire peur, c'est réussi!

Elle chercha refuge contre lui. Tendrement, il la prit dans ses bras.

— Pourquoi faut-il que François et moi, nous nous retrouvions toujours dans des situations impossibles? Toute notre vie a été contrariée par de pareils dilemmes, et, sans relâche, nous nous trouvons confrontés à des choix qui nous exposent au danger... J'ai peur, Charles, si tu savais comme j'ai peur!

Il la berçait toujours, déposant de petits baisers dans ses cheveux. Aujourd'hui, il se sentait à son tour responsable de cette femme qui lui avait maintes fois sauvé la vie. À de nombreuses reprises, il avait songé au destin singulier de ces deux êtres qui avaient témoigné tant de soins au garçonnet devenu orphelin trop tôt. Cet homme et cette femme l'avaient toujours chéri comme l'un de leurs propres enfants. De tout temps, leur vitalité, leur exigence, leur sens de la justice les avaient conduits à prendre parti. Bien souvent, ils les avaient entraînés hors des chemins de la loi, ayant pour seule règle une certaine idée de l'honneur. L'honneur, un mot que, cependant, ils n'employaient jamais, sans doute par peur ou dégoût de la grandiloquence... Et lui, depuis l'Indochine, tremblait sans cesse pour eux, s'efforçant de leur ressembler, de combattre à leurs côtés, mais aussi de les protéger. Il savait maintenant tenir d'eux le goût du risque et de l'action.

Léa se dégagea doucement.

— Ne t'inquiète pas, mon grand. Je suis un peu lasse, c'est tout.

Il la souleva dans ses bras et la fit tournoyer au milieu de la pièce. Comme il aimait quand elle l'appelait « mon grand » !

— Pose-moi ! Tu vas me faire tomber... Je suis trop lourde !

— Tu es légère comme une plume... Quoi, tu ris ? C'est si bon de t'entendre rire !

Quand il arrêta son jeu, ils titubèrent et se retinrent l'un à l'autre en attendant que cesse leur vertige. Puis, calmement, ils décidèrent de la marche à suivre en cas d'ennuis.

Vincent s'était évanoui dans la nature. Une jeune femme envoyée par lui avait tout de même rencontré Léa afin de lui indiquer qu'elle prenait le relais et la chargerait prochainement d'une nouvelle mission.

À la brasserie Lipp, la conversation de tous les clients tournait autour du « plaidoyer » de François Mitterrand que *l'Express* venait de publier. Sous le titre « Ce que j'ai à dire », Mitterrand y réagissait aux attaques de la presse à propos de ce qu'elle appelait « l'affaire de l'Observatoire », et à son audition par un juge d'instruction au sujet de ladite « affaire ». Ce jour-là, le ton montait entre partisans de l'ancien ministre de l'Intérieur de Pierre Mendès France et tenants de Robert Pesquet, ancien député poujadiste, et de son avocat, maître Jean-Louis Tixier-Vignancour. Pour certains, Pesquet avait attiré Mitterrand dans un guet-apens en lui faisant croire que des tueurs cherchaient à attenter à sa vie ; pour d'autres, Mitterrand avait lui-même fomenté ce pseudo-attentat. Quelques-uns défendaient la réalité d'un complot, ourdi par des partisans de l'Algérie française ou par les milieux d'extrême droite. On s'interpellait d'une table à l'autre et les garçons, dans leur long tablier blanc, s'affairaient dans un indescriptible brouhaha. Au pied du petit escalier en colimaçon, deux hommes, l'un et l'autre décorés de la Légion d'honneur, s'invectivaient. De part et d'autre pleuvaient les injures, sous l'œil placide du patron de l'établissement. Léa, qui picorait dans son assiette, se demandait s'il en était de même dans tous les restaurants du quartier.

— C'est comme ça tous les jours ? chuchota Françoise à son oreille.

— Heureusement que non ! répliqua Léa à sa sœur, venue à Paris consulter un spécialiste. Excuse-moi, j'aurais peut-être dû t'inviter dans un endroit plus calme... J'avais pensé que cela t'amuserait... Tu es sûre que tu ne veux pas que je t'accompagne chez le médecin ?

— Non, tu es gentille mais ce n'est pas la peine. Viendrez-vous à Montillac pour Noël ?

— Je n'en sais rien. Tout dépend de François.

— Les enfants comptent beaucoup sur la présence de leurs cousins, tu sais. Ils seraient déçus de passer Noël sans eux...

Léa sourit à sa sœur. Comme elle avait changé, depuis l'été ! Dans son visage amaigri, au teint terne, ses yeux pâlis semblaient près de s'éteindre. Sa chevelure brune se parsemait maintenant de fils d'argent. Ses gestes, naguère si sûrs, étaient hésitants. La crainte lui étreignit le cœur. Pour cacher ce brusque accès d'angoisse, elle vida d'un trait son verre de riesling.

— Veux-tu un dessert? demanda-t-elle machinalement.

— Non merci, je n'ai pas le temps. Le rendez-vous est à trois heures.

Françoise prit un taxi devant la brasserie. « Pourvu que ce ne soit pas grave », pensa Léa en regardant la voiture s'éloigner.

Quelques gouttes de pluie commencèrent à tomber. Comme elle s'élançait pour traverser le boulevard Saint-Germain, un homme la saisit par le bras et l'attira sous son parapluie.

— Ce serait dommage d'abîmer un si joli tailleur... Je vous ai aperçue au bar du Pont-Royal en compagnie de Roger Vailland.

— Possible...

À la hauteur du café des Deux Magots, elle se dégagea :

— Merci, je suis arrivée.

— Attendez, ne soyez pas si pressée.

— On m'attend, excusez-moi.

Léa s'engouffra dans l'établissement, descendit au sous-sol et entra dans les toilettes réservées aux dames. Haletante, elle se regarda dans le miroir, au-dessus du lavabo : qui était cette femme aux yeux affolés qui la dévisageait? Pourquoi avait-elle éprouvé une telle peur aux côtés de cet inconnu? Son intuition lui avait soufflé qu'elle était en danger... « Je suis folle! C'est à cause de cette maudite ambiance qui pèse sur Paris. » Une sonnerie de téléphone retentit dans le vestibule. La porte s'entrouvrit.

— Madame Tavernier, n'est-ce pas? s'enquit la préposée au vestiaire. On vous demande au téléphone...

Léa se retint une seconde au lavabo.

— Prenez la cabine numéro deux.

— Allô?

— Léa?

— Oui.

— C'est Vincent. Je suis à la brasserie d'en face. Je vous ai vu traverser avec un homme : faites attention, ce type est probablement un agent de la DST. Montez vous installer et prenez tranquillement un café ; on surveille le bonhomme. Je vous rappelle !

Abasourdie, Léa raccrocha et resta quelques instants appuyée à la cloison.

— Vous ne vous sentez pas bien ? s'inquiéta la femme qui lui avait passé la communication.

Sans répondre, Léa fouilla dans son sac et déposa quelques pièces dans la soucoupe prévue à cet effet. Les marches de l'étroit escalier lui semblèrent pénibles à gravir. Elle trouva une place dans le fond — de là, elle pouvait surveiller l'entrée — et commanda un premier café. Elle en était à son deuxième quand un garçon vint lui glisser un petit bout de papier dans la main. Elle le déplia et reconnut l'écriture de Vincent :

*Prenez le métro à la station Mabillon, descendez à Sèvres-Babylone, entrez au Bon-Marché. Rendez-vous au rayon lingerie. Choisissez des sous-vêtements et allez les essayer dans une cabine. Prenez votre temps : on viendra vous chercher.*

Nerveusement, elle froissa le message qu'elle fourra dans sa poche, appela le garçon et régla ses consommations.

Dehors, le ciel était gris, les voitures klaxonnaient, les piétons se bousculaient comme toujours dans ce quartier, et l'horloge de l'église Saint-Germain-des-Prés indiquait trois heures et demie. Elle eut l'impression qu'il y avait déjà un temps fou qu'elle avait quitté Françoise...

Pas un homme n'était visible au rayon lingerie féminine. Quelques dames d'âge respectable examinaient des combinaisons roses ou des gaines couleur chair. Plus loin, deux religieuses palpaient le tissu de sévères chemises de nuit blanches sous l'œil de vendeuses qui ressemblaient à leurs clientes. Léa se sentit déplacée.

— Puis-je vous aider, madame? demanda l'une d'elles avec une mine qu'elle s'efforçait en vain de rendre aimable.

— Oui, s'il vous plaît. Je voudrais essayer des soutiens-gorge.

— Quel modèle?

— Je ne sais pas, j'hésite... Montrez m'en plusieurs.

— Vous n'en auriez pas un autre... un peu plus échancré, peut-être?

Léa désespérait de pouvoir jamais sortir de l'étroite cabine. Combien de modèles avait-elle déjà essayés? Quinze? Vingt? De son côté, la vendeuse éprouvait de plus en plus de difficulté à contenir son impatience et s'éloignait une nouvelle fois en bougonnant. Une main écarta le rideau; une jeune fille coiffée d'un béret, le doigt sur les lèvres, se glissa à l'intérieur.

— Vous êtes drôlement bien foutue, murmura-t-elle avec une moue admirative.

Léa remonta les bretelles de sa combinaison.

— Tout va bien : ce n'était qu'une fausse alerte. Vous pouvez faire le transport voulu. Les consignes restent les mêmes... Après cette mission, et par mesure de prudence, on ne fera plus appel à vous avant un certain temps.

Elle s'exprimait sur un ton déterminé avec une autorité que démentait pourtant son joli minois, encadré de cheveux noirs et frisottés. Elle ne devait pas avoir beaucoup plus de vingt ans. Léa lui sourit gentiment.

— Bon, je vous laisse ; autrement, je vais être en retard pour la répétition... Je suis comédienne. Bonne chance ! Soyez prudente.

Soulagée, Léa finit de se rhabiller puis sortit au moment où la vendeuse revenait avec un nouveau modèle à la main.

— Euh... Non merci, madame, je n'ai décidément rien trouvé qui me plaise vraiment... Excusez-moi.

Elle sentit que l'employée du grand magasin se retenait pour ne pas exploser. Espiègle, elle lui adressa son plus aimable sourire...

Essoufflée, Léa referma le coffre de la voiture dans lequel elle venait de déposer deux lourds sacs pleins des fonds collectés par le FLN. Personne ne l'avait vue quitter l'appartement ni entrer dans le garage de l'immeuble où était garée la Versailles de François. Un peu plus tôt, après avoir troqué son élégant tailleur contre un jean et un pull-over, ses fins escarpins contre des chaussures sport, elle avait jeté dans une valise ses affaires de toilette et des vêtements de rechange, sans oublier de vérifier qu'elle s'était bien munie de son passeport, des papiers de la voiture et de suffisamment d'argent. Dans un mot laissé sur la table de la cuisine, elle annonçait qu'elle s'absentait pour quelques jours et qu'elle donnerait très vite des nouvelles.

La circulation était dense, le long des boulevards des maréchaux. Léa avait roulé quelque temps dans Paris, au hasard, afin d'égarer d'éventuels suiveurs ; elle n'avait rien remarqué d'anormal. Ce n'est qu'en apercevant le panneau indiquant Strasbourg qu'elle se souvint que sa sœur logeait chez elle et qu'elle repartait dès le lendemain pour Montillac. Elle imagina sa déception, voire sa colère, son chagrin peut-être, en ne la trouvant pas chez elle au matin. « Je ne suis jamais là où je devrais être. Je suis sûre qu'elle a besoin de moi, en ce moment ! » se tourmenta-t-elle en accélérant.

Il faisait nuit noire quand elle entra dans Strasbourg. Sans trop de difficultés, elle trouva l'hôtel du Chapeau rouge, face à la gare, où elle devait descendre. Une chambre au nom de madame Robert avait été retenue pour une nuit. Un jeune chasseur se chargea des deux sacs et de son bagage.

— C'est du plomb que vous transportez là-dedans, madame ! soupira-t-il en les déposant sur le portebagages de la chambre.

Un confortable pourboire le dédommagea de sa peine.

Après avoir longuement hésité, Léa renonça à appeler Françoise pour s'excuser de son absence, redoutant que la ligne ne fût sur écoute. Elle se fit servir un léger repas et se coucha. Lorsque la sonnerie du téléphone la réveilla, elle eut l'impression qu'elle venait juste de s'assoupir.

— Bonjour, madame, il est sept heures. On vous monte votre petit déjeuner ? claironna une voix à l'accent alsacien.

Peu après, Léa passait sans encombre la douane française, puis l'allemande. L'argent devait être remis à Francfort, au buffet de la gare.

C'était la première fois qu'elle revenait en Allemagne depuis le procès de Nuremberg [1]. À mesure qu'elle progressait dans ce pays qui portait encore, par endroits, les stigmates de la guerre, un malaise grandissant l'envahissait. Malgré elle, sa bouche s'emplissait de salive, une sueur froide perlait entre ses seins. Puis c'était comme une main qui lui enserrait la nuque, et ses doigts crispés sur le volant blanchissaient aux jointures. Chaque nom de ville ou de

1. Voir *Noir Tango*.

village écrit en lettres gothiques lui assenait comme un coup. « Qu'est-ce qui m'arrive ? » s'alarma-t-elle. Elle roula encore quelques instants avant d'immobiliser la voiture en bordure de la route, submergée par la nausée. Adossée à la portière de la Versailles, elle essuya ses lèvres souillées tout en regardant autour d'elle, indifférente à la pluie qui tombait. Des camions, tous phares allumés, passaient en trombe, soulevant des gerbes d'eau.

— C'est parce que je suis en Allemagne, articula-t-elle enfin à mi-voix.

Accablée, elle remonta s'asseoir dans la voiture, incapable de chasser les images qui, maintenant, rejaillissaient de sa mémoire : le camp de Bergen-Belsen, un univers inouï, peuplé d'êtres squelettiques qui s'y mouvaient avec un bruit si ténu qu'on eût dit le frôlement de dizaines de milliers d'insectes... Elle s'y enfonçait, butant sur des cadavres aux poses obscènes... Puis cette voix imperceptible qui montait de l'immonde amoncellement : « Léa... Léa... »

— Non ! hurla-t-elle avant de s'effondrer en larmes sur le volant.

Quand elle redressa la tête, la gorge et les yeux brûlants, elle éprouva la sensation d'être perdue dans un profond brouillard, tant la buée qui s'était déposée sur les vitres l'isolait du monde.

Le contact attendu au buffet de la gare de Francfort se trouvait bien au rendez-vous. Léa lui remit les sacs, mais refusa de passer la nuit en ville, comme prévu. Rien ne put la faire changer d'avis. Il était près de minuit quand elle repassa la frontière. À la sortie de Strasbourg, elle fit le plein et s'engagea aussitôt sur la route de Paris.

Maudite pluie ! On n'y voyait pas à vingt mètres. Les phares des véhicules qu'elle croisait l'éblouissaient. Elle avait l'impression de faire du surplace et de conduire depuis des heures. Il faisait trop chaud à

l'intérieur de la voiture, elle étouffait ; l'engourdisse-
ment l'envahissait peu à peu. Elle ralentit pour allumer une cigarette, mais l'éteignit presque aussitôt,
écœurée. Le temps de jeter un coup d'œil sur le cen-
drier et, au tout dernier moment, elle aperçut un
camion immobilisé sur le bas-côté de la route. Elle
l'évita in extremis. Secouée par l'embardée, elle
freina ; trop tard. À l'entrée du virage qui suivait, son
aile droite heurta une borne qui émergeait à peine de
l'herbe. Sous le choc, l'automobile traversa la chaussée, rebondit contre un arbre, effectuant un tête-à-
queue, et revint terminer sa course folle sous le pare-
chocs du poids lourd arrêté.

# VII

Le courant était passé entre François Tavernier et le général Challe, commandant en chef de l'armée d'Algérie. Leur poignée de main avait été franche et cordiale.

Nommé à ce poste par de Gaulle, ce général d'aviation avait d'abord eu du mal à s'imposer aux officiers de l'armée de terre, qui voyaient d'un mauvais œil l'arrivée à leur tête d'un militaire d'une autre arme ; au bout de quelques mois, cependant, ils comprirent qu'ils s'étaient trompés. Cet homme aux épaules de lutteur, calme et tenace, ancien chef d'un réseau de la Résistance dans la région d'Avignon, décoré du *Distinguished Service Order* pour avoir transmis à Londres l'ordre de bataille de la Luftwaffe à l'heure du débarquement, avait remporté, dans la lutte contre le FLN, des succès qui lui avaient valu les félicitations du président de la République. L'autodétermination annoncée par le chef de l'État, avec ses trois options, le laissait perplexe. Que voulait exactement de Gaulle ? Lors de son dernier voyage à Paris, le 19 septembre, il avait essayé en vain de faire dire au Général en faveur de quelle solution il penchait. Le chef de l'État était resté de marbre.

Assis dans son bureau du Gouvernement général, face à celui de Paul Delouvrier, Maurice Challe, tirant

sur une pipe au tuyau recourbé, considérait son interlocuteur avec sympathie.

— « Les musulmans ont besoin de nous pour leur
sécurité et leur promotion. Les Européens, eux, voient
simplement en nous les garants de leur sécurité. Sur le
terrain, nous avons obtenu d'excellents résultats, le
Général le sait. Grâce à mes harkis, nous avons fait du
bon travail, nous contrôlons et protégeons des centaines de villages. » Depuis ma nomination, j'ai dou-
blé les effectifs, on ne fait bien la guerre qu'avec les
autochtones. Donner trois fusils à des paysans et s'en
aller, c'est donner trois fusils au FLN. En donner
trente et surveiller le village, lui apporter une aide
réelle et attentive, c'est créer une autodéfense qui
repoussera les rebelles. C'est gagner à notre cause un
village sur lequel nous pourrons compter. Dès mon
arrivée, j'ai organisé des « commandos de chasse »,
composés d'appelés et de harkis solidement encadrés,
qui traquent les unités des insurgés ; ce sont de véritables chasseurs, rapides et efficaces. Les troupes
musulmanes sont installées, avec leurs familles, dans
des postes d'où elles surveillent la région alentour et
d'où elles partent à la chasse aux *fells*... Vous avez
l'air songeur, Tavernier ?

— Je ne crois pas que cela soit une bonne solution,
mon général.

— Quoi ?! s'étrangla Challe en laissant échapper
sa bouffarde. Douteriez-vous des résultats obtenus ?

— Non, mais de leur opportunité.

Un lourd silence tomba entre les deux hommes.
Challe se pencha pour ramasser sa pipe.

— C'est ce que pense de Gaulle ? aboya-t-il tout à
coup.

François Tavernier prit le temps d'allumer une
cigarette avant de répondre.

— Comment le saurais-je ? Il n'est pas homme à
livrer sa pensée au premier venu...

— Vous n'êtes pas le premier venu!

— Vous non plus. Et pourtant, nous ne savons ni l'un ni l'autre ce que pense réellement le président de la République en ce qui concerne l'avenir de l'Algérie. Ce que je dis ne représente que mon avis, et n'engage que moi.

— Mais n'êtes-vous pas son chargé de mission?

— Oui... Et alors?

Le général Challe le dévisagea d'abord avec stupéfaction, puis éclata de rire.

— Et alors?... Vous ne manquez pas de culot! C'est *son* avis qui m'importe, pas le vôtre.

— Demandez-le-lui.

— Je m'en garderai bien... Je l'entends encore me dire, au moment où j'ai pris mes fonctions : « Challe, on ne pose pas de conditions à de Gaulle! »

Le commandant en chef se leva, arpenta quelques instants son bureau, tirant toujours sur sa pipe éteinte, puis s'immobilisa brusquement devant François :

— Me direz-vous franchement le fond de votre pensée?

— Si vous me le demandez...

— Je vous le demande.

— Il semblerait que ni le gouvernement ni l'armée n'aient tiré les conclusions de la guerre d'Indochine...

— Ce n'était pas la même chose!

François ignora l'interruption.

— ... dans l'un et l'autre cas, une nation colonisée se bat pour son indépendance. Le peuple vietnamien, lui, a déjà gagné la sienne. C'est maintenant au tour des Algériens, dont certains ont combattu, en Indochine, dans les rangs de l'armée française et se retrouvent aujourd'hui dans ceux de l'ALN [1]. La victoire des Vietnamiens leur a donné des idées... Bon nombre de nos dirigeants portent des œillères et refusent de

1. Armée de libération nationale.

voir cette réalité : l'Algérie sera indépendante. J'ai encore dans l'oreille la voix de Mitterrand — il était alors ministre de l'Intérieur — déclarant à la radio, en novembre 1954 : « L'Algérie, c'est la France, et la France ne reconnaît chez elle d'autre autorité que la sienne. » Celle encore de Mendès, l'honnête Mendès France, affirmant quelques jours plus tard devant l'Assemblée nationale : « Les départements d'Algérie font partie de la République. Ils sont français depuis longtemps ; leur population qui jouit de la citoyenneté française et est représentée au Parlement a donné assez de preuves de son attachement à la France pour que la France ne laisse pas mettre en cause son unité. Entre elle et la métropole, il n'est pas de sécession concevable. Cela doit être clair pour toujours et pour tout le monde en Algérie, dans la métropole et aussi à l'étranger... »

— Bravo ! Quelle mémoire !... Mais je ne vous savais pas communiste. Il est vrai que le général de Gaulle a été le premier à les appeler au pouvoir.

— N'étaient-ils pas à nos côtés dans la Résistance ?

— À nos côtés ? C'est vite dit ! Pour en revenir à votre mission : comptez-vous parler d'indépendance à vos interlocuteurs ?

— Non. Je n'ai fait que vous livrer le fond de ma pensée, ainsi que vous me l'aviez demandé. Je vois que cela vous a déplu... Oubliez donc ce que j'ai dit. Sauf, peut-être, au sujet des harkis : n'engagez plus ces pauvres diables, c'est leur âme qu'ils vendent... Bon, excusez-moi, laissons tomber. Ni vous ni moi ne changerons le cours des choses...

Ils se quittèrent en se serrant la main, mécontents l'un de l'autre.


Revenu au Saint-George, François ne réussit pas à obtenir la communication avec Paris.

— Ça arrive, commenta, placide, l'opératrice. Essayez plus tard...

De la fenêtre de sa chambre, on dominait Alger, obscurcie par la bruine, où les lumières du soir commençaient à s'allumer. « Sinistre », pensa-t-il. Il prit une douche et descendit au bar boire un verre, dans l'espoir de se changer les idées. Les quelques dames qui finissaient de siroter leur thé lui décochèrent des regards gourmands qui achevèrent de le déprimer. Grossièrement, il leur tourna le dos, s'accouda au bar et commanda un double whisky. Qu'est-ce qui lui avait pris de s'être ainsi découvert? Le général Challe avait la charge de pacifier l'Algérie, pas de l'amener à l'indépendance. En divulguant son opinion sur le sujet, il avait brisé net l'élan de sympathie qui s'était amorcé dès le début de leur entretien. Quel con! Quand apprendrait-il à fermer sa gueule?! Il se rappelait maintenant le ton vaguement méprisant qu'avait pris le général de Lattre pour commenter l'attitude qui était la sienne à propos de l'avenir de l'Indochine : « Vous avez un comportement de sous-lieutenant! » À l'époque, cela l'avait agacé, mais, à la réflexion, il comprenait ce qu'avait voulu dire de Lattre : pour un homme de son expérience, il avait conservé une façon par trop juvénile et idéaliste de voir les choses...

Sa mauvaise humeur était le seul véritable motif qui fit arriver François fort en retard chez le délégué général.

— Nous ne vous attendions plus, l'accueillit aimablement Paul Delouvrier. Pas de contretemps fâcheux, j'espère?

— Non... si ce n'est que je n'ai pas réussi à joindre ma femme. Excusez-moi, je vous prie.

— Vous êtes tout excusé, fit madame Delouvrier en venant à sa rencontre. Soyez le bienvenu, monsieur Tavernier... Je crois que vous connaissez déjà Michel-Jean Maffart? Alors, je vous présente Jean Poincaré, directeur des affaires politiques... Maintenant, messieurs, si vous le voulez bien, nous pouvons passer à table. Le général Challe nous rejoindra pour le dessert.

Irrité à l'idée de se retrouver en présence de Challe, François éprouva quelque difficulté à se mettre au diapason de la conversation. Malgré la présence de madame Delouvrier, dont nul ne pouvait ignorer la grossesse avancée, il ne fut question que d'attentats, de complots et de représailles. Le moins que l'on pouvait dire, c'est que l'optimisme ne régnait pas autour de la table !

— Parmi les trois options proposées par de Gaulle dans le cadre de l'autodétermination, vers laquelle penche son choix, d'après vous, Tavernier ? lança Poincaré à brûle-pourpoint.

François prit son temps avant de répondre.

— Notre hôte, qui s'entretient régulièrement avec le président de la République, serait mieux à même que moi de répondre à cette question...

— Mais, en tant qu'envoyé du Général, vous avez bien une idée ?

— Une idée, peut-être, mais pas de certitude. Je préfère, si vous le voulez bien, ne pas vous répondre là-dessus. Considérez que ma mission me l'interdit...

Un silence gêné s'installa parmi les convives. Par bonheur, un domestique fit diversion en venant annoncer au délégué qu'on le demandait au téléphone. Il revint peu de temps après, contrarié.

— Le général Challe est retenu au quartier Rignot. Il vous prie, chère amie, de ne pas lui en tenir rigueur.

— Pauvre Maurice, il n'a guère de loisirs... Messieurs, c'est à mon tour de vous prier de m'excuser, mais je dois aller me reposer. J'ai demandé qu'on vous serve le café et les alcools dans la bibliothèque... Monsieur Tavernier, j'ai été heureuse de vous rencontrer et j'espère avoir le plaisir de vous revoir bientôt.

Après le départ de la maîtresse de maison, Delouvrier offrit des cigares à ses invités ; Maffart préféra sa pipe. Pendant quelques instants, les quatre hommes fumèrent en silence.

— J'aimerais changer d'hôtel, déclara soudain François. Je le trouve trop éloigné du centre d'Alger. Quel établissement me conseilleriez-vous ?

Ne sachant trop à qui la question s'adressait, Delouvrier, Maffart et Poincaré s'interrogèrent du regard ; Maffart se décida le premier :

— Le Saint-George est pourtant un hôtel agréable, très calme, et...

— Justement, je le trouve ennuyeux.

— Alors, mon cher, suggéra le délégué général, c'est l'Aletti qu'il vous faut. On y entre et on en sort comme d'un moulin, des journalistes du monde entier y séjournent régulièrement, on y rencontre les plus belles femmes d'Alger, et, si vous êtes joueur, il y a un casino. Quant au spectacle du cabaret, on le dit excellent...

— Je n'aurai guère le temps d'en profiter mais l'endroit correspond mieux à mes goûts. J'y ai séjourné en 58. Et puis, j'y serai plus près du GG.

— Comme vous voudrez... Je vais demander à ma secrétaire de s'en occuper.

— Je vous en remercie... À présent, permettez-moi de me retirer.

— Mon chauffeur va vous reconduire.

— Ce n'est pas la peine...

— Ça devient très difficile de trouver un taxi, la nuit. Je vais faire prévenir mon chauffeur.

Après avoir salué Maffart et Poincaré, François rejoignit Delouvrier dans le grand hall du palais d'Été.

— Qu'avez-vous fait à Challe ? s'enquit celui-ci en lui prenant le bras. Il m'a semblé furieux contre vous.

— Je ne vois pas... Ah, les harkis, peut-être...

— Quoi, les harkis ?

— Je lui ai laissé entendre qu'il était risqué de continuer à enrôler ces malheureux.

Paul Delouvrier le regarda fixement.

— Cela ne m'étonne pas qu'il soit furieux. Vous avez touché là à l'une de ses fiertés : le grand nombre de harkis engagés dans l'armée depuis son arrivée. Il pense...

— ... qu'on ne fait bien la guerre qu'avec les autochtones. C'est ce qu'il m'a affirmé, en effet.

— Et vous n'êtes pas de son avis ?

— Non, monsieur le délégué. Je n'aime pas beaucoup que l'on pousse des hommes à combattre leurs propres compatriotes. Vous savez comme moi que continuer à les recruter, c'est, à terme, les condamner à mort.

Les regards des deux interlocuteurs s'accrochèrent ; ils s'étaient compris.

Quand sa voiture eut emporté Tavernier, Delouvrier demeura quelques instants sur le perron, songeur. Mais, alors qu'il s'en retournait vers le petit salon, la douleur de sa jambe malade se fit plus vive. Il s'appuya de tout son poids sur sa canne pour effectuer les quelques pas qui le séparaient encore de la pièce.

Cela faisait maintenant trois jours que François était sans nouvelles de Léa ; quand il réussissait à avoir la ligne, soit personne ne répondait, soit la friture était telle qu'il ne parvenait même pas à reconnaître la voix de celui ou de celle qui avait décroché.

Son emménagement à l'Aletti s'était déroulé sans problèmes. Comme espéré, l'ambiance s'y était révélée bien moins compassée qu'au Saint-George ; Delouvrier avait eu raison de penser qu'il s'y trouverait plus à l'aise. Le service était rapide, le personnel, courtois, et la cuisine, acceptable. Sa chambre — en fait, une suite — donnait sur le boulevard Carnot, face à la nouvelle gare maritime. Le jour de son installation, il avait tout de suite remarqué, dans un coin du hall, un gamin aux yeux vifs chargé de cirer les chaussures des clients. Il s'était assis sur l'un des hauts fauteuils recouverts de cuir rouge et avait attendu que le jeune cireur en eût fini avec un gros homme aux cheveux gominés, portant de fines moustaches noires. Ses souliers luisants, l'individu avait jeté un billet froissé en direction du jeune employé et s'en était allé sans un mot. François avait surpris l'expression haineuse du garçon. Sous l'insulte du geste, l'enfant avait serré, comme s'il avait voulu la briser, sa brosse à reluire. Quand, enfin, il s'était baissé pour ramasser le billet tombé à terre, François avait vu qu'une larme coulait au long de sa joue. Il avait alors toussé pour signaler sa présence. Le gosse avait levé la tête vers lui avec un sourire de commande mais, dans ses yeux encore humides, la rancœur brillait toujours.

— Bonjour, missié, tu veux cirer ti chaussures ? demanda-t-il en parodiant outrageusement la manière de parler des musulmans d'Alger.

— À ton avis ?

Le cireur eut un sourire sans joie et se rassit sur son tabouret, releva le bas du pantalon de son nouveau client et commença d'enlever la boue qui maculait ses talons de chaussures. « Quel âge peut-il bien avoir ? hésitait François. Celui d'Adrien ? » Il avait un joli visage de fille encadré de boucles brunes. Ses mains, agiles et fines, s'affairaient avec des gestes précis.

— Eh bien, elles avaient besoin d'un bon coup de cirage ! Ce sont de belles chaussures, il faut en prendre soin, vous savez...

— Tiens, tu as perdu ton accent, on dirait ?

Une brusque rougeur envahit ses joues mates.

— Missié, il est content ? Ti veux autre chose ?

François se pencha vers lui.

— Pourquoi parles-tu de cette façon ridicule ?

— C'est comme ça qu'*ils* aiment qu'on leur parle...

— Qui ?

— Les gens d'ici.

— Je ne suis pas d'ici.

— Ça, je l'avais remarqué... et pas seulement à cause de vos souliers, lança-t-il avec, cette fois, un rire plus joyeux.

— Comment t'appelles-tu ?

— Mohamed... en tout cas, c'est comme ça qu'on m'appelle ici.

— Pourquoi « ici » ? Ce n'est pas ton vrai nom ?

— Mon vrai nom ?... *Ils* s'en foutent ! Pour *eux*, on est tous des Mohamed.

— Pas pour moi. Alors, dis-moi, quel est ton nom ?

Le gamin le jaugea longuement du regard avant de répondre :

— Béchir... Béchir Souami, finit-il par chuchoter en regardant tout autour de lui.

— Merci de ta confiance. Moi, c'est François Tavernier. Je suis descendu ici pour quelques jours.

Incrédule, Béchir fixait la main tendue vers lui. Après un temps, il essuya maladroitement la sienne sur son pantalon avant de la tendre à son tour.

— Vous venez de France ?... De Paris ? reprit-il pour tromper sa gêne.

— Oui.

— Mon père, il connaît la France, il dit que c'est un pays presque aussi beau que l'Algérie... Il a fait la guerre, vous savez. Il a même été blessé en Italie : une mine lui a arraché la jambe. On lui a donné une médaille pour ça... Comme dit ma sœur : ça lui fait une belle jambe !... Vous avez fait la guerre, vous ?

François hocha la tête.

— Et maintenant ?

— Maintenant ?

— Ici, vous venez la faire, la guerre ?

Tavernier comprit que sa réponse serait capitale pour son interlocuteur.

136

— Non, je voudrais qu'il y ait la paix entre nos deux pays.

Son nouveau compagnon se raidit et son regard se fit perçant.

— Nos *deux* pays?... Est-ce que vous voulez dire que, pour vous, l'Algérie c'est pas... la France?

On aurait pu discerner comme une supplication dans la voix du jeune Algérien.

— Oui, s'entendit-il répondre.

« Décidément, de Lattre avait raison! » songea François en même temps qu'il parlait.

Le visage grave et tendu qui lui faisait face avait semblé s'éclairer de l'intérieur. Le regard était fier, les étroites épaules du gamin s'étaient redressées.

— Quel âge as-tu? demanda presque tendrement Tavernier.

— Quinze ans.

— J'ai un fils qui est un peu plus jeune que toi, tu sais? Il y a longtemps que tu travailles ici?

— Deux mois seulement. Avant, c'était mon cousin qui était le cireur de l'hôtel. Je venais l'aider de temps en temps pour me faire un peu d'argent; il m'a appris le métier. Alors, quand il est mort, le directeur m'a proposé de le remplacer. Moi, je voulais pas, je voulais continuer d'aller au lycée, mais mon père a insisté. Je ne pouvais pas refuser: on est pauvres et j'ai dû quitter le lycée. Des camarades me passent bien les cours, mais c'est pas pareil, je n'étudie que quand j'ai le temps...

— Mohamed! Tu ne vois pas que tu ennuies monsieur avec tes bavardages?... Excusez-nous, monsieur...

Le concierge claqua des doigts tandis que le gosse se figeait sur place. Tavernier quitta tranquillement le fauteuil, fouilla sa poche et en tira un billet qu'il tendit à Béchir.

— Bravo, mon garçon, et merci. Tu es un cireur de

première classe. Vous pouvez être fier de lui, conclut François à l'intention de l'employé de l'hôtel.

L'homme se rengorgea.

— Merci beaucoup, monsieur. Notre directeur est très à cheval sur le personnel.

— J'avais déjà pu le remarquer; mes félicitations. Au revoir... Mohamed.

Avec un sourire de connivence, Béchir lui rendit son clin d'œil.

Le lendemain, sur les conseils du concierge, navré de ne pouvoir lui procurer les journaux qu'il cherchait, François se rendit rue Charras, où certaines librairies vendaient aussi la presse. Mais, là comme ailleurs, la censure sévissait : impossible d'y trouver *l'Humanité, l'Express* ou *le Monde.* Il se rabattit sur *le Figaro* et *Paris-Match,* puis se dirigea vers la caisse. Devant lui, un jeune homme attendait pour payer le livre qu'il tenait à la main.

— Pousse-toi donc! Laisse passer monsieur, gronda la caissière en désignant de la main son client européen.

— C'est son tour, je crois. J'attendrai.

L'adolescent se retourna et François reconnut le cireur de l'Aletti; il lui tendit la main.

— Il ferait beau voir!... Mais, il est avec vous?

— Eh oui... Je vois que tu as trouvé le livre que tu voulais. Avec les journaux, madame, je vous dois combien?

La femme mit le livre dans une poche en papier et encaissa sans un mot aimable. En sortant, François se pencha à l'oreille de Béchir.

— *Ils* sont tous comme ça?

— Plus ou moins..., répondit l'adolescent en riant. Je vais vous rembourser le livre.

— Laisse-moi te l'offrir, ça me fait plaisir.

— Pas question!

— Allez, ne fais pas l'idiot... Tu habites le quartier?

— Non, rue du Chameau, dans la Casbah.

Une Jeep stoppa à proximité d'eux dans un crissement de freins. Quatre soldats en bondirent, tenant leur arme devant eux.

— Ne restons pas là! jeta Béchir en obliquant vers la rue Charles-Péguy.

François lui emboîta le pas. Des camions de l'armée barraient maintenant la rue Charles-Péguy. Ils le traversèrent dans une cohue de militaires, de femmes voilées, de gamines délurées, d'ouvriers en bleu de travail, d'étudiants chahuteurs... Rue d'Isly, on se bousculait aussi. Le temps était frais en dépit du soleil qui brillait dans un ciel d'un bleu insolent. Ils marchèrent quelque temps en silence.

— Euh... je peux vous offrir un thé à la menthe? proposa timidement Béchir.

— Bonne idée.

Ils passèrent devant des immeubles que protégeaient des chicanes de barbelés. Des parachutistes montaient la garde. À l'aide d'une « poêle à frire », l'un des paras contrôlait une passante tout enveloppée d'étoffes blanches, tandis qu'un second fouillait son cabas de paille tressée. Indifférents, les piétons se hâtaient vers leur destination. La cloche du tramway leur intima de céder le passage. Plus loin, devant les boutiques de mode, des Européennes commentaient les modèles exposés.

— Oh! c'est le dernier cri!

— On dit que Brigitte Bardot porte la même...

— Les femmes... toutes les mêmes! jugea Béchir sur un ton de supériorité masculine.

Cette déclaration amusa François.

— Dis-moi, qu'est-ce que tu connais aux femmes? L'adolescent lui jeta un regard outré.

— Eh bien, j'ai une sœur, et elle ne jure que par les

magazines de mode. Avec ma mère, elle essaie de copier les robes qu'elles ont vues dans *Elle*... Tiens! Regardez, qu'est-ce que je vous disais? La voilà avec ses copines en train de causer chiffons...

Face à la vitrine d'un élégant magasin qui exposait des tenues de soirée, trois jeunes filles brunes, vêtues de robes claires et de courtes vestes de laine, discutaient avec animation. Béchir s'approcha subrepticement du petit groupe.

— Je t'ai vu dans la glace! s'exclama l'une d'elles en se retournant d'un coup.

— Qu'est-ce que tu fais là? Je croyais que tu étais à l'hôpital...

— On a une pause d'une heure... Et toi, tu ne devrais pas être au travail, au lieu de traîner dans les rues?

François s'était approché à son tour.

— Oh, arrêtez de vous chamailler! coupa l'une des deux autres filles. Tu ne vois pas qu'il n'est pas seul? ajouta-t-elle en arabe.

Celle qui venait d'interpeller Béchir l'observait maintenant, soupçonneuse. Elle était ravissante, avec des yeux très clairs abrités par de longs cils, un nez charmant et une bouche aux lèvres épaisses. Ses boucles noires, retenues par une barrette sur le sommet de sa tête, encadraient un visage aux contours enfantins qui rappelait celui du garçon.

— Qui est-ce? chuchota-t-elle.

— C'est le Français que j'ai rencontré hier à l'Aletti...

Un lumineux sourire vint encore l'embellir. Elle tendit sa main d'un geste plein de spontanéité.

— Bonjour, je suis heureuse de vous connaître... Mon frère m'a parlé de vous, hier soir. Je m'appelle Malika et voici mes amies Aïcha et Fatima. Toutes trois, nous sommes élèves infirmières à l'hôpital Maillot.

— Bonjour, mesdemoiselles.

— Bonjour, répondirent en chœur ses deux compagnes.

— Nous allions boire un thé à la menthe, vous venez avec nous ?

— Non merci, monsieur, refusa poliment Malika. Nous n'avons pas le temps, nous devrions déjà être de retour à l'hôpital... Vite, les filles, dépêchez-vous ! Voici le tram...

Elles s'élancèrent toutes trois en même temps, prenant congé en faisant de grands signes de la main. Après les avoir regardées attraper leur tram à la volée, François et Béchir se remirent en marche. S'ils s'étaient vus à ce moment-là, peut-être auraient-ils remarqué le sourire fat qui s'était épanoui sur leurs lèvres, celui qu'arborent parfois les hommes entre eux quand ils rêvent ou parlent des femmes.

— C'est encore loin, ton thé à la menthe ?

— Non, rue de Bône, en face du marché de la Lyre...

Au fur et à mesure qu'ils approchaient, la foule majoritairement composée de musulmans se faisait plus dense. Des femmes, quelques-unes voilées, portaient sur la tête de lourds paniers. D'autres retenaient par la main de jeunes enfants qui ne demandaient qu'à s'échapper. Quelques vieilles Européennes, presque toutes vêtues de noir, se faufilaient entre les groupes ; certaines d'entre elles étaient suivies par une adolescente chargée de provisions. Là encore, des soldats assistés par des hommes habillés de bleus de chauffe contrôlaient les passants : une bombe pouvait être dissimulée n'importe où... À l'extérieur du marché, des vendeurs d'oranges, de citrons, de dattes, de feuilles de menthe ou de fleurs vantaient leurs marchandises à grands cris. Le sol jonché de détritus était glissant. Depuis sa cage en osier, un superbe coq lança un cocorico qui, l'espace d'une seconde, domina le tumulte. Plus loin, un autre lui fit écho. Des carrioles, tirées par de maigres mulets, se frayaient péniblement un passage parmi la cohue. Des âniers montés sur leurs baudets aux flancs desquels se balançaient de pesants fardeaux tentaient eux aussi d'avancer. L'odeur de mouton grillé imprégnait l'air, dominant toutes les autres. Ils tournèrent enfin dans une rue tout aussi encombrée où les cafés maures se touchaient presque les uns les autres. Béchir écarta le rideau de perles qui pendait à la porte de l'un d'eux. Toutes les tables étaient occupées par des hommes, âgés pour la plupart ; presque tous portaient le turban. À leur entrée, les conversations en cours s'interrompirent. Un vieillard, dans sa longue robe grise, se leva et vint vers eux.

— Ne t'inquiète pas, mon oncle, c'est un ami, le rassura fièrement l'adolescent.

Sans un sourire, le vieil homme toisa François, puis se retourna vers Béchir qu'il regarda avec tendresse.

— Si tu le dis, mon fils... J'espère que tu ne te trompes pas.

Il n'ajouta rien, mais se dirigea vers la porte et sortit. Les trois vieillards qui, quelques instants plus tôt, bavardaient avec lui, se levèrent à leur tour, libérant une table où fumaient encore les verres de thé qu'ils n'avaient pas terminés ; le patron vint les enlever. Les nouveaux venus prirent place, puis restèrent silencieux jusqu'à son retour ; il apportait une imposante théière de métal et deux verres propres. La chaude senteur du liquide ambré leur procura une sensation de bien-être. Ils se sourirent des yeux. Peu à peu, les regards se détournèrent et les conversations reprirent.

— Pourquoi m'as-tu amené ici, Béchir ? Je n'ai pas l'impression d'y être le bienvenu...

— Mais pour qu'on vous reconnaisse !

François resta perplexe.

— Bientôt, dans toute la Casbah, on saura que

vous êtes venu ici avec moi, expliqua Béchir. Si vous êtes un ami, on vous protégera en cas de besoin. Sinon...

Il passa vivement une main devant son cou. Le geste était explicite. Le rire de François surprit les consommateurs.

— Me voilà prévenu, c'est gentil de ta part !

— Il n'y a pas de quoi rire, s'offusqua Béchir, tout rouge.

— Tu as raison... Buvons ce thé avant qu'il ne refroidisse... Hum ! il est fameux !

La moue boudeuse avec laquelle buvait maintenant Béchir le rajeunissait ; il avait l'air de ce qu'il était : un gamin qui voulait jouer avec les grands.

— Tu me montres le livre qu'on a acheté ?

Béchir tendit la pochette.

— Tu lis Camus ?... Ça te plaît ?

— On dirait que ça vous étonne... Vous pensez sans doute comme *eux,* qu'un bougnoule n'est pas capable d'aimer votre chère littérature ?... Eh bien moi, j'ai tout lu de Camus ! Je l'admire, et puis je le hais aussi. Je crois comprendre ce qu'il veut dire, et ce qu'il dit fait que je me sens proche de lui. Même si je sais qu'il est de ceux qui vivent chez nous en considérant qu'ils sont chez eux...

— Ceux-là, ils ont aidé au développement de ton pays, tu sais...

— Oui, pour certains... Pour d'autres, ça n'a été qu'un moyen d'asservir des populations fragiles parce qu'elles étaient incultes. Et puis ils leur ont volé leurs terres, ils les ont maintenues dans l'ignorance ! Oh, je sais ce que tu vas dire : c'est grâce à l'école française qu'aujourd'hui je peux lire Camus et tenir ce discours. C'est vrai, et ma sœur et moi, on sait vous en être redevables. Oui, l'école nous a ouvert l'esprit, on a appris les lois de la République, la Déclaration des droits de l'homme... et que nos ancêtres étaient les

Gaulois ! Mais moi, ce que je ne comprends pas, c'est pourquoi nous autres, musulmans, on n'a pas les mêmes chances quand on sort du lycée, à la fin des études, que les jeunes Européens. Pourquoi ? Est-ce qu'on ne serait plus aussi égaux, est-ce qu'on serait moins français qu'on nous l'a dit ?

François détourna la tête. Ce que décriait aujourd'hui ce gamin, c'était ce que dénonçaient autrefois ses amis vietnamiens, Lien, Bernard ou Kien [1]. De tous les pays colonisés par la France montaient les mêmes reproches, se faisaient jour la même amertume, la même haine. Avec ses idéaux de liberté, de fraternité et d'égalité, les héritiers de la Révolution française avaient introduit les ferments de la contestation d'abord, puis de la rébellion parmi les nations conquises. Aujourd'hui, il n'y avait plus rien à faire. L'exemple vietnamien était présent à l'esprit de tous les combattants algériens : eux aussi se battaient pour leur indépendance. Mais ici, dans cette Algérie sous domination française depuis plus de cent ans, des liens s'étaient tissés avec les colons venus d'Europe : Français, bien sûr, mais aussi Espagnols, Portugais, Turcs, Italiens, Grecs... sans parler des communautés juives, installées dans le pays dès avant la conquête. On ne partage pas le même soleil, les mêmes paysages, le même travail, les mêmes jeux, les mêmes peurs et, pour certains, les mêmes bancs d'école sans qu'à la longue on se connaisse, on s'estime ou l'on se haïsse comme dans n'importe quelle autre contrée du monde. Plusieurs générations avaient cohabité ici tant bien que mal. Les enfants des Européens avaient grandi heureux dans ce pays magnifique, sans accepter de voir que ceux de leurs voisins arabes allaient le plus souvent pieds nus, vêtus de guenilles. Petits, il leur arrivait de jouer ou d'apprendre à lire ensemble. À

1. Voir *Rue de la Soie*, Le Livre de Poche, n° 14017.

l'adolescence, sans que rien ne fût dit, leurs routes se séparaient et chacun partait de son côté. Cela semblait naturel aux jeunes pieds-noirs ; cela l'était moins pour les jeunes musulmans qui se sentaient rejetés d'une vie en apparence plus facile que ne l'avait été celle de leurs parents. Dans le bled [1], les garçons européens enviaient parfois la liberté des fils d'ouvriers agricoles qui n'allaient pas à l'école. Comme eux, ils rêvaient de s'élancer vers le désert ou la montagne, à la poursuite d'animaux mythiques, agrippés à la crinière de folles montures. Tous possédaient en commun la passion de ce pays, à leurs yeux le plus beau du monde. Ce qui n'était pas loin de la vérité...

— Tu ne dis plus rien... tu es fâché ?

— Non, je pensais à ce pays que Camus et toi vous aimez tant.

— Je le sais bien, qu'il l'aime. En janvier 1956, j'étais avec ma sœur au Cercle du Progrès, place du Gouvernement, dans la salle d'où il a lancé son « Appel à la trêve civile », malgré les tentatives des autorités pour l'en empêcher. Des bruits circulaient comme quoi on allait enlever Camus. Pour les uns, ce serait le FLN ; pour les autres, les ultras. Un service d'ordre, surtout composé de jeunes Arabes, vérifiait les invitations et les identités. Il y avait un millier de personnes, à peu près également partagées entre Européens, surtout des femmes, et musulmans — parmi ceux-ci, aucune femme, à part ma sœur, qui avait obtenu des invitations du médecin avec lequel elle travaille. Dehors, sous les fenêtres, face à un cordon de CRS, la foule européenne hurlait : « Camus, traître ! Camus, à la rue ! Mendès, au poteau ! » et chantait *la Marseillaise*. Un peu à l'écart, quelques-uns brandissaient des croix celtiques. Au-delà, la masse immobile et noire des Arabes ne se devinait qu'à peine sous les

1. Région de l'intérieur des terres, campagne.

taches lumineuses des lampadaires. À la nuit tombante, vers cinq heures, Camus est monté sur l'estrade sous les applaudissements. Derrière une longue table, il y avait le docteur Khaldi, le pasteur Capieu et un père blanc dont j'ai oublié le nom. Emmanuel Roblès, celui qui présidait la réunion, l'a accueilli. Le cheikh Tayeb el-Okbi est arrivé sur une civière. Camus s'est penché pour l'embrasser. Il restait une chaise vide : elle était pour Ferhat Abbas, qui n'était pas encore arrivé. Après quelques mots de Roblès, Camus a pris la parole. Il était très pâle. Je n'avais que douze ans et ma sœur, quinze, mais nous n'avons rien oublié de cette soirée. Au début, on avait l'impression qu'il cherchait ses mots, on l'entendait mal. Sa voix s'est peu à peu raffermie : « Je ne suis pas un homme politique, mes passions et mes goûts m'appellent ailleurs qu'aux tribunes publiques. » Il a dit qu'il vivait le malheur algérien comme une tragédie personnelle, qu'une chose au moins nous réunissait, l'amour de notre terre commune... que cette guerre était une guerre fratricide... que si chacun, Arabe et Français, faisait l'effort de réfléchir aux raisons de l'adversaire, une discussion pourrait s'engager... que la solidarité française et arabe était inévitable dans la mort comme dans la vie, dans la destruction comme dans l'espoir... que nos différences devraient nous aider au lieu de nous opposer... Puis Ferhat Abbas est arrivé, il a serré Camus contre sa poitrine et s'est assis à côté de lui. Camus a continué, il a dit aussi que la revendication de dignité des Arabes était justifiée... que les Français d'Algérie avaient droit aussi à la sécurité et à la dignité sur notre terre commune... J'entendais tout cela, mais je me disais : « Il nous parle de son pays, mais ce pays est le mien ! Nous ne sommes pas frères, notre peau est différente, nos cheveux aussi, nous ne prions pas le même dieu, nos mères sont voilées, pas les leurs, nous n'allons pas sur les mêmes plages, ils

sont les maîtres et nous sommes leurs domestiques... »
Je n'écoutais plus. Je regardai vers la fenêtre. Il faisait
très chaud ; Camus s'épongeait le front. Malika, elle,
écoutait de toutes ses oreilles, bouche bée. Cela m'a
agacé, puis j'ai pensé qu'elle était plus grande, qu'elle
comprenait sans doute des choses que je ne compre-
nais pas, qu'elle m'expliquerait ce que tout cela voulait dire vraiment. Je crois que je me suis un peu
endormi... J'ai sursauté car ma sœur me serrait le bras.
Je la regardai et j'ai vu qu'elle pleurait. Camus parlait
fort : « ... Pour mériter un jour de vivre en hommes
libres, c'est-à-dire comme des hommes qui refusent à
la fois d'exercer et de subir la terreur. » L'assistance
s'est levée et a applaudi. Moi aussi. Pas Malika.

— Pourquoi, à ton avis ?

Avant de répondre, Béchir scruta le visage de son
nouvel ami comme s'il cherchait à lire en lui.

— Malika aurait mérité d'être un homme, tu sais.
Pour une femme, elle sait réfléchir.

— Je croyais qu'elle ne s'intéressait qu'à la
mode ?... C'est toi qui me l'as dit, tout à l'heure.

— Oui, oui, je sais... C'est ça qui est difficile à
comprendre : d'un côté, elle rêve de belles robes ; de
l'autre, elle est prête à mourir pour l'Algérie.

Perplexe, il hochait la tête à l'évocation de l'inson-
dable mystère féminin.

— Je crois que les femmes n'ont pas fini de te surprendre, Béchir, trancha François, faussement sérieux.
Au fait, sais-tu pourquoi Malika a pleuré pendant le
discours de Camus ?

— Sur le moment, je dois avouer que je n'ai pas
tout saisi. Emmanuel Roblès a donné la parole aux
autres personnes ; toutes ont dit quelques mots sauf
Ferhat Abbas, ce qui a étonné tout le monde. Quand
cela a été terminé, nous sommes sortis sans incident.
Dans la rue, il y avait encore quelques excités pour
lancer des insultes en direction de Camus. Par

groupes, les Arabes remontaient vers la Casbah. Malika me tirait par la main tout en marmonnant : « Il ne nous fait pas confiance... il ne croit pas qu'on puisse vivre sans eux... dans le fond, il nous méprise... » Nous marchions tellement vite que j'avais un point de côté ; je lui demandai de ralentir. Alors elle s'est arrêtée, a posé ses mains sur mes épaules et, en me secouant, elle a crié : « Il a dit que si nos deux peuples se séparaient, l'Algérie deviendrait pour longtemps un champ de ruines... Je le déteste... Il parle de "victimes innocentes"... mais nous sommes les victimes innocentes ! Pourquoi ne pourrions-nous pas vivre et prospérer sans eux ? Dis, pourquoi ?... » À la fin, elle hurlait. Je l'ai suppliée de se taire, lui signalant qu'une patrouille risquait de nous entendre et de nous conduire au poste... Cela l'a ramenée à la raison. Nous sommes rentrés chez nous sans nous parler. J'étais si fatigué par tous ces événements que je me suis endormi sans me déshabiller. Le lendemain, elle a refusé de répondre à mes questions. Nous n'avons reparlé de cette réunion qu'au début de l'année, trois ans après qu'elle a eu lieu.

— Que s'est-il donc passé pour qu'enfin vous en reparliez ?

— Un copain du lycée m'avait prêté, en cachette, *les Chroniques algériennes* ; elles sont plus ou moins interdites ici. Je les ai lues en une nuit et je les ai passées à ma sœur. D'ailleurs, nous en avons recopié de nombreux passages avant de rendre le livre.

François ne chercha pas à dissimuler son étonnement : ce livre dont on avait tant parlé lors de sa parution en 58, il ne l'avait pas ouvert. En écoutant son jeune compagnon, il réalisa qu'il ne saurait rien de certaines réalités algériennes s'il ne le lisait pas.

— Qu'en a pensé Malika ? s'informa-t-il, curieux.

— Comme moi, cette lecture l'a beaucoup troublée. Mais nous n'avons pas osé, je crois, nous avouer mutuellement tout ce que nous en pensions. Elle a cependant reconnu qu'Albert Camus ne devait pas mépriser les Arabes et que, là-dessus, elle s'était trompée.

— C'était bien de sa part de le reconnaître... Et toi, qu'en as-tu pensé?

Cette fois, Béchir resta un temps silencieux. Tavernier l'observait, de plus en plus surpris par son intelligence et sa maturité.

— Je crois que, si j'étais à sa place, je penserais comme lui, répondit-il avec effort.

Cette honnêteté toucha profondément François.

Une soudaine déflagration ébranla les murs du café. D'un bond, les consommateurs se dressèrent, jetèrent des regards de tous côtés, puis se précipitèrent vers l'extérieur, bousculant les tables. Le patron les suivit.

— C'est là! c'est là! cria Béchir en pointant l'index.

Dehors, les gens couraient dans toutes les directions et quelques étalages de fruits et légumes, heurtés par les fuyards, s'étaient écroulés. À peu de distance, une vieille femme s'empêtra dans ses voiles et tomba, tandis qu'un bébé à demi nu, resté debout au milieu du tumulte, pleurait de détresse. Des volailles échappées de leurs cages piaillaient en s'égaillant, tandis qu'un vieux mendiant aveugle tournoyait en tous sens, ballotté par la bousculade. Un chien se mit à hurler à la mort, des hommes serraient le poing. Une dizaine de personnes plus ou moins ensanglantées gisaient par terre. D'autres, hébétées, les contemplaient sans réagir. François s'accroupit auprès d'une jeune fille dont la robe fleurie était imbibée de sang. Ses yeux exorbités fixaient l'informe bouillie qu'étaient devenues ses jambes. Près d'elle, une grosse femme tendait devant elle des moignons d'où giclait le sang. Un homme, blessé à la tête, la considérait d'un œil incrédule. Bientôt, les sirènes des voitures de police percèrent le vacarme ambiant. Béchir tira fermement son ami français par la manche :

— Vite ! Ne restons pas là, le quartier va être bouclé !

Ils quittèrent les lieux de l'attentat quelques secondes avant l'arrivée massive des policiers et des militaires.

# VIII

— On dirait qu'elle revient à elle...

— Oui, regarde... elle bouge les doigts... Ah! elle ouvre les yeux... Léa, tu m'entends?

La jeune femme, étendue sur son lit d'hôpital, eut l'impression de revenir de très loin. Tout au long du voyage qu'elle venait d'accomplir, elle avait eu la sensation qu'une voix aimée l'appelait... Doucement, elle tourna la tête, deux silhouettes se penchaient au-dessus d'elle. Un vague sourire finit par se dessiner sur ses lèvres.

— Je crois qu'elle veut dire quelque chose...

— Tu penses qu'elle nous reconnaît?

La porte de la chambre s'ouvrit et un homme vêtu de blanc entra, suivi d'une infirmière. Après un bref salut, il s'approcha du lit, examina la blessée.

— À présent, je crois qu'on peut dire qu'elle est hors de danger, affirma-t-il en se redressant.

— Oh! merci, docteur, murmura Françoise en retenant ses larmes.

— Quand pourra-t-elle sortir? demanda Charles.

— Comme vous y allez, jeune homme! Madame Tavernier a maintenant besoin d'un long repos. A-t-elle prononcé quelques mots?

— Pas encore.

— Bien, voulez-vous nous laisser un moment? Nous allons changer ses pansements.

— François...

— Docteur! Docteur, elle a parlé!

— François..., répéta Léa dans un chuchotement.

Charles lui saisit la main.

— Léa..., c'est moi, tu me reconnais?

— N'insistez pas, s'il vous plaît, vous allez la fatiguer... Revenez plutôt demain, elle sera déjà beaucoup mieux. Vous pouvez dire qu'elle a eu de la chance: elle aurait dû mourir cent fois!

Françoise et Charles quittèrent la chambre à regret. Dans le couloir, le jeune homme enlaça affectueusement la sœur de Léa.

— Quelle peur j'ai eue! murmura-t-il, comme se parlant à lui-même.

Françoise soupira. Soudain, une brutale douleur l'assaillit. Elle frémit.

— Eh bien, qu'est-ce que tu as? Tu es toute pâle... C'est fini, maintenant, tu as entendu le médecin comme moi: Léa est sauvée...

— Oui, souffla-t-elle avant de s'évanouir.

À peine remise de son malaise de courte durée, Françoise avait exigé de Charles qu'il n'en parlât pas, arguant qu'il s'agissait d'un incident sans gravité, sans doute dû aux émotions et à la fatigue. Revenue rue de l'Université, elle s'était tout de suite retirée dans sa chambre, laissant à Charles le soin d'annoncer aux enfants la proche guérison de leur mère.

Une fois seule dans sa chambre, Françoise s'allongea sur le lit, ferma les yeux et respira profondément, dans l'espoir de soulager le mal qui lui rongeait le ventre. De ses paupières closes s'échappaient des larmes qui coulaient le long de ses tempes.

— Mon Dieu, aide-moi! supplia-t-elle à mi-voix.

Au bout de quelques instants, elle se redressa et,

courbée par la souffrance, gagna la salle de bains. Dans le miroir, son reflet l'effraya. Elle porta les mains à son visage et éclata en sanglots. Les cris de joie des enfants lui parvinrent. Elle se redressa et fit face à son image... Combien de temps resta-t-elle ainsi à se dévisager? Elle ouvrit le robinet d'eau froide. Au contact de l'eau, ses traits se détendirent. Elle fit couler un bain et se déshabilla. Une vingtaine de minutes plus tard, vêtue d'une robe de chambre, elle s'installa devant le secrétaire qui avait autrefois appartenu à sa mère et se mit à écrire :

*Bien cher Alain,*

*Enfin une bonne nouvelle : Léa est tirée d'affaire et, d'après le médecin, ce n'est plus maintenant qu'une question de jours. Depuis l'accident, nous n'avons pas réussi à joindre François. Je ne sais à qui m'adresser pour savoir où il se trouve. Après tout, c'est peut-être mieux comme cela; si nous l'avions joint hier, nous l'aurions affolé pour rien. En ces jours difficiles, Charles a été d'un merveilleux soutien. C'est fou, le sérieux de ce garçon.*

*J'espère donc pouvoir vous retrouver bientôt : toi et les enfants, vous me manquez tellement. Et je suis bien désolée du surcroît de travail que mon absence cause à tous.*

*Pour le reste, je n'ai pas encore eu l'occasion de te faire part des conclusions du spécialiste que j'étais venue consulter; je ne vais pas te le cacher plus longtemps, elles ne sont pas bonnes. Je ne voulais pas t'alarmer trop tôt, mais il va y avoir des dispositions à prendre en ce qui concerne Montillac. Pardonne-moi, mon mari chéri, de t'infliger ce nouveau chagrin, à toi qui as toujours été si bon pour moi. Tu m'as épousée avec un enfant qui n'était pas le tien et à qui tu as prodigué une tendresse égale à celle que tu as dispensée aux nôtres. Pour nous, tu as enduré les allusions les plus sordides. Jamais je ne te dirai assez ma reconnaissance pour tant de bonté, tant d'amour. Grâce à toi, j'ai été heureuse comme je n'aurais jamais rêvé de l'être. Sois-en remercié mille fois. Certes, je n'ai pas toujours été facile à vivre, menant mon monde à la baguette, et un autre que toi m'aurait souvent rabrouée. Toi, tu n'as toujours été qu'indulgence et tendresse.*

*Fais-moi aujourd'hui la grâce d'accepter ces lignes qui vont te faire souffrir, car je n'ai pas eu le courage de t'avouer cela de vive voix. J'ai craint que, face à toi, ta peine me prive de tout courage. La peur de perdre Léa m'a fait oublier quelque temps mon mal et les soucis qu'il entraîne. À présent que je la sais hors de danger, il revient en force. D'ailleurs, je dois revoir le spécialiste demain ; il me dira s'il est possible d'opérer. À vrai dire, il ne m'a pas laissé beaucoup d'espoir quant à une éventuelle intervention ; trop d'organes seraient d'ores et déjà atteints.*

*J'ai été si heureuse d'entendre, hier, la voix des enfants. Que vont-ils devenir ? Ne m'en veuille pas d'écrire cela, je sais que tu veilleras sur eux, mais c'est si dur, tu sais, de se dire qu'on ne verra pas ses enfants grandir... Allons, voici que je me montre certainement trop égoïste. Excuse-moi, mon chéri.*

*La journée à l'hôpital a été longue et je suis bien fatiguée. Je vais donc arrêter là cette triste lettre. S'il te plaît, ne m'appelle pas en la recevant ; le son de ta voix m'ôterait le peu de vaillance qui me reste. Je te tiendrai bien sûr au courant des résultats de la consultation de demain.*

*Embrasse les enfants bien tendrement pour moi, dis-leur que tout va bien et que je rentrerai bientôt.*

*Ta femme qui t'aime,*

*Françoise.*

*PS : Fais en sorte que cette lettre ne tombe pas sous les yeux des enfants. Merci.*

Épuisée par l'effort, Françoise reposa son stylo. Elle sursauta : de petits poings tambourinaient à la porte.

— Tante Françoise, ouvre ! criait Claire.

— Entre, chérie, c'est ouvert.

La fillette se précipita dans la chambre, se planta devant sa tante et croisa les bras sur sa poitrine.

— Pourquoi tu ne m'as pas dit tout de suite que Maman allait mieux ?

— Quelle importance que ce soit moi ou Charles qui...

— Parce que toi, t'es plus grande.

— Allez, viens m'embrasser au lieu de faire la tête.

La gamine se jeta entre les bras qui s'ouvraient à elle. Françoise serra le petit corps tremblant.

— Ne pleure plus, c'est fini, ta maman va bientôt revenir...

— Et mon papa ?

— Ton papa aussi, bien sûr.

— Ah bon, se rassura Claire en reniflant. Je vais le dire à Lomène.

Elle sortit en trombe, bousculant au passage Adrien et Camille qui attendaient dans l'embrasure de la porte.

— On peut entrer, tante Françoise ?

— Pas longtemps, les enfants, j'ai besoin de me reposer.

— Quand pourrons-nous aller voir Maman ? s'impatienta Adrien.

— D'ici deux ou trois jours, je pense... Cela dépend du médecin.

— Dis, elle t'a parlé ?

« Non », répondit-elle de la tête, serrant les dents pour ne pas lâcher le cri de douleur qui lui montait à la gorge. De la main, Françoise leur fit signe de s'en aller. Déçus, ils quittèrent la pièce à reculons et tirèrent la porte sur eux.

Deux jours plus tard, Adrien et Camille furent autorisés à rendre visite à leur mère. Léa put les recevoir assise dans son lit, soutenue par des oreillers. Un moment, ils demeurèrent sur le seuil, intimidés par l'extraordinaire pâleur de la patiente et le volumineux pansement qui lui entourait la tête.

— Entrez, mes chéris... On dirait que je vous fais peur! les encouragea-t-elle d'une voix encore faible.

Ils se précipitèrent d'un même élan.

— Doucement, doucement, tempéra Françoise qui les avaient accompagnés.

Ils s'approchèrent précautionneusement du lit.

— Venez m'embrasser...

Elle les serra contre elle en fermant les yeux pour mieux savourer son bonheur.

— Tu reviens bientôt à la maison?

— Tu as mal?

— Quand rentres-tu?

— Claire n'était pas contente, elle a demandé pourquoi elle ne pouvait pas venir.

— Tiens, Maman, je t'ai apporté des fleurs...

— Et moi, des mandarines!

— Merci mes chéris.

— Bon, les enfants, maintenant c'est assez, vous allez fatiguer votre mère..., coupa gentiment leur tante.

— Laisse, Françoise, ça me fait tellement de bien de les voir... Je te remercie de t'occuper d'eux, ça doit beaucoup te déranger... À propos, comment ça va, à Montillac? Alain et les enfants ne s'impatientent pas trop de ton absence prolongée?... Et toi, tes examens? Tu as l'air épuisée...

— Tout va bien... Alain te transmet tous ses vœux de prompt rétablissement... Allez, ne t'inquiète de rien, ne pense qu'à te rétablir au plus vite.

— Est-ce que tu as pu prévenir François ?

— Non, impossible de le joindre. Alors, hier, j'ai fini par envoyer une dépêche à l'adresse du Gouvernement général, à Alger, pour lui annoncer l'accident ; j'ai tout de suite ajouté que tu étais tirée d'affaire.

— J'ai hâte de le revoir... Adrien, dis-moi, comment ça se passe en classe ?

— Bien, Maman. Mais j'ai toujours des problèmes avec le prof de maths, il ne peut pas me sentir...

— Ce ne serait pas plutôt que tu ne travailles pas assez ?

— C'est sûrement ça, intervint Camille. Il n'arrête pas de dire que les maths, ça ne sert à rien.

— Tais-toi ! siffla son frère. Mademoiselle fait sa bêcheuse parce qu'elle a des dix partout, et...

Léa ferma les yeux, la tête lui tournait un peu.

— Camille, Adrien, allez vous disputer dans le couloir, trancha Françoise. Embrassez votre maman et sortez, je vous rejoins tout de suite.

— Oh non ! on vient tout juste d'arriver...

— Allez ouste, obéissez à votre tante ! appuya doucement Léa. Vous reviendrez demain.

Ils l'embrassèrent, puis se retirèrent à contrecœur. Françoise approcha une chaise et s'assit au chevet de sa sœur.

— Léa, je vais devoir rentrer à Montillac...

— Oh, s'il te plaît, reste encore un peu... On a besoin de toi, ici.

— Là-bas aussi, ils ont besoin de moi.

— C'est vrai, pardonne-moi, je ne pense qu'à moi...

— Oui, c'est vrai..., la taquina Françoise en souriant.

Léa saisit la main de sa sœur et la porta à ses lèvres.

— Comme tu ressembles à Maman quand tu souris !

Elles restèrent quelques instants sans mot dire, à se regarder avec tendresse.

— Enfin, Léa, me diras-tu ce que tu faisais en pleine nuit sur cette route?

La blessée ferma les yeux et ne répondit pas.

— La police est venue nous demander si nous étions au courant de ton voyage... Bien sûr, nous n'avons pas pu répondre. Tu recevras sans doute bientôt leur visite.

— Quand penses-tu repartir? esquiva Léa.

— À la fin de la semaine... Quand tu sortiras, pourquoi ne viendrais-tu pas poursuivre ta convalescence à Montillac?

— Je t'en remercie, je verrai avec François... De toute façon, nous descendrons pour Noël.

— Noël? C'est loin, Noël...

— Pourquoi dis-tu cela? C'est dans deux mois.

— C'est long, deux mois!

Léa considéra sa sœur avec étonnement. Pourquoi cette expression triste et si détachée en même temps? Une étrange crainte s'empara d'elle. Qu'est-ce qui pouvait bien la préoccuper, maintenant qu'elle-même se trouvait hors de danger? Léa s'aperçut alors de ses traits tirés, de son teint gris, des cernes profonds qui lui mangeaient tout le visage. Tout à coup, elle se souvint d'avoir déjà remarqué sa mauvaise mine quand elles avaient déjeuné chez Lipp. Dans un sursaut, Léa se dressa brusquement, mais retomba sur ses oreillers, prise de vertiges.

— Léa! s'écria Françoise en se penchant vers elle. Ma chérie, excuse-moi, je te fatigue... Je m'en vais, ne parle plus... C'est assez pour aujourd'hui... Repose-toi, je reviendrai demain.

Elle déposa un baiser sur le front moite et quitta la pièce le plus discrètement possible.

La porte refermée, Léa demeura un long moment immobile, tentant de maîtriser l'anxiété qui grandissait en elle. Bientôt, elle se mit à pleurer.

— Eh bien, madame Tavernier, qu'est-ce qui se

passe? Pourquoi pleurez-vous? Vous souffrez? se soucia l'infirmière, que Léa n'avait pas entendue entrer. Il ne faut pas vous mettre dans des états pareils, le docteur ne va pas être content... Si vous n'êtes par raisonnable, il va interdire les visites... Là, calmez-vous, à présent... Bon, je vais vous donner un léger sédatif.

Le lendemain, ce fut Charles qui amena les enfants. Cette fois, ils ne furent autorisés à rester que quelques minutes.

— Pourquoi Françoise n'est-elle pas venue? s'inquiéta tout de suite Léa.

— Elle a eu un malaise, hier soir en rentrant. Le docteur est venu, il n'a rien voulu nous dire. En revanche, il a demandé le numéro de téléphone de l'oncle Alain, expliqua Charles.

— Mon Dieu!

— Ne t'affole pas, voyons, elle allait déjà beaucoup mieux ce matin. Une bonne journée de repos et elle sera sur pied!

L'infirmière entra leur signifier que la visite se terminait. Léa les vit partir non sans un certain soulagement.

La semaine suivante, une ambulance remmena Françoise vers Montillac. François, enfin de retour en métropole, venait chercher Léa à l'hôpital.

— Ne me laisse plus jamais seule..., murmura-t-elle en se blottissant entre ses bras.

Un mois plus tard, toute la famille Tavernier suivait, à Verdelais, le convoi funèbre de Françoise. Devant la tombe ouverte où reposaient déjà son père, sa mère et sa sœur Laure, Léa avait l'impression que ces êtres chers l'appelaient. Prise d'une crainte irraisonnée, elle se cramponna, fébrile, au bras de François. Un jour, proche peut-être, ce serait son tour. Une envie de fuir s'emparait d'elle. Ses terreurs d'enfant lui revenaient, des frayeurs que seul son père avait le pouvoir d'apaiser. Elle lâcha le bras de son mari et s'éloigna. Elle trébucha sur le sol pentu du cimetière et se dirigea vers le sentier caillouteux menant au calvaire. Le long du chemin, l'air sentait la mousse et les champignons, les arbres avaient presque tous perdu leurs feuilles et, par endroits, la pierre dont étaient faites les chapelles du chemin de croix s'effritait. Régnait en ces lieux une désolation qui lui rappela les pires heures de la guerre. Des coups de feu, au loin, la firent sursauter. Elle hâta le pas, s'arrêtant par moments pour reprendre souffle. Comme au temps de son adolescence, elle s'assit sur les marches au pied de la croix, face à ce paysage aimé. Une silhouette claire montait vers elle, chargée d'un lourd panier : c'était Françoise apportant le pique-nique... Léa se raidit : non, ce jour-là, il n'y avait que les corbeaux volant au-dessus des vignes dénudées et, dans le lointain, une fumée...

Au retour de l'enterrement, la famille, les voisins et les connaissances se retrouvèrent à Montillac, où, selon la tradition, une collation fut servie. Alain allait de l'un à l'autre, telle une âme en peine. Impressionnés, les enfants de Françoise et de Léa se tenaient, silencieux, dans un coin de la grande pièce. Léa monta s'allonger dans son ancienne chambre.

C'est sans la moindre joie que chacun commença de se préparer pour le réveillon de Noël. Assise près de la cheminée du salon où brûlait un feu de sarments, Léa feuilletait, absente, de vieux numéros du *Monde*. Soudain, elle poussa un cri. François et Charles, qui, sans conviction, disputaient une partie de dames, levèrent la tête.

— Qu'as-tu, ma chérie ? Tu te sens mal ?

Pâle, les larmes aux yeux, Léa lui tendit le journal

en guise de réponse. François parcourut les deux pages ouvertes sans rien remarquer.

— Je ne vois pas...

Léa le lui arracha des mains pour lui désigner l'entrefilet qu'il n'avait pas remarqué. Cette fois, François lut à haute voix : « Les recherches pour retrouver le commandant Camilo Cienfuegos ont été abandonnées. Menées par Fidel Castro en personne et par le commandant Ernesto Che Guevara, sur terre et sur mer, elles n'ont pas permis de retrouver les débris de l'avion dans lequel le héros de la Révolution avait pris place, venant de Camagüey ».

— C'est arrivé à peu près au moment de ton accident, précisa Charles. Tu étais hospitalisée et je n'ai pas voulu te l'annoncer à ce moment-là, pour ne pas te faire encore plus de mal : tu ne l'aurais pas supporté... À ce propos, tu as reçu une lettre de Cuba, et je crois bien qu'elle est du Che...

Léa se précipita sur le tas d'enveloppes qui était resté sur le rebord de la cheminée. Parmi les lettres de condoléances que personne n'avait encore eu le cœur d'ouvrir, elle trouva celle du Che et en déchira nerveusement l'enveloppe.

*Bien chère Léa,*

*Il n'y a plus aucun espoir de retrouver vivant notre compagnon, mon ami et mon frère. Camilo a disparu dans le ciel de Cuba, nous ne le reverrons plus. « Qui l'a tué ? Nous pourrions plutôt nous demander : qui a éliminé son être physique ? Car la vie d'hommes comme lui a son prolongement dans le peuple ; elle ne s'achève que lorsque le peuple en a décidé ainsi. C'est l'ennemi qui l'a tué, parce qu'il désirait sa mort ; parce qu'il n'y a pas d'avions sûrs, parce que les pilotes ne peuvent acquérir toute l'expérience nécessaire ; parce que, surchargé de travail, il désirait arri-*

*ver au plus vite à La Havane... et ce qui l'a tué, c'est aussi son caractère. Camilo ne mesurait pas le danger, il l'utilisait comme une diversion, il jouait avec lui, il le toréait, l'attirait et le manœuvrait; dans sa mentalité de guérillero, aucun obstacle ne pouvait interrompre ni déformer la ligne qu'il s'était tracée. Il est parti alors que tout un peuple le connaissait, l'admirait et l'aimait. »*

*Deux jours avant sa mort, triste de la trahison d'Huber Matos qu'il avait choisi d'arrêter lui-même, il m'a parlé de toi. Un jour, peut-être, j'aurai l'occasion de te dire quels ont été ses mots. Sache seulement qu'il t'aimait et souhaitait ton bonheur. Tous, ici, souffrent de son absence et plus rien ne sera plus pareil pour aucun d'entre nous. Le peuple s'est rendu en foule au bord de la mer pour jeter des fleurs à sa mémoire. Tous avaient des larmes aux yeux. « C'est le meilleur qui est parti », disaient les vieilles femmes en envoyant des baisers vers le ciel. Elles ont raison : Camilo était le plus pur d'entre nous, le plus généreux, le plus courageux. Pas de calcul politique chez lui, seulement le désir profond de rendre heureux et libre le peuple cubain. Il l'a payé de sa vie. La nôtre va se poursuivre sans lui, au service de la Révolution. J'espère que la tienne trouvera un sens, dans cette France engagée dans une guerre fratricide. Une année nouvelle va commencer sans lui, elle me paraît d'ores et déjà difficile.*

*Crois en mon amitié fidèle,*

*Ton ami, Ernesto.*

La lettre glissa des mains de Léa; François la ramassa sans un mot, la replia et la remit dans son enveloppe. Quelles paroles de consolation aurait-il pu prodiguer à cette femme qui était la sienne et qui pleurait son amant? La jalousie lui mordait le cœur. Aussi ne fit-il pas un geste quand Léa se leva puis se dirigea à pas lents vers la porte donnant sur le jardin. Dehors, l'air frais de décembre la saisit ; elle frissonna, serra son châle autour de ses épaules et descendit à pas lents vers la terrasse. Un triste soleil d'hiver finissait de s'éteindre, tandis que le brouillard flottait sur la Garonne. Au loin, un chien aboya. Elle posa les mains sur la pierre froide de la balustrade ; son contact rugueux la rasséréna. Dans son esprit tourmenté, les visages de Françoise et de Camilo se superposaient. Sa sœur et son ami cubain se retrouveraient-ils quelque part ?

Quelqu'un s'approcha. Pourquoi ne la laissait-on pas tranquille ?

— Viens, il faut rentrer à présent, lui suggéra doucement Charles.

Léa se retourna et fit face à cet homme qu'elle avait vu naître. Il paraissait très grand, dans la nuit tombante ! Elle revit son père, debout à la même place. Elle se jeta contre lui.

Longtemps ils restèrent ainsi enlacés, unis dans le même chagrin. Enfin il l'écarta avec délicatesse.

— Cette fois, viens... Les enfants sont inquiets.

Léa se laissa faire et remonta lentement vers la maison qui brillait dans la nuit noire.

Le retour vers Paris, dans la nouvelle voiture de François, s'effectua dans une atmosphère mélancolique ; les trois voyageurs échangèrent peu de mots. Charles annonça qu'il partait le soir même rejoindre des amis aux sports d'hiver, et s'inquiéta de savoir où ils passeraient le 31 décembre. Adrien, Camille et Claire étaient à Montillac à la demande d'Alain pour tenir compagnie à leurs cousins. Sans se l'avouer, Léa était soulagée de se séparer d'eux pour quelque temps ; elle se sentait encore fragilisée par l'accident. Elle éprouvait le besoin d'être seule avec François. Elle pressentait qu'elle venait d'entrer dans une phase déterminante de sa vie. Lui seul pouvait l'aider à y voir clair.

Elle n'avait pas encore fini de ranger leurs bagages que des policiers en civil se présentaient rue de l'Université ; ils demandèrent à parler à madame Tavernier. Léa les reçut en compagnie de son mari. Avec courtoisie, les fonctionnaires lui posèrent des questions sur les circonstances dans lesquelles l'accident s'était produit, et sur les raisons qui avaient motivé son déplacement. Elle répondit que l'envie de voir une exposition qui se tenait à Strasbourg en constituait le seul motif. Quant à l'accident lui-même, elle n'en gardait aucun souvenir : la somnolence, sans doute... Les enquêteurs firent mine de la croire et se retirèrent sans insister.

À peine la porte d'entrée se fut-elle refermée sur eux que François, qui n'avait pas ajouté un mot à ses déclarations, exigeait d'elle la vérité. Quand elle eut fini de parler, il resta longtemps silencieux ; un pli soucieux lui barrait le front. Puis, soudain, il explosa :

— Tu es complètement folle ! Tu me mets dans une position intenable vis-à-vis du général de Gaulle ! Réfléchis un peu, la femme de son envoyé spécial en Algérie sert le FLN !... As-tu songé aux conséquences d'un acte aussi insensé ? La France se bat et toi, tu ne trouves rien de mieux à faire qu'aider ceux qui la combattent !... Comprends-tu qu'avec l'argent que tu as transporté, ils achètent les armes qui tuent de jeunes Français ? C'est comme si tu armais toi-même le bras qui abattra Charles !

« Charles !... » Léa se sentit devenir folle. À quelques mots près, le jeune homme ne lui avait-il pas déclaré la même chose ?

— Tu n'as pas le droit de me dire ça !

— Pas le droit ?!... Tu l'as peut-être arraché aux griffes des sbires de Batista, mais seras-tu là pour le sauver des balles du FLN quand il sera envoyé en Algérie ?...

— Il n'ira pas en Algérie !

— Et comment fera-t-il pour y échapper ?

— Il désertera.

François la regarda d'un air navré.

— C'est tout ce que tu as trouvé ?

— Des dizaines de jeunes appelés le font. Bientôt, ils seront des milliers...

— Peut-être, mais, en l'état actuel des choses, il peut être plus utile à l'Algérie qu'en désertant.

— Et comment cela, s'il te plaît ?

— Il peut amener ses compagnons à réfléchir à l'inanité de cette guerre et des moyens mis en œuvre pour la faire...

— Mais quel jeu joues-tu ?

— Je ne joue pas ! J'essaie de comprendre et de contribuer à une solution juste et claire, pour les Français d'Algérie comme pour les musulmans.

— Mais tu sais bien que la totalité du gouvernement, Premier ministre en tête, est favorable à l'Algérie française !

— Et alors ? Cela ne veut pas forcément dire qu'elle le restera toujours. Je te rappelle le discours qu'a fait le Général à propos de l'autodétermination. Un vote aura lieu pour décider du sort de l'Algérie.

— Et ce sera comme pour l'Indochine... Tu y crois encore, toi, à la tenue de ces élections ?

— Oui. Et si je n'en étais pas sûr, je ne croirais plus que la France soit un pays démocratique...

— Toujours les grands mots !

— Non, une réalité... Quoi qu'il en soit, je te demande de rompre toute relation avec ceux qui t'ont entraînée dans cette aventure. Tu es maintenant fichée à la DST, tes moindres faits et gestes vont être épiés, tes moindres déplacements feront l'objet de contrôles. Les policiers n'ont pas cru un seul mot du récit de ton voyage à Strasbourg. Si tu ne penses pas à moi et aux conséquences que tout cela peut avoir sur mon avenir, pense au moins à tes enfants qui auraient du mal à comprendre pourquoi leur mère irait en prison! Car, au cas où tu ne le saurais pas, on procède aussi à des arrestations parmi les porteurs de valises...

Léa se passa la main sur le front.

— Ne fais pas cette tête-là... Je sais bien que tu n'es animée que par une exigence de justice. Mais je ne crois pas que tu aies choisi le bon moyen de manifester ta solidarité avec les Algériens.

— Que pouvais-je faire d'autre? fit-elle, désemparée.

Tout à sa détresse, Léa ne remarqua pas la tendresse qui se peignait sur le visage de son mari. Si elle l'avait vue à ce moment-là, elle se serait jetée entre ses bras pour y chercher refuge.

« Comment la protéger d'elle-même? » s'interrogeait François en la regardant, à la fois si forte et si fragile. La maternité ne lui avait apporté aucune sérénité. Toujours, en elle, persistait cette difficulté à s'installer dans un bonheur simple. Il se sentait coupable de ne pas avoir su lui donner un sentiment de sécurité. Il l'avait entraînée malgré lui dans des aventures qui l'avaient empêchée de devenir adulte. Ces folles entreprises lui avaient laissé penser qu'elle pouvait changer le cours des choses. Sa générosité l'avait jetée au-devant de dangers qu'elle n'avait surmontés que grâce à une furieuse volonté de vivre et à un courage sans faille. « Drôle de bonne femme. » Il retint son désir de la prendre contre lui; il devait se montrer ferme s'il voulait qu'elle renonçât à s'impliquer davantage dans l'affaire algérienne.

— Ce soir, il y a un dîner au palais de l'Élysée, auquel nous sommes invités. Il convient d'y faire bonne figure. Je compte sur toi pour être des plus élégantes... La plus belle, ajouta-t-il tendrement.

— Est-ce vraiment indispensable?... On pourrait peut-être invoquer notre deuil, les suites de mon accident...

— Non. Tu dois faire face. Ce n'est pas le moment de flancher. Ton absence à ce dîner serait interprétée comme un aveu. Si tu es là, au contraire, ils pourront croire que tu n'as rien à te reprocher. Et puis, le fait d'être reçue à la présidence de la République te protégera peut-être un peu.

— Tu crois? murmura-t-elle.

— Oui, répondit-il simplement en l'attirant à lui. Ne crains rien, je serai là... Je serai toujours là, chuchota-t-il dans ses cheveux.


Dès son entrée dans les salons de l'Élysée, Léa, moulée dans une longue robe de velours rubis, attira tous les regards. Ses cheveux relevés dégageaient son cou et dissimulaient les cicatrices, séquelles de l'accident. Ses longs pendants d'oreilles en diamants, qui bougeaient avec elle, paraient d'un ornement supplémentaire chacun de ses gestes. Le général et madame de Gaulle lui réservèrent un accueil charmant et s'enquirent aimablement de sa santé. Pour le dîner, le protocole l'avait placée à la table d'André Malraux, aux côtés de Jean Sainteny qui lui donna des nouvelles de « son ami », le président Hô Chi Minh; selon lui, le président vietnamien s'était même inquiété d'elle... À sa gauche dînait le ministre des Affaires étrangères, Maurice Couve de Murville; lui aussi se montra empressé.

— Avez-vous du nouveau en provenance de Cuba? lui demanda-t-elle.

— Que voulez-vous dire?

— A-t-on retrouvé l'avion du commandant Cienfuegos?

— Non, pas que je sache... Mais pourquoi cette question? Ah, j'oubliais!... Pardonnez-moi... Vous étiez dans la sierra Maestra, n'est-ce pas ? Cela a dû être une fameuse expérience. Vous pensez que Castro va rester au pouvoir ?

— Je l'espère pour les Cubains.

— C'est un pouvoir fragile... Je vois mal les États-Unis accepter longtemps, à leur porte, un État communiste, intervint André Malraux.

— Fidel Castro n'est pas communiste ! protesta Léa.

— Il le sera, affirma l'auteur de *la Condition humaine.*

— Monsieur le ministre, je n'ai pas votre expérience, mais je puis vous assurer que les communistes sont minoritaires à Cuba.

— Pour le moment, chère madame, pour le moment...

— Puis-je vous poser une question, monsieur le ministre ?

— Je vous en prie.

— Que pensez-vous de la torture ?

Un silence gêné tomba. Coudes posés sur la table, le menton reposant sur ses mains croisées, le visage agité de tics, le ministre d'État chargé des Affaires culturelles considérait cette femme qui venait de lui poser, en ces lieux, une si insolente question.

Jean Sainteny chercha à faire diversion :

— Monsieur le ministre, permettez-moi de...

Léa lui coupa la parole :

— N'est-ce pas à vous de dénoncer ces pratiques, comme vous l'avez fait au moment de la guerre d'Espagne ? En vous taisant, vous trahissez votre œuvre...

— Léa !...

— C'est en France que l'on torture, pas en Chine, en Espagne ou en Allemagne, mais à deux pas d'ici !

Haletante, elle se tut. Tous les convives la contemplaient avec stupeur. La réprobation était sur tous les visages. Tous guettaient la réaction d'André Malraux; elle ne vint pas.

— Mon œuvre..., fit-il seulement avant de se remettre à manger.

Léa interrogeait du regard chacun des autres invités, espérant que l'un d'eux relancerait d'un mot ce sujet brûlant. Les conversations particulières reprirent peu à peu.

— Excusez-moi.

Elle s'était levée. Sainteny et Couve de Murville accompagnèrent son geste.

— Ne vous dérangez pas... J'ai besoin de prendre l'air...

Dans le hall, elle demanda son vestiaire. François, qui l'avait vue quitter la table, la rejoignit.

— Que se passe-t-il?

— Rien... Excuse-moi, je ne me sens pas bien... J'étouffe!

L'huissier lui ouvrit la porte. Elle descendit les marches en courant presque. François la rattrapa et lui saisit brutalement le bras.

— Reviens!

— Non, c'est au-dessus de mes forces.

Ils firent encore quelques pas dans la cour sous l'œil curieux des sentinelles.

— Fais un effort... Je te le demande expressément.

— Donne-moi les clefs de la voiture.

Il les lui tendit, la regardant fixement, puis s'en retourna sans un mot vers le palais illuminé.

Longtemps elle roula sans but à travers les rues de Paris que le froid avait vidées. Elle eut envie de boire un alcool fort, si possible dans un endroit bien chaud, peuplé d'inconnus. La place de l'Étoile était déserte. Sur les Champs-Élysées, les véhicules étaient rares. Elle s'arrêta devant le Drugstore. La chaleur la réconforta. Elle acheta des journaux, feuilleta quelques

169

livres à la librairie sans que la jeune vendeuse, plongée dans sa lecture, levât les yeux. Au bar, elle commanda un café et un cognac. Quelques hommes seuls essayèrent en vain d'attirer son attention. Elle tournait négligemment les pages d'un de ses magazines, quand la jeune libraire vint prendre place non loin d'elle; peu après, un garçon déposa devant elle un hamburger accompagné d'un verre de Coca-Cola. Elle le remercia d'un sourire, avala quelques bouchées puis rouvrit son livre.

— Ça va refroidir, lui fit remarquer gentiment le serveur.

Sans interrompre sa lecture pour autant, la jeune femme fit signe que cela n'avait guère d'importance. Malgré elle, Léa, qui avait suivi la scène, s'entendit demander :

— Qu'est-ce que vous lisez?

La libraire leva des yeux embués.

— *Le Dernier des justes,* d'André Schwarz-Bart... Il a eu le Goncourt.

Elle but une gorgée de Coca et se replongea dans son livre.

Une blonde entre deux âges, très maquillée, vint lui glisser un mot. Confuse, la libraire se leva et s'en fut rapidement, après avoir adressé un petit signe de tête à Léa.

Avant son départ, un groupe de jeunes gens était entré, commentant bruyamment le dernier film de King Vidor, *Salomon et la reine de Saba.* Ils s'installèrent en habitués, interpellant le garçon par son prénom. Un instant, Léa envia leur jeunesse, leur insolence... L'un d'eux la regardait maintenant avec une insistance qui, en toute autre circonstance, l'aurait amusée. Le manège n'avait pourtant pas échappé à l'une des compagnes du jeune homme. Elle jeta un coup d'œil assassin à Léa qui, sous le coup, se sentit vieille. Elle appela le garçon, régla ses consommations et se leva. La cape de fourrure qui l'enveloppait glissa. Le jeune homme se précipita, ramassa prestement le vêtement et le reposa sur les épaules de Léa.

— Vous êtes très belle, murmura-t-il.

Léa sourit, touchée malgré elle du compliment, et laissa là son admirateur.

Rêveuse, elle remonta les quelques marches qui conduisaient à la librairie. Cette fois, elle trouva la vendeuse juchée sur une échelle. Elle cherchait un livre pour un client qui, sans vergogne, se délectait à la vue des cuisses que découvrait la jupe remontée. Elle redescendit les mains vides.

— Non, je ne l'ai plus... Voulez-vous que je vous le commande ?

— Non, ce n'est pas la peine... Je repasserai.

La jeune femme haussa les épaules et se tourna vers Léa qui lui avait demandé :

— Avez-vous le livre que vous lisiez tout à l'heure ?

— *Le Dernier des justes ?*... Oui, bien sûr.

Elle le prit sur une pile tandis que Léa passait en revue les nouveautés.

— Je vais prendre aussi celui-ci, dit-elle en lui tendant *le Dîner en ville,* de Claude Mauriac. Vous l'avez lu ?

— Pas encore... Il paraît qu'il n'est pas mal ; il a eu le prix Médicis.

— Ah ? Je ne savais pas... Je vous dois combien ?

Quand elle sortit du Drugstore, un vent glacial la précipita vers sa voiture. En démarrant, il lui sembla reconnaître son admirateur qui se tenait non loin de là. Les feux passaient au vert les uns après les autres ; en peu de temps, elle fut rendue rue de l'Université. L'appartement lui parut sinistre et froid. Elle jeta sa cape sur un fauteuil et gagna sa chambre.

François n'était pas encore rentré.

# IX

*Léa,*

*Quand tu recevras cette lettre, je serai en route pour l'Algérie. Je pensais profiter de l'absence des enfants pour passer quelques jours en tête à tête avec toi. Ton attitude incompréhensible m'en a enlevé tout désir. Je sais que tu as traversé des moments difficiles, mais ce n'est pas une raison suffisante pour te comporter comme tu l'as fait. Ton inconscience passe les bornes de l'admissible. Le Général s'en est tenu à regretter ton « malaise » auprès de moi. En revanche, le ministre de l'Intérieur m'a fait part de la préoccupation de ses services concernant tes mauvaises fréquentations et les propos que tu as pu tenir ici ou là. Je l'ai assuré qu'ils n'avaient pas à s'en formaliser et que tu t'étais, tout au plus, montrée imprudente. Quant à tes prises de position, je lui ai dit qu'elles ne faisaient qu'exprimer à haute voix les questions que tous les Français se posaient en lisant les journaux. Comme les policiers qui sont venus à la maison, il a fait semblant d'y croire. Cependant, et comme je t'en ai déjà avertie, ils t'ont maintenant dans le collimateur. Seules les relations que j'ai à l'Élysée les retiennent de t'interroger plus avant.*

*Si tu le veux, et pour éloigner, peut-être, toute nou-*

*velle tentation, tu peux me rejoindre à Alger. Ce n'est pas que je le souhaite vraiment, mais, au moins, je pourrais avoir l'œil sur toi. Si donc tu te décidais à venir, fais-moi prévenir à l'hôtel Aletti, et je ferai rapidement le nécessaire. Dans le cas contraire, occupe-toi bien de nos enfants ou prends un amant pour passer le temps...*

*Le cas échéant, réfléchis aussi à notre avenir à tous les deux... si tu penses toujours que nous en avons un.*

*François.*

C'était le premier signe de lui que Léa recevait depuis cette lamentable soirée au palais de l'Élysée. Il n'avait pas reparu rue de l'Université. Durant ces deux jours de silence absolu, Léa s'était cloîtrée chez elle, se nourrissant de pâtes et de quelques conserves ouvertes au hasard. La lecture de ce pli l'avait laissée stupide. Jamais François n'avait eu à son endroit des mots aussi durs. « Il ne m'aime plus, pensait-elle, je ne compte plus pour lui. Mais aussi, c'est sa faute, il n'est jamais là ! » Après la stupeur, venait la colère : « Il mériterait que je débarque à Alger... Non ! Il serait trop content. Je vais plutôt suivre son conseil et prendre un amant ! » D'un coup, enfin, elle mesura le formidable gâchis qu'elle avait causé... Elle se jeta sur son lit et fondit en larmes.

En ce mercredi 31 décembre, une foule fébrile se bousculait boulevard Haussmann, entre le Printemps et les Galeries Lafayette. Des femmes surchargées de paquets piétinaient à la hauteur des arrêts d'autobus et des stations de taxis. D'autres, l'air tendu, montaient ou descendaient les escaliers du métro, surveillant et houspillant les enfants qui les accompagnaient. Léa, qui était venue acheter des bas, renonça. Abandonnant l'espoir de trouver rapidement un taxi, elle remonta vers l'Opéra. Devant le palais Garnier, les passants frigorifiés traversaient la place, courbés contre le vent. Et toujours pas de taxi à l'horizon... Pour échapper au froid, Léa entra au café de la Paix. Beaucoup avaient eu la même idée qu'elle et l'endroit était bondé. Par chance, une table se libéra sous ses yeux. Elle s'y assit en même temps qu'un homme qui devait lui aussi attendre la même aubaine ; il se releva aussitôt en présentant ses excuses. Après une longue attente, elle put commander un chocolat chaud. La migraine l'empêchait de penser. Les coudes sur la table, elle se prit le front entre les mains. À ses pieds, elle remarqua alors un livre. Elle le ramassa et regarda autour d'elle, à la recherche de son propriétaire. Il s'agissait de l'*Almanach Hachette* pour l'année 1960. Elle le feuilleta machinalement, se rappelant ceux de son enfance. Sur la page de l'« Année politique française », quelqu'un avait écrit en travers :

*J'ai besoin de vous voir. Soyez chez vous à partir de dix-huit heures.*

Elle eut immédiatement l'impression que ce message lui était destiné. De nouveau, elle regarda tout autour d'elle ; aucun visage, aucune silhouette connus. Après avoir bu son chocolat, elle s'en alla, abandonnant l'ouvrage sur la table. Elle franchissait le seuil du café quand un garçon l'interpella.

— Madame ! Vous oubliez votre livre.
— Il n'est pas à moi. Je l'ai trouvé par terre...

Elle attrapa au vol un taxi qui venait de déposer ses précédents clients.

— On serait mieux chez soi, pas vrai, ma p'tite dame ? l'accueillit le chauffeur en se frottant les mains. Où dois-je vous conduire ?

À dix-huit heures trente, le téléphone sonna.
— Léa ?...

— Oui.

— Vous êtes seule ?

— Qui êtes-vous ?

— Avez-vous toujours le panier que vous avez acheté rue Mouffetard ?

— Vous !...

— Ne prononcez pas mon nom. Un ami vous attend au bar du Pont-Royal.

— Mais...

On avait raccroché. « Je n'irai pas », décréta-t-elle.

Une heure plus tard, elle descendait les marches de l'établissement...

En cette veille de fête, deux tables seulement étaient occupées. À l'une d'elles, Roger Vailland lisait *le Monde*. Elle prit place en face de lui. Il leva la tête et lui sourit.

— Quel plaisir de vous revoir, ma chère. Vous êtes devenue si rare... J'ai appris que vous aviez été victime d'un accident. Heureusement, je constate que ce n'était pas si grave, vous êtes toujours aussi séduisante.

— C'est avec vous que j'ai rendez-vous ?

— Peut-être, je ne sais pas... Voyez-vous quelqu'un d'autre ?

— Arrêtez, vous n'êtes pas drôle.

— Vous me l'avez déjà dit... Je vais finir par me vexer.

— Il vous en faut plus que ça.

— C'est vrai... Que faites-vous pour le réveillon ?

Une vague de tristesse la submergea. Elle lui confia d'une voix lasse :

— Je ne sais pas...

L'œil de l'écrivain brilla. Décidément, cette femme lui plaisait beaucoup. Elle n'avait pas, comme tant d'autres l'eussent fait à sa place, inventé des faux-fuyants ; elle avait simplement avoué : « Je ne sais pas... »

— Alors, je vous emmène chez des amis... Ils seront très heureux de vous recevoir.

— Si vous voulez... Mais, pour le moment, je boirais bien quelque chose.

— Oh, pardonnez-moi... Francis! apportez une coupe de champagne à madame, s'il vous plaît... Au fait, champagne : ça vous va?

Léa approuva de la tête. Après en avoir bu une gorgée, elle demanda :

— Pourquoi m'avez-vous fait venir?

— Ce n'est pas moi.

— Qui alors?

— Vous le saurez ce soir...

— Je ne veux plus rien avoir à faire avec vos amis.

— De quels amis parlez-vous? Vous avez des amis, vous?

Avec un haussement d'épaules, elle ignora la question.

— Avez-vous du feu?

Francis s'approcha pour leur proposer une nouvelle coupe offerte par la maison à l'occasion de la Saint-Sylvestre. Ils acceptèrent et trinquèrent à la santé du barman, qui en profita pour annoncer :

— On ferme un peu plus tôt, ce soir...

— Quoi? Vous nous mettez à la porte!

— Monsieur Vailland, vous savez que ce n'est pas ça, mais je réveillonne en banlieue...

— Bien sûr, Francis, on vous laisse... Amusez-vous bien et à l'année prochaine!

— À l'année prochaine, monsieur Vailland, à l'année prochaine, madame. Et tous mes vœux!

Empressé, il les raccompagna jusqu'à la porte.

— Je passe vous prendre à dix heures, lui dit Roger Vailland en guise de salut.

Alors qu'elle tournait la clef dans la serrure, le téléphone se mit à sonner.

— Allô ?

Au bout du fil, Adrien, Camille et Claire se disputaient pour parler à leur mère.

Quand elle raccrocha, la vie lui sembla plus douce. Elle se déshabilla, prit un long bain et se posa l'angoissante question : « Que vais-je mettre ? »

L'assistance était élégante mais décontractée. Quelques jolies femmes, un couple d'homosexuels célèbres, deux ou trois écrivains, des messieurs très sûrs d'eux-mêmes et un jeune homme timide se pressaient rue Vaneau dans le grand appartement d'une comtesse dont l'accent chantant trahissait l'origine italienne. Vêtue d'une extravagante robe de dentelles noir et or, un long fume-cigarette entre les doigts, elle accueillit chaleureusement Léa, l'embrassant même.

— Vous êtes la personne dont m'a tant parlé Roger, n'est-ce pas ? Mais il est très au-dessous de la vérité : vous êtes beaucoup plus belle encore que le portrait qu'il a tracé de vous ! De plus, vous êtes émouvante... Je suis très heureuse de faire votre connaissance. Vous êtes ici chez vous... C'est à la bonne franquette, comme vous dites : chacun se sert... Roger, allez donc chercher quelque chose à boire pour notre amie...

La comtesse s'éloigna pour accueillir de nouveaux arrivants. Léa regarda tout autour d'elle, à la recherche d'un visage ami. Élisabeth Vailland bavardait avec le journaliste Lucien Bodard, qu'elle avait plusieurs fois croisé en Indochine [1]. Tous deux la saluèrent de la tête et Léa leur sourit.

— Tenez, lui susurra Roger Vailland en lui tendant un verre, que cette année voie la concrétisation de mes désirs !

Léa leva son verre sans demander quels pouvaient

1. Voir *La Dernière Colline*.

bien être ses désirs, puis alla s'asseoir à l'écart, dans un petit salon donnant sur une terrasse ; la pièce n'était éclairée que par un bouquet de bougies posé sur une table. Avec qui François passait-il cette soirée ? À quoi s'occupait-il au lieu de se trouver ici, à ses côtés ?... Elle passa une main lasse sur son front et soupira.

— Ma grand-mère disait : « Cœur qui soupire n'a pas ce qu'il désire ! » Est-ce le cas, jolie dame ? s'enquit une voix d'homme qui venait de la terrasse.

Par la porte-fenêtre ouverte, un courant d'air inclinait la flamme des bougies ; elles frémirent encore un instant après qu'on l'eut refermée. Léa ramena ses pieds sous elle et se cala dans les coussins du canapé. L'homme à l'originale sentence vint s'asseoir auprès d'elle.

— Je vois que vous avez bien reçu mon message...

— Quoi ? C'était vous, tout à l'heure ?... Je ne vous avais pas reconnu.

— Ça prouve au moins que mon déguisement était bon... J'ai eu très peur, au moment de l'accident, vous savez ? Enfin, je vois que ce n'est plus pour vous qu'un mauvais souvenir ; je m'en réjouis... La police ne vous fait pas trop d'ennuis, j'espère ? Beaucoup de nos camarades ont été arrêtés...

Léa tourna la tête vers lui.

— On ne vous a pas arrêté, vous.

— Comme vous dites cela ! On dirait que vous le regrettez...

Un petit rire sans joie lui répondit. Léa vidait son verre quand Vailland entra, une assiette à la main ; il la lui tendit.

— Ces canapés de saumon sont délicieux, je vous les recommande... Ah ! tu es là, toi, je ne t'avais pas encore aperçu... Tu vois que j'ai réussi à te l'amener ! Fais-en bon usage, mais ne l'accapare pas trop... Allez, je vous laisse.

— Pourquoi vouliez-vous me voir? reprit tout de suite Léa.

Vincent hésita avant de répondre, regarda autour d'eux, puis se rapprocha d'elle.

— J'ai maintenant une importante mission à vous confier...

— Il n'en est plus question! J'ai promis à mon mari de me tenir à l'écart de tout ça. De plus, la police me surveille...

— Je le sais... Mais, croyez-moi, je n'ai pas le choix.

— Désolée, trouvez quelqu'un d'autre, coupa-t-elle en se levant.

Il la retint par le bras et la força à lui faire face.

— Il y va de la vie d'un homme!

Avec colère, Léa s'arracha à son étreinte.

— Et ma vie à moi, vous y pensez?

Durement, ils s'affrontèrent du regard. Vincent, le premier, détourna le sien. Ses traits tirés, les cernes de ses yeux révélaient assez sa fatigue. Depuis des mois, il changeait sans cesse de refuge pour échapper à la police, séjournant en Suisse le plus clair de son temps. Léa le savait sincère dans son combat. Mais, pour elle, à présent, il devait exister une autre manière de manifester sa solidarité avec le peuple algérien; les paroles de François, à propos de Charles, lui revenaient en mémoire. Pourquoi, cette fois encore, n'était-il pas à ses côtés pour l'aider à y voir clair?

— De quoi s'agit-il? s'entendit-elle pourtant demander comme dans un songe.

La sonnerie du téléphone l'arracha à un sommeil agité. Dans un sursaut, elle se dressa sur son lit et chercha l'interrupteur à tâtons. Une nouvelle migraine lui taraudait le front. « J'ai sans doute un peu trop bu », pensa-t-elle en décrochant enfin. Sur la ligne, une désagréable friture se fit entendre.

— Allô? Léa?... Allô?...

— François?!

— Bonne année, ma chérie!...

— Oh, merci, merci!... À toi aussi, bonne année, mon amour! Je suis si heureuse de t'entendre!

— J'ai appelé plusieurs fois... Tu n'étais pas là...

— Je ne pouvais pas supporter l'idée d'être seule, hier soir. Je suis allée chez des amis... Et toi?... Allô? Allô?... Tu m'entends?

— Très mal... Je te rappellerai plus tard... Je t'embrasse, rendors-toi, mon amour.

Après de nouveaux grésillements, la communication fut coupée. Léa se rendormit aussitôt, sereine cette fois.

Quand elle se réveilla pour de bon, il était deux heures de l'après-midi. Son mal de tête avait disparu. Elle se leva, remplie par un bien-être qu'elle n'avait plus éprouvé depuis bien longtemps. En chantonnant, elle alla jusqu'à la salle de bains, avala un grand verre d'eau fraîche, se brossa les dents, puis les cheveux.

— Aïe! fit-elle.

Elle en avait oublié ses récentes blessures.

Elle fit couler un bain, y jeta des sels parfumés et revint dans la chambre d'où elle appela Alger. Impossible d'avoir la ligne. Après plusieurs tentatives, elle renonça.

Pendant ce temps-là, dans la salle de bains, l'eau avait commencé à déborder. Elle éponge, vida un peu la baignoire puis s'y plongea, dans la tiédeur du parfum de rose qui avait envahi l'atmosphère. Elle posa sa nuque contre la faïence avec un gémissement de plaisir. Son corps lui semblait flotter sur un lit de pétales. De toutes ses forces, elle souhaita que cette nouvelle année soit à l'image de cet instant.

La sonnerie de la porte d'entrée brisa sa rêverie. Un premier janvier, qui cela pouvait-il être? Elle sortit de l'eau à regret, s'enveloppa dans un peignoir en éponge et, pieds nus, alla ouvrir. Un homme d'une quarantaine d'années, aux cheveux frisés poivre et sel, vêtu d'un pardessus gris et d'un costume rayé, une écharpe tricotée autour du cou, se tenait sur le palier, un bouquet de violettes à la main.

— Je viens de la part de Vincent, dit-il sans oser la regarder.

Tout sentiment d'euphorie la quitta.

— Je ne vous attendais pas si tôt.

Elle s'effaça pour le laisser entrer. Il fit quelques pas dans le vestibule en examinant les lieux.

— Vous êtes seule? s'informa-t-il en tendant son bouquet.

— Vous le savez bien.

— Il y a des changements, quelquefois.

— Merci quand même, elles sentent bon. Vous n'avez pas été suivi, au moins?

— Je ne pense pas, la rue était déserte.

— Si vous le permettez, je vais m'habiller... En attendant, asseyez-vous au salon. C'est à gauche.

Quelques instants plus tard, elle le rejoignait. La robe de laine grège qu'elle avait passée à la hâte, ceinturée de cuir, soulignait la minceur de sa taille. Pardessus, elle enfila un épais manteau de tweed agrémenté d'un col de renard fauve. Elle posa sur sa tête une toque de la même fourrure.

Une fois dans la rue, elle lui prit le bras.

— Nous nous promenons comme de vieux amis, c'est ça?

— Oui, c'est bien ça...

Sans se presser, ils se dirigèrent vers la Seine. Au long des quais, de rares passants flânaient sous un soleil hivernal. Toute la ville paraissait en repos. Ils firent halte pour regarder passer un bateau-mouche qui remontait le fleuve. L'homme en profita pour jeter un coup d'œil derrière eux; il ne remarqua rien de suspect. Ils reprirent leur marche et parvinrent ainsi jusqu'à la Bûcherie; ils y trouvèrent une place non loin de la cheminée où brûlait un bon feu. Ils commandèrent un chocolat et des pâtisseries. Après le froid, la chaleur de l'endroit les engourdit peu à peu. Pour donner éventuellement le change, ils échangeaient de temps à autre des propos anodins. Une heure passa. Quand ils se décidèrent à ressortir, il faisait presque nuit et le froid s'était accru. Boulevard Saint-Michel, ils entrèrent dans un cinéma où l'on projetait *la Vache et le prisonnier,* avec Fernandel en vedette. Le film venait de commencer, mais il n'y avait que peu de monde dans la salle. Peu après, quelqu'un s'installa derrière eux. Léa sentit son compagnon se raidir sur-le-champ. Au bout de quelques instants, il lui chuchota :

— On peut y aller.

— J'aurais tout de même aimé voir la fin du film !

— On n'a pas le temps... Venez.

Dehors, une femme portant un foulard noué sur la tête vint à leur rencontre.

— Comme je suis heureuse de vous revoir ! clamat-elle en prenant le bras de Léa et celui de l'homme.

Léa reconnut la comtesse italienne. Le trio traversa le boulevard.

— Ma voiture est garée rue Saint-André-des-Arts... Ah ! Paris n'est plus ce qu'il était ! Les Parisiens se comportent comme des marmottes, l'hiver, ils restent enfermés bien au chaud, à la maison... Bref, le plein est fait. Vous irez à Valenciennes, vous passerez par la Belgique, la frontière y est moins surveillée. À Charleroi, vous vous rendrez au café du Progrès, tenu par la femme d'un ancien boxeur, Chérif Attal. Un camarade vous prendra en charge. Avec lui, vous emprunterez une voiture immatriculée en Allemagne et vous partirez pour Cologne. Là, vous descendrez à l'hôtel qu'il vous aura indiqué, où des chambres vous auront été réservées. Dès le lendemain, on viendra chercher Akim, et vous, Léa, vous prendrez l'avion pour rentrer à Paris. Vous avez des questions ?... Bien, voici la voiture, les papiers sont à l'intérieur, sous le pare-soleil... Allez, bon voyage, filez maintenant !

Léa avait peu conduit depuis son accident. Pendant quelque temps, elle roula lentement, pleine d'appréhension. Lentement, la confiance lui revint. La circulation était fluide, la voiture, agréable à conduire. Elle alluma la radio ; Akim somnolait. Le passage de la frontière s'effectua sans encombre. Au Progrès, une femme blonde les attendait derrière le comptoir et les accueillit en souriant, leur proposant de se restaurer. Au-dessus du bar, entre deux plateaux de cuivre ciselé, il y avait la photo d'un garçonnet déguisé en Gilles de Binche. Un colosse aux cheveux ras, au teint basané, entra dans le café.

— C'est vous Chérif Attal ? demanda Akim.

— C'est moi, mon frère, fit l'ancien boxeur en souriant également.

À trois heures du matin, ils quittèrent Charleroi en compagnie de celui qui devait les conduire. Vers six heures, ils arrivèrent en vue des faubourgs de Cologne. En milieu de matinée et sans avoir revu Akim, Léa quitta l'hôtel et prit l'avion de midi.

En fin de journée, elle tournait la clef dans la serrure de la rue de l'Université. Quand elle ouvrit la porte, la trompette de Louis Armstrong vibrait dans tout l'appartement. Au salon, Charles et une jeune fille brune se séparèrent brusquement à son apparition.

— Oh... excusez-moi ! Je ne pensais pas que tu serais déjà là... Tu peux baisser un peu le son, s'il te plaît ?

Charles tourna le bouton de l'électrophone, aida Léa à retirer son manteau, l'embrassa enfin en lui souhaitant une bonne année.

La jeune fille les observait et ses grands yeux bleus allaient de l'un à l'autre. Charles, tenant Léa par la taille, s'avança vers elle.

— C'est elle dont je t'ai parlé, ma mère adoptive... Léa, je te présente Marie-France Duhamel, une amie.

— Une amie?... Soyez la bienvenue, mademoiselle.

— Bonjour, madame... C'est vrai que vous êtes très belle.

— Oh, merci... Charles, tu es rentré plus tôt que prévu?

— Oui, j'en avais marre des sports d'hiver... Et toi, où étais-tu passée? J'ai appelé hier pour essayer de te prévenir... Tu veux du thé? Il y en a de prêt...

— Avec plaisir.

Le jeune homme se rendit à la cuisine pour y prendre une tasse. Les deux femmes se jaugèrent en silence. « Mignonne, cette petite », estima Léa. « Je ne l'aime pas », conclut Marie-France pour elle-même.

Charles revint avec la tasse et servit le thé.

— Il est un peu fort pour toi, non?... J'ajoute un peu d'eau chaude?

— Non, ça ira comme ça... Vous vous connaissez depuis longtemps?

— Deux mois à peu près... Marie-France habite Neuilly, elle est en fac de lettres... Et si nous dînions ensemble, tous les trois?

— Très bonne idée! C'est moi qui invite... On va manger chinois au restaurant de la rue Cujas? D'accord?... Le temps de me changer...

Après le dîner, qui, finalement, se révéla gai et animé, ils allèrent écouter du jazz près de l'église Saint-Julien-le-Pauvre. À leur sortie du caveau, le quartier était bouclé par les forces de l'ordre et des officiers de police contrôlaient l'identité des passants;

rue Saint-Jacques, on embarquait sans ménagement toutes les personnes de type plus ou moins maghrébin.

— Mais c'est injuste ! s'indigna Marie-France.

— Mademoiselle, il y a eu un règlement de comptes entre Arabes. La prochaine fois, ce sont des gens comme vous qu'ils tueront ! Allez, circulez, ordonna le policier en leur rendant leurs papiers.

— Je vais raccompagner Marie-France. On va prendre un taxi et je te déposerai au passage devant la maison.

Rentrée chez elle, Léa tenta de rappeler Alger. À cette heure, François devait être de retour à son hôtel.

— Monsieur Tavernier est absent pour quelques jours. Voulez-vous laisser un message ?

— Ce n'est pas la peine...

Elle raccrocha, désemparée.


Les enfants rentrèrent de Montillac dans la journée du 3 janvier et se préparèrent, sans enthousiasme, à retourner en classe. Claire, habituellement turbulente, demeurait songeuse. Dans le salon, elle avait déposé sa poupée dans une boîte à chaussures et, prétendant qu'elle était morte, disait qu'il fallait l'enterrer.

— À Montillac, elle n'a cessé d'ensevelir des fleurs, des bouts de bois et même une souris qu'elle avait trouvée, prise au piège. On a eu beau lui dire que cela faisait de la peine à ses cousins, ça lui était égal : elle a continué, rapporta Camille.

Léa regardait, perplexe, cette petite fille au casque de cheveux noirs qui, accroupie, faisait semblant de réciter des prières en les accompagnant de force signes de croix.

— Elle ne peut pas comprendre..., murmura-t-elle.

— Maman, quand tu seras morte, on te mettra dans une boîte en bois comme tante Françoise ? interrogea la petite.

Que répondre ? Camille vint à son secours avec une franchise désarmante.

— On t'a déjà dit que oui ! Et puis, d'abord, c'est pas dans une boîte qu'on met les morts, mais dans un cercueil... N'embête plus Maman, tu nous as assez enquiquinés avec ça !

— Mais moi, je ne veux pas que ma maman soit dans un cercueil avec de la terre dessus ! cria Claire, éclatant en sanglots.

Sa mère la prit dans ses bras et tenta de la consoler. En dépit de ses efforts, les pleurs de l'enfant redoublaient.

— Je ne veux pas ! Je ne veux pas ! hoquetait-elle.

Philomène fit irruption dans la pièce, alertée par les gémissements de l'enfant.

— Ma princesse, que se passe-t-il ?... Tu t'es fait mal ?

— Non, c'est Maman.

— Quoi, ta maman ?

— J'veux pas qu'elle soit morte avec de la terre dessus, gémit-elle de plus belle.

La Vietnamienne s'agenouilla devant la petite métisse.

— Mon trésor, je suis là et j'empêcherai la mort de venir prendre ta maman.

— Tu... tu peux faire ça ? s'assura-t-elle en relevant un peu la tête.

— Mon cœur, tu sais bien que Philomène ferait n'importe quoi pour que tu n'aies pas de chagrin.

Plus tard, Léa devait se souvenir des paroles de la nourrice. L'enfant se jeta contre la poitrine de Philomène.

— Tu le promets, hein ?

— Oui, mon soleil.

— Merci, Lomène. Si toi tu l'empêches, elle viendra pas prendre ma maman.

Émues, les deux femmes se regardèrent avec affection. Léa était sensible à l'amour dont la Vietnamienne entourait la petite. En retour, celle-ci lui était reconnaissante de lui permettre d'aimer cette enfant comme le sien propre. Forte de cette promesse, Claire suivit son *assam* sans plus rechigner. Camille sortit avec elle.

En se retrouvant seule, Léa eut le sentiment qu'autour d'elle rôdait la mort. Elle repensa à Françoise, se reprochant à nouveau de ne pas avoir été plus attentive à son mal, de ne pas l'avoir accompagnée jusqu'au bout. Des images de leur enfance heureuse se bousculèrent dans sa tête, avant d'être supplantées par celles de la guerre puis de l'humiliant tourment infligé à Françoise. Elle pleurait toujours à ses tristes souvenirs quand le téléphone sonna. En essuyant ses larmes, elle décrocha.

— Léa?...

— François!... Oh, je voudrais tant que tu sois là... Tu me manques, si tu savais...

— Que se passe-t-il? Tu pleures?...

— Non... enfin oui... c'est Claire...

— Quoi?... Il est arrivé quelque chose?

— Non, mais elle parle sans cesse de la mort.

— Mais c'est normal. Elle est à l'âge où l'on commence à se poser ce genre de questions.

— Mais elle est si petite...

Le rire de François, à l'autre bout du fil, la rasséréna quelque peu.

— Que veux-tu, les enfants grandissent vite de nos jours! Il ne faut pas t'inquiéter... Parle-moi de toi, à présent. Comment vas-tu? Tu n'as plus mal à la tête?

— Non, c'est fini, ça va maintenant... Et toi? J'ai appelé l'hôtel, on m'a dit que tu étais parti en voyage...

— C'est exact, je suis à Oran en ce moment.

— Quand rentres-tu?

— Je serai à Alger dans une dizaine de jours.

— Et à Paris?

— Je ne sais pas... La situation est très tendue, j'espère avant la fin du mois.

— C'est long, tout ce temps sans toi !

— C'est aussi vrai pour moi mais... Bon, je dois te laisser, j'ai encore beaucoup à faire. Embrasse les enfants et notre Charles. Prends soin de toi et, surtout, sois sage.

Léa reposa le combiné, souriante.

Au bar du Pont-Royal, il n'était question que de l'accident de voiture qui venait de coûter la vie à Albert Camus et à Michel Gallimard, qui conduisait. Francis, le barman, ne cessait de répéter, les yeux rougis :

— Il était là il y a quinze jours... Quel malheur, non mais quel malheur !

Ceux qui l'aimaient comme ceux qui ne l'aimaient pas manifestaient une tristesse non feinte. Roger Vailland lui-même, qui naguère qualifiait volontiers Camus de « pisse-froid totalement dépourvu d'humour », demeurait prostré. Les rides profondes de son visage buriné s'étaient accusées. Roger Vadim, assis à la même table, parlait pour deux ; visiblement, Vailland ne l'écoutait pas. L'arrivée de Léa ne lui arracha pas le moindre sourire. Il vida d'un trait son verre de whisky et fit signe à Francis de le resservir.

— Laisse-nous, s'il te plaît, dit-il à son compagnon de table.

Un peu surpris, Vadim s'éloigna après avoir salué Léa et s'accouda seul au bar.

— Je repars demain pour Meillonnas ; je vais finir mon roman. À Paris, je me laisse distraire... Quand j'en aurai terminé, il faudra venir me voir ; Élisabeth en sera très heureuse...

— Vraiment ?... Je n'en crois rien !

— Vous vous trompez ; Élisabeth et moi, nous partageons tout. Elle aime me voir faire l'amour à une autre femme et participe volontiers à mes jeux... Avez-vous déjà caressé une femme ?

Léa se sentit rougir et se traita de sotte.

— Vous rougissez?... Comme c'est charmant! s'écria Vailland.

— Ces jeux amoureux vous amusent, mais vous rendent-ils heureux ou malheureux?

— Je n'ai jamais pu être malheureux complètement car, lorsqu'il m'arrive quelque chose de très désagréable, je pense immédiatement à la matière que cela me donnera.

— On n'est pas plus cynique!

— Vous vous trompez encore : je ne suis pas un cynique, je suis un libertin...

— ... au regard froid, je sais.

— Vous ne savez rien, vous n'êtes qu'une petite-bourgeoise. « J'ai toutes les raisons de ne pas être malheureux. Je n'ai pas de soucis d'argent; le manque d'argent est la cause la plus commune du malheur. J'ai une femme qui me respecte, qui ne me tracasse pas quand je désire d'autres femmes; la tyrannie des épouses est, après le manque d'argent, la cause la plus habituelle du malheur. J'écris. C'est ma vocation et même si je n'avais pas besoin de gagner ma vie, j'écrirais les mêmes livres : l'absence de vocation, ou l'obligation de se consacrer à un travail qui ne correspond pas à sa vocation, est la troisième cause du malheur des hommes. »

— Et pour les femmes, qu'en est-il selon vous?

— Elles sont faites pour le bonheur des hommes, qui conditionne le leur...

— Belle profession de foi! Vous me permettrez de ne pas être tout à fait d'accord avec vous... Vous vous revendiquez libertin, soit, mais rien n'empêche une femme de vivre en libertine et de traiter les hommes comme vous, vous traitez les femmes. Vous oubliez madame de Merteuil, l'héroïne des *Liaisons dangereuses*...

— Madame de Merteuil n'est pas un exemple à suivre. D'ailleurs, elle paie cher sa conduite!

— Sans doute, mais le roman comme l'adaptation que vous venez d'en faire avec Vadim restent les œuvres d'hommes satisfaits d'eux-mêmes...

— Croyez-vous?

Le rire de Léa éclata, clair et joyeux. Des clients du bar se retournèrent avec une expression réprobatrice.

— J'en suis certaine. Mais quelle importance?... Après tout, vous faites ce que vous voulez.

— Certes, je fais ce que je veux. Tout ce que je veux, répondit-il en soupirant. Je m'englue dans le confort... « Je voudrais me battre. Mais je ne sais plus contre qui me battre... On ne peut faire la guerre pour l'unique plaisir de retrouver la fraternité du combat. »

Soudainement abattu, il rappela le barman et lui demanda un nouveau whisky.

— C'est le succès qui vous rend mélancolique?... Ce ne sont pas les combats qui manquent, par les temps qui courent...

— J'ai quitté le Parti communiste et on ne peut pas dire que cela me manque... Et pourtant!... Je regrette cette fraternité...

Levant soudain les yeux vers un grand bel homme élégamment vêtu, il s'exclama :

— Ah! tu es là!... Bonsoir, Jean-Claude, assieds-toi. Tu connais madame Tavernier?

— Je n'ai pas ce plaisir.

— Léa, je vous présente Jean-Claude Fasquelle, un de mes éditeurs et néanmoins ami.

— Bonsoir, madame. Je comprends que Roger ait voulu vous garder pour lui seul, fit le nouveau venu.

Il baisa la main tendue de Léa et s'assit sans cesser de la regarder.

— Je te la prête, si tu veux, proposa Vailland.

Léa le foudroya du regard tandis que l'éditeur prenait un air outré, démenti par ses yeux brillants.

— Pas avant que nous ayons joué avec elle, susurra Élisabeth qui venait de les rejoindre.

L'espace d'un instant, Léa admira leur aisance à parler ainsi des choses du sexe et regretta de ne pas avoir leur désinvolture. Leur attitude la troublait, mais pour rien au monde elle n'aurait voulu qu'ils s'en rendissent compte. Elle se leva :

— Excusez-moi, nous jouerons une autre fois.

## X

En cette fin de matinée du mardi 12 janvier 1960, le général Massu, commandant le corps d'armée et superpréfet d'Alger, marchait de long en large dans son bureau de la caserne Pélissier, proche de la Casbah. Le visage cramoisi, les yeux exorbités, il révélait à son interlocuteur sa déception et sa colère.

— L'armée a la force... Elle ne l'a pas montrée jusqu'à présent parce que l'occasion ne s'est pas présentée, mais elle fera intervenir la force si la situation le demande et rétablira le pouvoir... Nous ne comprenons plus la politique du Vieux... L'armée ne pouvait s'attendre à une telle attitude de sa part. Cela ne vaut pas seulement pour sa politique algérienne. Le plan de Constantine apparaît maintenant dépourvu de sens, depuis qu'il est clair que les peuples africains ne l'utilisent que pour abandonner tôt ou tard la Communauté... Notre plus grande déception a été que de Gaulle soit devenu un homme de gauche...

— Ce n'est pas mon impression, fit François Tavernier.

— Votre impression, je m'en fous, je vous parle de la réalité... Il était le seul homme à notre disposition. L'armée a peut-être fait une connerie !

— Vous voulez dire que l'armée n'obéirait pas aux

ordres du chef de l'État en cas de soulèvement des ultras ?

— Ne me faites pas dire ce que je n'ai pas dit, Tavernier, je ne suis pas fasciste, et ça, le Vieux le sait. Je voudrais que le gouvernement nous aide à voir clairement l'avenir afin que nous réussissions à maintenir l'Algérie française. Le Vieux ne comprend pas les musulmans. « En pays d'islam, il n'y a pas de libre arbitre individuel. Les musulmans se déterminent collectivement en faveur des positions de force déterminées par des minorités, car elles sont bénies d'Allah. L'autodétermination a été traduite par le FLN comme étant une promesse d'indépendance. Cela a plongé les masses musulmanes dans l'indétermination. Si nous continuons dans la voie où nous sommes, ce sera pris pour de la faiblesse. Il convient que l'armée française pousse les colons à se constituer en organisations paramilitaires, et qu'elle approvisionne ces groupements en armes... »

— Mais c'est de la folie ! Ortiz et ses milices sont déjà armés jusqu'aux dents ! C'est la guerre civile que vous allez déclencher !

— Pas moi, Tavernier, pas moi. Mais n'oubliez pas que nous — l'armée — sommes en Algérie et que nous ne l'abandonnerons jamais !

Massu tapa du poing sur la table, la contourna, tira rageusement une chaise sur laquelle il se laissa tomber.

— « Je suis le couvercle de la marmite qui contient le bouillonnement algérois », soupira-t-il en frottant son grand nez.

Tavernier n'avait pas de sympathie pour celui que *le Canard enchaîné* appelait « le duc d'Alger » et que *l'Express* avait traité de « tortionnaire » au moment de la bataille d'Alger. Il eut cependant presque pitié de son désarroi face à la complexité de la politique de l'homme auquel il vouait une admiration et une fidélité jusque-là sans bornes. On le sentait ébranlé, envahi par le doute : « L'armée a peut-être fait une faute. » Cette idée était insupportable au compagnon de la Libération, rallié dès 1940 à la France libre et entré dans Paris en août 1944 aux côtés du général Leclerc.

Le général Massu se releva d'un bond.

— Et comme si je n'avais pas assez d'emmerdements, on a convoqué un de mes gars pour témoigner, à Rennes, dans cette putain d'affaire Audin ! Le petit Charbonnier, il est à l'hôpital, blessé au service de la France. Mais, à Paris, ils s'en foutent pas mal ! À l'époque, ils étaient bien contents qu'on se tape le sale boulot. Et voilà qu'aujourd'hui on traduit mes officiers devant un juge d'instruction. C'est un comble !

On frappa à la porte.

— Entrez ! gueula Massu.

Un capitaine poussa la porte.

— Qu'y a-t-il ? grogna le général... Parlez, nom de Dieu !

— C'est un journaliste allemand qui insiste.

— Qu'il aille se faire foutre, j'ai déjà dit non. Je ne vais pas changer d'avis pour un Allemand.

— Excusez-moi, mon général, mais le général Lancrenon vient de m'appeler : le Quai d'Orsay insiste pour que vous le receviez. De son côté, le général Challe...

— Quoi, le général Challe ?

— Il a reçu ce journaliste, mon général, lui aussi insiste.

— Eh bien, s'ils insistent tous, je vais le recevoir, mais... pas plus de cinq minutes. Comment s'appelle-t-il ?

— Kempski, mon général. C'est un ancien parachutiste.

— Va pour votre « para-journaliste allemand ». Ce soir, je suis à Tizi Ouzou, demain à Orléansville. Dites-lui d'être ici après-demain à onze heures.

— Bien, mon général.

On frappa à nouveau.

— Allez ouvrir, ordonna Massu au capitaine.

Un officier de petite taille, au visage énergique, entra.

— Argoud, voici l'envoyé du général de Gaulle, François Tavernier. Traitez-le comme il convient. Montrez-lui ce qu'il veut voir... et le reste ! Tavernier, le colonel Argoud est mon chef d'état-major, il a toute ma confiance. Merci de votre visite.

François sortit, suivi du colonel Argoud. Le colonel Broizat, dans le bureau duquel ils se trouvaient, se leva pour le saluer.

— Alors, toujours sur la brèche, Tavernier ?

— Toujours aussi anticommuniste, Broizat ?

Le colonel eut un petit rire.

— Vous n'avez pas changé, depuis 58.

— Vous non plus, Broizat, vous non plus. À bientôt, j'espère !

Tavernier et Argoud quittèrent le bureau.

— Il est bien encadré, votre patron. On ne peut pas le rencontrer sans passer par le bureau de l'un ou de l'autre.

— C'est mieux comme ça. Que voulez-vous voir ? demanda-t-il d'un ton abrupt.

— J'aimerais vous accompagner sur le terrain, disons dimanche prochain.

Le colonel le regarda fixement.

— N'est-ce pas le dimanche, poursuivit Tavernier, que vous visitez les secteurs ?

— Qui vous a dit ça ?

— Tout se sait à Alger, vous le savez bien. Je veux me rendre compte par moi-même de l'état d'esprit des soldats et de celui des populations indigènes.

— Vous ne serez pas déçu... Le moral des troupes est au plus bas, la discipline se relâche, les attentats et les assassinats de colons se multiplient.

— Mais... le plan Challe ?

— « Ce plan procède d'une analyse incorrecte du problème. Il se traduit par un gaspillage de moyens et de temps. Mais il serait injuste d'en nier les résultats. Les rebelles ont subi des pertes sérieuses, mais ils adaptent rapidement leur organisation. Si le général Challe appliquait les mêmes moyens, avec la même détermination, à la conquête de la population, il gagnerait la partie plus tôt. Lancée sur un objectif secondaire, sa manœuvre ne peut donner que des résultats partiels. Le général Challe aborde le problème avec une optique d'aviateur. Il n'a, de la guerre révolutionnaire, qu'une connaissance livresque. Pour lui, la guerre d'Algérie ressortit essentiellement à la technique militaire, alors qu'elle est pour moi un problème humain. S'il continue dans cette voie, il est sûr de perdre la guerre. »

La tête levée vers son interlocuteur, Argoud le regardait droit dans les yeux. Tavernier ne pouvait se défendre d'une certaine admiration devant ce franc-parler, si inhabituel de la part d'un militaire s'adressant à un civil. « Massu a déteint sur lui », pensa-t-il avant de dire :

— Mon colonel, je vous remercie de votre franchise. Pour dimanche prochain, c'est d'accord ?

— Le capitaine Ettori passera vous prendre à cinq heures, dimanche matin, à votre hôtel. Nous rentrerons à la nuit tombée. Mettez une tenue confortable.

En quittant la caserne Pélissier, François traversa la place Jean-Mermoz, longea l'enceinte du lycée Bugeaud et se dirigea vers le jardin Marengo, dont les hauts palmiers se balançaient mollement. Leurs livres sous le bras, quelques lycéens se promenaient dans les allées bien entretenues. Des jardiniers s'affairaient çà et là. Il y avait dans l'air cette douceur annonciatrice du printemps. François alla s'asseoir et alluma une cigarette. Son entretien avec le général Massu lui laissait une impression désagréable. Pour que le fidèle grognard tînt de tels propos, il fallait que son moral fût bien bas. Quel devait être celui des colonels, des lieutenants, de la troupe elle-même ? Lors de son séjour à Paris, il avait fait à de Gaulle, sur l'état d'esprit des militaires et des civils, un rapport accablant ; il semblait aujourd'hui en deçà de la réalité. Le Général, après l'avoir écouté, lui avait dit :

— Vous exagérez la situation. Je ne vous ai pas envoyé là-bas pour qu'à votre retour vous veniez pleurer dans mon gilet, comme Challe et Delouvrier.

François avait bondi de sa chaise.

— Mon général, je ne viens pas pleurer dans votre gilet, mais vous faire part d'une situation explosive. Des officiers...

— Les militaires n'ont pas de jugeote. Retournez à Alger et informez-vous.

— C'est du temps perdu, mon général, puisque vous ne tenez pas compte de mes informations !

— Ne discutez pas, j'en fais l'usage qui me convient. À bientôt, Tavernier, j'ai été très heureux de vous revoir.

Le souvenir de cette entrevue le plongeait encore dans l'exaspération : « Il se fout de nous », pensa-t-il en jetant sa cigarette. Un gamin qui passait la ramassa.

— Missié, faut pas jeter le mégot dans le jardin, le réprimanda Béchir en s'asseyant près de lui.

— Ah, c'est toi ? Tu m'as suivi ?

— Non, c'est le hasard. Je suis venu voir un copain, celui qui me passe les cours. J'ai aussi vu mon prof ; il m'a dit que c'était dommage que je ne vienne plus au lycée, mais que je n'hésite pas à venir lui demander conseil si j'avais besoin de quelque chose. On voit qu'il n'est pas d'ici...

— D'où est-il ?

— De Bordeaux, je crois... Pourquoi ris-tu ?

— Tu m'as dit ça comme si Bordeaux était le bout du monde.

— Je voulais dire qu'il ne ressemblait pas aux pieds-noirs.

— J'avais compris. Tu ne travailles plus à l'hôtel?... J'ai l'impression que ça fait un moment que je ne t'ai pas vu.

— J'ai dû rester à la maison. Je reprends mon travail demain.

— J'ai faim. Si on allait déjeuner? On m'a indiqué un restaurant de fruits de mer, près de la plage Nelson.

— Ils vendent tous du poisson, à Nelson, déclara Béchir en riant.

— Tant mieux, nous aurons le choix.

Le restaurant n'était peut-être pas celui recommandé par le concierge de l'hôtel, mais il était excellent. François et Béchir avaient fait un sort à un superbe plateau de fruits de mer et attaquaient leur poisson grillé.

— Hum, c'est bon, grogna Béchir la bouche pleine.

— Bien meilleur qu'à Paris, constata François.

Le patron, son large ventre ceinturé d'un tablier plus très blanc, s'approcha avec un sourire ravi en se frottant les mains.

— Cela fait plaisir de voir un métropolitain manger de bon appétit. Et le vin? Vous le trouvez bon?... Il rappelle le vin de Cassis, vous ne trouvez pas? interrogea-t-il avec un fort accent marseillais.

— Fameux. Vous êtes de là-bas?

— Oui et non. Je suis né ici, mais mon père, lui, était né à Cassis. Un de mes cousins a repris les vignes. Je lui achète presque tout son vin. Moelleux, parfumé, rond, une odeur de garrigue, c'est toute la Provence. Le vin d'ici, il est bon, mais comment dire?... Il lui manque quelque chose : la finesse... non, la subtilité.

François s'amusait de la conversation du bon-homme, qui s'éloigna, peu après, pour accueillir de nouveaux clients.

— Ce sont des médecins, souffla Béchir en se penchant au-dessus de la table. Le grand, là-bas, c'est le docteur Duforget, le patron de ma sœur.

— Tu le connais?

— Un peu, je l'ai rencontré à l'hôpital un jour que j'étais venu chercher Malika. Il m'a fait des compliments sur elle, Malika en était toute rouge.

— Il a l'air d'un brave type, constata François. Tu veux un dessert?

— Je peux? demanda-t-il d'un air gourmand.

Il engloutit sa mousse au chocolat avec un plaisir évident.

François commanda du café et alluma un cigare. Depuis son retour à Alger, il n'avait fait qu'entrevoir le jeune cireur. Au lendemain de la mort d'Albert Camus, le garçon lui avait avoué son chagrin et son désarroi tout en ajoutant :

— Ça vaut peut-être mieux pour lui... et pour nous. Il avait choisi sa mère plutôt que la justice. Nous, ici, on sait ce que ça veut dire, une mère, et on aurait peut-être fait le même choix. Seule Malika n'est pas d'accord : « C'est de justice qu'on a besoin, pas de nos mères », ne cesse-t-elle de répéter.

Songeur, François le regarda avant de lui demander :

— Quelle est l'ambiance dans la Casbah?

Béchir réfléchit un moment avant de répondre :

— Les gens ont peur. Dès la tombée du jour, avant même le couvre-feu, il n'y a plus personne dans les rues. Mais, la nuit, des gens sautent d'une terrasse à l'autre, on entend des chuchotements. Tout redevient silencieux quand passe la patrouille, même les chiens se taisent. Quelquefois, les soldats enfoncent une porte et fouillent une maison, on entend les cris des femmes. Presque toujours ils emmènent les hommes pour les interroger. Certains rentrent chez eux, d'autres pas. La plupart de ceux qui reviennent disent avoir été torturés, et ceux qui ne disent rien en portent les traces. L'autre jour, un ami de mon père dont le fils a rejoint le FLN, pleurait en lui racontant ce qu'il avait subi. « J'ai honte, disait-il. Si j'avais su où était mon fils, je le leur aurais dit pour qu'ils arrêtent. Et encore, j'ai de la chance, je n'ai pas de fille. Un vieillard qui était enfermé avec moi, dont le visage n'était plus qu'une plaie, m'a dit qu'ils avaient déshabillé sa fille devant lui pour le faire parler et qu'elle criait : "Ne dis rien, Papa..." Puis, comme il continuait à se taire, ils l'ont violée avec une bouteille. » Tu comprends que des hommes fassent des choses pareilles ?

Submergé de dégoût et de colère, François avait serré les poings en écoutant le récit du garçon. Il savait que celui-ci ne mentait pas.

— Pour répondre à ta question, poursuivit Béchir, les Algériens pensent que les Européens préparent quelque chose. Beaucoup d'armes circulent en ce moment parmi eux. Ils ont le soutien de l'armée. On voit de plus en plus d'officiers chez les ultras.

— Comment sais-tu cela ?

— J'ai des yeux et des oreilles, sans compter qu'ils ne se cachent pas.

— Excusez-moi...

Celui que Béchir avait désigné comme étant le patron de sa sœur se tenait devant eux. C'était un homme que sa grande taille voûtait un peu. Des cheveux poivre et sel et des lunettes de myope attristaient son regard. Il s'exprimait d'une voix douce.

— Excusez-moi, répéta-t-il, vous permettez, monsieur ?... Tu es bien le frère de Malika ?

— Oui.

— Ta sœur m'inquiète, elle est souvent absente

200

depuis quelque temps. Il n'y a pas de problèmes chez toi ?

François sentit Béchir se raidir.

— Non, tout va bien.

— Ah ! tant mieux ! Il ne faut pas qu'elle hésite à venir me parler si quelque chose ne va pas. Pardonnez-moi, monsieur, je ne me suis pas présenté : je suis le docteur Duforget.

— Je vous en prie... François Tavernier, fit-il en lui donnant la main. Vous disiez que la sœur de Béchir s'absentait souvent ?...

— Oui... Et je ne comprends pas : c'est une jeune fille très sérieuse et qui prend son métier à cœur. Ce n'est sûrement pas grave, sans doute une amourette. Au revoir, monsieur ; au revoir, jeune homme.

Quand le docteur Duforget eut rejoint ses compagnons de table, Béchir considéra François avec colère.

— Ce que fait ma sœur ne te regarde pas ! Je ne veux pas que tu te mêles de nos affaires.

— Je n'ai pas voulu être indiscret. Ça ne t'étonne pas, ces absences ?

— Je dois aller travailler, répliqua-t-il en se levant.

— Attends-moi ! L'addition, s'il vous plaît...

Sa note payée, François le rejoignit sur le boulevard. Ils prirent un bus qui les déposa devant l'hôtel Aletti sans que Béchir eût desserré les dents. Sans un adieu, le garçon s'engouffra dans le hall. François entra à sa suite. En lui tendant sa clef, le concierge lui dit :

— J'ai deux messages pour vous, monsieur Tavernier.

L'un était de Léa, l'autre du colonel Gardes. L'un et l'autre lui demandaient de les rappeler.

Personne ne décrocha le téléphone rue de l'Université. Au 5e Bureau, dont Gardes était le responsable, on lui répondit que le colonel était absent mais qu'on prenait bonne note de son appel.

François s'allongea sur le lit. Que lui voulait Gardes ? Il connaissait l'importance politique du 5ᵉ Bureau ; c'était le service chargé de veiller au moral de l'armée comme à celui des populations, ainsi qu'à leur prise en main. Depuis le 13 mai, son action était guidée par un seul mot d'ordre : « L'Algérie, c'est la France. » Le 5ᵉ Bureau en exposait les avantages à l'aide de slogans peints ; sur les murs, on pouvait ainsi lire : « La France, c'est du travail, du pain, la paix, le bonheur », « Le FLN, c'est la famine et la mort », ou encore « Tous Français, tous égaux ». Des affiches de propagande et des émissions de radio complétaient ce dispositif. Ainsi, Gardes, forcé d'admettre l'autodétermination, ne présentait qu'une seule des trois options offertes. Ses propres fonctions justifiaient ses contacts avec les mouvements civils patriotiques. Challe, le commandant en chef, ne l'avait-il pas chargé de créer une Fédération des unités territoriales et des auto-défenses ? « Ils jouent avec le feu », songea François avant de s'assoupir.

Dans la soirée, au bar de l'hôtel où quelques jeunes femmes trop maquillées attendaient, en prenant des poses aguichantes, qu'un client leur proposât de boire un verre, François, qui en était à son troisième whisky, considérait leur manège d'un air absent. L'une d'elles s'approcha et demanda :

— Vous m'offrez quelque chose ?

— Si vous voulez, répondit-il d'un ton indifférent.

— Du champagne, s'il vous plaît, ordonna-t-elle au barman.

François fumait sans un regard pour la jeune femme.

— Tchin-tchin, fit-elle en levant sa coupe que le serveur venait de remplir.

François leva la sienne sans même répondre ni lui jeter un coup d'œil.

— Vous êtes toujours aussi peu bavard ?

— Ça dépend, fit-il en levant les yeux.

Elle aurait pu être jolie sans son maquillage et ses cheveux décolorés qui contrastaient avec le noir de ses yeux. Presque maigre, elle ne devait pas plaire aux hommes d'ici, mais sa silhouette montrait plus d'élégance que celle de ses compagnes. Un corsage jaune à courtes manches bouffantes et une large jupe à carreaux jaunes et blancs lui donnaient une allure juvénile. Son visage exprimait l'ennui et la fatigue. Elle ne devait pas avoir beaucoup plus de vingt ans.

— Pourquoi me détaillez-vous comme ça ? Il y a quelque chose qui cloche ?... Ah ! enfin, un sourire !... Vous êtes plus beau quand vous souriez. Je m'appelle Gilda... Pourquoi vous moquez-vous ?

— Je parie que ce n'est pas votre vrai prénom.

Elle hésita entre le rire et la colère ; le rire l'emporta.

— Que pariez-vous ?

— Un dîner.

— Si je perds, je n'aurai pas les moyens de vous l'offrir.

Le barman se pencha vers François.

— Monsieur, on vous demande à la réception.

— Très bien. Mettez ça sur ma note. Excusez-moi, mademoiselle.

— Et notre dîner ?

— J'ai perdu ?

— Oui, je m'appelle vraiment Gilda.

— Eh bien, Gilda, ce sera pour une autre fois.

Dans le hall, un CRS lui remit un pli :

— De la part du colonel Gardes.

François en prit connaissance :

*Je vous attends au quartier Rignot, mon estafette vous y conduira.*

*Gardes.*

L'état-major d'Alger se trouvait à côté de l'hôtel Saint-George, tout près du palais d'Été, et occupait une belle villa mauresque. Le CRS qui escortait François fit signe à son collègue chargé de contrôler les visiteurs que tout était en règle. À part soi, François s'étonna que des militaires fussent gardés par des CRS. Ils traversèrent une cour plantée de palmiers et pénétrèrent dans la villa.

— Entrez, Tavernier. Merci d'être venu si vite.

Gardes retira sa pipe de sa bouche, passa une main dans ses cheveux en brosse et posa sur son interlocuteur ses yeux marron au regard intelligent.

— J'ai pour vous, Tavernier, une très grande estime. Je connais votre rôle pendant la Résistance, et ensuite en Indochine. Je connais moins celui d'aujourd'hui, mais, si j'en juge par ce que je sais, vous avez l'oreille du général de Gaulle, qui vous apprécie et n'hésite pas à vous confier des missions délicates. Pouvez-vous lui faire savoir que nous sommes assis sur une poudrière et qu'il ne tient qu'à lui de l'empêcher de sauter ? Avec son triple choix, le chef du gouvernement a remis en cause l'esprit du 13 mai qui proclamait l'intégration dans une Algérie française. Beaucoup, ici, y voient une trahison. Seule la francisation peut permettre l'égalité de tous, et l'armée se fait fort de convaincre les pieds-noirs de renoncer à quelques-uns de leurs privilèges. Comme le dit le général Challe, « il faut obliger les Français d'Algérie à accepter l'intégration réelle. Il est nécessaire de changer leur mentalité. Les musulmans doivent être leurs égaux ».

— Vous savez fort bien que ce ne sont là que des mots : pas un pied-noir ne se veut l'égal d'un musulman. Depuis des années, ils vivent les uns à côté des autres, jamais ensemble.

— C'était vrai il n'y a pas si longtemps. Peu à peu, les choses sont en train de changer. Dans chaque quartier, chaque village, nous organisons des discussions entre Européens et musulmans; chaque fois, tous en ressortent avec une meilleure connaissance de l'autre, un désir de s'unir pour le bonheur de tous.

François l'écoutait, fasciné. Il avait en face de lui un homme sincère, exalté par ce qu'il croyait être sa mission : conserver l'Algérie à la France, convaincu de respecter ainsi l'engagement pris envers les populations algériennes — *toutes* les populations algériennes, sans distinctions. En l'état actuel des choses, il redoutait une effusion de sang, et c'est pour cela qu'il tentait de l'amener à rendre compte de la situation au président de la République. Une situation dont ce dernier, selon lui, refusait de voir la gravité.

— Mon colonel, je vous remercie de votre confiance. Mais, comme d'ailleurs beaucoup de monde ici, vous vous exagérez l'importance de mon rôle auprès du général de Gaulle. Il ne m'écoute pas plus qu'il n'écoute monsieur Delouvrier ou le général Challe. Je ne connais rien de ses intentions réelles, si ce n'est qu'il tient à l'autodétermination et que rien ni personne, à mon avis, ne le fera changer là-dessus.

Après un long silence, Gardes se leva, les traits tirés, et tendit la main à François Tavernier.

— Je vous remercie, dit-il d'une voix crispée.

Dans la cour, de maigres lumières éclairaient le chemin. Au poste de garde, François retrouva le CRS qui l'attendait près d'un véhicule militaire. Sans un mot, il monta à ses côtés.

Arrivé à l'hôtel, il trouva un nouveau message de Léa lui annonçant sa venue pour la semaine suivante. Il l'appela pour l'en dissuader. Elle était au cinéma, lui dirent les enfants, qui, malgré l'heure tardive, voulurent tous lui parler à tour de rôle.

Il se fit monter un sandwich et du vin, et se coucha en pensant à Léa.

# XI

François Tavernier n'avait pas revu Paul Delouvrier ni le général Challe depuis son retour à Alger. Le lendemain de ses rencontres avec Massu et Gardes, il appela le Gouvernement général pour demander un entretien au ministre résident. Il lui fut répondu qu'on le tiendrait au courant du résultat de sa requête. Même réponse de la part du haut commandement : les visites de l'envoyé du général de Gaulle ne semblaient pas désirées !

Il décida de se rendre dans la banlieue d'Alger. En traversant le hall, il chercha du regard le jeune cireur ; il ne devait pas être encore arrivé. Dehors, le temps était frais mais ensoleillé. Il se dirigea vers le boulevard Carnot, où il savait trouver une station de taxis. Il se souvenait d'avoir été conduit, un jour, par un chauffeur bavard mais sympathique qui lui avait affirmé qu'il connaissait Alger et ses environs comme sa poche.

— Demandez Joseph Benguigui, lui avait-il dit. Tout le monde me connaît ici.

François s'approcha de la première voiture et reconnut justement son chauffeur.

— Bonjour, Benguigui, vous êtes libre pour la journée ?

— Je me disais bien : j'ai déjà vu cette tête-là quelque part ! Pour la journée, je vous ferai un prix. Montez... Vous préférez vous installer devant ? Comme vous voulez. Où allons-nous ?

— Je voudrais faire un tour à Bouzaréah, El-Biar, Saint-Eugène, Birmandreis...

— Ça va faire une belle ballade. Par où voulez-vous commencer ?

— Ça m'est égal.

— On va passer par le front de mer et on montera jusqu'à la basilique Notre-Dame-d'Afrique. De là, on domine la vallée des Consuls, Saint-Eugène et la mer. Vous verrez, c'est magnifique.

Ils roulèrent le long de la Corniche jusqu'à la pointe Pescade, rejoignirent Bouzaréah et empruntèrent la Corniche haute, découvrant ravins et collines. En contrebas, des bergers gardaient leurs troupeaux de moutons en jouant de la flûte. Au fur et à mesure de la montée, l'odeur des pins et des cyprès devenait plus forte. Des villas se nichaient dans la verdure. Sur les terrasses des quartiers arabes, des femmes étendaient du linge. Des gamins jouaient dans la poussière et faisaient de grands gestes en direction de la voiture. Le chauffeur de taxi leur renvoyait leurs saluts. Du belvédère de Notre-Dame-d'Afrique, on ne voyait que la mer, immense, sur laquelle les vaisseaux de ligne, les bâtiments militaires, les voiliers avaient l'air de jouets. Tout paraissait si paisible !

— Quand on voit tant de beauté créée par Dieu, on a du mal à comprendre pourquoi les hommes s'entre-tuent alors qu'ils devraient remercier le Seigneur de leur avoir donné ce monde enchanteur, murmura Benguigui comme se parlant à lui-même.

Après un moment de silence, il demanda à François :

— Vous ne trouvez pas, monsieur ?

François regarda le petit homme râblé au front dégarni, à l'air malin, qui attendait une réponse à laquelle, semblait-il, il attachait de l'importance.

— Vous avez raison... Mais certains veulent cette beauté pour eux seuls.

Le chauffeur lui lança un regard assombri.

— Vous pensez qu'on ne la partage pas assez avec les musulmans ?

— Au vu de ce qui se passe, cela me paraît évident. Pas à vous ?

L'homme s'appuya au parapet et laissa errer ses yeux sur l'immensité marine avant de répondre :

— Nous ne sommes pas assez nombreux, dans la communauté juive, à le penser. Quant aux catholiques et autres, ils sont encore moins nombreux que nous à vouloir l'intégration réelle des Arabes. Pourtant, il faudra bien en passer par là, si nous voulons continuer à vivre dans ce pays. Car voyez-vous, monsieur, mes ancêtres étaient là bien avant la conquête. Juifs, nous sommes devenus français en 1870 grâce au décret Crémieux. Pas les musulmans, qui, eux, ne sont français que quand il s'agit de mourir pour la France. Et ça, voyez-vous, monsieur, ce n'est pas juste ! Vous les avez vus, ces anciens combattants, au monument aux morts, avec toutes leurs décorations ? On fait appel à eux pour le 11 Novembre ou pour le 14 Juillet, on estime que ça suffit comme marque de gratitude. Eux sont contents que la France salue leurs mérites, et puis ça fait bien dans le paysage, tous ces décorés. Vous savez, ils sont des milliers à n'être pas revenus des combats d'Italie, d'Alsace ou d'ailleurs. D'autres ont combattu en Indochine, et ceux qui sont rentrés chez eux n'ont pas oublié ce qu'ils ont vu là-bas, chez les Viets. Cela leur a donné des idées d'indépendance et leur a démontré qu'un peuple déterminé qui se bat pour sa liberté peut vaincre une puissante armée.

— J'étais en Indochine et je comprends ce que vous dites. Vous avez parfaitement raison. Nous sommes quelques-uns à avoir alerté là-dessus le gouvernement de l'époque. Malheureusement, nous n'avons pas été entendus.

— On dit en ville que c'est le général de Gaulle qui vous a envoyé ici. Si c'est vrai, dites-lui ce qui se passe ici. Mais... pourquoi riez-vous ?... Qu'ai-je dit de si drôle ?

— Ne m'en veuillez pas... Tout le monde me parle comme ça.

— Alors ?

— Alors ?... Que voulez-vous que je vous réponde ?... Vous avez entendu le discours du Général à la radio ? Eh bien, il n'a pas changé d'avis.

— Sur le fond, je suis d'accord. Les Algériens doivent pouvoir décider eux-mêmes de leur sort. En paroles, il a raison, c'est très beau, mais dans la réalité, ici, vous voyez comment ça se passe. La population musulmane a peur des représailles du FLN, elle est tout entière sous sa coupe. Elle a peur aussi de l'armée, des pieds-noirs, du chômage, de la misère. D'un autre côté, les Européens vivent aussi dans la peur : celle des attentats et celle d'être chassés de leur pays.

— Vous pensez comme eux ?

— Oui et non. Je crains qu'il ne soit trop tard pour que nous puissions vivre normalement ensemble... Trop d'incompréhensions, d'injustices, de mépris, d'insultes, de massacres ont creusé un immense fossé. Et cependant... Ce serait peut-être possible, après l'indépendance de l'Algérie.

C'était la première fois que François entendait un tel discours de la part d'un Algérois non musulman. Il se prit à espérer :

— Êtes-vous quelques-uns à penser que l'indépendance pourrait permettre aux Européens de continuer à vivre sur leur sol natal ?

Le chauffeur poussa un profond soupir.

— Pas assez, monsieur, pas assez...

Puis, interrompant leur conversation, il demanda :

— On poursuit la promenade ?

Dans la voiture, ils restèrent silencieux. La route qui montait au village de Bouzaréah était en fort mauvais état, obligeant le conducteur à quelques acrobaties pour éviter les nids-de-poule. De son côté, François en était réduit à se cramponner à la portière. Ils s'arrêtèrent sur la place de l'église et grimpèrent à pied le chemin de l'Observatoire, d'où l'on découvrait la ville et sa région, du cap Matifou à Sidi-Ferruch. La lumière d'hiver dessinait chaque contour avec une netteté photographique. Ils redescendirent par le fort de Sidi ben-Nour, empruntant des chemins quasi impraticables.

« Je vais y laisser mes amortisseurs et mon pot d'échappement », pensa Joseph Benguigui, agrippé à son volant.

Ils passèrent près du cimetière d'El-Kettar. Là, de pauvres gens venus du bled s'entassaient dans un bidonville. Enveloppées dans leur *haïk,* des femmes allaient à la nécropole chercher l'eau que le gardien leur faisait payer. Les enfants, mal vêtus, marchaient pieds nus. Pas d'hommes, seulement des vieillards assis sur des pierres ou à même le sol, le dos calé contre les murs de tôle exposés au soleil. Des véhicules militaires, sortant de la caserne d'Orléans, les obligèrent à attendre la fin de leur défilé.

Une fois le nuage de poussière dissipé, ils poursuivirent leur route. Des frises de barbelés entouraient les bâtiments de la Garde mobile. Sur l'immense stade Maréchal-Leclerc, des jeunes gens jouaient au football tandis que d'autres faisaient de la course à pied. Ils passèrent au bas de Koudia-es-Sebaoun. Au sommet se dressait le fort l'Empereur, où le maréchal de Bourmont avait reçu la capitulation du dey d'Alger.

— Vous avez entendu parler de Maurice Audin ? demanda soudain François.

— Ce jeune universitaire communiste qui a été arrêté en juin 57 par les parachutistes du 1$^{er}$ RCP et qui a été tué en tentant de s'évader ?

— Comment êtes-vous si sûr de son évasion puis-que le corps n'a jamais été retrouvé? Ça ne vous paraît pas bizarre?

Joseph Benguigui leva les yeux au ciel.

— Il y a tant de choses bizarres qui se passent à Alger!... Tenez, nous ne sommes pas très loin du lieu d'où il se serait évadé, dans le quartier du Frais-Vallon, qui était alors en pleine transformation. Il n'a guère changé depuis lors, tout juste deux ou trois villas de plus.

— Vous pouvez me montrer l'endroit?

Le chauffeur quitta l'avenue Georges-Clemenceau, tourna par deux fois sur sa droite et s'immobilisa rue de Verdun.

— Comme vous le voyez, la rue est en pente, mais ce n'est rien à côté des rues nouvelles qui la coupent à angle droit. Elles-mêmes se trouvent à des niveaux différents, on y accède soit par des escaliers, soit à tra-vers les broussailles par des sentiers fort mal-commodes.

— Vous avez l'air de bien connaître?

— Ne vous ai-je pas dit que je connaissais Alger et ses environs comme ma poche? C'est le métier qui veut ça. Pour en revenir à Audin, c'est dans le virage que vous apercevez plus haut qu'il aurait sauté de la Jeep; on le conduisait du centre de triage d'El-Biar jusqu'à la villa Massilia, siège du parc auto du 1$^{er}$ RCP, situé rue Faidherbe, une rue parallèle à la rue de Verdun. Se rendant compte de la fuite de son pri-sonnier, le sergent aurait tiré dans sa direction une rafale de mitraillette alors qu'il escaladait une palis-sade derrière laquelle s'étend un terrain vague très accidenté et pentu, puis, ne l'ayant pas atteint, se serait lancé à sa poursuite à travers les rues mal éclai-rées. Car je vous rappelle qu'il faisait nuit! Au dire des militaires, on aurait perdu la trace de Maurice Audin au ravin du Frais-Vallon.

— Vous ne semblez pas beaucoup ajouter foi aux faits que vous relatez ?

— On serait sceptique à moins ! Croyez-vous qu'un homme qui a été interrogé avec les méthodes en vigueur au centre d'El-Biar serait en état de courir suffisamment vite pour échapper à ses poursuivants dans un environnement aussi accidenté que celui que vous avez sous les yeux ? Non, de jour, ce serait déjà invraisemblable. De nuit, c'est impossible.

François fit quelques pas tout en examinant les parages. Benguigui avait raison : même pour un homme en excellente condition physique, il aurait été difficile de s'extraire d'un endroit aussi accidenté. En France comme à Alger, nul ne croyait à la thèse de l'évasion défendue par Massu en personne.

— Une chose est certaine : ni sa femme ni ses enfants ne l'ont revu vivant, ajouta le chauffeur.

— Cette affaire semble vous avoir particulièrement intéressé ?

— Oui, je n'aime pas que l'on me prenne pour un imbécile.

— Comment cela ?

— J'ai souvent véhiculé à bord de mon taxi des officiers et des sous-officiers. Ils parlent entre eux sans se soucier du conducteur : quelle importance, un chauffeur de taxi ? Un jour, j'en ai reconduit deux à El-Biar, ils étaient fin saouls. Ils se sont vantés de pouvoir faire parler n'importe qui. Ils ont même parlé d'un autre de leurs clients, qu'ils appelaient Alleg.

— Henri Alleg, l'ami d'Audin ?

— Je ne sais s'il s'agissait du même, mais c'était bien ce nom-là.

— Vous en avez parlé autour de vous ?

— J'y ai fait allusion une ou deux fois, on m'a laissé entendre qu'il vaudrait mieux pour moi que je me taise. Je me le suis tenu pour dit. Que voulez-vous faire, monsieur, entre les Arabes qui obéissent au

FLN, l'armée qui cherche à les faire parler, les Européens qui refusent de voir la réalité en face et continuent à se croire la crème du monde, il n'y a pas de place pour le simple bon sens... Mais je parle trop; après tout, je ne vous connais pas...

— Moi non plus et, cependant, j'ai choisi de vous faire confiance.

— Et vous avez eu raison.

— On ne peut pas se méfier tout le temps. Vous n'avez aucun ami parmi les musulmans?

Un voile de chagrin recouvrit les yeux de Benguigui. Après un court silence, il répondit d'une voix altérée :

— Si, j'avais un ami... Sa famille habitait près de la mienne. Nous allions à l'école ensemble... Son père était boucher et le mien, quincaillier; ils ne se fréquentaient pas mais se rendaient volontiers service. Nos mères lavaient leur linge ensemble et nous, les gosses, nous avions les mêmes jeux. Avec Habib — il s'appelait Habib —, nous partagions tout. Il a quitté l'école pour travailler avec son père, et puis il y a eu la guerre. Nous nous sommes retrouvés dans l'armée de De Lattre, sur les bords du Rhin, avec des soldats qui, comme nous, venaient d'outre-mer. Certains s'étaient déjà battus en Afrique ou en Italie. C'était dur, monsieur... Les camarades tombaient comme des mouches. Nous avons été blessés à quelques jours d'intervalle et nous nous sommes retrouvés à l'hôpital de Strasbourg. Au bout d'un mois, on nous a évacués sur Paris, puis sur Marseille, et enfin sur Alger. Pour nous, la guerre était finie. Je me suis marié avec une de mes cousines et je suis retourné à la quincaillerie. Habib a voulu reprendre son travail de boucher, mais les blessures qu'il avait reçues aux bras et aux jambes l'empêchaient de porter de trop lourdes charges. Il a trouvé un petit emploi sur le port. C'est à partir de là qu'il s'est mis à changer. Je ne le voyais plus que de loin en loin; à chaque fois, il me tenait des discours politiques. Jusqu'au jour où il m'a dit qu'il avait rejoint le FLN. J'ai tenté de l'en dissuader; il m'a répondu qu'à sa place j'aurais fait de même. Que pouvais-je lui répondre? C'était en 55. Je ne l'ai plus revu pendant deux ans. Puis, en 57, en pleine bataille d'Alger, une nuit, il a frappé à ma porte. Je lui ai ouvert, il était blessé. Pendant une semaine, ma femme et moi, nous l'avons soigné et caché. Pendant ce temps-là, nous avons beaucoup parlé, nous nous sommes retrouvés comme au temps de notre enfance. Avant de partir rejoindre le maquis, il a tenu à aller embrasser sa mère... C'est là qu'il a été pris... On l'a abattu comme un chien. Son père a été arrêté, on ne l'a plus jamais revu. Quant à sa mère, elle est devenue folle. Je vais la voir de temps en temps, elle parle de son fils comme s'il était encore vivant. Quand je la quitte, je suis tout retourné.

Joseph Benguigui sortit de sa poche un mouchoir grand comme une serviette de table et se moucha bruyamment.

— Excusez-moi, fit-il en le repliant soigneusement.

François lui tapa sur l'épaule.

— Je vous remercie de votre confiance.

— C'est moi qui vous remercie... Ça fait du bien de parler, même à un inconnu. Voyez-vous, monsieur, ici, tout le monde se méfie de tout le monde. Mais c'est pas tout ça : il fait faim! J'ai un copain qui tient un petit restaurant à El-Biar; c'est pas le Coq hardi, mais c'est bon. Ça vous dit?

— Très bonne idée, vous êtes mon invité.

— Pas question, c'est moi qui régale!

— D'accord, mais la prochaine fois, ce sera mon tour.

Ils remontèrent dans la voiture et rejoignirent l'avenue Georges-Clemenceau.

— C'est là qu'on torture, fit sobrement Benguigui en désignant un grand immeuble de béton.

François regarda la vilaine façade au pied de laquelle des parachutistes montaient la garde.

Après l'anisette, on leur servit des *fritas* de poivron et de tomate, de l'agneau rôti, le tout arrosé d'un rouge de Mascara. Des pâtisseries dégoulinantes de miel suivirent — cornes de gazelle, zalabias, doigts-de-fatma —, puis le café, servi dans de petites tasses. Repus, ils fumaient en silence.

Ils quittèrent El-Biar vers trois heures de l'après-midi en empruntant le boulevard Gallieni et passèrent par le bois de Boulogne pour rejoindre Birmandreis. La baie d'Alger apparaissait et disparaissait au gré des méandres de la route, surprenante de beauté dans la lumière qui commençait à décliner. Ils traversèrent de calmes et luxueux quartiers européens, d'humbles faubourgs, de pauvres quartiers arabes et de misérables bidonvilles. Ils longèrent le ravin de la Femme-sauvage, peu à peu envahi par l'ombre de la colline.

— Depuis tout petit, cet endroit m'a toujours fait froid dans le dos, confia le chauffeur. Voulez-vous qu'on rentre par le Clos-Salembier et Belcourt, ou qu'on pousse jusqu'au Ruisseau avant de passer par le jardin d'Essai?

— Allons par le port.

— Bien, chef!

La baie semblait s'embraser, la Ville blanche virait au rose puis à l'orangé; la mer ressemblait à la palette d'un peintre fauve, tandis que le ciel se teintait de toute la gamme des violets, du plus clair au plus foncé. En contrebas, les lumières de l'agglomération commençaient de s'allumer. Joseph Benguigui roulait doucement, ému par cette splendeur à laquelle il ne s'habituait pas. Près de lui, François Tavernier imaginait Léa à ses côtés, elle qui aimait tant les couchers du soleil. Il la revoyait, au lendemain de la guerre, certains soirs d'été à Montillac, debout, le visage tourné vers l'astre rougeoyant, auréolée de la lumière du couchant, les paumes ouvertes le long du corps comme pour attirer à elle les ultimes rayons et en garder la chaleur. Dans ces moments-là, elle semblait s'éclairer de l'intérieur tandis que la pénombre envahissait peu à peu le paysage, la laissant lumineuse et plus forte.

En passant devant la gare de l'Agha, François se tourna vers le conducteur et lui dit :

— J'ai besoin de chaussures de marche et de vêtements confortables pour aller dans le bled. Connaissez-vous un endroit où je pourrais trouver ça ?

— Chez Borelli, ils sont spécialisés dans le vêtement de sport et l'équipement colonial. C'est à deux pas. Vous voulez y aller ?

— Allons-y.

Ils empruntèrent le boulevard Laferrière puis la rue d'Isly, où ils s'arrêtèrent au bout de quelques mètres.

— Vous souhaitez que je vous accompagne ? demanda Benguigui.

— Si ça ne vous ennuie pas. Vous me donnerez des conseils.

Ils entrèrent dans la boutique. Aussitôt, un vendeur vint à eux.

— Bonjour messieurs... Ah ! Joseph !... Ça fait rudement plaisir de te voir !

Les deux hommes s'embrassèrent.

— David, mon cousin, déclara Joseph Benguigui en se tournant vers François. Il va s'occuper de vous comme de moi-même. Pas vrai, David ? Monsieur est un client sympathique. Montre-lui ce que tu as de mieux.

Quand François ressortit du magasin, il était équipé de pied en cap, prêt à affronter le bled. La nuit était tombée. La foule tout à l'heure encore dense se clairsemait.

— Bientôt, il n'y aura plus grand monde dans les rues, constata le chauffeur en déposant les paquets à l'arrière du taxi.

— Je vous offre un verre au bar de l'hôtel?

— Ce n'est pas de refus... Mais faut pas vous croire obligé!

— Non, ça me fait plaisir. Allons-y à pied.

— Je vous rejoint. Je ne peux pas laisser mon taxi ici. Je vais me garer à la station. J'apporterai vos achats.

— Comme vous voulez : je vous attends au bar.

À peine fut-il entré dans le hall de l'hôtel que Béchir se précipita vers lui, une brosse à la main.

— Monsieur, monsieur... il faut que je vous parle!

— Que se passe-t-il? demanda François en souriant.

— J'peux pas vous parler ici...

— Mohamed, monsieur Santoni attend! gronda le concierge en s'avançant.

François sentit que son jeune ami allait rembarrer le cerbère. Il lui prit le bras.

— Finis ton travail. Je viens te voir après. Regarde, mes souliers ont besoin d'un bon coup de cirage. À tout de suite!

Béchir obéit.

— Ah, ces jeunes gens, soupira le concierge, il faut toujours les avoir à l'œil.

Joseph Benguigui pénétra à son tour dans le hall, portant les paquets.

— Posez-les là, monsieur Georges les fera monter dans ma chambre, déclara François Tavernier en se dirigeant vers le bar.

Le chauffeur de taxi lui emboîta le pas.

— Ce sera fait, monsieur, fit le concierge avec une légère courbette.

Comme ils s'installaient au bar, le regard de Tavernier accrocha celui, suppliant, du cireur.

— Excusez-moi, dit-il à son compagnon, commandez-moi un whisky, je reviens.

Il se laissa tomber dans le fauteuil laissé libre par le client précédent et posa ses chaussures poussiéreuses sur le repose-pieds. Machinalement, Béchir commença à en ôter la poussière.

— Alors, qu'as-tu à me dire ?

— Malika a disparu !

— Depuis quand ?

— Ça fait maintenant quatre jours.

— Ta famille a prévenu la police ?

Il fit non de la tête.

— Mais c'était la première chose à faire !

— Ma mère dit que ce serait une honte pour la famille.

François se contenta de hausser les épaules, quand il vit une larme rouler sur la joue du gamin.

— Pourquoi ne pas m'avoir mis au courant plus tôt ?

— Je croyais qu'elle allait revenir, bredouilla-t-il.

— Bon... Je vais essayer de t'aider... Mais il faudra me dire tout ce que tu sais à propos de ta sœur, y compris ce que tu crois ne pas devoir dévoiler. Quand termines-tu ton travail ?

— Dans une heure...

— Indique-moi un endroit où je pourrai te retrouver.

— Devant l'école de la rue de la Liberté. C'est à côté. Vous avez une voiture ?

— Non, mais on peut toujours prendre un taxi. Allons, ne fais pas cette tête-là, on va retrouver ta sœur...

Puis, examinant ses chaussures :

— Bravo ! elles sont impeccables. Merci, *Mohamed !*

Un bref et pâle sourire éclaira le visage de Béchir.

Assis au bar, Joseph Benguigui avait du mal à se débarrasser de deux des habituées de l'endroit.

— Ah! vous voilà!... Je croyais que vous m'aviez oublié. Ces petites poulettes voulaient me tenir compagnie. Mais je suis un homme marié, moi!

— Ça n'empêche pas de causer, fit l'une d'elles.

— Laissez-nous, mesdemoiselles, nous avons à parler. Joseph... vous permettez que je vous appelle Joseph? Moi, c'est François.

— D'accord, mons... Pardon, François!

— Bien, je peux vous parler en confiance?... Bon. Il se peut que j'aie besoin de vous cette nuit. Est-ce envisageable?

— Tant qu'il ne s'agit pas de transporter un cadavre, tout est possible. Je vais vous donner mon numéro de téléphone : 367-16. N'hésitez pas à vous en servir.

— Merci, à votre santé!

François vida son verre d'un trait.

— La même chose, fit-il à l'adresse d'un barman.

Les deux hommes burent quelques instants en silence.

— Si c'est pas malheureux! s'écria soudain Benguigui.

— Qu'y a-t-il?

— Vous voyez cette fille, là-bas : elle est de mon quartier. Je l'ai vue toute petite.

— Gilda?

— Vous la connaissez?...

— Ne faites pas cette tête-là... Pas comme vous croyez! On a fait un pari et je l'ai perdu. Elle s'appelle réellement Gilda?

— Oui, sa mère avait lu un roman dont l'héroïne portait ce prénom-là. Elle avait trouvé que ça faisait chic. Mais, après le film avec Rita Hayworth, elle n'en pouvait plus.

— Elle est juive?

— Hélas! C'est une honte pour sa famille et pour tout le quartier.

— Vous n'exagérez pas un peu?

— Je voudrais bien, parce que c'est une bonne petite. À la mort de ses parents et de sa sœur, dans un accident de voiture, elle a refusé d'aller vivre chez une de ses tantes. Elle a déménagé. Et puis, un jour, je l'ai vue entrer ici, elle était devenue blonde. Elle m'a dit bonjour gentiment, mais elle n'avait plus le même regard. Après quoi, j'ai essayé d'en savoir plus long, elle m'a répondu que ça ne me regardait pas. Moi, ce que j'en disais, c'était juste par amitié...

La jeune femme s'avança vers eux, vêtue cette fois d'une jupe noire et d'un chemisier blanc au col remonté.

— Bonsoir, monsieur; bonsoir, Joseph. Je ne savais pas que vous vous connaissiez.

— Bonsoir, Gilda! firent-ils en chœur.

## XII

François retrouva Béchir à l'endroit indiqué.

— Ne restons pas là, souffla le jeune homme. Allons plutôt vers le port.

En bas de la rampe Chasseloup-Laubat, au pied d'un réverbère à l'ampoule brisée, on devinait les silhouettes d'hommes accroupis. François ralentit le pas ; le lieu était idéal pour une agression. Il regretta de n'être pas armé. Béchir sentit son inquiétude.

— Ce sont des amis, affirma-t-il en s'approchant du groupe.

Quatre Algériens, habillés à l'européenne, se redressèrent.

— Voici l'homme dont je vous ai parlé, dit-il en arabe.

— Un chien de roumi [1], fit l'un d'eux en crachant à terre.

— Tous les roumis ne sont pas des chiens, fit avec un geste d'apaisement un homme qui paraissait plus âgé que ses compagnons.

— Allons dans le hangar, suggéra l'un d'eux.

Le cadenas ouvert, tous s'engouffrèrent. Une forte odeur de poisson empuantissait l'atmosphère. La porte

1. « Étranger chrétien » pour les musulmans.

refermée, quelqu'un alluma une lampe-tempête et la posa sur une caisse devant laquelle un vieux banc fut traîné. On fit signe à Tavernier de s'y asseoir. Un homme d'une trentaine d'années prit la parole :

— Nous savons que Malika a été enlevée en sortant de l'hôpital par des bérets verts de la Légion.

— Comment en êtes-vous sûrs ? s'enquit François.

— Malika était en compagnie de son infirmière en chef, madame Zenatti, qui habite Bab el-Oued, et elles venaient de traverser le boulevard de Champagne, au niveau de la rue de Normandie, quand une Jeep s'est arrêtée à leur hauteur. Trois parachutistes en sont descendus, leurs armes pointées sur elles, puis une 203 Peugeot est arrivée avec d'autres militaires à son bord. Un officier a demandé : « C'est toi Malika Souami — Qu'est-ce que vous lui voulez ? » a crié madame Zenatti. À ce moment-là, Malika s'est mise à courir dans la direction de l'hôpital ; un des parachutistes l'a rattrapée puis giflée. Un autre les a rejoints et ils l'ont forcée à monter dans la voiture qui est repartie aussitôt. Madame Zenatti leur a demandé pourquoi ils faisaient cela. « On a des ordres, elle travaille pour le FLN ! Rentrez chez vous et tenez votre langue, ou on vous embarque à votre tour ! » lui a répondu l'officier. Là-dessus, ils sont remontés dans la Jeep et ils ont filé. Rentrée chez elle, madame Zenatti n'a rien dit ; ce n'est que le surlendemain qu'elle en a parlé au docteur Duforget, qui, lui, a prévenu la famille. Grâce à lui, on a appris qu'ils l'avaient conduite à la villa Sesini. Il croit savoir qu'elle s'y trouve encore.

— Il faut la sortir de là ! supplia Béchir.

François réfléchissait à toute vitesse. Il connaissait la sinistre réputation de la villa Sesini, sur laquelle circulaient des récits effrayants. Située à la limite des quartiers de Belcourt et de la Redoute, elle était occupée par des légionnaires. Parmi eux, nombreux étaient les Allemands. Certains se prétendaient alsaciens, d'autres ne faisaient pas mystère de leur appartenance à la SS durant la Seconde Guerre mondiale.

Le nom du colonel Gardes s'imposa à son esprit : en tant que chef du 5e Bureau, à défaut d'avoir des renseignements sur l'enlèvement de la jeune Algérienne, il devait du moins pouvoir en obtenir.

— Savez-vous pourquoi elle a été arrêtée ?

Les Algériens se regardèrent en silence.

— Il faut le lui dire, décréta Béchir.

Le plus âgé prit la parole.

— Elle a été dénoncée, on la soupçonne de faire partie du Front.

— C'est la vérité ?

— On ne peut rien vous dire...

— Ça suffit comme ça ! s'emporta celui qui avait craché. Pour lui, tous les Arabes sont pour le FLN ! Si le roumi est tel que nous l'a décrit notre frère, il le sait !

— Sans le savoir, je le suppose..., confirma François, comme se parlant à lui-même. Possède-t-elle des renseignements susceptibles d'intéresser ses ravisseurs ?

— La plupart des gens qu'ils arrêtent et qu'ils torturent ne savent rien. Ils font ça pour le plaisir. Dans le cas de Malika...

— A-t-elle participé à des attentats ?

— Non, jamais ! s'écria Béchir. Elle disait qu'une infirmière ne peut pas faire ça.

— Heureusement qu'elles ne sont pas toutes comme elle, ricana l'homme au crachat.

— Qu'est-ce que vous attendez de moi ?

— Que vous la fassiez sortir de sa prison. Allez voir le général Massu, on prétend que c'est votre copain.

— Pour lui dire : « Rendez-moi la jeune fille que vos paras ont enlevée » ? Il va me rire au nez. Non, j'ai une autre idée. Béchir, viens avec moi.

— Où voulez-vous aller ?

— Je ne peux rien vous dire pour le moment. Il faut me faire confiance : c'est à prendre ou à laisser.

Une haine tangible montait du petit groupe d'Algériens.

— D'accord, fit le plus vindicatif, mais si tu nous trahis...

Le geste de sa main devant son cou n'avait nul besoin d'explication.

— Vous savez où me trouver, fit-il en prenant Béchir par l'épaule.

Un des hommes alla ouvrir et leur fit signe de sortir après avoir vérifié que la voie était libre.

Une pluie fine et froide tombait. À intervalles réguliers, le faisceau du phare de l'Amirauté éclairait les quais et les murs. Les marches des escaliers étaient glissantes, la rampe collait aux doigts. Des rafales de vent ébouriffaient les palmiers du square Aristide-Briand et faisaient tourbillonner des détritus. Des CRS stationnaient devant le palais de justice.

— As-tu un moyen d'entrer dans l'hôtel sans te faire remarquer ? demanda François.

— Oui, j'ai la clef d'une porte de service qui donne sur la rue Waisse. En principe, cette porte-là n'est pas gardée, elle est toujours fermée. C'est une des issues de secours.

— Bien. Tu entres et tu me rejoins dans ma chambre. Tu connais le numéro ?

— Oui.

François le laissa et marcha à grands pas vers l'entrée principale de l'hôtel.

Dans le hall de l'Aletti, des correspondants de guerre américains discutaient avec un député musulman, tandis qu'un reporter allemand s'entretenait avec Joseph Ortiz. Du bar venaient des bribes de conversations animées que ponctuaient des éclats de rire. François y jeta un coup d'œil en passant. Il prit sa clef et aperçut Gardes en compagnie d'Argoud dans un des salons. Il retourna auprès du concierge.

— Donnez-moi du papier, s'il vous plaît.

— Voici, monsieur.

Il griffonna quelques mots et tendit le message au préposé.

— Faites porter au colonel Gardes qui se trouve dans ce salon.

— Bien, monsieur.

« C'est un signe de chance que Gardes soit ici ! » se dit-il, une fois dans l'ascenseur.

À l'étage, un couple hilare sortait d'une chambre. Passant près de lui, les deux jeunes gens le bousculèrent presque avant d'entrer dans l'ascenseur. Le couloir était désert. Il se dirigea vers sa propre chambre. Au moment d'introduire sa clef dans la serrure, il remarqua que la porte de la lingerie était entr'ouverte.

— Je suis là, chuchota une voix.

— Tu peux y aller, répondit François : il n'y a personne.

Béchir bondit et le rejoignit dans la chambre.

— Vous avez été long, dit-il, haletant.

— Assieds-toi. La personne que je voulais voir est en bas. Elle va m'appeler...

La sonnerie du téléphone fit sursauter l'Algérien. François décrocha.

— Allô... Gardes ?... Merci de me rappeler. Il faut que je vous voie immédiatement, c'est important... Vous êtes avec Argoud... oui, je sais... Trouvez quelque chose... Je suis dans ma chambre... Vous montez ?... D'accord, numéro 315... Merci !

Il raccrocha, l'air satisfait.

— Retourne dans la lingerie, il ne faut pas qu'il te voie. Attends...

François ouvrit la porte et repoussa Béchir.

— Il y a du monde dans le couloir... Trop tard, voilà l'ascenseur ! Cache-toi dans la salle de bains.

Peu après, on frappait à la porte.

— Entrez. Merci d'être venu. J'allais prendre un verre ; puis-je vous en offrir un ?

— Si vous voulez. Mais venons-en au fait, je ne veux pas faire attendre trop longtemps le colonel Argoud.

François servit du whisky dans deux verres. Il en tendit un au colonel et but une gorgée du sien avant de parler.

— J'ai besoin de votre aide.

Le colonel le regarda sans mot dire et s'assit dans un fauteuil.

— Une jeune Algérienne que je connais a été enlevée par des légionnaires qui l'ont conduite à la villa Sesini. Vous savez ce que cela signifie.

Gardes vida son verre, impassible.

— Cette jeune fille s'appelle Malika Souami, elle est infirmière ou élève infirmière à l'hôpital Maillot. Une Européenne était avec elle au moment de l'enlèvement ; elle vous confirmera les faits. Cela vous dit-il quelque chose ?

— On ne me tient pas au courant de tout ce qui se passe à Alger. Pour ce qui est de l'arrestation de cette jeune fille, je n'en ai pas entendu parler. Je vous en donne ma parole.

— Et je ne la mets pas en doute. Par contre, vous pouvez mieux que quiconque vous informer.

Le colonel Gardes se leva et regarda François dans les yeux.

— Je le peux, en effet. Je n'approuve pas certaines méthodes d'interrogatoire, et celles employées à la villa Sesini me répugnent particulièrement. Cependant, s'ils ont enlevé cette jeune fille, ils devaient avoir de bonnes raisons. Elle fait partie du FLN ?

— Je n'en sais rien, mais c'est de cela qu'on l'a accusée, sur dénonciation.

— Pourquoi vous intéressez-vous à elle ?

— C'est une fille bien. Son jeune frère travaille ici ; c'est un garçon intelligent qui lit Camus...

— Alors... s'il lit Camus !

— Ne raillez pas, c'est avec des gens comme eux qu'il faudra bâtir l'Algérie de demain, celle dont vous rêvez.

— L'Algérie dont je rêve... elle sera française ou ne sera pas. Vous dites qu'elle travaille à l'hôpital Maillot ?... Dans quel service ?

— Celui du docteur Duforget.

— Duforget ?

— Vous le connaissez ?

— De nom seulement. Savez-vous qu'on le dit proarabe ?

« Il ne manquait plus que ça ! » se dit François en exagérant son étonnement :

— Vous en êtes sûr ?

— Certains l'affirment, tout comme ils prétendent qu'il soigne des fellaghas dans son service.

— Cela me paraît impossible.

— Croyez-vous ? Après tout, c'est un médecin... Je vais me renseigner au sujet de votre protégée en espérant qu'il ne soit pas trop tard... Je vous rappelle dès que j'aurai appris quelque chose.

— Mon colonel, je vous remercie. Mais je dois vous préciser une chose : s'il arrive malheur à cette jeune fille, c'est moi qui l'annoncerai aux journalistes qui sont en bas.

— C'est une menace, Tavernier ?

— Pas contre vous, mon colonel. J'ai trop vu de saloperies en Indochine et je ne couvrirai pas, par mon silence, celles que je puis être amené à connaître ici. Je crois que vous me comprenez.

Les deux hommes se faisaient face, aussi déterminés l'un que l'autre. D'un même geste, ils se tendirent la main.

François alla ouvrir la porte de la salle de bains.

— Tu as entendu?

Sans répondre, tel un enfant, Béchir se jeta entre les bras de François qui, ému, lui passa la main dans les cheveux.

— Doucement, camarade, ne nous réjouissons pas trop vite!

— Tu as raison, mon frère, mais je reprends espoir. Pourquoi lui as-tu dit que je lisais Camus?

— Je ne sais pas... Comme ça!

— Qu'est-ce qu'on fait, maintenant?

— On attend.

— Ça va être long?

— Je n'en sais rien. Cesse de poser des questions. Je vais prendre une douche, et après je me couche. Tu devrais en faire autant.

— Je pourrais prendre une douche dans ta salle de bains?... Chez nous, tu sais, on se lave dans une bassine...

La sonnerie du téléphone les arracha brutalement au sommeil. Ne sachant plus où il était, Béchir quitta d'un bond le canapé sur lequel il s'était assoupi. François alluma la veilleuse près de son lit et empoigna le combiné.

— Allô..., dit-il d'une voix pâteuse.

Béchir s'habilla sans quitter des yeux son nouvel ami qui ne disait pas un mot. Quand enfin il eut raccroché après un simple merci, François resta un long moment songeur, tout en se passant la main sur le menton où la barbe s'était mise à repousser.

— Alors? grogna Béchir, impatient.

François se leva et étira son grand corps sans se soucier de sa nudité.

— Je dormais si bien! fit-il, se grattant la tête tout en se dirigeant vers la salle de bains.

— Alors? répéta l'Algérien.

— Elle est bien là-bas. Le colonel s'est présenté lui-même à la villa Sesini. L'officier de garde a reconnu qu'il avait une terroriste de ce nom-là. Il a ajouté qu'elle allait bien et qu'elle était au secret. Gardes a demandé à la voir. L'officier a refusé, disant qu'il lui fallait un ordre de son supérieur. Nous sommes convenus d'aller ensemble à la villa sur le coup de neuf heures.

— Je pourrai vous accompagner ?

— Sûrement pas ! Laisse agir les grands et recouche-toi.

Vexé, Béchir s'allongea sur le canapé sans se dévêtir et tira la couverture sur ses yeux.

Quand il se réveilla, il faisait grand jour. En évidence sur le lit défait, il y avait un mot de François :

*Je pense être de retour en fin de matinée. Prends garde à toi et ne te fais pas voir de la femme de chambre.*

Béchir déchira le message et sortit de l'hôtel sans avoir été repéré. Il se dirigeait vers la Casbah quand il remarqua trois gamins de douze ou treize ans qui le suivaient tout en continuant à se renvoyer à coups de pied une boîte de conserve. Ils étaient maintenant nombreux, dans les rues d'Alger, ces enfants dont les parents venus du bled s'entassaient dans les bidonvilles. Mal vêtus pour la plupart, ils mendiaient ou chapardaient sur les marchés, se faufilaient dans les ruelles de la Casbah, échappant aux soldats, se réfugiant dans les arrière-boutiques ou sur les terrasses. Les femmes, souvent prises de pitié, leur donnaient à manger. Le FLN s'en servait pour espionner ou pour faire le guet lors des réunions clandestines. Une de ces bandes avait pour chef un Kabyle de petite taille, qui ne devait pas avoir plus de treize ans. Nul ne savait d'où il venait, il ne parlait jamais de sa vie antérieure et ne répondait pas aux questions. Chose surprenante, il savait lire. En échange d'un coin où dormir, il faisait la lecture des journaux qu'il avait volés à un public composé de ses comparses ou de femmes analphabètes de la Casbah. C'est sans doute pour cette raison qu'on l'appelait *al-Alem* [1]. Tous le craignaient et le respectaient depuis qu'il avait poignardé un cafetier de Belcourt, assassin d'un vieux musulman unanimement vénéré. Après une brève enquête, la police avait classé l'affaire. Pour ce qui les concernait, justice était faite, avaient estimé les musulmans.

Béchir s'assit sur un des bancs de la place Bresson, ne sachant trop ce qu'il devait faire. Il se demandait si François avait réussi à approcher Malika. « Quelle heure avait-il dit ? Neuf heures ? » Onze heures sonnèrent à l'église Saint-Augustin. Les gamins qui le filaient s'étaient arrêtés non loin et jouaient au tchic-tchic, un jeu de dés importé par les soldats noirs américains en 1942, au moment du débarquement allié en Afrique du Nord. D'un geste brusque, ils retournaient à tour de rôle la boîte de conserve qui leur servait de gobelet, frappant le trottoir sur lequel roulaient les dés, tout en poussant des cris et bousculant les passants. Les Européens se contentaient de descendre du trottoir pour les éviter. « Il n'y a pas si longtemps, j'y jouais moi aussi », se dit-il. Indécis, il regarda autour de lui, puis interpella en arabe un des joueurs de tchic-tchic qui, après un moment d'hésitation, vint à lui.

— C'est pour moi que vous êtes là ?

— Tu vois quelqu'un d'autre dans le coin ? répondit le garçon d'une douzaine d'années à la longue tignasse sale, tout en remontant un pantalon informe retenu par une ficelle.

— Qui vous a demandé de me surveiller ?

1. Le Savant.

— On n'a pas le droit de te le dire, répondit un autre garçon que Béchir n'avait pas encore remarqué mais en qui il reconnut al-Alem.

— On est là pour te protéger, continua-t-il.

Béchir haussa les épaules : il savait qu'il n'en tirerait rien de plus.

— J'ai faim, dit al-Alem. Tu n'aurais pas quelque chose à se mettre sous la dent ?

Cette question lui rappela qu'il n'avait rien mangé, lui non plus, depuis la veille.

— Moi aussi, j'ai l'estomac dans les talons. Des sardines grillées, ça te dirait ?

Al-Alem siffla ses copains, alla jusqu'à eux et leur souffla quelques mots. Les gamins s'éloignèrent en décochant des coups de pied dans leur boîte de conserve.

— Je les ai renvoyés ; tu es maintenant sous ma protection. Tu fumes ? demanda-t-il en lui tendant un paquet de Bastos tout chiffonné.

— Non, merci.

— Prends-en une ! ordonna-t-il.

Surpris, Béchir obéit. Deux gendarmes passèrent devant eux.

— Tu vois des fellouzes partout, dit le plus âgé avec un fort accent de Marseille. Je te l'ai déjà dit : les bougnoules qui fument n'en sont pas. Le FLN a interdit le tabac et l'alcool. Ceux qui désobéissent, on leur coupe le nez et les lèvres.

— Ce sont des sauvages ! s'écria le plus jeune qui avait l'accent parigot.

— T'as pas fini de t'en rendre compte. Faut s'méfier, ils sont pas comme nous... Allez, circulez, tas de feignants, c'est pas un endroit pour vous, ici.

Al-Alem leva un bras devant son visage comme pour se protéger.

— On fait rien de mal, patron.

— Foutez le camp, j'vous dis !

— Bien, patron. On y va, patron... Merci, patron...

Béchir tira la manche d'al-Alem qui le suivit en se contorsionnant, sous le regard satisfait des gendarmes.

— Lâche-moi, ordonna al-Alem au bout de quelques pas.

— Fais pas le con, ils nous observent toujours.

— Un jour, j'en buterai un.

— Ferme-la ! Tu les veux ou tu les veux pas, ces sardines ?

— D'accord, on y va. Tu sais où, au moins ?

— À la Pêcherie, elles sont moins chères.

Les rues portaient encore les traces des averses de la nuit. Le soleil, derrière les nuages, avait du mal à percer. Béchir frissonna. Son compagnon ne semblait pas souffrir du froid malgré la minceur de sa veste et de sa chemise déboutonnée.

— Quel âge as-tu ? demanda al-Alem.

— Bientôt seize ans, et toi ?

— Pareil. Me regarde pas comme ça ! Je le sais, que je suis un avorton... Mais je vais pas me plaindre : ça m'a sorti plus d'une fois d'un mauvais pas. Toi, tu dois faire gaffe : t'as la tête de ceux qu'ils aiment pas, t'as l'air de penser.

— Tu penses pas, toi, peut-être ?

— Si, peut-être même plus que toi, mais ça, ils peuvent pas le savoir. Il faudrait qu'ils soient intelligents et qu'ils nous voient autrement que comme des « bougnoules ». Toi t'es plutôt bien sapé, tu marches en relevant la tête et t'es beau gosse : tout le contraire de moi. Pour eux, je suis invisible. Quand j'ai poignardé le gros porc de Belcourt, je m'suis pas enfui, je m'suis faufilé jusqu'à la terrasse et j'ai regardé. Ah ! si tu les avais vus courir en tous sens, les roumis ! « Pousse-toi, petit, m'a dit l'un d'eux ; c'est pas un spectacle pour toi. » Quand la police est arrivée, j'étais encore là. Les flics sont passés devant moi, alors je suis reparti.

— Pourquoi tu me racontes ça ?

— Pour que tu saches à qui tu as affaire, et pour t'apprendre à ne pas te fier, toi non plus, aux apparences.

— Je m'en souviendrai... On dit que tu sais lire : c'est vrai ?

— On n'est pas tous aussi ignorants qu'ils le voudraient. Moi, j'ai voulu apprendre à lire pour les combattre. Pas toi ?

— Je ne m'étais pas posé la question, ça me semblait normal d'aller à l'école. Tu parles comme ma sœur...

Béchir se tut brusquement, ses poings se serrèrent.

— Je sais à quoi tu penses. Ta sœur, je la connais ; elle me prête quelquefois des livres... On dirait que ça t'étonne ?

« Non », fit-il de la tête.

— C'est une fille bien, ta sœur. On va la sortir de là.

— Comment sais-tu, pour Malika ?... La villa Sesini est bien gardée !

— Je sais beaucoup de choses... Si ton copain roumi échoue, j'ai peut-être un moyen. Mais lâche-moi... Je t'en dirai pas plus !

Béchir se laissa tomber sur une marche de l'escalier qui menait au quai de la Pêcherie et se prit la tête entre les mains.

— Arrête, on dirait une fille ! fit al-Alem en s'asseyant près de lui.

— J'm'en fous, gémit l'autre en relevant un visage couvert de larmes.

Ils restèrent silencieux, indifférents aux passants qui montaient et descendaient l'escalier, les bousculant parfois de leurs ballots. Al-Alem ralluma une cigarette et la tendit à son camarade après en avoir tiré deux bouffées. Essuyant ses joues du revers de la main, Béchir accepta la cigarette. Peu à peu, la fumée l'apaisa.

— Merci, dit-il en se levant. On va les manger, ces sardines ?

Tels les gamins qu'ils étaient encore, ils dévalèrent les marches, pariant à qui arriverait le premier en bas. Al-Alem gagna d'une bonne longueur.

Sur le quai, marchands, acheteurs, vendeurs de sardines, musulmans, militaires et Européens formaient une cohue grouillante et bigarrée. L'odeur de grillade dominait celle des poissons frais qui frétillaient encore sur les étals. Le sol était jonché d'écailles, de viscères, d'arêtes, de têtes de poissons sur lesquels les gens glissaient. Sur des braseros improvisés, de vieux Algériens faisaient griller les sardines en éventails de cinq. Ils les vendaient ensuite, enveloppés dans du papier journal. Certains proposaient également des seiches au noir, qu'ils appelaient « sépias ». Pour quelques francs de plus, le cuisinier choisi par Béchir présentait ses sardines sur une large tranche de pain. Affamés, c'est tout juste s'ils ne mangèrent pas les têtes.

— On remet ça ? demanda Béchir.

— C'est pas de refus, mon frère !

Quand ils quittèrent le quai de la Pêcherie et remontèrent les escaliers, la vie leur semblait moins rude.

— Je t'offre le thé à la menthe, déclara al-Alem, grand seigneur.

Ils entrèrent dans un café maure au bas de la Casbah et s'installèrent sur un banc adossé à un mur. Près d'eux, des vieillards en gandoura jouaient aux dominos. Ils fermèrent les yeux en sirotant le thé brûlant.

— Je dois aller prendre mon travail à l'hôtel et voir si le Français est revenu. Tu ne veux toujours pas me dire pourquoi tu me surveilles ?

— Plus tard, mon frère.

— Je... je voudrais te dire... ce n'est pas facile... mais... Je te remercie de ta compagnie.

Al-Alem en rougit de surprise ou de plaisir et répondit d'un ton rogue :

— Perds pas ton temps avec ces bêtises.

La poignée de main qu'ils échangèrent démentait ses propos.

— Je viendrai aux nouvelles dans la soirée, promit al-Alem en partant de son côté.


Le colonel Gardes et François Tavernier s'étaient retrouvés à l'heure dite à la villa Sesini. Cette magnifique maison mauresque, entourée d'un jardin, était, depuis la bataille d'Alger, occupée par des militaires et servait de centre d'interrogatoires. Sa réputation était telle que les Européens eux-mêmes baissaient la voix quand ils l'évoquaient. Un capitaine les reçut dans un bureau confortable et leur dit être au courant de ce qui les amenait. Une rengaine à la mode venait d'une pièce voisine. Selon lui, la jeune fille dont il était question avait bien séjourné chez eux, mais avait été transférée, la veille, dans l'après-midi, à El-Biar, autre centre d'interrogatoires. Il expliqua encore que, si le sous-officier que le colonel Gardes avait vu ce jour-là n'en était pas averti, c'est parce qu'il venait tout juste de prendre son service.

— Vous vous foutez de moi? avait froidement répliqué Gardes.

— Je ne me permettrais pas, mon colonel.

— Quelle est la raison de ce transfert?

— Complément d'information, mon colonel.

— Je vois. Quel était le motif de l'arrestation?

— Terrorisme, appartenance au FLN, mon colonel.

— Elle a parlé?

— Non, mon colonel.

— Qui s'est chargé de l'interrogatoire?

— Moi, mon colonel.

— De quelle manière?

— Rien de bien méchant.

— Vous pouvez donc me donner votre parole d'officier que cette jeune fille n'a pas subi de trop graves sévices?

Avant de répondre, le capitaine avait marqué une légère hésitation.

— Évidemment, mon colonel.

— J'aimerais visiter vos installations.

Nouvelle hésitation, cette fois plus marquée...

En quittant la villa Sesini, Gardes et Tavernier étaient blêmes. Ils savaient cependant qu'on ne leur avait montré qu'une partie des salles réservées aux interrogatoires. Ce qu'ils avaient vu suffisait à se faire une idée de la façon dont ceux-ci étaient menés. Dans une des salles flottaient des relents de chair brûlée, de sang et d'excréments. À une sorte d'établi crasseux étaient fixées des courroies de cuir. Au-dessus pendait un cordon électrique garni d'un manchon isolant terminé par un tube de contre-plaqué d'où dépassaient deux fils dénudés.

— Ça remplace la gégène, leur avait expliqué d'un ton morne le sous-officier.

Dans un coin, sur le sol en ciment, des seaux remplis d'eau sale, un entonnoir de grande taille, des chiffons et une sorte de cage fermée par un cadenas.

— À quoi ça sert ? avait demandé le colonel.

— À enfermer les récalcitrants.

Dans la voiture qui les ramenait vers le centre d'Alger, les deux hommes étaient restés longtemps silencieux.

— Nous devons aller à El-Biar, dit enfin Tavernier.

— Oui, murmura Gardes.

Chacun replongea dans ses réflexions.

— Mais enfin, explosa François, allez-vous me dire de qui dépendent ces sinistres officines ? Vous ne répondez pas ?... Ce n'est quand même pas de leur propre chef que ces militaires torturent ? Vous êtes forcément au courant ! Comme le sont Challe, Massu et Delouvrier !

— Ce n'est pas aussi simple que ça.

— Que voulez-vous dire ?

— C'est un héritage de la bataille d'Alger. À l'époque, il fallait obtenir des renseignements par n'importe quel moyen pour empêcher de nouveaux attentats. Rappelez-vous, les bombes de l'Otomatic, de la Cafétéria, du Milk-Bar, du Coq hardi, du stade d'El-Biar, du casino de la Corniche... Tous ces gosses estropiés, ces filles éventrées, ces jambes arrachées, ces têtes éclatées !...

Haletant, les traits creusés, Gardes se tut quelques instants.

— Je sais tout cela, et c'est épouvantable, comme furent épouvantables les expéditions punitives des ultras au Clos-Salembier, à Belcourt, les soixante-dix morts de l'attentat de la rue de Thèbes, dans la Casbah ! Mais il faut que cesse cette escalade, et ce n'est pas en continuant à appliquer les méthodes de Massu que vous empêcherez de nouveaux attentats ! s'exclama François.

— Je le sais aussi bien que vous. Je vous l'ai dit : je déplore ces méthodes, mais ce n'est pas à vous que je vais apprendre la difficulté qu'il y a à contrôler les agissements d'hommes qui ont vu ce que le FLN avait fait de leurs camarades.

— Je connais cet argument et j'ai moi-même été à deux doigts d'interroger de façon « efficace » un salaud qui était tombé entre mes mains. Ce qu'il avait fait méritait plus que la mort et, en le faisant parler, j'aurais peut-être sauvé des vies. Je n'en saurai jamais rien. Je n'ai pas eu ce triste courage. J'étais submergé de dégoût et de haine, mais aussi de la peur de me ravaler au niveau de cette brute. Je l'ai abattu... Et je ne le regrette pas.

— Sans doute avez-vous bien fait, mais tous n'ont pas votre sang-froid.

— Je n'appellerais pas ça du sang-froid... Et puis merde, pourquoi est-ce que je vous raconte ma vie ?!

Ce doit être pour rester dans l'ambiance... Comment allez-vous procéder à El-Biar ?

— Je vais demander que l'on me remette la fille.

Des parachutistes montaient la garde devant l'immeuble de béton, près de la place d'El-Biar dominant la baie d'Alger. Face au colonel, ils se figèrent en un garde-à-vous impeccable. Tavernier et Gardes traversèrent une cour encombrée de Jeep et de camions militaires. Un sous-lieutenant vint les accueillir au bas de l'escalier.

— Le commandant va vous recevoir.

Ils le suivirent. Au premier étage, une porte s'ouvrit brusquement sur un jeune Algérien. Tandis qu'on le poussait sur le palier, ils remarquèrent son visage ensanglanté et ses vêtements déchirés. Il trébucha et s'affala aux pieds de Tavernier. Un para sortit à son tour et lui assena un coup de pied dans les côtes.

— Tu vas te lever, ordure !

François l'aida à se redresser. Le musulman regarda d'un air étonné ce civil complaisant et, tendant vers lui ses mains menottées, l'implora :

— Aidez-moi, monsieur !

Le sous-lieutenant l'empoigna par le bras et le repoussa dans la pièce en criant :

— Bougres de cons ! Je vous ai dit de vous tenir tranquilles !

Celui qui avait traité l'Arabe d'ordure referma la porte.

— Il avait des explosifs sur lui, fit le sous-lieutenant.

Au deuxième étage, un lieutenant patientait.

— Bonjour, mon colonel, le commandant vous attend. Ce monsieur est avec vous ?

— Vous le voyez bien, grogna Gardes.

Le lieutenant les fit entrer dans un bureau meublé d'éléments métalliques et de sièges inconfortables.

Assis derrière le bureau, le commandant les regarda entrer, puis se leva. Il claqua les talons et salua militairement son supérieur. Le colonel lui rendit négligemment son salut et alla droit au but :

— Vous connaissez la raison de ma venue ? On a dû vous appeler de la villa Sesini.

— Oui, mon colonel.

— Très bien. Faites chercher la jeune fille.

— Mais, mon colonel, c'est que...

— Quoi ?...

— Elle est un peu souffrante.

— Je m'en doute. Qu'on l'amène ici, je ne partirai pas sans elle... Alors, qu'attendez-vous pour donner des ordres ?... À moins que vous ne préfériez que j'en réfère au général Massu ou au général Challe ?

Le commandant décrocha son téléphone.

— Elle sera là dans quelques minutes, annonça-t-il en raccrochant.

C'était un homme d'une quarantaine d'années, plutôt trapu, les cheveux coupés en brosse, les traits mous et le regard fuyant, qui portait de nombreuses décorations sur sa tenue léopard.

Le temps qui s'écoula leur parut long à tous trois. Enfin, on frappa à la porte.

— Entrez !

Un parachutiste pénétra dans la pièce, soutenant une femme qui avançait courbée. Ses cheveux emmêlés recouvraient son visage. Le parachutiste la fit asseoir sur une chaise.

— C'est bien, laissez-nous, ordonna le commandant.

François s'approcha d'elle et écarta ses cheveux.

— Mon Dieu, murmura-t-il.

Il avait du mal à retrouver, dans ce visage tuméfié, couvert d'une sueur froide, les jolis traits de la sœur de Béchir. Il s'accroupit devant elle et lui releva doucement le menton.

— Malika, c'est fini.

La jeune fille ouvrit les yeux avec difficulté et le regarda sans sembler le reconnaître. De sa bouche gonflée, aux lèvres fendues, montait une sorte de râle. Un filet de sang coula le long de son menton.

— Les salauds ! cracha François, un sanglot dans la voix.

Il sortit son mouchoir pour essuyer la pauvre face.

— C'est bien elle ? demanda le commandant.

D'un bond, Tavernier se redressa, saisit l'officier par sa chemise et lui envoya son poing dans la figure. Gardes s'interposa et le força à lâcher prise.

— Tenez-vous tranquille, ça ne résout rien ! Quant à vous, ajouta-t-il à l'adresse du commandant qui s'appliquait un mouchoir sur le nez, oubliez cet incident.

— Oublier ?... Mais il a frappé un officier dans l'exercice de ses fonctions. Je vais lui faire la peau !

— Ça suffit, ou je vous colle au cul un rapport qui vous enverra à l'ombre pour un bon moment !

— Je ne fais qu'obéir aux ordres, mon colonel.

— L'usage de la torture a été interdit par le général de Gaulle, déclara François en faisant jouer les articulations de sa main.

— Je l'emmerde, de Gaulle !

— Faites attention à ce que vous dites, commandant ! Appelez plutôt une ambulance.

— Une ambulance ?...

— Oui, et vite !

Son mouchoir toujours appuyé sur le nez, le commandant finit par obtempérer.

— Elle sera là dans dix minutes.

Un quart d'heure plus tard, à la demande de Tavernier, une ambulance transportait la jeune Algérienne vers l'hôpital Maillot.

## XIII

Seul dans le bureau du docteur Duforget, François fumait nerveusement. Depuis une heure, Malika Souami était entre les mains des médecins. Un coup fut frappé à la porte; une infirmière entra. C'était une Européenne d'une cinquantaine d'années, au visage sympathique, dont la blouse blanche boudinait l'opulente poitrine; elle semblait bouleversée.

— Excusez-moi, monsieur, dit-elle avec un fort accent pied-noir, c'est bien vous qui avez ramené Malika?

— Comment va-t-elle?

Incapable de répondre, la femme se laissa tomber sur une chaise en pleurant.

— Elle?... interrogea François.

— Non, cria presque l'infirmière, elle s'en sortira! Voyez-vous, monsieur, c'est ma faute...

— Votre faute?

— Oui... J'étais avec elle quand ils l'ont enlevée... J'aurais dû tout de suite prévenir sa famille, l'hôpital... Mais j'ai eu peur, monsieur, j'ai eu peur. Si je l'avais dit à ce moment-là, on aurait peut-être pu éviter toute cette horreur.

— Vous êtes madame Zenatti?

— Oui, monsieur. Malika travaille sous mes ordres.

Je l'aime bien, cette petite, elle a l'âge de ma dernière fille et... à cause de moi...

La porte s'ouvrit de nouveau. L'infirmière se leva.

— Ne pleurez pas, madame Zenatti, ça va aller. Je lui ai donné un calmant, elle va dormir. C'est à son réveil que ce sera dur, déclara le docteur Duforget.

— Je sais, docteur. Qu'est-ce que je peux faire?

— Pas grand-chose pour le moment. Il faut prévenir sa famille.

— Je le ferai, docteur, c'est bien le moins que je puisse faire. Sans ma lâcheté...

— Allons, ne pleurez pas, vous n'y êtes pour rien...

— Je vous remercie de me dire cela, docteur, mais ma conscience me dit le contraire.

Le médecin lui posa la main sur l'épaule.

— Vous êtes une brave femme, madame Zenatti. Ne vous jugez pas trop durement. Nous vivons tous des moments difficiles, et nul ne sait ce qu'il pourrait être amené à faire. Je vous reverrai demain.

L'infirmière sortit. Le docteur Duforget alla s'asseoir derrière son bureau et se prit la tête à deux mains. Au bout de quelques instants, il releva le front et regarda François d'un air accablé.

— Pauvre gosse! fit-il. C'est une chance que vous ayez pu l'arracher à ses bourreaux... Ah! les salauds!

— Est-elle grièvement blessée?

— Tout dépend de ce qu'on entend par « grièvement »... Elle a plusieurs côtes cassées : les coups de pied... Des brûlures de cigarettes sur les seins, à l'intérieur des cuisses. Celui qui a fait ça doit être un artiste, il l'a brûlée de façon régulière et approfondie pour obtenir un résultat harmonieux... Cette fille superbe! Cela devait l'amuser de la marquer ainsi... Ils l'ont violée à tour de rôle, devant, derrière, et reviolée encore. Sans votre intervention, ils auraient fini par la tuer et jeté son cadavre à la mer, lesté d'un bloc de béton. C'est comme ça qu'ils procèdent quand leurs victimes sont trop amochées.

— Elle vous a parlé?

— Un peu. Elle est morte de honte. Elle était vierge. Pour une musulmane, c'est le déshonneur. Elle a demandé que vous vous occupiez de son frère. Elle a ajouté que, bien que vous soyez dans le camp de ses ennemis, elle avait confiance en vous et qu'elle vous remerciait.

François sourit d'un air las.

— J'aimerais lui parler.

— Demain, peut-être, si elle le veut bien. Excusez-moi : j'ai d'autres patients qui m'attendent. Si vous avez besoin de moi, voici mon numéro personnel. Ah, une chose : vous m'avez bien dit que c'est grâce à l'intervention du colonel Gardes que vous avez obtenu la libération de Malika? C'est surprenant! On le voit souvent en compagnie d'Ortiz et de ses séides.

— C'est son rôle à la tête du 5e Bureau qui veut ça.

— Sans doute, mais il ne devrait pas se compromettre avec ces gens-là, ce sont des fascistes.

— Je ne pense pas qu'il soit de leur bord. Mais il est farouchement pour l'Algérie française et défend l'intégration.

— Il se paie de mots. Il fait partie de ces hommes intelligents, incapables de voir la réalité en face. Mais enfin, aujourd'hui, il a sauvé la vie d'une femme.

— Il était bouleversé quand on nous a remis Malika. Il a eu le geste de porter la main à son arme; les autres ont eu le même. L'espace d'un instant, j'ai cru qu'ils allaient s'entre-tuer. Leur haine était palpable. Quand nous nous sommes quittés, il avait vieilli de dix ans. Il m'a dit : « Comment pourraient-ils nous pardonner cela? »

— Peut-être ce drame va-t-il lui ouvrir les yeux... Appelez demain pour avoir des nouvelles. Au revoir!

— Au revoir, docteur.

La nuit était tombée. Une pluie fine rendait irréel le

halo de lumière des réverbères. Indifférent aux voitures qui klaxonnaient, François Tavernier marchait le long de l'avenue de Malakoff. À la hauteur du boulevard Guillemin, une Peugeot 203 lui barra la route. Tout à ses pensées, il n'y prit pas garde et entreprit de contourner le véhicule quand trois hommes au crâne rasé en sortirent, l'encadrèrent et le bousculèrent. Il se rendit compte trop tard du guet-apens, se maudit de s'être laissé surprendre. Un gros type aux petits yeux porcins et mobiles, portant un blouson de daim marron, le frappa à l'estomac. François eut l'impression que le poing lui traversait le corps. Un autre, vêtu d'un costume étriqué, lui abattit une barre de fer dans le dos. Sous le choc, il tomba à genoux. Le troisième le releva par le col de sa veste. Il avait le regard d'un tueur.

— On n'aime pas qu'on se mêle de nos affaires, dit-il avec un accent sud-américain, tout en lui appliquant la pointe de son couteau sur la gorge.

Tavernier leva brusquement les coudes pour tenter de se dégager. Un instant écarté, l'homme au couteau reprit l'avantage, aidé par ses complices. Ils frappèrent leur victime à tour de bras sans qu'aucun automobiliste ne s'arrêtât.

— Laissez tomber, les gars, il a son compte, déclara l'homme à l'accent, qui semblait être le chef... Attention ! Tirez-vous !

Un taxi faisait marche arrière, sous les coups de klaxon et les injures. La Peugeot démarra et se faufila dans le flot de la circulation. Le chauffeur du taxi stoppa, descendit de son véhicule et se pencha sur François qui tentait déjà de se redresser.

— Le numéro... Avez-vous relevé le numéro ? bafouilla-t-il avant de s'évanouir.

Quand il reprit connaissance, il reconnut au-dessus de lui le visage du docteur Duforget.

— Ça va? s'enquit le médecin. Ils n'ont pas mis longtemps à réagir! Vous n'êtes pas beau à voir, mais vous n'avez rien de cassé... Ça n'a été qu'un avertissement. La prochaine fois, ça risque d'être plus sérieux. Voulez-vous passer la nuit ici?

— Non, merci, je vais rentrer à mon hôtel.

— Comme vous voulez. Le chauffeur de taxi qui vous a conduit ici va vous ramener.

Duforget l'aida à se relever.

— Vous êtes sûr que ça va aller?

Malgré son visage tuméfié et ses lèvres éclatées, François parvint à sourire. Il fit quelques pas. Il avait l'impression d'être passé sous une voiture. Il remit sa veste, aidé par une infirmière.

— Merci, ça ira.

Le médecin ouvrit la porte de l'infirmerie.

— Eh ben, ils vous ont bien arrangé! s'exclama Joseph Benguigui.

— Il m'avait semblé vous reconnaître, juste avant de tourner de l'œil. Merci du coup de main!

— De rien.

— Avez-vous relevé leur numéro?

— Je n'ai pas eu le temps, mais je crois que je reconnaîtrais la bagnole : elle a l'aile avant droit légèrement défoncée et le phare fendu. Et puis, j'ai une vague idée de l'endroit où il faut chercher... Je vous raccompagne.

À l'Aletti, le concierge vint au-devant de François.

— Mon Dieu, monsieur Tavernier, que vous est-il arrivé?

— Rien de grave. Où est le jeune cireur?

— Il est parti plus tôt que d'habitude. Ces derniers temps, il n'a pas la tête à son travail. On pense à le remplacer. Ils sont cent à vouloir la place.

— Vous auriez tort de vous séparer de lui, dit François en contenant sa mauvaise humeur; c'est un garçon intelligent, qui fait bien son métier.

— C'était vrai, monsieur, jusqu'à ces derniers temps. Avez-vous besoin de quelque chose ?

— Oui, faites-moi monter un repas et envoyez un valet de chambre prendre mon costume afin de le faire nettoyer.

— Bien, monsieur. Ce sera fait.

— Avez-vous encore besoin de moi ? demanda Benguigui.

— Non, merci. J'aurai peut-être besoin de vous demain matin.

— Pas de problème. De toute façon, je passerai prendre de vos nouvelles. En attendant, allez vous mettre au lit.

Une fois dans sa chambre, François se déshabilla. Dans le miroir de la salle de bains, il examina les dégâts : un œil à demi fermé, une pommette éclatée, la bouche pareille à un cul de singe, le creux de l'estomac virant au bleu et le dos marqué en rouge par la barre de fer.

« Je l'ai échappé belle », pensa-t-il en ouvrant les robinets de la douche. Longtemps il laissa l'eau couler sur lui, poussant des grognements de plaisir et de douleur mêlés.

Il finissait de se sécher quand on frappa à la porte. Il enfila un peignoir et alla ouvrir. C'était le valet de chambre, auquel il remit ses vêtements souillés. À peine celui-ci était-il parti que l'on frappa de nouveau ; un maître d'hôtel entra, poussant une table chargée.

— Je me suis permis d'ajouter une bouteille de vin, annonça l'employé en disposant le couvert.

— Vous avez bien fait, merci.

— Je peux entrer ?

Dans l'encadrement de la porte se tenait le colonel Gardes.

— Entrez, mon colonel. Quel bon vent vous amène ?

Le maître d'hôtel sortit, refermant derrière lui.

Pieds nus, les cheveux mouillés, François inventoria le contenu du bar. Une bouteille de whisky à la main, il demanda :

— Vous prendrez bien un verre ?

— Si vous voulez... Je viens d'apprendre que vous avez été victime d'une agression.

— Ça vous étonne ?

En guise de réponse, Gardes haussa les épaules.

— D'après vous, ce sont ceux de la villa Sesini ou ceux d'El-Biar qui ont fait le coup ?

— Je n'en sais rien.

— L'un d'eux s'exprimait avec un fort accent sud-américain — argentin, je pense. Tous trois avaient le crâne rasé.

— Dans ce cas, je pencherais pour la villa Sesini, qui est aux mains de certains éléments de la Légion. Qu'avez-vous l'intention de faire ?

— Comment cela ?

— Vous allez porter plainte ?

— Ne me faites pas rire, ça me fait mal à la bouche ! Vous savez très bien qu'aucune plainte n'aboutirait. De votre côté, vous n'avez pas eu d'ennuis ?

— Non. J'ai fait part de notre équipée au général Challe. Je sortais de son bureau quand on m'a prévenu de ce qui vous était arrivé. Je suis revenu sur mes pas pour l'en informer. Il a eu l'air embêté.

— Il est trop bon !

— Non, non, il était sincère. Il vous en veut pour les harkis, mais, quand il m'en a parlé, il m'a dit : « Et si Tavernier avait raison ? » Je sais que, depuis votre conversation, ça lui trotte dans la tête. Comment va la fille ?

— Pas trop mal, d'après le docteur Duforget. Pauvre gosse...

Pendant un moment, les deux hommes burent en

silence. Gardes s'approcha de la baie ouvrant sur le port noyé de pluie.

— Quand rentrez-vous en France? demanda-t-il en se retournant.

— Vous avez envie de vous débarrasser de moi?

— Prenez-le comme vous voudrez. Mais vous n'êtes plus en sécurité à Alger.

— Qui peut se vanter d'être en sécurité dans cette ville? Personne, vous ne l'ignorez pas. J'ai rendez-vous dimanche avec Argoud, il doit m'emmener dans sa tournée dominicale.

— Je suis au courant.

— Et puis je ne veux pas manquer ce qui va se passer.

— Que voulez-vous dire?

— La rumeur, mon cher, la rumeur qui dit que vous rêvez d'un directoire Salan-Zeller-Jouhaud pour prendre la tête d'un putsch visant à renverser de Gaulle. Il en est beaucoup question dans les réunions de vos amis du Front national français, auxquelles vous assistez parfois. N'avez-vous pas obtenu du général Challe l'autorisation de créer une interfédération des unités territoriales et des autodéfenses, pour lesquelles vos services ont loué de superbes locaux boulevard Laferrière? N'avez-vous pas fait élire, comme président de cette interfédération, le commandant Sapin-Lignières, dont les opinions d'extrême droite sont connues, et, au poste de secrétaire général, un fabricant de pantoufles de Bab el-Oued, chef adjoint des UT et commandant de l'armée clandestine du FNF, le capitaine Ronda? Ce qui revient à dire que Joseph Ortiz en est le véritable patron. Des armes circulent, des groupes de combat sont recrutés, Alger est divisée en trois secteurs prêts à l'insurrection, tout cela sous les yeux de l'armée, avec peut-être même son concours... Et le colonel Godard, chef de la Sûreté, forcément au courant, laisse faire. Tout comme le général Massu, d'ailleurs...

248

Le colonel Gardes écoutait, livide, les mâchoires serrées.

— Cela ne va pas sans grincements de dents chez les autres groupuscules de droite, poursuivit François. Pour certains, Ortiz serait un agent à la solde des services secrets américains, cherchant avant tout à déstabiliser de Gaulle. Pour d'autres, ce serait un agent double participant à un complot gouvernemental. Que sais-je encore? On lui prête beaucoup! Mais tout cela, vous le savez. Gardes, vous avez mis la main dans un engrenage et vous allez déclencher des événements que vous ne pourrez plus maîtriser...

— L'armée contrôle tout. Rien ne se fera sans son accord.

François regarda longuement son interlocuteur.

— Vous rendez-vous compte de ce que vous dites? fit-il avec accablement. Laissez-moi, maintenant, j'ai besoin de me reposer... Ah, encore une question : pourquoi m'avez-vous aidé à sauver cette jeune fille?

— Question d'humanité. Et puis, je vous l'ai dit, je n'aime pas ces méthodes. Cela vous suffit comme explication?

Sans répondre, François lui tendit la main.

Après le départ de Gardes, Tavernier se servit un verre de whisky qu'il but d'un trait avant de se coucher et de sombrer dans un sommeil peuplé de cauchemars.

Il se réveilla, le lendemain matin, encore plus mal en point que la veille. Il se traîna jusqu'à la salle de bains et contempla son visage cabossé. Il prit deux cachets d'aspirine et se glissa sous la douche. Son corps meurtri se détendit peu à peu. Par téléphone, il commanda du café en grande quantité.

Il venait de vider sa deuxième tasse quand on gratta à la porte. « Béchir », pensa-t-il.

C'était bien lui, et François le fit entrer. Toute trace

d'enfance avait disparu de son visage. Ses beaux yeux noirs arboraient un regard dur, sa bouche, un pli amer : il savait ce qui était arrivé à sa sœur.

— Tu veux du café ? proposa François.

Il accepta d'un hochement de tête.

— Je peux prendre un croissant ?

— Sers-toi.

Rassasié, le jeune cireur eut l'air plus détendu.

— Madame Zenatti est venue voir mes parents, hier soir, déclara-t-il avec un tremblement dans la voix. Ma mère n'arrête pas de pleurer... Mon père, lui, est mort de honte et dit qu'il n'a plus de fille... Malika ?...

— On va appeler l'hôpital pour avoir de ses nouvelles.

Quand François eut raccroché, il semblait perplexe.

— Alors ? Comment va-t-elle ?

— Elle a un peu de fièvre et réclame sa mère.

— Je vais la chercher.

— Je peux venir avec toi !

Béchir hésita un instant.

— Viens, tu pourras peut-être expliquer à mon père que ce n'est pas sa faute, à Malika.

Dans les ruelles de la Casbah, des femmes crachèrent sur le passage de François Tavernier, des hommes esquissèrent des gestes menaçants. À plusieurs reprises, Béchir dut parlementer pour qu'on les laissât poursuivre leur chemin. Des cafés maures s'échappaient, en dépit de l'interdiction du FLN, des airs de musique arabe ou le claquement sec des dominos. À la devanture d'un boucher, le sang de moutons fraîchement égorgés formait de petites mares autour desquelles bourdonnaient les mouches. Des casseroles en aluminium et des plats en faïence colorée pendaient à l'étalage d'une quincaillerie. Un tailleur, penché sur sa machine à coudre, piquait à toute allure une pièce de tissu. Tout un peuple vivait là, entassé. Sur les murs étaient peints au goudron de larges numéros qui faisaient penser à des cafards géants. Le long des façades lépreuses, dans leurs couleurs passées où s'ouvrait parfois une voûte, s'écoulaient des rigoles d'eau sale. À mesure qu'ils s'enfonçaient dans l'ancienne ville turque, la misère s'étalait, ses remugles saisissaient à la gorge. Des vieillards décharnés, assis sur les marches des escaliers, étaient bousculés par les gamins en guenilles. On devinait, derrière les grillages en bois des étroits balcons, des silhouettes de femmes. Un vent léger gonflait le linge étendu sur les terrasses.

— La rue du Chameau, c'est encore loin? s'inquiéta François, essoufflé, couvert de sueur et endolori de partout.

— Non, on y est presque, répondit Béchir.

Quelques instants plus tard, il ajouta :

— C'est ici.

L'adolescent poussa une lourde porte sur laquelle était clouée une main de Fatma d'un bronze éteint, monta quelques marches, tourna à droite dans un passage sombre puis, suivi de François, franchit une seconde porte. Dans une pièce éclairée par une fenêtre garnie de barreaux se tenaient une femme sans âge, un garçonnet et un homme de haute stature. Leurs regards se tournèrent vers les arrivants. L'homme montra un visage émacié, se leva d'un fauteuil défoncé. François remarqua qu'il était affligé d'une jambe de bois. Il vint à eux, une canne à la main.

— Pourquoi amènes-tu ce roumi dans ma maison? demanda-t-il en arabe à Béchir.

— Père, c'est le Français dont je t'ai parlé. C'est lui qui a sauvé Malika.

— Ne prononce plus ce nom devant moi! Je ne connais pas de Malika. J'avais autrefois une fille, elle est morte.

La mère laissa échapper un sanglot. Le père se tourna vers elle :

— Femme, ne montre pas ton visage à un étranger.

D'un geste peureux, elle ramena un bout d'étoffe devant sa bouche.

— Je n'aurais jamais dû t'écouter. Par ta faute, femme, les enfants se sont éloignés de nous, ils ont étudié à l'école des Français, oubliant nos saints préceptes, s'habillant comme eux...

— Mais, Père, interrompit Béchir, tu as fait la guerre avec eux, pour eux...

— Tu vois le résultat aujourd'hui ! À cause d'eux, je suis infirme. J'avais cru qu'après la guerre ils nous considéreraient comme des leurs. Regarde-nous : jamais nous n'avons été aussi miséreux, aussi peu respectés. Chaque jour, ils s'acharnent sur notre peuple. Cela ne leur a pas suffi de nous réduire en esclavage, de nous considérer comme de la chair à canon, celle qu'on place en première ligne dans leurs sales guerres ! Ce qu'ils veulent maintenant, c'est nous anéantir... Rien ne compte pour eux, ni la douleur d'une mère, ni le chagrin d'un père, ni le déshonneur d'une famille... Pour eux, mon fils, nous n'existons pas en tant qu'êtres humains. Même leurs animaux, ils ne les traitent pas comme ça. Maudits soient-ils !... Je sais, monsieur, continua-t-il en français, que tu as été bon pour mon fils. Tu n'aurais pas dû. Cela lui a donné de l'espoir et lui a amolli le cœur. Ta bonté est venue trop tard.

— Je comprends votre colère, mais vos enfants sont sains et saufs. Votre fille a maintenant besoin de toute la tendresse des siens...

— Je n'ai plus de fille !

— Vous l'avez déjà dit. À son malheur, n'ajoutez pas le reniement, elle ne le mérite pas. Elle réclame sa mère.

— Monsieur, nous n'avons plus rien à nous dire. Laisse-nous.

— Père !...

— Tais-toi ou je te chasse !

— Par pitié ! s'écria la mère en se jetant aux pieds de son mari.

François recula jusqu'à la porte.

Dans l'obscur passage, une main lui saisit le bras.

— Ne crains rien, je suis un ami de Béchir.

Sans plus d'explication, il se laissa guider par la main inconnue. Après avoir descendu puis monté des escaliers, François se retrouva sur une terrasse que balayait maintenant la pluie. À l'une de ses extrémités était construit un abri de planches couvert de tôles ondulées.

— Viens, ordonna son guide tout en écartant une portière faite de sacs de jute grossièrement assemblés.

François se pencha pour s'introduire dans le réduit. Son hôte alluma une lampe-tempête et se tourna vers lui. C'était un gamin à qui l'on n'aurait donné qu'une douzaine d'années. Dans ses yeux pétillait un regard malin.

— Sois le bienvenu dans mon palais ! déclara l'adolescent en lui présentant les lieux d'un large geste. Tu es ici chez toi. On m'appelle al-Alem. Toi, tu es François Tavernier, Béchir m'a parlé de toi.

— C'est à cause de tous ces livres que l'on t'appelle al-Alem ? se renseigna François en désignant les caisses en bois qui lui tenaient lieu de bibliothèque.

— C'est sans importance... J'étais chargé de te surveiller, voire de te tuer, si nécessaire. Les frères ne croyaient pas en ta... comment dire ?... neutralité. Oui, c'est ça : ta neutralité ! Ils pensaient que tu étais de mèche avec ceux qui nous combattent et que tu voulais te servir de Béchir pour t'informer de ce qui se passe dans la Casbah. Je le croyais aussi, d'ailleurs. Mais, après ce que tu as fait hier, on se pose des questions... Quant à ceux de l'autre côté, ça n'a pas l'air de leur plaire que tu leur aies enlevé Malika : ils t'ont pas loupé ! Ils ne roulaient pas dans une 203 grenat, les types qui t'ont tabassé ?

— Il me semble que oui. Tu vois qui ça peut être ?

— Si ce sont bien ceux auxquels je pense, ils sont très dangereux. Ils aiment torturer, ce sont des tueurs. Il y en a un gros avec de tout petits yeux, un qui ne paie pas de mine et un autre qui a l'allure et la voix d'un chanteur de tango comme on en voit dans les films... Sauf que, le plus souvent, il a la boule à zéro.

— C'est bien d'eux qu'il s'agit. Que sais-tu encore à leur sujet ?

— Le chanteur de tango est espagnol ou quelque chose comme ça, les deux autres sont allemands. Ils appartiennent à la Légion.

— Qui commande, à la villa Sesini ?

— Personne ne sait vraiment... Je vais essayer de me renseigner, si tu veux... T'aurais pas une cigarette ?

François sortit un paquet qu'il tendit à son interlocuteur.

— Des américaines ! Ça va me changer des Bastos, se réjouit le garçon en en allumant une à la lampe-tempête.

— Garde le paquet, fit François en allumant à son tour la sienne.

— Merci... Tu es courageux, tu n'as pas eu peur de venir ici. Ça fait longtemps qu'on n'a pas vu un roumi dans le coin.

— Pas même un soldat ?

— Ça ne compte pas et on n'en voit plus beaucoup... Chut !... Ah, c'est Béchir.

La portière s'écarta pour livrer passage au jeune homme. À ses yeux brillants, on voyait qu'il avait pleuré. François et al-Alem feignirent de ne pas le remarquer.

— Tu as pris ton temps, s'avisa al-Alem.

— Mon père s'est mis en colère, puis il est sorti. J'ai dû encore consoler ma mère. Elle m'a chargé de te remercier, pour Malika.

— Quand ira-t-elle la voir ?

— Elle voudrait bien, mais elle a peur de mon père. Et moi, quand pourrai-je y aller ?

— On va demander au docteur Duforget... Maintenant, je dois rentrer, montre-moi le chemin.

— Je vous accompagne, décréta al-Alem.

Encadré par les deux garçons, François descendit les marches glissantes de la Casbah. Les regards n'étaient plus hostiles, curieux tout au plus. Il comprit que, par leur simple présence à ses côtés, les jeunes Algériens signifiaient à leurs compatriotes qu'il n'était pas leur ennemi. Il imagina la tête qu'auraient faite Challe et Delouvrier en le voyant là. « Encore une fois, j'ai l'air de jouer double jeu », pensa-t-il avant de perdre subitement connaissance.

— Il revient à lui, constata une voix féminine.

François rouvrit les yeux. Ce simple geste lui parut très difficile. Il crut avoir le front, la nuque et la poitrine serrés dans un étau. Écrasé de fatigue, il tenta de se redresser, mais retomba.

— Restez tranquille, ordonna la même voix. Buvez plutôt, ça va vous faire du bien.

La boisson chaude qu'on lui fit avaler dégageait un vague arôme de menthe et de camphre. Une langueur le gagna peu à peu ; son corps, devenu léger, lui faussait doucement compagnie. François le regardait s'éloigner, heureux pour lui...

— Il va s'endormir.

« J'ai faim », pensa François en s'éveillant. Il se sentait frais et dispos. Son sexe dressé le gênait ; il imagina la bouche de Léa. Ce souvenir acheva de lui remettre les idées en place. Il regarda autour de lui. Par le moucharabieh filtrait une lumière qui laissait malgré tout la pièce dans la pénombre. Au-dehors, la voix du muezzin appelait à la prière. Une porte s'ouvrit, une femme entra et s'approcha.

— On dirait que tu vas mieux.

Dans son vieux visage tatoué qui faisait penser à un masque de cuir, ses yeux ourlés de khôl brillaient d'un doux regard.

— Il y a longtemps que je suis ici ? s'inquiéta François.

— Quatre jours.

— Quel jour sommes-nous ?

— Mardi.

— Nom de Dieu !

Il allait se lever quand il se rendit compte qu'il était nu.

— Ne t'agite pas comme ça, tu vas retomber malade. Tu n'as cessé de délirer pendant trois jours...

— Donnez-moi mes vêtements, je dois partir.

— Mon fils va vous les apporter.

— Vous n'auriez pas quelque chose à manger ?

La femme rit tout en tapant dans ses mains. Derrière elle, la porte se rouvrit. François reconnut celui qui se faisait appeler al-Alem. Un large sourire éclaira son visage ingrat quand il vit François assis au milieu des coussins.

— J'ai bien cru que tu dormirais pendant cent ans ! Tu as l'air d'un bandit, avec ton menton mal rasé...

François passa la main sur ses joues râpeuses.

— Je ne dois pas être beau à voir, conclut-il avec un rire.

Béchir entra à son tour, portant un plateau débordant de pâtisseries qu'il posa sur le lit. Ses yeux exprimaient toute la joie qu'il éprouvait à le revoir.

— Mange, c'est ma mère qui a fait des gâteaux pour toi.

— Hum... c'est bon ! laissa-t-il échapper, la bouche pleine et du sucre plein les lèvres. Tu la remercieras... Comment va Malika ?

Une ombre de tristesse passa dans les yeux de l'adolescent.

— Elle est toujours à l'hôpital. Je suis allé la voir avec ma mère, car elle est encore trop faible pour sortir... À l'hôtel, tout le monde est inquiet et se demande où tu es passé. Le colonel Argoud est venu hier; il a indiqué que tu n'étais pas au rendez-vous prévu. Le concierge n'a su quoi lui répondre, et moi, je n'ai rien dit.

— Tu as bien fait... Peux-tu me passer mes affaires, maintenant?

— Tiens, intervint la femme tatouée. Je les ai nettoyées et repassées.

— Merci, madame... Euh, pouvez-vous vous retourner?

Elle leva une main devant sa figure et sortit en pouffant derrière ses doigts. Il se débarrassa alors des coussins et se leva.

— Qu'est-ce que vous avez à rire comme ça?

Les deux garçons se tenaient les côtes en pointant l'index sur lui. François baissa les yeux : il bandait.

— Et ça vous amuse? s'exclama-t-il en enfilant son pantalon.

Habillé, il fouilla dans ses poches.

— C'est ça que tu cherches? le taquina Béchir en lui tendant son portefeuille.

— Merci. Je voudrais laisser un peu d'argent à cette femme pour la dédommager de tous ses soins...

— Ne fais pas ça, l'interrompit al-Alem. Elle est pauvre mais fière. L'hospitalité ne se paie pas de cette façon-là.

— Tu as sûrement raison. Tu me diras comment je puis m'acquitter de cette dette.


De retour à l'hôtel, François Tavernier éprouva toutes les peines du monde à se débarrasser du concierge.

— On a cru que le FLN vous avait enlevé. Tout le monde ici ne parle que de ça...

— Avez-vous des messages pour moi?

— Madame Tavernier a téléphoné tous les jours. Le général Challe, monsieur Delouvrier et le colonel Gardes ont demandé que vous les rappeliez dès votre retour.

— Merci. Je monte dans ma chambre, qu'on ne me dérange pas!

— Bien, monsieur.

Il venait de sortir de la douche quand le téléphone sonna.

— J'avais demandé à ne pas être dérangé!

— Excusez-moi, monsieur, mais on vous appelle du Gouvernement général, il paraît que c'est urgent..., affirma la standardiste.

— Bon, ça va, passez-moi la communication... Allô!

— Tavernier! Ce n'est pas trop tôt! Je suis bombardé d'appels de votre femme et de l'Élysée. Où diable étiez-vous? s'informa Paul Delouvrier.

— J'ai été souffrant...

— Oui, j'ai appris ce qui s'est passé. J'en suis désolé, mais ce n'est pas une raison pour disparaître comme ça. Pouvez-vous passer me voir immédiatement au GG?

— C'est si urgent?

— Oui.

De retour dans la salle de bains, François examina son visage, qui lui parut amaigri: c'était vrai qu'il n'avait pas l'air tendre, avec cette barbe de plusieurs jours et ces traces d'ecchymoses. Ses lèvres avaient désenflé mais restaient encore sensibles; il renonça à se raser. Une fois habillé, il composa la combinaison du petit coffre-fort que dissimulait la penderie, prit son pistolet et en vérifia le chargeur avant de le glisser sous sa ceinture, à l'arrière de son pantalon. Caché par les pans de sa veste, il fallait un œil averti pour en déceler la présence.

Comme Tavernier enfilait son imperméable, le téléphone sonna une nouvelle fois. C'était le colonel Gardes qui lui demandait de venir au plus vite jusqu'au quartier Rignot.

Il refermait la porte de sa chambre quand la sonnerie retentit à nouveau. « Et de trois », s'amusa-t-il en s'éloignant vers l'ascenseur.

Dans le hall, le concierge se précipita :

— Monsieur Tavernier, le général Challe vous demande...

— Je ne suis pas là !

Offusqué par tant de désinvolture, le préposé le regarda s'engouffrer dans le tambour de la porte tournante.

Traversant la place d'Isly, François Tavernier croisa un groupe de gamins déguenillés qui, à grand bruit, jouaient au tchic-tchic. Parmi eux, il reconnut al-Alem ; le gosse lui adressa un clin d'œil sans s'arrêter de jouer.

La pluie avait cessé, mais le pâle soleil d'hiver n'arrivait pas à percer les nuages.

Rue Tancrède, il s'arrêta à l'abri d'un porche pour allumer une cigarette. En croisant la rue Négrier, il vit qu'al-Alem et sa bande s'occupaient maintenant à donner, à tour de rôle, des coups de pied dans une boîte de conserve. L'emballage vide retombait sur le pavé avec un bruit métallique.

Sortant de l'ascenseur de la rue Berthezène, des militaires se bousculaient comme des gamins pour se faire remarquer de lycéennes ; les jeunes filles affectaient de ne pas les voir. « Sempiternel manège de la séduction... », songea François. À la suite de femmes dissimulées dans leur *haïk,* escortées de leurs enfants, il mit une pièce de monnaie dans le compteur et s'engagea dans l'ascenseur en s'étonnant qu'il fallût payer pour l'emprunter.

Au Gouvernement général, François fut accueilli par Maffart.

— Monsieur le délégué général vous attend.

Assis à son bureau, Paul Delouvrier se leva dès son entrée. Il prit ses béquilles appuyées contre le mur et vint au-devant de lui.

— Bonjour, Tavernier. Je vous remercie d'être venu aussi vite. Croyez que je suis navré de ce qui vous est arrivé... Pour ma part, je viens de revenir de Ghardaïa, où j'étais en convalescence depuis mon opération, et je retrouve Alger en pleine crise.

— Que se passe-t-il ?

— Vous n'êtes pas au courant ?

— J'ai dormi pendant quatre jours...

— Vous avez bien de la chance !... Moi, je ne ferme plus l'œil ! Massu est rappelé à Paris sur ordre du général de Gaulle, à la suite de déclarations qu'il a faites à un journaliste allemand. À Paris, c'est le branle-bas de combat. Cette nuit, le Premier ministre, Michel Debré, a téléphoné au général Challe, qui n'était informé de rien. Peu après, Challe a fait savoir à l'attaché de presse du Premier ministre qu'il s'apprêtait à publier un démenti.

— Mais qu'a dit de si dérangeant le général Massu ?

— Vous le connaissez : il s'est laissé aller à critiquer la politique du Général. Pourtant, il prétend qu'il est victime d'un complot et que ses propos ont été déformés... C'est possible, mais ça tombe on ne peut plus mal : la situation est explosive et Massu est le seul à pouvoir la contenir. En ce moment, les maires de l'Algérois sont réunis avec leurs parlementaires pour délibérer au sujet des attentats du FLN qui ensanglantent la région. Leurs électeurs veulent marcher sur les prisons d'Alger afin d'y faire eux-mêmes justice, et des colons lèvent des milices rurales. Nous sommes au bord de l'insurrection. Dès que ces gens-là apprendront le départ du général Massu, il faudra s'attendre au pire. Challe parle de mettre en application le plan Balancelle, qui prévoit de ramener à Alger la 10ᵉ division parachutiste et de la charger du maintien de l'ordre avec les escadrons de gendarmes mobiles et de CRS. Or, il s'agit de l'ancienne division de Massu, et ce ne serait donc pas sans danger : il y a des risques de fraternisation entre les paras et la population européenne ; ils sont en contact depuis 1957 et des liens se sont noués...

— Je comprends votre souci, mais en quoi puis-je vous être utile ?

— Depuis que vous êtes ici, avez-vous appris quelque chose qui puisse nous aider ?

— Rien que vous ne sachiez déjà, je suppose...

— Je dois me rendre à Paris en compagnie de Challe pour la conférence du 22. Venez avec nous : nous ne serons pas trop de trois pour essayer de convaincre de Gaulle de nous laisser Massu.

— Vous allez peut-être un peu vite en besogne : Massu n'est pas encore parti.

— Je préfère prévoir le pire. Viendrez-vous ?

— Je doute que ma présence vous soit utile.

— Réfléchissez. Pour l'heure, j'ai une réunion sur le maintien de l'ordre avec les généraux Challe, Costes et Massu, ainsi que les colonels Gardes et Fonde. Nous y arrêterons les mesures qui seront appliquées en l'absence des autorités, convoquées à Paris. De votre côté, faites en sorte que je puisse vous joindre rapidement.

Appuyé sur ses béquilles, Delouvrier raccompagna Tavernier jusqu'au seuil du bureau où les deux hommes échangèrent une poignée de main.

## XIV

Léa se sentait devenir folle : aucune nouvelle de
François ne lui était parvenue depuis bientôt une
semaine. Elle avait de plus en plus de mal à cacher
son inquiétude aux enfants. Soucieux de ne pas aggra-
ver un désarroi qu'ils partageaient, les deux aînés évi-
taient de lui poser des questions. Ce n'était pas le cas
de Claire, qui demandait plusieurs fois par jour quand
reviendrait son père, refusait maintenant de dormir
dans son lit et venait se faufiler dans celui de sa mère
pour « attendre Papa ».

Peu après son voyage en Allemagne, elle avait été
convoquée par la DST ; le service pensait que la voiture qu'elle avait utilisée avait à plusieurs reprises
passé la frontière pour le compte du FLN. Feignant de
se montrer gênée par les questions de l'inspecteur qui
l'avait reçue, elle lui avait répondu que sa vie privée
ne regardait qu'elle... Sans insister davantage, le policier l'avait laissée repartir, mais Léa savait qu'il
n'était pas dupe et que cette convocation visait à
l'intimider.

Depuis cette soirée de la Saint-Sylvestre, elle
n'avait plus eu aucun contact avec l'organisation
d'aide au FLN et s'en réjouissait. Jamais elle ne
s'était sentie aussi désemparée, ne sachant plus où
était sa place, doutant de la justesse de ses choix.

Depuis toujours, elle avait vécu sur des notions simples — « simplistes », disait même François : ceci est bien, cela est mal. Sa conception du bien et du mal ne traduisait, en fait, qu'un désir de justice qui la poussait souvent à des engagements contraires au bon sens. Longtemps elle avait avancé dans la vie sans penser aux conséquences, guidée par son seul instinct et les élans d'un cœur généreux, oubliant trop souvent qu'elle était mère et qu'elle se devait aussi à ses enfants.

Jamais non plus elle n'avait été en proie à une telle solitude. La mort de Françoise la laissait seule survivante, avec Charles, de cette terre de Montillac pour laquelle elle s'était tant battue. Plus personne, maintenant, pour évoquer avec elle le temps heureux de l'enfance, le souvenir de tous ces êtres aimés qui s'en étaient allés. Et pas d'amie à qui confier ses doutes ou ses chagrins. Il fallait à tout prix qu'elle rejoigne François : lui seul pouvait l'aider à y voir clair, la consoler. Elle se promettait de suivre ses conseils, de devenir raisonnable, de ne plus se mêler de politique. Là-bas, en Algérie, sans doute pourrait-elle être plus utile à la cause algérienne qu'en métropole...

Avec un cri de rage, Léa jeta contre le mur la brosse qu'elle tenait à la main.

« Mais pourquoi est-ce que je pense à aller en Algérie ? Ma place est ici, auprès de mes enfants... Qu'est-ce qui me pousse toujours à vouloir être ailleurs ? Je fuis, je fuis sans cesse... Depuis la guerre, nulle part je n'ai trouvé ma place. Chaque fois que je reviens à Montillac, j'espère y retrouver la vie d'avant : mes parents, mes sœurs, mes amis... Quel bonheur quand, en traversant la Garonne à Langon, j'aperçois les hauts cyprès plantés par Papa, les barrières blanches au sommet de la côte, l'allée qui conduit à la maison... Pourquoi cette joie s'est-elle atténuée au fil du temps ? Je suis heureuse d'y aller, mais j'ai hâte d'en repartir. Cette maison était mon havre, je m'y sens maintenant étrangère ; rien de pire ne pouvait m'arriver ! Toujours, je me suis sentie appartenir à cette terre. L'idée d'y être ensevelie un jour m'apaisait, convaincue que j'étais d'y revivre dans les rires des vendangeurs, la brume des matins d'automne, les feux de sarments, le vin épais et âpre... Il me suffit de fermer les yeux pour m'y retrouver tout entière. Désormais, Montillac est plus présent dans mon esprit que dans la réalité, et cela me fait mal... »

Un coup brutal frappé à la porte la fit sursauter.

— Entrez !

Charles pénétra dans la pièce, les vêtements en désordre, la mine bouleversée. Oubliant instantanément ses sombres pensées, Léa alla vers lui et l'embrassa.

— Qu'est-ce qui ne va pas ?

Les mâchoires serrées, le regard dur, le jeune homme, après une brève hésitation, s'écria :

— On a assassiné Ali !

Elle entendit de nouveau la voix ardente du jeune homme qu'elle avait hébergé : « La guerre d'Algérie, c'est d'abord le malheur du peuple algérien ! »

— Assassiné ?... Mais par qui ?

— Un commando du FLN.

— Quoi ? Je ne comprends pas...

— Je n'avais pas cru utile de te préciser qu'Ali était un militant du Mouvement national algérien, la formation de Messali Hadj. Or, le MNA et le FLN se disputent le contrôle de la rébellion. Si je t'avais avertie, Ali serait peut-être encore en vie...

— Tu es en train de me dire qu'une lutte à mort sévit entre des Algériens qui, par ailleurs, se battent tous pour l'indépendance de leur pays ?

— Oui... J'avais oublié qu'il pouvait exister des rivalités aussi implacables entre des hommes qui se battent pour une même cause... Sous prétexte de trahison ou plus simplement de luttes d'influence, le FLN fait abattre des membres du MNA, et vice versa. Tu te souviens du massacre de Mélouza, en mai 1957, au cours duquel plus de trois cents Algériens furent tués dans des conditions épouvantables ? Eh bien, contrairement à la thèse qui voulait officiellement l'accréditer, on sait maintenant que ce n'est pas le ralliement des populations de cette région à la France qui est à l'origine de ce raid sanglant, mais bel et bien le conflit qui oppose le FLN au MNA. Quand je me suis engagé aux côtés des indépendantistes algériens, je n'ai pas accordé d'importance à ce que je pensais être de légères divergences de vues. Je croyais que les journaux exagéraient ces règlements de comptes entre musulmans. J'ai eu tort... Quand tu as porté les documents remis par Ali à la Goutte-d'Or, un membre du FLN qui avait dû te voir en compagnie de porteurs de valises, t'a sans doute reconnue. On a dû te suivre et faire un rapport... Sans le savoir, nous avions sous le même toit un membre du FLN et un autre du MNA ! Ali, lui, était l'un des responsables pour la France de la propagande de Messali Hadj. Je ne serais pas étonné que nous ayons à nouveau la visite de la DST...

— Où a-t-il été tué ?

— Près du boulevard Richard-Lenoir. On l'a jeté dans le canal Saint-Martin après l'avoir égorgé... Je vais devoir quitter Paris pour quelque temps. Ça m'ennuie de te laisser en ce moment. François a-t-il donné de ses nouvelles ?

— Non, toujours rien.

— As-tu lu les journaux ?

— Non, que disent-ils ?

— Le général Massu a été rappelé à Paris. On parle pour le remplacer du général Crépin...

— C'est embêtant ?

— Je ne sais pas. De Gaulle n'avait guère le choix, après les déclarations de Massu à la *Süddeutsche Zei-*

*tung*... Quoi qu'il en soit, cette interview encourage les activistes et trahit le désarroi de l'armée.

Léa demeura quelques instants songeuse.

— Que penses-tu que je devrais faire ? À cause des enfants, j'hésite à rejoindre François à Alger...

— Tu es seule juge. Les enfants ne t'ont jamais empêchée de te lancer à corps perdu dans l'aventure...

— On dirait un reproche ?

— D'une certaine manière, oui. Tu le sais bien ! Ce que j'ai pu être inquiet à chacune de tes absences ! Chaque nuit, je guettais le moindre bruit dans l'espoir de t'entendre rentrer à la maison. Ç'a été la même chose pour Adrien puis, plus tard, pour Camille. Que de fois j'ai dû les consoler...

— Ce n'est pas gentil de me dire ça. À t'entendre, on croirait que je ne vous aime pas...

Charles la prit dans ses bras.

— Pardonne-moi, je suis injuste. Mais c'est vrai qu'à cause de tes engagements nous avons souvent eu peur d'apprendre qu'il t'était arrivé quelque chose de grave. L'annonce de ton accident nous a fait mesurer l'angoisse dans laquelle nous vivons à l'idée de te perdre. Léa — ajouta-t-il à voix basse dans ses cheveux —, tu es celle que j'aime le plus au monde et, si j'avais été une femme, j'aurais voulu te ressembler. J'aime tout en toi, même tes défauts !

Elle s'écarta de lui, émue de sa tendresse et de la peur qu'il éprouvait de la perdre. Pour faire diversion, elle s'efforça de se montrer mutine :

— Je croyais que c'était Marie-France, la femme que tu aimais ?

Le visage de Charles s'empourpra et une vague de joie submergea Léa : cet homme qu'elle avait vu grandir et qui avait déjà tant souffert aimait à nouveau.

— Je l'aime, c'est vrai, mais elle est si jeune...

— Vous avez presque le même âge !

— Elle est quand même plus jeune...

Elle rit en entendant cette affirmation enfantine. Elle ébouriffa les cheveux de Charles qui rit à son tour.

— Arrête, tu vas me décoiffer!

Adrien et Camille firent irruption en se bousculant.

— Pourquoi vous riez? Vous avez des nouvelles de Papa? demandèrent-ils en chœur.

— On va bientôt en avoir, mes chéris, répondit Léa en les serrant contre elle.

Camille se dégagea.

— Maman, tu avais promis que nous irions faire des courses dans les grands magasins. C'est jeudi, aujourd'hui, et puis j'ai besoin de chaussures!

— Ça ne peut pas attendre? risqua Léa.

— Non! Je n'ai plus de culottes, Adrien, plus de chaussettes, et les robes de Claire sont trop petites. Philomène et moi, on te l'avait dit bien avant l'accident. Après, il y a eu tante Françoise... Bon, maintenant, on ne peut plus attendre!

Charles posait sur elle un regard ironique. Comment avait-elle pu se désintéresser à ce point des besoins les plus élémentaires de sa famille? Sur quelle planète vivait-elle? Ces derniers temps, elle s'était contentée de remettre l'argent du ménage à madame Martin, qui s'occupait de la cuisine, ou à Philomène, sans se soucier du reste. À présent, tant de désinvolture lui faisait honte.

— Très bien..., abdiqua-t-elle. Prévenez Philomène que nous allons tous aux Galeries Lafayette et au Printemps; nous déjeunerons là-bas. Allez vous habiller, nous partons dans dix minutes. Et toi, Charles, tes pantalons ne sont pas trop usés?... À propos, il faut que je te dise...

— Continue...

— J'ai mon billet d'avion pour demain.

Il la dévisagea, incrédule.

— Tu... tu plaisantes?

— Non. J'en ai d'ailleurs averti madame Martin ; elle est d'accord pour venir s'installer ici pendant mon absence.

— Alors, tes hésitations de tout à l'heure, c'était de la frime ?

Elle secoua la tête.

— Ne m'en veux pas... Je sais que je me conduis comme une idiote, mais je ne sais plus où j'en suis. J'ai peur qu'en l'absence de François on vienne m'arrêter, et puis... j'ai peur pour lui... Maintenant, avec l'assassinat d'Ali...

Accablé, Charles se laissa tomber sur une chaise.

— Tu es incroyable !... Quand vas-tu annoncer ton départ aux enfants ? Pauvres gosses !

— Arrête ! C'est mon problème.

— Je ne sais plus quoi te dire...

— Eh bien, ne dis rien !

De l'entrée parvinrent les appels de Camille.

— Maman ! On est prêts !

En fin de journée, quand ils rentrèrent les bras chargés de paquets, tous étaient épuisés, à l'exception de Claire. La petite voulait tout de suite réessayer ses nouveaux vêtements. Malgré sa fatigue, la Vietnamienne accéda à son caprice. Le dîner, qu'avait préparé madame Martin, fut expédié en silence ; la place de Charles resta vide.

Après le repas, Léa alla embrasser chacun de ses enfants dans sa chambre. Dans la sienne, Claire dormait déjà, le foulard de sa mère, qu'elle avait entortillé autour de son poing, posé contre sa bouche. Endormie sous sa frange noire, comme elle ressemblait à Lien, la sœur de Kien !

— Pardonne-moi, mon bébé, chuchota-t-elle en déposant un baiser sur le front de la petite.

À l'annonce qui leur était faite, Adrien et Camille prirent sur eux pour offrir à leur mère un visage serein. Léa, touchée par tant de courage et d'amour, eut du mal à retenir les larmes qui lui montaient aux yeux.

Tôt, le matin du 22 janvier, un taxi conduisit Léa à Orly. À bord de la Caravelle d'Air France, hormis les hôtesses, on ne remarquait que deux autres femmes, des infirmières qui allaient rejoindre leur poste. Dans l'appareil avaient également pris place des députés algériens qui affichaient un visage soucieux et des journalistes partant rendre compte de l'explosion de la première bombe atomique française, prévue pour avoir lieu du côté de Reggane, au Sahara, dans les premiers jours de février. Léa s'assoupit rapidement en se demandant si François serait à l'aéroport pour l'accueillir. Quand elle rouvrit les yeux, l'avion amorçait sa descente. Par le hublot, Alger étincelait sous le soleil.

À l'aéroport de Maison-Blanche, Léa patientait dans la zone de livraison des bagages, inquiète à présent de ne pas avoir aperçu François. Sur le tapis roulant, elle identifia ses valises, fit signe à un vieux porteur de s'en saisir et se dirigea vers la sortie.

— Un taxi, madame ? s'enquit le porteur.

— Non, pas tout de suite. Je vais attendre encore un peu...

Comme elle terminait sa phrase, une voiture s'arrêta pile devant elle dans un crissement de freins. La portière avant s'ouvrit et un homme barbu en sortit.

— François !... murmura-t-elle en le voyant venir à elle.

Il la considéra longuement, scrutant son visage. Comme à chaque fois, elle se sentait transparente sous son regard. « M'aime-t-il toujours ? » s'interrogeait-elle avec une angoisse qui lui desséchait la gorge.

C'est alors qu'il lui sourit. Dans ce sourire et dans ses yeux moqueurs se lisait sa réponse.

Elle se blottit contre lui : enfin, elle était à sa place ! Une fois de plus, cet homme et cette femme se retrouvaient, bouleversés par l'absolue certitude d'être faits l'un pour l'autre, de ne pouvoir vivre l'un sans l'autre.

Avec des gestes tendres, elle passa ses doigts sur la face meurtrie. François résista à l'émotion qui le gagnait. À présent descendu de son taxi, Joseph Benguigui les contemplait avec bienveillance.

Tout à son bonheur d'avoir rejoint François, Léa l'écoutait, ne laissant errer qu'un œil distrait sur le paysage.

— Tu as bien failli te retrouver seule ici...

— Comment ça ?

— Ce matin se tenait à l'Élysée une importante réunion sur l'Algérie. Le délégué général tenait à ce que j'y assiste, mais j'ai préféré m'abstenir. D'après des informations qui me sont parvenues, ma présence n'aurait servi à rien. De Gaulle a retiré son commandement à Massu. Challe et Delouvrier ont plaidé sa cause, évoqué le climat tendu qui règne à Alger, mais le Général n'a rien voulu entendre.

— Alors c'est la fin ! en déduisit Benguigui. Pourquoi ne m'avez-vous rien dit, tout à l'heure ?

— Pour que vous n'en disiez rien autour de vous. Que vous le sachiez maintenant n'a plus d'importance. Quand nous arriverons en ville, le colonel Argoud et le général Challe auront prévenu Ortiz... Ma chérie, comme à ton habitude, tu débarques en plein bordel. Mais qu'importe ! Je suis si heureux que tu sois là...

Dans le hall de l'Aletti régnait un climat survolté. Des photographes, des reporters du monde entier s'y bousculaient, échangeant des informations. Certains s'inquiétaient de savoir où ils pourraient dormir ; il n'y avait plus une seule chambre libre dans les hôtels d'Alger. François et Léa se faufilèrent dans la cohue à la suite d'un garçon d'étage qui portait les valises.

— Quelle ambiance ! s'étonna Léa. C'est tout le temps comme ça ?

— Plus ou moins... Les Américains sont là pour l'explosion de la bombe A ; Russes et Anglais aussi. Quant aux autres... On dirait que le téléphone arabe a fonctionné ; la presse a eu vent que quelque chose était sur le point de se produire.

Dès qu'ils furent seuls dans la chambre, François poussa Léa sur le lit sans prendre la peine de se dévêtir, dégrafa son pantalon, écarta la culotte de soie et s'enfonça dans la chair humide de sa femme. Sans la quitter des yeux, il allait doucement en elle. Sous la profonde caresse, les paupières de Léa s'étaient fermées comme pour mieux savourer l'instant.

— Regarde-moi, murmura-t-il.

Les yeux aux reflets mauves s'ouvrirent et plongèrent dans ceux de l'amant. Son regard disait sa joie d'être contre lui et de le sentir bouger en elle.

— J'avais un tel besoin de toi ! avoua-t-il en gémissant.

Des coups, violemment frappés à la porte de leur chambre, les réveillèrent. François se leva d'un bond et se saisit du pistolet qu'il avait laissé dans la poche de sa veste.

— Va dans la salle de bains, intima-t-il à Léa.

Quand elle eut refermé la porte, il demanda :

— Qu'est-ce que c'est ?

— Monsieur, votre téléphone ne répond pas, il doit être décroché... On vous demande de toute urgence au palais d'Été.

— Qui, au palais d'Été ?

— Monsieur le délégué général; il a appelé lui-même de l'aéroport de Maison-Blanche.

— Très bien, merci... Commandez-moi un taxi.

— Ce ne sera pas nécessaire, une voiture doit venir vous prendre.

Songeur, François rassembla ses vêtements épars et entra dans la salle de bains.

— Que se passe-t-il? s'inquiéta Léa.

— Je ne sais pas. Delouvrier semble avoir avancé son retour; il ne devait rentrer que dimanche soir... Je suis convoqué au palais d'Été.

— Maintenant?

— Oui... J'avais réservé aux Sept Merveilles, c'est une des bonnes tables d'Alger. Appelle ce numéro, c'est celui de Benguigui, le chauffeur de taxi. Dis-lui de venir te prendre vers vingt et une heures trente et de t'y conduire. Je ne pense pas en avoir pour long-temps, mais, si je ne suis pas arrivé, qu'il reste avec toi.

— Mais pourquoi? Je peux bien attendre toute seule...

— Une jolie femme comme toi, ce ne serait pas prudent... Tu as bien compris?

— Oui, embrasse-moi...

La voiture dans laquelle avait pris place François Tavernier, entra dans le parc du palais d'Été en même temps que la DS du délégué général. Le général Challe et Paul Delouvrier en descendirent peu après. À leurs mines, on n'avait aucun mal à deviner que la réunion avec le général de Gaulle s'était mal passée. Les trois hommes se serrèrent la main. Madame Delouvrier vint au-devant de son mari.

— Louise, peux-tu nous faire servir à boire dans mon bureau? lui dit-il en l'embrassant.

— Bien sûr, répondit-elle avant de s'en retourner vers le palais.

Paul Delouvrier s'appuyait de tout son poids sur sa canne pour soulager la jambe qui le faisait souffrir. Il posa sa serviette de cuir sur le bureau. Tavernier et Challe l'avaient suivi.

— Entrez, messieurs, ordonna-t-il à l'adresse de ses collaborateurs, que madame Delouvrier avait prévenus de son retour. Asseyez-vous... Comme vous le savez déjà, le général Massu a été limogé, il est remplacé par le général Crépin. Ni le Premier ministre, ni le ministre des Armées, ni le général Challe, ni moi-même n'avons réussi à convaincre le chef de l'État de la gravité de la situation. Il n'a rien voulu entendre. « Un incident fortuit et regrettable, dont l'exploitation devant l'opinion publique a fait un problème de gouvernement, a entraîné le départ d'Alger du général Massu. Je sais ce que ce grand soldat représentait pour vous. Je sais ce qu'il était pour moi. Je sais ce que nous lui devons. Je tiens à lui rendre hommage pour l'action qui fut la sienne depuis trois ans en Algérie, comme pour la discipline exemplaire avec laquelle il s'est incliné devant la décision prise. Prenant exemple sur lui, vous ferez taire vos regrets. Vous comprendrez, j'en suis sûr, que pour affirmer la puissance de la France, il faut d'abord assurer l'autorité de l'État. Cette autorité, aujourd'hui, ne se discute plus. Le pouvoir ne recule pas. » En accord avec le commandant en chef, dont le président de la République a refusé la démission, nous avons décidé d'accroître les renforts qui ont déjà été mis en place à Alger et dans sa banlieue, en rappelant deux régiments de la 10e DP engagés en Kabylie et le 3e régiment de parachutistes.

— Ce n'est pas de gaieté de cœur que j'accepte de retirer du combat ces unités, tout cela pour une petite excitation civile et locale! interrompit Challe avec humeur.

— Mon général, le mécontentement est à son comble, des rassemblements se multiplient dans tous

273

les quartiers, et les attentats qui se sont produits ces derniers temps à travers tout le pays ont mis la population européenne à bout. Pour elle, le rappel de Massu est signe que Paris s'apprête à abandonner l'Algérie. La rumeur d'une grève générale circule et on ne peut plus empêcher la manifestation prévue. La seule question qui se pose désormais, c'est le nombre de morts qu'on devra déplorer...

— Maffart, vous réalisez ce que vous dites? se récria Delouvrier.

— Hélas oui, monsieur le délégué...

L'entrée de Louise Delouvrier, suivie des domestiques qui portaient des plateaux, fit diversion. D'aucuns cherchèrent dans les alcools servis un illusoire réconfort. Madame Delouvrier repartie, la discussion reprit.

— Monsieur le délégué, en ce moment se tient à la Maison des étudiants une réunion du Front national français. Beaucoup de monde y assiste : près de deux mille personnes, selon nos estimations. Faute de places, certains n'ont pu pénétrer dans la salle et stationnent sur les trottoirs. Susini a fait installer des haut-parleurs et le docteur Jean-Claude Pérez a été acclamé par la foule quand il s'est écrié : « Enfin, l'occasion que nous attendions nous est donnée. On a touché à Massu. Ils ne se rendent pas compte des conséquences formidables qui vont en découler ! » L'ambiance déjà survoltée a atteint son paroxysme quand Jean-Jacques Susini s'est emparé du micro pour vociférer : « Nous irons chercher Massu à Paris. Le processus irréversible est maintenant en marche. Entre la République et l'Algérie, nous choisissons l'Algérie française ! » Les orateurs se succèdent aux cris de « La révolution montera d'Alger jusqu'à Paris ! » et de « L'heure est venue de faire tomber le système ! »... Dans les rues alentour, les avertisseurs scandent « Al-gé-rie fran-çaise, Al-gé-rie fran-çaise ». D'autres réunions ont lieu en ville, celle du Comité d'entente des anciens combattants, celle des Mouvements nationaux. Ce ne sont que clameurs hostiles au gouvernement, proclamations de la volonté d'aller jusqu'au bout et d'en finir.

Maffart avait rendu compte avec un calme que démentait la sueur qui perlait à son front. Un silence consterné accueillit la fin de son exposé.

— Et l'armée ?... reprit Challe, hésitant.

— Le général Faure est rentré de Kabylie. Il estimait qu'en votre absence, et pendant celle du délégué général, il lui revenait d'assurer l'intérim. Quand il a su que le général Dudognon avait été nommé à sa place, il a quitté le quartier Rignot. Il se trouve à la caserne Pélissier.

— Savez-vous si le général Massu est entré en contact avec son état-major ?

— Non, mon général.

— Et Lagaillarde, dans tout cela ?

— Il va d'une réunion à l'autre, humant le vent...

— Messieurs, l'heure est grave, déclara alors Paul Delouvrier. Tavernier, avez-vous quelque chose à ajouter ?

— J'ai circulé à travers Alger dans la matinée et en début d'après-midi. La population européenne est sur les nerfs. Quant aux musulmans, ils essaient de se faire tout petits. Sur le port, certains ne sont pas venus travailler, et on voyait peu de femmes dans les rues... Si vous m'y autorisez, je pourrai me rendre à la caserne Pélissier et demander à rencontrer le colonel Argoud.

— Faites comme bon vous semble... Essayez aussi de voir le colonel Gardes et tirez-lui les vers du nez. Moi, c'est inutile, il ne me dira rien.

Tavernier parti, le commandant en chef et le délégué général donnèrent à leurs collaborateurs les instructions sur la conduite à suivre pendant la journée du samedi 23.

En dépit de la compagnie et du bavardage pittoresque de Joseph Benguigui, Léa commençait à trouver le temps long ; un serveur venait de déposer devant eux une troisième anisette. Malgré l'heure tardive, le restaurant des Sept Merveilles ne désemplissait pas. On assistait même à un incessant défilé d'hommes aux visages tendus. Certains s'installaient à une table tout en continuant à discuter avec force gestes. D'autres disparaissaient derrière les tentures qui séparaient la salle à manger d'une autre pièce. Des éclats de voix en montaient.

— Apparemment, ça chauffe ! nota Benguigui en portant une olive à sa bouche.

— C'est un rendez-vous politique ? interrogea Léa.

— On dirait bien... Oui, sans aucun doute... Vous voyez ce type en costume marron, celui qui porte une barbe, c'est le député Pierre Lagaillarde. Son arrière-grand-oncle, le député Baudin, a été tué à Paris sur les barricades en 1848. Il est tombé, touché au cœur, en s'écriant : « Voici comment on meurt pour vingt-cinq francs ! » Je ne sais pas si son arrière-petit-neveu aurait le même courage... Salut, Pierrot !

— Salut, Joseph ! répondit le député. Bonsoir, madame.

La fumée des cigarettes montait le long des troncs de bougainvilliers autour desquels la salle avait été construite. Avec le jardin qui l'entourait, le restaurant ressemblait à une guinguette des bords de Marne ; il n'y manquait qu'un air d'accordéon... Le patron, surnommé « le père César », s'approcha de leur table.

— Joseph, il est bientôt dix heures, la cuisine va fermer.

— Tu as raison. On va commander, ça le fera venir. Tu peux nous faire des brochettes ? Tiens, qu'est-ce que je disais : le voilà !

François vint à eux.

— Il ne fallait pas m'attendre.

— Vous prendrez des brochettes, comme vos amis? s'informa le cuisinier.

— Oui, avec une bouteille de votre réserve personnelle, répondit François.

— Vous m'en direz des nouvelles.

La main de Léa se posa sur celle de son mari.

— Excuse-moi, ma chérie, pour ce retard. J'espère que Joseph s'est comporté en gentleman...

Le brouhaha des conversations emporta à la fois la réponse de Léa et le commentaire du chauffeur de taxi. Un serveur posa sur la table le vin et un assortiment de hors-d'œuvre sur lesquels la jeune femme se jeta.

— Elle a bon appétit, votre dame, constata Benguigui, la bouche pleine.

— J'avais une de ces faims!

Le tapage provenant de l'arrière-salle était tel qu'ils renoncèrent à parler. Ils n'entendirent pas davantage ce que leur dit le père César en apportant le plat de brochettes, mais sa mine joviale s'était assombrie. Se faufilant entre les tables, il se dirigea vers la tenture et disparut derrière. Peu après, chacun regardait ses voisins, surpris par le calme soudain. Le père César réapparut et se glissa derrière son comptoir.

Le dernier morceau de viande avalé, François alluma une cigarette.

— Je comprends pourquoi il y avait tant de bruit, fit-il en se levant.

Il rattrapa un groupe qui sortait de l'arrière-salle.

— Qui c'est, le type qui se trouve avec Lagaillarde? demanda Léa à Benguigui.

— Joseph Ortiz, le patron d'un café qui s'appelle le Forum. C'est le chef du Front national français. Il a sa tête des mauvais jours...

— François a l'air de bien le connaître.

Ortiz serrait la main du père César quand il s'aperçut de la présence de François.

— Qu'est-ce que vous foutez ici ? Comme si je n'avais pas déjà assez à faire avec celui-ci, ajouta-t-il en désignant Lagaillarde.

— Je dînais en compagnie de ma femme et d'un ami.

— Avec votre femme ? C'est bien le moment pour elle de rappliquer à Alger !

— Que voulez-vous dire ?

— Ne faites pas l'idiot, vous savez très bien ce que je veux dire.

— Monsieur Jo, que faites-vous, demain : vous déclenchez l'émeute ?

— Les circonstances ne sont pas favorables, monsieur Tavernier ; c'est ce que j'ai dit au « gars à cartable ».

— Le gars à cartable ?

— Lagaillarde, voyons ! Bonsoir, Tavernier, je vais me coucher. Saluez votre dame pour moi.

Joseph Ortiz quitta le restaurant, suivi de sa troupe, bientôt talonné par Pierre Lagaillarde. La salle se vidait lentement : l'heure du couvre-feu approchait.

Soucieux, François regagna sa place et commanda du café.

— On va te raccompagner à l'hôtel, dit-il à Léa.

— Tu ne rentres pas avec moi ?

— Je dois encore voir quelqu'un.

— Ça ne peut pas attendre demain ?

— Demain, il sera trop tard. Maintenant, ça l'est peut-être déjà...

D'un signe, il demanda l'addition.

Un peu triste et découragée, Léa referma la porte de la chambre sur elle et s'allongea tout habillée sur le lit, bien décidée à attendre le retour de François.

Après s'être renseigné, l'officier de garde laissa entrer le taxi dans la cour de la caserne Pélissier.

— Attendez-moi, commanda François en sortant de la voiture.

Débraillé, le colonel Argoud examinait un plan d'Alger accroché au mur de son bureau.

— Je viens de recevoir un coup de téléphone du général Massu. Il est furieux et affirme que le général Challe et lui ont été victimes d'une machination. Il s'est dit également très inquiet de ce qui se prépare. Au nom de la raison d'État, il m'a prié de prêcher le calme, mais je crains qu'il ne soit trop tard ; les unités territoriales n'attendent qu'un signe d'Ortiz. Avec la politique actuelle, nous allons perdre l'Algérie. Qu'ils soient sous l'uniforme ou en civil, les Français d'ici sont tous d'accord là-dessus. La plupart des militaires n'ont plus confiance en de Gaulle...

— Mais de là à se joindre aux activistes...

— Certains sont pour...

— Vous, par exemple ?

— Je n'ai pas dit ça... Mais laisser tomber Ortiz et le FNF, c'est risquer de sacrifier le potentiel que représente l'instinct de conservation des Algériens, c'est risquer de perdre l'Algérie. L'armée est divisée. Ces hommes sont à cette heure notre dernier atout...

La sonnerie du téléphone l'interrompit. Il alla derrière son bureau et s'y assit.

— Allô ?

Tandis qu'il parlait, François détaillait ce petit homme aux vêtements chiffonnés, de qui allait peut-être dépendre le basculement de l'armée dans la rébellion. Argoud raccrocha.

— Je dois rejoindre le général Challe... Au fait, qu'étiez-vous venu me demander ?

— Rien, mon colonel. Je suis là en observateur...

Le front d'Argoud se plissa.

— Un observateur se doit d'être neutre. Ce n'est pas votre cas.

— Que voulez-vous dire ?

— Gardes m'a mis au courant.

— Il m'est en effet difficile, mon colonel, de rester neutre devant certaines choses. Le colonel Gardes m'avait d'ailleurs semblé partager mon sentiment.

— Lui peut-être, mais certains ont trouvé que vous vous mêliez de ce qui ne vous regarde pas.

— Vous faites allusion à la raclée que j'ai reçue?

Le colonel Argoud ne répondit pas.

Une fois dans la cour, les deux hommes se séparèrent.

Debout à côté de son taxi, Joseph Benguigui grillait une cigarette tout en bavardant avec une sentinelle. À la vue du colonel, le soldat se figea en un garde-à-vous impeccable.

— Repos, mon fils, merci de ta compagnie, dit Benguigui avec un clin d'œil complice.

— De rien, m'sieur ; merci pour les Bastos.

Le chauffeur s'installa au volant et François prit place à ses côtés.

— Ça n'a pas été long, votre entretien. Tant mieux, parce que je n'ai pas l'autorisation de circuler après le couvre-feu... Vous avez appris quelque chose?

— Il semblerait que Massu ait conseillé à Argoud de maintenir le calme. Le colonel est maintenant parti rejoindre Challe... Vous me disiez tout à l'heure, en venant, que, de Bab el-Oued à Belcourt, les hommes des UT ont gardé leurs armes chez eux. Croyez-vous à une action concertée?

— Oui et non.

— Ce n'est pas une réponse...

— Les unités territoriales sont composées de braves pères de famille qui sont mobilisés, un jour sur dix, pour assurer des tours de garde ou des missions paramilitaires. Elles ont été créées sur proposition du général Faure, auquel Ortiz voue une vénération sans bornes. Depuis le début de l'année, un petit nombre d'entre eux ont conservé leurs armes. À mon avis, ils ne sont pas dangereux. Le danger viendra des UT de choc créées à l'initiative du colonel Thomazo et qui effectuent, elles, une période de quatre jours par mois. Ils gardent armes, munitions et paquetage à domicile, et se tiennent prêts à répondre au moindre appel en moins d'une heure. Cela fait environ mille deux cents hommes. Ce sont tous des volontaires préparés à combattre aux côtés de l'armée. Le capitaine Ronda est leur chef. C'est lui qui les a amenés à adhérer en nombre au FNF d'Ortiz. Ils portent treillis et béret noir. De son côté, le docteur Pérez recrute des durs pour l'OPAS, l'armée clandestine du FNF. On les reconnaît à leur chemise kaki et à leur brassard tricolore frappé d'une croix celtique. Il y a aussi un certain lieutenant Mamy...

— Bernard Mamy?

— Oui, je crois bien... Vous le connaissez? C'est un drôle de zigoto; on raconte toutes sortes de choses sur lui. Il contrôle les quartiers de Montplaisant et de Beau-Fraisier, les bidonvilles du coin où il a remis de l'ordre. Ses hommes le respectent et le craignent. Il se balade toujours avec un Smith & Wesson à la ceinture. On le voit souvent boulevard Laferrière à l'interfédération des UT. On y croise tout aussi souvent les colonels Gardes et Argoud, ce qui fait dire à Ortiz qu'il a l'armée avec lui.

— Vous le croyez?

— Non. Il avait, paraît-il, promis à Massu de l'avertir quarante-huit heures à l'avance s'il se décidait à passer à l'action. Massu en aurait été d'accord. Quoi qu'il en soit, le pacte Massu-Ortiz a fait du bruit et renforcé le FNF, qui a vu ses adhérents se multiplier. Massu disparu d'Alger, le principal interlocuteur d'Ortiz dans l'armée est le chef du 5ᵉ Bureau, le colonel Gardes.

— Et Argoud?

— Argoud aussi, bien sûr. Les deux colonels ne

rêvent que de sauver l'Algérie française, et, pour cela, entendent se servir d'Ortiz, tandis qu'Ortiz, lui, se sert d'eux pour asseoir son autorité. D'après la rumeur, Gardes parlerait d'un directoire Salan-Zeller-Jouhaud qui se porterait à la tête d'un putsch destiné à évincer de Gaulle.

— J'en ai entendu parler... Qu'en pensez-vous ?

— Ce ne sont là que des rumeurs. Mais, vraies ou fausses, elles entretiennent l'agitation. Au FNF, on se dit assuré de l'imminence d'une révolution.

— Vous paraissez bien au courant...

— Normal, je fais partie des UT de mon quartier et j'écoute ce qui se dit dans mon taxi ou dans les cafés.

— Vous avez conservé vos armes ?

— Oui, je préfère les avoir sous la main, pour le cas où...

Ils n'échangèrent plus une parole jusqu'à l'Aletti, devant lequel ils se séparèrent.


Soucieux et vaguement déprimé, François Tavernier poussa la porte tournante de l'hôtel. Deux ou trois journalistes traînaient encore dans le hall. Du Cintra provenaient des éclats de voix. François se dit qu'un whisky lui ferait du bien. Il se laissa tomber dans un fauteuil, alluma une cigarette et allongea ses jambes. La tête renversée contre le dossier, il ferma les yeux.

— Je peux m'asseoir avec vous ?

Agacé, il tourna la tête et ouvrit un œil.

— Ah ! c'est vous !

— Vous avez l'air bien fatigué, observa Gilda en s'installant près de lui.

— Vous voulez boire quelque chose ?

— Oui, une orange pressée.

Il adressa un signe au barman qui vint prendre la commande.

— Vous devriez rentrer chez vous, conseilla François en réprimant un bâillement.

— Plus tard, j'attends quelqu'un... Mohamed, le cireur, vous cherchait tout à l'heure...

— Il ne s'appelle pas Mohamed, mais Béchir.

— Ah bon, je ne savais pas, tout le monde l'appelle Mohamed, ici...

— Il vous a dit ce qu'il me voulait?

— Non... mais il avait l'air d'avoir pleuré.

— Je le verrai demain. Ce soir, il est trop tard. Bonsoir, je vais me coucher; vous devriez en faire autant...

Dans leur chambre, Léa, tout habillée, dormait à poings fermés. Il la recouvrit du couvre-lit et resta un long moment à la contempler d'un regard plein de tendresse et d'inquiétude. Puis il se coucha en prenant soin de ne pas la réveiller.

XV

Le soleil réveilla Léa.

Pendant quelques secondes, les yeux ouverts, elle se demanda où elle était. Un mouvement près d'elle lui rendit tous ses esprits : François dormait à ses côtés. Un élan de joie et de gratitude l'envahit ; ils étaient à nouveau réunis. Tournée vers lui, elle observait le visage de cet homme tant aimé. Dans le sommeil, ses traits énergiques s'adoucissaient et rappelaient, malgré la barbe, le petit garçon des photographies de son enfance. Attendrie, elle remarqua dans sa chevelure sombre quelques fils d'argent. Depuis combien de temps avaient-ils poussé ? Elle s'émerveillait du bonheur qu'elle éprouvait à le regarder, heureuse du désir qui montait en elle.

Doucement, elle se leva, se déshabilla et revint s'allonger près de lui. Elle écarta le drap qui le recouvrait, troublée par son corps athlétique que l'âge n'avait pas encore marqué. Du bout des doigts, elle caressa les cicatrices d'anciennes blessures, les nouvelles ecchymoses, puis le phallus endormi. Il tressaillit à leur contact. Sa main se referma. Sous la caresse, le membre durcit. Les lèvres de Léa s'approchèrent, sa bouche étreignit la douce rigidité. François gémit. Léa l'enjamba, frotta son sexe humide sur la chair tendue qu'elle fit glisser dans son ventre. Elle y enferma sa proie, resta immobile quelques instants, savourant le bonheur de le sentir tout au fond de son corps. Elle aimait le chevaucher ainsi, avant son réveil. Par petits coups, ses muscles se resserraient autour du pénis tendu. À son tour, un gémissement lui échappa, des mains happèrent sa taille et l'obligèrent à s'allonger, saisirent ses seins tandis que des lèvres cherchaient les siennes...

Quand ils se séparèrent, essoufflés, heureux, la sueur mouillait leurs corps. Longtemps ils demeurèrent sans bouger, les yeux clos, n'entendant que les battements de leurs cœurs. Émergeant de leur bien-être, une ultime onde de plaisir les fit tressaillir. D'un même geste ils tournèrent la tête l'un vers l'autre et se considérèrent, émus, reconnaissants, puis éclatèrent d'un rire heureux.

Ils finissaient de prendre un copieux petit déjeuner quand le téléphone sonna; c'était Paul Delouvrier.

— Vous vous êtes entretenu avec le colonel Argoud, hier soir, mais avez-vous vu le colonel Gardes?

— Non, quelles sont les nouvelles?

— La manifestation est maintenue, et nul ne sait par qui... De partout arrivent des ordres contradictoires. Depuis six heures du matin, des UT en armes parcourent les rues et obligent les commerçants à refermer boutique : « Grève générale », disent-ils. D'après les rapports de police, Ortiz n'y serait pour rien et ce seraient les UT elles-mêmes qui organiseraient cette grève insurrectionnelle en se servant du Front national français comme paravent. Selon certains, ils obéiraient aux ordres du commandant Sapin-Lignières, et, selon d'autres, à ceux du colonel Gardes... Pour ce qui concerne ce dernier, croyez-vous que cela soit possible?

— Et vous?

— Il y a une quinzaine de jours, il a été déplacé en raison de ses activités pour le moins aventureuses. Le Service d'action psychologique doit être réorganisé, et le colonel Gardes va remplacer Bigeard à Saïda. Mais, à ce jour, il n'a pas regagné son poste. Toujours d'après les rapports de police, il se trouverait en ce moment dans une villa d'El-Biar en compagnie du général Faure, du chef d'état-major de Massu, le colonel Argoud, du capitaine Filippi et de notre ami Ortiz. Il faut que vous le trouviez et que vous lui demandiez de se rendre dans les plus brefs délais au Gouvernement général.

— Vous pensez qu'il m'écoutera ?

— Je n'en sais rien...

— Pourquoi ne faites-vous pas arrêter tout ce joli monde ?

— Le général Challe et moi-même y avons pensé. Mais ce serait déclencher immédiatement la rébellion, peut-être même l'insurrection de l'armée... Je doute que l'appel au calme que j'ai lancé ce matin sur l'antenne d'Alger soit entendu de la population européenne... pas plus que celui que le général Challe a adressé aux militaires. Je ne suis pas certain non plus que l'annonce officielle de l'exécution, demain, de quatre terroristes du FLN soit à même d'enrayer le soulèvement...

— J'en doute aussi... Ça ne vous choque pas, cette reprise des exécutions, en ce moment ?

— C'est ce que voulaient les pieds-noirs et ce qu'a accepté le chef de l'État. Les Algérois parlaient de prendre la prison d'assaut et d'exécuter eux-mêmes les prisonniers...

— Ce n'est jamais bon de céder à la pression populaire.

— Quoi qu'il en soit, voyez Gardes et assurez-vous de ses intentions.

Sans répondre, François raccrocha.

— Tu en fais, une tête, observa Léa en s'approchant.

— Ils me dégoûtent !

— Que se passe-t-il ?

— On jette quatre têtes de fellaghas en pâture à la populace dans l'espoir de la contenir. C'est abject !

— Calme-toi, on était si bien...

François la regarda : il avait beau la connaître, elle le surprenait toujours. Ils étaient au bord d'une insurrection et elle ne trouvait rien d'autre à dire que : « On était si bien » ! Il émit un petit rire.

— Qu'est-ce qu'il y a ?... Va, je te connais, quand tu as ce rire, tu penses que j'ai dit une bêtise.

— Oui, avoua-t-il avec, cette fois, un rire franc et sonore.

Léa se blottit contre lui.

« C'est pourtant vrai qu'on était bien », pensa-t-il en la serrant dans ses bras.

— Je dois sortir. Tu vas m'attendre ici bien gentiment.

— J'aimerais aller faire un tour...

— Pas question ! Tu ne bouges pas d'ici jusqu'à mon retour. Si je ne suis pas là pour le déjeuner, va au restaurant de l'hôtel, ou, mieux, fais-toi servir dans la chambre.

— Ce n'est pas marrant ! Regarde, il fait si beau !

— Tu obéis ou je t'enferme !

Elle se recoucha en faisant mine de bouder.

Quand François Tavernier traversa le hall, Béchir lui indiqua d'un signe qu'il souhaitait lui parler. François s'installa sur l'un des fauteuils, face au jeune cireur qui, machinalement, releva le bas de son pantalon et se saisit d'une brosse.

— Malika doit sortir de l'hôpital aujourd'hui.

— Je croyais que le docteur Duforget entendait la garder quelque temps encore ?...

— C'est ce qu'il voulait, mais, hier, quand je suis allé la voir, il m'a dit qu'il craignait que Malika ne soit plus en sécurité à l'hôpital.

— Il t'a expliqué pourquoi ?

— À cause de la manifestation : il redoute que l'armée n'occupe les bâtiments publics...

« On en est là », songea François, accablé.

— Le docteur a suggéré que tu pourrais aller la chercher en taxi..., poursuivit Béchir tout en continuant son travail

— Pour la conduire où ? Chez toi ?

Le garçon secoua tristement la tête.

— Non, tu le sais bien, mon père ne veut pas... J'en ai parlé à al-Alem, il a dans la Casbah une cachette que les gars de Massu n'ont jamais trouvée.

— Mais ta sœur y sera horriblement mal installée.

— C'est vrai, mais je ne vois pas quoi faire d'autre...

— Laisse-moi réfléchir... Quand doit-on aller la chercher ?

— Maintenant.

— Maintenant ?... Quel merdier !... Bon, attends-moi.

De l'une des cabines téléphoniques du hall, François Tavernier appela Joseph Benguigui ; ce fut sa femme qui répondit : Benguigui était parti le matin même, de bonne heure, en laissant son taxi chez eux. Comme François insistait, madame Benguigui lui conseilla de tenter sa chance du côté du Novelty, une brasserie de la place d'Isly.

Dès qu'il eut raccroché, François annonça à Béchir qu'il partait à la recherche de son chauffeur, et l'envoya rejoindre sa sœur à l'hôpital Maillot.

Boulevard Bugeaud, des voitures circulaient en klaxonnant les cinq notes d'« Al-gé-rie fran-çaise ».

Les cafés, habituellement animés à cette heure de l'anisette, étaient demeurés fermés, et, à la devanture des magasins, les rideaux de fer étaient abaissés. Des UT arborant leurs armes convergeaient vers le Forum en saluant les passants. En leur rendant leurs saluts, des piétons criaient « Vive Massu ! » ou « À bas de Gaulle ! »... Les musulmans s'étaient comme volatilisés. Partout les marchands de journaux étaient dévalisés et l'on s'arrachait *l'Écho d'Alger,* à la une duquel on pouvait lire en grandes lettres, au-dessus d'un portrait de Massu : « Le général Massu, relevé de son commandement, ne reviendra pas à Alger. » Près de ce gros titre, le journal annonçait encore que cinq cents mineurs se trouvaient ensevelis dans une galerie d'Afrique du Sud et que les autorités n'avaient aucun espoir de les sauver ; ce dont, à Alger, tout le monde se contrefichait en cette fin de matinée ensoleillée... Il ne faisait pas très chaud, mais le ciel était d'un bleu magnifique : dans l'air flottait comme une attente. Devant le Novelty, les membres d'une petite troupe composée de civils et d'UT, en tenue et en armes, buvaient des anisettes tout en bavardant, détendus. Les voix se turent quand on remarqua ce *Frangaou* qui venait vers eux, sûr de lui.

— Bonjour, messieurs. Je cherche Joseph Benguigui, on m'a dit qu'il devait être par ici...

— Qu'est-ce que vous lui voulez, à Joseph ? demanda un homme qui ressemblait à Raimu.

— Laisse, Marcel. C'est un ami, le rassura Benguigui en sortant de la brasserie.

— Hé bé, Joseph, tu en as, de drôles d'amis !...

Les conversations reprirent tandis que le chauffeur de taxi entraînait François par le bras.

— Qu'est-ce que vous foutez par ici ?

— Je vous cherchais. Mais vous, qu'est-ce que vous faites avec ces gens-là ?

— « Ces gens-là » sont aussi mes amis... J'ai la

curieuse impression que quelque chose de pas très catholique se trame : c'est la pagaille, on reçoit des consignes contradictoires... Je ne suis pas toujours d'accord avec les gens de mon quartier, mais si la grève et la manifestation pouvaient amener de Gaulle à revoir son autodétermination...

— N'y comptez pas. Il faut aller chercher Malika à l'hôpital ; le docteur Duforget pense qu'elle ne s'y trouve plus en sécurité.

— Je n'ai pas mon taxi.

— Je sais, mais vous pouvez peut-être emprunter la voiture d'un de vos copains en attendant que j'en trouve une à louer ?

— Je peux, mais c'est guère le moment... Et puis, une fois sortie de l'hôpital, qu'est-ce que vous en faites, de la fille ?... Ne prenez pas cet air-là : je ne peux tout de même pas l'héberger chez moi ! Je voudrais bien voir la tête de ma femme, tiens, si je ramenais une autre femme à la maison... Pourquoi vous ne demandez pas à la vôtre de la recevoir ?

— J'y ai pensé, mais comment la faire entrer à l'hôtel ?

— Je ne sais pas. Pour le moment, allez m'attendre rue de Tanger, je vous y rejoins dans une dizaine de minutes.

Rue de la Lyre, ordinairement si active, les rares passants pressaient le pas et la plupart des boutiques affichaient porte close. Dans un bruit de ferraille alarmant, la camionnette conduite par Benguigui dégageait une fumée noire. Elle les mena tout de même jusqu'à Bab el-Oued, où des gamins jouaient à se poursuivre dans la rue tandis que, du haut des balcons, leurs mères les interpellaient.

— Les gens ont l'air calmes, nota François.

— Il fait beau, certains vont sans doute aller pique-niquer à la plage ou dans les parcs...

Peu avant d'arriver à l'hôpital Maillot, ils furent

immobilisés à la hauteur de la rue Riego, où des para-chutistes contrôlaient les véhicules. Après vérification, la camionnette put repartir. Rue de Champagne, de nombreux camions militaires stationnaient tout le long du mur de l'hôpital.

Dans le service du docteur Duforget, François retrouva Béchir; un infirmier musulman lui tenait compagnie.

— Le docteur va venir, prévint-il en quittant la pièce.

Restés seuls, le Français et le jeune Algérien se taisaient, perdus dans leurs pensées. François alluma une cigarette. Une dizaine de minutes plus tard, le médecin entra.

— Merci d'être venu, dit-il sobrement.

— Que se passe-t-il?

Le docteur Duforget prit François à part et lui parla à voix basse.

— Hier, un légionnaire allemand en civil a essayé de s'introduire dans la chambre de Malika. Il a été surpris par un infirmier, un costaud qui a aussitôt donné l'alarme. Dans sa fuite précipitée, le légionnaire s'est assommé en tombant dans l'escalier. Nous l'avons soigné. C'est dans la soirée que nous avons appris de la bouche de son commandant, venu le chercher, qui il était.

— Quelles explications vous a-t-il données?

— Aucune : secret militaire!

— De quoi ont-ils peur?

— Sans doute qu'elle témoigne de ce qu'elle a subi.

— Elle serait prête à le faire?

— Pas encore, mais je l'y encourage. Vous savez, j'ai encore en mémoire les sévices qu'on a infligés, ici même, en 1956, à Djamila Bouhired. Un jour, il faudra bien que ces salauds soient traduits en justice et paient pour leurs crimes!

— Vous avez raison, mais c'est un peu prématuré... Avez-vous une idée d'un endroit où je puisse la conduire ?

— Non, et d'ailleurs, il vaut mieux que je ne le sache pas. Je suis surveillé à la fois par l'armée et par les activistes. Si les petits copains du légionnaire m'interrogent, je ne suis pas sûr d'être capable de garder le silence — raison pour laquelle j'ai toujours sur moi une capsule de cyanure... Vous me trouvez lâche, n'est-ce pas ?

— Ne dites pas de bêtises ; nul ne peut savoir comment il réagirait sous la torture. Ce n'est pas une question de courage : j'ai vu des hommes s'effondrer au premier interrogatoire et d'autres mourir après plusieurs semaines de martyre sans avoir parlé.

La porte s'ouvrit et Malika entra, soutenue par un infirmier musulman d'une impressionnante stature.

— Voici l'infirmier qui a surpris l'Allemand. Comme vous le voyez, c'est un gaillard... Il va vous accompagner. Son prénom est Yacef et je le soupçonne d'appartenir au FLN, indiqua rapidement le médecin.

Béchir s'était approché de sa sœur dont le pauvre visage, encore tuméfié, s'éclaira d'un sourire. Il lui prit la main et la porta à ses lèvres, tremblant de la tête aux pieds. On avait revêtu la jeune fille d'une sorte de pyjama sombre et d'un burnous gris sale.

— Une camionnette nous attend dans la cour. Pouvons-nous la faire sortir sans être remarqués ? s'enquit François.

— J'ai fait le nécessaire, répondit Yacef.

— Bien, fit le médecin. Suivez-le. Tenez, voici de la pénicilline, des seringues et les médicaments nécessaires. Elle doit recevoir deux injections par jour. Si son état s'aggravait, mais seulement si vous le jugiez préoccupant, appelez-moi, je viendrais ou je vous enverrais un confrère. Bonne chance !

Devant la porte du bureau se trouvait une chaise roulante dans laquelle l'infirmier fit asseoir Malika. Il abaissa la capuche du burnous sur le visage de la jeune fille et poussa la chaise. François et Béchir suivirent. Au long des couloirs, ils croisèrent quelques malades et du personnel hospitalier; personne ne fit attention à eux.

Dans la cour, Benguigui attendait au volant de la camionnette. Yacef souleva Malika et s'installa avec elle à l'arrière du véhicule. Sur un signe de François, Béchir monta à ses côtés sur la banquette avant. Doucement, Benguigui démarra. Une fois sorti de l'hôpital, il demanda :

— Où allons-nous ?

— À l'Aletti.

— Vous êtes fou ! C'est plein de policiers et d'indics !

— Nous passerons par le chemin de Béchir.

— J'ai la clef sur moi, ajouta le garçon. Pour entrer, ce ne sera pas difficile; c'est à l'étage qu'il faudra faire gaffe.

— On vous déposera tous les trois devant l'issue de secours. Ensuite, Joseph et moi, nous entrerons par la grande porte.

— Qu'est-ce que je fais de la camionnette ?

— Il faudra l'abandonner.

— Quoi ? ! Et qu'est-ce que je vais dire à son propriétaire ?

— Vous direz que les flics l'ont réquisitionnée.

— Bah, tiens ! Que je suis couillon de ne pas y avoir pensé ! grinça Benguigui en se forçant à l'ironie.

— Ne vous faites pas de souci, si on ne retrouve pas la camionnette, j'indemniserai votre camarade.

C'était l'heure du déjeuner et la circulation s'était ralentie. Des véhicules militaires stationnaient devant la préfecture et l'hôtel de ville. Benguigui s'arrêta devant la sortie de secours de la rue Waisse. François descendit et regarda autour de lui.

— Vas-y, ordonna-t-il à Béchir, je te retrouve près de la chaufferie dans une vingtaine de minutes.

Le jeune homme bondit et alla ouvrir la porte. Sur un geste de Tavernier, Yacef descendit à son tour, portant Malika, et s'engouffra dans l'hôtel. Béchir referma la porte sur eux.

— On ne peut pas laisser la camionnette ici, ce serait suspect. Je vais la garer rue Arago... en espérant qu'un gendarme ne nous fera pas circuler, déclara Benguigui. Allez à l'hôtel, je vous y rejoins.

— Entendu, je vous attends au Cintra.

Moins d'un quart d'heure plus tard, le chauffeur de taxi s'installait près de François et, fusil à l'épaule, ce qui ne sembla surprendre personne, commanda une anisette. Son verre vidé, François l'entraîna vers l'ascenseur.

— Il faut que je prévienne Léa, l'avisa-t-il à l'étage.

La porte de leur chambre était grande ouverte et deux femmes de chambre achevaient leur ménage.

— Léa!

— La dame est sortie, indiqua l'une des deux employées.

— Ah... très bien. Vous avez terminé?... Alors, laissez-nous, s'il vous plaît.

À peine eurent-elles quitté les lieux qu'il referma la porte.

— Où peut-elle bien être? s'interrogea-t-il à haute voix.

— Elle ne doit pas être bien loin, le rassura Benguigui. C'est chouette comme endroit, ajouta-t-il en détaillant les lieux.

— Restez ici, je n'ai pas la clef : je vais la chercher. Faites le guet et sifflez s'il y a du monde dans le couloir.

— Bien, chef!

Dans les sous-sols, près de la chaufferie, régnait une chaleur étouffante. Béchir, Malika et Yacef se tenaient tous trois blottis dans un recoin sombre.

— Malika s'est évanouie, souffla Béchir à François qui venait de les rejoindre.

— C'est la chaleur, murmura Yacef. Ne t'inquiète pas trop.

— Le monte-charge est là, il s'arrête à votre étage dans l'escalier de service, indiqua Béchir.

L'infirmier soulevait la jeune fille quand un bruit de voix les immobilisa. Deux Européens se dirigeaient vers des caisses en bois entreposées à quelques pas d'eux. À l'aide d'un pied-de-biche, l'un des nouveaux arrivants décloua le couvercle d'une caisse.

— Ils ont tenu parole : il y a là de quoi faire sauter toute la ville. Ne restons pas ici. Là-haut, ils vont remarquer notre absence, fit-il à l'adresse de son compagnon.

Le couvercle refermé, ils quittèrent le sous-sol.

— Allons-y, c'est le moment, décida François en quittant leur cachette.

Ils prirent place dans le monte-charge qui s'ébranla lentement. Béchir tremblait d'impatience.

Quand l'élévateur stoppa, François sortit le premier, entrouvrit la porte donnant sur le couloir des chambres : personne ; et Benguigui ne sifflait pas. Il poussa le battant et fit signe aux autres de le suivre.

Dans la chambre, allongée sur le lit et débarrassée de son burnous, Malika reprit peu à peu conscience. Les trois hommes se détournèrent quand l'infirmier lui fit la piqûre dont elle avait besoin.

— Elle doit se reposer, maintenant. Je m'en vais, mais je reviendrai ce soir voir si tout va bien et lui faire sa deuxième injection. Si elle se réveille, donnez-lui un peu à boire, et à manger si elle a faim ; elle n'a rien avalé depuis quatre jours... N'oubliez pas :

pour le moment, il faut que quelqu'un reste auprès d'elle.

— Je veillerai sur elle, décida Béchir.

— Bien, mon garçon.

Yacef se planta devant François et le pied-noir, les dominant de sa haute taille.

— Dommage que tous les roumis ne soient pas comme vous, laissa-t-il tomber avant de quitter la chambre.

Béchir s'assit sur le lit auprès de sa sœur. Des yeux clos de Malika s'échappaient de lourdes larmes. Le frère eut un sanglot et murmura entre ses dents :

— Je les tuerai !

La sonnerie du téléphone les fit sursauter. François décrocha : c'était Léa.

— Je suis dans le hall, annonça-t-elle.

— Attends-moi, je descends.

Il raccrocha et s'adressa à Béchir :

— Je vais mettre l'écriteau « Ne pas déranger ». Toi, tu n'ouvres à personne. À mon retour, je frapperai deux coups, puis trois... Tu dois avoir faim ?

« Non », signifia-t-il de la tête.

— Je t'apporterai quand même quelque chose, mais un peu plus tard... Surtout, n'ouvre à personne, et mets le verrou. Tu es sûr que tu peux rester seul ?

— Oui, merci... Merci à tous les deux !

Assise dans l'un des fauteuils du hall, Léa, vêtue d'un tailleur d'un vert printanier et chaussée d'escarpins rouges, s'entretenait avec trois journalistes.

— Ah, voici mon mari, dit-elle en se levant : c'est à lui qu'il faut poser des questions... Bonjour, monsieur Benguigui.

— Bonjour, madame.

— J'ai été faire un tour, cette ville a l'air magnifique...

— Elle l'est, madame, approuva Joseph Benguigui. François, avez-vous encore besoin de moi ?

— Non, Joseph, merci. Appelez-moi ce soir, si vous le voulez bien. Chérie, as-tu déjeuné ?

— Non, je t'attendais. Où va-t-on ?

— Monsieur Tavernier, s'il vous plaît...

— On reste ici, le restaurant de l'hôtel est convenable.

— Monsieur Tavernier, pouvez-vous nous dire quelques mots sur la situation ?

— Quelle « situation » ? Je suis en vacances...

— Mais... Monsieur Tavernier, le général de Gaulle...

— N'insistez pas, je n'ai rien à dire.

— Que pensez-vous de l'affaire Massu ?

— S'il vous plaît, messieurs, ma femme et moi, nous mourons de faim, et comme chacun sait, ventre affamé n'a point d'oreilles...

Négligeant l'ascenseur, ils gagnèrent à pied le premier étage où se trouvait la salle à manger. Vu l'heure tardive, seule une table restait occupée ; des reporters étrangers y noyaient leur ennui dans l'alcool. Le maître d'hôtel les conduisit près des fenêtres dominant le port et leur tendit la carte.


Comme à son habitude, Léa mangea de bon appétit une cuisine pourtant insipide, en buvant du vin de Médéa. Après quelques bouchées, François repoussa son assiette et alluma une cigarette. À travers la fumée, il la regardait, s'étonnant une nouvelle fois de sentir en lui, en dépit des années, une tendresse, un désir inchangés, et cette peur persistante de la perdre.

— Pourquoi me regardes-tu ainsi ?

Il sourit sans répondre. À son tour, elle alluma une cigarette et fixa les yeux sur lui. Ils restèrent un long moment à se contempler, indifférents aux éclats de voix qui s'élevaient de la table voisine. Une question du maître d'hôtel les ramena à la réalité.

— Prendrez-vous du café ?

— Oui, s'il vous plaît.

— Qu'as-tu fait, ce matin? reprit Léa.

— Je suis allé chercher une jeune Algérienne blessée. Elle est dans la chambre.

— Quoi?!

— Elle n'avait pas d'autre endroit où aller... Elle a été torturée. J'ai pu la faire libérer, puis soigner, mais ses tortionnaires la recherchent, sans doute pour l'éliminer.

Un serveur déposa les tasses devant eux. Léa attendit qu'il se fût éloigné pour en savoir davantage.

— Combien de temps va-t-elle rester?

— Je n'en sais rien... Le reporter qui occupe la chambre voisine de la nôtre est absent pour quelques jours et m'a laissé sa clef...

— Pour quoi faire?

— Parce que je la lui ai demandée... Les deux chambres communiquent, mais la sienne donne sur un autre couloir. Je me suis dit qu'en cas de besoin...

— Allons voir ta protégée.

Béchir entrouvrit d'abord la porte, puis s'écarta complètement pour les laisser entrer. Étonné, sur ses gardes, il dévisageait Léa.

— Ne t'inquiète pas, c'est ma femme... Léa, je te présente Béchir, le frère de Malika. Comment va-t-elle?

— Elle dort, mais elle gémit dans son sommeil.

Tous trois se penchèrent à son chevet. Elle ouvrit soudain les yeux et se dressa en criant :

— Non!... Non! Laissez-moi! Laissez-moi!

Béchir la prit dans ses bras.

— Malika, c'est moi...

Folle d'épouvante, elle se débattait. Léa saisit les mains brûlantes de la jeune fille et se mit à lui parler doucement. Quand elle se fut apaisée, Béchir la rallongea et s'éloigna pour cacher ses larmes. François, de son côté, ouvrit la double porte donnant sur la chambre contiguë ; il y régnait une odeur de renfermé. Il alla pousser le verrou de la porte d'entrée et s'en revint dans leur chambre.

— On va installer Malika à côté, elle y sera plus en sécurité, annonça-t-il au jeune Algérien.

— Je pourrai rester avec elle ?

— Évidemment.

— Tu crois que je pourrais aller dire à ma mère que tout va bien ?

— Oui, mais fais attention aux UT !

Béchir saisit la main de François et la porta à son front.

— Dieu te bénisse, le remercia-t-il en arabe.

Il quitta la chambre, le cœur empli de gratitude.

François souleva la blessée et la transporta dans la seconde pièce.

— Fais doucement, recommanda Léa en ouvrant le lit. Maintenant, laisse-nous.

— Je vais aller au GG. Toi, ne bouge pas d'ici.

Restée seule avec la jeune fille, Léa fit couler un bain et entreprit de la dévêtir. Malika protesta en sortant peu à peu de sa torpeur.

— Laisse-toi faire, je suis une femme...

Trop lasse, la jeune fille abandonna toute résistance.

— Mon Dieu ! s'exclama Léa.

Les seins s'ornaient d'arabesques en pointillés, dessinées sans doute à la braise d'une cigarette. Des traces de coups marquaient la chair tendre du ventre et des cuisses.

Léa l'aida à se lever. De ses mains, Malika dissimula son sexe. À petits pas, elles marchèrent jusqu'à la baignoire. Soutenue par cette femme qu'elle ne connaissait pas, Malika glissa dans l'eau tiède en gémissant.

Plus tard, la confiance venue, la jeune fille évoqua

en pleurant les sévices subis à la villa Sesini et ce tortionnaire qui l'insultait en espagnol, brûlant son corps à l'aide de sa cigarette, la musique mise à fond pour étouffer les cris. Le visage enfoui dans ses mains, Malika dit le viol, ses supplications, l'hilarité de son bourreau au spectacle de ses chairs déflorées, les encouragements à la prendre à sa suite, qu'il prodiguait à ses camarades. « Allez-y, les gars, j'ai fait le chemin : elle est bonne, la salope ! » À tour de rôle, ils s'étaient acharnés sur elle jusqu'à ce qu'elle en perdît connaissance. Ensuite, tout devenait flou dans son esprit. Avait-elle livré des informations ? Elle l'ignorait. De toute façon, elle ne savait pas grand-chose.

Les paroles de Malika firent resurgir chez Léa d'affreux souvenirs. Avec des gestes et des mots tendres, elle tenta d'apaiser la malheureuse, qui, de guerre lasse, finit par s'assoupir, recrue de fatigue et de chagrin.

Il était dix-sept heures quand François arriva à la caserne Pélissier, où il demanda à être reçu par le colonel Argoud. Dès qu'il fut introduit auprès de lui, le colonel l'interrogea d'un ton rogue :

— Que me voulez-vous encore ?

Il s'étonna une nouvelle fois de l'aspect fluet et de la petite taille du colonel qui semblait flotter dans des vêtements trop grands pour lui.

— Je viens aux nouvelles..., répliqua Tavernier avec une ironie que perçut immédiatement l'officier.

— Vous venez aux nouvelles... Vous ne manquez pas de culot ! Vous, l'homme de De Gaulle !... Il en fait de belles, d'ailleurs, votre patron : le général Massu m'a appelé vers trois heures — il me téléphonait de chez son beau-frère —, bouleversé par son entrevue avec le Vieux. Savez-vous comment celui-ci l'a accueilli ?... « Eh bien, Massu, je vous garde, je vous demande de ne pas quitter l'armée. Je vais vous donner un bon poste... » Vous imaginez l'effet que ça lui a fait, au vainqueur de la bataille d'Alger, à celui qui se disait le fidèle grognard de De Gaulle? Il a dû constater avec amertume que le chef de l'État ne comprenait rien au problème algérien. Ce sont ses mots!

— Vous a-t-il donné des instructions concernant la conduite à tenir en cas d'insurrection?

Le colonel Argoud toisa son interlocuteur.

— Je vous rappelle que c'est le général Crépin qui, désormais, commande le corps d'armée d'Alger, et que c'est auprès de lui que je prends mes ordres.

— Je vous en félicite.

— Le général Massu considère que c'est sur place qu'il y a lieu de juger de la conduite à tenir.

— En somme, il vous a donné carte blanche...

En voyant les mâchoires du colonel se serrer, Tavernier comprit qu'il avait fait mouche. Jusqu'à quel point Argoud s'était-il impliqué auprès des activistes? Comme pour répondre à sa pensée, le colonel reprit sur le ton de la confidence:

— J'ai obtenu d'Ortiz la promesse qu'il se bornera, demain, à une démonstration pacifique, drapeaux en tête et sans armes.

— Compliments. Et, en échange, à quoi vous êtes-vous engagé?

Une nouvelle fois, l'ancien chef d'état-major de Massu accusa le coup. La sonnerie du téléphone le dispensa de répondre.

— Allô!...

Quand il raccrocha, son visage tendu s'était empourpré. Comme se parlant à lui-même, il murmura:

— Lagaillarde aurait fait entrer des voitures bourrées d'armes à la faculté. Qu'est-ce que ça veut dire?

— Il organise peut-être sa propre révolution...

— C'est de la folie! Il n'a pas trente homme avec lui, affirma-t-il d'une voix sèche.

— Vous savez bien que ce n'est pas le nombre qui compte... L'impression que j'ai de tout cela, c'est qu'il règne une grande confusion, aussi bien du côté de l'armée et du Gouvernement général que de celui des éventuels manifestants... Qu'en est-il de ce comité d'officiers révolutionnaires qui siège à Mustapha et qui envisage une action contre le général de Gaulle lorsqu'il sera en voyage aux USA ? Le général Faure est-il au courant ?

— Demandez-le-lui !

— Je le ferai... Au fait, auriez-vous entendu parler d'un complot de technocrates, formés dans les groupes de travail de l'OTAN, et qui attendraient eux aussi le déplacement du chef de l'État, au mois d'avril, pour agir ?

— Contre de Gaulle, ce ne sont pas les complots qui manquent en ce moment, à Alger ou en métropole : les francs-maçons, les communistes, les activistes... Mon camarade Gardes vous le confirmera.

— Gardes... Oui, bien sûr.

— Excusez-moi, je dois me rendre au GG. Puis-je vous déposer quelque part ?

— Volontiers.

François retint un sourire quand le colonel coiffa son képi, trop large pour lui : il ne devait qu'à ses oreilles de ne pas lui tomber sur les yeux.

Dans la rue de Bab el-Oued, de petits groupes de jeunes gens tenaient des discussions animées. Place du Gouvernement, des parachutistes contaient fleurette à des jeunes filles tandis que, rue Bab-Azoun, des hommes des unités territoriales semblaient rentrer chez eux. Devant l'Aletti, une maigre foule de journalistes se précipita sur la Jeep qui s'arrêtait.

— Mon colonel, la manifestation de demain est-elle interdite ?

— Mon colonel, avez-vous des nouvelles du général Massu ?

— Mon colonel...

— Descendez, Tavernier. Je vous laisse à ces sauvages.

À peine eut-il posé pied à terre que la Jeep redémarra brutalement. Un photographe n'eut que le temps de l'éviter.

— Assassin ! hurla-t-il en rattrapant son appareil-photo.

François grimpa les marches en repoussant les journalistes qui s'étaient rabattus sur lui.

— Soyez chic, quoi, répondez-nous !... On fait notre boulot, nous !...

Dans le hall, l'avocat Jean-Baptiste Biaggi s'entretenait avec un député algérien. Au pied des ascenseurs, deux prostituées proposaient leurs services.

Sans bruit, François entra dans la chambre, puis dans celle où ils avaient couché la jeune Algérienne. Un moment, il demeura sur le seuil à contempler les deux femmes qui dormaient, la tête de Malika reposant sur l'épaule de Léa. Doucement il referma la porte.

Sur du papier à lettres à en-tête de l'hôtel, il griffonna quelques mots et ressortit aussitôt.

François Tavernier traversa la rue Alfred-Lelluch, monta l'escalier menant au boulevard Bugeaud et se dirigea vers le boulevard Laferrière. Au milieu de la rue Charles-Péguy, il croisa le lieutenant Mamy qui lui adressa un salut plein d'ironie. À la terrasse de l'Otomatic, des jeunes gens discutaient en buvant des bières. Assis sur les marches de l'université, des étudiants semblaient monter la garde. Près du tunnel des Facultés, des parachutistes faisaient les cent pas en fumant ; d'autres attendaient dans leurs camions, tandis que d'autres encore, appuyés contre les pare-chocs des véhicules, échangeaient quelques mots avec les passants. Des applaudissements fusèrent. La foule des samedis soirs ne se pressait pas rue Michelet, dont la plupart des magasins demeuraient fermés : sur les « Champs-Élysées » d'Alger pesait cet air ennuyé des dimanches que le style haussmannien des immeubles accusait. Le soleil se couchait derrière les collines et l'ombre envahissait peu à peu les rues, amenant avec elle une sensation de froid.

Un groupe de jeunes hommes descendit la rue en courant, brandissant des drapeaux et criant : « Algérie française ! » François fit demi-tour et les suivit de loin. Place Lyautey, des dizaines d'autres jeunes débouchèrent du tunnel des Facultés en scandant des slogans hostiles au général de Gaulle. Au-dessus d'eux, suspendu à la balustrade de l'université, flottait le drapeau français.

— À bas de Gaulle !... Massu au pouvoir !...

De nouveaux arrivants les rejoignirent et entreprirent de décrocher les perches des trolleybus de la rue Charles-Péguy. Certains, munis de pots de peinture, traçaient déjà des croix celtiques sur les murs avoisinants ; ils devaient être quelques centaines. Parmi eux, François remarqua un Algérois un peu plus âgé qui semblait guider les manifestants. Tout à coup, il découvrit Pierre Lagaillarde, sorti d'il ne savait où, s'avançant vers l'homme. Un moment, les deux personnages se firent face, accompagnant leur discussion de grands gestes. Soudain, la main du député se leva et s'abattit sur le visage de son interlocuteur. Lagaillarde lui tourna aussitôt le dos pour s'en prendre aux porteurs de peinture. Un petit groupe qui essayait de remonter vers le Forum fut d'abord repoussé par les CRS, puis tenta de traverser le boulevard Laferrière : là encore, le service d'ordre leur interdit le passage.

— De Gaulle au poteau !... De Gaulle à Moscou !... hurlaient les manifestants.

Devant l'immeuble de la Compagnie algérienne de

crédit et de banque, où se trouvait le siège de la Fédération des unités territoriales, des territoriaux, fusil en bandoulière, entouraient Joseph Ortiz et le commandant Sapin-Lignières, président de la Fédération. Le patron de la brasserie du Forum parlait en relevant le menton :

— Voici donc, messieurs, les instructions que j'ai à vous donner en tant que responsable civil. Elles ont l'accord du général Faure, des colonels Argoud et Gardes. Mobilisation générale des unités territoriales, ordre de rappel individuel, tenue habituelle et en armes. Les points de rassemblement seront précisés par le commandant Sapin-Lignières et le capitaine Ronda... Monsieur Tavernier, vous êtes là en observateur ?

Ortiz venait à lui, un sourire trop chaleureux sur les lèvres ; pas moyen de l'éviter !

— J'ai été pris dans la manifestation des étudiants, je cherchais à regagner mon hôtel... Pas facile, avec tout ce déploiement de forces !

— Il n'est pas prudent pour vous de traîner dans les parages : un de mes hommes va vous raccompagner...

— Ça ne sera pas nécessaire, je connais le chemin.

— Comme vous voudrez...

Les petits yeux noirs de monsieur Jo n'avaient rien d'amical.

François descendit d'abord jusqu'au square du Plateau des Glières. Boulevard Baudin, des gendarmes mobiles s'efforçaient d'empêcher des jeunes gens d'affluer vers la Grande Poste, où quelqu'un agitait déjà un drapeau tricolore. La nuit tombait.

À grandes enjambées, François marchait maintenant sous les arcades du boulevard Carnot, préoccupé : Faure, Argoud et Gardes étaient-ils manipulés par le patron du Front national français ? À la hauteur de la préfecture, des gendarmes lui demandèrent ses papiers.

Le Cintra connaissait l'affluence des grands jours. Au bar, des correspondants de presse venus du monde entier échangeaient, pour avoir l'air d'être au courant d'événements auxquels ils ne comprenaient rien, des informations qu'ils savaient fausses.

Accoudé au comptoir de chêne, Paul Ribeaud, frère de Guy, avec lequel François Tavernier avait participé aux manifestations de mai 58, reporter à *Paris-Match,* était en conversation animée avec un avocat algérois, secrétaire du parti de Joseph Ortiz. Maître Jacques Laquière, connu pour être au nombre des plus extrémistes parmi les « ultras », dissimulait son regard derrière des lunettes noires. Près de lui, un homme trapu : un blazer bleu marine et une chemise blanche s'ouvraient sur son large cou, aussi court que sa silhouette. François eut toutes les peines du monde à atteindre le comptoir derrière lequel les deux barmen ne savaient plus où donner de la tête.

— Un double whisky, commanda-t-il.

Il sortit un paquet de cigarettes de sa poche.

— Vous n'auriez pas du feu? demanda-t-il à son voisin.

— Bonsoir, Tavernier. Je ne savais pas que vous étiez à Alger, fit le reporter en lui tendant la flamme de son briquet.

— Merci... Moi aussi, j'ignorais que vous y étiez.

— Pas pour longtemps : je pars pour le Sahara.

— Ah! pour la bombe...

— On ne peut rien vous cacher! Mais vous-même?...

— Je m'informe.

— La pêche est bonne? s'enquit l'avocat.

— Intéressante. Monsieur?...

— Excusez-moi, se reprit Ribeaud, je vous présente mon ami, maître Jacques Laquière... Jacques, voici François Tavernier, qui est, dit-on, dans les petits papiers du général de Gaulle. Il était avec mon frère et Delbecque auprès de Salan en 1958. Et voici Jean Brune, le directeur adjoint de *la Dépêche quotidienne.*

Les trois hommes se serrèrent la main. François prit le verre que le serveur avait déposé devant lui. Laquière le considérait.

— À votre santé! lança-t-il en levant son verre, avant de le vider d'un trait.

— Vous faites partie de ceux qui ont ramené le général de Gaulle aux affaires? Félicitations! On voit aujourd'hui le résultat..., déclara, amer, l'avocat.

— Soyez patient, ça ne fait que commencer.

— Que voulez-vous dire?

— Je n'aime pas ce qui se prépare. On exploite l'inquiétude des Français d'Algérie pour les inciter à participer aux manifestations d'opposition au gouvernement en leur faisant croire que l'armée est avec eux.

— Elle l'est! s'emporta Laquière.

— J'en suis moins sûr que vous.

— Alors, les Français d'Algérie se battront seuls pour conserver cette terre à la France!

Jean Brune, qui n'avait pas prononcé un mot, se tourna vers François Tavernier.

— « La guerre d'Algérie est une tragédie calquée sur un canevas des âges grecs. Il n'y manque rien, ni les héros qui se succèdent, ni les délires parfois démesurés des grands rôles, ni les carnages, ni la voix pathétique des chœurs exprimant des supplications et des anathèmes; ni surtout la fatalité qui pèse sur les hommes et les foules et les soumet aux caprices d'une force incohérente mais irrésistible. Et, au sommet du drame, quand l'action nouée au début semble près de se dénouer dans une issue heureuse, se produit l'un de ces coups de théâtre qui, remettant tout en question, renvoie les héros aux géhennes de l'ombre et bâtit leur malheur sur l'éphémère victoire par laquelle ils croyaient avoir scellé le destin! »

Surpris par le ton débordant de lyrisme, François regarda attentivement son interlocuteur.

— Cela sonne comme une prédiction, commenta-t-il.

Les yeux de Brune se fixèrent aux siens ; il y avait dans ce regard comme une interrogation.

— Ainsi, vous faisiez partie de ce petit commando gaulliste dépêché sur place par le faux ermite de Colombey-les-Deux-Églises..., compléta le journaliste d'un ton songeur.

— On peut dire ça.

— Êtes-vous satisfait de la manière dont se sont déroulés les événements depuis le 13 mai ? N'avez-vous pas l'impression d'un immense gâchis ? Les Français d'Algérie n'ont à aucun moment été consultés, ils ont été tenus à l'écart de ce qui constitue aujourd'hui leur vie et bâtira l'avenir de leurs enfants. « L'armée a choisi pour eux et, aux inquiets, elle affirmait qu'elle se portait garante du reste. C'était un nouveau serment de Sidi-Rhalem... Il est curieux de noter que presque tous ceux qui, en France, prétendent faire profession d'amour — les croyants qui pensent avoir reçu du Christ la révélation de la fraternité et les athées qui croient l'avoir héritée de la Révolution — n'ont eu que dédain et brocards pour les fraternisations de mai qui, à travers toute l'Algérie, ont jeté des millions d'hommes les uns vers les autres ! »

— Pouvez-vous honnêtement m'affirmer que vous avez cru à cette parodie de fraternisation ? l'interrompit François.

Jean Brune le considéra avec tristesse.

— Pour moi, monsieur, il ne s'agissait pas d'une parodie. Pour mes amis musulmans non plus. Restons-en là, si vous le voulez bien. C'est une mer plus large que la Méditerranée qui nous sépare. La métropole n'a jamais fait l'effort de nous comprendre, et elle s'apprête à brader l'Algérie sans même nous consulter. Ce pays, ce sont nos aïeux qui l'ont fait et, sans eux, il n'y aurait ici qu'un tas de cailloux. Mais à quoi bon vous expliquer cela?... Je vous salue, monsieur.

Paul Ribeaud et Jacques Laquière prirent congé à leur tour et quittèrent le Cintra. Resté seul, François regretta de n'avoir pu leur avouer qu'il pouvait comprendre leur désarroi, cette peur de perdre la terre sur laquelle tous deux étaient nés. Brune avait raison : cette guerre tournait à la tragédie, mais pas seulement pour les pieds-noirs.

## XVI

Les traits tirés, Gilda s'approcha de François Tavernier.

— Vous voulez boire quelque chose ? lui proposa-t-il.

— Non, venez vite, laissa-t-elle échapper en parcourant la cohue d'un œil apeuré.

— Mais, que se passe-t-il ?

— Venez, je vous en prie !

— Mettez ça sur ma note, dit-il au barman avant de la suivre.

Jouant des coudes, ils se frayèrent un chemin à travers la foule. Devant les ascenseurs, Gilda se colla contre lui et chuchota à son oreille :

— Tout à l'heure, au bar, j'ai entendu des hommes dire qu'ils allaient visiter votre chambre. Je les connais : ils font partie d'une bande qui mène des expéditions punitives contre les musulmans et déposent des bombes dans leurs boutiques...

— Merci.

Négligeant l'ascenseur, François grimpa les escaliers quatre à quatre. À peine essoufflé, il s'arrêta derrière la porte palière de son étage et ôta le cran de sûreté de son arme. Il tendit l'oreille et distingua des voix de femmes, puis entendit la grille de l'ascenseur se refermer. À ce moment-là seulement, il poussa le battant. D'où il se trouvait, il ne pouvait apercevoir l'entrée de sa chambre. Il avança jusqu'à l'angle du couloir : à quelque distance, un homme faisait le guet tandis qu'un second farfouillait dans la serrure. Il fallait l'empêcher d'ouvrir cette porte.

— Bonsoir, messieurs ! Vous cherchez quelque chose ?

Le guetteur se retourna lentement. Instantanément, François sentit qu'il avait affaire à un tueur. Ils s'affrontèrent du regard.

— Mon ami a oublié sa clef à l'intérieur.

— Cela m'étonnerait : vous devez vous tromper de numéro...

D'une chambre voisine, un couple sortit.

— Il a raison, déclara son acolyte ; moi, c'est la 215... Excusez-nous, monsieur, on s'est trompés d'étage.

— Ça arrive... Voulez-vous que je demande au concierge de vous envoyer quelqu'un ?

— Vous êtes trop aimable, ce n'est pas la peine... Nous allons redescendre demander un double.

— Comme vous voudrez. Bonsoir, messieurs.

Dès qu'il se fut assuré de leur départ, François fit tourner la clef et entra dans la chambre. À peine éveillée, Léa se tenait debout devant lui.

— C'est toi qui cherchais à forcer la serrure ?

Il mit un doigt sur ses lèvres et se dirigea vers le fond de la pièce.

— Il faut partir d'ici, chuchota-t-il.

— Qu'est-ce que tu racontes ?

— Je t'expliquerai plus tard. En attendant, prépare un petit bagage... Comment va Malika ?

— Mieux : nous avons dormi tout l'après-midi... Les enfants ont appelé : tout va bien. Ils m'ont chargée de t'embrasser très fort.

— Ils n'ont guère de chance d'avoir des parents comme nous !

François décrocha le téléphone et demanda qu'on lui passât le bar.

— Gilda est-elle là ?

— Oui, monsieur.

— Je voudrais lui parler, s'il vous plaît.

— Mais...

— C'est urgent, dépêchez-vous !

Au bout de quelques secondes :

— ... Allô ?

— Gilda ?

— Oui.

— Ici Tavernier : nous nous sommes quittés à l'instant... Vous aviez raison. Merci. À votre avis, que cherchaient-ils ?

— Je n'en sais rien... Tout ce que je peux dire, c'est que ce sont des spécialistes des explosifs... Ils ont déjà plastiqué des magasins.

— Ils sont nombreux, dans leur genre ?

— Non, je ne pense pas.

— Maintenant, faites bien attention à ce que vous allez me répondre : pouvez-vous trouver un taxi et m'attendre à son bord, dans un quart d'heure, devant la sortie de secours de l'hôtel ?

— Oui... je crois.

— C'est très important !

— C'est entendu, j'y serai.

Léa avait enfilé un blue-jean, un pull et des chaussures confortables. Dans un sac, elle avait jeté ses affaires de toilette, de la lingerie, deux ou trois vêtements et les livres qu'elle avait apportés de Paris.

— Je vais avertir Malika ?

Un coup frappé à la porte les immobilisa. François fit signe à Léa de s'en écarter. Son pistolet à la main, il demanda :

— Qui est-ce ?

— C'est moi !

Le verrou repoussé, Béchir et l'infirmier de l'hôpital Maillot entrèrent.

— Où est Malika? interrogea tout de suite ce dernier.

— Dans la chambre d'à côté.

— Comment va-t-elle?

— Mieux, je pense, répondit Léa. Elle a un peu mangé.

— C'est bon signe. Je vais lui faire son injection.

Quand ils eurent quitté la pièce, Béchir prit la main de François et la porta à son front.

— Ce n'est pas le moment, dit celui-ci en dégageant sa main. Il faut partir, nous ne sommes plus en sécurité ici.

— Et Malika?

— Elle ne peut pas rester ici non plus, c'est trop risqué. Chez tes parents, ce n'est toujours pas possible?

« Non », fit Béchir de la tête.

— Ton père est un vieux fou!... Sa fille est en danger de mort et il ne pense qu'à son prétendu honneur...

— Ne parle pas comme ça de mon père!

Dressé comme un jeune coq face au Français, l'adolescent n'avait pas l'air de plaisanter.

— Tout cela est stupide!

— Comment peux-tu juger de ces choses, toi, un étranger?

De la colère et des sanglots se mêlaient dans la voix du jeune Algérien. François le considéra et eut un geste fataliste :

— *Inch Allah...*

Quelque chose comme un éclat de joie s'alluma dans les yeux du gamin.

— *Inch Allah!* fit-il en écho.

François lui frictionna amicalement la tête.

— Il faut absolument que ta sœur rejoigne la Casbah; elle y sera plus en sécurité qu'ici. Al-Alem disait pouvoir la cacher...

— Sans doute, mais ce ne sera pas facile d'échapper aux patrouilles.

— J'ai demandé à Gilda de m'attendre avec un taxi devant la sortie de secours...

— Gilda ? !... Tu fais confiance à une prostituée ?

— C'est elle qui m'a averti que deux hommes tentaient de s'introduire ici.

— Mais elle ne savait pas qu'une musulmane s'y cachait.

— Tu as raison ; je suis idiot de ne pas y avoir pensé... J'appelle Duforget... Où ai-je mis son numéro ?

— 695-12, le secourut Yacef qui sortait de la chambre où Malika était encore allongée.

— Quoi ?

— 695-12, c'est la ligne directe du docteur.

François demanda le numéro à la standardiste. Une voix d'assistante lui répondit.

— Allô ?... Je voudrais parler au docteur Duforget, s'il vous plaît.

— Ne quittez pas, je vous le passe...

... Bonsoir, docteur. Tavernier à l'appareil. Nous devons quitter l'hôtel et les taxis ne sont pas sûrs.

— Yacef est-il toujours avec vous ?

— Oui, il est encore là.

— Passez-le-moi.

François tendit le combiné à l'infirmier :

— Il souhaite vous parler...

Quand celui-ci eut raccroché, sa mine était soucieuse.

— Alors ? s'impatienta Béchir.

— Il vient lui-même.

— Cela n'a pas l'air de vous plaire..., remarqua François.

— C'est dangereux pour lui de se montrer par ici : c'est un repaire de bouffeurs d'Arabes.

— Il n'est pas arabe...

— Pour ces gens-là, ceux qui les aident sont encore pires.

François se souvint du jugement du colonel Gardes à propos de Duforget : « On dit qu'il apporte son aide au FLN. »

— Quelles sont ses instructions ?

— Qu'on le retrouve devant l'entrée du boulevard Carnot ; il y a moins de monde de ce côté-là.

— Et l'escalier de service débouche près de la sortie, ajouta Béchir ; ce ne sera pas la peine de passer par la chaufferie.

On frappa : tout le monde se figea.

— C'est Benguigui, ouvrez ! entendit-on derrière la porte.

— Yacef, Béchir, allez rejoindre Malika ! ordonna François.

Quand ils se furent enfermés dans la chambre voisine, il ouvrit. Le chauffeur de taxi entra ; sa mauvaise humeur était manifeste.

— J'aurais mieux fait de me casser une jambe le jour où je vous ai rencontré ! Heureusement que je suis tombé sur Gilda : elle était plantée devant l'hôtel, affolée à l'idée de ne pas trouver de taxi. Vous auriez pu choisir quelqu'un d'un peu moins voyant pour faire vos commissions...

— Arrêtez vos jérémiades ! Merci quand même d'être monté. Des hommes ont essayé de pénétrer ici...

— Vous les avez vus ?

— Oui : un grand type brun, costaud, l'air mauvais, et un plus petit, sans doute aussi plus malin. Tous deux portaient des blousons de cuir.

— Les frères Mattei !

— Vous les connaissez ?

— Oui et non... Certains n'hésitent pas à les employer pour leurs basses besognes. Ce sont des indicateurs de la police et, de plus, des souteneurs : à

Belcourt, deux ou trois filles tapinent pour eux. On dit que ce sont des as du plasticage... Que pouvaient-ils chercher chez vous, ou plutôt qui les y a envoyés?... Vous devriez retourner au Saint-George. Ici, on entre et on sort comme dans un moulin... J'ai un cousin, là-bas, à la réception : c'est un bon gars, il pourra vous aider... La fille est toujours là?

— Oui, à côté; son frère et l'infirmier de l'hôpital Maillot sont auprès d'elle. Le docteur Duforget vient la chercher.

— En voilà un qui ne va pas faire de vieux os! Dommage, c'est un brave homme...

— Il aide réellement le FLN?

— En tout cas, c'est ce qu'on prétend à Alger. Ce n'est peut-être pas vrai, mais c'est ce qu'on dit : ici, c'est du pareil au même.

— Vous avez récupéré votre taxi?

— Non, mais la camionnette est toujours garée au même endroit. Il serait imprudent que je l'approche davantage de l'hôtel... La fille peut-elle marcher?

— Je l'espère... Elle s'appelle Malika.

— C'est joli...

— On va descendre en deux groupes : vous d'abord, avec ma femme et Béchir, puis Malika, Yacef et moi.

François alla ouvrir la porte de communication. La jeune fille sortit, soutenue par Béchir. Elle portait un long manteau appartenant à Léa. Un foulard noué sur sa tête masquait en partie son visage tuméfié, mais un sac et d'élégantes chaussures lui donnaient l'allure d'une Européenne.

— Je suis désolée de vous causer tant d'embarras, s'excusa-t-elle en souriant bravement.

— Ne pensez pas à cela. Croyez-vous que vous pourrez marcher jusqu'à la voiture du docteur Duforget?

— Oui, ça ira.

— Benguigui, partez les premiers ; nous vous suivrons à trois minutes d'intervalle. Conduisez ma femme au Saint-George et revenez par ici. Béchir, tu nous attendras en bas et tu feras le guet.

Léa se blottit contre son mari.

— Sois prudent et viens vite me rejoindre.

Le premier groupe descendit sans encombre l'escalier de service. Joseph et Léa sortirent de l'hôtel et se dirigèrent vers la camionnette, laissant Béchir attendre le docteur Duforget.

Aidé de sa parfaite connaissance des rues d'Alger, le chauffeur évita les points de contrôle. Ils firent le détour par Belcourt et la Redoute pour rejoindre l'avenue Foureau. À l'entrée des jardins entourant le Saint-George, ils furent arrêtés par le service de sécurité. Un des employés reconnut Benguigui.

— Bonsoir, Joseph. Tu en as, un drôle de taxi...

— J'avais un déménagement à faire... Sais-tu si mon cousin David est là ?

— Oui, je l'ai croisé en venant prendre mon poste. Je vois que tu es en bonne compagnie...

— Un peu de tenue, voyons ! C'est une amie, et elle descend à l'hôtel.

Ils gravirent l'allée et franchirent une voûte avant de se garer.

— Venez, dit alors Benguigui, je vous accompagne au bar : vous m'y attendrez le temps que je trouve mon cousin.

Une Aronde bleue s'arrêta à l'angle du boulevard Carnot et de la rue Delcassé au moment où cinq ou six parachutistes, venant de la préfecture voisine, entraient à l'hôtel Aletti. À l'intérieur de l'établissement, Béchir n'eut que le temps d'avertir ses compagnons qui s'apprêtaient à quitter l'escalier de service. François sortit dans le hall puis sur le trottoir, devant l'immeuble, pour se rendre compte de la situation. Il aperçut l'Aronde garée à faible distance, s'approcha d'elle et y reconnut le médecin. Il lui fit signe de patienter, puis revint sur ses pas. Aidée par François, Malika parcourut les quelques mètres qui les séparaient de la voiture, se mordant les lèvres pour éviter de se trouver mal.

— Où allons-nous? demanda Duforget.

— Dans la Casbah, répondit Béchir. Au Tombeau des Deux Princesses.

— Tous les accès de la Casbah ne sont-ils pas contrôlés?

— À proximité de la rue d'Héliopolis, il y a une ruelle qui ne l'est sans doute pas, corrigea Yacef. Un de mes cousins habite la maison qui fait l'angle à cet endroit. Je peux y conduire Malika en attendant de lui trouver un refuge plus sûr.

La voiture démarra, les trois musulmans installés sur la banquette arrière et les Européens sur les sièges avant. Rue du Colonel-Colonna-d'Ornano, quelques hommes des unités territoriales se tenaient au pied de l'église Saint-Augustin, tandis que d'autres discutaient devant l'Opéra; ils s'arrêtèrent de parler pour regarder l'Aronde emprunter le boulevard Gambetta. Boulevard de la Victoire, des soldats en tenue léopard barraient la rampe des Zouaves menant à la caserne d'Orléans; au passage, le docteur Duforget leur adressa un signe de la main. Ils roulèrent encore quelques instants, puis s'arrêtèrent à l'entrée de la petite rue.

— Monsieur Tavernier et moi, nous irons voir les paras pour distraire leur attention. Profitez-en pour descendre discrètement de voiture... en priant pour qu'ils ne vous aperçoivent pas!

François et le médecin prirent d'abord tout leur temps pour allumer une cigarette, puis se dirigèrent à pas lents vers les militaires. Arrivés à leur hauteur, ils se placèrent face à eux de manière à détourner leurs regards de la voiture.

— Bonsoir, messieurs. Je suis médecin et je dois rejoindre l'hôpital Maillot ; croyez-vous que je puisse prendre le boulevard de Verdun ?

Tandis que Yacef, Béchir et Malika quittaient la voiture en prenant soin de ne pas claquer la portière arrière, un sergent les renseigna :

— Ils ont levé le barrage devant Barberousse. Si vous passez par la rampe Valée, vous éviterez celui de la caserne Pélissier... Bonne route, messieurs !

— Merci, sergent...

Sans se presser, ils regagnèrent leur véhicule. Yacef les attendait, dissimulé dans l'ombre de la ruelle.

— Malika est pour le moment en sûreté. Son frère est parti chercher un copain et je reste auprès d'elle jusqu'à leur retour. Je serai demain à l'hôpital, comme à l'habitude... Merci de votre aide !

Après avoir repris la voiture, les deux Européens roulèrent quelque temps en silence.

— Où voulez-vous que je vous dépose ? demanda Duforget.

— Près de l'Aletti, si possible...

— On y va.

Le médecin prit la rue Marengo et rejoignit la place Bresson par un chemin sans doute connu de lui seul.

— Je vous laisse ici ; il serait imprudent qu'on nous aperçoive trop souvent ensemble... Vous allez vous y retrouver ?

— Oui, merci.

— Ne manquez de me tenir au courant de la santé de Malika... Avez-vous des informations sur la manifestation de demain ?

— La confusion la plus totale règne, mais elle aura tout de même lieu. La question qui se pose maintenant, c'est : combien de morts ?

Duforget retira ses lunettes d'un geste las et frotta ses yeux de myope.

— Bonne nuit, monsieur Tavernier..., conclut-il simplement en les remettant.

— Bonne nuit, docteur.

L'Aronde effectua un demi-tour et François rejoignit l'hôtel par la rue de la Liberté.

Au Cintra, la cohue était toujours aussi dense. Juchée sur un tabouret du bar, Gilda le regarda traverser la salle d'un œil apeuré. François fit mine de l'ignorer, commanda un whisky et attendit. Il entamait son troisième verre quand Joseph Benguigui entra à son tour.

— Tout est en ordre : mon cousin a trouvé une chambre pour votre femme ; elle n'est pas très vaste, mais la porte en est solide et elle donne sur un jardinet d'où l'on peut aller et venir sans être vu. Je lui ai conseillé de n'en pas bouger jusqu'à ce que vous lui donniez de vos nouvelles... Ça s'est bien passé, pour Malika ?

— Oui, je vous remercie... Comment puis-je joindre Léa ?

— Mon cousin l'a inscrite sous le nom de Delmas.

— Bon, je vais l'appeler. Attendez-moi. Nous pourrions dîner ensemble ?... Que voulez-vous boire ?

— La même chose que vous.

Après avoir passé la commande, François alla téléphoner depuis une cabine du hall. Il revint peu après, souriant.

— Alors ?

— Elle est ravie. Elle s'est déjà fait monter un repas et une bonne bouteille... Quelle drôle de femme !

— Pourquoi dites-vous cela ?

— Léa n'a pas sa pareille pour vivre l'instant présent. La chambre lui plaît et le vin est bon : il ne lui en faut pas plus pour voir la vie sous un jour plus gai...

— En effet, c'est ce qui s'appelle avoir une bonne nature...

— Oui, mais en même temps, elle peut être sujette à des peurs, des angoisses contre lesquelles je ne peux rien. Néanmoins, je ne cesse d'être surpris par cette force, en elle, qui finit toujours par dominer sa grande fragilité... Bon, j'ai faim moi aussi : où pouvons-nous aller ?

— Ça va être trop tard pour le Paris... À cette heure-ci, pour manger convenablement, je ne vois plus que les Sept Merveilles où nous sommes allés hier...

— Va pour les Sept Merveilles, nous y retrouverons peut-être Ortiz et sa bande...

— Ils vous manquent ?

— Non, mais j'aimerais savoir ce qu'ils trafiquent !

Il était dix heures du soir et les territoriaux étaient rentrés chez eux ; la plupart avaient sans doute gardé leur arme. On ne rencontrait ni patrouilles ni postes de garde. Dans le ciel, les étoiles brillaient et peu de véhicules circulaient dans les rues. Tout paraissait calme.

Comme la veille, beaucoup de monde se pressait aux Sept Merveilles. Le patron les installa à une petite table, près de la lourde tenture qui fermait la pièce, et prit lui-même la commande. Tout en buvant quelques gorgées d'un capiteux vin de Médéa, François regarda autour de lui. Dans le brouhaha des conversations, les noms de De Gaulle et de Massu perçaient. Après les hors-d'œuvre, les deux hommes s'attaquèrent à des entrecôtes saignantes.

— Tiens, voilà Robert Martel ! marmonna Joseph Benguigui, la bouche pleine.

François reconnut le viticulteur de la Mitidja, un gros colon dirigeant l'Union française nord-africaine, défenseur de « l'Occident chrétien », qui avait choisi comme emblème celui des chouans : un cœur rouge surmonté d'une croix. Cet ultra fanatique avait été arrêté en 1957, comme Joseph Ortiz, après la découverte, à la villa des Sources, d'un centre de torture clandestin où des contre-terroristes interrogeaient des musulmans soupçonnés d'appartenir au FLN. Morts ou portés disparus, nombre des malheureux passés par la villa n'en étaient jamais revenus. Dans les rues d'Alger, on murmurait aussi que Martel n'était pas étranger à l'attentat qui avait fait soixante-dix morts dans la Casbah, en 1956...

Après avoir salué plusieurs personnes, Martel écarta le rideau qui séparait le restaurant proprement dit de la salle du fond. L'espace d'un instant, François distingua la voix d'Ortiz.

— Il ne manque pas de culot, ce Martel, remarqua Benguigui, lui qui a fait distribuer des tracts dénonçant le patron du Forum comme un agent provocateur !... Au fait, avez-vous vu celui-ci ? Il sera lâché d'avion demain matin au-dessus d'Alger ; il n'est pas de Martel, mais donne quelques renseignements sur la manifestation.

François prit le papier que lui tendait son vis-à-vis et le lut :

*Français d'Algérie, le général Massu, le dernier général du 13 mai, le dernier garant de l'Algérie française et de l'intégration, a été bafoué et limogé. De Gaulle veut avoir les mains libres pour brader l'Algérie, après l'Afrique noire, et rendre l'armée parjure à ses serments.*

*L'heure est venue de vous lever !*

*Ce dimanche matin, à 11 heures, vous rejoindrez les cortèges qui partiront des campagnes et des faubourgs.*

*Tous ensemble, derrière vos territoriaux et ceux qui, depuis plusieurs années, conduisent le combat.*

*Pour que vive l'Algérie française, province fran-*
*çaise !*

> *Comité d'entente des anciens combattants.*
> *Fédération des UT et des groupes d'autodéfense.*
> *Comité d'entente des mouvements nationaux.*

— Voici Lagaillarde qui arrive, avertit Benguigui.

Vêtu d'un costume marron de mauvaise coupe, le jeune député se dirigea d'un pas rapide vers l'arrière-salle où venait de pénétrer Martel. En dépit des conversations environnantes, ses propos parvinrent aux oreilles des deux hommes :

— Tu fais ta manifestation ou tu ne la fais pas ? De toute façon, tu fais ce que tu veux, je m'en fous ! Moi, j'occupe le périmètre des facultés. Et si on veut m'en déloger, je tire sur tout ce qui se présente ! Bonsoir.

On entendit alors des exclamations de colère, des bruits de chaises renversées. François se leva et franchit à son tour la tenture.

Le docteur Pérez et maître Laquière essayaient de désarmer Ortiz qui, brandissant un 7,65 au canon luisant, hurlait :

— Tu ne feras pas ça, Pierrot ! C'est moi le patron, tu entends ? C'est moi qui commande ! Si tu montes un coup tout seul, c'est pour me piquer mes hommes : toi, tu n'as pas de troupes. Et tes étudiants, ils sont avec moi. Cette fois-ci, tu ne nous voleras pas notre révolution !

Pérez parvint à lui arracher le revolver des mains et Jean-Jacques Susini le calma. C'est alors qu'ils remarquèrent la présence de François.

— Qu'est-ce que vous foutez là ? rugit Ortiz.

— C'est l'espion du Gouvernement général ! éructa Susini.

Il s'avança, menaçant, sur l'intrus.

— Messieurs ! intervint maître Laquière. Restez calmes. Le cas échéant, monsieur Tavernier pourrait nous être utile...

— Comment ça? aboya monsieur Jo. C'est un fouille-merde! Nous devons l'empêcher de rapporter notre réunion à Delouvrier...

— Je vous laisse entre amis, ironisa alors Lagaillarde. Je retourne à l'université. Vous savez où me trouver... Bonne nuit, et à demain!

— J'ai ma voiture, je vous raccompagne, proposa Jean-Claude Pérez.

Les deux hommes sortirent.

— Qu'est-ce qu'on fait de lui? demanda Susini en désignant Tavernier.

— Rien, répliqua celui-ci en sortant son arme.

Tous s'immobilisèrent.

— Avant de vous quitter, je tiens à vous dire une chose, messieurs : l'armée ne vous suivra pas. Ceux qui vous ont affirmé le contraire vous mentent.

— Vous... vous osez me traiter de menteur? bredouilla Ortiz sans quitter le pistolet des yeux.

Sans répondre, François leur tourna le dos, quitta la pièce et retourna s'asseoir à sa table, où Benguigui se tordait les mains d'angoisse.

— Vous ne devriez pas les provoquer, finit par dire le chauffeur de taxi.

— Ce ne sont que de fortes gueules, ils n'ont pas grand-chose dans le ventre... Voulez-vous un dessert?... Non?... Un café?... Garçon! Deux cafés, s'il vous plaît... Détendez-vous. Tenez, prenez plutôt un cigare : rien de tel pour voir les choses avec un peu plus d'optimisme...

Joseph Benguigui accepta l'offre. Pendant quelques instants, chacun fuma, perdu dans ses pensées.

Comme on leur apportait les cafés, Ortiz et sa bande quittèrent l'arrière-salle. Le patron du Forum marqua un temps d'arrêt en apercevant Tavernier tranquillement attablé.

— Quel culot! grommela-t-il.

Indifférent aux regards noirs des autres, François sirotait son café, l'air de rien. Quand ils eurent enfin vidé les lieux, Benguigui, assis sur une fesse, se laissa retomber sur son siège, le visage couvert de sueur, stupide, son cigare éteint fiché entre les lèvres. Tavernier éclata de rire.

— Deux cognacs, s'il vous plaît !

Le patron choisit cet instant pour venir vers eux, une bouteille et trois verres à la main.

— C'est ma tournée ! annonça-t-il.

Après avoir poussé une chaise vers leur table, il disposa les verres, retira le bouchon et les remplit à ras bord. Il leva tout de suite le sien.

— À votre santé !

Il vida son verre et se resservit aussitôt.

— Monsieur, déclara-t-il, solennel, à l'adresse de François, ce fut un honneur pour moi de vous recevoir dans mon établissement. Pourtant, je vous prie de ne plus y revenir. Il n'y aura plus de table libre pour vous... Quant à toi, Joseph, tu me désoles : je n'aurais jamais cru que tu puisses préférer un Français de France à nous autres !

— Mais, père César...

— Tu sais que mon fils est responsable du FNF-Centre. Il ne serait pas convenable qu'il rencontre des gaullistes chez son père, n'est-ce pas ?

— Laissez, fit François à Joseph qui allait répliquer. Partons.

Il appela le garçon et régla l'addition. Dans la salle maintenant presque vide, les derniers clients interrompirent leurs conversations pour les regarder partir.

En sortant du restaurant, Joseph Benguigui jeta un coup d'œil inquiet aux alentours. Ils rejoignirent rapidement la camionnette ; le boulevard du Télemly était désert.

— Ne faites pas cette tête ! tenta François.

— Je voudrais vous y voir ! explosa soudain le chauffeur. Demain, tout Alger saura que le père César m'a foutu à la porte, et pourquoi il l'a fait. Vous m'avez mis dans de beaux draps !

— J'en suis désolé, mais vos amis courent à la catastrophe, et vous le savez.

— Et alors? C'est notre avenir qui est en jeu, pas le vôtre ! Vous débarquez ici sans rien connaître à nos problèmes : c'est le désespoir qui pousse des tas de braves gens dans les bras des Ortiz, des Pérez, des Martel ou des Susini... Ils ont cru le général de Gaulle quand, à Mostaganem, il a crié : « Vive l'Algérie française ! » Et aujourd'hui, comme c'est écrit sur le tract, l'homme qu'ils ont fait élire président de la République veut brader l'Algérie. « Je vous ai compris », avait-il affirmé au Forum... Et nous de l'applaudir et de crier : « Vive de Gaulle ! » S'il n'y croyait pas, à l'Algérie française, pourquoi nous a-t-il trompés? Pourquoi avoir engagé l'armée et le contingent dans une si sale besogne? Pourquoi a-t-il laissé se poursuivre l'enrôlement de musulmans aux fins de combattre leurs propres frères? Il n'a rien compris non plus à la fierté des musulmans, eux qui se sont battus pour que la France redevienne libre, qui auraient alors aimé devenir français comme nous, les juifs. Au lieu de ça, une fois la guerre finie, on les a renvoyés comme des malpropres, leur jetant pour seule pâture quelques médailles et une maigre pension, au mépris de l'ordonnance qui accordait la nationalité française à soixante mille d'entre eux ! Rappelez-vous, c'est le 8 mai 1945, quand la France, avec le reste du monde, célébrait la chute de l'empire nazi, que tout a commencé à Sétif par une manifestation joyeuse qui tourna à l'émeute, puis au massacre : une centaine de morts du côté européen contre des milliers — on ne sait pas — du côté arabe... J'avais un copain musulman originaire de Djemila, à quelques kilomètres de Sétif; on s'est battus ensemble en Alsace, où je lui ai sauvé la vie. Quelques jours plus tard, c'est la mienne qu'il sauvait : on se sentait redevables l'un envers l'autre. Et puis nous parlions souvent du pays... Sur le bateau qui nous ramenait chez nous, nous avons évoqué nos projets, on s'est même promis de se revoir, oubliant que l'un était juif, l'autre musulman. La guerre qu'on avait menée ensemble pour sauver la « mère patrie » avait fait de nous des frères unis à jamais. On s'est séparés en s'embrassant après avoir échangé nos adresses ; nous ne savions pas encore ce qui s'était passé à Sétif. Un mois après notre retour, j'ai reçu une lettre dans laquelle il me racontait que toute sa famille, qui travaillait pour un colon des environs de Saint-Arnaud, avait été massacrée : afin de venger une Européenne qui avait été violée, les colons avaient mené une expédition punitive à travers la région, au cours de laquelle ils avaient fusillé tous les Arabes rencontrés sur leur chemin, n'épargnant ni les femmes ni les enfants. Ses parents et trois de ses frères y avaient trouvé la mort, ses sœurs avaient été violées avant d'être égorgées. Dans sa lettre, il jurait de les venger à son tour et m'enjoignait de ne plus chercher à le revoir : pour lui, j'étais mort. J'ai tout de suite écrit pour lui dire mon chagrin, ma honte ; je n'ai bien sûr jamais reçu de réponse, mais j'ai su que, dans les rangs de l'ALN, où il est entré, il est de ceux qui ne font pas de quartier : il est devenu l'un des tueurs du FLN, et je ne doute pas que, si je tombais entre ses mains, même moi, il me tuerait... Je vous dis ça à vous parce que vous n'êtes pas d'ici et que j'en ai gros sur le cœur de tout ce gâchis... Nous n'avons pas su vivre ensemble, et ça, Dieu ne nous le pardonnera pas... Mais excusez-moi de vous ennuyer avec mes lamentations... Je... je vous dépose au Saint-George ?

— Oui, merci... Vous allez à la manifestation, demain ?

— Évidemment !

— Alors, nous nous y retrouverons peut-être...

## XVII

En ce dimanche 24 janvier 1960, un temps magnifique régnait sur Alger quand Léa s'éveilla.

— François...

Surprise par le silence, elle se redressa. Le cherchant des yeux, elle découvrit un petit mot posé sur l'oreiller à côté du sien :

*Ma chérie,*

*Tu dormais si bien que je n'ai pas eu le courage de te réveiller. Je vais rejoindre Challe et Delouvrier. La journée s'annonce difficile. Il serait prudent que tu ne bouges pas de l'hôtel mais je sais que tu n'en feras qu'à ta tête. Pense à ton vieux mari et à tes enfants...*

*Je t'aime,*
*François.*

Léa commanda son petit déjeuner, bien décidée à ne tenir aucun compte de cette recommandation. Son repas avalé, elle prit rapidement une douche, s'habilla d'un pull léger, d'un tailleur-pantalon noir, et enfila une paire de chaussures simples et pratiques. Dans un sac en bandoulière, elle plaça ses papiers, des cigarettes, un peu d'argent, et noua un foulard de soie autour de son cou.

À la réception, elle demanda un plan de la ville. Après l'avoir consulté, elle descendit jusqu'à l'avenue Foureau et poursuivit d'un bon pas vers le centre d'Alger. Dans le ciel, pas un nuage, mais un soleil printanier qui descendait caresser les branches des arbres. En levant la tête, elle aperçut un petit avion qui tournait au-dessus de la ville et d'où s'échappaient des milliers de morceaux de papier : « Des tracts, sans doute », pensa-t-elle. Très vite, une escadrille de chasse vint encadrer l'appareil ; groupés, ils disparurent dans le lointain.

Devant le palais d'Été, des militaires montaient la garde. Plus loin, d'autres attendaient, assis dans leurs camions. Rue Michelet, des femmes et des enfants endimanchés marchaient, joyeux. Nullement dépaysée, Léa observait tout ce qui se passait autour d'elle : n'eussent été ces groupes d'hommes en armes et ces soldats en uniformes bariolés qui s'interpellaient pour échanger des plaisanteries, on se serait cru un dimanche matin dans n'importe quelle belle ville de France.

Les passagers d'une Simca bleu ciel équipée d'un haut-parleur, un drapeau tricolore flottant à la portière, appelaient la population à se rassembler à onze heures sur le plateau des Glières. Des territoriaux, eux aussi en uniforme, obligeaient les rares magasins encore ouverts à fermer. Un jeune homme muni d'un transistor fit signe aux passants de venir écouter le message du Gouvernement général que diffusait France-V ; Léa s'approcha.

« ... Un tract distribué ce matin convie la population à se lever. Pour tromper les Algérois, créer des troubles que certains espèrent subversifs, on fait courir les bruits les plus absurdes. Tout est inventé pour intoxiquer Alger. L'autorité de la France, ici, ne peut le tolérer. L'armée, qui est au service de la France, ne le tolérera pas. Les responsables de cette manifestation commettent une erreur tragique. Je les adjure de se reprendre pour éviter que le sang coule. L'autorité et l'armée feront leur devoir. »

Un bref instant de silence suivit l'appel de Delouvrier, puis le propriétaire du transistor s'écria :

— À bas de Gaulle ! Vive l'Algérie française !

— L'armée avec nous ! répondit l'assistance.

Une femme dévisageait Léa avec insistance ; agacée, celle-ci s'écarta du groupe pour reprendre son chemin. Une dizaine de civils en armes, portant des brassards à croix celtique, la dépassèrent en courant. Une Jeep occupée par des militaires en tenue léopard ralentit à leur hauteur ; des saluts furent échangés. Des gardes mobiles stationnaient à l'entrée du boulevard Victor-Hugo. Un gamin bouscula Léa en hurlant :

— Le 1$^{er}$ REP a barré le Télemly !

À l'entrée du tunnel des Facultés, la foule grossissait de minute en minute.

Quelqu'un cria :

— Lagaillarde parle ! Lagaillarde parle !

Portée par la multitude, Léa se retrouva face à l'université, dont la terrasse dominait le toit d'un café, l'Otomatic, sur lequel s'agitait un barbu en uniforme de parachutiste, une mitraillette plaquée en travers du torse, une grenade suspendue au revers de sa tenue ; elle reconnut le député qu'elle avait croisé aux Sept Merveilles.

— « ... Les hommes enfermés dans les facultés sont résolus, au prix de leur vie, à obtenir du gouvernement l'affirmation que l'Algérie restera française. Sans arrière-pensées politiques, n'ayant pour ambition que de rester en communion intime avec l'armée, ils appréhendent les incertitudes de cette journée. Quant à eux, ils ne veulent constituer qu'une force immobile et silencieuse qui ne sortira pas de son périmètre. Elle saura y mourir si elle y est attaquée. Mais elle veut forcer les pouvoirs publics de la métropole à une prise de conscience espérée vainement depuis un an et demi... »

C'est alors qu'un colonel de gendarmerie lui intima l'ordre de se taire et de se rendre chez le général Challe.

— Vive l'Algérie française ! hurla alors la foule.

Lagaillarde salua de la main, quitta le toit de l'Otomatic et disparut dans les jardins de l'université.

Plus loin, on se bousculait, à l'angle de la rue Charles-Péguy et du boulevard Laferrière, devant l'immeuble de la Compagnie algérienne, dont l'entrée était surmontée d'une banderole blanche sur laquelle les mots « Algérie française » étaient écrits en lettres bleues et rouges. Au balcon, près d'un grand portrait du général Massu, un homme se démenait, agrippé à un micro :

— ... Le grand jour est arrivé. Nous sommes ici pour que vive l'Algérie française, et nous n'en partirons que lorsque le général Massu sera de retour !

— Massu !... Massu !...

— Allons, enfants de la patrie...

*La Marseillaise* jaillit, Léa frissonna.

En haut de l'escalier monumental conduisant au Gouvernement général, des camions de gendarmes mobiles et de CRS fermaient l'accès au Forum. Trois hélicoptères noirs tournaient au-dessus du plateau des Glières, emplissant l'air d'un bourdonnement assourdissant.

En quittant l'hôtel Saint-George, François Tavernier s'était rendu à pied au quartier Rignot, où se trouvaient le général Challe et Paul Delouvrier ; les CRS gardaient toujours les bâtiments. À l'intérieur de la villa de l'état-major interarmes, le commandant en chef et le résident général se penchaient sur un vaste plan de la ville.

— Les barrages cèdent les uns après les autres, soupira Maurice Challe en tirant sur sa pipe. « Il ne se passera rien », m'a dit il y a trois jours le général de Gaulle. Crépin ne va pas faire le poids, c'est Massu qu'il nous faut. Les pieds-noirs le considèrent comme le symbole de l'Algérie française et le dernier rempart avant « la valise ou le cercueil ». Le sang va couler à Alger... Lagaillarde est retranché dans les facultés. Il y aurait plus de dix mille personnes sur le plateau des Glières...

— Ce n'est rien à côté des cent mille attendues par Ortiz, remarqua François.

— D'accord, mais si on n'avait pas bloqué les routes venant de la Mitidja et des quartiers périphériques d'Hussein-Dey et Maison-Carrée, ils seraient effectivement cent mille à crier « Vive Massu ! » et « À bas de Gaulle ! »...

— Le plus à craindre serait la fraternisation entre l'armée et la population, corrigea Delouvrier.

— J'ai confiance en l'armée, affirma Challe.

— Et puis, ce sont les paras qui sont responsables du maintien de l'ordre, déclara Michel-Jean Maffart, le directeur de cabinet de Delouvrier. On n'a aucune raison de penser qu'ils resteront neutres face à la manifestation. Ortiz est considéré comme une grande gueule, incapable d'être un organisateur sérieux. Ce n'est pas comme Lagaillarde, qui, heureusement, lui, ne contrôle que de très jeunes gens. Il n'y a pas plus de risques que lors des dix manifestations qui se sont déroulées auparavant. Le colonel Godard nous a encore certifié qu'il n'y avait rien à craindre, qu'il avait la situation bien en main. C'est le chef de la Sûreté, il sait de quoi il parle. Lui et Gardes sont parfaitement au courant des opérations menées par le Front national français.

— Et cela suffit à vous rassurer ? s'enquit François.

Maffart eut un haussement d'épaules, puis décrocha

un téléphone qui n'arrêtait pas de sonner. Quand il reposa le combiné, son front s'était couvert de sueur.

— Ils sont des milliers à venir de la pointe Pescade, de Saint-Eugène et de Bab el-Oued !

— Je voudrais aller me rendre compte par moi-même, décida François. Pourriez-vous me procurer un véhicule ?

— Sergent ! appela Challe, vous connaissez bien Alger, n'est-ce pas ? Prenez une Jeep et conduisez monsieur Tavernier là où il le désire. Faites-vous établir des laissez-passer.

— À vos ordres, mon général.

— Et ramenez-moi Ortiz et Lagaillarde ! ajouta le général.


— Où va-t-on ? demanda le jeune sergent en s'installant au volant de la Jeep.

— À la caserne Pélissier.

— Ça va pas être commode : il y a des barrages partout...

— Essayons tout de même, on verra bien... Comment vous appelez-vous ?

— Dubois, monsieur, Roger Dubois... On tente par le Télemly ?

À hauteur du parc de Galland, ils furent arrêtés par des paras du 1er REP.

— Allez-y, fit un lieutenant au vu de leurs laissez-passer.

Ils durent observer de nouveaux arrêts dans le virage Lafayette, puis à celui des Sept-Merveilles. Ils contournèrent le stade pour rejoindre l'avenue du Maréchal-de-Bourmont. Devant la caserne d'Orléans stationnaient des dizaines de véhicules militaires. Des gardes mobiles ceinturaient la prison et la gendarmerie. Pas un bruit en provenance de la Casbah. Au bas du boulevard de Verdun, ils rencontrèrent les premiers manifestants qui agitaient des drapeaux tricolores.

Venus de l'avenue Bouzaréah, ils s'étaient heurtés à des parachutistes qui avaient tenté de les contenir à coups de crosse ; quelques-uns, blessés aux mains ou au visage, recevaient les premiers soins que leur dispensaient des jeunes filles. Entre le lycée Bugeaud et la caserne Pélissier, un long barrage, tenu par des paras arborant la casquette « à la Bigeard », interdisait la traversée de la place Jean-Mermoz.

Se tenant par les bras, des territoriaux en uniforme mais dépourvus d'armes avançaient vers la barricade. Toutes décorations dehors, des anciens combattants les précédaient, brandissant les drapeaux de leur régiment. Derrière eux, des milliers d'Algérois, certains avec femme et enfants, scandaient des slogans hostiles à de Gaulle, réclamant le retour du général Massu. C'était tout le petit peuple européen d'Alger qui se rassemblait pour dire non à la politique de la France : combattants des deux guerres, UT, civils, jeunes et vieux se pressaient face à ces parachutistes qui partageaient leurs convictions. On se regardait, on se souriait. D'une seule voix, les manifestants reprenaient :

— Algérie française !... Algérie française !... L'armée avec nous !...

Les parachutistes ne savaient plus où se trouvait leur devoir : pour eux aussi, l'Algérie ne pouvait être que française. Insensiblement, ils reculèrent, mitraillette à la poitrine. Des filles se jetèrent à leur cou, des anciens combattants leur donnèrent l'accolade : « On est tous frères ! Cette terre est la nôtre à jamais ! » *La Marseillaise* éclata, les yeux se mouillèrent. « Tous au plateau des Glières ! »

Après un semblant de résistance, les barrages que défendaient les parachutistes s'ouvrirent les uns après les autres devant le flot humain. Si les CRS et les gendarmes demeuraient distants, tel n'était pas le cas des paras, que la foule ovationnait ; parmi eux, on se laissait aller jusqu'à dire : « On est avec vous ! »

— C'est impressionnant, marmonna le sergent Dubois qui était parvenu à conduire sa Jeep en tête du cortège.

— Accélérez et arrêtez-moi au bas du plateau des Glières, se borna à indiquer François Tavernier.

— Bon, qu'est-ce que je dois faire, maintenant ? demanda le sous-officier quelques instants plus tard en garant le véhicule.

— Donnez-moi les clefs et regagnez le quartier Rignot.

— Mais... que va dire le général Challe ?

— Allez, c'est un ordre !

Contrarié, le sergent s'exécuta. François se glissa à la place du conducteur et démarra brusquement sous les yeux d'un détachement de CRS qui tenaient le boulevard Baudin, laissant à Dubois le soin de leur expliquer la situation. Il descendit la rampe de Tafourah, traversa la rue de Bapaume, dévala enfin la rue de Beaucaire jusqu'au quai de Bizerte. « J'ai un petit atelier sur les quais, lui avait un jour confié Joseph Benguigui, où je vais bricoler de temps en temps. En voici la clef, ça pourra peut-être vous être utile... » Le portail de fer roula sur son rail, révélant un vaste local dans lequel il fit entrer le véhicule.

Tel un flot irrésistible, la foule descendant de Bab el-Oued progressait vers le centre d'Alger. Vers midi, elle envahissait le boulevard Laferrière jusqu'à la Grand-Poste, sur les marches de laquelle gesticulaient des jeunes gens arborant leurs brassards à croix celtique. Face à eux, place Charles-Péguy, Jeanne d'Arc sur son cheval brandissait un drapeau français ainsi qu'une pancarte où l'on pouvait lire en lettres rouges : « Algérie, province française ».

Léa remontait vers le monument aux morts, dont elle considéra la masse blanche dominant les parterres du boulevard Laferrière. Sur le bas-relief circulaire, des poilus casqués d'un côté et des soldats enturbannés de l'autre venaient à la rencontre d'une mère et de sa fillette qui leur tendaient des fleurs. Au-dessus encore, trois cavaliers sur leurs montures à la tête baissée, flanc contre flanc, soutenaient à bras levés un gisant. Au centre, une jeune femme représentant la France était accompagnée à sa gauche par un spahi et à sa droite, sous la tête du gisant, par un soldat vêtu d'une longue capote. Léa songea à une gigantesque pièce montée dégoulinante, émouvante malgré tout. Les marches entourant le monument étaient bordées de murs de marbre sur lesquels figuraient, gravés, les noms des milliers de morts algérois des guerres de 14-18 et de 39-45. Un officier de gendarmerie vint vers elle en courant.

— Vous ne pouvez pas rester ici, madame : c'est interdit !

L'homme trahissait une nervosité telle qu'elle obtempéra sur-le-champ et descendit l'escalier. Boulevard Pasteur, une bousculade la projeta vers l'entrée d'un immeuble de style mauresque. De là, des militaires contemplaient le mouvement de la rue, comme au spectacle. Un lieutenant l'attira à l'intérieur.

— Vous devriez rentrer chez vous, ça risque de mal tourner.

— Merci, mais je préfère rester... Au fait, pourquoi ne réagissez-vous pas, si vous pensez que ça va dégénérer ?

— On obéit aux ordres.

— Ah... Où suis-je, ici ?

— Vous êtes au siège du *Bled,* le journal des soldats.

Au travers de la porte vitrée, Léa risqua un regard au-dehors.

— Ça a l'air plus calme, maintenant. Je vais y aller.

— Soyez prudente, il serait dommage qu'il arrive quelque chose de fâcheux à une si jolie femme...

En sortant, Léa sourit au soldat.

— Hé, revenez quand vous voulez : demandez le lieutenant Pascal... Bernard Pascal !...

Sur l'avenue Pasteur, des femmes houspillaient les hommes :

— C'est l'heure de déjeuner, on rentre à la maison !

La phrase amusa Léa : pas de doute, on était bien en France, où l'heure des repas reste sacrée, en particulier celle du déjeuner dominical. Des couples entourés de leurs enfants quittèrent la manifestation et, bientôt, seule une majorité de jeunes hommes demeurèrent, bien décidés à en découdre avec les forces de l'ordre.

À quelques centaines de mètres seulement de l'endroit où se trouvait Léa, François parvenait au PC du chef du Front national français. Il leva les yeux vers le balcon qui s'ornait d'une banderole tricolore barrée des mots « Algérie française »; le colonel Gardes et Joseph Ortiz s'y tenaient côte à côte. Ortiz tendait les bras en direction de la foule qui, massée devant l'immeuble, l'applaudissait à tout rompre. François montra son laissez-passer aux territoriaux en armes qui gardaient l'entrée. Il gravit quatre à quatre l'escalier menant à l'étage, où Jean-Jacques Susini et le docteur Pérez l'accueillirent froidement.

— Je vous cherche depuis deux jours, jeta-t-il à Gardes.

— Eh bien, vous m'avez trouvé... Que puis-je pour vous ?

— Votre présence ici répond aux questions que je me posais...

Le colonel lui prit le bras et l'attira dans un coin de la pièce.

— Il ne faut pas se fier aux apparences, confia-t-il sans regarder son interlocuteur. Je suis ici en service commandé.

— Si vous le dites..., émit François avec cette désinvolture qui en avait déjà blessé plus d'un.

Gardes ôta son képi et s'épongea le front.

— Que venez-vous faire ici? reprit-il.

— Le général Challe désire qu'Ortiz vienne le voir.

— Je sais.

— Et qu'a-t-il décidé?

— Demandez-le-lui... Ortiz! Monsieur Tavernier voudrait savoir si vous allez répondre à l'appel du commandant en chef.

— Vous êtes chargé de m'escorter? Décidément, je suis très demandé... J'ai déjà informé les membres de mon bureau directeur et les représentants du Comité d'entente des mouvements nationaux ici présents de cette « invitation ». Ils craignent un traquenard... Pouvez-vous me garantir qu'il ne s'agit pas d'un piège?

— Ce genre de chose n'est pas dans les habitudes du général Challe.

Un capitaine s'approcha du cafetier.

— La voiture qui doit vous conduire est arrivée.

— Merci, Filippi, répondit monsieur Jo.

Il se dirigea vers le balcon et s'adressa à la foule :

— Je suis convoqué chez Challe. Si je ne reviens pas dans une heure, vous savez ce qu'il vous restera à faire!

— N'y va pas! hurlèrent en retour les manifestants.

— Ce n'est pas le grand soulèvement attendu, constata François en prenant Gardes à témoin. Rien à voir avec le raz de marée du 13 mai. J'ai l'impression que ça ne va pas marcher comme vous l'espériez...

Le colonel, mâchoires crispées, ne répondit rien et quitta la pièce.

En compagnie du capitaine Filippi, Ortiz monta à l'arrière d'une 203 noire conduite par un militaire et dont le moteur n'avait cessé de tourner. Tavernier prit place aux côtés du chauffeur. Des militants se déployèrent alors devant la voiture pour l'empêcher de partir.

— Jo! N'y va pas, c'est un piège..., lui criait-on.

— Ne vous inquiétez pas, mes amis. Je serai de retour dans une heure, les rassura-t-il, penché à la portière.

Deux territoriaux grimpés sur les ailes avant de la Peugeot ouvraient le passage à grands gestes du bras. Le chauffeur roula au pas entre deux haies de visages hostiles. Avenue Pasteur, il y avait déjà beaucoup moins de monde. On tourna à droite dans la rue Édouard-Cat, puis on emprunta la rue Berthezène, où des chevaux de frise barraient le passage tous les vingt mètres. Des gendarmes étaient en position sur le grand escalier menant au Forum, tandis que de nombreux camions stationnaient sur le côté droit de la chaussée. Après avoir contourné le Gouvernement général, la voiture entra dans la cour d'honneur et stoppa devant l'entrée des bâtiments. Partout, des gendarmes casqués, équipés de leurs armes, se tenaient à proximité de fusils-mitrailleurs en batterie. Ortiz considéra d'un œil soucieux ce déploiement de force. À l'intérieur du GG, des CRS montaient la garde, mitraillette en bandoulière.

— Le général Challe est reparti pour le quartier Rignot; il vous attend là-bas, annonça un officier au patron du Forum.

Boulevard du Télemly, la 203 doubla une file de voitures occupées par des familles qui partaient pique-niquer sur les plages ou dans les bois environnant Alger. On roulait pare-chocs contre pare-chocs. François remarqua l'expression abattue d'Ortiz qui s'écria tout à coup :

— Quelle tristesse! «Ils vont s'amuser pendant qu'une manifestation se déroule pour conserver l'Algérie à la France. Ils ne se rendent pas compte que de l'issue de cette manifestation dépendent leur sort et celui de leur pays! Pour eux, aujourd'hui, c'est avant tout un beau dimanche de soleil. Quel égoïsme, mais aussi quelle peur des coups! "Que les autres se débrouillent, je ne fais pas de politique!" Comme si tous, dans notre Algérie, du plus humble au plus riche, notre sort ne dépendait pas de l'évolution politique!»

Il se rencogna contre la portière, remâchant sa déception. Enfonçant le couteau dans la plaie, Tavernier se retourna et lui susurra, apitoyé:

— On ne peut compter que sur soi-même...

Ortiz rugit en même temps que le sang lui montait au visage:

— Ta gueule!

Au quartier Rignot, des officiers discutaient devant le perron. Parmi eux, le général Challe, tête nue, mordait dans un sandwich. Les apercevant, il vint au-devant du chef du FNF et lui tendit la main.

— Bon appétit, mon général, l'accueillit Ortiz.

— Merci... Vous avez déjeuné?

— Je n'ai guère eu le temps.

— Vous en voulez? proposa Challe en rompant son casse-croûte par le milieu.

— Avec plaisir, mon général.

— Suivez-moi.

Les deux hommes entrèrent dans la salle des aides de camp.

— Alors, ça marche, votre manifestation?

— Sous la pression du mouvement populaire, elle était inévitable, mon général, répondit monsieur Jo, la bouche pleine.

— Où croyez-vous donc aller, Ortiz? N'oubliez pas que je suis responsable de l'ordre et que celui-ci sera maintenu coûte que coûte. Vous savez quelles sont mes consignes ? Si l'on s'attaque aux édifices publics, si l'on tire sur les forces de l'ordre, je fais ouvrir le feu.

— Nous ne voulons qu'obliger le gouvernement à changer de politique et à nous renvoyer Massu. Et puis, nous voulons crier « Algérie française » devant le monument aux morts !

— Vous ne devez pas vous approcher du Forum avec des hommes en armes qui brandissent des emblèmes fascistes. Faites-les rentrer chez eux.

— Mais... ils n'obéiront pas !

— Monsieur Ortiz, je voudrais que vous fassiez en sorte que la foule ne monte pas vers le Forum.

— Pour cela, il faudrait que je puisse lui assurer que l'armée restera en Algérie. Pouvez-vous me le certifier, mon général ?

— Tout à fait, monsieur. Récemment encore, le chef de l'État et le Premier ministre me l'ont réaffirmé. Dites-le à vos amis. Dites-leur aussi de ne pas envahir les bâtiments publics. À cette condition, vous pouvez poursuivre votre manifestation et continuer de réclamer le retour de Massu. D'une certaine façon, ce mouvement populaire me rend service, car il confirme les propos que j'ai tenus devant le général de Gaulle sur l'état d'esprit des habitants d'Alger. Si vous vous en tenez là, si la manifestation ne dépasse pas l'avenue Pasteur, elle ne sera pas dispersée par la force. Mais il vaudrait mieux qu'elle se termine rapidement... J'ai votre promesse ?

— Vous l'avez, mon général : les manifestants ne franchiront pas l'avenue Pasteur.

— Bien. Retournez voir vos gens. Essayez de les convaincre, et téléphonez-moi vers quatorze heures trente.

— J'essaierai, mon général.

— Allez : j'ai votre promesse, vous avez la mienne.

Une poignée de main scella l'« accord ».

Dans la cour, François Tavernier finissait d'avaler un sandwich en compagnie du capitaine Filippi, qui le quitta tout de suite pour aller à la rencontre d'Ortiz.

— Alors ?

— La manifestation est autorisée. J'ai seulement donné ma parole d'honneur que nous ne marcherions pas sur le Forum... Retournons rue Charles-Péguy.

Un jeune soldat de l'armée de l'air aborda François :

— Monsieur, le commandant en chef vous demande.

Dans son bureau, Challe mâchonnait le tuyau de sa pipe.

— Quelles sont vos impressions ? jeta-t-il sans préambule.

— À la fois bonnes et mauvaises : bonnes, car il y a finalement moins de monde que prévu ; les barrages empêchant les colons d'affluer vers Alger ont bien tenu ; mauvaises, parce que les parachutistes ont laissé passer les Algérois, ce qui autorise ceux-ci à penser que l'armée est avec eux. La présence du colonel Gardes aux côtés d'Ortiz n'a pu que le leur confirmer. Trop d'armes circulent, et il suffirait d'un provocateur...

— Je sais tout cela, mais je compte sur le bon sens d'Ortiz pour calmer les esprits, ainsi que sur le colonel Fonde [1], que je viens d'avoir au téléphone. Il a donné l'ordre aux régiments de parachutistes de se rapprocher du centre : le colonel Bonnigal restera avec le 3e RPI de marine [2] devant la caserne Pélissier, le

1. Commandant du secteur Alger-Sahel, responsable de l'ordre à Alger.
2. Régiment parachutiste d'infanterie de marine (ex-régiment de parachutistes coloniaux que commandait Bigeard).

colonel Broizat et son 1er RCP[1] barreront le boulevard Baudin à hauteur du Maurétania, et le colonel Dufour et son 1er REP[2] feront la même chose à hauteur du parc de Galland. Le plan de Fonde est de se servir des deux régiments de léopards et des gendarmes du Forum pour agir comme piston sur la foule des manifestants et les refouler vers l'ouest de la ville par la rue d'Isly et la rampe Bugeaud, laissées ouvertes.

— Le plan paraît bon, mais êtes-vous sûr des parachutistes ?

— Je ne suis sûr de rien ni de personne. Comme vous l'avez remarqué, il suffit d'une provocation pour que survienne le pire. Vous devriez rentrer à Paris et exposer la situation au général de Gaulle.

— Cela ne changerait rien, vous le savez bien.

— Certes... Ce n'est pas faute d'avoir insisté pour qu'il nous rende Massu et de l'avoir averti que le sang allait couler à Alger. « Il ne se passera rien », m'a-t-il répondu... Vous êtes venu avec Ortiz, mais qu'avez-vous fait du sergent Dubois et de la Jeep ?

— Ils m'attendent sur le port, mentit-il en se demandant où pouvait bien se trouver le sous-officier. D'ailleurs, je retourne sur place.

Ils se séparèrent sur une poignée de main.

Quand François Tavernier se retrouva dans la cour, la 203 qui les avait amenés était déjà repartie. Contrarié, il fouillait du regard les alentours quand une moto s'immobilisa devant le perron ; l'estafette qui la conduisait s'engouffra précipitamment dans le PC. Sans la moindre hésitation, François enfourcha l'engin et quitta le quartier Rignot dans l'indifférence générale.

1. Régiment de chasseurs parachutistes.
2. Régiment étranger de parachutistes (Légion étrangère).

Un peu plus tard, il franchissait sans encombre le contrôle érigé par les paras du 1$^{er}$ REP. Hormis les véhicules militaires et quelques rares piétons, la rue Michelet s'ouvrait devant lui, quasi déserte. François dévala la pente jusqu'à la place Lyautey. Au début de la rue Charles-Péguy, à l'angle que fait l'université, des jeunes gens disposaient en travers de la chaussée des voitures sur lesquelles ils jetèrent les planches qu'ils avaient arrachées à la palissade fermant le chantier du Crédit agricole. D'autres s'employaient à desceller les pavés à l'aide de barres de fer, tandis qu'un grand gaillard répandait des clous sur la chaussée. Impossible de passer. François fit demi-tour et, remontant la rue Michelet sur quelques dizaines de mètres, parvint à rejoindre le plateau des Glières par le boulevard Baudin. Les Algérois, revenant de déjeuner, se faisaient de plus en plus nombreux. Depuis le PC d'Ortiz, les haut-parleurs diffusaient de la musique militaire. Sous le soleil, des familles assises sur les pelouses échangeaient des informations : « Les troupes d'une zone se sont soulevées et viennent se joindre à nous ! »... « Un attentat a eu lieu à Paris contre de Gaulle ! »... « La foule a envahi la préfecture d'Oran et l'occupe ! »... Des gamins couraient d'un groupe à l'autre, distribuant des tracts. Un gosse d'une dizaine d'années en tendit un à François :

*Nous sommes le dos au mur, face aux bradeurs. C'est le jour du grand combat. L'armée prend ses responsabilités. Nous les nôtres.*

Comme ceux du matin, ce tract était signé conjointement des unités territoriales, des anciens combattants et des mouvements nationaux

Il froissa le papier et l'enfonça dans sa poche. Des territoriaux à béret noir, habituellement chargés de « pacifier » les quartiers difficiles, remontaient le boulevard Laferrière, en rang par deux, sous les acclamations de la foule. La cohue devenait telle que François dut se résoudre à abandonner la moto. Rue Monge, il la poussa dans l'entrée d'un immeuble, sous l'escalier. Une fillette de trois ou quatre ans le regardait faire en suçant son pouce. Il s'approcha d'elle et se baissa pour se placer à sa hauteur.

— Chut!... fit-il, un doigt sur les lèvres.

Les hélicoptères noirs tournoyaient toujours au-dessus des manifestants.

Ils se comptaient maintenant par milliers, peut-être même par dizaines de milliers. Devant l'immeuble où était établi le PC d'Ortiz, d'une masse compacte s'éle-vaient des cris hostiles :

— De Gaulle au poteau!... L'armée, avec nous!...

Le chef du Front national français parut au balcon; une formidable ovation monta de la multitude :

— Vive le Front national!... Vive Ortiz!... Vive Massu!...

Celui qui « avait déjeuné avec le général Challe » — bruit répandu par ses amis pour accréditer l'idée que l'armée marchait bel et bien avec les manifestants — étendit les mains pour réclamer le silence. Peu à peu, le grondement s'apaisa.

— « Algérois, Algéroises, l'heure est venue de dire non à la politique d'abandon. On nous a saboté le 13 mai. Nous, patriotes d'Alger, nous défendrons jusqu'au bout l'Algérie française. Le monde entier a les yeux tournés vers nous. Il ne suffit plus de crier "Algérie française". Le maréchal Foch disait à ses troupes, à la veille de la bataille de la Marne : "Vous devrez défendre chaque mètre du territoire : celui qui recule est un traître." Eh bien, pour vous aussi, peuple d'Alger, l'heure de l'héroïsme a peut-être sonné! Il vous faudra faire preuve d'héroïsme et ne pas reculer d'un mètre. Paris nous tire dans le dos. Paris a révoqué le général Massu. Paris envoie ses mercenaires contre le peuple d'Alger au lieu de les expédier dans les djebels combattre les assassins auxquels on propose la paix des braves. Vive le général Massu ! Vive l'Algérie française ! »

— Vive le général Massu ! Vive l'Algérie française ! reprit la foule qui, d'un même élan, entonna *la Marseillaise,* puis *le Chant des Africains.*

Autour de François, des femmes à l'allure de mammas italiennes, certaines portant un enfant, d'autres, âgées et vêtues de noir, semblables à des paysannes corses, de très jeunes filles arborant des robes claires, des vieillards, casquette sur la tête ou chapeau à la main, des hommes dans la force de l'âge, des lycéens, des ouvriers ou des employés — tous mettaient dans leur chant l'ardeur de leur amour pour ce pays qui leur avait tant donné. Sur quelques visages, des larmes coulaient.

Léa était entrée dans le restaurant de l'hôtel Albert Iᵉʳ, à l'angle de l'avenue Pasteur et du boulevard Laferrière. Dans la salle à manger bondée, les habitués du dimanche n'avaient rien changé à leurs habitudes ; ils se saluaient, se rendaient d'une table à l'autre, émettant quelques commentaires sur les événements du jour. Les dames endimanchées dévisagèrent Léa quand elle pénétra dans la pièce, un maître d'hôtel sur les talons.

— Mais... Madame, je vous le répète, je n'ai plus une seule table de libre...

— Et celle-ci, près de la fenêtre ?

— Elle est aussi réservée, madame.

Léa s'y assit.

— Cette place me convient parfaitement. Apportez-moi la carte, je vous prie.

— Madame !

— N'oubliez pas la carte des vins.

Écarlate, le maître d'hôtel s'éloigna. Au même instant, une grande femme portant ses cheveux blancs relevés en chignon entra, accompagnée de deux jeunes gens, visiblement frère et sœur. Vêtue d'un élégant ensemble gris, elle se dirigea vers les croisées puis s'arrêta, surprise, devant la table qu'occupait Léa.

— Cette dame a absolument voulu s'asseoir..., tenta de s'excuser l'employé.

Léa se leva.

— Je suis désolée, madame, mais il n'y avait pas d'autre place...

— Vous êtes seule?

— Oui.

— Alors ce n'est pas grave. C'est une table pour quatre et nous ne sommes que trois. Prenez place.

— Je vous en remercie, dit Léa en se rasseyant. Permettez-moi de me présenter : Léa Tavernier... j'arrive de Paris.

— Je m'en serais doutée... Soyez la bienvenue. Je suis madame Martel-Rodriguez. Voici mes petits-enfants, Hélène et Serge... Vous débarquez à Alger en un drôle de moment. Depuis quand êtes-vous ici?

— Depuis deux jours.

— C'est évidemment un peu court pour se forger une idée... Je vous recommande les cailles farcies au foie gras, elles sont excellentes.

— Merci, je vais suivre votre conseil.

Bientôt elles bavardaient comme de vieilles connaissances sous l'œil éberlué du personnel et des autres convives.

— Nous suscitons la curiosité... surtout vous, ma chère. Nous n'avons pas l'habitude de voir une jeune et jolie femme seule dans un restaurant...

— Vous vous laisseriez mourir de faim si vous n'étiez pas accompagnée?

Madame Martel-Rodriguez éclata d'un rire dont la jeunesse surprenait.

— Moi, non. Je suis habituée à agir seule depuis longtemps et à ne rendre de comptes à personne.

Mais, chez nous, les femmes vont rarement seules dans un lieu public, c'est très mal vu. Que voulez-vous, nous sommes des Méditerranéens... Parlez-moi de Paris : il y a une éternité que je n'y suis allée... Mais que regardez-vous?

— Pardonnez-moi, je me demandais, en voyant tous ces gens au-dehors, comment allait se terminer cette journée...

Son interlocutrice lui lança un regard aigu puis jeta un coup d'œil vers les jardins en remontant vers le monument aux morts. Sur les escaliers encadrant les parterres, des familles pique-niquaient, d'autres sirotaient une bière.

— Parlez-moi plutôt de Paris, insista l'Algéroise.

À maintes reprises, des amis ou des relations s'arrêtèrent devant leur table, obligeant Léa à s'interrompre. Chaque fois, madame Martel-Rodriguez la présentait.

— Une amie, madame Tavernier.

— Votre grand-mère connaît tout le monde, remarqua Léa à l'oreille d'Hélène.

— C'est normal, rétorqua la jeune fille, hautaine ; nous appartenons à l'une des plus vieilles familles d'Algérie.

— Ce n'est pas la seule raison, répliqua le garçon : Grand-Mère est très respectée, elle est aimée de tous parce qu'elle fait beaucoup pour les bonnes œuvres.

Madame Martel-Rodriguez demanda au maître d'hôtel de leur servir du vin puis, se tournant vers Léa, elle compléta :

— Mon grand-père s'est installé en Algérie très vite après la conquête. C'était un petit viticulteur alsacien, dur à l'ouvrage. Il est arrivé avec sa femme qui attendait un enfant. Ils choisirent de s'établir à Blida, où, peu après, mon père est né. Ma grand-mère était une femme simple et bonne qui secondait son mari dans sa tâche en dépit de grossesses successives. Elle est morte alors que mon père n'était âgé que de huit ans, laissant cinq enfants dont trois filles. Mon grand-père fit alors venir une de ses sœurs, Marthe, pour s'occuper des petits. Il ne se remaria jamais. Peu à peu, il agrandit son domaine et devint l'un des plus importants colons de la région. Tout le monde craignait et respectait cet homme juste mais sévère...

— Comme toi, Grand-Mère, glissa Hélène.

Ignorant l'interruption, madame Martel-Rodriguez poursuivit :

— ... Mon père, son frère et ses sœurs furent élevés dans la crainte de Dieu, l'observance des dix commandements et l'amour de la patrie. Grâce à leur tante, ils ne souffrirent pas trop de la disparition de leur mère. Par la suite, un précepteur vint de France pour les instruire. Quelques années plus tard, cet homme épousa la tante Marthe, avec laquelle il eut trois enfants. Les deux familles logeaient dans la vaste demeure construite par mon grand-père, au milieu des vignes et des vergers. Les ouvriers agricoles, les bergers et leurs familles vivaient dans un village bâti exprès pour eux, qui comprenait une école ainsi qu'une chapelle. Nos Arabes ne manquaient de rien, et si l'un de leurs enfants montrait des dispositions pour les études, mon grand-père subvenait à ses besoins. C'est ainsi que l'un d'eux est devenu médecin, un autre, instituteur, d'autres, sous-officiers ou contremaîtres. De leur côté, les filles apprenaient la couture, la cuisine, et à prendre soin des enfants. Mon père a vécu libre et heureux, préférant la chasse et ses chevaux aux études, ses camarades musulmans aux Européens. À douze ans, il parlait l'arabe mieux que le français. Son frère disparut en mer au cours d'un naufrage. À la mort de mon grand-père, il prit donc sa succession à la tête de l'exploitation, puis épousa, à plus de quarante ans, l'unique héritière d'une riche famille de colons espagnols. Une fois les terres mises en commun, elles s'étendaient sur une surface vaste comme celle d'un département français. Ma mère, Juanita, est morte peu d'années après ma naissance, des suites de plusieurs fausses couches. C'est donc la femme de mon oncle qui m'a élevée. À mon tour, je grandis heureuse, comme un jeune animal en liberté, parmi une ribambelle de cousins. Hélas, à l'âge de douze ans mon père, qui m'adorait pourtant, m'envoya dans un couvent de Strasbourg afin qu'on fasse de moi une jeune fille bien élevée. Le garçon manqué que j'étais a beaucoup souffert de cette nouvelle vie, faite de contraintes que je jugeais intolérables. Je supportais mal le froid, l'absence du soleil, je ne vivais que dans l'attente des vacances qui me ramèneraient enfin dans mon beau pays. Durant deux mois, je faisais alors provision de souvenirs, puis, à chaque retour en France, je souhaitais mourir. La quatrième année de mon exil, je tombai si gravement malade que l'on me crut perdue, et l'on me ramena chez moi afin que je rendisse le dernier soupir auprès des miens. Mon père pleurait en me demandant pardon. Un vieux marabout de la région, estimé de tous, vint me voir et conseilla à mon père de m'installer sous les eucalyptus, puis de laisser faire la nature... Le bonhomme avait raison : je recouvrai peu à peu la santé. Mon père en fut si heureux qu'il donna une fête qui dura toute une semaine et dont on parla longtemps dans les gazettes. C'est au cours de cette fête que je fis la connaissance d'un cousin éloigné du côté de ma mère, Miguel Rodriguez. Six mois plus tard, à dix-sept ans à peine, j'étais sa femme. Pendant quelques années, notre bonheur fut sans partage. Je lui donnai trois fils, puis ce fut la guerre. Deux ans plus tard, mon mari était tué à la tête de ses hommes. Cinq membres de la famille sacrifièrent leur vie pour la France. Mon père, bien que très âgé, dirigeait toujours le domaine. Il décida de m'associer progressivement à son travail et de faire de moi son futur successeur.

Quand il décéda, à presque cent ans, il estimait que j'étais devenue sa digne héritière. C'est grâce à ce labeur et à mes fils que j'ai pu surmonter le chagrin que m'avait causé la perte de mon époux. D'ailleurs, par une lettre que je lus après sa disparition, mon père m'avouait qu'il avait compris très tôt que seul l'amour que je portais à notre terre saurait me sauver du désespoir... Vous avez l'air songeuse ?

— En vous écoutant, je pensais à mon propre père, qui, lui aussi, m'a transmis l'amour de notre terre. Montillac — c'est le nom de notre domaine — demeure le seul repère permanent de mon existence. Si je le perdais, j'ai l'impression que je perdrais plus que la vie...

Madame Martel-Rodriguez la regarda avec une émotion qu'elle ne chercha pas à dissimuler. Elle posa délicatement la main sur celle de Léa et dit doucement :

— Alors, vous pouvez comprendre le sentiment que nous éprouvons à l'idée de perdre notre pays.

Léa sentit qu'elle entrait là sur un terrain mouvant et qu'elle ne pouvait répondre franchement sans risquer de blesser son interlocutrice. Elle retira sa main et demanda :

— Cela ne vous ennuie pas, si je fume ?

— Je vous en prie, je fume aussi.

Joignant le geste à la parole, madame Martel-Rodriguez sortit de son sac un étui à cigares en argent et s'excusa presque :

— Mon père ne fumait que des havanes ; il m'a transmis son vice... Vous devez trouver que, pour une femme, ce n'est guère convenable. Mais, à mon âge, on n'a que faire des conventions. Je ne vous en propose pas, je suppose que vous n'aimez pas...

— Au contraire, j'en fumerais un bien volontiers. J'aime ce qui n'est pas convenable...

À nouveau, le rire si jeune éclata. Elles préparèrent

leurs cigares et les allumèrent. Elles fumèrent avec volupté, sous les regards réprobateurs des autres clients. Les remarquant en même temps, elles échangèrent une œillade complice.

— Vous êtes la première femme que je rencontre à fumer le cigare. Il y a longtemps ?

— Pas très... C'est à Cuba que j'ai commencé.

— Grand-Mère, pouvons-nous aller faire un tour ? demanda Hélène.

— Pardonnez-moi, mes chéris, je dois vous ennuyer, avec mes histoires. Allez, mais soyez prudents : il y a de plus en plus de monde... Ce sont de bons enfants, ajouta-t-elle en les regardant sortir. Voulez-vous un autre café ?

— Avec plaisir... Vous permettez ?

Léa regarda l'heure à sa montre : il était seize heures trente.

— Je n'ai pas vu le temps passer ! Excusez-moi, je dois téléphoner.

— Faites, mais revenez vite : vous me plaisez beaucoup...

Une dizaine de journalistes et de photographes faisaient les cent pas devant la réception, attendant qu'on leur passe les communications qu'ils avaient demandées. À la requête de Léa, le concierge répondit :

— Ce sera long, madame.

Elle renonça et se rendit sur le pas de la porte : le boulevard Laferrière avait disparu sous une marée humaine d'où montaient parfois les cris d'« Algérie française ! »... Sur les escaliers, au-dessus du monument aux morts, se détachaient les silhouettes casquées des forces de l'ordre. Léa regagna la salle à manger et nota que personne n'avait quitté sa place. Elle se rassit.

— Vous avez l'air soucieuse...

— C'est qu'il y a vraiment beaucoup de monde, maintenant.

— Tant mieux ! Plus nous serons nombreux, plus le gouvernement se sentira obligé de nous entendre.

— Vous ne craignez pas les incidents ?

— Qu'importe la perte de quelques vies si l'Algérie demeure française ?

« Elle me tuerait, pensa Léa, si elle apprenait que j'ai aidé le FLN. »

Serge et Hélène réapparurent, essoufflés.

— Grand-Mère, on monte une barricade devant l'université !

Dans la salle, des exclamations fusèrent et quelques messieurs se précipitèrent sur l'avenue Pasteur. Au bout d'une dizaine de minutes, ils revinrent.

— Une autre barricade se construit rue Charles-Péguy, et on dépave les rues !

— J'ai vu des fusils-mitrailleurs au balcon d'Ortiz !

— On va faire donner les CRS !

— La grève générale illimitée est proclamée !

— Tous aux barricades ! s'exclama un jeune homme en brandissant soudain un revolver.

— Rentrons à la maison, insista une femme en tirant son mari par la manche.

Leur sortie fut suivie par d'autres.

— Les lâches ! siffla entre ses dents madame Martel-Rodriguez.

Un musulman se frayait un chemin dans la cohue ; sa présence au milieu des clients européens détonnait. Hagard, il se planta devant leur table.

— Madame ! Madame ! Il faut partir !

— Il n'en est pas question : je reste !... Mustapha est mon chauffeur, précisa-t-elle à l'adresse de Léa. Il est depuis cinquante ans à mon service, il fait partie de la famille.

— Madame, insista le chauffeur, il faut partir : pensez aux enfants !

— Tu as raison : emmène-les avec toi.

— On veut rester ! se récrièrent le frère et la sœur.

— En l'absence de vos parents, je suis responsable de vous. Donc, obéissez et pas de discussion !

— Grand-Mère...

— Madame...

— Cela suffit ! Mustapha, tu les reconduis, et ordonne à ton fils de les surveiller. Reviens me chercher vers dix-neuf heures. La voiture est toujours rue Mogador ?

— Oui madame.

— Passe par les Tagarins pour éviter les barrages.

Restées seules, les deux femmes demeurèrent un long moment pensives.

— À quoi songez-vous, ma chère ? demanda la plus âgée.

— À cette manifestation populaire dont sont exclus les musulmans...

— Ce n'est qu'une apparence. Vous savez, ils sont nombreux à vouloir que l'Algérie demeure française. S'ils ne sont pas présents aujourd'hui, c'est que l'armée les aura refoulés. Vous n'êtes pas d'ici, vous ne pouvez pas comprendre les liens profonds qui nous unissent, en dépit de nos différences. Croyez-moi, les Arabes n'auraient rien à gagner à l'indépendance... Une indépendance qui n'est d'ailleurs réclamée que par un très petit nombre. Il ne faut jamais oublier que ces populations, arabes et berbères, ont toujours été colonisées : Romains, Turcs, Français se sont succédé sur cette terre depuis des siècles. L'indépendance les ferait rapidement régresser, retomber dans leur crasse et leur ignorance. Soyez-en sûre, nous avons fait du bon travail. Mais vous n'avez pas l'air convaincue...

— Excusez-moi, mais il m'a toujours semblé qu'il revenait aux peuples de disposer d'eux-mêmes...

— C'est sans doute valable pour les peuples civilisés, pas pour ces gens-là... Si vous restez encore quelque temps en Algérie, je vous ferai visiter mon domaine, mais aussi l'Oranais et la Kabylie. Vous verrez que, en dépit de tout ce que nous avons fait pour eux, peu nombreux sont les Arabes qui ne vivent pas comme des brutes... Je vais vous donner ma carte. Quand je me trouve à Alger, j'habite ma villa d'Hydra ; cela me ferait plaisir de vous y recevoir. À quel hôtel êtes-vous descendue ?

— À l'Aletti... non, au Saint-George.

— Vous ne savez pas à quel hôtel vous êtes ?

— J'en ai changé hier. Je suis maintenant au Saint-George.

— C'est un endroit très agréable... Excusez-moi, je vais devoir vous quitter ; il faut que je voie ce qui se passe... Non, laissez, vous êtes mon invitée : ce n'est pas tous les jours que je rencontre une femme qui fume le cigare et que je trouve sympathique... en dépit de certaines divergences que je devine !

— Je vous remercie.

Les deux femmes se serrèrent la main devant l'entrée de l'établissement. Très vite, la silhouette de madame Martel-Rodriguez se fondit dans la foule.

## XVIII

En face de la Grande Poste, à l'angle de la rue d'Isly, des marteaux-piqueurs étaient entrés en action et l'on dépavait la chaussée. Une chaîne humaine s'était formée, au long de laquelle garçons et filles se passaient les pavés. Bientôt, une nouvelle barricade s'éleva, puis une autre rue Bugeaud. Cinq barricades, certaines renforcées à l'aide de sacs de sable, de madriers, de bancs publics ou de mobilier de bistrot, furent érigées dans un périmètre allant de la poste à l'université.

Une discipline toute militaire régnait, prétendait-on, à l'intérieur de l'université, où, toujours selon la rumeur, se seraient trouvées entreposées de nombreuses armes, dont douze fusils-mitrailleurs. Des jeunes gens lançaient des insultes en direction des gendarmes massés au-dessus des escaliers encadrant le monument aux morts.

Le soleil descendait derrière les collines.

François Tavernier peina à franchir le service d'ordre qui barrait l'accès à l'immeuble de la Compagnie algérienne. Dans la chaleur des couloirs, des relents de transpiration, de bière, de fumée ou de graisse d'armes prenaient à la gorge. Des hommes charriaient des fusils-mitrailleurs. Un UT, penché au-dessus de la rampe, leur cria :

— C'est au troisième !

La porte du bureau de Joseph Ortiz était ouverte.

— ... et il faut placer les anciens combattants, avec leurs drapeaux, en avant de la barricade, précisait à ce moment le colonel Gardes dont la barbe commençait à bleuir le menton.

— Il va bientôt faire nuit, coupa François en entrant ; c'est le moment de faire disperser les manifestants.

— Ne vous mêlez pas de ça ! rétorqua sèchement le colonel.

— Ça y est : j'ai planqué les mitraillettes, les caisses de grenades et les quatre fusils-mitrailleurs dans une pièce vide de la faculté, le tout sous la garde de quatre territoriaux, informa d'une traite Bernard Mamy qui venait de pénétrer en trombe dans le bureau. Lagaillarde a annoncé qu'il tirerait sur tous ceux qui s'approcheraient à moins de trente mètres des facultés... Tiens, Tavernier ? Bonjour ! Vous êtes des nôtres ?

— Puis-je téléphoner ? demanda François en guise de réponse.

— Pour informer le gouvernement ! rugit Ortiz en s'avançant, plein de menaces.

— Seulement au Saint-George, pour avoir des nouvelles de ma femme...

D'un geste hargneux, monsieur Jo composa lui-même le numéro : 653.00.

— Elle s'est envolée ? ironisa-t-il quand François, contrarié, eut raccroché.

Celui-ci eut un geste fataliste et sortit sur le balcon. Des silhouettes se déplaçaient sur les toits des immeubles bordant le boulevard Laferrière. L'ombre s'étendait sur le square du Plateau des Glières, tandis que s'allumaient les premiers réverbères. Des milliers d'hommes, de femmes et d'enfants attendaient toujours. Combien étaient-ils au juste? « Trente mille », estima François; on était loin des cent mille prévus. Il rentra à l'instant où Ortiz donnait des ordres à Mamy :

— Allez voir au Maurétania ce que fabrique le colonel Broizat : il faut qu'il arrive et place ses hommes en tampon entre la foule et la barricade.

— J'y vais, confirma le lieutenant.

François sortit à sa suite. L'horloge de la Grande Poste marquait dix-huit heures cinq. Sur le boulevard, il jeta un coup d'œil en direction du monument aux morts. Là-bas, une onde d'anxiété parcourut la foule et quelqu'un hurla :

— Les CRS chargent!

Jouant des coudes, François tenta de remonter vers l'avenue Pasteur. Casqués, le plat du mousqueton en avant afin d'en repousser les manifestants, les gendarmes avançaient sous les projectiles et les injures. Au milieu du tumulte retentit la sonnerie d'un clairon. Un lieutenant-colonel de la gendarmerie se détacha des rangs et cria :

— Dispersez-vous!

La foule répondit par des hurlements, des jets de pierres ou de bouteilles vides en direction de la troupe. Une grenade, jetée d'on ne sait où, roula sur la chaussée dans l'espace séparant les gendarmes de la population. Quelque part, un coup de feu claqua. Crosses levées, les militaires chargèrent. Du tunnel des Facultés, une rafale de fusil-mitrailleur atteignit plusieurs d'entre eux. Depuis le toit de la caserne des Douanes, des immeubles bordant les escaliers du monument aux morts et le boulevard Laferrière, de l'arrière des barricades partirent de nombreux tirs. Trois rafales de fusil-mitrailleur, venant du toit de la Compagnie algérienne, fauchèrent plusieurs membres des forces de l'ordre. Des militaires, des civils tombaient. Les gendarmes firent alors usage de grenades lacrymogènes. La panique s'empara de la foule qui reflua vers les rues transversales, cherchant parfois refuge dans l'entrée des immeubles.

— On nous bombarde au mortier ! écumait un homme.

François réussit à traverser le jardin en zigzaguant.

Un pneu piégé dévala l'avenue Pasteur et vint exploser contre le trottoir. Des gendarmes, bousculés par les manifestants, s'égosillaient :

— Où sont les paras ?

Un feu nourri, devant l'immeuble du *Bled,* leur interdit de progresser. Quelques-uns, isolés, furent pris à partie par la foule. Des femmes, penchées à leur balcon, braillaient :

— À mort !... Tuez-les !...

Inconscient des risques, François venait d'arracher aux griffes des émeutiers un jeune gendarme touché à la tête. Il le traîna jusqu'à l'entrée du *Bled :* des militaires ouvrirent les portes.

— Couchez-vous ! ordonnèrent-ils à François.

François n'eut que le temps de se jeter à plat ventre ; des balles venaient s'écraser contre les murs du journal. Profitant d'une brève accalmie, il se releva et se rua sur celui qui semblait commander la charge.

— Faites sonner le cessez-le-feu !

— Lieutenant-colonel Debrosse, j'obéis aux ordres !

— Mais c'est un massacre !

Une jeune fille s'écroula non loin de lui. Une femme âgée se pencha aussitôt sur elle et la considéra avec étonnement. Sans attendre, François l'entraîna vers l'Albert I\ er pour la mettre à l'abri.

— Tout est perdu ! Des Français tirent sur des Français ! glapissait-elle, hagarde.

Dans le hall de l'hôtel régnait la plus grande confusion : gendarmes et civils blessés attendaient des soins, des territoriaux en armes grimpaient en hâte dans les étages, et le personnel, dépassé, ne savait plus comment maintenir un semblant d'ordre. Dans la salle à manger, une femme aux cheveux blancs berçait contre elle un adolescent à la chemise imprégnée de sang, tandis qu'une autre, plus jeune, tentait de stopper l'hémorragie. À la recherche d'un linge, elle se retourna.

— François !

Léa se dressa devant lui, les cheveux en broussaille, les mains couvertes de sang. Combien de fois s'étaient-ils retrouvés ainsi au cœur d'événements meurtriers ?

— Il faut un médecin ! s'écria-t-elle.

— Je suis médecin, mademoiselle, se fit connaître un élégant vieillard.

Écartant les pans de la chemise, il examina rapidement les blessures.

— Enfin vous, docteur ! soupira madame Martel-Rodriguez. C'est mon petit-fils... Dites-moi que ce n'est pas grave !

— Mettez-le sur une table, commanda le praticien.

François et Léa soulevèrent le jeune homme gémissant.

— Doucement, implora sa grand-mère.

— Pouvez-vous m'aider, mademoiselle ? demanda le médecin à Léa.

— Surtout, ne bouge pas d'ici, lui recommanda François en déposant un baiser sur ses cheveux.

— Reste ! supplia-t-elle.

— Mademoiselle, faites donc attention à ce que vous faites !

— Excusez-moi, docteur...

Dehors, le lieutenant-colonel hurlait dans sa radio :

— Ça tire de partout ! Les paras ne sont pas là ! Sonnez le cessez-le-feu !

Un clairon, tremblant, souffla dans son instrument.

Le silence se rétablit peu à peu, mais une nouvelle rafale de fusil-mitrailleur le brisa net.

De son côté, le lieutenant Mamy tentait lui aussi d'arracher un capitaine de gendarmerie désarmé à la vindicte populaire. François se précipita pour lui prêter main-forte. Ensemble, ils lui firent escorte jusqu'au *Bled* Comme ils en sortaient, ils se retrouvèrent face à Lagaillarde, toujours en tenue de parachutiste, béret rouge sur la tête, mitraillette plaquée en travers de la poitrine, après qui tempêtait un officier.

— C'est le capitaine Léger, le patron des « bleus de chauffe », révéla Mamy à Tavernier.

— Nous nous connaissons déjà.

— Alors, vous êtes content, Lagaillarde? grondait Léger. C'est du joli, ce que vous avez fait !

— Ah oui, évidemment, répliqua le député tout en regardant autour de lui, effaré.

— Retournez d'où vous venez! Vous avez causé assez de dégâts comme ça !

Un peu partout alentour, des manifestants, persuadés que les forces de l'ordre avaient tiré les premières, frappaient à coups de pied et à coups de poing les gendarmes blessés qu'ils rencontraient. De toutes parts on entendait :

— Gendarmes, assassins !

François cherchait à s'interposer.

— Mon capitaine, aidez-moi à sauver ces pauvres types !

Léger et Mamy vinrent à la rescousse, sous les insultes des femmes.

— Salauds! Dégonflés !

Dans le hall du *Bled,* les trois hommes soufflèrent un instant. Tavernier et Léger échangèrent une poignée de main.

— On dirait que vous avez le chic pour vous retrouver dans tous les merdiers !... Vous êtes là pour observer les résultats du 13 mai? Pas très heureux, n'est-ce pas ? C'était moins le bordel en Indochine, non ? s'enquit l'officier.

— La fin d'une guerre ou la fin d'une époque, c'est toujours le bordel, répondit François d'un ton placide. On en discutera plus tard, si vous le voulez bien. Il faut empêcher la foule de massacrer les gars qui sont encore dehors.

Il se rua vers l'extérieur. Léger et Mamy lui emboîtèrent le pas.

Une nouvelle fois, le clairon sonna. Dans le silence qui suivit, on entendait des cris et des gémissements. Puis la fusillade reprit. Trois gendarmes tombèrent sur les marches de la Grand-Poste. Jetés par les fenêtres, des pains de plastic piqués d'un détonateur explosèrent.

— Arrêtez le feu ! s'époumonait un civil. On se tire les uns sur les autres !

Il y avait vingt minutes que la tuerie avait commencé. Mais où étaient les paras prévus par le général Challe ?

En provenance du *Bled,* un appel angoissé partit d'un haut-parleur :

— Cessez le feu ! Cessez le feu !

Depuis la fenêtre de son appartement situé à l'angle de l'avenue Pasteur et du boulevard Laferrière, une femme en robe de chambre tirait au pistolet sur les forces de l'ordre ; une rafale de mitraillette dirigée sur ses volets la força à se retirer.

Des gendarmes parvinrent jusqu'au square du Plateau des Glières, où ils pensaient retrouver les paras du colonel Broizat. Un camion déboucha de la rampe de Tafourah : quatre territoriaux à béret noir en sautèrent et coururent jusqu'au coin de la rue Alfred-Lelluch mettre un fusil-mitrailleur en batterie. Une rafale atteignit les gendarmes qui refluèrent en laissant de nombreux blessés. Les bérets noirs remontèrent dans leur camion qui s'éloigna en direction de Bab el-Oued. Des Algérois, embusqués aux fenêtres, visaient de leur arme les blessés qui se traînaient au sol. Tirés comme des lapins depuis le front des immeubles, des rescapés se terraient dans les bosquets, d'autres tentaient de se réfugier derrière les portes cochères, cognant à tour de bras sur ceux qui cherchaient à les en empêcher. Un gendarme, cerné par des civils, fut d'abord bourré de coups avant d'être suspendu par les pieds dans une cage d'escalier. Dans la fumée rousse des grenades, on piétinait ceux qui gisaient à terre.

En haut du boulevard Laferrière, le lieutenant-colonel Debrosse donna l'ordre du repli. Au même moment, une Jeep sortant du tunnel des Facultés s'arrêta sur l'avenue Pasteur, devant les grilles du monument aux morts. Un colonel, béret vert en tête, en descendit et s'avança en levant les bras : la fusillade s'affaiblit, puis cessa. Les légionnaires du 1er REP du colonel Dufour le rejoignirent, tandis que les bérets rouges du colonel Broizat débouchaient à pas lents sur le plateau des Glières. Les manifestants de la barricade de la rue Charles-Péguy applaudirent. Un jeune homme brandit un drapeau maculé du sang de l'un de ses camarades et le planta sur la barricade devant laquelle il était tombé. Les parachutistes se déployèrent sans tirer un coup de feu, portant secours aux gendarmes qui avaient pu se réfugier dans les immeubles avoisinants et que la foule cherchait à lyncher. Ils relevèrent les blessés des deux camps. Des gens, affolés, couraient en tous sens, d'autres tournaient sur eux-mêmes, en proie à une crise de nerfs, des femmes hurlaient de terreur, des enfants pleuraient, des pères criaient vengeance devant un fils mort. Le lieutenant Jean-Marie Éjarque, originaire de Frontignan, allongé dans le hall du *Bled,* rendit son dernier soupir après avoir prononcé ces mots : « Je meurs désespéré ! Il y a vingt-quatre mois que je me bats contre les fellaghas en Algérie pour la maintenir française. Et je tombe ici, à Alger, sous des balles françaises tirées par des gens qui crient "Algérie française !"... Je ne comprends pas ! »

Personne ne comprenait. Les gendarmes criaient à la trahison : « On nous a envoyés dans un guet-apens, nos chefs nous avaient dit que la foule ne serait pas armée... » L'armée accusait Ortiz d'avoir fait tirer sur les forces de l'ordre. Le cafetier du Forum reprochait à Challe de ne pas avoir respecté « leur accord ». Lagaillarde affirmait : « Mes hommes n'ont pas tiré ! » Des provocateurs, déguisés en gendarmes, auraient fait feu dans le dos des hommes qui descendaient les escaliers du monument aux morts, tandis que d'autres auraient été vus, mêlés aux manifestants, tirant sur les militaires ou faisant rouler des pneus chargés d'explosifs... Pour les manifestants, il était évident que les gendarmes mobiles avaient, les premiers, tiré sur eux. Pour les militaires, le premier coup de feu serait parti sur leur droite, de l'avenue Pasteur, du côté de l'université. Mais une évidence s'imposait à tous : « on » avait voulu que le sang français coulât à Alger. Qui ?... Ortiz et son parti ?... L'Élysée ?... Le FLN ?... Les services secrets américains ?...

Les sirènes des ambulances déchiraient la nuit qui venait de tomber. À l'hôpital Mustapha, chirurgiens et infirmières, débordés, tentaient de faire face à l'afflux des victimes...

À vingt heures, on dénombrait quatorze tués et cent vingt-trois blessés parmi les gendarmes ; six morts et vingt-quatre blessés parmi les civils.

La radio d'Alger diffusa un communiqué du général Challe : « Alors que l'armée et ses chefs ont, pendant toute la journée du 24, tout fait pour maintenir l'ordre, sans molester les manifestants, à la tombée de la nuit, les émeutiers qui avaient patiemment attendu pour perpétrer leur mauvais coup ont attaqué et tiré sur les forces de l'ordre. Les forces de l'ordre, qui ont jusqu'à présent protégé l'Algérie contre les fellaghas, comptent ce soir des tués et des blessés. L'émeute ne triomphera pas contre l'armée française. Je fais converger les régiments de l'intérieur sur Alger. L'ordre sera maintenu avec l'accord du délégué général du gouvernement; je considère la ville comme en état de siège. Tout rassemblement de plus de trois personnes est interdit. C'est tout. »

L'armée tenait à présent le terrain situé entre le Gouvernement général et les premières barricades. Mais ce qu'avait redouté le haut commandement était en train de se produire : insurgés et parachutistes fraternisaient. De nombreux officiers pensaient que l'heure était venue de contraindre le chef de l'État à prononcer les mots qu'ils attendaient depuis plusieurs mois.

Personne, par ailleurs, ne respectait le couvre-feu décrété à vingt heures. Des curieux se rendaient jusqu'aux barricades voir « ce qui se passait », des Thermos de café circulaient de main en main, on échangeait cigarettes et informations dans la pagaille la plus totale. On aperçut le colonel Dufour entrer au PC d'Ortiz. Celui-ci l'accueillit en posant ses conditions : « Premièrement : tous les pourris dehors. Deuxièmement : un gouvernement de sauvegarde nationale. Troisièmement : ne plus rien avoir à faire avec la Délégation générale. » Lagaillarde, lui, acceptait de rencontrer le général Gracieux, commandant de la 10e DP, mais l'avertissait : « Général, je ne tirerai pas sur vous. Mais, si les paras en recevaient l'ordre, je ne pourrais pas, comme je le fais en ce moment, les empêcher de déserter et de me rejoindre. » De son côté, le général Gracieux promettait de n'entreprendre pendant la nuit aucune action contre le camp des facultés.

Les parachutistes avaient investi le hall du *Bled* et celui de l'Albert I$^{er}$, où des infirmières administraient les premiers soins aux blessés avant de les faire transporter jusqu'aux ambulances. Les traits tirés, Léa réconfortait tant bien que mal une jeune femme qui avait été atteinte aux jambes et qui ne cessait de réclamer son enfant, perdu durant un mouvement de panique. Des brancardiers l'installèrent enfin sur une civière et l'évacuèrent vers les véhicules de secours; malgré elle, Léa la vit partir avec soulagement.

Bientôt il ne resta, sur le carrelage de l'hôtel, que des flaques de sang et des linges souillés. Léa se laissa tomber dans l'un des fauteuils du hall et ferma les yeux. Le concierge, en bras de chemise, la considérait avec admiration; ce n'était pas souvent qu'on voyait une femme agir avec autant d'efficacité. Il glissa quelques mots au maître d'hôtel, en bras de chemise lui aussi, qui opina du chef. Il s'éclipsa et revint peu après, portant une bouteille. Un garçon le suivait avec des verres. Les deux hommes s'approchèrent de Léa qui, devinant leur présence, rouvrit les yeux; elle leur sourit, mais son visage était las.

— Madame, vous devriez boire quelque chose, cela vous ferait du bien...

— C'est une excellente idée, répondit-elle en se redressant. Vous n'auriez pas une cigarette?

Quand François put revenir à l'Albert I$^{er}$, il trouva Léa entourée de paras et de membres du personnel de l'hôtel, buvant et fumant, tels les meilleurs amis du monde, et commentant tristement les événements de la journée. Il se joignit à eux, songeant qu'il serait toujours temps, plus tard, de se rendre au quartier Rignot. Chacun lui vanta le courage de sa femme, sa bonne volonté, son savoir-faire. Tous deux se regardaient avec cette moue complice qui, eux seuls le savaient, signifiait: «Dans quoi nous sommes-nous encore fourrés ? » En levant leurs verres, ils éclatèrent de rire sous les yeux surpris et quelque peu choqués de l'assistance. Derrière eux, quelqu'un annonça :

— Le délégué général parle à la radio !

Tous se tournèrent vers le transistor que le réceptionniste venait de poser sur son comptoir :

« ... nous avons tout fait pour éviter ce qui est arrivé : le sang a coulé. Comme je l'ai dit et répété, comme le général Challe l'a dit et répété, comme tout le monde l'a compris et entendu, les forces armées, avec une profonde tristesse dans le cœur et après avoir montré une grande patience pendant une lourde journée, ont dû faire leur devoir.

« Je m'incline devant toutes les victimes : celles des forces de l'ordre et celles dont le patriotisme a été entraîné dans la voie d'une erreur tragique.

« L'ordre n'est pas encore revenu : c'est que certains s'obstinent à vouloir "leur" insurrection, ce que n'ont jamais voulu les leaders de la manifestation de ce matin.

« Vous avez entendu tout à l'heure le général Challe. Que tous comprennent enfin l'inutilité d'un tel égarement. Que tous s'emploient à ramener à la raison les désespérés. Je fais appel aux élus, aux personnalités, aux parents des étudiants, et que, tous ensemble, nous obtenions l'apaisement pour continuer la lutte... »

Rageusement, une main venait d'interrompre le discours de Delouvrier.

— Des mots ! Toujours des mots ! lâcha le maître d'hôtel en s'épongeant le visage.

Ce fut le seul commentaire.

Le capitaine Léger, qui avait troqué son costume contre une tenue de parachutiste, franchit le sas d'entrée en courant.

— Tavernier ! On vous demande au quartier Rignot. Bravo et merci pour votre aide ! C'est rare que des politiques se trouvent aux premières loges quand il y a un risque d'y laisser sa peau...

François eut un haussement d'épaules.

— Dépêchez-vous : le général Challe vous attend.

— J'arrive. Mais, auparavant, je raccompagne ma femme... Léa, je te présente le capitaine Léger.

— Bonsoir, capitaine ; le colonel Leroy m'avait déjà parlé de vous.

Léger observa attentivement cette jolie femme ; il était certain de ne l'avoir jamais vue.

— Bonsoir, madame... Vous étiez en Indochine ?

— S'il vous plaît, coupa François, vous vous raconterez vos guerres une autre fois. Léger, on se retrouve là-haut !

— Pas question que je vous quitte d'une semelle !

— Comme vous voulez, mais je dois récupérer la moto que j'ai « empruntée » à une ordonnance... Venez.

— Et où est-elle, cette moto ?

— Quelque part dans une rue, vers le bas du boulevard Laferrière.

— Et vous pensez la retrouver ?

— Naturellement. Attends-moi ici, ma chérie...

— Je viens avec toi.

— Cela peut être dangereux.

— Je m'en fous !

— Madame, votre mari a raison...

— Mêlez-vous de vos affaires !

— Ce que j'en disais...

Tout en parlant, ils traversèrent l'avenue Pasteur, encombrée maintenant de véhicules militaires et d'ambulances. Le capitaine Léger siffla entre ses doigts. Deux hommes — deux Arabes vêtus de bleus de chauffe — se retrouvèrent à ses côtés comme par magie. Machinalement, Léa remarqua les cheveux gominés de l'un d'eux, une sorte d'armoire à glace.

— Vous avez toujours vos anges gardiens, constata François.

— Comme vous l'avez remarqué, je ne me déplace jamais sans eux.

Devant *le Bled,* devenu le PC des paras, on évacuait les derniers blessés. Sur le revêtement du boulevard Laferrière, on butait sur toutes sortes d'objets : chaussures, bouteilles vides, douilles, vêtements, morceaux de pneus, bouts de bois ou de ferraille... Des pages de journaux s'envolaient vers le port dont les lumières se reflétaient dans l'eau. Au-delà du Plateau des Glières, tout paraissait calme.

Devant la barricade de la rue Charles-Péguy, des jeunes gens portant des semblants d'uniformes attendaient devant le PC d'Ortiz, demandant à s'enrôler dans les rangs des insurgés. Sous les yeux des paras qui ne bronchaient pas, les armes circulaient.

Le capitaine Léger et ses hommes durent forcer l'entrée de l'immeuble, défendue par des UT en armes, où François avait abandonné la motocyclette. À leur grande surprise, elle se trouvait toujours sous l'escalier, exactement là où il l'avait laissée.

— Je monte avec vous, avertit le capitaine en enfourchant la place arrière.

François dut se résoudre à installer Léa devant lui.

— Vous êtes collant, mon vieux ! lui lança-t-il en démarrant.

À la vue du capitaine Léger, les barrages se levaient les uns après les autres. Rapidement arrivé à l'hôtel Saint-George, François accompagna Léa jusqu'à sa chambre. Sans un mot, elle se blottit contre sa poitrine. Lui non plus ne disait rien ; l'un comme l'autre savaient que c'était inutile, et qu'une fois encore le destin les avait immanquablement ramenés au cœur d'événements sanglants. François ne croyait pas à l'Algérie française. Il admirait de Gaulle sans être gaulliste, persuadé que le Général était seul capable de sortir la France de l'imbroglio algérien tout en regrettant que le chef de l'État se montrât si peu clair sur ses intentions. Quant à Léa, elle se sentait le jouet des circonstances, reconnaissant néanmoins qu'elle y avait mis du sien : aider le FLN comme elle l'avait fait, par un instinctif souci de justice, relevait d'un idéal adolescent plus que d'un engagement mûrement réfléchi.

— On joue notre vie comme si cela devait lui donner plus de prix, émit-elle comme en se parlant à elle-même.

François s'écarta et la tint face à lui à bout de bras. Il regardait intensément cette femme qu'il avait eu si souvent peur de perdre. Ce qu'elle venait de dire était accablant de vérité : tous deux s'exposaient délibérément au danger, ainsi que ces fous qui jouent à la roulette russe, sans songer, dans ces moments-là, l'un à l'autre. Plus grave : ils le faisaient sans se soucier de leurs enfants, qui, depuis leur naissance, vivaient dans l'angoisse de les voir disparaître. « Il faudrait que nous devenions raisonnables », se dit-il. L'absurdité de sa réflexion lui arracha un rire qu'il jugea tout aussi stupide. Sans doute Léa avait-elle eu la même pensée, car elle décréta :

— Nous sommes deux imbéciles !

Tavernier rejoignit Léger au bar de l'hôtel et commanda un double whisky.

— Des problèmes ? demanda le capitaine.

— Ça ne vous arrive jamais de vous prendre pour un con ?

— Pas souvent.

— Vous y croyez, vous ?

— À quoi ?

— Laissez tomber, ça n'a pas d'importance...

— Finissez votre verre : on nous attend.

— Qu'ils attendent ! Ce ne sont pas quelques minutes de plus ou de moins qui changeront le cours des choses !

— Que voulez-vous dire ?

— Rien, capitaine, rien : des conneries... On y va ?

À l'extérieur, les « anges gardiens » attendaient leur patron.

— Bien, les gars, rejoignez-nous jusqu'au quartier Rignot.


Au quartier général, l'atmosphère était électrique. Une délégation des élus d'Alger quittait les lieux, raccompagnée par Philippe Thibaud, directeur de l'information du Gouvernement général.

— Avez-vous déjà vu, lança-t-il en direction de François, une manifestation au cours de laquelle le service d'ordre qui tire sur la foule ait subi neuf dixièmes des pertes ?

Comme Tavernier entrait dans le bureau où se tenaient les responsables militaires d'Alger, il entendit le général Challe dire au téléphone :

— ... je puis donner l'ordre de nettoyer les barricades par la force. Deux hypothèses : ou l'on m'obéit, ou l'on ne m'obéit pas. Si l'on ne m'obéit pas, c'est l'anarchie. Je ne peux risquer une telle éventualité.

— C'est épouvantable ! C'est impensable ! Si l'on devait attaquer, cela ferait trop de morts. Il est impossible de donner l'assaut ! s'écria le général Crépin.

— Quant à moi, je ne suis même pas sûr que l'ordre serait exécuté. Déjà, à l'heure actuelle, ma principale crainte est de voir les officiers de ma division rejoindre le camp des facultés, objecta le général Gracieux.

François s'approcha du colonel Argoud, plus débraillé que jamais.

— Où en sommes-nous ? s'informa-t-il.

— Le général Challe, considérant que le colonel Fonde était le principal responsable de la situation, lui a retiré le commandement du secteur « Alger-Sahel ». Il confie la suite des opérations au général Gracieux, le commandant de la 10ᵉ division parachutiste, exposa le colonel d'une voix sèche.

— Ce qui veut dire qu'Alger est aux mains des paras. Joli coup !

— Je n'y suis pour rien.

— Peut-être bien, mais avouez que cela vous arrange...

Sans répondre, Argoud se détourna. Mais, alors que le général Gracieux se dirigeait, main tendue, vers François, le colonel Fonde s'interposa.

— Si les paras avaient obéi, s'ils avaient maintenu strictement les barrages, il n'y aurait pas eu de manifestation et la foule ne serait pas venue crier « L'armée avec nous ! »... Tes paras avalent les mensonges d'Ortiz et de sa clique selon lesquels ce sont les gendarmes qui ont tiré, et ils se croient les seuls types bien d'Algérie. Tu y as contribué, mon général. Alors, maintenant, démerde-toi avec !

Fonde sortit en bousculant son remplaçant.

— Bonsoir, Tavernier. Comment ça va, depuis l'Indochine ? le salua Gracieux comme si de rien n'était.

— Bien, mon général. Content de vous voir.

— Moi aussi, Tavernier, bien que ce soit dans de fichues circonstances... Je pensais que vous viviez tranquille, à l'ombre des cocotiers cubains, et je vous retrouve ici, plongé dans ce bourbier ! Ça doit vous plaire : jamais vu un civil se faire embarquer comme vous quand ça castagne pour la France !

— Ces fichues circonstances, mon général...

— Elles ont bon dos, les circonstances !

Un capitaine fit signe à Gracieux, qui se pencha pour l'écouter. François en profita pour se diriger vers le général Challe, assis derrière son bureau, sa pipe éteinte à la bouche ; il paraissait épuisé. Les deux hommes se considérèrent froidement. François prit place sans en avoir été prié.

— Je suppose que le président de la République est informé de la situation... Quelles sont ses instructions ?

Les dents du général mordillaient nerveusement le tuyau de sa pipe, et son visage affichait une expression meurtrière.

— Le général de Gaulle nous laisse le choix des moyens pourvu que tout soit réglé demain matin... c'est-à-dire aujourd'hui ! « Employez la persuasion si c'est possible, la force si besoin est. Rappelez-vous que vous représentez l'État. » Ce sont ses mots. Il ne se rend pas compte ! Mais, nom de Dieu, à quoi servez-vous ? Ne pouviez-vous pas lui expliquer ?...

François le coupa :

— Mon général, vous et Delouvrier avez été les derniers à entretenir le chef de l'État de la tension qui s'est amplifiée ces derniers temps. Il ne vous a pas entendus. Comment pouvez-vous croire qu'il m'entendrait, moi ?

— Alors, pourquoi vous a-t-il envoyé ici ?

C'était aussi la question que se posait François... Ne recevant pas de réponse, Challe reprit d'un ton plus calme :

— Le délégué général tente, en ce moment même, d'obtenir du général de Gaulle qu'il parle et se déclare déterminé à imposer une solution française à l'Algérie...

— Qu'entendez-vous par là ?

— Que de Gaulle et son gouvernement se décident une bonne fois, en se montrant nets et précis, qu'ils déclarent qu'ils veulent l'option française pour l'Algérie. Et la révolte tombera d'elle-même...

Delouvrier fit irruption, brandissant des feuilles de papier couvertes d'une écriture ronde, presque féminine, raturées par endroits.

— J'ai le texte de l'appel du président de la République ! J'en ai discuté chaque terme avec le Premier ministre.

— Quand sera-t-il diffusé? demanda aussitôt le général Challe.

— À deux heures du matin en métropole.

— Et à Alger?

— Il faut voir avec France-V... En attendant, je vais vous le lire : « L'émeute qui vient d'être déclenchée à Alger est un mauvais coup porté à la France. Un mauvais coup porté à la France en Algérie. Un mauvais coup porté à la France devant le monde. Un mauvais coup porté à la France au sein de la France. Avec le gouvernement, d'accord avec le Parlement, appelé et soutenu par la nation, j'ai pris la tête de l'État pour relever notre pays et, notamment, pour faire triompher dans l'Algérie déchirée, en unissant toutes les communautés, une solution qui soit française.

« Je dis en toute lucidité et en toute simplicité que, si je manquais à ma tâche, l'unité, le prestige, le sort de la France seraient du même coup compromis. Et d'abord, il n'y aurait plus pour elle aucune chance de poursuivre sa grande œuvre en Algérie.

« J'adjure ceux qui se dressent à Alger contre la patrie, égarés qu'ils peuvent être par des mensonges et des calomnies, de rentrer dans l'ordre national. Rien n'est perdu pour un Français quand il rallie sa mère, la France.

« J'exprime ma confiance profonde à Paul Delouvrier, délégué général, au général Challe, commandant en chef, aux forces qui sont sous leurs ordres pour servir la France et l'État, à la population algérienne si chère et si éprouvée.

« Quant à moi, je ferai mon devoir.

« Vive la France! »

Delouvrier releva la tête. On percevait l'émotion qu'il avait éprouvée à lire le message du chef de l'État. Il parut surpris du silence de l'assistance.

— J'ai enfin obtenu du président de la République

les mots tant attendus, et c'est tout l'effet que cela vous fait?! s'exclama le délégué général, visiblement dépité.

— Il n'y a rien de nouveau là-dedans, laissa finalement tomber Argoud.

— Merde alors! se récria Challe. Que vous faut-il?

— Le Général aurait dû dire « la solution la plus française », insista Argoud.

Paul Delouvrier se laissa choir sur une chaise, accablé.

— Vous êtes du même avis? demanda-t-il à François.

— Non. Mais cet appel est un coup d'épée dans l'eau : il ne sera entendu ni par les insurgés ni par la population. Vous devriez en avertir le général de Gaulle.

— Appelez-le vous-même; il est hors de question que je le réveille à nouveau.

— Nous savons, vous et moi, que cela ne servirait à rien. Je vais lui faire un rapport qu'il aura dans la matinée.

— J'exige d'en prendre connaissance.

— Moi aussi! ajouta le général Challe.

— Comme vous voudrez, messieurs. Puis-je disposer d'un endroit tranquille où travailler?

Vers minuit, à Paris, où le chef de l'État était rentré de Colombey-les-Deux-Églises en compagnie de madame de Gaulle, le Général retrouvait le Premier ministre, Michel Debré, au palais de l'Élysée. Pierre Guillaumat, ministre des Armées, et le ministre de l'Intérieur, Pierre Chatenet, étaient immédiatement convoqués.

À l'université et à la Compagnie algérienne, les insurgés s'installaient dans l'attente. Chez Lagaillarde, des sentinelles, dans d'impeccables uniformes de parachutistes, montaient la garde, tandis que chez Ortiz on buvait en jouant aux cartes, les armes à portée de main. Le bruit courait que Massu était sur le point de revenir...

La nuit était froide et le ciel étoilé. Derrière les barricades, on avait allumé des feux autour desquels les révoltés venaient se réchauffer. De leur côté, les gendarmes avaient regagné l'enceinte du Gouvernement général. Quant aux parachutistes, ils campaient dans les rues alentour, prenant quelque repos dans leurs sacs de couchage.

Peu après deux heures du matin, les communications téléphoniques entre la France et l'Algérie étaient coupées.

# XIX

Le soleil se levait ce lundi matin sur ce que la presse allait appeler « le camp retranché ».

Les derniers feux s'étaient éteints, paras et insurgés partageaient café et casse-croûte dans une ambiance bon enfant. Des femmes, les mères, les épouses, les filles des « combattants » des barricades, apportaient des croissants chauds, des Thermos de thé ou de café. La journée s'annonçait belle : la grève générale avait été décrétée, les écoles fermées, les véhicules des transports en commun étaient restés à leurs dépôts, l'activité du port se révélait inexistante. En dépit des victimes de la veille, il flottait dans l'air comme une atmosphère de vacances. Sur la terrasse du PC d'Ortiz, le canon d'un fusil-mitrailleur restait braqué sur les bâtiments du Gouvernement général, des drapeaux français ondulaient tandis que les haut-parleurs diffusaient toujours leur musique militaire. Au fur et à mesure que la matinée avançait, on venait en famille soutenir les « héros », les bras chargés de victuailles et de boissons. En rigolant, on commentait l'appel de De Gaulle. On entendit même un colonel de parachutistes s'exclamer : « Ce que les civils ont fait, il faut l'exploiter. Ce n'est pas le moment de casser la machine qui doit amener le gouvernement à composition. » Autour de lui, on applaudit.

Au quartier Rignot, François Tavernier avait terminé de rédiger son rapport et le faisait maintenant taper par une secrétaire avant de le soumettre à Challe et à Delouvrier. Comme il cherchait un endroit où se rafraîchir, il se heurta au commandant en chef qui sortait d'une salle de bains en s'essuyant le visage. Les deux hommes, qui n'avaient pas fermé l'œil de la nuit, échangèrent une poignée de main sans prononcer une seule parole.

François referma derrière lui la porte de la salle d'eau. La glace, au-dessus du lavabo, lui renvoya l'image d'un type aux yeux rougis, les traits tirés, la barbe maintenant fournie. « Quelle sale gueule ! » pensa-t-il en ouvrant le robinet. L'eau avait un goût de fer mais elle coulait fraîche et chassa quelque peu le besoin de sommeil. Il était mécontent de son rapport, qui, lui semblait-il, ne donnait qu'une idée approximative de la gravité de la situation. Comment faire comprendre au chef de l'État que de nombreux officiers se révélaient non seulement favorables à la rébellion, mais que beaucoup l'avaient même encouragée et, pour certains, suscitée ? Ce n'étaient pas les fascistes d'Ortiz ni les va-t-en-guerre de Lagaillarde qu'il redoutait, mais les colonels, fanatiques de l'Algérie française, les Gardes, Argoud, Broizat, Meyer, etc., qui, selon lui, n'attendaient qu'une bonne occasion pour tenter de s'assurer le pouvoir. Si de Gaulle était résigné à l'indépendance de l'Algérie, comme le pensait François, que ne le disait-il pas ? Sans doute l'homme du 18-Juin savait-il ce qu'il faisait, mais ses subtilités politiques échappaient au caractère direct d'un Tavernier, et celui-ci n'ignorait pas que son rapport paraîtrait simpliste aux yeux du président de la République. Revenu dans le bureau de la secrétaire, il relut son texte, y apporta quelques corrections et demanda à l'employée d'en faire remettre copie au général Challe ainsi qu'à Paul Delouvrier.

Depuis les jardins du quartier Rignot, il pouvait apercevoir les toits de l'hôtel Saint-George. Il imagina Léa endormie et eut envie de la serrer dans ses bras. Il rejoignit l'hôtel à pied.

Il la trouva assise dans son lit en train de prendre son petit déjeuner. Le bonheur qui se peignit sur son visage quand elle le vit le bouleversa. Il retira le plateau posé sur ses genoux, écarta les couvertures et s'allongea près d'elle.

— J'ai envie de toi, murmura-t-il dans son cou.

Pendant qu'il se douchait puis se rasait, Léa essaya d'obtenir Paris; elle avait besoin d'entendre la voix des enfants.

— Avec la métropole, toutes les lignes sont suspendues jusqu'à nouvel ordre, l'informa l'opératrice.

Elle raccrocha avec un pincement au cœur.

Sortant nu de la salle de bains, laissant des traces humides sur le carrelage, François remarqua les sourcils froncés et l'air morose de Léa.

— Quelque chose ne va pas?

— On ne peut plus appeler Paris.

— Je sais.

— Ça risque de durer longtemps?

— Je l'ignore... Tu devrais rentrer en France.

— Il s'est passé quelque chose de nouveau pendant la nuit?

— Pas que je sache... mais Lagaillarde menace de se faire sauter s'il est attaqué, et Ortiz doit croire la victoire à portée de main. Quant aux parachutistes présents devant les barricades, il ne faut pas compter sur eux pour donner l'assaut... Je serais plus tranquille si tu n'étais pas là.

— Je sais, mon chéri, mais j'ai promis à la vieille dame dont le petit-fils a été blessé hier de passer la voir aujourd'hui.

— Il n'en est pas question : trop dangereux d'aller en ville...

— Elle n'habite pas le centre mais à Hydra. J'ai promis d'y aller, j'irai.

François savait qu'à moins de la ligoter sur le lit elle s'y rendrait. Soudain, il se sentit très las.

— Je te promets d'être prudente. Il ne m'arrivera rien : elle doit m'envoyer son chauffeur dès que je l'aurai appelée.

— Puisqu'il en est ainsi... mais laisse-moi son nom, son adresse et son numéro de téléphone.

— Évidemment. Et toi, que fais-tu ?

— Je retourne au quartier Rignot.

— Je t'en prie, ne fais pas cette tête... Embrasse-moi plutôt !

La limousine roulait lentement sur le gravier de l'allée qui menait à la somptueuse villa mauresque de la famille Martel-Rodriguez. De là, on dominait la baie d'Alger. Sur ces jardins plantés d'essences rares planait un calme qui surprenait le visiteur. Dans le patio aux carreaux de faïence où dominait le bleu, la cascade d'une fontaine accusait cette impression de paix et de bien-être. Un domestique musulman à l'impressionnante moustache s'inclina devant elle ; il était accompagné d'une jeune fille en costume kabyle.

— Saïda va vous conduire près de Madame.

Léa la suivit, admirant la luxueuse simplicité des lieux, les tapis magnifiques et les somptueuses compositions florales. Saïda frappa à une lourde porte de bois incrustée de nacre et d'ivoire, puis s'effaça pour la laisser entrer. Madame Martel-Rodriguez se tenait au fond d'une vaste pièce au centre de laquelle trônait un lit à baldaquin d'où pendait le tulle blanc d'une moustiquaire. Vêtue d'une gandoura de laine blanche à broderies d'argent, elle vint au-devant de Léa, les bras tendus, et l'embrassa sur les deux joues.

— Merci mille fois d'être venue, chère amie.

— Comment va votre petit-fils ?

— Mieux, Dieu merci : la nuit a été bonne. Le médecin, qui sort d'ici, a affirmé qu'il était tiré d'affaire.

— Il n'est pas à l'hôpital ?

— Non. J'ai tenu à ce qu'il soit soigné chez moi ; je n'aime pas les hôpitaux. Mon père avait fait construire une infirmerie modèle pour nos gens. Un médecin est attaché à la propriété et trois infirmières se relaient à son chevet.

— Il a plus de chance que les malheureux d'hier !

— Certes, mais il a surtout eu la chance que vous ayez été là : sans votre intervention, l'hémorragie lui aurait certainement été fatale. Je vous en serai éternellement reconnaissante. J'irai néanmoins brûler des cierges à Madame l'Afrique... À votre air surpris, je devine que vous ne comprenez pas à quoi je fais allusion : c'est ainsi que, catholiques, juifs ou musulmans, nous nommons la Vierge noire de la basilique Notre-Dame-d'Afrique. Madame l'Afrique, elle, crée cette union tant prêchée par Mohamed Duval...

— Qui est Mohamed Duval ?

— L'archevêque d'Alger, monseigneur Duval, que nous appelons ainsi parce que certains le trouvent beaucoup trop proche des musulmans.

— Il l'est vraiment ?

— Sans doute pas plus que ne doit l'être un serviteur du Dieu chrétien. Il aime à dire « qu'un homme qui souffre, quelle que soit son origine, quelle que soit sa condition, c'est Jésus-Christ ». Je pense qu'il a raison... Avez-vous entendu l'appel du général de Gaulle ?

— Non.

— Je n'arrive pas à comprendre cet homme : je l'ai rencontré à Alger, en 1943, lors d'une réception à la villa des Oliviers. Je le revois passant, raide, d'un pas décidé, une cigarette entre les doigts, avec son long nez, ses grandes oreilles et cette moustache ridicule.

Dans ma famille, on était tous gaullistes ; ce qui était loin d'être le cas de l'ensemble de la colonie : la plus grande partie était pétainiste. Je l'ai revu à Paris en 46, et, la dernière fois, lors de sa première visite de 58 en Algérie. J'ai eu chaque fois la même impression : celle d'un homme seul, n'écoutant personne, ayant de lui-même la plus haute opinion, et de la nation française une vision idéalisée, volontairement idéalisée. Donc fausse.

— N'est-ce pas cela, précisément, qui lui a permis d'accomplir son destin ?

— Le sien, sans doute, mais celui de la France, celui de l'Algérie ?... Il ne nous voit pas tels que nous sommes, il ne comprend pas les humbles motivations des hommes de ce pays... Il rêve de grandeur quand nous ne recherchons qu'un quotidien paisible, harmonieux. Il aime une France abstraite. Il ne connaît pas la terre comme la connaît un paysan ou celui qui a fait un jardin d'un arpent de désert.

— Vous évoquez un quotidien harmonieux, mais il ne l'est pas pour la population musulmane...

Madame Martel-Rodriguez eut un mouvement d'humeur qui durcit ses traits toujours beaux, puis répliqua sèchement :

— Vous parlez comme les Français de France. Le quotidien des musulmans est difficile, c'est vrai, mais il le serait bien davantage si nous n'étions pas là. Nous avons tout apporté, tout construit ici : les routes, les écoles, les hôpitaux. Nous avons cultivé cette terre, nous l'avons rendue riche et prospère. Laissez-la aux mains des Arabes, et ce sont les pierres qui pousseront ! La plupart sont sales et fainéants. L'islam les abrutit : voyez la condition des femmes... Vous accepteriez, vous, d'être traitée comme une bête de somme, de n'avoir pas le droit de sortir seule dans la rue, d'étudier, d'être obligée d'élever une multitude d'enfants ?... Non, n'est-ce pas ? Grâce à nous, quelques petites filles peuvent aller à l'école. Car, voyez-vous, ce n'est pas l'intelligence qui leur manque, c'est la volonté d'apprendre. Chez moi, tout le monde sait lire et écrire, et, suivant les traces de mon père et de mon grand-père, j'aide ceux ou celles qui veulent poursuivre des études. J'ai actuellement à Montpellier quatre garçons et deux filles qui sont à l'université.

— Bravo, je vous en félicite. Mais les autres, tous les autres, que deviennent-ils ?

— Jusqu'à ce qu'on leur mette cette idée d'indépendance dans la tête, ils devenaient ce qu'avaient été leurs pères, reconnaissants de ce que nous faisions pour eux.

— Et, pour vous, cela était juste et bon ?

— Il n'y a pas de justice en ce monde, ma pauvre enfant. Nous devons accepter la vie qui nous est donnée...

— Si vous étiez née dans un milieu défavorisé, je suis sûre que vous n'auriez pas accepté votre sort et que vous auriez tout fait pour y échapper.

— Cela va de soi.

— Et pourquoi n'en serait-il pas de même pour eux ?

Visiblement agacée, madame Martel-Rodriguez prit une cigarette dans un coffret d'argent qu'elle tendit à son interlocutrice. Léa se servit et alluma la sienne au briquet que tenait la maîtresse des lieux.

La jeune servante entra ; sur ses talons, un domestique roulait une table couverte de friandises et de boissons. Léa accepta un café.

— Je vous en prie, goûtez ces pâtisseries, vous n'en mangerez de pareilles nulle part ailleurs : elles sont légères comme une caresse. Elles sont faites par Farida. Farida a mon âge, nous avons grandi ensemble et c'est la meilleure pâtissière d'Alger... Saïda, demande à Farida de venir.

— Madame, je ne doute pas qu'elles soient délicieuses, mais je n'aime pas trop les sucreries...

— Appelez-moi Jeanne, s'il vous plaît... Vous croyez que vous n'aimez pas les sucreries tout simplement parce que vous n'avez jamais goûté à celles-là... Ah! Farida! Entre.

Une grosse femme vêtue d'une robe à larges fleurs, le visage tatoué, la tête couverte d'un foulard rayé qui cachait en partie ses cheveux noirs et frisés, était apparue.

— Tu m'as demandée? fit-elle à sa maîtresse. Les gâteaux ne sont pas bons?

— Excellents, comme toujours. Mais je voulais qu'une amie de Paris te connaisse...

— Elle aime mes gâteaux?

— Je n'en ai pas encore mangé, dut avouer Léa en en prenant un d'où un nuage de sucre s'envola.

Madame Martel-Rodriguez et Farida l'observaient, guettant son approbation. Léa n'eut pas à se forcer pour complimenter la cuisinière : elle avait l'impression qu'un miel onctueux se répandait en elle.

— C'est bon, marmonna-t-elle dans un sourire.

La maîtresse et la servante échangèrent un regard satisfait. Était-ce la corpulence de la domestique? Il émanait de toute sa personne une force tranquille. Elle bougeait silencieusement, avec souplesse. Ses yeux sombres détaillaient la visiteuse sans la moindre gêne.

— C'est une belle femme, jugea-t-elle en hochant la tête.

— Et croyez-moi, reprit madame Martel-Rodriguez à l'attention de Léa, elle s'y connaît : c'est une marieuse des plus estimées... Merci, Farida, je n'ai plus besoin de toi.

Comme elle sortait, Léa crut déceler un bref éclat de haine dans le regard de la femme; ce qu'elle oublia aussitôt.

— Comment la trouvez-vous? Je la considère comme une amie; elle se ferait tuer pour moi. Sans moi, elle croupirait dans son gourbi après avoir mis au monde une dizaine d'enfants. Quand son père a voulu la marier, le mien s'y est opposé afin qu'elle demeurât exclusivement à mon service. Elle n'a jamais eu à le regretter.

Elle but une gorgée de thé, essuya ses lèvres sur une serviette brodée.

— Je vais faire des visites à l'hôpital, reprit-elle. Voulez-vous m'accompagner ? Cela me ferait plaisir. Ensuite, nous déjeunerons à la Madrague. C'est un joli port de pêcheurs, avec d'agréables gargotes.

— Si vous voulez...

— Parfait... Je suis à vous dans deux minutes.

Un quart d'heure plus tard, les deux femmes roulaient en direction de l'hôpital Mustapha.

Rasé de frais, François considérait les visages défaits du commandant en chef et du délégué général. Celui-ci boitillait de nouveau : sa douleur à la jambe s'était réveillée.

— Nous avons lu votre rapport, commença Paul Delouvrier. Il est objectif. Mais nous n'approuvons pas votre conclusion : « Laissez pourrir la situation », écrivez-vous...

— Je suis sûr que c'est ce que va faire le général de Gaulle.

— Mais c'est de la folie ! s'exclama, cramoisi, le général Challe.

— Je ne pense pas...

Un lieutenant entra, porteur d'une dépêche. Après avoir salué, il s'adressa à François :

— J'ai un message de la présidence de la République pour monsieur Tavernier.

— Donnez ! ordonna Challe en tendant la main.

Le lieutenant s'exécuta.

« Qu'est-ce que le Vieux peut bien me vouloir ? » s'interrogeait François.

— Le chef de l'État vous commande de regagner

immédiatement Paris, annonça-t-il en lui passant le message.

François le prit et le lut ; l'ordre était clair : il devait s'embarquer dans l'heure.

— Un appareil prêt à décoller vous attendra donc à Maison-Blanche.

Puis, se tournant vers le lieutenant, il ajouta :

— Qu'une voiture soit également prête à conduire monsieur Tavernier à l'aéroport, et qu'on prévienne le pilote et l'équipage de l'avion.

— Je passe au Saint-George prendre quelques affaires et avertir ma femme... Ah, monsieur le délégué, puis-je vous demander d'assurer sa sécurité en mon absence ?

— Cela va de soi. Je vais lui proposer de s'installer à la résidence.

— Je vous en remercie.

— Essayez de convaincre le Général de revenir sur l'autodétermination : c'est le seul moyen pour que tout rentre dans l'ordre, proféra Challe.

François ne releva pas ; il salua et sortit.

Les bateaux de pêche qui se balançaient dans l'anse de la Madrague ressemblaient à des jouets. Des vieillards en gandoura et turban contemplaient la mer, accroupis sur le seuil de leur maison. D'autres jouaient aux dominos, assis sur de petits bancs, buvant de temps à autre une gorgée de thé. Des gamins plongeaient depuis les embarcations, tandis que des femmes enveloppées de blanc, dont on ne voyait que les yeux, surveillaient des enfants qui se roulaient dans la poussière. Certains poursuivaient des chiens efflanqués qui s'enfuyaient d'abord en aboyant, puis revenaient. Des charrettes tirées par des ânes passèrent. De leur côté, des patrons pêcheurs européens sirotaient une anisette en compagnie de cinq jeunes paras déjà bien éméchés. L'appel du muezzin se répandit sur le port : des hommes se levèrent, puis se dirigèrent sans hâte vers la mosquée.

Jeanne Martel-Rodriguez et Léa achevaient de déjeuner.

— Vous êtes bien silencieuse, releva l'Algéroise. Vous n'aimez pas cet endroit ?

— Je le trouve charmant, si paisible... On a l'impression d'être à des kilomètres d'Alger.

— L'Algérie, avant, c'était ça partout : la douceur de vivre... Je venais souvent ici avec mon père quand j'étais enfant. Nous avions un bateau sur lequel nous allions pêcher. Le bateau existe toujours, mais, depuis la mort de mon mari, je n'ai plus envie de monter à bord... Je vous sens songeuse : avez-vous des soucis ?... Confiez-vous à moi, j'aimerais vous aider.

— Je vous en remercie... Comment dire ?... Je me sens si étrangère à tout cela, à ce pays, à ces événements, mais, en même temps...

— Continuez.

— Jeanne, je ne voudrais pas que vous vous mépreniez sur moi... Je ne pense pas comme vous... Voyez-vous, j'étais encore à Cuba l'année dernière et j'ai vu la joie de tout un peuple...

— Vous comparez l'Algérie à Cuba ?! Excusez-moi, mais je ne vous suis pas...

— Dans l'un et l'autre cas, c'est la guerre des pauvres contre les riches, des opprimés contre leurs oppresseurs...

— Mais ils étaient encore plus pauvres avant notre arrivée ! Nous étions pauvres aussi, mais nous avons travaillé dur pour bâtir ce pays. Nous, des oppresseurs ? Pardonnez-moi, mais vous êtes d'une naïveté confondante. C'est la presse parisienne de gauche qui vous a donné ces idées-là ? Ce ne sont que mensonges ! Seriez-vous communiste ?... Cela vous fait rire ?

— Oui... Chaque fois qu'on rêve à haute voix d'un

monde meilleur, on se fait taxer de communisme...
Non, je ne suis pas communiste. Utopiste, peut-être...
Quoi qu'il en soit, que vous le vouliez ou non, l'Algé-
rie sera indépendante.

Une grande pâleur envahit le visage de sa compagne dont les yeux se mouillèrent de larmes. Léa pouvait ressentir sa souffrance : elle se souvenait de sa
propre peur à l'idée de perdre Montillac. Mais elle se
révoltait contre son égoïsme et son inconscience.
Émue, cependant, elle prit entre les siennes la main
qui tremblait maintenant. Insensiblement, madame
Martel-Rodriguez la retira.

— Si vous saviez la peine que vous me faites..,
souffla-t-elle d'une voix devenue chevrotante. Ce
pays est le mien, et j'ai toujours cru que l'Algérie,
c'était la France. Je suis française, j'aime mon pays,
mais, si je devais choisir, je choisirais l'Algérie... Je
vais d'ailleurs vous confier une chose que je n'avoue-
rai jamais à mes amis d'Alger : si, par malheur, la
France se séparait de l'Algérie, je resterais ici et je
prendrais la nationalité algérienne. Mais, avant d'en
arriver là, je me battrai par tous les moyens pour
empêcher que cette terre qui est la mienne, où mes
aïeux et mon père reposent, ne tombe entre les mains
du FLN !

Sur ces derniers mots, sa voix s'était raffermie. Elle
sortit un poudrier de son sac et se remit un peu de
poudre afin d'effacer les traces de son chagrin.

L'après-midi était avancé quand Léa regagna son
hôtel. Le concierge lui tendit une enveloppe à son
nom en même temps que sa clef : le délégué général et
madame la priaient de se tenir prête à venir s'installer
chez eux. Qu'est-ce que cela voulait encore dire ?

Elle eut la réponse en lisant la lettre laissée dans
leur chambre par François. Elle s'allongea sur le lit,
envahie par la tristesse et la lassitude. Elle s'assoupit.

D'un pas décidé, Léa traversa le hall et s'approcha du jeune homme que lui avait désigné le concierge.

— Bonsoir, monsieur. Je suis madame Tavernier. Vous remercierez monsieur et madame Delouvrier de leur aimable invitation, mais je préfère rester ici à attendre le retour de mon mari.

— Mais, madame, j'ai des ordres...

— Ne vous inquiétez pas. Voici une lettre dans laquelle j'explique les raisons de mon refus. Remettez-la à monsieur le délégué. Au revoir, monsieur, je vous remercie.

Puis elle retourna à sa chambre, d'où elle appela Joseph Benguigui ; François avait eu la bonne idée de lui laisser le numéro de téléphone du chauffeur de taxi. Ce fut lui qui répondit.

— Pourriez-vous venir me chercher ? demanda-t-elle tout de suite.

— Votre mari a besoin de moi ?

— Non, il est reparti pour Paris, mais il m'a laissé votre téléphone... Je vous attends ?

— C'est bientôt l'heure du couvre-feu, vous ne devriez pas bouger de l'hôtel. D'ailleurs, en ville, tout est fermé...

— Si vous ne pouvez pas venir, je me débrouillerai toute seule !

— Soyez raisonnable : vous ne trouverez aucun taxi et, si vous sortez tout de même, vous serez immédiatement arrêtée par une patrouille de paras ou de la police. Vous ne semblez pas vous rendre compte que, dehors, c'est la révolution ! Si tout est calme, je passerai vous prendre demain matin... Allô ? !... Vous, vous êtes toujours là ?... Allô !

— Oui, allô... Avez-vous des nouvelles de Malika ?

— Aucune ; les musulmans sont terrés chez eux.

— Bien... Alors, bonsoir.

Avec mauvaise humeur, Léa raccrocha.

Depuis quelques instants, elle marchait de long en large quand elle crut percevoir un petit bruit à la fenêtre. Elle s'immobilisa, puis alla écarter le rideau. Tout d'abord, elle ne vit rien. Elle allait laisser retomber la tenture quand elle aperçut un visage entre les orangers. Enfin, elle reconnut Béchir. Elle ouvrit la fenêtre. Il posa un doigt sur ses lèvres.

— Que fais-tu là? chuchota-t-elle.

— Je cherche ton mari.

— Il est en route pour Paris... Il y a quelqu'un avec toi?

— Oui, un ami; c'est lui qui m'a montré le chemin pour venir jusqu'ici.

— Que voulais-tu à François?

— Je ne peux rien te dire. Quand revient-il?

— Dès demain, je crois.

— J'espère que ce ne sera pas trop tard...

— C'est au sujet de ce qui se passe?... Tu ne veux pas répondre?... Tant pis!... Comment va ta sœur?

— Pas très bien.

— Quelqu'un s'occupe d'elle?

— Oui, al-Alem et moi.

— Al-Alem... Qui est-ce?

— Moi, fit un jeune garçon en approchant son visage des barreaux. Yacef, l'infirmier, n'a pas pu venir.

— Mais il fallait appeler un médecin!...

En même temps qu'elle prononçait ces mots, elle mesura la stupidité de sa réflexion.

— Alors je viens avec vous, se reprit-elle.

Les deux adolescents se regardèrent. Al-Alem inclina la tête en signe d'assentiment.

— À côté de ta chambre, il y a une porte qui donne sur le jardin. Elle est ouverte, j'ai vérifié. Si tu as des médicaments, tu les prends. On t'attend.

En un tournemain, Léa se changea, enfila un blue-jean, un pull-over et un blouson de cuir, puis jeta quelques objets de toilette dans un sac. Comme elle allait sortir, elle revint sur ses pas et griffonna à la hâte quelques mots au dos de la lettre de François.

## XX

Après le départ de Léa, Charles avait quitté l'appartement de la rue de l'Université pour s'installer dans un studio meublé de la rue Linné loué à un ami comédien, lui-même « porteur de valises » à l'occasion. Le jeune homme, se sachant repéré par la DST, avait pris cette décision afin que les enfants ne soient pas témoins d'éventuelles descentes de police ou de perquisitions. Bien lui en avait pris : dès le lendemain de son emménagement, des inspecteurs s'étaient présentés rue de l'Université. Madame Martin et Philomène n'avaient évidemment pu les renseigner sur les raisons de son absence.

— Il est avec le général de Gaulle ! avait affirmé Claire après s'être faufilée dans les jambes de son *assam*.

— Pourquoi dis-tu cela, petite ? avait alors demandé l'un des inspecteurs.

— Parce que mon papa et ma maman travaillent pour lui en Algérie.

Les policiers s'étaient regardés : ils n'ignoraient pas que François Tavernier était officieusement chargé d'une mission par le chef de l'État, mais ils savaient également que sa femme était sérieusement soupçonnée d'avoir transporté des fonds pour le compte du FLN ; seule l'absence de preuves solides les avait empêchés de l'appréhender. Quand ils apprirent qu'elle avait rejoint son mari à Alger, ils s'étaient interrogés sur le but de ce voyage. Pour l'heure, ils en ignoraient toujours les motifs. Dans cette affaire, cependant, le patron de la DST, Roger Wybot, leur avait recommandé de procéder avec la plus grande prudence : étant donné son passé, il n'était pas impossible que Léa Tavernier fût elle aussi en mission ultra-secrète. De plus, Jean Sainteny s'était porté garant de son patriotisme; tout comme le général Salan, d'ailleurs. Deux témoignages dont il importait de tenir compte. Quant à leur fils adoptif, on le coincerait tôt ou tard...

Ils avaient donc quitté la rue de l'Université en priant les deux femmes de les prévenir si elles recevaient des nouvelles de Charles.

Deux jours plus tard, celui-ci faisait les honneurs de son nouveau logement à Marie-France Duhamel. La jeune fille insista pour y apporter quelques transformations. En un clin d'œil, les doubles rideaux furent changés, le lit se mua en un divan recouvert d'une fourrure et garni de coussins, un tapis caucasien dissimula le sombre parquet, les éclairages furent tamisés de foulards en soie orangée, la table qui faisait office de bureau disparut sous les couleurs chaudes d'un kilim, des bouquets de fleurs apparurent dans les vases et un véritable Matisse, emprunté à la collection de son père et représentant une scène orientaliste, fut accroché au mur face à la bibliothèque. Le triste meublé s'était métamorphosé en une plaisante garçonnière; seules la salle de bains et la cuisine avaient échappé à la rénovation. Marie-France souhaita aussi qu'une surprise-partie fût donnée pour pendre la crémaillère. Amoureux, Charles n'osa lui refuser ce plaisir.

C'est durant les sports d'hiver qu'ils étaient devenus amants. Depuis, ils s'étaient retrouvés presque tous les jours dans la chambre que le jeune homme occupait rue de l'Université. La vie mondaine des parents de la jeune fille, la complicité de son frère Jean-Marie et de sa meilleure amie, Caroline, facilitèrent leurs rencontres. La bande du Pampam avait vite adopté Charles. Lui aussi avait fini par s'attacher à ces enfants gâtés — ces « blousons dorés », comme les appelaient ses amis communistes — qui jouissaient sans vergogne de l'aisance de leurs parents, sans oublier d'en faire profiter leurs camarades moins favorisés. Ils se montraient généreux avec désinvolture, et, à plus d'une reprise, Charles leur emprunta une voiture sans qu'ils posassent la moindre question. Les premières fois, il avait éprouvé quelques scrupules à transporter, dans les véhicules de ses nouveaux amis, les fonds destinés au FLN ou des publications interdites. Mais ses camarades, engagés comme lui dans le réseau d'aide au Front, l'avaient vite persuadé de ne pas s'en embarrasser. Un jour, le propriétaire d'une Dauphine flambant neuve lui avait proposé de l'essayer à l'occasion d'un voyage à Genève; proposition que Charles avait saisie au bond : il avait justement à y prendre un important stock de *Résistance algérienne,* journal clandestin du FLN imprimé en Suisse.

En même temps, il suivait irrégulièrement les cours en faculté de droit; rapidement, ses professeurs lui en firent le reproche. Par chance, l'un d'eux, un ami de Roland Dumas qu'il avait rencontré en compagnie de Francis Jeanson, avait remarqué ce jeune homme si différent des autres étudiants, et s'était pris de sympathie pour lui au point de lui prodiguer son enseignement en dehors de l'université.

De son côté, Marie-France ignorait tout de l'engagement politique de son ami. Pour elle, la guerre d'Algérie n'avait pas de réalité; tout juste savait-elle que les garçons de plus de vingt ans étaient appelés au maintien de l'ordre sur l'autre rive de la Méditerranée. Sa mère se faisait du souci pour son frère, mais comptait sur les relations de son mari pour voir son fils exempté de servir sous les drapeaux...

Charles s'étonnait du peu d'intérêt que Jean-Marie et ses amis portaient à la vie politique de leur pays, et de leur méconnaissance de ce qui se passait à travers le monde. Ils ne s'intéressaient qu'aux voitures, aux derniers disques ou films à la mode, aux nouvelles coupes de vêtements, aux surprises-parties du week-end et aux vacances qu'on passerait à Deauville ou Saint-Tropez. Ils se disaient gaullistes et anticommunistes, puisque leurs parents l'étaient, et n'envisageaient l'avenir qu'en termes de fêtes et de flirts.

Au début de ces fréquentations, Charles avait essayé d'aborder la question des événements d'Algérie, mais il avait eu tôt fait d'y renoncer : il avait l'impression de leur parler une langue étrangère... Il ne pouvait s'empêcher d'établir la comparaison avec les Cubains et les Cubaines du même âge qu'il avait connus à l'université de La Havane et aux côtés desquels il avait ensuite combattu.

Incidemment, Jean-Marie Duhamel lui avait apporté un début de réponse à propos de cette indifférence.

— Les histoires de guerre, on en a marre ! Et l'exemple des adultes ne nous donne pas envie de nous engager : pendant l'Occupation, nos parents ne pensaient qu'à manger, et, comme ils avaient de l'argent, ils pouvaient se procurer leur nourriture au marché noir. Dans notre milieu, on était plutôt pour Pétain, le vainqueur de Verdun, puis plus tard, quand ça a commencé de mal tourner pour les Allemands, on a trouvé de Gaulle très bien. Autour de moi, il n'y eut ni résistants ni collabos. Ce n'est qu'après la fin de la guerre que certains prétendirent s'être joints au maquis ou avoir caché des juifs. C'est aussi à ce moment-là que les affaires reprirent : les millionnaires sont devenus milliardaires, et d'obscurs ferrailleurs, propriétaires de châteaux Louis XIII. L'argent s'est remis à couler à flots. Bien sûr, il y eut le retour des prisonniers, des déportés qui tentèrent de raconter ce qu'ils avaient vécu ; personne ne voulait les entendre, personne ne voulait les croire : ce qu'ils rapportaient était trop horrible, impensable pour ceux qui n'avaient eu à souffrir que du manque de beurre ou de charbon... Alors les « fantômes » se sont tus, pour ne pas déranger, par une sorte de honte d'être revenus, vivants de l'enfer auquel les autres se refusaient à croire. Un banquier juif, ami de mon grand-père et qui habitait un hôtel particulier à proximité du nôtre, était au nombre de ces rescapés. Mes parents le reçurent à grands frais — cela faisait bien, à ce moment-là, d'avoir un ancien déporté parmi ses relations... Je revois ce vieillard très maigre, sa haute taille voûtée, tentant d'exposer à mon père et à mon grand-père ce qu'avaient été les chambres à gaz et les cadavres gelés qu'on jetait dans les fours crématoires. Ils se regardaient, l'air de dire : « Il n'a plus toute sa raison. » Pourtant, les journaux de l'époque étalaient complaisamment, en une, ces monceaux de corps décharnés parmi lesquels il était difficile de distinguer les mâles des femelles ! Le malheureux, réalisant l'effet produit sur son auditoire, avait levé ses mains tachées, aux veines saillantes, et les avait lourdement laissé retomber sur ses cuisses. Je me trouvais près de lui et je pus remarquer qu'une larme coulait sur sa joue ridée. J'ai eu envie de vomir et j'ai quitté la pièce. Un mois plus tard, il se suicidait. Je me suis empressé d'oublier ce vieux radoteur et de jouir de la vie grâce à l'argent de mes parents. Parfois, je me demande ce qu'ils cherchent à se faire pardonner en satisfaisant tous nos caprices. Et pourtant, tu vois, je n'ai pas envie de leur ressembler. Je les méprise et je me méprise d'accepter cette facilité. Je redoute de devenir comme mon père et ses amis industriels ou financiers. Je vais te faire une confidence : je n'ai pas demandé le renouvellement de mon sursis et j'ai signé mon engagement dans les parachutistes ; je devrai partir d'ici deux semaines. C'est le seul moyen que j'aie trouvé pour leur échapper. Surtout, n'en dis rien à Marie-France. J'ai ta parole ?

Charles la lui avait sincèrement donnée : il comprenait les motivations de son ami. Il avait bien essayé de lui expliquer qu'il s'agissait d'une guerre injuste, mais il s'était attiré cette réplique qui l'avait laissé songeur :

— Parce que, pour toi, il y a des guerres justes ?

Cette question, somme toute banale, avait plongé Charles dans une rêverie mélancolique : il revoyait Ernesto Guevara et Camilo Cienfuegos échangeant un regard amical et complice après de victorieux combats, ou riant comme des gamins farceurs avec leurs hommes, sales et hirsutes comme eux. Ils étaient sûrs que « leur » guerre était juste.

Puis, tout au bonheur d'aimer à nouveau, il avait momentanément oublié les propos de celui qui le surnommait « mon beau-frère », et ses réflexions sur le bien-fondé des guerres...

La bande du Pampam était venue au grand complet à la surprise-partie organisée par Charles et Marie-France. La baignoire, remplie de glace, servait de glacière aux bouteilles de champagne et de Coca-Cola. Jean-Marie s'était occupé de la musique. Les quarante-cinq tours s'empilaient sur le tourne-disque qu'il avait apporté. Patrick Bernard était venu avec sa sœur Catherine et l'amie de celle-ci, Christine, avec laquelle Charles avait eu l'occasion de convoyer des fonds. On s'entassait dans le studio. Les slows succédaient aux cha-cha-cha. Marie-France dansait, la tête appuyée sur l'épaule de Charles. Quelqu'un réclama un rock and roll. Jean-Marie attrapa sa sœur par la taille et les deux jeunes gens exécutèrent une démonstration qui fut vivement applaudie.

Charles s'assit sur le divan auprès de Patrick.

— Tu ne danses pas ? s'inquiéta-t-il.

— Tu appelles ça danser ? grinça son ami.

— Ne sois pas rabat-joie...

— Tu es complètement fou de donner ce genre de soirée. Avec ce boucan, les voisins vont finir par appeler les flics.

— Mais non, rassure-toi, on les a prévenus.

Vers deux heures du matin, cependant, des coups frappés à la porte interrompirent la fête : ce n'était que la visite de deux agents débonnaires, dépêchés par le commissariat de la place du Panthéon à la suite des appels téléphoniques d'un colonel à la retraite et de la veuve d'un notaire, tous deux notoirement connus des services de police de l'arrondissement pour leurs plaintes à répétition... Les policiers firent observer qu'ils avaient été jeunes, eux aussi, mais que les habitants de l'immeuble avaient également droit au repos. D'un commun accord, la bande décida d'aller poursuivre la fête rue de la Montagne-Sainte-Geneviève, dans un bastringue récemment découvert par Jean-Marie.

Toute la petite troupe dévala l'escalier à grand bruit. Marie-France et Charles, aidés de Patrick, vidèrent les cendriers et réunirent quelques verres épars. Avant de sortir, Charles ouvrit en grand les fenêtres. C'est alors qu'il remarqua, sur le trottoir d'en face, dans l'encoignure d'une porte cochère, un homme vêtu d'un imperméable au col relevé qui, s'abritant du vent, cherchait à allumer une cigarette. Charles se rejeta en arrière : il venait de reconnaître un de ses « suiveurs » habituels. Ils n'avaient pas mis beaucoup de temps à retrouver sa trace ! En descendant l'escalier, il mit discrètement Patrick au courant. Dans la rue, les deux amis encadrèrent Marie-France en lui prenant chacun un bras. En dépit de leurs chauds manteaux, ils furent surpris par le froid vif. Derrière eux, l'homme en imperméable se mit en marche. « Pauvre type, pensa Charles. Il doit se geler ! » Rue des Écoles, une ambulance passa à toute vitesse ; la circulation était nulle. Quant aux Parisiens, ils devaient se trouver bien au chaud au fond de leur lit...

Une fumée si épaisse flottait dans l'établissement de la rue de la Montagne-Sainte-Geneviève qu'ils hésitèrent un moment avant de repérer leurs camarades. Dans le fond, ceux-ci avaient déniché une table, des tabourets et des chaises aux pieds branlants, le tout grossièrement peint d'un vert criard. Les jeunes gens se serrèrent autour du plateau encore encombré de verres sales. Un garçon en manches de chemise, tablier bleu ceint autour de la taille, vint prendre la commande :

— Bière ou vin rouge ! annonça-t-il en ramassant les verres.

Sur la minuscule piste, des couples dansaient une valse musette au son d'un accordéon. Des femmes sans âge, édentées, cheveux ternes et frisés, boudinées dans des robes aux couleurs vives, aguichaient les hommes qui se donnaient des airs de mauvais garçons. Jean-Marie se leva et invita l'une d'elles. La femme accepta avec un sourire de triomphe qui découvrit une denture clairsemée. Charles, gêné, enlaça Marie-France.

— Qu'est-ce que c'est que cet endroit minable ?

— Tu n'aimes pas ?

Il ne répondit pas. Un mouvement des danseurs lui découvrit une portion du comptoir en zinc : le policier en imperméable y était accoudé. Surtout, faire semblant de rien ! La valse terminée, ils retournèrent s'asseoir. Devant eux, la mousse débordait des bocks. Ils burent; la bière était bonne et fraîche.

Vers trois heures du matin, la salle commença à se vider. Patrick Bernard et ses compagnes en profitèrent pour prendre congé. Bientôt, il n'y eut plus dans la salle que la joyeuse bande, quelques ivrognes affalés dans un coin et le policier. Les garçons s'employaient maintenant à retourner les chaises sur les tables, signe de la prochaine fermeture. Après une dernière tournée, Jean-Marie demanda l'addition et paya en lançant, grand seigneur :

— Vous êtes mes invités !

Ils s'en retournèrent vers la rue Linné où étaient garées les voitures, toujours escortés du policier. À la hauteur de la station de métro Jussieu, celui-ci s'engouffra dans une voiture qui démarra aussitôt. Leurs amis partis, Marie-France et Charles remontèrent au studio.

— Tu n'avais pas fermé la porte ? demanda-t-elle.

— Mais si, bien sûr, fit-il en poussant le battant.

— Mon Dieu ! Qu'est-ce qui s'est passé ? s'écria la jeune fille.

Dans la pièce, tout avait été bouleversé : meubles vidés, rideaux arrachés, matelas et coussins éventrés, livres jetés à bas de la bibliothèque, pages déchirées... Sur des tessons de vaisselle brisée, ils firent quelques pas jusqu'au milieu du désastre, hébétés, relevant machinalement une lampe, repliant sommairement un vêtement, replaçant un livre sur une étagère. Les larmes aux yeux, Marie-France s'effondra dans un fauteuil dont l'assise avait été lacérée.

— Qui a pu faire ça ? répéta-t-elle plusieurs fois.

Charles referma les fenêtres sans mot dire. Ce saccage était un avertissement, preuve que la DST savait désormais à quoi s'en tenir sur son compte. D'ailleurs, les derniers temps, plusieurs membres du réseau Jeanson avaient été arrêtés. Il se souvint de l'assemblée générale à laquelle il avait participé, à Enghien, où Francis Jeanson leur avait donné les directives à suivre en cas d'interpellation : « Si vous vous apercevez que les flics n'ont pas grand-chose contre vous, niez tout et tâchez de vous en sortir. Les autres assument politiquement les actes que la justice leur reproche. Je ne crois pas à un coup de filet imminent ; de Gaulle n'a pas intérêt à s'offrir un procès public de Français ralliés au Front. Cela serait désastreux sur l'opinion internationale. »

En attendant, l'étau se resserrait autour des porteurs de valises. Il fallait à tout prix éviter que Marie-France ne fût mêlée à cela.

— Tu vas rentrer chez toi.

— Mais il faut prévenir la police !

— Plus tard... Je t'appelle un taxi.

— On a coupé le fil du téléphone.

C'était vrai.

— Viens, on va aller jusqu'au boulevard Saint-Germain. Là, on trouvera bien un taxi.

Après que la voiture se fut éloignée, Charles resta un long moment perplexe sur le bord du trottoir, s'interrogeant sur la conduite à tenir. Personne ne les avait suivis depuis la rue Linné. Sans doute avait-on estimé que cela suffisait pour la soirée. Fatigué, transi, il décida de se rendre rue de l'Université et marcha le long des quais déserts. Une méchante bise soufflait ; la Seine avait des reflets inquiétants. Quand il arriva à l'appartement, son pied butant sur une petite voiture abandonnée, il bouscula un fauteuil d'où un ballon tomba avant de rebondir plusieurs fois dans l'entrée : il allait réveiller toute la maisonnée ! Il tendit l'oreille, rien ne bougea. À pas de loup, il entra dans sa chambre et se jeta tout habillé sur le lit.

Ce ne fut que le lendemain, en fin de matinée, que

Charles se décida à porter plainte. Le commissaire, visiblement au courant des événements de la nuit, assista en personne à sa déposition.

— Nous sommes en possession, déclara-t-il au jeune homme, d'un rapport établi par deux de nos agents, venus chez vous constater un tapage. Vous êtes sûr que ce ne sont pas vos bruyants amis qui auraient voulu vous jouer un tour ?

Il garda le silence et signa sa déposition après l'avoir soigneusement relue.

Dehors, le froid le saisit à nouveau. Le thermomètre était descendu jusqu'à moins quatorze degrés à Paris, et moins vingt en Savoie. Malgré sa canadienne et ses gants de laine, il grelottait. Il traversa la place du Panthéon. Devant l'église Saint-Étienne-du-Mont, un corbillard attendait tandis que les croque-morts tapaient des pieds et des mains pour tenter de se réchauffer. Il entra dans le bistrot-tabac qui faisait face à l'École polytechnique et commanda un chocolat chaud. Il se demandait s'il devait, oui ou non, se rendre à l'adresse de l'avenue de Villiers où il était censé prendre livraison du bulletin d'information et de propagande *Vérité pour,* qui en était ce jour-là à son quinzième numéro. Depuis sa sortie du commissariat, il n'avait pas remarqué de suiveurs. Mais cela ne voulait rien dire : les flics de la DST devenaient de plus en plus difficiles à repérer. Il se décida enfin à quitter la chaleur du café pour rentrer rue Linné. À la lumière du jour, le désordre de l'appartement et les dégâts causés par les policiers paraissaient irréparables ; il ne restait rien du joli petit nid aménagé par Marie-France.

Derrière lui, quelqu'un poussa une exclamation ; c'était la concierge qui venait apporter le courrier.

— C'était donc ça, tout ce bruit que j'ai entendu après votre départ ! Décidément, les voleurs ne respectent plus rien... Je vais chercher une poubelle pour vous aider à ramasser tout ce qui est bon à jeter. Ah ! tenez, votre courrier !

Il prit les deux lettres et un journal d'étudiants, celui par l'intermédiaire duquel communiquaient entre eux ceux du réseau. Il le feuilleta, lut chacune des petites annonces et trouva enfin ce qu'il cherchait : « Trois pièces à louer avenue de Villiers ; visite sur place à quinze heures. » Cela signifiait que le rendez-vous était maintenu à l'heure prévue, soit à dix-huit heures.

La concierge revenait.

— Excusez-moi, madame Bertin, mais je dois aller chez un artisan pour faire remplacer la serrure. Pouvez-vous commencer à nettoyer ?

— Ne vous inquiétez pas, je vais faire de mon mieux. Vous devriez faire poser une porte blindée, c'est plus solide.

— Je vais suivre votre conseil. Merci.

Un serrurier de la rue des Arènes promit de passer l'après-midi même. Charles prit le métro, descendit à Bastille, puis se dirigea vers un grand café où se rencontraient parfois des membres du réseau, le Tambour de la Bastille. À cette heure-ci, les clients finissaient de déjeuner. Il monta au premier étage et passa d'une salle à l'autre à la recherche d'un visage connu. Dans la toute dernière, il reconnut deux jeunes femmes en compagnie desquelles il s'était rendu à la réunion d'Enghien. Celle qui lui faisait face leva la tête et le reconnut également. À son regard, il devina tout de suite qu'il ne devait pas s'approcher. Il s'installa à une autre table, près d'une fenêtre. Non loin de lui, il nota qu'un homme seul fumait la pipe et qu'un autre, près de la sortie, lisait *France-Soir*. Le garçon vint prendre sa commande.

— Un sandwich jambon et une bière.

Les deux jeunes femmes se levèrent, enfilèrent leurs manteaux et s'en allèrent sans un coup d'œil. Peu après, le lecteur de *France-Soir* descendit à son tour. Le garçon apporta la commande que Charles régla aussitôt. Il venait de commencer à manger quand le fumeur de pipe quitta sa place et étendit le bras pour prendre son chapeau. L'espace d'un instant, Charles entrevit l'étui de cuir d'un pistolet par l'échancrure de la veste. L'endroit devenait malsain. Il expédia son repas et se leva sans attendre sa monnaie. Au rez-de-chaussée, serveurs et clients s'étaient attroupés devant les vitrines.

— Qu'est-ce qui se passe? demandait un vieux monsieur de courte taille en se haussant sur la pointe des pieds.

— La police vient d'arrêter deux terroristes.

— Des terroristes, ici, à Paris?

— Oui, monsieur, et elles sortaient de chez nous!

— Quoi? Des femmes!... Non mais, quelle époque!

La voiture banalisée dans laquelle on les avait embarquées s'éloigna, précédée d'un autre véhicule de police. Les deux inspecteurs prirent place à bord d'une Simca grise dont Charles mémorisa instinctivement le numéro.

Il prit le métro à Bastille et changea à Étoile, descendit à Monceau puis parcourut à pied le reste du chemin, s'assurant qu'il n'était pas filé; il n'observa rien de suspect. Avenue de Villiers, il acheta des journaux à un kiosque et s'installa dans un café situé non loin de l'adresse à laquelle devait avoir lieu la livraison de *Vérité pour*; il avait deux heures à tuer avant le rendez-vous. Il commanda un café et un paquet de Gauloises. Trois quarts d'heure s'étaient écoulés lorsque, ayant machinalement levé la tête de son journal, il remarqua que la Simca grise aperçue place de la Bastille était en train de se garer devant l'immeuble voisin de celui où il devait se rendre. Il replia ses journaux, régla l'addition et se tint prêt à prendre le large. Deux autres voitures banalisées s'arrêtèrent en double file en face de l'immeuble. Des hommes en descendirent et se dirigèrent vers l'entrée ; il devait être à peu près dix-sept heures. Un car de police stoppa alors à hauteur du café et des agents en sortirent.

— Ça ne m'étonnerait pas qu'ils fassent une descente en face : ça fait trois jours qu'ils surveillent le coin, déclara le patron en observant la scène.

Au même moment, les passagers de la Simca quittaient leur véhicule ; Charles identifia sans surprise les inspecteurs qui avaient opéré au Tambour de la Bastille. Les policiers rejoignirent leurs collègues. Peu après, ils ressortirent de l'immeuble, encadrant celui qui aurait dû remettre les journaux à Charles. Les policiers en tenue les entourèrent et prirent le suspect en charge, l'entraînant vers le car. Comme le groupe passait devant la vitrine du café, Charles vit que le jeune homme avait le visage en sang.

— Ils n'y sont pas allés de main morte, bougonna le patron.

Le conducteur du véhicule mit la sirène en marche et démarra. Les voitures banalisées disparurent dans son sillage.

Charles demanda à téléphoner : il appela Marie-France pour lui annoncer qu'il s'absentait quelque temps et raccrocha sans lui laisser le temps de poser la moindre question.

Il quitta le café.

Dans un métro bondé, Charles réfléchissait à la conduite à tenir. Afin d'égarer d'éventuels suiveurs, il changea de direction à plusieurs reprises. Quand il descendit à la gare d'Austerlitz, il emprunta la rue Buffon : dans cette longue et étroite artère, il put vérifier qu'il n'était pas suivi. Un vent glacial soufflait dans la rue Geoffroy-Saint-Hilaire. Devant la grille du Jardins des Plantes, il fit halte pour renouer le lacet de sa chaussure. Comme il se redressait, il découvrit, garée au pied de son immeuble, la Simca grise. Deux hommes étaient postés de part et d'autre de la porte cochère, tandis que quelques autres pénétraient sous le porche. Le cœur battant, il resta quelques instants immobile. La concierge, qui venait de sortir sur le trottoir, gesticulait en s'adressant aux inspecteurs demeurés devant la porte. Bientôt, le reste de la troupe ressortit et s'engouffra dans les voitures, ne laissant qu'un homme en faction. Charles traversa le carrefour et rejoignit la rue Monge : il fallait qu'il se rendît dans ce bistrot de la rue Mouffetard dont lui avait parlé Vincent en précisant de n'y passer qu'en cas de coup dur.

À son arrivée, les commerçants de la rue descendaient les rideaux de fer de leurs boutiques, et les rares passants filaient en direction des Gobelins. Dans le café d'Hilaire, les derniers clients finissaient leur verre.

— On ferme, fit le patron en le voyant entrer.

— Je suis gelé, pouvez-vous me servir un café, s'il vous plaît ?

— Je m'en occupe, répondit Armande à l'adresse de son mari. On va pas laisser ce jeune homme partir comme ça par un froid pareil...

— Merci beaucoup, madame, dit François en s'approchant du comptoir.

— Sers-lui aussi un armagnac, ça va le réchauffer.

Bientôt, il n'y eut plus qu'eux trois.

— Ça va mieux ? s'enquit Armande en le considérant avec un air attendri que remarqua son mari.

Il vint lui poser affectueusement la main sur l'épaule.

— Tu penses à notre gars ? murmura-t-il.

Il y avait maintenant trois semaines qu'ils avaient reçu de leur fils une lettre dont chaque passage leur brûlait le cœur :

406

*Mes parents bien-aimés,*

*Je ne sais si vous aurez cette lettre mais je suis à bout : ce que nous vivons ici est inracontable. Qui nous croirait ? Nous avons eu des accrochages très durs. Cinq de nos camarades ont été tués dans une embuscade puis, deux jours après, quatre autres ; trois ont été faits prisonniers. On les a retrouvés : les yeux crevés, le nez et les oreilles coupés et leur sexe arraché, enfoncé dans la bouche. On a cru devenir fou. Il faut être moins qu'une bête pour faire ça. Tous les gars pleuraient. « On va les exterminer, les salauds ! » hurlait le capitaine. À la nuit tombée, on nous a donné à boire et nous nous sommes barbouillés la figure de suie. Nous avons marché jusqu'au petit village où nous allons acheter les légumes et la viande. Nous avions fini par connaître tous les habitants ; certains, nous les appelions par leur nom. Dans le village, il n'y avait plus que les femmes, les enfants et les vieillards ; les hommes auraient rejoint l'ALN, dit-on. Quand nous sommes arrivés, tout était sombre et silencieux, à l'exception de quelques moutons qui bêlaient. On s'est glissés le long des murs de terre. Un chien a aboyé, puis un autre. Un vieux est sorti pour voir ce qui se passait. Le lieutenant lui a sauté dessus et l'a poignardé. Ça a été le signal. Nous nous sommes précipités dans les maisons, une douzaine peut-être, et, là, nous avons tiré sur tout ce qui bougeait : les gens comme les animaux. Au début, il y avait des cris, des pleurs, des râles... puis, plus rien. Combien de temps cela a-t-il duré ? Je n'en sais rien. Nous étions comme ivres. Ensuite, nous avons mis le feu à chaque maison. Devant les flammes, nous chantions et nous dansions comme des sauvages. C'est épuisés que nous sommes rentrés au cantonnement où nous avons dormi comme nous n'avions plus dormi depuis longtemps. Au réveil, nous nous sommes dévi-*

*sagés, effrayés, sans comprendre : nous étions cou-*
*verts de sang. Quand la mémoire nous est revenue,*
*nous n'osions plus nous regarder. Le capitaine et le*
*lieutenant, qui étaient pourtant dans le même état que*
*nous, ont réagi les premiers et nous ont ordonné de*
*nous déshabiller. Sous les douches, à l'extérieur des*
*tentes, l'eau qui coulait à nos pieds était rouge. L'un*
*de nous a versé de l'essence sur son uniforme et y a*
*mis le feu. Sans nous être concertés, nous avons tous*
*fait la même chose; les officiers aussi. Depuis cette*
*horrible nuit où nous avons massacré une centaine de*
*personnes, nous ne sommes plus les mêmes. Certains*
*restent couchés des heures, d'autres, dont je suis, ne*
*se lavent plus, ne mangent plus, ne dorment plus... Si*
*je ne redoutais pas de vous causer un nouveau cha-*
*grin, je me porterais volontaire pour des opérations*
*« commando » et je chercherais à me faire tuer.*

*Pardonnez-moi le mal que je vous fais en vous*
*révélant toutes ces horreurs mais il fallait que je les*
*dise à quelqu'un.*

*Si vous lisez ces lignes, ne me jugez pas : la vue de*
*nos copains massacrés nous a fait perdre la tête.*

*Votre enfant indigne et malheureux qui vous aime,*

*Raymond.*

— Un autre café? demanda la femme.
— Non, merci... Je suis un ami de Vincent...
— De la rue des Acacias?
— Oui... Il faut le prévenir : la police a arrêté deux
de nos camarades à la Bastille, et celui que je devais
rencontrer avenue de Villiers. Mon domicile a été mis
à sac la nuit dernière et est placé sous surveillance
aujourd'hui. Je ne peux plus m'y rendre...
— Aviez-vous des documents chez vous?
— Non, à part quelques livres interdits... J'avais
tout remis hier à un ami.

— On va le prévenir... Savez-vous où dormir, ce soir ? Non ? Bon, vous prendrez la chambre de notre fils ; on peut la rejoindre en passant par la cour. Elle est au rez-de-chaussée et donne sur la rue de derrière... Armande, prépare-lui un casse-croûte et conduis-le. Ah, j'ai besoin de connaître votre nom.

— Charles d'Argilat mais mon nom de code est Ernesto.

Avant de partir, Hilaire éteignit les lumières et tira la grille du café. Dehors, les pavés glissants brillaient.

Il faisait encore nuit, le lendemain matin, lorsque Charles quitta la chambre de Raymond dans le but de rencontrer Adrien au lycée Montaigne. Peu après huit heures, les élèves commençaient à se regrouper devant les grilles du Luxembourg. Un agent, chargé de régler la circulation, se trouvait sur place. Charles vit Adrien arriver par la rue Guynemer. Il marcha jusqu'à sa hauteur.

— Continue, ne t'arrête pas... Ne tourne pas la tête !

— Charles ? !...

— Écoute-moi, je dois faire vite : la police me recherche. Je vais devoir disparaître pendant quelque temps. Préviens François et Léa en faisant très attention à ce que tu diras. Dès que possible, je donnerai de mes nouvelles. Surtout, qu'ils ne s'inquiètent pas... Les flics sont-ils revenus à la maison ?

— Non, pas depuis ton départ.

— Puis-je te demander un service ?

— Oui, évidemment.

— Ne t'arrête pas, te dis-je... Voilà : j'ai de l'argent dans un des tiroirs de mon bureau, et quelques papiers. Prends cette clé. Tu mettras le tout dans une enveloppe ; il y en a de grandes dans mon sous-main... Tu pourras me l'apporter en fin d'après-midi à l'église de la rue Mouffetard ?

— Celle qui est en bas, sur la petite place ?

— Oui. Je t'y attendrai à partir de dix-sept heures. Je me posterai près d'un confessionnal. Veille à ne pas être suivi.

— Ne te fais pas de bile... On se croirait dans un vrai roman policier ! Je rentrerai à midi pour prendre tes affaires. J'ai un copain qui habite aux Gobelins ; je le raccompagnerai à la sortie des cours et te retrouverai ensuite à l'église.

— Surtout, ne m'adresse pas la parole : installe-toi devant moi et, en passant, glisse-moi l'enveloppe. Bon, je te laisse. Sois prudent... Embrasse Philomène et les petits pour moi... Merci !

Sans se retourner, Charles pressa le pas et le dépassa.

Deux jours plus tard, ayant récupéré l'enveloppe, le jeune homme quittait la France, muni de faux papiers au nom de Christophe Roussel. Une nouvelle fois, « monsieur Jo » avait fait du bon travail.

# XXI

Une voiture attendait François Tavernier à sa descente d'avion ; à l'intérieur se trouvait Georges Pompidou. Les deux hommes se serrèrent cordialement la main. Peu avant de s'embarquer, François avait appris que l'ancien directeur de cabinet du président de Gaulle avait été chargé par celui-ci de prendre des contacts secrets avec des représentants du MNA et du GPRA [1]. Pompidou avait pu les rencontrer par l'entremise de maîtres Popie et Morinaud, deux avocats algérois réputés libéraux, lors d'un discret séjour à Alger, en mars 1959 ; sa qualité de fondé de pouvoir à la banque Rothschild lui avait permis de circuler dans les milieux d'affaires sans trop attirer l'attention. Ce voyage avait été pour lui l'occasion de préparer une prochaine entrevue avec maître Ahmed Boumendjel, un important représentant du FLN.

— Comment se porte mon ancien condisciple de khâgne ? s'informa Pompidou en allumant une cigarette.

— Paul Delouvrier ?... Sa jambe le fait toujours souffrir.

Pompidou lui jeta un regard amusé et reprit :

1. Gouvernement provisoire de la République algérienne.

— Cela finira par s'arranger. L'important, c'est qu'il ne perde pas son calme... J'ai lu votre rapport : mais encore ?

— J'ai du mal à y voir clair : certains chefs militaires attendent de connaître la tournure des événements pour se déclarer en faveur de l'insurrection ; c'est du moins l'impression que j'en ai. Les colonels, eux, sont très remontés et vont certainement tenter d'influencer les décisions du Général. De leur côté, les activistes des barricades ne disposent que du soutien d'une partie de la population européenne, et pas du tout de celui de la population musulmane, mis à part les anciens combattants musulmans de service qu'on ressort à chaque manifestation... En revanche, ils sont armés et n'hésiteront pas, en cas d'attaque, à ouvrir le feu sur les forces de l'ordre ; c'est en tout cas ce que clame haut et fort Pierre Lagaillarde. Lesdites forces de l'ordre ne pouvant plus être recrutées parmi les parachutistes, qui s'affichent comme cul et chemise avec les insurgés. Leurs chefs ont été là-dessus très nets : « Nous ne tirerons pas ! » Leur en donner l'ordre en haut lieu serait aller au-devant d'une plus large fraternisation et signifierait, en cas de désobéissance, un éclatant désaveu pour le gouvernement.

— Que préconisez-vous ?

— Attendre, tout en essayant de diviser les principaux acteurs.

— Vous direz tout cela au président de la République, conclut, soucieux, Georges Pompidou.

Fermant les yeux, il s'absorba dans ses pensées. Respectueux de son silence, François en profita pour réfléchir à sa rencontre imminente avec de Gaulle, puis son esprit s'envola vers Léa...


Dès son arrivée à l'Élysée, Tavernier fut reçu par le chef de l'État ; celui-ci l'accueillit avec son habituel :

— Je suis heureux de vous voir, Tavernier.

Le général de Gaulle avait attentivement lu et annoté le rapport de François. Il lui demanda quelques précisions puis, se levant, déclara :

— Il faut mettre un terme à cette espèce de kermesse scandaleuse ! Mais, sans méconnaître la possibilité du pire, j'ai l'impression que, dans tout cela, il y a vis-à-vis de moi essai d'intimidation plutôt qu'ardeur à en découdre. Je crois que les émeutiers n'ont pour but, dans l'immédiat, que de me contraindre à revenir sur l'autodétermination. Je suis résolu à vider l'abcès, à ne faire aucune concession et à obtenir de l'armée une entière obéissance. Il faut liquider l'insurrection et châtier les meneurs. Vous repartirez ce soir pour Alger en compagnie du Premier ministre. Au revoir, Tavernier.

L'entretien, qui n'avait duré que vingt minutes, laissa François amer et insatisfait. Dans l'antichambre, il croisa René Brouillet à qui il demanda s'il était informé d'un voyage de Michel Debré à Alger.

— Cela a été décidé en Conseil des ministres, confirma le directeur de cabinet du président de la République.

— Le départ est prévu pour quelle heure ?

— Vingt heures trente, à Villacoublay.

— Cela me laisse une heure pour aller embrasser mes enfants... Pouvez-vous mettre un véhicule et un chauffeur à ma disposition ?

— Certainement, je vais donner les consignes nécessaires.

Un peu plus tard, François serrait ses trois enfants dans ses bras.

— Papa est là ! Papa est là !... criait Claire en tournant sur elle-même.

— Où est Maman ? s'inquiéta tout de suite Camille.

Il ne fut pas simple d'expliquer qu'il rejoindrait Alger le soir même. Les aînés prirent sur eux afin de cacher leur déception, mais Claire éclata en sanglots, lui reprochant d'être « un méchant ». Philomène vint la chercher et l'emmena pour la consoler. Cette scène fit presque regretter sa visite à François ; Camille le devina et vint se blottir contre lui.

— Elle est petite, tu sais. Il ne faut pas lui en vouloir, ce n'est pas de sa faute... Elle vous réclame tous les jours.

« Quel gâchis ! » se désolait François en embrassant les cheveux de sa fille.

— Charles n'est pas là ? releva-t-il tout à coup.

La gêne d'Adrien était perceptible. François écarta doucement Camille et s'approcha de son fils. Adrien baissa la tête, mais Camille vola au secours de son frère.

— Il est parti on ne sait où !

— Adrien, s'il s'agit de quelque chose de grave, tu dois tout me raconter.

Le garçon releva la tête et regarda son père dans les yeux, sans répondre. L'espace d'une seconde, François crut avoir Béchir en face de lui. À ce regard fier, le père devina que l'enfant ne parlerait pas.

— Si tu en as la possibilité, dis à Charles qu'il peut compter sur moi, et que je l'aime.

Le visage d'Adrien se crispa, ses yeux s'emplirent de larmes.

— Comment pourrait-il compter sur toi ? explosa-t-il. Tu n'es jamais là ! Maman et toi, vous faites comme si on n'existait pas. À cause de vous, on a tout le temps peur. Camille, elle, elle ne se plaint pas, mais elle fait des cauchemars toutes les nuits. Pour qu'elle dorme, je vais dans son lit et la console. Alors, c'est moi qui ne dors plus...

— Tais-toi, Adrien ! l'arrêta sa sœur.

— Pourquoi je me tairais ? J'en ai marre ! Marre de

ne pas savoir ce que vous faites ! Marre que la police vienne ici ! Marre que Charles, le seul qui nous comprenne, soit finalement comme vous, et qu'il se mette à jouer à la guerre ! Moi, bientôt, je ferai comme vous, je ferai comme lui ! Comme ça vous comprendrez, vous aurez peur à votre tour !

François l'entoura de ses bras. Comme il avait grandi !...

— Je t'en prie, ne pleure pas !

Adrien se dégagea brusquement.

— Laisse-moi !... Retourne faire la guerre, puisqu'il n'y a que ça qui t'intéresse !

La porte de sa chambre claqua. Désemparé, François s'affaissa dans le canapé et se prit la tête entre les mains.

— Papa ! Ça va aller... Adrien se fait beaucoup de souci pour toi, pour Maman, et puis, maintenant pour Charles...

François eut un sanglot quand il enlaça sa fille.

— Oh ! mon Papa, ne pleure pas !

Un coup de sonnette les fit sursauter. Madame Martin alla ouvrir.

— C'est un monsieur qui demande Monsieur.

Le chauffeur de la présidence venait annoncer qu'il était temps de prendre la route pour l'aérodrome de Villacoublay.

Camille comprit. Elle alla décrocher le pardessus de son père et son écharpe.

— Va, je leur expliquerai, fit-elle bravement en ouvrant la porte palière. Embrasse Maman pour nous... Revenez vite, ajouta-t-elle.

En refermant la porte, elle colla son oreille derrière le battant pour écouter le bruit décroissant des pas de son père. Quand le silence fut rétabli dans la cage d'escalier, elle se laissa tomber sur le sol puis, silencieusement, se mit à pleurer.

Dans l'avion qui le ramenait à Alger, François

Tavernier exposa brièvement la situation à Michel Debré. Le Premier ministre, qui, il n'y avait pas si longtemps, comptait au nombre des farouches tenants de l'Algérie française, dénonçant violemment la politique algérienne de la quatrième République dans *le Courrier de la colère,* fut impressionné. Son visage, habituellement pâle, se marbrait de plaques rouges. On le sentait déchiré par ces événements. Cinq personnes, en dehors de Tavernier, l'accompagnaient dans ce voyage : le ministre des Armées, Pierre Guillaumat, le secrétaire général aux Affaires algériennes, Roger Moris, son directeur de cabinet, Pierre Racine, ainsi que les généraux Nicot et Martin ; ce dernier rejoignait son poste à Alger. Personne, à bord, ne cherchait à dissimuler son inquiétude.

— Il est visible, observa Michel Debré, qu'un trop grand nombre de Français d'Algérie refusent toute évolution, y compris celle qui permettrait aux Algériens les plus francisés d'accéder vraiment aux responsabilités. Le refus de la moindre mutation est un fait accablant. Tout ce qui peut être dit, l'argent qui peut être dépensé en faveur du progrès économique et social, rien n'y fait. Du côté des chefs militaires, une sorte d'imprécision de la pensée fait que, si l'évolution était acceptée, elle serait, en fait, renvoyée au-delà des combats, c'est-à-dire au jour de la paix, et la lutte « contre la subversion nationale » étoufferait tout chez certains, y compris la vision de l'intérêt français. » Que faire ?

Nul ne répondit. Chacun grelottait dans son coin, perdu dans ses pensées.

L'avion se posa sur l'aérodrome de Maison-Blanche peu après minuit. Dans l'impossibilité de quitter leur poste, ni le commandant en chef ni le délégué général n'étaient présents pour accueillir le Premier ministre. Michel-Jean Maffart le reçut en leurs noms. Par un chemin détourné, pour éviter le centre d'Alger, Michel Debré et son escorte furent conduits jusqu'au quartier Rignot, où l'ambiance se tendait. L'anxiété et le manque de sommeil se lisaient sur tous les visages.

Tout de suite, le Premier ministre transmit les ordres donnés par le chef de l'État : en finir au plus vite, disperser les émeutiers par la force si nécessaire, voire en ouvrant le feu. On ne pouvait admettre que l'insurrection restât maîtresse de la ville et défiât de la sorte la République.

— Vous ne vous rendez pas compte de la situation ! s'emporta Paul Delouvrier, au comble de la nervosité. Nous allons tous nous faire massacrer ! Vous n'avez aucune idée de la violence qui règne à Alger. L'Algérie est actuellement le pays de la peur. Les Français ont peur. Les musulmans ont peur. L'armée a peur de se déshonorer... C'est un climat de folie !

— Je ne puis transmettre les ordres du gouvernement sans savoir, d'abord, s'ils pourront être exécutés et sans l'avis des généraux qui auront à les appliquer, détermina le général Challe en mordillant le tuyau de sa pipe. Mes colonels ne prennent pas parti pour l'émeute, mais ils refuseront de tirer sur la foule.

Tous observaient Michel Debré dont la pâleur s'était accrue. Au prix d'un considérable effort, il articula d'une voix apaisante :

— Continuez, messieurs, je suis là pour m'informer et m'entretenir avec tous.

Les généraux Crépin, Faure, Dudognon, Gracieux, Lancrenon et Martin patientaient dans le bureau voisin ; ils allaient pouvoir « informer » le chef du gouvernement. Delouvrier se retira en compagnie de Pierre Racine pour écrire, dit-il, au général de Gaulle. François Tavernier s'apprêtait à en faire autant, quand Debré lui intima de rester. Assis, le ministre des Armées, qui n'avait pas prononcé une seule parole, prenait des notes.

Les généraux furent reçus un à un. Quand le dernier fut sorti, le visage poupin du Premier ministre avait blêmi ; Guillaumat, blafard, serrait son carnet ; Challe, livide, baissait la tête ; quant au teint du secrétaire aux Affaires algériennes, il avait viré au gris.

« On dirait une réunion de spectres », pensa François.

Lui-même était blanc comme un linge, car l'évidence s'imposait : l'armée n'obéirait pas. Et, s'il avait fallu enfoncer le clou davantage, les colonels allaient s'en charger : ils étaient quatorze à attendre d'être entendus. Il était trois heures du matin.

Tous s'exprimèrent pour énoncer des vérités douloureuses. Le colonel Argoud résuma ainsi l'état d'esprit de ses camarades :

— « Toute solution de force est exclue. Les insurgés sont absolument déterminés. Ils se savent soutenus par l'ensemble de la population européenne. Les commandants d'unité refusent pour la plupart d'obéir. Il serait criminel que les troupes françaises tirassent sur des Français pour la seule raison qu'ils veulent rester français. Le problème est essentiellement un problème de confiance. Les Européens et, plus encore, les musulmans n'ont plus confiance en la parole de la France, et même, je vous l'avoue, depuis le 16 septembre, dans celle du général de Gaulle. Conservant en effet, les uns et les autres, le souvenir de vingt-cinq ans de reniements en chaîne, ils ont interprété l'autodétermination comme l'amorce d'un nouveau reniement. »

— Que faut-il faire, à votre avis ? grogna Michel Debré, s'efforçant à un calme que démentait le tremblement de ses mains.

— Faire revenir le Général sur l'autodétermination.

— Et s'il refuse ?

— À ce moment-là, ce sera au général Challe de prendre l'affaire à son compte.

— Et s'il refuse ?

— Alors, je ne vois pas d'autre solution que d'avoir recours à une junte de colonels, quels que soient leurs noms.

— Et si la France ne cède pas ?

— Je ne comprends pas pourquoi le destin de cinquante-cinq millions d'hommes resterait suspendu à l'orgueil d'un seul. Les plus grands hommes d'État ont su changer d'avis. Le général de Gaulle se grandirait en modifiant sa ligne de conduite.

Un silence glacial ponctua la déclaration du colonel Argoud. Ému, Michel Debré conclut d'un ton qu'il tâchait d'affermir :

— J'ai été profondément troublé par tout ce que je viens d'entendre. Personne ne partage plus que moi les émotions des Français d'Algérie. La politique de l'autodétermination a été contestée. Mais, dans les circonstances nationales et internationales actuelles, elle est la seule qui sauvegarde les chances de la France ici. Je suis de tout cœur avec vous. Mais comprenez que le général de Gaulle ne peut renoncer à l'autodétermination. Il faut sauver l'unité de la nation et l'unité de l'armée. L'ordre public ne peut être troublé, l'État dominé par les mouvements de rue...

Les colonels restèrent de marbre. Michel Debré leur tendit la main ; le colonel de Boissieu refusa de la prendre. Le Premier ministre quitta la salle pour se rendre auprès des élus d'Algérie. Là aussi, des paroles blessantes l'attendaient. Ainsi le député Marc Auriol se prononça-t-il durement :

— « On se moque de la vérité ! On a peur de dire à la nation que le gouvernement de la Cinquième République a du sang sur les mains. On lui montre les événements d'Alger comme le fait d'une poignée d'extrémistes, mais vous savez bien, monsieur le Premier ministre, que c'est le peuple d'Alger tout entier qui s'est dressé contre la politique indéterminée du gouvernement, politique qui a trop duré et qui a déjà fait trop de mal. »

D'une voix blanche, Michel Debré répondit laconiquement :

— Je rapporterai vos propos au général de Gaulle.

Les députés partis, il se rassit lourdement : il comprenait les mobiles des insurgés ; ne les avait-il pas partagés, autrefois ? Accablé, il regardait droit devant lui, les yeux brillant d'une amertume contenue. Un aide de camp entra, apportant du café. Après en avoir bu une tasse, Michel Debré se releva et décréta :

— Je voudrais voir les barricades.

On tenta, sans y croire, de l'en dissuader ; le bruit courait que Pierre Lagaillarde avait le projet d'enlever le Premier ministre... François monta avec lui dans la voiture de Michel-Jean Maffart. Trois autres véhicules embarquèrent le ministre des Armées, qui, effondré, n'avait toujours pas proféré un mot, Pierre Racine, le général Nicot et divers officiers. Un camion de CRS suivait.

Il était cinq heures du matin quand le cortège quitta le quartier Rignot pour emprunter la rue Michelet jusqu'à la rue Richelieu. Débouchant sur le boulevard Baudin, les véhicules traversèrent le plateau des Glières avant de remonter le boulevard Laferrière jusqu'à la Grand-Poste que gardaient des parachutistes. Les traces des affrontements du dimanche soir restaient visibles, les pavés de la chaussée avaient disparu et des branches d'arbres jonchaient le sol. Régulièrement, le phare de l'Amirauté balayait la scène, indifférent. D'où se trouvaient les voitures, Michel Debré pouvait observer la barricade de la rue Charles-Péguy, éclairée par les feux de camp des insurgés, et les parachutistes, debout ou assis, censés monter la garde. Dans la lumière des phares, il vit un homme escalader la barricade et tendre un quart de café, sans doute, à un para. L'ayant bu, le militaire serra la main du civil et lui rendit son quart.

— Vous admettez ça? s'étonna-t-il auprès des officiers qui l'accompagnaient.

Jusqu'au décollage de son avion, le Premier ministre ne desserra plus les dents. Quand l'appareil prit son envol, l'aube poignait.

En rentrant au quartier Rignot, François Tavernier et Michel-Jean Maffart croisèrent Paul Delouvrier qui raccompagnait le médecin chef de l'hôpital Maillot.

— ... c'est un choc nerveux qui se manifeste par un arrachement de la plante des pieds. D'ici deux ou trois jours, il sera guéri.

— Deux ou trois jours! s'étrangla Delouvrier.

Le médecin parti, il s'approcha des deux hommes, l'air soucieux.

— Quelqu'un de souffrant? s'enquit Tavernier.

— Heureusement que ça s'est passé après le départ du Premier ministre!... Le général Challe s'est retrouvé dans l'impossibilité de marcher. J'ai dû le porter sur mon dos — Dieu, qu'il est lourd! —, et, aidé par les plantons, le mettre au lit. On lui a retiré ses chaussures : il avait la plante des pieds en lambeaux! « Allergie aux chaussettes en Nylon », m'a-t-il dit. Mais le médecin chef, que j'ai fait appelé, a été formel : c'est un choc nerveux qui lui a comme déchiré les pieds... Croyez-vous ça possible, alors que la révolution gronde sur la ville?

Il leur tourna le dos et s'éloigna, lourdement appuyé sur sa canne.

— Allez prendre un peu de repos, messieurs, ajouta-t-il de loin.

Malgré le cours dramatique de la situation, François avait le plus grand mal à garder son sérieux : le sort de l'Algérie était entre les mains de deux éclopés...

— Excusez-moi, monsieur le délégué, encore un

mot : je sais que ce n'est guère le moment, mais je tenais à vous remercier, madame Delouvrier et vous, d'avoir reçu ma femme... Comment va-t-elle ? demanda-t-il en le rattrapant.

Paul Delouvrier se retourna.

— Votre femme ?... Mais je n'en sais fichtrement rien ! Elle a refusé de venir s'installer chez nous sous je ne sais plus quel prétexte. Malgré tout, j'ai renvoyé Poincaré pour qu'il insiste auprès d'elle : elle n'était plus à son hôtel. Comme vous, elle n'en fait qu'à sa tête... Vous êtes bien faits pour vous entendre !

Serrant les poings, François accusa le coup.

— Avec votre permission, je pars à sa recherche.

Le délégué général haussa les épaules et s'engouffra dans la villa, Maffart sur ses talons. François quitta le quartier Rignot et, à pied, se hâta de gagner l'hôtel Saint-George. Le soleil se levait sur Alger.

Il y avait plus d'une heure qu'ils marchaient, et Léa commençait à sentir la fatigue. Afin d'éviter les patrouilles, les jeunes Algériens avaient contourné les artères principales, gravissant des escaliers, en dévalant d'autres sans rencontrer âme qui vive.

— C'est encore loin ? souffla la jeune femme.

— Non, répondit Béchir à voix basse. Nous avons fait le plus difficile. Une fois traversée la rue de la Porte-Neuve, nous serons en sécurité.

Ils se trouvaient maintenant au cœur de la Casbah. On n'entendait que les miaulements des chats errants et l'aboiement de chiens qui se disputaient sans doute des ordures. Après les larges rues éclairées de la ville européenne, les ruelles sombres de l'ancienne cité turque impressionnaient Léa : elle se voyait prisonnière d'un vaste labyrinthe dont seuls Béchir et al-Alem détenaient le fil. Elle retint un cri quand, d'une fenêtre, quelqu'un jeta une eau sale qui vint, tout près d'elle, éclabousser le mur. Par moments, des éclats de voix ou les pleurs d'un enfant rappelaient que la vie grouillait parmi ce dédale de rues. Dans une sorte de couloir, si étroit qu'on ne pouvait y avancer à deux de front, al-Alem, qui marchait en tête, s'arrêta et explora le mur à tâtons.

— C'est là, chuchota-t-il.

Une clef tourna sans bruit puis une porte de fer s'ouvrit sans émettre le moindre grincement. Al-Alem fit passer ses compagnons devant lui. Dans la plus complète obscurité, Léa palpa une paroi grasse et humide d'où montait une odeur de salpêtre. On se serait dit dans un caveau et elle se cramponna à la main de Béchir.

— Allume la lampe, ordonna al-Alem à voix basse.

Au tremblotant rayon de la torche électrique que tenait Béchir, al-Alem se baissa, ramassa de la poussière et en saupoudra, à l'extérieur, la serrure et la porte ; ainsi, personne ne semblerait l'avoir ouverte depuis des lustres. Malgré la faible lueur, Léa nota que la rouille en rongeait le métal.

La porte refermée, ils grimpèrent un escalier raide en courbant la tête. Al-Alem souleva une plaque de fonte, la fit glisser de côté et se hissa vers l'extérieur. Il tendit la main à Léa. « Il faudra que je pense à maigrir... », se dit-elle en franchissant malaisément l'étroite ouverture. Béchir les rejoignit à son tour et aida son camarade à replacer la plaque. Devant eux, se déployait la baie d'Alger dont les lumières scintillaient sous le ciel étoilé.

— Ce n'est pas le moment d'admirer le paysage ! les houspilla leur guide. Venez !

Il ouvrit le cadenas qui fermait la porte d'une sorte de cabanon de tôles et de planches recouvertes de toile goudronnée. Suspendue à un clou, une lampe à huile éclairait une partie du local où l'on discernait une forme allongée sur des coussins ; Béchir s'approcha.

— Malika ?...

— C'est... c'est toi ? demanda une voix faible.

— Oui... Tes mains sont brûlantes !

— Elle est venue ?

— Je suis là, la rassura Léa en s'agenouillant sur le bord de la couche.

Elle posa une main fraîche sur le front de la malade ; une forte fièvre l'accablait.

— Quand a-t-elle eu sa dernière injection de pénicilline ?

— Avant-hier.

— L'infirmier n'est pas revenu ?

— Non. Nous l'avons attendu toute la journée d'hier et, ce matin, al-Alem est allé faire un tour du côté de l'hôpital Maillot : personne n'a vu Yacef, et le docteur Duforget était absent...

— Il fallait trouver un autre médecin !

— J'ai essayé, affirma al-Alem. Mais c'était plein de militaires, et les infirmières couraient dans tous les sens. Ils ont fini par me repérer et m'ont fichu dehors.

— Avez-vous de la pénicilline ?

— Oui, Yacef en avait apporté plusieurs boîtes.

— Donnez-les-moi et faites bouillir de l'eau.

Al-Alem sortit puiser l'eau d'un tonneau, posa le pot d'émail sur un réchaud à alcool et l'alluma. Léa écrasa deux comprimés d'aspirine dans un demi-verre de thé froid. Aidée par Béchir qui soutenait sa sœur, elle le fit boire à Malika.

— Prenez les aiguilles et les seringues, mettez-les dans l'eau... Vous avez de l'éther ?

Al-Alem lui désigna la bouteille d'alcool à brûler.

— Ça ira, estima-t-elle en s'en versant sur les mains. Maintenant, sortez.

Un moment plus tard, elle rejoignit les garçons qui fumaient, accroupis, le dos calé contre le muret de la terrasse. Elle s'assit près d'eux.

— Qu'est-ce que ça veut dire, « al-Alem » ?

— Le Savant.

— Ah!... Tu as une cigarette?

Le visage levé vers les étoiles, ils fumèrent.

Deux jours durant, Malika lutta contre la mort, Léa soigna et lava le corps martyrisé, changea ses linges souillés, ne s'accordant que quelques instants de repos. Al-Alem et Béchir suivaient ses instructions sans discuter. Par moments, elle revoyait le visage émacié de sa sœur morte sur lequel se lisaient tant de souffrances endurées. Encore une fois, elle regretta de ne pas avoir accompagné Françoise dans ses derniers instants. « Je n'ai pas été à la hauteur », se désolait-elle.

Au matin du troisième jour, la fièvre tomba, et le soir elle avait disparu. Épuisée, Léa dormit douze heures d'une traite. Quand elle se réveilla, le lendemain vers midi, il y avait quatre jours qu'elle avait quitté l'hôtel Saint-George. Béchir avait-il réussi à approcher François, comme elle le lui avait demandé? La pluie crépitait sur les tôles du cabanon.

— Tiens, dit une femme en tendant un verre de thé à Léa.

— Quoi?... Où est Malika? s'écria-t-elle en se redressant.

— Je suis là, fit la jeune fille émergeant d'un coin d'ombre, entortillée dans une gandoura de laine blanche. C'est ma mère. Bois. Après, nous irons au bain maure, c'est à côté.

— Oh oui, cela nous fera du bien... Comment te sens-tu?

— Aussi bien que possible.

— Pourquoi dis-tu cela aussi tristement?

— J'aurais préféré mourir! cracha Malika.

Une bouffée de colère envahit Léa qui se retint de lui jeter son verre de thé au visage. La mère intervint.

— Tu n'as pas le droit de dire ça, ma fille. Tu dois la vie à Allah et à cette femme. Tu dois plutôt les remercier.

— Pardonne-moi, je suis ingrate, se reprit Malika en portant la main de Léa à ses lèvres.

Celle-ci l'embrassa et sourit.

Dans la vapeur du hammam, le corps nu des deux femmes évoluait avec une lenteur irréelle. Leurs tensions, leurs angoisses s'évanouirent sous les mains de la masseuse qui n'avait marqué aucune surprise devant la présence de l'Européenne, ni à la vue des brûlures de l'Algérienne. À la demande de la mère, un drap tendu les séparait des autres baigneuses. Les yeux mi-clos, Malika, la peau enduite d'une huile parfumée, se laissa coiffer par l'assistante de la masseuse. Son visage amaigri avait recouvré de sa beauté et les traces de coups avaient presque disparu.

Quand les trois femmes, emmaillotées dans un *haïk,* quittèrent le bain maure, elles se sentaient comme purifiées. À l'extérieur, Béchir et al-Alem les attendaient.

— As-tu vu mon mari ? demanda Léa au jeune cireur.

— Non, mais j'ai vu son ami, le chauffeur de taxi : il va lui donner de tes nouvelles. Tiens, j'ai pensé aux journaux.

— Ah, c'est bien, merci... Qu'est-ce qui va se passer maintenant pour Malika ?

— Elle va rester encore deux ou trois jours chez al-Alem. Après, on verra...

— J'aimerais que tu me fasses visiter la Casbah.

— C'est très imprudent : on pourrait s'apercevoir que tu n'es pas musulmane...

— Habillée comme ça, je ressemble à n'importe quelle femme d'ici.

— Pour des Français, peut-être, mais pas pour nous autres. Ta manière de marcher n'est pas la même, tes gestes sont plus vifs... C'est quelque chose qu'on remarque très vite.

— Je vais demander à ta sœur de me montrer comment faire...

— Demande plutôt à ma mère : Malika n'a jamais porté le voile...

Parmi la foule dense qui allait par les ruelles, les femmes pressaient le pas. Seuls les hommes semblaient flâner, bavardant devant les boutiques, s'asseyant à la devanture d'un café, jouant aux dames ou aux échecs.

— Si on allait boire un thé à la menthe ? suggéra Léa en s'arrêtant devant une gargote d'où jaillissait une musique arabe.

Béchir la tira par le bras.

— Viens, on nous regarde. Une femme n'entre jamais dans un café !

« Décidément, ce pays n'est pas fait pour moi », décréta-t-elle en emboîtant le pas à son compagnon.

## XXII

L'hôtel Saint-George ressemblait à une citadelle assiégée; des gardes en armes en défendaient l'entrée, désormais encombrée de chicanes hérissées de fil de fer barbelé. Il fallut que François Tavernier menaçât de revenir avec les parachutistes pour que les cerbères consentissent à entrouvrir les grilles, non sans avoir obtenu le feu vert de la direction.

Il remonta en courant l'allée qui conduisait aux bâtiments. Le même cirque qu'au portail se renouvela à l'entrée du hall. L'ayant reconnu, le concierge se précipita aussi vite que le lui permettait sa dignité. François réclama sa clef et coupa court aux lamentations de l'homme au sujet de Léa. Dans la chambre, il trouva tout de suite son mot griffonné au dos du sien. Avec colère, il froissa le message : dans quel guêpier s'était-elle encore fourrée? Sans se dévêtir, il s'allongea sur son lit. Quand le téléphone sonna, il lui sembla qu'il venait seulement de s'assoupir. C'était le quartier Rignot qui le faisait demander sur ordre du général Challe. Il consulta sa montre : huit heures. Après avoir pris le temps de se raser et de prendre une douche, il téléphona à Joseph Benguigui, qu'il réveilla.

— Joseph, pourriez-vous essayer de retrouver le petit cireur de l'Aletti? C'est très important. Appelez-moi au quartier Rignot ou laissez-moi un message à l'hôtel. Merci.

Il raccrocha sans lui laisser le temps de demander plus d'explications.

Au quartier général, Tavernier trouva le général Challe dans son lit, ses pieds malades protégés du contact des draps par un arceau. En compagnie de Paul Delouvrier, Maffart et Poincaré, il était en train d'écouter l'éditorial du poste, émettant sur ondes courtes, dont disposaient maintenant les insurgés : « la Voix de l'Algérie, province française », diffusait depuis l'aube un bulletin d'informations avec l'ambition d'atteindre les auditeurs de métropole.

— Il a osé appeler ça « Appel au peuple de France. Les Français parlent aux Français » ! rugit le commandant en chef à l'adresse du nouvel arrivant.

— Ne vous inquiétez pas, mon général, tempéra Poincaré, leur émetteur est trop faible pour qu'on les reçoive en France.

— Et ce n'est pas en parlant aux Français de Jules Moch, de Le Troquer, de Pflimlin, de Frey, de Neuwirth ou de Mitterrand qu'ils risquent d'intéresser qui que ce soit, renchérit Michel-Jean Maffart.

— Taisez-vous ! gronda Delouvrier.

« ... Amis de la métropole qui écoutez la voix d'Alger, nous allons vous dire bien simplement ce qui se passe ici. Au fond, c'est simple. Souvenez-vous de la libération de nos villes et de nos villages en 1944. Les drapeaux français étaient à chaque fenêtre, vous acclamiez les libérateurs, vous pleuriez les disparus aussi, mais, tous ensemble, dans la liesse du renouveau, vous croyiez en l'avenir et vous étiez prêts à le forger. Alger est comme cela aujourd'hui. La population musulmane et chrétienne fraternise, les insurgés, puisqu'on les appelle ainsi, fraternisent avec l'armée. C'est la grande manifestation que rien n'arrêtera... »

— Menteur! jeta Challe.

— Ne vous agitez pas comme ça, le calma Delouvrier; vous allez vous blesser.

«... Le 13 mai a été trahi mais notre 14 Juillet, celui du 24 janvier 1960, triomphera au-delà des mers et des continents. Français, Françaises, nous sommes jeunes, nous voulons que justice, paix et fraternité soient plus forts que politique, argent, pouvoir personnel et slogans électoraux. Chaban-Delmas, Debré qui maintenez en prison des hommes simples que vous aviez encouragés au contre-terrorisme, Frey, Edgar Faure et tous les délinquants de la Quatrième, laissez la place aux forces vives de la nation. Nous sommes la vraie démocratie et c'est pour cela que la censure gouvernementale bloque les informations d'Alger. Un gouvernement qui a peur de la vérité est un gouvernement vaincu. Qu'il parte, comme sont partis Hitler, Mussolini et l'État français de 1940! »

— Éteignez-moi ça! tonna le général en essayant de se lever.

«... la grande France de nos pères... »

Paul Delouvrier tourna le bouton du poste; Maurice Challe retomba sur sa couche avec un cri étouffé.

Au même moment, Joseph Ortiz baptisait le barrage de la rue Charles-Péguy « barricade Hernandez », du nom de Roger Hernandez, tombé lors des échanges de coups de feu. Une foule nombreuse se pressait sous le balcon du PC d'Ortiz d'où maître Méningaud lisait et commentait les journaux.

— « Quiconque remettra en cause la souveraineté française sur l'Algérie commettra un crime, et les Français qui s'y opposeront seront en état de légitime défense! »

Des applaudissements crépitèrent.

— Bravo! confirma l'assistance.

— Savez-vous qui a écrit cela?... en 1957?... Michel Debré!

— Ouh !... Traître !

Pendant ce temps-là, à l'hôpital Mustapha, les hommes de Lagaillarde pénétraient dans le pavillon pénitentiaire, désarmaient les policiers en faction et libéraient les hommes condamnés dans l'affaire dite « du bazooka », attentat perpétré en 1957 contre le général Salan et qui avait coûté la vie au commandant Rodier [1]. Les prisonniers, qui avaient dû être transférés du pénitencier de Berrouaghia à l'hôpital Mustapha pour raisons médicales, troquèrent sur-le-champ leur pyjama contre un uniforme de parachutiste. À l'exception de Philippe Castille, frappé d'une peine de dix ans de travaux forcés, qui disparut dès sa sortie, tous les ex-détenus rejoignirent le camp retranché de Lagaillarde.

En différents quartiers d'Alger se déroulèrent les obsèques des victimes civiles. Le Gouvernement général redoutait que les cérémonies ne deviennent prétexte à de nouvelles manifestations. La police, avec l'aide de l'armée, dispersa sans incidents les attroupements qu'elle rencontra. En ville, où l'appel à la grève générale était suivi, les pavillons du port avaient été mis en berne et un crêpe noir flottait au mât des bateaux. La population, encore sous le choc, enterra ses morts dans le calme et la dignité.

En fin d'après-midi, celui que l'on appelait le « Fidel Castro d'Alger » consentit à se présenter au balcon de la Fédération des unités territoriales aux côtés d'Ortiz. Cette rencontre était l'œuvre du colonel Gardes, qui prônait le rapprochement des chefs de l'insurrection. Dans les négociations avec l'armée et les autorités, il fut convenu qu'Ortiz traiterait des questions politiques et Lagaillarde des questions militaires.

1. Voir *Cuba libre !*

Dans la soirée, on apprenait que le commandant de réserve Sapin-Lignières, président de l'amicale des UT, dont le siège était devenu le camp retranché de Joseph Ortiz, était nommé à la tête des vingt-deux mille territoriaux du Grand Alger par le général Crépin, avec ordre de les rassembler ; tâche difficile, sinon impossible à réaliser, tant ces hommes se trouvaient dispersés aux quatre coins de la ville, mobilisés dans la troupe d'Ortiz, assurant une police pour leur compte personnel, menaçant ceux qui se refusaient à contribuer à l'« effort de guerre » en faveur des défenseurs des barricades, ou tout simplement parce qu'ils étaient restés chez eux...

De son côté, Lucien Neuwirth, secrétaire général du groupe parlementaire UNR [1], tentait une négociation avec Lagaillarde par l'intermédiaire du directeur de la télévision d'Alger, démarche accomplie en accord avec le Premier ministre. Mais le chef du « réduit » des facultés refusait de « parlementer avec les politicards ».

Toute la journée, les colonels essayèrent d'enrôler aux côtés des insurgés la communauté musulmane, qui, jusqu'ici, s'était tenue à l'écart. Leur ambition était de réussir un nouveau 13 mai, qui avait vu la fraternisation entre les deux communautés. Si cela se renouvelait, si des milliers de musulmans descendaient dans la rue pour réclamer l'intégration, cela obligerait sans nul doute le général de Gaulle à revenir sur l'autodétermination. C'était notamment le rêve du colonel Gardes, aidé du capitaine Léger et de ses « bleus », qui se dépensait sans compter auprès des associations d'anciens combattants, s'empressant de la Casbah au PC d'Ortiz, du boulevard Laferrière au camp de Lagaillarde, afin de mettre au point les modalités d'une jonction entre les hommes des barricades et les Arabes.

1. Union pour la Nouvelle République.

À Paris comme à Alger, les bruits les plus fous couraient et rencontraient des oreilles attentives pour les entendre. Dans la nuit, un émissaire du Premier ministre débarquait à Alger pour savoir si les colonels avaient bien constitué une junte dans le but de prendre le pouvoir ; surpris, lesdits colonels assurèrent l'envoyé du chef du gouvernement de leur absolue loyauté. Néanmoins, le général Crépin faisait venir à Alger un régiment de tirailleurs sénégalais afin d'assurer la garde de son PC de la caserne Pélissier, puis menaçait de mener lui-même ses Noirs à l'assaut du camp retranché. En fait, Lagaillarde et Ortiz étaient les maîtres d'Alger. Tous, insurgés et militaires, musulmans et pieds-noirs, attendaient maintenant le discours que le général de Gaulle devait adresser à la nation le 29 janvier.

Il était quatre heures du matin lorsque François regagna l'hôtel Saint-George ; ni Léa ni Joseph Benguigui ne s'étaient manifestés.

À l'aube, le général de Gaulle appelait Paul Delouvrier et lui donnait l'ordre de lui envoyer le général Crépin, le seul, dit-il, en qui il gardait confiance. Ce même jour, le colonel Gardes se rendait rue Saint-Dominique, à Paris, au ministère des Armées, où Pierre Guillaumat exigeait une explication sur ses liens avec Ortiz.

Pendant la nuit, à Alger, les barricades s'étaient renforcées et de nouvelles armes, en dépit des barrages, étaient parvenues entre les mains des insurgés. Dans la presse algérienne s'étalaient de gros titres comme « La Casbah solidaire pour garder l'Algérie française » : les anciens combattants avaient été mobilisés. Place du Gouvernement, ils attendaient, armés de leurs drapeaux, l'arrivée des musulmans. Une trentaine seulement se présentèrent.

Au quartier Rignot, le malaise grandissait : on venait d'apprendre qu'en présence d'Ortiz et de

Lagaillarde avait eu lieu à l'intérieur du camp retranché, derrière la barricade de la rue Charles-Péguy, l'envoi des couleurs au son du clairon, et que les insurgés avaient présenté les armes tandis que, de l'autre côté de la barricade, les parachutistes s'étaient mis au garde-à-vous face au drapeau tricolore qu'on hissait. Le délégué général redoutait maintenant l'influence des colonels sur le commandant en chef. Il convoqua le colonel Argoud dans l'espoir de percer leurs intentions.

— Vous n'avez pas de crainte à avoir pour les heures qui viennent; nous attendons le discours du général de Gaulle. S'il est bon, tout rentre dans l'ordre. S'il est mauvais, ce sera pour vous l'heure de vérité. Vous serez le nœud de la situation. Si vous prenez la tête de l'insurrection, on vous obéira. Nous autres militaires, nous ne voulons pas le pouvoir. Nous voulons l'Algérie française.

— Mon colonel, il suffit de connaître le général de Gaulle pour savoir qu'il ne reculera pas et que son discours ne sera pas « bon » au sens où vous l'entendez. En ce qui me concerne, je verrai, le moment venu, quelle sera mon attitude.

À François Tavernier, convoqué à son tour, il confia avoir appelé l'Élysée et indiqué au chef de l'État qu'il ne lui semblait plus nécessaire que le poste de commandement se trouvât dans Alger.

— Voulez-vous dire que vous laissez le champ libre aux insurgés?

— Non, mais si je reste, je deviens leur prisonnier. Et si je rends cette impuissance publique, je ne serai compris ni par Paris ni par Alger. À mots couverts, afin d'éviter les indiscrétions, j'ai expliqué ma décision au général de Gaulle; il m'a commandé de faire comme il me semblait bon, mais de le faire vite. J'ai donc demandé au général Challe de considérer cette disposition, insistant sur le fait que lui et moi, nous étions « intoxiqués » par les allées et venues qui se succèdent ici. Je lui ai dit mon souhait d'installer notre commandement plus au calme. « Vous croyez ? Cela ressemble à une désertion », m'a-t-il dit. J'ai répliqué qu'il avait la nuit pour réfléchir et qu'on en reparlerait aujourd'hui. Pour moi, c'est tout réfléchi. Quel est votre avis ?

— Si c'est tout réfléchi, vous n'avez plus besoin de mon avis sur la question.

— Mais encore ?

— Cette décision me semble sage, et j'espère que le général Challe l'adoptera. Néanmoins, vous prenez le risque que les parachutistes et les insurgés interprètent cela comme une forme d'abandon leur ouvrant toutes grandes les portes des édifices publics.

— Merci, Tavernier. Je suis heureux de votre approbation. Ne vous inquiétez pas pour le reste ; j'ai pris certaines dispositions. Je prépare pour demain un discours qui, je l'espère, sera entendu de tous les protagonistes. Vous serez peut-être étonné par son contenu... Mais, comme vous le voyez, je suis calme, sain de corps — enfin presque : ma jambe mise à part — et d'esprit, et rien ne m'empêchera de tenir mes engagements.

On découvrait chez Paul Delouvrier une posture nouvelle, une détermination et une autorité renouvelées. La fatigue des derniers jours semblait avoir disparu. François le considéra avec sympathie et lui répondit :

— Je n'en doute pas, monsieur le délégué.

— Avez-vous retrouvé votre femme ?

— Toujours pas.

— J'en suis d'autant plus désolé qu'étant donné les circonstances, je ne peux guère vous être utile. Sincèrement, je le regrette... Avez-vous quand même une idée de l'endroit où elle se trouve ?

— Dans la Casbah.

— Dans... dans la Casbah! Mais qu'y fait-elle?...
C'est extrêmement dangereux!

François esquissa un geste fataliste.

— En avez-vous parlé au colonel Godard? Après
tout, c'est lui le responsable de la Sécurité...

— Non. Restez en dehors de tout cela, je me
débrouillerai.

— Si vous avez du nouveau, tenez-moi au courant : je dîne au palais d'Été; ma femme a tenu à rester à Alger avec notre dernier fils.

En ce jeudi 28 janvier, le monde entier avait les
yeux rivés sur Alger. Il y avait maintenant cinq jours
que le centre de la ville était paralysé par les barricades et la grève générale, et les denrées alimentaires
commençaient à manquer. « L'armée va-t-elle officiellement rallier la rébellion? » était la question que
tous se posaient.

« Si le gouvernement ne renonce pas à l'autodétermination, je ne puis répondre des troupes placées sous
mes ordres », indiquait le rapport quotidien du général
Gracieux remis ce jour-là au général Challe.

En métropole comme en Allemagne, certaines unités se disaient prêtes à se mettre à la disposition du
général Challe, le seul, selon les militaires, capable de
sauver l'armée d'une nouvelle « guerre d'Espagne ».
À Oran, à Constantine, à Mostaganem, des incidents
avaient éclaté lorsque des musulmans avaient crié
« Vive de Gaulle! », « Vive le FLN! »... Le commandant suprême des forces alliées en Europe, le général
Norstadt, avait même publié un communiqué en ces
termes : « Il est de l'intérêt de tous les pays membres
de l'OTAN qu'une solution soit apportée à la crise
algérienne. La situation en Algérie constitue pour un
membre de l'OTAN un événement grave qui intéresse
l'Alliance tout entière. »

Par ailleurs, des dizaines de milliers de messages de

soutien parvenaient chaque jour à l'Élysée, et de nombreuses arrestations étaient opérées dans les milieux d'extrême droite, tant à Paris qu'en province.

Dans la cour de l'hôpital Maillot, les obsèques des quatorze gendarmes tués le dimanche soir s'étaient déroulées en présence de leurs collègues. Au cours de l'émouvante cérémonie, le général Morin, commandant la gendarmerie, avait déposé une médaille sur chacun des cercueils exposés, recouverts du drapeau tricolore. La ville baignait dans une atmosphère fébrile. Les troupes étaient divisées : les zouaves de la Casbah menaçaient de tirer sur les paras, les fusiliers marins, de prendre d'assaut les barricades, et Lagaillarde, de tout faire sauter. Quant aux parachutistes, véritables maîtres de la situation, ils étaient partagés entre rejoindre les insurgés ou demeurer fidèles à de Gaulle.

En haut lieu, la menace de Lagaillarde était prise au sérieux ; n'avait-il pas déclaré : « Si l'on tire sur moi, je fais sauter tout Alger. J'ai vingt bonbonnes d'acide fluorhydrique. Il y aura cent mille morts » ?

Une fois encore, on tenta de faire descendre les musulmans de leurs quartiers et de les faire fraterniser avec les révoltés des barricades : ils ne furent guère plus que la veille : une centaine tout au plus.

Au quartier Rignot, Paul Delouvrier et Maurice Challe prenaient les dernières mesures nécessaires à leur « évasion ». Il avait été décidé qu'ils se rendraient à la Reghaïa, à une trentaine de kilomètres d'Alger, sur la base des chasseurs bombardiers dont le chef, le général Martin, commandant l'aviation en Algérie, était un ami du commandant en chef. À l'issue d'un conseil de guerre restreint, il fut convenu que Challe partirait le premier avec son état-major, et que Delouvrier le rejoindrait après avoir enregistré son discours.

En fin de matinée, le colonel Argoud se présenta,

entouré des autres colonels, porteur d'un manifeste qu'ils souhaitaient remettre au commandant en chef, lui proposant de « continuer d'exprimer l'opinion de toute l'armée ». Il leur fut répondu que le général Challe, souffrant, se trouvait dans l'incapacité de les recevoir. Déçus, ils regagnèrent la caserne Pélissier.

Après le déjeuner, Challe, en pantoufles, monta dans sa voiture en compagnie du colonel de Boissieu. Encadré par des motocyclistes et suivi par deux camions des commandos de l'air, il fut conduit sur la *dropping zone* du quartier de Birmandreis, où un hélicoptère l'attendait.

Soulagé de voir s'éloigner le général Challe, François Tavernier s'en retournait vers le délégué général quand un planton vint l'avertir qu'un chauffeur de taxi insistait pour le voir. François débobula jusqu'à l'entrée du quartier Rignot devant laquelle patientait Joseph Benguigui. Bousculant les sentinelles qui tardaient à ouvrir les grilles, il s'écria :

— Alors ?... Vous l'avez retrouvée ?

— Montez !

— Mais... Et puis merde !

Il s'installa aux côtés du conducteur qui démarra aussitôt.

— Alors ? répéta François.

— J'ai vu le cireur de l'Aletti. Ça n'a pas été facile pour lui de me trouver...

— Je m'en fous ! Où est Léa ?

— Avec la sœur du cireur.

— Malika ?

— Oui, il était venu chercher votre femme pour qu'elle la soigne.

— Pourquoi n'a-t-elle pas téléphoné ?

— Il n'y a pas beaucoup de postes téléphoniques dans la Casbah... Elle avait demandé au cireur de me prévenir pour que je vous avertisse à mon tour. Il n'a pu le faire que ce matin...

— Comment va-t-elle ?

— Bien ; elle se promène dans la Casbah, déguisée en moukère [1]... Et ça vous fait rire ?

— Je l'imagine !... Ha, ha, ha !... C'est tout Léa, ça !... Ha, ha, ha !...

Benguigui lui lança un regard furibond.

— Ce n'est pas drôle ! Vous êtes complètement inconscients, tous les deux ! Malgré la bataille d'Alger et l'arrestation de ses chefs, le FLN est encore fortement implanté dans la Casbah. S'il apprend qu'une Européenne s'y balade, et, qui plus est, qu'elle se trouve être l'épouse d'un envoyé du général de Gaulle, elle risque de passer un sale quart d'heure !

— Vous avez raison, pardonnez-moi. Mais je ne suis pas surpris qu'elle soit là-bas : le mot qu'elle m'a écrit le laissait entendre.

La voiture fit une embardée, une roue heurta le trottoir.

— Bon Dieu ! Regardez devant vous, vous allez nous tuer !

— Vous le saviez ?!... Je ne comprends pas...

— Ce n'est pas grave... Où allons-nous ?

— Le gamin vous attend au jardin Marengo, à l'endroit que vous savez...

— Je vois.

— Si on m'avait dit que je ferais le coursier pour un musulman dans des circonstances pareilles...

— Vous êtes toujours en contact avec vos copains des barricades ?

— Tous ne sont pas « mes copains », mais certains sont sincères ; ils sont vraiment persuadés que de leur attitude d'aujourd'hui dépend l'avenir de leurs enfants. Je sais bien qu'ils se trompent, mais comment le leur dire ? Ce sont des gens simples, comme moi, qui aiment ce pays qui est le leur aussi bien que celui

1. Femme arabe.

des musulmans. Que voulez-vous y faire ? Il n'y a pas de solution... Jamais les Arabes ne rejoindront Ortiz et sa clique, Lagaillarde et ses pseudo-paras. Et le feraient-ils que nous, passé l'euphorie des retrouvailles, nous n'aurions pas changé. Nous serions restés ce que nous sommes : des petits Blancs. Par moments, je voudrais leur ressembler : croire, croire encore et toujours à l'Algérie française ! Mais je n'y crois plus et... vous avez contribué à m'ouvrir les yeux.

— Oh, bien peu... Rappelez-vous nos conversations : vous étiez déjà terriblement lucide et vos propos n'ont jamais été ceux d'un « petit Blanc », tempéra François en lui posant une main sur l'épaule.

— Ça va, ça va, maugréa Benguigui en se dégageant de l'étreinte amicale ; ce n'est pas le moment de s'attendrir... Vous qui êtes dans le saint des saints, que va-t-il se passer maintenant ?

— Le délégué général a préparé un discours qui sera diffusé tout à l'heure.

— Un discours ?... On en a marre, des discours ! Ça m'étonnerait que ça serve à quelque chose... Et qu'est-ce qu'il raconte, ce discours ?

— Je n'en sais encore rien.

Place Jean-Mermoz, devant la caserne Pélissier protégée par des sacs de sable et des chicanes, des camions militaires stationnaient. Assis sur les marches du lycée Bugeaud fermé pour cause de grève, des lycéens désœuvrés observaient les événements. Des militaires stoppèrent le taxi et contrôlèrent les papiers des occupants. Les laissez-passer étant en règle, on leur intima l'ordre de circuler.

— Il aurait pu choisir un autre endroit, bougonna Benguigui en prenant la rue Sidi-Abderrahman.

La voiture se gara le long des grilles. Dans le jardin, des mères de famille promenaient leurs enfants.

— Qu'est-ce que je fais, maintenant ? interrogea le chauffeur.

— Attendez-moi, s'il vous plaît. Je dois retourner au quartier Rignot.

Béchir se trouvait bien à l'endroit où ils s'étaient déjà rencontrés. François eut envers lui un de ces élans de sympathie dont il était pourtant avare. Le garçon vint à lui, un large sourire aux lèvres.

— Je suis heureux de te revoir! dirent-ils ensemble.

Riant de cette simultanéité, ils s'assirent sur un banc.

— Tu n'aurais pas dû mêler Léa à tout ça, lui reprocha pourtant François.

— Je sais, mais je n'avais pas le choix. Malika délirait, Yacef n'était pas revenu et ni al-Alem ni moi ne savons faire les piqûres.

— Et le docteur Duforget?

— Impossible de l'approcher : l'hôpital Maillot est aux mains des militaires, et il ne faisait pas bon, pour un Arabe, traîner par là. Sans ta femme, Malika serait morte. Ta femme, c'est quelqu'un de formidable!

— Je sais.

— Ma mère est venue nous rejoindre.

— J'en suis heureux pour vous... Quand Léa redescendra-t-elle de la Casbah?

— Demain, je pense. Ça dépend d'al-Alem...

— Pourquoi?

— Parce qu'il est le seul d'entre nous à savoir éviter les soldats comme savent faire les gens du Front.

— Tu me jures que Léa ne risque rien?

— Je te le jure! Elle est très belle, ta femme...

— Hé là! Tu ne vas pas en tomber amoureux?

Le teint mat de Béchir vira à l'écarlate. Pour se donner contenance, il se leva et détourna la conversation :

— À la radio, on annonce que le délégué général doit faire un discours. C'est important, tu crois?

— Écoute-le et tu me diras ce que tu en penses.

Maintenant, je dois m'en aller. Tu peux dire à Léa que je serai sans doute au quartier Rignot?... Ah! dis-lui aussi qu'elle me manque, et que je l'aime!

— Enfin, vous voilà! Les paras voulaient me faire déguerpir... Où allons-nous? Au quartier Rignot?

— Non, d'abord à la caserne Pélissier.

— Ils ne vont pas nous laisser entrer.

— On verra bien...

Aux sentinelles, François exhiba le laissez-passer contresigné par le commandant en chef et le délégué général. Comme on n'avait pas de consigne à son sujet, on le laissa entrer.

— Monsieur est avec moi, assura-t-il en désignant Benguigui. Qu'il entre dans la cour avec son taxi, ajouta-t-il.

Les portes s'ouvrirent.

— J'ai l'impression de me jeter dans la gueule du loup... Pourquoi voulez-vous que je vous accompagne jusqu'ici? bredouilla son compagnon.

— Pour que vous puissiez entendre le discours de Delouvrier, et pour que j'aie un témoin...

À l'intérieur des bâtiments, dans une atmosphère chargée d'électricité, on s'interpellait, on jetait dans les couloirs ordres et contrordres au gré d'allées et venues incessantes. Un peu partout les portes claquaient, les téléphones carillonnaient, les radios crachotaient. Dans le bureau du colonel Argoud, on affichait des visages fermés.

— Bonjour, mon colonel, s'imposa d'emblée Tavernier. Permettez-moi de vous présenter un ami, monsieur Joseph Benguigui. J'ai pensé que vous nous donneriez l'hospitalité le temps d'écouter le discours du délégué.

— Comme si vous n'en connaissiez pas déjà la teneur! le rembarra Argoud.

— Quel jeu jouez-vous? l'interpella l'un des autres colonels présents.

— Aucun, messieurs. Je suis ici en observateur. Et, comme vous, je suis impatient d'entendre monsieur Delouvrier...

Un lieutenant tourna les boutons d'un poste de radio ; la voix grave du délégué général emplit la pièce. Tous se figèrent.

Au même moment, partout, dans les cafés, sur les barricades, au PC d'Ortiz comme à celui de Lagaillarde, chez les Européens comme chez les musulmans, dans les casernes et les postes avancés, à Alger comme dans le bled, on se pressait autour des transistors.

« Le chef de l'État m'a dit, vous vous en souvenez tous, lorsqu'il m'a nommé à mon poste en Algérie : "Vous êtes la France en Algérie." Aujourd'hui, cette noble phrase trace ma ligne de conduite. La France ne démissionne pas. Je ne démissionnerai pas.

« Le général de Gaulle m'a dit aussi : "Un chef est celui qui décide." J'ai décidé : j'ai donné l'ordre au général Challe de gagner un PC d'où il puisse effectivement commander.

« Algérois, Algéroises, et vous, tous les Algériens qui veulent que l'Algérie reste française, officiers, sous-officiers de l'armée française, vous soldats de France, ne soyez pas stupéfaits, écoutez-moi. Vous allez comprendre. Écoutez-moi, je serai long. Mais l'heure est si grave, l'instant si dramatique qu'il faut m'écouter jusqu'au bout. Le général Challe et moi, nous avons lié notre sort et juré de laisser, s'il le faut, notre vie sur cette terre pour sauver l'Algérie en épargnant la France.

« Je vais m'adresser d'abord à la métropole. [...] Des hommes, à l'heure de vérité, [...] veulent mourir pour rester français. Il n'y a pas d'armée insoumise, le général Challe vous l'a dit : l'armée est l'armée du gouvernement et de la République. Il y a des hommes résolus, officiers et soldats, résolus eux aussi à mourir, puisqu'ils meurent tous les jours dans les combats contre la rébellion. Et ces deux groupes d'hommes sont face à face, amenés là par une tragique méprise, les uns parce qu'ils croient qu'ils ne vont plus être français, les autres parce qu'ils doivent obéir.

« [...] Il faut comprendre, Français de métropole, que chacun qui vit en ces instants sur la terre d'Algérie a un drame de conscience. [...] Pour savoir si l'armée va obéir, il faudrait interroger chacun un à un, des officiers et des soldats.

« Hier, j'ai posé brutalement la question : "De Gaulle ou le sang versé ?" à plusieurs officiers d'Alger. J'ai vu, sur le visage de ces soldats loyaux à la République, la crispation de l'indécision. J'ai vu dans leurs yeux la lueur de la crise de conscience et des larmes chez plusieurs de ces paras, vaillants baroudeurs. Voilà la vérité, Français de métropole, voilà la situation. Il n'est pas possible d'aller plus loin dans le drame, car chacun sait qu'à la solution à sa crise personnelle est suspendu ou le désordre et le chaos en Algérie, ou la sécession d'avec la métropole, ou la chute du régime et le désordre en France. Pensez à cette situation, hommes de la métropole. [...] Pensez aussi que les "colonialistes" — comme vous dites — sont morts en Algérie. Ils sont morts le 13 mai, quand l'égalité politique avec les musulmans a été par eux acceptée. Bien sûr, tous les comportements ne sont pas changés, je le sais, et les musulmans le savent surtout. L'égalité sociale sera longue à venir, mais enfin, les Européens ont accepté — et ce fut l'éclair, le miracle fulgurant du 13 mai, pas encore exactement compris dans la métropole — que leur domination politique locale prenne fin. Ils l'ont accepté parce qu'ils étaient sûrs, ce jour-là, de rester français. L'intégration, c'est cela. Le reste, c'est pour les professeurs de droit constitutionnel.

« Voilà les vérités que je voulais dire à l'opinion publique de la métropole.

« Je m'adresse maintenant à l'armée à qui le général Challe va adresser des ordres immédiatement après moi.

« Je connais maintenant l'armée d'Algérie qui est, par les relèves des officiers, toute l'armée française et, par les soldats du contingent, l'armée de la nation française. Depuis cinq ans, sur cette terre, et avant, en Indochine, elle a été soumise au dur apprentissage de la guerre révolutionnaire. Pour les métropolitains — sauf pour les musulmans de métropole —, cette guerre révolutionnaire est un mythe. Pour nous, c'est la vie de chaque jour. Cela, je l'ai appris.

« [...] Mais le drame d'aujourd'hui, pour vous, hommes de l'armée, le drame le plus terrible, il est celui-là : unité de l'armée ou unité de la République et de la France ? À quel chef obéir ? À celui en qui l'armée a confiance pour maintenir son unité, ou à celui qui est constitutionnellement le chef des armées et l'expression de l'unité de la patrie ?

« [...] Mais, ici, écoutez-moi bien : on ne peut plus refaire le 13 mai. Vous ne referez pas le 13 mai. Il n'y a plus de De Gaulle en réserve. Et si le président de la République rentrait à Colombey, la France pardonnerait-elle à son armée ? Il faudrait deux siècles pour guérir de ce divorce, et la grandeur de la France, qui ne peut exister sans son armée, y passerait.

« Voilà votre dilemme, à vous, hommes de l'armée. Et il n'y a qu'une méthode pour en sortir, une et une seule : il faut obéir au général Challe qui obéit au président de la République.

« "Mais l'Algérie, direz-vous, l'Algérie ? Allez-vous dire que le chef de l'État veut brader l'Algérie ?"

« Comment pouvez-vous le croire ?

« Vous êtes enfermés dans un cercle vicieux : vous savez qu'en guerre subversive, pour gagner la guerre, il faut conquérir la population. Et vous vous y employez. Mais les musulmans vous paraissent hésitants. Vous l'imputez aux méthodes de la France. Ma conviction est plus simple. Les musulmans vous crient en vérité : "Pour que nous soyons conquis, il faut que vous gagniez la guerre."

« [...] Mais, écoutez-moi bien, je vous en conjure : le général de Gaulle est le seul qui permette de sortir de ce cercle vicieux. Il a frappé diplomatiquement le FLN à l'extérieur, et il a la confiance des musulmans à l'intérieur. Si vous vous coupez de De Gaulle, vous vous coupez des musulmans.

« [...] Armée d'Algérie ! C'est une supplication, mais c'est aussi un ordre : serrez derrière le général Challe, serrez derrière de Gaulle ! Les musulmans sont là.

« C'est à vous que je m'adresse maintenant, compatriotes musulmans. Je vous ai déjà dit combien je vous aimais, combien je croyais vous comprendre, vous aussi écartelés. [...] Même les attentistes, je les comprends : qui va gagner ?

« La peur, la peur viscérale, ce chancre de l'Algérie ! Il y a les musulmans qui ont peur. Il y a les Européens qui ont peur. Il y a l'armée qui a peur de ne pas gagner la guerre. Il y a la peur des terroristes. Il y a la peur que de Gaulle n'abandonne, en esprit, l'Algérie. Il y a la peur que la France ne lâche.

« Eh oui, les musulmans, c'est vous qui avez le plus peur. C'est vous qui avez le plus souffert. Mais de Gaulle vous a donné la dignité, l'égalité, la liberté. Il vous a donné tout cela, mais vous ne l'avez pas encore pris. Qu'attendez-vous ?

« [...] Que faire pour les prendre ? Criez à votre tour ce que vous pensez. Dans les villes et les campagnes, sortez en cortèges, librement, spontanément, et criez : "De Gaulle ! Vive de Gaulle !"

« [...] En criant "De Gaulle !", on ne pourra pas dire que c'est préfabriqué : de Gaulle est le seul chef incontesté chez les musulmans. En criant "De

Gaulle !", c'est pour vous la libération véritable : vous devenez majeurs. Avec vos vies, celles de vos femmes, celles de vos enfants, vos saurez sauver l'Algérie, et le FLN devra plier, disparaître, sans risque pour vous de retomber sous une prépondérance politique des Européens que ceux-ci ont abandonnée le 13 mai, comme je le rappelais tout à l'heure.

« [...] Alors, je vous en conjure, mes compatriotes musulmans : criez le nom de l'homme qui a fait de vous des hommes majeurs, des hommes modernes. De l'homme qui vous conservera cette conquête par la présence définitive de la France, ici votée par vous. Crier "De Gaulle !", c'est la paix, c'est l'union, c'est la fin du cauchemar d'aujourd'hui et de demain, c'est la réconciliation finale avec les Européens, c'est la grandeur de votre patrie : la petite qui est l'Algérie, et la grande qui est la France.

« [...] Je m'adresse maintenant aux Européens d'Algérie et, avant tout, aux Algérois.

« Si je dois rejoindre le général Challe à son nouveau PC pour retrouver, moi aussi, ma liberté de commandement, je vous laisse, Algérois, le dépôt le plus sacré qu'un homme puisse avoir : sa femme et ses enfants. Veillez sur Mathieu, mon dernier fils. Je veux qu'il grandisse, symbole de l'indéfectible attachement de l'Algérie à la France. Ce dépôt sacré me donne le droit de vous parler de tout point, de toute ville d'Algérie comme si je n'avais pas quitté Alger.

« Et voilà ce que j'ai à vous dire. Je m'adresse à vous, tout d'abord : Ortiz, Lagaillarde et vous, Sapin-Lignières, chef des UT, et tous ceux qui sont enfermés dans les facultés comme dans l'Alcazar de Tolède, prêts à mourir. Je crie à la métropole que je salue votre courage, enfants de la patrie. Eh bien, Ortiz, Lagaillarde, Sapin-Lignières et tous les autres, vous allez réussir ! Demain, vous allez réussir si vous m'écoutez aujourd'hui.

« Je m'adresse à vous aussi, représentants du peuple, sénateurs, députés, conseillers municipaux ; à vous, président Bouarahoua, du Grand Alger. À vous, les anciens combattants Arnould, Mouchan, Martin et tous les autres ; à vous, du patronat et de l'agriculture, monsieur Chaulet, monsieur Lamy. [...] À vous, foule d'Alger, peuple de Bab el-Oued et de Belcourt, peuple d'El-Biar. À vous encore, peuple de la Casbah et de tout le Grand Alger.

« [...] J'ai pris le risque terrible de déclencher la guerre civile en Algérie pour éviter la sécession, le départ de De Gaulle et la guerre civile en France. J'ai pris le risque terrible de casser l'unité de l'armée. Oui, mais je l'ai pris avec confiance et j'avais le droit de le prendre en laissant ici — à Alger — ma femme et mes enfants, chair de moi-même qui veux vous sauver.

« J'ai pris ces risques parce que, je le répète, j'ai confiance. J'ai confiance que vous me suivrez, que les barricades — dans lesquelles, par-dessus lesquelles on rêve de s'embrasser, alors qu'on craint de se tuer —, que ces barricades vont tomber. Allons fraterniser ! Allons, fraternisons en criant : "Vive de Gaulle ! Vive la France !"

« En tombant, ces barricades, elles feront tomber votre peur, elles feront tomber l'angoisse de toutes les mères de France et d'Algérie.

« Suivez-moi, je vous en supplie. Tout est si près d'être perdu, tout : l'Algérie, la France et vos vies, Ortiz et Lagaillarde, vos vies dont la France a besoin. Tout. Et tout, cependant, peut être retrouvé, tout sera gagné. Allons, je vous en supplie pathétiquement. Si les musulmans se sont déterminés en criant "Vive de Gaulle !" — malgré vous, peut-être, de leur plein gré, en tout cas —, alors la politique de De Gaulle ne comporte plus de risques. Je vous en supplie une dernière fois : Européens, musulmans, mes frères, criez tous ensemble, tous unis : "Vive de Gaulle ! Vive la France !"

« [...] À l'appel du général Gracieux et de ses paras, demain, après-demain, si vous le voulez, Challe et Delouvrier seront à Alger. Nous visiterons l'Alcazar des facultés, nous serrerons la main à Ortiz et à Lagaillarde, et à vous, Sapin-Lignières, chef des UT. "Rien n'est perdu pour un Français quand il rallie sa mère, la France", a dit le général de Gaulle dans la nuit de dimanche. Nous irons ensemble au monument aux morts, pleurer et prier les morts de dimanche, morts à la fois pour que l'Algérie soit française et pour que l'Algérie obéisse à de Gaulle. Et, le lendemain de ce jour faste, Challe et Delouvrier iront à Paris pour remettre sans conditions — on ne pose pas de conditions au chef de l'État —, pour remettre sans conditions l'Algérie à de Gaulle et à la France.

« Voilà. J'ai fini, après ces journées harassantes. Massu, le général Massu, qui est loyal, m'approuverait, n'est-ce pas, colonel Argoud ? D'ailleurs, il va m'approuver.

« Challe et moi, nous avons mis, tout mis dans cet effort : notre cerveau, notre cœur, notre âme. Et ce plan est conforme à l'honneur. Que Dieu nous garde et qu'Il nous entende, qu'Il sauve la France et l'Algérie !

« Je donne l'ordre à toutes les autorités civiles et militaires de réaliser, par tous les moyens en leur pouvoir, de toutes les forces de leur âme, de réaliser ce plan sauveur.

« À vous, maintenant, Crépin, Gracieux, Argoud, à vous, officiers SAS et SAU, à vous, Segonzac et sa jeunesse, à vous, Germiny, à vous, Bouarahoua, à vous, Ben Keddache, à vous, Sayah, à vous tous, tous citoyens français d'Algérie !

« Vive la France ! »

## XXIII

Le discours de Paul Delouvrier stupéfia les milieux politiques, tant en Algérie qu'en France.

« Le pouvoir ne recule pas, il s'enfuit », commenta Louis Cambon, secrétaire du groupe parlementaire de l'Unité de la République, par ailleurs secrétaire du RAF [1] de Georges Bidault. « C'est un discours au maxiton ! » s'écria le ministre de l'Information. « Delouvrier veut opposer les musulmans et les Européens », estima un officier des UT. « Il n'aurait pas dû partir, jugea un autre officier, on n'abandonne pas une ville en état de siège. » « Delouvrier est fou ! Ce ne sont pas les Algérois qui égorgent les enfants, mais les fellaghas ! » explosa un député algérien. « Ce message est important. J'y répondrai demain ! » éluda Ortiz, bien ennuyé. Quant à Lagaillarde, il annonça que tout cela ne l'intéressait pas...

Dans l'esprit des Algérois, les paroles du délégué général firent néanmoins l'effet d'un coup de tonnerre. En l'écoutant, des femmes pleurèrent, et celles qui avaient un mari ou un fils engagé dans l'insurrection les supplièrent de rentrer chez eux. Les hommes des barricades se retrouvaient face à l'armée qui rede-

1. Rassemblement pour l'Algérie française.

venait, seule, maîtresse de la situation. Tous s'interrogeaient sur les motifs réels de ce départ.

Passé les premiers moments de surprise ou de colère, les chefs de l'insurrection publièrent un communiqué en réponse aux allocutions de Delouvrier et du général Challe :

*Rassurons d'abord le délégué général : nous n'avons jamais, en ce qui nous concerne, maltraité les femmes et les enfants ni tiré sur eux. Les tortionnaires ne sont pas chez nous ni dans l'armée. Il peut donc partir tranquille, sa famille recevra les soins auxquels ont droit toutes les familles françaises.*

*À moins... À moins que monsieur Delouvrier ne soit trop fidèlement entendu par le FLN. Car enfin, en un mot comme en cent, certains passages de son allocution sonnent comme un appel à l'émeute contre les Européens. Mais, de ce côté aussi, que monsieur le délégué général parte en paix : avec le concours de l'armée, nous maintiendrons l'ordre.*

*Comme, d'ailleurs, les musulmans connaissent depuis longtemps leurs amis, il n'y a aucun risque que nous ayons avec eux une mauvaise querelle, ni même une querelle tout court. Ils savent bien que leur destin est lié au nôtre indéfectiblement, comme ils savent que nous sommes leurs véritables et leurs seuls défenseurs. Ils n'ignorent pas non plus que la France est éternelle ; ses bienfaits sont venus jusqu'à eux quand de Gaulle suçait encore des croûtes. Ils dureront encore que personne ne se souviendra plus du nom de De Gaulle.*

*La France est une chose, de Gaulle en est une autre assez différente. Et, pour les musulmans comme pour nous, la France qui reste vient avant un homme, qui passe. Donc, pas de questions : nous savons fort bien comment il faut aimer et servir la France ; nous l'avons montré. Les anciens combattants musulmans aussi. C'est pourquoi ils sont auprès de nous dans notre lutte.*

*Pour en finir avec monsieur Delouvrier, auquel nous ne voulons aucun mal et surtout pas lui faire « perdre la vie » comme il a fait semblant de nous en menacer, disons simplement que nous n'apprécions pas les chefs qui partent aux heures critiques pour laisser leurs subordonnés dans la... difficulté. Mais, là encore, nous sommes sans crainte, les cas sont nombreux où les subordonnés sont plus dignes et plus clairvoyants que les « grands chefs » dont la tête, parfois, se perd dans les nuages.*

Un peu plus tard, le Comité des patriotes apportait, à la demande d'Ortiz et de Lagaillarde, un rectificatif à ce communiqué : on y supprimait « quand de Gaulle suçait encore des croûtes »...

À Paris, on commentait durement la « fuite » du délégué général et, pour le commandant en chef, son « abandon de poste face à l'ennemi ». L'Élysée, Matignon, le ministère des Forces armées comme celui de l'Intérieur étaient le théâtre de rencontres, d'entretiens et de communiqués fébriles. Les journalistes n'arrivaient plus à suivre. Les rumeurs les plus folles circulaient : les paras se préparaient à sauter sur la capitale, des armes étaient acheminées à la présidence de la République et dans les principaux ministères, le couvre-feu allait être décrété... À la préfecture de police, on prenait ses dispositions pour le cas où l'insurrection triompherait, comme le laissaient déjà entendre certains journaux. D'anciens chefs de la Résistance se déclaraient prêts à reprendre du service pour sauver la démocratie. Des appels étaient lancés aux organisations de gauche afin qu'elles rejoignissent ceux qui n'accepteraient pas la dictature. Les Parisiens stockaient des provisions et certains de ceux qui le pouvaient envoyaient leurs enfants à la campagne. À l'étranger, les « événements » d'Algérie faisaient la une de tous les quotidiens. À Washington comme à Londres, à Moscou comme à Bonn, à Rome et à Bruxelles, on attendait désormais le discours du général de Gaulle.

Dans le quartier de Bab el-Oued, des territoriaux regagnaient les barricades en brandissant leurs drapeaux, salués au klaxon par les fameuses « trois longues et deux brèves », devenues le signe de ralliement sonore des partisans de l'Algérie française. De nombreuses croix celtiques avaient été peintes sur les murs, et des « Vive Massu ! », « À bas de Gaulle ! », « Algérie française ! », « L'Armée avec nous ! » s'étalaient largement sur les façades. Les rideaux métalliques restaient abaissés devant les magasins et gare à ceux qui s'essayaient à les relever : ils étaient rapidement malmenés et menacés de sévères sanctions. Les ordures, qui n'avaient pas été ramassées depuis le dimanche, s'entassaient devant la porte des immeubles. Tout autour du camp retranché, les parachutistes, censés y monter la garde et empêcher la foule d'y pénétrer, bavardaient avec les émeutiers en échangeant des cigarettes. Dans la journée, on comptait autant de monde aux abords du camp qu'à l'intérieur, et ce n'est qu'à la nuit tombée que les familles rentraient à leur domicile.

Lagaillarde, sorti de son réduit, se faisait acclamer par la foule sous le regard bienveillant des paras, tandis que de véritables ovations saluaient les apparitions d'Ortiz à son désormais célèbre balcon. Après la stupeur et l'émotion éprouvées à l'écoute de la déclaration du délégué général, puis à l'annonce de sa « fuite » vers le bled, les insurgés s'étaient convaincus d'avoir remporté une victoire : Alger était à eux. Le « Fidel Castro » du camp retranché avait marqué un point sur Ortiz : il avait fait intercepter un hélicoptère de la compagnie Gyrafrique, lequel, exhibé sur la terrasse d'une annexe des facultés, narguait le cafetier du

Forum et les paras ; l'appareil était gardé nuit et jour, et Lagaillarde avait donné ordre de tirer sur quiconque tenterait de s'en approcher. Dans la plupart des grandes villes d'Algérie, la grève était largement suivie et les manifestations de soutien au mouvement d'Alger s'amplifiaient.

Pendant ce temps-là, les combats continuaient sur le territoire algérien : près de deux cent cinquante rebelles avaient été neutralisés. La fin du mois approchait et l'argent commençait à manquer chez les ouvriers et les employés : la grève interdisait aussi tout transport de fonds. Au PC d'Ortiz se succédaient industriels, banquiers et représentants des travailleurs. Grand seigneur, le président du FNF autorisa les banques à remettre aux entreprises privées des sommes qui seraient versées sous forme d'avances à leurs salariés.

La nuit était tombée quand Tavernier et Benguigui quittèrent la caserne Pélissier. D'un commun accord, ils décidèrent d'aller prendre un verre au bar de l'hôtel Aletti. Quand ils entrèrent au Cintra, ils furent surpris de ne pas y trouver la cohue habituelle. Gilda et ses compagnes s'ennuyaient ferme devant leurs verres vides. Les barmen essuyaient, moroses, des verres déjà étincelants, et un serveur bâillait sans retenue ; les rares clients du jour se recrutaient parmi les commerçants désœuvrés du quartier.

— Qu'est-ce qui se passe ? s'étonna Joseph. Les journalistes ont foutu le camp ?

— Ils sont tous à l'Albert I$^{er}$, qu'ils appellent « le camp retranché de la presse ». De là, ils sont aux premières loges, avec vue sur les barricades, le plateau des Glières, les déploiements de troupes... Comme au cinéma ! précisa un barman avec agacement.

— Mais vous êtes bien en grève ? insinua François.

— Parfaitement, nous sommes en grève. Nous ne sommes ouverts que pour le réconfort des patriotes !

— Donc, les journalistes ne vous manquent pas.

Le visage du garçon s'empourprant, Joseph Benguigui intervint :

— Hé, Georges, sers-nous donc l'anisette... Salut,
Gilda... Tu prends quelque chose ?

— Comme vous... Comment ça va, votre dame,
monsieur Tavernier ?

— Bien, merci... Savez-vous si le cireur travaille,
aujourd'hui ?

— Non, je ne l'ai pas vu depuis la semaine dernière.

— Et ceux qui ont tenté de pénétrer dans ma
chambre, vous les avez revus ?

Sans répondre, la jeune femme regarda autour
d'elle, anxieuse. Un groupe de territoriaux entra
bruyamment.

— Salut la compagnie ! Salut les filles !

— On a gagné, le délégué a fichu le camp ! Le
brave type, il nous laisse son petit !

— Georges ! Tu offres un coup aux vainqueurs ?

Les hommes s'installèrent, rigolards, tandis que le
personnel s'empressait. Mal à l'aise, Benguigui leur
tournait le dos. Gilda lui agrippa le bras.

— Tu me fais mal !

Gilda accentua sa pression ; il se retourna.

— Nom de Dieu !

Alerté par l'angoissant accent de sa voix, François
se retourna à son tour : deux hommes se tenaient sur
le seuil. Il reconnut ses visiteurs.

— Gino, s'écria l'un des territoriaux, qu'as-tu fait
sauter aujourd'hui ?

Ses compagnons éclatèrent de rire comme à une
bonne plaisanterie.

— Le coup des pneus, continua le territorial en
verve, c'était une idée de génie. Elle ne pouvait venir
que de ton frère et toi !

— C'est vrai, ils n'ont pas leur pareil pour faire
boum ! poursuivit un petit gros, boudiné dans un uniforme.

— Tu parles trop, Paulo, reprocha Gino.

— Si on peut plus rigoler...

— Pas devant les étrangers !

Le silence tomba aussitôt et tous dirigèrent leurs regards sur Tavernier. Près de lui, Gilda tremblait. Involontairement, le concierge sauva la situation.

— Gino ! On te demande au téléphone.

Les deux frères sortirent derrière lui.

— Les pneus bourrés d'explosifs, c'était eux ? chuchota François à l'oreille de la jeune femme dont le teint avait viré au gris.

Elle acquiesça de la tête.

— On devrait s'en aller, conseilla Joseph en jetant un billet sur le comptoir. Fais attention à toi, petite.

Ils traversèrent la rue Alfred-Lelluch, montèrent les marches et rejoignirent la place d'Isly. Sans échanger une parole, ils marchèrent jusqu'à l'hôtel Albert I$^{er}$ où s'étaient regroupés les reporters du monde entier.

— Il y a une Jeep de l'armée dans mon garage ; c'est vous ?

— Merde !... Je l'avais complètement oubliée.

— Et personne ne s'en est aperçu ?

— Non. Dans la pagaille actuelle...

— Tavernier !... Vous êtes toujours là ?

— Comme vous le voyez... Bonsoir, Ribeaud. Je vous présente un ami, Joseph Benguigui.

— Bonsoir... Je viens de rentrer de Paris et d'apprendre la nouvelle du départ de Delouvrier. Vous étiez au courant ?

— Pas plus que vous...

— Ça m'étonnerait !

— Croyez ce que vous voulez... Et à Paris, quelle est l'ambiance ?

— Tour le monde a la trouille ou la grippe ! Plus de deux cent mille Parisiens sont au lit, et ceux qui sont encore debout font des provisions.

— C'est une vieille habitude française, commenta sobrement François.

— Que pensez-vous de la situation ? Comment va-t-elle évoluer ? Que va dire de Gaulle ?

— Comment voulez-vous que je le sache ? On en saura plus long demain, après le discours du Général... Ho, hé ! capitaine Léger !

Le chef des « bleus de chauffe » venait dans leur direction, suivi de ses gardes du corps ; tous trois portaient la tenue des parachutistes.

— Bonsoir, Tavernier. C'est justement vous que je cherchais. Puis-je vous parler seul à seul ?

— Certainement... Excusez-moi un instant, ajouta François à l'adresse de ses compagnons.

Léger lui prit le bras et ils firent quelques pas sur le boulevard Laferrière. Un peu partout, dans le camp retranché, des feux de camp s'allumaient. À l'exception de ceux qui tenaient les barricades, les Algérois étaient rentrés chez eux.

— Avez-vous des nouvelles de votre femme ? interrogea abruptement le capitaine.

François s'immobilisa, le regarda droit dans les yeux et réfléchit quelques secondes avant de répondre.

— Pourquoi me posez-vous cette question ?

— Ne jouez pas au plus fin avec moi, Tavernier. Votre femme se trouve actuellement dans la Casbah, et vous le savez.

— Et vous, comment le savez-vous ?

— La Casbah n'a pas de secret pour moi. J'y circule comme un poisson dans l'eau. J'y ai des amis, et ceux qui ne me connaissent pas me croient kabyle.

— J'avais oublié que vous parliez couramment l'arabe et le kabyle et que l'on vous prend souvent pour un musulman...

— Depuis quelque temps, j'ai à l'œil un certain gamin... un *yaouled* [1] qui a l'air d'avoir une douzaine

_____

1. Jeune garçon arabe, souvent employé aux petits métiers de la rue (cireur, porteur d'eau, vendeur de journaux...).

d'années, mais qui, en fait, doit être âgé de seize ou dix-sept ans. On l'appelle al-Alem... Il m'a filé entre les doigts à plusieurs reprises, il est comme qui dirait doué d'ubiquité : mes gus le repèrent ici, d'autres là... Jusqu'à présent, nul n'a pu localiser son repaire, et les habitants de la Casbah disent ne pas le connaître...

— C'est peut-être vrai...

— Foutaises !

— Et alors, que lui voulez-vous ?

— Je suis sûr qu'il bosse pour le Front, et ce depuis deux ans, voire plus. J'aimerais qu'il travaille pour moi.

Médusé par tant de cynisme, François eut du mal à ne pas manifester son étonnement. Il jeta un coup d'œil en direction des deux bleus qui se tenaient à quelques pas.

— Je sais que vous êtes spécialiste du retournement. Ces deux-là sont certainement d'anciens membres du FLN ?

— Évidemment. Comme vous l'avez fait remarquer, c'est ma spécialité de métamorphoser d'anciens adversaires en excellents collaborateurs.

— C'est le mot qui convient...

— Épargnez-moi votre humour : il date de la Seconde Guerre mondiale !

— Mais il est toujours d'actualité, à ce que je vois...

Le capitaine Léger émit un petit rire.

— Bon, pour en revenir à votre femme, vous n'êtes pas inquiet de la savoir dans la Casbah ?

— À vrai dire, non.

— Vous êtes un drôle de type !

— Je crois que mon ami s'impatiente.

— Encore un mot ! Je n'aimerais pas qu'il arrive quelque chose à une aussi jolie personne... Alors, faites-moi confiance et écoutez : je sais qu'elle soigne

458

la jeune Algérienne que Gardes et vous avez arrachée des mains des légionnaires...

— Parce qu'ils étaient bien de la Légion?

Le capitaine leva les yeux au ciel.

— Ils recherchent la fille!

Instantanément, le visage de François se figea.

— Comment le savez-vous?

— Mes « bleus » ont leurs informateurs.

Devant la Grande Poste, des parachutistes reprenaient une chanson d'Édith Piaf, accompagnés à l'harmonica par un de leurs camarades :

> *Tu me fais tourner la tête,*
> *Mon manège à moi c'est toi,*
> *J'entends les flonflons d'la fête*
> *Quand tu me tiens dans tes bras...*

— J'aime bien cette chanson, soupira Léger en les écoutant.

« Léa aussi l'aime bien », songea François.

— Vous êtes certain de cette information? s'assura-t-il enfin.

— Oui. Les hommes qui ont torturé la fille sont bien connus de mes gars. Certains ont eu affaire à eux. La plupart sont d'anciens SS qui se sont engagés dans la Légion après la guerre pour échapper à la corde ou à la taule. Ce sont des malades; leur lieutenant, surtout... mais lui n'est pas allemand : c'est un Argentin, naturellement enrôlé sous un faux nom. Il a fait l'Indochine, comme les autres... Qu'est-ce que vous avez?... Vous ne vous sentez pas bien?

— Ortiz... Jaíme Ortiz [1]...

Le capitaine ne chercha pas à dissimuler son étonnement :

1. Voir *Noir Tango* et *la Dernière Colline*.

— Oui, c'est ça... Vous le connaissez?

— Allons boire un verre... dans un endroit calme, si possible.

Léger fit un signe aux « bleus »; ils s'approchèrent et le capitaine leur murmura quelque chose.

— Venez, décida-t-il en entraînant Tavernier.

— Hé, François! Vous partez? s'étonna Joseph en venant vers eux.

— Qui c'est, celui-là?

— C'est un ami, on peut lui faire confiance. D'ailleurs, j'aimerais qu'il vienne avec nous.

— Si vous répondez de lui...

Tavernier se pencha à l'oreille du chauffeur de taxi.

— Pouvez-vous m'accompagner? Il y a du nouveau au sujet de Malika.

— C'est que... je les aime pas beaucoup, ceux-là...

— Je vous en prie.

Ils prirent rapidement congé de Ribeaud, redescendirent jusqu'au plateau des Glières qu'ils traversèrent. Ils marchaient en silence en direction du port, les deux musulmans à faible distance derrière eux. Le quai de Boulogne était mal éclairé. Devant un magasin dont le rideau était naturellement baissé, le capitaine s'arrêta, puis frappa. Sur le côté, une porte s'entrouvrit.

— C'est fermé!... Oh, pardon, mon capitaine. Entre!

— Restez dehors et ouvrez l'œil, ordonna Léger à ses hommes.

Dans le couloir, ils butèrent contre des caisses, dérangeant un chat qui s'enfuit en miaulant.

— Toujours le bordel, chez toi! grommela Léger.

Celui qui ouvrait la marche répondit par un grognement. Il poussa enfin une porte. L'endroit déconcertait : murs et plafonds disparaissaient sous les affiches de films — certaines datant de l'époque du cinéma muet —, des photos jaunies d'acteurs ou de filles nues, des réclames pour des marques de cigarettes ou de bière. Sur un phono tournait un disque de chansons arabes. Du plafond pendaient des ampoules peintes en rouge ou en jaune qui diffusaient dans la pièce une étrange impression d'intimité, adoucissant la physionomie des consommateurs dont la mine patibulaire semblait sortir d'un film de pirates. Disposés sur un carrelage dont les motifs disparaissaient sous la sciure et la crasse, cinq ou six lourdes tables, des chaises, un comptoir en zinc et un poêle en fonte complétaient le décor. Tous les clients étaient visiblement musulmans ; ils accueillirent le capitaine Léger avec des paroles amicales. Embarrassé, Benguigui considérait ces visages sur lesquels se lisaient les traces d'une vie difficile.

— C'est ça, votre « endroit calme » ? marmonna François.

— On va aller dans l'arrière-salle, on y sera plus tranquilles... Que voulez-vous boire : whisky ? cognac ?

— On sert de l'alcool, ici ?

— Ce ne sont pas des musulmans très orthodoxes...

— Va pour un whisky... Double !

— Pour moi aussi, ajouta Benguigui.

— Djamel ! Trois whiskies bien tassés.

— Ça marche, mon capitaine !

Léger franchit une porte jusque-là dissimulée par une tenture. L'arrière-salle n'était meublée que d'une seule table sur laquelle trônait un beau chandelier d'argent à huit branches. Des chaises s'alignaient le long du mur.

— Asseyez-vous, les invita le capitaine, tirant une chaise vers la table.

François et Joseph firent de même et s'installèrent. Djamel entra avec le whisky et trois verres.

— Du Black and White, ça vous va ? s'assura-t-il en débouchant la bouteille.

— Parfait, merci. Maintenant, laisse-nous, remercia le capitaine.

Il remplit les trois verres à ras bord, puis leva le sien.

— Santé !

Après avoir bu, il attaqua sans préambule :

— Alors, comme ça, vous connaissez Jaíme Ortiz ?

Comme François ne répondait pas, il insista :

— J'ai besoin de savoir.

— C'est un nazi. Je l'ai rencontré en Argentine...

— Dans quelles circonstances ?

— J'étais à la poursuite de criminels nazis aux côtés d'Israéliens.

— Des Vengeurs ?

— Oui. J'étais avec Léa... Un jour, à Mar del Plata, elle s'est rendue chez des amis à l'*estancia* Ortiz. Réveillée en sursaut dans la nuit, elle entendit parler allemand. Intriguée, elle descendit au rez-de-chaussée de la maison et découvrit une salle ornée d'emblèmes hitlériens. Plus tard, elle retrouva l'un de nos camarades, blessé... Grâce à une amie argentine, nous avons pu les sortir de là. Malheureusement, Jaíme Ortiz et sa bande avaient eu vent de notre mission. Nous sommes rentrés en France, laissant derrière nous quelques-uns de nos amis morts... Nous aurions pu espérer que tout cela était terminé quand, quelques années plus tard, en Indochine, Léa s'est retrouvée en sa présence : il s'était engagé dans la Légion afin d'échapper au mandat d'amener lancé contre lui. Léa parvint encore à lui échapper dans des circonstances rocambolesques. Mais je sais qu'il ne reculera devant rien pour se venger. S'il venait à apprendre que Léa se trouve à Alger, sa vie serait en danger... Et vous me dites qu'il recherche Malika !

— Trouvant Malika, ils tomberont sur votre femme... C'est bien ça ?

Les yeux de Benguigui allaient de l'un à l'autre : il se maudissait de ne pas s'être rendu à l'appel de Léa. Mais comment aurait-il pu imaginer pareil imbroglio ?

462

— Vous pourriez envoyer vos hommes pour les protéger..., insinua-t-il.

— J'y ai bien sûr pensé... Dites-moi tout ce que vous savez à propos d'al-Alem, coupa-t-il froidement à l'adresse de François.

— Tout ce que je sais, c'est que c'est bien ce garçon qui les cache. Je connais l'endroit, mais je serais incapable de le retrouver. Seul Béchir pourrait nous l'indiquer...

— Le cireur de l'Aletti?

— Vous le connaissez?

— Je sais très bien qui il est et je saurai très vite où il habite, répondit le capitaine. Attendez-moi, je reviens.

Pendant sa courte absence, François et Joseph liquidèrent leur verre, puis se resservirent sans mot dire.

— J'ai envoyé mon adjoint aux renseignements. Il va avertir les autres afin qu'ils filent le train à nos légionnaires... je vous emmène à mon PC, rue Émile-Laubat. Mes gars nous y rejoindront... Monsieur Benguigui, vous devriez rentrer chez vous...

— Je reste avec Tavernier; il peut avoir besoin de moi.

— Merci, Joseph, mais ce n'est pas la peine...

— On verra plus tard. Pour l'instant, je vais avec vous.

— Comme vous voudrez, laissa tomber Léger.


La nuit était froide. Le patron des « bleus de chauffe » échangea quelques mots avec un colosse qui répondait au nom de Surcouf; celui-ci s'en fut en courant. Eux repartirent en direction du plateau des Glières.

## XXIV

De lourds nuages avaient remplacé le soleil des derniers jours.

À l'aube de ce vendredi 29 janvier, un officier des UT, Bonnisseur de la Bath, occupait l'hôtel de ville, défendu par des UT de marine avec le concours de douze territoriaux et de deux civils, et plaçait la mairie « sous la protection du peuple »; les parachutistes n'étaient pas intervenus. Quelques heures plus tard, Sapin-Lignières y installait son PC. Le général Gracieux vint lui rappeler qu'après avoir reçu le commandement des territoriaux avec mission de les regrouper, il n'en avait rien fait jusqu'à présent. Il ordonnait maintenant que les vingt-cinq mille hommes placés sous ses ordres aient regagné leurs unités avant quatre heures de l'après-midi.

En cette matinée maussade, Joseph Ortiz était partagé entre la fierté d'avoir contraint les autorités à fuir et la crainte que lui inspirait le discours à venir du général de Gaulle; une crainte que tous partageaient. Une nouvelle rumeur courait : le colonel Bigeard s'apprêtait à rejoindre le camp retranché; avec lui, pas de doutes : le triomphe de l'Algérie française était assuré ! Malheureusement pour l'insurrection, Bigeard ne put s'y rendre, son supérieur hiérarchique, le général Mirambaud, l'ayant menacé du conseil de guerre s'il abandonnait son poste devant l'ennemi. Il ne restait plus à Bigeard qu'à accueillir son remplaçant, le colonel Gardes, revenu de Paris et qui avait reçu consigne de rejoindre rapidement son poste de Saïda sous peine de sanctions. La mort dans l'âme, Gardes avait « abandonné » ses amis des barricades.

À la Reghaïa, le nouveau PC de Challe et de Delouvrier, placé sous la protection des commandos de l'air et d'unités de goumiers, le général Ély, chef d'état-major général des armées, venait d'arriver de Paris, porteur des grandes lignes que le chef de l'État tracerait dans son allocution. Accueilli à sa descente d'avion par Paul Delouvrier, les généraux Challe, Crépin, Olié et Gambiez, Ély ouvrit, sans perdre un instant, la conférence militaire réunissant les chefs de l'armée. À eux se joignirent les officiers supérieurs présents sur le terrain de la Reghaïa, l'amiral Auboyneau, les généraux Costes et Gilles. Tous proclamèrent leur fidélité à de Gaulle. On examina ensuite le problème du camp retranché. Le colonel Argoud, qui avait été contraint de suivre le général Crépin à la Reghaïa, obtint l'autorisation de négocier avec les rebelles et repartait sur-le-champ pour Alger.

D'autres bruits alarmants circulaient dans la Ville blanche : cette fois, c'était sûr, l'armée avait décidé d'en finir avec l'insurrection ; ce n'était plus qu'une question d'heures. Au PC d'Ortiz comme à « l'Alcazar » de Lagaillarde, on sentait approcher la fin.

En début d'après-midi, des trombes d'eau s'abattirent sur la ville.

À seize heures, les chefs de la révolte acceptèrent de se rendre à la conférence de l'armistice qui devait se tenir à la caserne Pélissier sous la présidence du général Arfouilloux. Autour de la table, ils retrouvèrent les colonels Argoud, Broizat et Jacquelot. Pendant une heure, les participants délibérèrent et parvinrent à se mettre d'accord. Ils signèrent le communiqué qu'Argoud et Broizat furent chargés de porter au quartier Rignot, où Paul Delouvrier rentrerait pour le recevoir. Quand celui-ci en prit connaissance, il fut atterré par son contenu.

*1. Le délégué général et le commandant en chef reconnaissent que l'action menée par la population sous la direction d'Ortiz, Lagaillarde et Sapin-Lignières a grandement contribué à affermir la cause de l'Algérie française. Ils se rendront avec eux au monument aux morts.*

*2. Ils s'engagent de façon irrévocable à tout mettre en œuvre pour que l'Algérie demeure province française.*

*3. Ils s'engagent à faire admettre par le chef de l'État que le référendum unique de l'autodétermination ne comprendra qu'une alternative, l'Algérie française ou l'indépendance.*

Ély et Challe, qui, à leur tour, avaient quitté la base aérienne du général Martin pour regagner Alger, écoutèrent avec stupeur le communiqué transmis par les colonels.

— C'est un texte inacceptable, ridicule et absolument contraire aux directives que j'ai reçues ! aboya le général Crépin.

— Ces messieurs se croient les vainqueurs du 13 mai grinça Michel-Jean Maffart.

— Il faudrait retarder le discours de De Gaulle de vingt-quatre heures, suggéra le colonel Broizat.

La proposition fut accueillie par un silence glacial. Deux heures restaient encore à tuer avant le discours tant attendu.

François Tavernier avait passé la nuit au PC du capitaine Léger, au pied de la Casbah où les Européens n'osaient plus s'aventurer et où se trouvait pourtant Léa... À aucun prix il ne fallait que Jaime Ortiz établisse le lien entre elle et Malika. Pour cela, il était impératif de remettre la main sur Béchir et al-Alem. Jusqu'à l'aube, les « bleus » s'étaient succédé, ne rapportant aucun début de piste. Cependant, vers huit heures, Surcouf revint : une Européenne avait été aperçue dans un hammam en compagnie de deux musulmanes. Il avait dû menacer la masseuse pour en apprendre davantage : celle-ci avait fini par livrer le nom de celles qui l'accompagnaient. Surcouf s'était rendu à leur domicile, mais n'y avait trouvé qu'un invalide qui s'était emporté à propos de sa fille morte... Un gémissement échappa à François : si le colosse avait pu découvrir l'adresse de Malika, un homme tel que l'Argentin la dénicherait aussi à coup sûr.

— Allons-y, dit-il à Léger.

— Non, pas maintenant. Je vais placer des hommes autour de la maison. Nous nous y rendrons ce soir... Vous devriez essayer de dormir : vous avez une tête à faire peur... Où allez-vous ?

— Je vais faire un tour !

Le capitaine comprit que rien ne le ferait changer d'avis.

Sous un ciel gris aussi sombre que son humeur, François alluma une cigarette qu'il jeta aussitôt ; le goût lui en était insupportable. Un gamin mal vêtu courut vers la cigarette encore allumée, la ramassa et la porta tout de suite à ses lèvres avec un air de triomphe ; les gosses qui l'accompagnaient exprimèrent du dépit, le bousculant et l'invectivant. Quelque chose dans l'attitude du mioche alerta pourtant François.

— Va à la cathédrale, à la chapelle de la Vierge... Fais gaffe, les « bleus » te suivent ! entendit-il, sans réaliser qui avait parlé.

Les enfants s'évanouirent, escaladant les escaliers de la rue de l'Hydre.

Sans presser le pas, François poursuivit son chemin, traversa la place du Cardinal-de-La Vigerie, où les passants, musulmans pour la plupart, se hâtaient en direction de la place du Gouvernement; il laissa derrière lui la cathédrale Saint-Philippe et le palais d'Hiver. Malgré la grève, un grand bazar était ouvert. Tout près, il remarqua la terrasse du café du Sahel, désertée par les consommateurs sans doute en raison du mauvais temps. Il s'assit sur une chaise. Très vite, un serveur vint lui demander s'il voulait prendre le petit déjeuner.

— Avec un grand café, précisa-t-il.

Il contemplait l'immense esplanade dominée par la statue équestre du duc d'Orléans, où s'alignaient, devant la mosquée Djemaâ-Djedid, de nombreux camions militaires. Un vent froid soufflait. Il releva le col de sa veste, geste dérisoire qui ne le protégerait pas de la bise. Le patron européen vint lui-même lui servir sa commande.

— Bonjour, monsieur, fit-il en versant le café. Quel mauvais temps! Ça ne m'étonnerait pas qu'on ait de la pluie avant ce soir... Le café vous plaît? Je suis très à cheval sur la torréfaction. Sans me vanter, celui de l'Aletti n'est pas meilleur, n'est-ce pas?... En ce moment, on voit toutes sortes d'étrangers à Alger... Oh, je ne dis pas ça pour vous, mais j'ai tout de suite compris que vous n'étiez pas d'ici. C'est que je connais tout le monde, dans le quartier! Voulez-vous le journal? Je n'ai que *la Dépêche* d'hier; celle d'aujourd'hui n'est pas encore arrivée. Mohamed! Apporte le journal à monsieur... Et les croissants, vous les trouvez comment? C'est comme à Paris, pas vrai?

— Vous connaissez?

— Non, mais je sais que les croissants y sont bons.

La remarque du bonhomme lui arracha un sourire sur lequel le cafetier se méprit.

— Je vous l'avais dit: y en a pas de meilleurs!

Tenez, voici le journal... Vous m'excuserez de ne pas vous tenir compagnie plus longtemps, mais je dois aller en cuisine. Le personnel, vous savez...

Sous une grande photo montrant des manifestants, un large titre barrait la première page de *la Dépêche* : « Partout en Algérie, les foules musulmanes se sont mêlées aux manifestations pacifiques organisées autour des monuments aux morts pour que l'Algérie reste française. » François se retint de ne pas rouler en boule pareil tissu de mensonges. Où les journalistes avaient-ils vu les musulmans se joindre en nombre aux pieds-noirs ? Dans les pages intérieures consacrées aux événements politiques algériens — parmi lesquelles la censure avait laissé des blancs —, tout n'était que soutien à l'insurrection.

— Voici *la Dépêche* d'aujourd'hui, annonça le serveur.

— Merci... servez-moi un autre café.

À la une de la presse du jour figurait toujours, à côté du départ de Challe et de Delouvrier, la même fable : l'annonce que des dizaines de milliers de musulmans soutenaient la cause de l'Algérie française. Tout en achevant de parcourir le journal, François s'évertuait à repérer autour de lui d'éventuels suiveurs, tout en sachant qu'il n'avait pratiquement aucune chance d'y parvenir. Il régla ses consommations, alluma une cigarette, se leva et marcha d'un pas de promeneur sous les arcades de la rue Bab-Azoun, où des territoriaux obligeaient à refermer les magasins qui n'avaient pas reçu l'autorisation d'ouvrir. Sur la droite, il prit une rue en escalier où il découvrit une synagogue. Était-ce celle que fréquentait Benguigui, lequel ne l'avait quitté que tard dans la nuit ? Il traversa la rue Charles-Aboulker, grimpa d'autres marches et déboucha rue de la Lyre. En tournant sur la droite, il devait pouvoir rejoindre la cathédrale. Impossible de savoir s'il était ou non filé. Des ménagères des deux communautés faisaient la queue devant une boulangerie ; des gosses, shootant dans une boîte de conserve vide, se faufilaient entre les passants en poussant des cris. Il pressa le pas. À proximité de la cathédrale, des zouaves montaient la garde.

Il faisait sombre à l'intérieur de la nef. Il passa devant la chaire d'un marbre de différentes couleurs. Près de l'autel de la Vierge, des religieuses priaient. Face à elles, un murmure filtrait d'un confessionnal. Une nonne se leva à cet instant et alla s'agenouiller dans le confessionnal. François prit sa place tandis qu'une vieille femme allumait un cierge avant de le placer sur le support prévu à cet effet. Elle marmotta une courte oraison et s'éloigna après s'être signée. Une autre femme, assez corpulente, s'installa aux côtés de François et posa la tête dans ses mains. Deux prêtres passèrent.

— Je viens de la part de Malika, crut-il entendre.

Il se retourna, mais ne vit que les religieuses. « J'entends des voix ! » se dit-il.

— Ne bougez pas ! Je suis madame Zenatti, vous vous souvenez ?... Malika travaillait avec moi dans le service du docteur Duforget... Son frère Béchir m'a chargée de vous dire d'aller voir une certaine Gilda, à l'Aletti. Elle y sera vers midi.

Discrètement, il jeta un coup d'œil sur la femme qui se tenait près de lui.

— Pourquoi faites-vous cela ?

— Peut-être parce que je n'ai pas su défendre Malika quand ils l'ont enlevée... Maintenant, partez et que Dieu vous garde !

Il se leva, fit tomber une pièce dans le tronc, prit un cierge et revint à la chapelle, où il l'alluma : Léa avait coutume d'allumer un cierge dans toutes les églises... Une religieuse le couvrit d'un regard approbateur.

Des mendiants occupaient les marches du parvis, tendant la main en arborant des mines lamentables.

François glissa quelques pièces à une femme recroquevillée sous un *haïk* crasseux d'où dépassaient deux chevilles rongées de plaies purulentes. Les autres crève-la-faim réclamèrent ; il les écarta sans rudesse.

Il reprit la rue de la Lyre. Des CRS stationnaient devant le marché couvert dont les grilles étaient restées fermées. L'horloge y indiquait onze heures trente. Rue d'Isly, des jeunes gens distribuaient des tracts appelant à venir manifester à la barricade Hernandez avant le discours annoncé du général de Gaulle. En face de l'hôtel Aletti, des parachutistes descendus de deux camions interpellaient un groupe des UT qui tenaient l'hôtel de ville et la préfecture. François entra au Cintra sur le pas de deux officiers en tenue léopard. Le bar avait retrouvé sa clientèle des grands jours ; le barman rayonnait.

— Vous avez l'air en meilleure forme qu'hier ! releva François en s'asseyant sur un tabouret.

— Ce n'est pas comme vous, monsieur Tavernier ; on dirait que vous avez passé la nuit dehors ! répliqua Georges. Ce n'est pourtant guère prudent... Qu'est-ce que je vous sers ?

— Un whisky.

Gilda fit son entrée en compagnie d'une fille qui riait à gorge déployée. Toutes deux portaient un épais maquillage, mais François devina, sous l'excès de fard, la pâleur de Gilda. Un des officiers parachutistes la prit par la taille et l'attira à lui. La jeune femme se dégagea avec gentillesse et s'approcha du bar, le para sur les talons. Cet imbécile allait-il tout gâcher ? François cherchait un moyen d'intervenir quand le camarade de l'importun l'interpella.

— Ho ! dépêche-toi, le colonel est là !

Il sortit avec une moue de gosse déçu.

— Bonjour, Gilda. Vous voulez boire quelque chose ? demanda François.

— Ça m'est égal... Rapprochez-vous de moi.

— Pourquoi riez-vous?

— Ayez l'air plus entreprenant : on nous regarde.

À contrecœur, François lui enlaça la taille; la fille émit un gloussement sous les regards complices du personnel.

— Je vais aller vers les ascenseurs. Restez ici deux ou trois minutes, puis venez me rejoindre; on ira dans votre chambre.

— Mais...

— Je vous en prie, faites ce que je vous dis, supplia-t-elle en se frottant contre lui.

Elle le quitta et François, jouant le jeu, lui donna une tape sur les fesses.

— Oh! pouffa-t-elle en se retournant.

Peu après, François alla prendre sa clef chez le concierge qui, le voyant, s'écria :

— Monsieur Tavernier! Vous avez encore fait de mauvaises rencontres? C'est que nous étions très inquiets... Ça fait des jours qu'on ne vous a vu. Euh, pour la chambre... on se demandait si...

— Je regrette que vous vous soyez fait du mauvais sang, mais avec ces événements... vous voyez ce que je veux dire?

Le concierge ne voyait pas très bien, mais un confortable pourboire le rendit compréhensif.

Au pied des ascenseurs, une prostituée était pendue au cou d'un officier parachutiste un peu confus. À côté de cette fille, Gilda faisait l'effet d'une première communiante. Les deux couples montèrent ensemble dans l'ascenseur et en descendirent au même étage. Les hommes s'effacèrent devant les dames; l'officier adressa à François un regard de connivence qui l'agaça.

La chambre sentait le renfermé. François poussa soigneusement le verrou avant d'ouvrir les fenêtres; une odeur de poussière mouillée entra. Gilda frissonna et s'assit sur le lit.

— Qu'avez-vous à me dire? interrogea François plus sèchement qu'il ne l'eût souhaité.

— Béchir vous attendra ce soir à dix heures, près de l'endroit où vous l'avez déposé avec sa sœur. Il m'a dit que vous comprendriez. J'ai accepté de vous transmettre son message parce que je l'aime bien, ce gosse. À cause de ce qui est arrivé à sa sœur, aussi... Et puis, je sais que vous êtes un ami de Joseph, qui a toujours été bon pour moi. Aussi parce que... vous, vous ne m'avez jamais traitée comme... enfin... vous voyez ce que je veux dire... Mais ne comptez plus sur moi : c'est la dernière fois, c'est trop dangereux. S'ils apprennent que je vous ai aidé, ils me tueront !

— Qui, « ils » ?

— Ils ne veulent pas que nous parlions ni aux étrangers, ni aux journalistes... sauf pour le boulot.

— Qui ça, les proxénètes? la pressa-t-il.

— Pas seulement eux. Je ne peux pas vous en dire davantage, n'insistez pas. Déjà, le fait d'être montée avec vous va leur paraître suspect.

— Mais, c'est « pour le boulot », comme vous dites, la rassura-t-il en lui prenant les mains.

Elle le regarda intensément, avec une expression douloureuse.

— Parce que vous... vous voudriez que nous fassions l'amour?

— Cela vous déplairait-il tant que ça?

— Non, non, ce n'est pas ça... Seulement, j'avais cru... que nous étions amis !

Gilda se détourna pour cacher ses larmes. Touché, François se leva.

— Ne pleurez pas, je souhaitais juste m'assurer que... Pardonnez-moi, je ne voulais pas vous faire de la peine.

Elle sanglotait maintenant comme une enfant. À l'instar de la plupart des hommes, François se sentait désarmé au spectacle d'une femme en larmes. Ne sachant que faire de gentil, il alla lui chercher un verre d'eau. Gilda remercia, but quelques gorgées et s'éclipsa dans la salle de bains. Quand elle revint, ses larmes avaient séché. Seul le cerne sombre de ses yeux indiquait encore qu'elle avait pleuré.

— Je dois rester encore un peu, s'excusa-t-elle.

— Je comprends, il faut leur donner le change... Tenez, prenez ceci pour rendre les choses encore plus vraisemblables... Merci, Gilda, merci de votre aide. Vous êtes une fille formidable !

Avec un pauvre sourire, la jeune femme prit l'argent en rougissant. Trop las pour réengager la conversation, François s'étendit sur le lit; quelques instants plus tard, il dormait profondément. Après lui avoir ôté ses chaussures, Gilda le considéra longuement, puis quitta la pièce sur la pointe des pieds.

# XXV

Des coups frappés à la porte réveillèrent François en sursaut. Il ne lui fallut qu'un bref instant pour reprendre ses esprits et constater que la nuit était tombée. Il s'assura que son arme était toujours dans sa poche. Les coups redoublèrent.

— Qu'est-ce que c'est ? gronda-t-il.

— C'est moi, Benguigui.

Le chauffeur de taxi, les vêtements mouillés, entra.

— Il tombe des cordes !... Le capitaine Léger est en bas et vous propose de l'accompagner au camp retranché pour entendre le Général. Il faut faire vite, il est bientôt huit heures.

— Il a des nouvelles de Léa ?

— Je ne crois pas... Vous devriez vous passer de l'eau sur la figure.

C'était vrai qu'il avait une sale tête et un goût ignoble dans la bouche. Il se mit la tête sous le robinet, puis se brossa les dents. Il enfila ses chaussures et se passa les doigts dans les cheveux.

— Ça va comme ça ? s'informa-t-il auprès de son compagnon.

— Faut pas être trop difficile...

Dans le hall, Léger et ses hommes, tous trois en

tenue léopard, attendaient près de la sortie où se tenait un employé, une longue chaîne à la main.

— Qu'avez-vous fait tout l'après-midi à l'hôtel ? s'enquit le capitaine.

— J'ai dormi.

— On ne le dirait pas... J'ai pensé que ça vous amuserait d'aller chez Ortiz écouter notre président.

— Avez-vous retrouvé les gamins de la Casbah ?

— Pas encore... Venez, on est en retard.

Dès qu'ils furent sortis, l'employé entrava la porte avec la chaîne et la fixa à l'aide d'un cadenas.

— C'est comme ça depuis le début des « événements », commenta Benguigui.

La pluie tombait à verse. Ils coururent jusqu'au boulevard Laferrière, dont les parachutistes interdisaient l'accès aux civils. Léger et ses compagnons passèrent sans encombre. Dans les jardins du boulevard, une foule, abritée sous des parapluies ou des imperméables tendus au-dessus des têtes, s'était massée sous le balcon de la Compagnie algérienne. À l'horloge de la Grande Poste, les aiguilles marquaient huit heures. À Alger, dans toute l'Algérie comme en métropole, radios, transistors ou téléviseurs étaient allumés dans l'attente de l'intervention du chef de l'État. Dans l'immeuble occupé par Ortiz et les siens, les chefs de l'insurrection avaient réquisitionné un cercle privé situé au premier étage, le Club des négociants. Au bar du cercle, on avait branché un poste de télévision en vue d'une écoute collective.

Lorsque Léger et sa petite troupe entrèrent, le général de Gaulle, en uniforme, scandait déjà son allocution en frappant par moments du poing sur la table :

« ... Or, deux catégories de gens ne veulent pas de ce libre choix.

« D'abord l'organisation rebelle, qui prétend ne cesser le feu que si, auparavant, je traite avec elle, par privilège, du destin politique de l'Algérie, ce qui revien-

476

drait à la bâtir elle-même comme la seule représentation valable et à l'ériger, par avance, en gouvernement du pays. Cela, je ne le ferai pas.

« D'autre part, certains Français de souche exigent que je renonce à l'autodétermination, que je dise que tout est fait et que le sort des Algériens est d'ores et déjà décidé. Cela non plus, je ne le ferai pas. L'autodétermination est le seul moyen grâce auquel les musulmans pourront exorciser eux-mêmes le démon de la sécession. Quant aux modalités de telle ou telle solution française, j'entends qu'elles soient élaborées à loisir, la paix revenue. Après quoi, je me réserve de m'engager, au moment voulu, pour ce que je tiendrai pour bon. On peut croire que je le ferai à fond.

« C'est alors que, pour tenter d'imposer leurs prétentions à la nation, à l'État, à moi-même, certains, à Alger, sont entrés en insurrection, qu'ils ont tiré sur le service d'ordre et tué de bons soldats, et qu'ils se dressent en armes contre l'autorité de la France. Aidés initialement par l'incertitude complaisante de divers éléments militaires et profitant des craintes et des passions fiévreuses excitées par les meneurs, ils obtiennent, jusqu'à présent, le soutien d'une partie de la population européenne, provoquent la grève forcée, l'arrêt des transports, la fermeture des magasins. De leur fait, une rupture de l'unité nationale risque de se réaliser, à l'indignation de la nation française et au beau milieu de la lutte menée contre les rebelles. Il n'y a pas un homme de bon sens qui ne voie quelles conséquences ne manqueraient pas de se produire si cette affreuse sécession l'emportait.

« Devant le mauvais coup qui est ainsi porté à la France, je m'adresse d'abord à la communauté de souche française en Algérie. Elle me connaît depuis bien des années. Elle m'a vu maintes fois au milieu d'elle et, notamment, au cours de la guerre, quand ses fils, en grand nombre, servaient dans les rangs de l'armée de libération, ou bien quand, au lendemain de la secousse de mai 1958, j'ai repris la tête de la France pour refaire l'unité des Français sur les deux bords de la Méditerranée. Quoi que des agitateurs essaient de lui faire croire, il y a entre elle et moi des liens exceptionnels qui me sont très chers et très vivants. Je sais parfaitement bien quels services elle rend à la France par son labeur séculaire en Algérie, quelles épreuves cruelles elle traverse, quelles émouvantes victimes elle pleure. Mais je dois lui parler clair et net.

« Français d'Algérie, comment pouvez-vous écouter les menteurs et les conspirateurs qui vous disent qu'en accordant le libre choix aux Algériens la France et de Gaulle veulent vous abandonner, se retirer de l'Algérie et la livrer à la rébellion ? Est-ce donc vous abandonner, est-ce vouloir perdre l'Algérie que d'y envoyer et y maintenir une armée de cinq cent mille hommes pourvue d'un matériel énorme, d'y consentir le sacrifice d'un bon nombre de ses enfants, d'y consacrer, cette année même, des dépenses civiles et militaires d'un millier d'anciens milliards, d'y entreprendre une œuvre immense de mise en valeur, de tirer du Sahara, à grand effort et à grands frais, le pétrole et le gaz pour les amener jusqu'à la mer ? Comment pouvez-vous douter que si, un jour, les musulmans décidaient, librement et formellement, que l'Algérie de demain doit être unie étroitement à la France, rien ne causerait plus de joie à la patrie et à de Gaulle que de les voir choisir, entre telle ou telle solution, celle qui serait la plus française ? Comment pouvez-vous nier que toute l'action de développement des populations musulmanes, entamée depuis dix-huit mois, actuellement poursuivie et qui, après la pacification, devra s'épanouir encore, tend précisément à créer de multiples et nouveaux liens avec la France et les Algériens ? Par-dessus tout, comment ne voyez-vous pas qu'en vous dressant contre l'État et contre la nation vous vous perdez à coup sûr, et qu'en même temps vous risquez de faire perdre l'Algérie à la France au moment même où se précise le déclin de la rébellion ? Je vous adjure de rentrer dans l'ordre.

« Ensuite, je m'adresse à l'armée qui, grâce à de magnifiques efforts, est en train de remporter la victoire en Algérie, mais dont certains éléments seraient tentés de croire que cette guerre est leur guerre, non celle de la France, qu'ils ont droit à une politique qui ne serait pas celle de la France. Je dis à tous nos soldats : votre mission ne comporte ni équivoque ni interprétation. Vous avez à liquider la force rebelle qui veut chasser la France de l'Algérie et faire régner sur ce pays sa dictature de misère et de stérilité. Tout en menant l'action des armes, vous avez à contribuer à la transformation morale et matérielle des populations musulmanes, pour les amener à la France par le cœur et la raison. Quand le moment sera venu de procéder à la consultation, vous aurez à en garantir la liberté complète et sincère.

« Oui ! C'est là votre mission, telle que la France vous la donne, et c'est la France que vous servez. L'armée française, que deviendrait-elle, sinon un ramas anarchique et dérisoire de féodalités militaires, s'il arrivait que des éléments mettent des conditions à leur loyalisme ? Or, je suis, vous le savez, le responsable suprême. C'est moi qui porte le destin du pays. Je dois donc être obéi de tous les soldats français. Je crois que je le serai, parce que je vous connais, que je vous estime, que je vous aime, que j'ai confiance dans le général Challe que j'ai, soldats d'Algérie, mis à votre tête, et puis parce que, pour la France, j'ai besoin de vous.

« Ceci dit, écoutez-moi bien ! En présence de l'insurrection d'Alger et au milieu de l'agitation, parvenue au paroxysme, le délégué général, monsieur Paul Delouvrier, qui est la France en Algérie, et le

479

commandant en chef ont pu, sous leur responsabilité, ne pas vouloir déchaîner d'eux-mêmes une bataille rangée. Mais aucun soldat ne doit, sous peine de faute grave, s'associer à aucun moment, même passivement, à l'insurrection. En fin de compte, l'ordre public devra être rétabli. Les moyens à employer pour que force reste à la loi pourront être de diverses sortes. Mais votre devoir est d'y parvenir. J'en ai donné, j'en donne l'ordre.

« Enfin, je m'adresse à la France. Eh bien! Mon cher et vieux pays, nous voici donc ensemble, encore une fois, face à une lourde épreuve. En vertu du mandat que le peuple m'a donné et de la légitimité nationale que j'incarne depuis vingt ans, je demande à tous et à toutes de me soutenir quoi qu'il arrive.

« Et, tandis que les coupables, qui rêvent d'être des usurpateurs, se donnent pour prétexte la décision que j'ai arrêtée au sujet de l'Algérie, qu'on sache partout, qu'on sache bien que je n'y reviendrai pas. Céder sur ce point et dans ces conditions, ce serait brûler en Algérie les atouts que nous avons encore, mais ce serait aussi abaisser l'État devant l'outrage qui lui est fait et la menace qui le vise. Du coup, la France ne serait plus qu'un pauvre jouet disloqué sur l'océan des aventures.

« Une fois de plus, j'appelle les Français, où qu'ils soient, quels qu'ils soient, à se réunir à la France.

« Vive la République!

« Vive la France! »

Malgré les bourrasques de pluie, la foule, stoïque, avait écouté jusqu'au bout les propos du président de la République, retransmis à l'extérieur par haut-parleurs. Quand il se tut, il y eut un moment de silence, puis, jaillie de cette foule frigorifiée, pataugeant dans la boue, une immense clameur monta :

— Vive l'Algérie française!

Bientôt remplacée par des cris de haine :

— De Gaulle, au poteau !

Au Club des négociants, les visages s'étaient assombris. Tous sentaient que la fin était imminente. Lagaillarde, qui avait ricané à plusieurs reprises en écoutant le général de Gaulle, se leva et, plié en deux, fut victime d'une violente quinte de toux. Après avoir échangé quelques mots avec le chef du FNF, il regagna le camp des facultés, entouré de ses fidèles.

Parmi la foule, on se tournait maintenant vers les parachutistes, qui, eux aussi, avaient entendu le discours présidentiel. Allaient-ils enfin se joindre à elle après la confirmation de l'autodétermination qui venait d'être donnée, ou obéiraient-ils à celui qui disait les aimer et les tenir tous en son estime ? Rien ne se passa, soldats et officiers baissaient la tête. Sous la pluie battante, l'assistance regardait fondre ses espoirs.

Après le départ de Lagaillarde, on s'était mis à boire ferme pour tenter d'apaiser la colère et les angoisses. Nombreux étaient ceux qui, curieux de son avis, pressaient de questions le capitaine Léger ; ses hommes se tenaient toujours auprès de lui. Après avoir bavardé brièvement avec Ortiz, François se tourna vers Benguigui et lui dit à voix basse :

— Je vais m'éclipser. Faites en sorte que Léger ne se rende pas compte de mon départ avant une bonne dizaine de minutes...

— Où allez-vous ?

— Retrouver Léa. Dix minutes, hein... Je compte sur vous !

Sans lui laisser le temps de répondre, François se glissa hors de la pièce. Assis sur les marches de l'escalier, des territoriaux, abattus, se demandaient s'ils ne devaient pas rentrer chez eux. Des torrents d'eau boueuse dévalaient le boulevard Laferrière. François s'engagea dans la rue Charles-Péguy et se heurta, rue Berlioz, à un groupe de parachutistes qui voulurent examiner ses papiers. Au vu du laissez-passer signé du commandant en chef, ils le laissèrent poursuivre son chemin. Il descendit les marches de la rue et déboucha sur le boulevard Baudin où stationnaient des camions militaires. Il pleuvait si fort que les soldats s'étaient réfugiés sous les bâches. Quelques voitures passèrent en klaxonnant les cinq notes d'Algérie française, puis des ambulances, toutes sirènes hurlantes ; miné par la pluie, un immeuble s'était effondré, ensevelissant plusieurs personnes sous les décombres. Au loin, on entendait le pin-pon de voitures de pompiers. François courut jusqu'aux quais et retrouva l'entrepôt du chauffeur de taxi, dont il avait gardé la clef. La Jeep démarra au quart de tour. François était descendu du véhicule pour refermer la porte de la remise quand il vit un homme venir à lui en courant. « Merde ! » jurat-il en tournant la clef.

— Hé, attendez-moi !

Joseph Benguigui s'accrocha aux montants de la Jeep.

— C'est moi, lâcha-t-il, essoufflé.

— Qu'est-ce que vous foutez ici ? s'écria François.

— Vous aurez besoin de moi, affirma-t-il en grimpant aux côtés du chauffeur.

— Je vous avais demandé de les retenir !

— Ne vous inquiétez pas, ils sont occupés pour un moment... Où alliez-vous ?

— Dans le haut de la Casbah.

— C'est bien ce que je pensais... Sans moi, vous vous serez perdu dix fois avant d'y arriver. Bon, tournez à droite... Restez sur les quais.

Les docks étaient déserts. De temps à autre, ils apercevaient un vigile qui tentait de s'abriter contre un mur ou sous l'auvent d'un hangar... Boulevard de l'Amiral-Pierre, ils ralentirent en passant devant la caserne Pélissier.

— À droite ! hurla Benguigui. Suivez le bord de mer !

— On s'éloigne de la Casbah..., s'inquiéta François.

— On va y monter par un autre chemin... Attention au carrefour Borély ! Prenez en face, le boulevard Guillemin... En haut, à droite... La première à gauche, puis à gauche... À droite... On contourne la caserne d'Orléans... Faites attention, bon sang ! Vous allez nous tuer !

Tendus, ils roulèrent encore quelques instants en silence, longèrent un stade, puis dépassèrent l'entrée de la caserne, où les sentinelles, trempées, les ignorèrent.

— Arrêtez-vous près de la rampe des Zouaves.

— Comment voulez-vous que je sache où elle est, votre fichue rampe ?

— Là !... Vous êtes devant le musée Franchet-d'Esperey. Coupez le moteur et descendez en roues libres... Stoppez devant l'église et éteignez les phares. On va faire le reste du chemin à pied... Surtout, pas de bruit : on n'est pas loin de Barberousse.

— Je n'y vois rien !

— Tant mieux !... Suivez-moi !

Ils empruntèrent une étroite rue qui descendait entre deux murs de végétation.

— Nous sommes boulevard de la Victoire, en haut de la Casbah. Vous vous reconnaissez ?

— Oui... Attention ! On vient.

Ils se rejetèrent dans l'ombre.

— Ma parole ! C'est la 203 qui vous a renversé ! sursauta Joseph.

Quatre types descendirent de la Peugeot à l'aile défoncée et disparurent dans une ruelle de la Casbah.

— Ils recherchent Léa, j'en mettrais ma main à couper, souffla François en s'élançant.

Son compagnon le retint.

— Ils ne peuvent pas aller très loin...

Il achevait à peine sa phrase que les quatre hommes

ressortaient déjà de la ruelle, traînant un musulman derrière eux. Ils poussèrent l'individu dans la voiture qui démarra aussitôt; personne n'avait bougé, ni les gendarmes en faction devant la caserne voisine, ni les zouaves qui occupaient une baraque en préfabriqué, agrippée aux anciens remparts, qui abritait les SAU [1] de la Casbah supérieure. On n'entendait plus que le crépitement de la pluie sur les toits de tôle.

Onze heures sonnèrent au clocher de l'église Sainte-Croix. Ils longèrent le rempart en ruines. Dans la rue des Vandales, la lueur d'une cigarette brilla; ils s'immobilisèrent.

— Regardez, il y a quelqu'un là-bas, chuchota François.

— C'est à l'entrée de la rue des Mameluks, précisa Joseph. Attention!

Ils essayèrent de se fondre dans le mur. Un camion de la gendarmerie passa. Ils restèrent un long moment sans bouger. La silhouette entraperçue reparut.

— C'est Béchir, réalisa François en sortant de la pénombre.

Benguigui lui emboîta le pas, maudissant tous les réverbères du boulevard de la Victoire qui, ce soir-là, lui paraissaient plus nombreux que dans toutes les autres rues d'Alger...

Béchir les avait lui aussi reconnus.

— Ils ont pris mon père! leur apprit-il tout de suite. Il faut le sortir de là, il est malade, et ils vont le torturer pour lui faire dire où se trouve Malika!

— Il sait où elle est? s'inquiéta François.

— Non, je ne crois pas. Quand ma mère les a entendus arriver, elle a quitté la maison par-derrière et vient de m'avertir.

— Où est-elle?

— Comme je devais vous attendre, elle est partie prévenir al-Alem.

1. Sections administratives urbaines.

— Il faut que je voie Léa : conduis-moi auprès d'elle.

— Mais je ne sais plus où elle est : des « bleus » la cherchaient aussi, alors al-Alem l'a conduite, avec Malika, dans une autre cache... Ça va être l'heure de la patrouille, ne restons pas là.

Ils descendirent les marches glissantes de la rue. Au moment où ils atteignaient la mosquée Djamar-Safir, la pluie cessa. Ils s'accroupirent à l'abri des vénérables murs. Une patrouille de zouaves arpenta la rue Kléber, puis s'éloigna en direction de la rue Porte-Neuve.

— Maintenant, on devrait être tranquilles, affirma le jeune Arabe. Al-Alem nous rejoindra au cimetière Ben-Ali...

— Au tombeau des Deux-Princesses ? interrogea Joseph.

— Oui, ce n'est pas très loin.

— Je sais, mais l'endroit est gardé.

— Pas en ce moment, répondit Béchir.

Ils marchèrent dans la rue Kléber, chichement éclairée, en rasant les murs et en se rejetant dans le renfoncement des portes au premier bruit. À un carrefour, le murmure d'une fontaine se fit entendre. Benguigui éternua.

— Chut ! firent ensemble François et Béchir.

— Je m'enrhume.

— Taisez-vous ! On arrive rue N'Fissa.

Béchir les guida jusqu'à une porte basse qui s'ouvrit avec un imperceptible grincement. Pour entrer, ils durent se courber. Béchir referma derrière eux. Des chats, dérangés par leur intrusion, déguerpirent. Dans la plus grande obscurité, ils avançaient en tendant les mains devant eux, tâtonnant le sol de la pointe du pied. Une lumière clignota par trois fois. Par trois fois, Béchir alluma son briquet. Il y eut un bruit de branches déplacées et quelqu'un vint vers eux. Joseph Benguigui claquait des dents. De froid ? De peur ?

— C'est toi, Béchir? chuchota al-Alem.

— Oui, mon frère.

— Où est Léa? s'énerva François.

— Ne parle pas si fort, les morts pourraient rapporter tes paroles...

— On fout le camp d'ici, je n'aime pas cet endroit..., bredouilla Joseph.

— Qui est avec vous? s'alarma al-Alem.

— Le chauffeur de taxi, celui qui nous a déjà aidés.

— Et alors? Je n'ai pas confiance.

— Ça suffit! coupa François. Moi, j'ai confiance en lui et c'est avec des gens comme lui qu'il faudra construire l'Algérie de demain. Tu es trop intelligent pour ne pas comprendre ça... Pour l'heure, c'est de Léa et de Malika qu'il s'agit... Et de toi aussi, al-Alem : le capitaine Léger veut mettre la main sur toi et t'engager à travailler pour lui.

— Maudit chien! C'est à cause de lui et de ses renégats que des chefs du Front ont été arrêtés ou assassinés... Mais je ne suis pas comme eux, moi! Assez parlé de ces chacals; je vais vous conduire auprès de ta femme et de Malika.

Ensemble ils reprirent la rue Kléber, dégringolèrent les escaliers de la rue d'Affreville puis de la rue Porte-Neuve. Ils marchaient vite, dérapant sur les pierres mouillées. Rue Médée, Béchir attrapa al-Alem par la manche, l'obligeant à s'arrêter.

— Tu ne les as pas emmenées rue de la Mer-Rouge?

— Je n'avais pas le choix : c'était ça ou les légionnaires! répliqua-t-il en se dégageant.

— Quelque chose ne va pas? s'inquiéta François.

— Tout va bien... mais elles se trouvent dans un bordel, révéla Béchir en se remettant en marche.

— Ce n'est pas idiot, comme cachette! commenta le pied-noir.

Un guichet s'ouvrit d'abord dans la porte où al-

Alem avait signalé sa présence, puis la porte elle-même.

— Tu veux me faire égorger! s'écria, en découvrant les deux Européens, la matrone qui avait ouvert.

— Tais-toi donc! C'est eux qui ont sauvé Malika... Lui, le grand, c'est le mari de la Française.

— Une bien belle femme, attesta l'autre en connaisseuse. Mais je ne peux plus la garder.

— Tu avais promis...

— Oui, mais c'était avant de recevoir la visite de Surcouf. Ce fils de pute m'a dit que son patron recherchait l'Européenne et qu'il comptait sur mon aide...

— Et tu vas le faire?

— Je n'ai pas le choix... Ne t'inquiète pas, je sais m'y prendre avec les hommes: je vais l'aiguiller sur une autre piste... Cependant, je dois faire attention, il est malin, le Surcouf! Tu te souviens d'Ouria, la fille qui travaillait pour eux et que j'avais recueillie en pensant qu'elle était pour le Front? Cette salope m'a bien eue! Alors, maintenant, je me méfie de toutes mes pensionnaires... Bon, ne faites plus de bruit, je vais vous mener auprès de vos protégées.

De violents coups ébranlèrent la porte d'entrée. Le teint de la maquerelle vira.

— Ouvrez ou on fait tout sauter! hurla quelqu'un en français.

— Qu'est-ce que c'est? demanda d'une voix endormie une des filles, seulement couverte d'un déshabillé rose et transparent.

— Monte dans ta chambre! siffla la taulière.

D'une voix faussement radoucie, elle tenta de temporiser:

— Nous sommes fermés, messieurs...

Un coup de feu tiré au travers de la porte lui arracha un cri.

— Où sont Léa et Malika? grogna François.

— Ils ne pourront pas les trouver... Al-Alem, tu connais le passage d'Ali-la-Pointe? Allez-y par là.

— Je ne partirai pas sans Léa! décréta François.

Al-Alem intervint :

— Elle a raison : là où elles se cachent, ils ne les trouveront pas. Partons!... Attends, écoute... Les zouaves!

— C'est la patrouille, affirma Benguigui.

Pendant un moment, zouaves et parachutistes parlementèrent de l'autre côté de la porte; finalement, les paras abandonnèrent la partie et leurs pas s'éloignèrent dans la nuit. Bientôt, le silence retomba. Joseph Benguigui s'affala sur un siège qui gémit sous son poids.

— On... on l'a échappé belle! balbutia-t-il.

— C'est trop dangereux de vouloir faire sortir les femmes maintenant, on essaiera demain, décida al-Alem.

— Pas question! tempêta François. Je veux voir Léa!

Un instant, ils s'affrontèrent du regard. Le jeune Kabyle eut un geste fataliste et ordonna à la femme :

— Conduis-nous.

Sans répliquer, elle se munit d'une lampe à pétrole. Ils montèrent d'étroits escaliers, traversèrent des chambres, des patios, redescendirent d'autres marches.

— C'est là-haut, fit-elle enfin en désignant un plafond couverts de carreaux de faïence. L'échelle est à côté.

Béchir alla la chercher, al-Alem grimpa les barreaux, écarta une trappe dissimulée dans les joints du carrelage et disparut par l'ouverture. L'attente parut longue à tous. Mais au bout d'un moment des jambes de femme apparurent.

## XXVI

François avait fini par se rendre aux arguments d'al-Alem et s'était résigné à quitter la Casbah, laissant Léa à l'abri de sa cache. Après avoir rejoint la Jeep, il avait déposé Joseph, grelottant, à son domicile, puis reconduit le véhicule à l'entrepôt, sur les quais. Il grimpa quatre à quatre l'escalier qui menait au boulevard Baudin. Des camions militaires y stationnaient.

— Qu'est-ce que vous foutez là?! l'interpella un officier en imperméable et béret rouge, penché à la portière d'une 203 noire.

— Colonel Godard... Vous tombez bien! Je suis gelé, pouvez-vous me déposer à l'Aletti?

— Vous ne manquez pas de culot! Allez, je vous emmène, mais, en échange, vous m'offrez un pot...

— Marché conclu!

À l'hôtel, ils eurent toutes les peines du monde à se faire ouvrir les portes qu'on avait cadenassées pour la nuit. L'un des barmen, réveillé en sursaut par les coups tambourinés à la porte du Cintra, accepta de leur servir un whisky en contrepartie d'un confortable pourboire.

— Mon colonel, où en êtes-vous de vos transactions avec les insurgés?

— Ça avance..., répondit Godard, laconique.

Seule une lampe, posée à un bout du long comptoir de bois, restait allumée, créant un espace d'intimité qui eut sur les deux hommes un effet apaisant; ils demeuraient là, tels deux amis bavardant de choses sans importance et savourant un dernier verre.

— Merci de votre compagnie, mon colonel. Mais je dois aller me coucher. Bonne nuit!

— Bonne nuit, Tavernier.

Rentré à sa chambre, François se débarrassa de ses vêtements trempés et se fit couler un bain. Après avoir bu un second whisky, il s'endormit peu avant l'aube avec la sensation du corps de sa femme contre le sien.

Quand il se réveilla, le soleil brillait sur Alger.

Paul Ribeaud et François Tavernier se croisèrent dans le hall. Après avoir échangé quelques mots, ils sortirent ensemble de l'hôtel et se dirigèrent vers le boulevard Laferrière. Avec un fort accent allemand, des parachutistes portant le béret vert leur interdirent le passage. Ribeaud n'insista pas et descendit vers le boulevard Baudin. Du Grill-room où était établi le PC du colonel Dufour, commandant le 1er REP, le capitaine Léger donna l'ordre de laisser passer Tavernier. Les bérets verts s'écartèrent et il put rejoindre Léger. Les deux hommes se serrèrent la main.

— Vous m'avez bien eu, hier soir. Ce n'était pas très régulier. Vous étiez dans la Casbah, n'est-ce pas? Au moins, avez-vous retrouvé votre femme?

— Fichez-moi la paix, Léger. Mêlez-vous de vos affaires!

— Comme vous voudrez... Je vous offre un café?

— La grève est terminée?

— La fin est pour bientôt...

— On dirait que vous le regrettez?

Le capitaine ne répondit pas. Ils remontèrent le boulevard jusqu'à l'avenue Pasteur et entrèrent à l'Albert Ier où les journalistes se pressaient toujours aussi nombreux. Ils prirent leur café debout.

— De nouvelles troupes sont arrivées cette nuit et vont remplacer la 10ᵉ division. Par ailleurs, le général Gracieux a chargé le colonel Godard d'obtenir la reddition sans conditions du camp retranché. Enfin, rien ne va plus entre Lagaillarde et Ortiz : le premier parle de se faire sauter, et Alger avec lui ; quant au second, il ne cesse de répéter qu'il a été trahi par l'armée. Ils s'insultent aussi : pour Ortiz, le chef du réduit des facultés est un fou, une terreur... Pour Lagaillarde, le patron du Forum est un lâche, une lavette...

— Vous croyez que Lagaillarde peut mettre ses menaces à exécution ?

— Je le connais bien, il en est capable... D'autre part, Gracieux a menacé du conseil de guerre tous les officiers des UT qui n'auraient pas regroupé les hommes placés sous leur autorité et qui doivent maintenant abandonner les barricades. Ordre a été donné aux paras de faire évacuer la foule du camp retranché et de la refouler vers la rue Charras, qui en deviendra la seule porte de sortie.

Dehors, des camions militaires barraient les rues donnant sur un boulevard Laferrière à présent déserté. Le bruit courut Alger que les « Allemands » fermaient la place. De Belcourt à Bab el-Oued, les Algérois convergèrent vers le plateau des Glières pour manifester leur solidarité avec ceux des barricades. La foule, de plus en plus dense, tentait d'enfoncer les barrages tenus par les « étrangers ». Deux mille personnes parvinrent à les franchir et allèrent s'agglutiner devant la barricade Hernandez, où elles entonnèrent une nouvelle fois *le Chant des Africains*. Quand Lagaillarde parut au balcon, précédant Ortiz, il fut acclamé un long moment. Il fit signe qu'il voulait s'exprimer ; le silence s'imposa aussitôt.

— « Hier, à quatorze heures trente, j'ai reçu de Paris l'ultimatum d'avoir à capituler sans conditions. J'ai rejeté cet ultimatum qui était une insulte à nos morts et à tous ceux qui, depuis plus de six ans, luttent pour que l'Algérie demeure terre française. Les patriotes du camp retranché adressent leur salut fraternel à l'armée. Lorsque la voix de la France éternelle aura enfin été entendue, je prends l'engagement d'honneur de mettre les compagnies opérationnelles du camp retranché à la disposition du haut commandement pour lutter contre la rébellion FLN jusqu'à la victoire finale. Vive la France ! »

L'assistance l'acclama de nouveau, scandant son nom. Des femmes pleuraient. Ortiz quitta le balcon sans avoir pris la parole. De la terrasse de l'université, l'hélicoptère blanc décolla, laissant échapper dans son sillage des tracts appelant les Algérois à ne pas quitter le camp retranché. Très vite encadré par deux Sikorsky mitrailleurs et une Alouette, il dut revenir se poser à son point de départ. À la radio d'Alger, le général Crépin invita la population à reprendre le travail.

— Vous avez des enfants ? demanda Léger à brûle-pourpoint.

— Oui, trois.

— J'en ai deux, un garçon et une fille. Je leur ai promis de déjeuner avec eux. Je vous emmène ?

— Ils sont à Alger ?

— Tout près, à Sidi-Ferruch, où j'ai loué une belle villa qui donne sur la mer. Venez, ma femme sera heureuse de vous connaître ; je lui ai déjà parlé de vous...

— Je ne vous imaginais pas en homme marié, père de famille de surcroît...

— Parce que vous croyez que vous avez une tête d'homme marié, vous ? s'exclama la capitaine en éclatant de rire.

En fin d'après-midi, quand ils rentrèrent sur Alger, ils passèrent par Chéragas et El-Biar afin d'éviter les barrages établis tout au long de la côte. Ces quelques heures passées dans l'atmosphère familiale de la villa avaient détendu les deux hommes. Mais le spectacle de Paul-Alain Léger en compagnie de sa femme et de ses enfants avait démontré une fois encore à Tavernier l'incohérence du comportement humain : cet homme froid, ce baroudeur intrépide n'hésitait pas à risquer chaque jour sa vie par goût du risque et de l'aventure, en dépit de tout l'amour qu'il portait aux siens. « Nous sommes des fous », songea François.

Comme ils traversaient El-Biar, Léger demanda :

— Où voulez-vous que je vous dépose ?

— Au quartier Rignot, s'il vous plaît.

— Ça tombe bien, je dois m'y rendre aussi. Tavernier...

— Oui ?

— Pourquoi ne me faites-vous pas confiance ? Je peux vous aider à retrouver votre femme. Plus le temps passe, plus c'est dangereux pour elle de rester dans la Casbah... Pourquoi ne répondez-vous pas ?

— Je vous remercie de votre offre, mais ce ne sera pas nécessaire.

— Comme vous voudrez...

Depuis le quartier Rignot, François appela René Brouillet à l'Élysée. Il annonça au directeur de cabinet du président de la République qu'il interrompait sa mission pour raisons personnelles.

— Mais c'est insensé ! Que va dire le Général ?

Sans un mot de plus, François raccrocha. Quand il fit part de sa décision à Paul Delouvrier, celui-ci lui tendit la main :

— Je vous comprends... J'ai eu le général de Gaulle au téléphone. « L'heure des discussions est terminée, m'a-t-il dit. Il faut savoir en finir avec une affaire comme celle-là. Il ne faut pas avoir peur de verser le sang si l'on veut que l'ordre règne et que l'État existe. »

Une pluie fine et froide tombait maintenant sur Alger. Tout autour du camp retranché, de nombreuses troupes avaient pris position dans le plus grand silence. Par petits groupes, les territoriaux du PC d'Ortiz rentraient chez eux, obtempérant aux injonctions du général Gracieux. Les plus déterminés rejoignirent ceux de l'université. Le colonel Godard faisait la navette entre le PC d'Ortiz et le bureau de Lagaillarde, tentant d'obtenir la reddition des chefs de l'insurrection. Derrière les barricades, des feux brûlaient, autour desquels ceux qui étaient demeurés sur place attendaient l'assaut final.

Quand François avait dû quitter la Casbah sans elle, Léa avait eu du mal à contenir ses larmes. Malika avait tenté de la consoler, lui demandant pardon d'être la cause de ses ennuis.

— Tais-toi et laisse-moi réfléchir, avait-elle brutalement jeté à la jeune Algérienne dont les yeux, à leur tour, se remplirent de larmes.

Un bref instant, Léa s'en voulut. Depuis le départ de François et de ses compagnons, quelque chose lui disait qu'elle devait fuir cet endroit au plus vite. Elle n'avait pas aimé certains regards que la tenancière posait sur elle.

— Sais-tu s'il y a le téléphone, ici?

Malika la regarda sans comprendre.

— Un téléphone, tu sais ce que c'est?

— Pourquoi me parles-tu comme ça?

— Excuse-moi... j'ai peur que nous ne soyons plus en sécurité ici.

— J'ai aussi cette impression, chuchota la jeune fille.

Elles se regardèrent avec le sentiment d'être prises au piège.

— J'ai vu un téléphone dans la pièce d'en bas, reprit Malika à mi-voix.

— Allons-y! Prenons les bougies.

— Laisse-moi passer devant, je m'y retrouverai mieux que toi.

Elles se glissèrent hors de leur chambre. Les petites flammes éclairaient chichement le couloir et les escaliers. Sur une terrasse, une des bougies s'éteignit. Léa avait l'impression d'avoir quitté leur cachette depuis une heure. Flottaient dans l'air des relents d'eaux usées, de parfums trop sucrés et d'urine. Malika heurta un tabouret; le bruit qu'il fit en se renversant leur sembla se réverbérer dans toute la bâtisse. Elles s'immobilisèrent et tendirent l'oreille. Rien ne bougea.

— C'est ici, souffla enfin Malika.

— Je vois... Sais-tu dans quel coin de la Casbah nous sommes exactement?

— Oui, en haut du quartier, près du boulevard Gambetta et du boulevard de la Victoire.

— Connais-tu un endroit où une voiture pourrait facilement nous retrouver?

Malika réfléchit.

— Je ne sais pas... Il y a des escaliers partout... À moins... Oui, en bas du boulevard Gambetta, derrière le marché de la Lyre.

— C'est loin d'ici?

— Je ne me rends pas compte... Une dizaine de minutes à pied, peut-être...

Léa sortit de sa poche une carte de visite.

— Éclaire-moi, dit-elle.

Après avoir consulté la carte, elle décrocha l'appareil mural. À la troisième sonnerie, une voix répondit.

— Je voudrais le 330.51, s'il vous plaît.

— Qui appelles-tu?

— Chut! Tais-toi... Allô? Je voudrais madame Martel-Rodriguez... Je vous en prie, c'est très important... Je sais qu'il est tard... Dites-lui que Léa Tavernier veut lui parler...

— Pas si fort, on va nous entendre !

L'attente leur parut durer des heures.

— Allô !... Allô, Jeanne ? C'est Léa Tavernier. J'ai besoin de votre aide. Pouvez-vous venir me chercher dans la Casbah ?... Oui, la Casbah... Je suis avec une amie, nous sommes en grand danger, il faut faire vite... Allô ?... Oui, derrière le marché de la Lyre... Vous y serez tous les jours à partir d'aujourd'hui, de dix heures à midi ?... Oh, merci, merci !...

— Attention, Léa ! J'entends du bruit. Raccroche !

Malika souffla la flamme des bougies. Une silhouette féminine traversa la pièce, une lampe à la main, puis, quelques instants plus tard, repassa en sens inverse ; une porte claqua. Le cœur battant, les deux femmes, accroupies derrière une chaise à haut dossier, restèrent un moment encore immobiles. Léa ralluma une bougie. Sur la pointe des pieds, elles regagnèrent leur cachette.

Dans la matinée, deux des pensionnaires leur apportèrent du thé et des pâtisseries. La plus âgée, qui parlait français, interrogea Léa :

— Pourquoi as-tu soigné notre sœur ?

— Parce qu'il n'y avait personne d'autre pour le faire...

— Elle est musulmane.

— Et alors ? C'est un être vivant, comme toi et moi.

Le front de la femme se plissa et, se tournant vers Malika, elle lui parla en arabe en s'accompagnant de grands gestes. La plus jeune s'en mêla. Malika tentait de les interrompre.

— Que disent-elles ? cria Léa pour se faire entendre.

— Elles ne sont pas d'accord : Djamila, l'aînée, prétend que tu mens, qu'il faut te livrer au FLN et qu'ils te fassent avouer tes véritables motivations. Leïla, elle, pense que ce serait mal récompenser ton dévouement.

496

— Dis-leur de s'en aller, elles me cassent la tête.

Ce n'est pas sans mal que Malika parvint à les pousser hors de la chambre.

Autour d'elles, la Casbah vibrait à nouveau de ces dizaines de milliers de vies enchevêtrées parmi ses ruelles. Depuis 1945, la population n'avait cessé d'y croître, passant de dix mille à quatre-vingt mille habitants. Des familles entières, fuyant le bled, s'y étaient réfugiées, trop heureuses d'échapper aux bidonvilles qui proliféraient depuis le début des « événements ».

Léa et Malika se dirigeaient vers la pièce où se trouvait le téléphone quand elles distinguèrent des voix d'hommes s'exprimant en allemand qui montaient du patio. Léa allait se pencher par-dessus la balustrade pour vérifier qui c'était, mais elle sentit sa compagne s'agripper à son vêtement. Léa se retourna et n'eut que le temps de ralentir sa chute. Elle s'agenouilla auprès de Malika et la secoua sans trop de ménagement :

— Ce n'est pas le moment de tomber dans les pommes !... Leïla, viens m'aider !

La jeune fille posa un doigt sur ses lèvres, puis chuchota quelques mots en arabe.

— Parle français, je ne comprends pas.

— Paras chercher Malika, articula-t-elle.

D'un bond, Léa se redressa, jeta un coup d'œil par-dessus la rambarde et aperçut trois parachutistes en conversation avec la sous-maîtresse.

« Malika revient à elle », constata-t-elle après s'être rejetée en arrière. Comme elle relevait son visage, la jeune Algérienne fondit en larmes.

— Ils sont là !

— N'aie pas peur... Lève-toi ! Leïla va nous aider à sortir d'ici... Oh ! Djamila !

L'apercevant, Leïla se mit à trembler et plaça un bras devant son visage comme une enfant qui tente de se protéger des coups.

— Je ne vais pas te frapper, idiote! Va plutôt leur chercher des *haïks*. Dépêche-toi donc!... Ne pleure pas, ma colombe, ils ne t'attraperont pas. J'ai fait prévenir al-Alem et il va venir avec les gamins.

Leïla réapparaissait déjà, portant les vêtements blancs.

— Vous mettrez ça plus tard. Vite! commanda Djamila en saisissant la main de Malika.

Par les terrasses, les quatre femmes passèrent d'une maison à l'autre, enfilèrent couloirs et escaliers. Derrière elles, d'autres femmes s'empressèrent de renverser leurs coffres, de vider des caisses de leur contenu, élevant le plus d'obstacles possibles sur le chemin d'éventuels poursuivants.

— Maintenant, enfilez les *haïks,* ordonna Djamila en ajustant elle-même le sien.

Malika aida Léa à s'envelopper correctement dans l'étoffe et arrangea un mouchoir brodé sous les yeux de la Française. Djamila poussa une porte, sortit et s'assura que la voie était libre.

— Allez-y! les encouragea-t-elle.

Léa et Malika se retrouvèrent en face d'une école, dans une artère assez large.

— Je crois que le marché de la Lyre n'est pas très loin, estima l'Algérienne.

Beaucoup de monde se pressait sur le boulevard Gambetta. Une bande de gamins déguenillés les entoura. Parmi eux, Léa reconnut al-Alem. Elles descendirent ainsi quelques marches. Dans leur dos, des cris retentirent; les gosses se figèrent.

— Vite! Courez! s'égosilla al-Alem.

À petite vitesse, une Versailles grise conduite par un musulman arrivait par la rue Henri-Martin. Assise à l'arrière, madame Martel-Rodriguez dévisageait les passants par la vitre. Léa l'aperçut et arracha le mouchoir qui dissimulait son visage. La Versailles stoppa, une portière s'ouvrit. Léa y poussa Malika et s'y engouffra à sa suite. La voiture tourna devant l'Opéra, traversa la place Bresson, enfila la rue Garibaldi à vive allure pour emprunter le boulevard Carnot. À cet instant, les parachutistes débouchaient devant le marché de la Lyre. Les gamins qui avaient retardé leur poursuite s'égaillèrent dans les rues proches.

— Merci, dit simplement Léa, abandonnant sa tête sur l'épaule de Jeanne Martel-Rodriguez.

En ce dimanche matin, les cloches des églises d'Alger appelaient les fidèles à la messe. Des nuages noirs obscurcissaient le ciel, un vent froid soufflait. Dans le camp retranché, malgré l'interdiction publiée par monseigneur Duval, un autel de fortune avait été dressé en vue de l'office dominical. Radio-Ortiz et Radio-Lagaillarde incitaient les Européennes à venir défendre les insurgés. De Belcourt à Bab el-Oued, les Algéroises accoururent, mais se heurtèrent aux troupes, nouvellement arrivées à Alger, qu'on avait disposées tout autour du camp retranché, isolé par des barrages de soldats et de véhicules militaires. Malgré cet important dispositif, certains furent enfoncés et la foule se joignit aux insurgés.

À onze heures, la messe dite à l'église Sainte-Élisabeth et retransmise à la radio fut diffusée par les haut-parleurs du camp retranché. Bravant le veto de l'archevêque, un prêtre kabyle, l'abbé Georges Dhamar, vicaire de l'église Saint-Martin, vint donner la communion. Ces femmes et ces hommes unis pour la défense de l'Algérie française prièrent et entonnèrent des cantiques. Joseph Ortiz, en complet sombre, se tenait recueilli au pied de la barricade où s'élevait l'autel.

Une forte explosion dispersa la foule qui crut au début de l'assaut. Aussitôt, derrière les barricades, les insurgés pointèrent leurs armes sur la troupe. Si un seul coup de feu partait, c'était la tuerie. Gesticulant au balcon qu'il avait regagné, Ortiz harangua ses partisans :

— Gardez votre sang-froid. Le FLN vient de faire sauter un obus piégé. Deux soldats français viennent d'être assassinés. Restez unis, militaires et civils, notre union est le meilleur rempart contre le FLN !

Dans les escaliers de la rue Jean-Macé, un soldat martiniquais avait en fait provoqué l'explosion des grenades qu'il transportait, tuant trois de ses camarades et blessant sept personnes.

En début d'après-midi, tandis que les négociations continuaient entre les chefs de la rébellion et les colonels Dufour, Broizat et Godard, la population européenne d'Alger affluait de toutes parts, butant contre les barrages établis par les soldats, qui, cette fois, tinrent bon. On apprit que le général Gracieux était relevé de ses fonctions ; il était remplacé par le général Toulouse, adjoint de Crépin.

Sur ordre de leurs officiers, les territoriaux quittèrent le PC d'Ortiz et commencèrent à s'embarquer dans les camions qui les attendaient rue Charras. Des bagarres de plus en plus violentes éclatèrent un peu partout, opposant manifestants et forces de l'ordre ; on releva des blessés. Quelques centaines de jeunes gens parvinrent tout de même à rejoindre les barricades. Les grilles, devant le monument aux morts, cédèrent sous la pression de la foule que les chasseurs alpins tentaient de refouler. Une pluie fine se mit à tomber. Le moral de tous était au plus bas et l'on se répétait les instructions de Paris : en finir au plus vite, au besoin en recourant aux armes. Radio-Alger lança alors un appel aux rebelles :

« Certains insurgés entretiennent l'illusion qu'une portion de l'armée du bled était prête à se joindre à eux. C'est là, que chacun le sache bien, une erreur totale. Cette armée, votre armée, qui défend les Français d'Algérie et de métropole, musulmans et Européens, a perdu hier trente et un tués et trente-quatre blessés dont le destin eût été différent si les forces de l'ordre n'étaient pas, en ce moment, en train de monter une garde stérile devant leurs frères inconscients. »

Autour d'Ortiz, c'était la débandade. Ses troupes désertaient les locaux de la Compagnie algérienne, laissant derrière elles d'importantes dégradations et toutes sortes de détritus. Informé, Lagaillarde exigea de ceux qui souhaitaient abandonner le « réduit des facultés » une attitude digne. À dix-huit heures dix, fanion en tête et en rang par trois, quarante et un territoriaux quittèrent le bastion, bientôt suivis par soixante autres.

Il était dix-huit heures vingt-cinq à l'horloge de la Grande Poste et il y avait une semaine que des Français s'étaient entretués à Alger. La nuit était noire. À dix-neuf heures, les alentours du camp retranché se dépeuplèrent peu à peu. Dès lors, tout alla très vite.

Le général Crépin donna l'ordre de couper l'électricité du camp retranché, où ne brillèrent plus que les braseros. Une ultime réunion eut lieu à deux heures du matin dans le bureau d'Ortiz, à la Compagnie algérienne. Le colonel Dufour y informa Lagaillarde, son lieutenant Guy Forzy, Jean-Jacques Susini et Joseph Ortiz des dispositions arrêtées. Ces hommes, épuisés par des jours sans repos et des nuits sans sommeil, éclairés par des bougies fichées dans des bouteilles, écoutaient la voix enrouée du colonel.

— Au fond, vous avez gagné : de Gaulle a promis qu'il n'y aurait jamais de négociations politiques avec le FLN. Nos personnes ne comptent pas, nos sentiments personnels non plus, mais il faut préserver l'unité de l'armée. Voici ce que j'ai décidé : vos hommes seront libres, ils sortiront individuellement et en armes. Ils seront emmenés dans des camions et seront ensuite désarmés par l'armée. Ils pourront alors rejoindre leurs familles ou s'engager dans mon régiment. Ce sont des exigences très correctes. Quant à vous, Ortiz et Lagaillarde, vous serez placés à la disposition du gouvernement.

Les yeux brillants de larmes, Lagaillarde demanda à s'entretenir avec les hommes qu'il commandait et retourna à l'université en compagnie de Forzy. Une heure plus tard, il faisait connaître sa décision au colonel Dufour.

— « La première condition exigée pour notre reddition sera qu'elle s'effectue dans des conditions honorables. Nous sortirons du camp en formations constituées par compagnie et par arme. Nous nous réunirons devant le monument aux morts pour une brève cérémonie. Ensuite, ceux qui le désirent pourront s'engager dans une formation spéciale rattachée au 1er régiment de parachutistes étrangers. J'exige l'immunité pour tous mes hommes. »

Le colonel Dufour revint à trois heures du matin à l'université, apporter la réponse du général et du commandant en chef : l'immunité était refusée aux chefs, qui devraient se tenir à la disposition de la justice ; la cérémonie au monument aux morts était interdite ; à contrecœur, n'étaient acceptés que la sortie en formations et l'engagement facultatif dans le 1er REP.

Aux premières heures de l'aube, Ortiz quittait le camp retranché. Incrédules, les territoriaux portant le béret noir qui gardaient la barricade de la rue Charles-Péguy le virent s'éloigner, une grosse valise à la main. Les soldats, chargés d'empêcher l'accès au camp, laissaient passer tous ceux qui voulaient en sortir. Nul, à Alger, ne devait revoir monsieur Jo...

Éreinté de fatigue, Pierre Lagaillarde s'était endormi, veillé par quelques derniers fidèles qui avaient juré de mourir plutôt que de se rendre. Le plus déterminé d'entre eux était son ami Guy Forzy. À son réveil, apprenant le départ d'Ortiz, Lagaillarde se rendit au bureau qu'avait occupé le chef du Front national français pour y détruire quelques documents. Il sortit sur le fameux balcon : le boulevard Laferrière ressemblait à un champ de bataille déserté ; sur les toits, les postes de tir avaient été abandonnés et toutes les rues aboutissant au boulevard étaient maintenant fermées par des rouleaux de fil de fer barbelé et des camions militaires derrière lesquels des soldats stationnaient, prêts à intervenir. Soudain, en face de l'immeuble du *Bled,* jaillit des haut-parleurs la musique allègre du *Pont de la rivière Kwaï.* Sous le balcon se tenaient de jeunes militants du FNF et une poignée de territoriaux qui n'avaient pas voulu évacuer la barricade Hernandez. Reconnaissant Lagaillarde, ils l'acclamèrent.

— Qu'est-ce qu'on fait ? leur cria-t-il.

— On reste !

— Du calme ! De la discipline ! C'est moi qui commande ! Vous obéirez à mes ordres !

Malgré son épuisement et son amertume, Pierre Lagaillarde regagna les facultés d'un pas décidé. La petite troupe qui le suivait marchait, sans s'en rendre compte, au rythme sifflé par les hommes du colonel Nicholson...

Les nouveaux arrivants furent accueillis par Jean-Jacques Susini, le docteur Pérez, le capitaine Ronda et le député Demarquet ; ils avaient eux aussi rejoint « l'Alcazar ».

Les nuages avaient disparu et un soleil printanier illuminait le désastre.

Des soldats et des jeunes gens commençaient à démolir la barricade de la rue Charles-Péguy. Au-delà des barrages que tenaient les militaires, la foule se pressait. Devant l'Otomatic, Lagaillarde, mitraillette en travers de la poitrine, passait pour la dernière fois ses troupes en revue. Sous le béret rouge, ses traits tirés, son visage tendu trahissaient son chagrin. Face à ses hommes, il déclara :

— « Nous pouvons nous regarder dans les yeux car notre conscience est droite et pure. C'est au fond de la nuit qu'il faut croire en la lumière. Souvenez-vous, messieurs, des vers de Milton :

*D'innombrables légions armées osèrent contester son*
*[règne,*
*Me préférer, en un combat douteux dans les plaines*
*[du ciel.*
*Qu'importe! Bataille perdue, rien n'est jamais perdu!*
*La volonté indomptable qui jamais ne meurt ni ne se*
*[soumet...*

« Jusqu'à présent, je vous ai toujours conduits dans le chemin de l'honneur. Aujourd'hui, l'honneur c'est d'être digne et de m'obéir. Le moment est venu de se séparer. Au revoir, mes amis. »

Les yeux des hommes étaient rouges. Le colonel Dufour s'avança, salua Lagaillarde et prit à son tour la parole.

— Vous avez obtenu des conditions de soldats et vous serez traités en soldats. Seuls seront poursuivis ceux qui ont tiré sur le service d'ordre, dimanche, car ce sont des assassins. Des camions bâchés vous attendent à la sortie du camp pour vous conduire dans un centre de la Légion. Je vous demande de ne vous livrer à aucune manifestation pendant que vous serez emmenés à Zéralda, base arrière du 1er REP. Les autres, ceux qui préfèrent rentrer chez eux, peuvent le faire. Qu'ils déposent leurs armes. C'est à des soldats qu'ils rendront ces armes, à des légionnaires.

— Rassemblement! Colonne par deux! commanda Lagaillarde en prenant la tête de ses troupes.

Escortés par le drapeau tricolore, les hommes se mirent en marche en direction de la grande barricade, à présent en partie démantelée. Les habitants de la rue

Charles-Péguy pleuraient en applaudissant. Les ex-insurgés franchirent la barricade devant laquelle les parachutistes présentèrent les armes. À leurs côtés, les officiers au garde-à-vous saluaient ceux qui, pendant une semaine, s'étaient mobilisés pour la défense de l'Algérie française. Aux fenêtres, les gens agitaient des drapeaux ; certains criaient : « Merci, Lagaillarde ! »

Ils arrivèrent au bas du boulevard Laferrière, où les attendaient les véhicules de l'armée. Un homme, portant l'uniforme de capitaine de réserve, arborant sur sa poitrine Légion d'honneur, médaille militaire et croix de guerre, s'approcha de Lagaillarde et l'embrassa.

— C'est bien, mon fils, c'est bien, Pierrot. À bientôt

Le père, qui s'était tenu aux côtés de son fils tout au long de la semaine, au camp retranché, monta à son tour dans un camion qui démarra peu après. Une Jeep vint se garer à la hauteur de Lagaillarde et un officier lui en ouvrit la portière.

— Vive Lagaillarde ! Vive l'Algérie française ! À bas de Gaulle ! hurlait la foule massée alentour.

Pareille à un cri de colère éclata *la Marseillaise*.

Non loin de François Tavernier, Joseph Benguigui, qui ne pouvait lui non plus contenir ses larmes, entoura de son bras les épaules d'un ancien combattant ; le vieux soldat sanglotait sans retenue. Un musulman d'un certain âge, près de François, le tira par la manche.

— Vous êtes monsieur Tavernier ?

François hocha la tête.

— J'ai un message pour vous, annonça-t-il en lui glissant une feuille de papier pliée en quatre.

Les derniers accents de *la Marseillaise* s'éteignirent ; le soleil brillait. Le visage rongé de barbe, les vêtements froissés, François déplia le papier. Reconnaissant l'écriture, sa vue se brouilla.

— Lisez, demanda-t-il à Joseph en lui tendant la missive.

*Mon amour,*

*Je suis avec Malika; nous sommes saines et sauves. La personne qui te remettra ce mot te conduira à l'endroit où nous nous trouvons. Ne crains rien, ce n'est pas un piège. Tu te souviens de l'Algéroise rencontrée à l'Albert Iᵉʳ? Nous sommes chez elle. Je t'attends. Fais vite! Je t'aime.*

*Léa.*

*Paris, janvier 1999,*
*Boutigny, septembre 2001.*

# REMERCIEMENTS

**L'auteur tient à remercier pour leur collaboration, le plus souvent involontaire, les personnes et les journaux suivants, en particulier Yves Courrière pour son ouverture d'esprit et sa grande générosité.**

Henri Alleg — Djamal Amrani — Antoine Argoud — Georges Arnaud — Raymond Aron — Paul Aussaresses — Simone de Beauvoir — Laurent Beccaria — Abdelhamid Benzine — Alfred Berenguer — Erwan Bergot — Serge Berstein — Georges Bidault — Robert Bonnaud — Merry Bromberger — Jean Brune — Jean-Paul Brunet — Albert Camus — Georges Carlevan — Maurice Challe — Jean-François Chauvel — Roselyne Chenu — Claude Cherki — *Comité Maurice-Audin* — Françoise Corrèze — Maurice Cottaz — Yves Courrière — Hélène Cuenat — Jean Daniel — Robert Davezies — Charlotte Delbo — Paul Delouvrier — François Denoyer — Francine Dessaigne — Zohra Drif — André-Louis Dubois — Jacques Duchemin — Claude Dulong — Claude Durand — Léon-Étienne Duval — Georgette Elgey — André Euloge — Maurice Faivre — Jean-André Faucher — Noël Favrelière — Jean Ferrandi — Joseph A. Field — Georges Fleury — *France-Observateur* — *France-Soir* — Robert Gaget — Alain Gandy — Charles de Gaulle — Paul-Marie de La Gorce — Serge Groussard — Gisèle Halimi — Hervé Hamon — Mohand Hamoumou — Philippe Héduy — *Historia* — Thomas C. Hudnut —

Louisette Ighilahriz — Jacques Isorni — Henri Jacquin — Claire Janon-Rossier — Colette Jeanson — Francis Jeanson — Edmond Jouhaud — Rémi Kauffer — George Armstrong Kelly — *L'Express* — *L'Humanité* — Philippe Labro — Jean Lacouture — Pierre Lagaillarde — Anne Lanta — Fabrice Laroche — Jean Lartéguy — Robert Laurini — *Le Figaro* — *Le Monde* — Pierre Lefranc — Paul-Alain Léger — Pierre Leulliette — Gérard Lorme — André Mandouze — Jacques Massu — Claude Mauriac — François Mauriac — Jean Mauriac — Antoine Méléro — Constantin Melnick — Pierre Mendès France — Éditions de Minuit — Vincent-Mansour Monteil — Antoine Moulinier — Raymond Muelle — Anne Nivat — Pierre Nora — André Nozière — Joseph Ortiz — Si Othmane — Claude Paillat — *Paris-Match* — *Paris-Presse* — Pierre Péan — Paulette Péju — Jean-Claude Pérez — Gilles Perrault — Alain Peyrefitte — Maurice Peyron — Christiane Philip — Jean Planchais — René Pomeau — Jean Pouget — Abdelkader Rahmani — René Rémond — Benoist Rey — Paul Ribeaud — André Rossfelder — Patrick Rotman — Michel Roux — Jules Roy — Hélie Denoix de Saint-Marc — Raoul Salan — Jean-Paul Sartre — Bertrand Schneider — Pierre Sergent — Alain de Sérigny — Pierre-Henri Simon — Alain-Gérard Slama — Jacques Soustelle — Benjamin Stora — Fernande Stora — Jean-Jacques Susini — Bertrand Tavernier — *Témoignage chrétien* — Ginette Thévenin — Germaine Tillion — Roger Trinquier — Jeannine Verdès-Leroux — Jacques Vergès — Pierre Viansson-Ponté — Pierre Vidal-Naquet — Alain Vircondelet — Pierre Wiazemsky — Daniel Zimmermann.

*La Bicyclette bleue*
de Régine Deforges
au Livre de Poche

1939. Léa Delmas a dix-sept ans. Sa vie se résume aux senteurs de la terre bordelaise, à la lumière des vignobles, à la tendresse des siens. La déclaration de guerre va anéantir l'hannonie de cette fin d'été et jeter Léa dans le chaos de la débâcle, de l'exode, de la mort et de l'occupation nazie. Léa va être contrainte à des choix impossibles.

En cet automne 1942, le domaine de Montillac a bien changé. Le bonheur a fait place aux deuils, l'insouciance aux privations. Au plus noir de l'Occupation, Léa Delmas découvre la délation, la lâcheté, la collaboration. Certains de ses proches sont torturés, d'autres trahissent. Léa choisit farouchement le camp de la liberté : la Résistance.

1944. L'heure est venue des tueries, des règlements de comptes et des grands affrontements militaires. Engagée dans toutes les luttes, Léa trace son chemin volontaire pendant les deux dernières années de cette guerre atroce, de Montillac en feu à Berlin en mine, en passant par un Paris en liesse.

## 4. *Noir tango*                                            n° 9697

Novembre 1945 : dans l'Allemagne vaincue, le tribunal de Nuremberg juge les criminels nazis. Léa Delmas, envoyée par la Croix-
Rouge, y retrouve François Tavernier. Sarah Mulstein lui raconte le
cauchemar de Ravensbrück et convainc François de rejoindre le
réseau de « Vengeurs », qu'elle a constitué pour traquer et exécuter
les anciens nazis partout où ils se trouvent. Une chasse qui les
conduira en Argentine.

## 5. *Rue de la Soie*                                        n° 14017

1947 : l'Indochine marche vers l'indépendance. Mais entre Hô Chi
minh et le gouvernement français, tout espoir n'est pas évanoui
d'une négociation de paix. Telle est la mission officieuse dont est
chargé François Tavernier au lendemain de son mariage avec Léa
Delmas. Traquée par d'anciens nazis, celle-ci décide de le rejoindre.
De multiples aventures l'attendent entre Saigon et Hanoi.

## 6. *La Dernière Colline*                                   n° 14624

Rentrés d'Indochine en 1949, Léa et François Tavernier n'aspirent
qu'à mener une vie paisible. Pourtant, le général de Lattre fait
appel à François et lui confie une mission secrète auprès du Viet-
minh, dans l'espoir de conjurer le désastre militaire qui s'annonce.
De Saigon à Hanoi, le désordre des passions le disputera partout à
la violence des combats. Et, dans la jungle, la mort guette à chaque
pas. Léa et François sauvegarderont-ils leur amour ?

## 7. *Cuba libre !*                                          n° 15001

Pour oublier le désastre indochinois dans lequel ils ont été si tra-
giquement plongés, Léa et François s'embarquent pour Cuba, où
règne encore Batista, le dictateur soutenu par la mafia américaine.
Très vite, Léa doit partir à la recherche de Charles, son fils adoptif,
traqué dans la Sierra Maestra avec les révolutionnaires qu'il a
rejoints ; là, elle retrouve le Che qui l'avait aimée en Argentine. De

son côté, François, envoyé en observateur par le général de Gaulle à Alger, assiste aux événements du 13 mai 1958 et y voit grandir, avec inquiétude, la menace extrémiste.

## 9. *Les Généraux du crépuscule* n° 30279

Léa et François Tavernier n'en finissent pas de se retrouver mêlés à des combats qui ne sont pas les leurs mais pour lesquels ils se mobilisent au nom de la liberté. Leur engagement met en péril leur amour, les porte à douter d'eux-mêmes et les expose à la mort. Dans les dernières années de la guerre d'Algérie, les voici confrontés aux malheurs du peuple algérien, au désarroi des pieds-noirs et aux tueurs de l'OAS…

## 10. *Et quand viendra la fin du voyage…* n° 31035

En 1966, François Tavernier, à présent ambassadeur itinérant en Amérique latine, est chargé de ramener en France Klaus Barbie, qui se cache en Bolivie sous un faux nom. Léa rejoint François et le sauve d'une nouvelle tentative d'assassinat organisée par des exilés nazis. Avec un ami, David Lévy, François part pour le sud du pays, où se bat la guérilla.

Achevé d'imprimer en France par
CPI BUSSIÈRE (18200 Saint-Amand-Montrond)
en février 2020
N° d'impression : 2049510
Dépôt légal 1ʳᵉ publication : mars 2003
Édition 11 - février 2020
LIBRAIRIE GÉNÉRALE FRANÇAISE
21, rue du Montparnasse – 75298 Paris Cedex 06

31/5457/2